本书系国家社科基金项目"川滇地区[东巴]史诗的搜集整理研究"（18BZW187）项目成果

东巴史诗研究

杨杰宏 著

学苑出版社

图书在版编目（CIP）数据

东巴史诗研究 / 杨杰宏著． -- 北京 ：学苑出版社，2024.10． --（中国史诗学丛书 / 斯钦巴图主编）．
ISBN 978-7-5077-7068-1

Ⅰ．I207.22

中国国家版本馆 CIP 数据核字第 20243PP932 号

出 版 人：洪文雄
责任编辑：陈　佳
出版发行：学苑出版社
社　　址：北京市丰台区南方庄 2 号院 1 号楼
邮政编码：100079
网　　址：www.book001.com
电子邮箱：xueyuanpress@163.com
联系电话：010-67601101（营销部）、010-67603091（总编室）
印 刷 厂：鸿博昊天科技有限公司
开本尺寸：710 mm×1000 mm　1/16
印　　张：46.25
字　　数：755 千字
版　　次：2024 年 10 月第 1 版
印　　次：2024 年 10 月第 1 次印刷
定　　价：280.00 元

出版前言

中国各民族有形态各异、蕴藏丰富且传承悠久的史诗传统，在国际史诗版图中占据重要位置。中国史诗大体可分为两类：一类是南方少数民族史诗，主要以神话史诗为主，篇幅比较短小，大多以天地宇宙形成、人类起源等神话故事为叙述对象，并作为民俗仪式的一部分而存在，保持着古老的形态；另一类是北方少数民族史诗，主要以英雄史诗为主，以《格萨（斯）尔》《江格尔》《玛纳斯》"三大史诗"为代表，篇幅比较长，规模宏大，以英雄的征战、婚姻等历史事件为叙述对象，已脱离相关仪式而获得独立的传承形式，代表着史诗体裁的高度发达阶段。其中，中国"三大史诗"不仅传播于国内各民族民间，还传播到周边各国各民族民间，成为跨国界流传、多民族共享的史诗。

然而，我国各民族史诗的抢救保护、整理出版、分析研究工作起步很晚。无论在资料搜集还是在理论研究的开启时间上，均落后其他流传区国家几十年，甚至上百年。以《江格尔》为例，这部史诗主要流传于中蒙俄三国各民族民间。俄罗斯联邦卡尔梅克《江格尔》的抢救保护、搜集记录工作早于中国150年，于1802年开始，至20世纪40年代，记录出版了卡尔梅克《江格尔》30余部诗章的数十部异文，从而使其名扬世界，并成为与世界著名史诗齐名的伟大史诗。蒙古国记录该国《江格尔》可追溯至立国前的1901年，至1978年，共抢救记录了蒙古国《江格尔》25部诗章。而我国《江格尔》的正式搜集记录工作，是从1978年开始的。

虽然起步较晚，但我国各民族史诗研究的起点高、发展快。中国《江格尔》的抢救记录工作启动后，从100多位艺人口中抢救记录了100余部独立诗章的300余部异文，迄今出版《江格尔》资料本、翻译本、文学读本60余部，推出了《江格尔》科学资料本。《格萨（斯）尔》搜集出版工作更是硕果累累，迄今出版资料本数百卷。至于讲述玛纳斯子孙八代英雄事迹的《玛纳斯》史诗，国外经100多年的搜集，记录下了玛纳斯祖孙三代英雄的前三部，而我国已记录了完整的《玛纳斯》8部。史诗资料记录出版工作的成就，带来了中国史诗研究的起步、发展和腾飞。而这些成就的取得，与党和国家的重视与大力支持是分不开的。

改革开放以来，党和国家一直很重视少数民族史诗的抢救和研究，先后将其列入国家社会科学"六五""七五""八五"重点规划项目。此后，中国社会科学院又将中国少数民族史诗研究列为"九五""十五"和"十一五"重点目标管理项目，保证了中国史诗学科不断开拓进取，攀登高峰，摆脱史诗在中国而话语权却在国外的尴尬局面，逐步掌握并开始引领中国少数民族史诗研究的话语权，为国家赢得了尊严和荣耀。在这个过程中，中国社会科学院史诗研究团队发挥了极其重要的作用。

中国社会科学院民族文学研究所的中国少数民族史诗研究，始于1980年该所成立之初。一开始便实行资料建设与科学研究并行、田野观察与理论建构相结合的思路。在资料建设方面，民族文学研究所史诗研究团队成员奔赴全国各地，经过多年的集体努力，搜集到了大量珍贵的资料，撰写了300多万字的田野考察报告和研究报告，内容覆盖了内蒙古、新疆、西藏、青海、甘肃、四川、广西、云南、贵州、黑龙江、吉林、辽宁、北京等13个省、自治区、直辖市的多个民族。在这些积累基础上，已出版210多种学术资料、14部工具书，其中有20多种是多卷本，有的甚至达几十卷本。如，仁钦道尔吉、朝戈金、旦布尔加甫、斯钦巴图主持的《蒙古英雄史诗大系》（4卷，2007—2010），降边嘉措主持的《藏文〈格萨尔〉精选本》（40卷、51册，民族出版社2002—2013），斯钦孟和主持的《格斯尔全书》（第1—12卷，民族出版社2002—2014），郎樱、次旺俊美、杨恩洪主持的《格萨尔艺人桑珠说唱本》（全套计50卷，西藏藏文古籍出版社2001—2014）等。

在理论研究方面，团队成立之初就承担"九五"国家级重点项目"中国史诗研究"，先后完成并出版发表了众多研究成果，开启中国少数民族史诗研究的序幕。尤其是《格萨尔》《江格尔》《玛纳斯》等中国"三大史诗"和南方史诗为研究内容的一系列研究成果——"中国史诗研究"丛书7部，更是奠定了中国社会科学院民族文学研究所史诗学科的国内领先地位。通过理论开拓与借鉴，结合长期田野调查，中国社会科学院民族文学研究所学者开始在中国少数民族史诗的综合研究、比较研究、传承研究以及史诗形成和发展规律的探讨方面显现出强大实力。截至20世纪末，出版了《江格尔论》《玛纳斯论》《格萨尔论》《南方史诗论》《民间诗神——格萨尔艺人研究》《蒙古英雄史诗源流》等标志性成果，全面系统地评价和描述了中国史诗的总体概貌、重点史诗文本、重要演唱艺人以及史诗文类的各种问题，为以后的研究奠定了基础。在此过程中，民族文学所老一辈学者做了开拓性、奠基性的工作。他们基于本土资料，努力引进和借鉴国外相关理论，公开翻译出版或内部编印方式国外史诗研究经典著作或文章，推动了中国史诗研究的深入发展。

进入21世纪以来，民族文学研究所史诗研究团队新一代学者开始挑大梁，积极引进和推介口头程式理论、民族志诗学、表演理论等理论方法，翻译出版《口头诗学：帕里-洛德理论》《故事的歌手》《荷马诸问题》《突厥语民族口头史诗：传统、形式和诗歌结构》等国外史诗理论经典，以"口头史诗文本研究""中国少数民族语言与文化研究""格萨（斯）尔抢救、保护与研究""柯尔克孜族百科全书《玛纳斯》综合研究"等10多项国家社会科学基金委托项目、重大项目、重点项目以及一般项目、院级重大项目和所级重点课题为依托，逐步建立起了具有中国特色的史诗学，出版了《口传史诗诗学——冉皮勒〈江格尔〉程式句法研究》《史诗学论集》《古代经典与口头传统》《鹰灵与诗魂——彝族古代经籍诗学研究》《蒙古史诗：从程式到隐喻》《〈玛纳斯〉史诗歌手研究》《诗性智慧与智态化叙事传统》等一大批成果，引领中国史诗学研究方向，成功实现了研究范式转型。

2017年开始，借助于中国史诗研究方面的丰厚积累和优势，民族文学研究所史诗学研究被列为中国社会科学院"登峰战略"优势学科。2023年2月，"中国史诗学团队"被评为"首届中国社会科学院优秀科研团队"。此次出版的"中国史诗学丛书"除了符拉基米尔佐夫的《蒙古卫拉特史诗》，收录的都是本学科团队成员的创新成果。我们希望继续发扬首届中国社会科学院优秀科研团队优良传统，保持和巩固总体学术优势和学科框架，加强基础理论研究，提炼标识性话语，加快推进"中国史诗学派"形成的步伐，明确方向，突出优长，形成合力，砥砺前行，奋力开创中国史诗学学科高质量发展的新境界。

斯钦巴图

2024 年 4 月 24 日

序言：独辟蹊径　多维出彩

杨世光

甲辰三月，供职于中国社会科学院民族文学研究所的研究员、博士杨杰宏学友之新著《东巴史诗研究》告成，邀我作序。因我也研究过东巴史诗，发表过几篇论文，收在我的《东巴文化论稿》（生活·读书·新知三联书店版）中，故将作序视为一次难得的交流机会，欣然答允。不久，便收到这部沉甸甸的书稿。阅之，获益良多。

这是到目前为止研究纳西族东巴史诗的第一部带总结性的专著，醒目的是开辟出了一条独立品格的研究之路，采用了新的研究方法，展示了新的学术见解，窃以为具有显著的开创性意义。

导论中，从概念与分类、文化要素、相关仪式、特征、表现手法及其特点、地位与影响等六个方面，对东巴史诗作了多层次总结式的分析研究。关于东巴文学的概念，针对一些学者所言用象形文字书写之书面文学的定义，提出了新的见解，即其概念定义应包含口头与文字两个方面，二者不可偏废，并以四个理由予以佐证。由此，使东巴史诗的定义也涵盖了口头史诗文本和书面史诗文本。关于史诗的分类，针对一般以《创世纪》为创世史诗、《黑白战争》为英雄史诗的定例，提出如果把两部史诗放在东巴仪式中来考察，则呈现出多元性，如《创世纪》是融合了创世、英雄、迁徙等多元主题的复合型史诗。鉴此，就东巴史诗所涉及的东巴仪式如祭天、祭村寨神、祭祖、祭三多神、祭署神、小祭风、除秽、顶灾、请素神，以及各种人生礼仪仪式等，都做了明细钩沉。接着阐绎了史诗的六大特征、史诗的八种表现手法及特点，以及史诗对纳西族文化、文学、社会生产生活等的广泛影响。这些探索与见解，弥补了过去史诗研究中的阙如，是东巴史诗社会作用和文化作用的新认知，均具有学术的创新性。此外他还提出东巴史诗的演述还带有戏剧表演的特征，我亦说过《创世纪》也是纳西族的古典戏剧，祭天场就是大剧场，祭天仪式就是其壮戏剧的鲜活展演，可谓不谋而合。

范式研究一章，首先在主题研究、口头程式研究、母题研究、多学科研究、其他文化层面研究等方面，列举本民族诸多学者及国内外研究者的成果和开拓进展，在充分肯定的基础上，又分析出一些不足与问题，如"西重东轻"的不平衡，"作家文学化"的倾向，去仪式化与语境化的问题，停留于外在性研究等；又如对我的两部史诗研究，既细列出研究之主题、社会背景、经济文化形态、思想指向、人物形象、艺术价值、视觉特色等，肯定其开创性意义和扎实的学术基础，又指出在田野调查、关注仪式、共时性研究、多学科观照等方面的不足。进而针对性地做出研究范式的检讨，从六个方面给出了研究范式的多维度观照方法，以求有切实改进。这样的研究，体现了一个学者面向未来的高度负责的学术良心。

东巴史诗的空间研究，是一个全新的课题。作者认为其主要指演述空间，包括物理（自然环境）空间、传统人文环境空间和仪式空间；又细而分之，分别从地理的、历史的、文化的、民族的、村落的、家庭的、祭祀的、建筑的和神灵的空间，以及演述空间的特征，分别作了探绎和归纳，勾画出东巴史诗及其内涵构件所依凭的生发、存在、传承、播扬等综合大空间的丰富状貌，无疑是东巴史诗研究别出心裁的学术大拓展。

文本研究，作者借鉴国内外学者的文本分类学说，按口头诗学论，分为口传文本、半口传文本、传统导向的（汇编）文本；按史诗标准，分为创世史诗文本、英雄史诗文本、迁徙史诗文本；按整理方式，分为科学文本、创编文本、普及文本、创作文本；按记录方式，分为经籍文本、转抄文本、录音文本、口述记录文本；按方言区域，分为东部文本、西部文本。其中，经籍文本是原真文本；科学文本是指以东巴原文、国际音标、对译、意译四对照的文本，以《纳西东巴古籍译注全集》100卷为代表；创编文本是适当加工而不改变原文主题、情节的整理文本，如1960年版《创世纪》；意译文本指没有创作内容的汉译整理文本，如和志武的《东巴经典选译》；创作文本指根据原文主旨、情节再创作而成的创作文学作品，如戈阿干的《查热丽恩》和我的《黑白之战》等。对经典而言，创作文本是参照文本。这样加以分类，有助于阅读者和研究者进行鉴别、选择和使用。作者同时探讨了文本依不同仪式、不同演述者、不同时空条件而发生的动态变化，动态文本与变异文本的联系与区别，仪式表演中文本的并列平行式结构和递进平行式结构，以及多模态特征。看得出，作者善于借助他山之石以攻玉而臻于别开生面，为之下了一番苦心求新的功夫。

程式研究，作者以帕里、洛德师徒的口头理论范式观照东巴史诗，深入揭示文本的内部构成，从诗行程式、片语程式、主题程式或典型场景程式、故事范型程式四层次分析之：诗行程式，举无量河流域东巴史诗《索索科》和西部《黑白战争》为例，诗行皆为5字至11字的奇数句，以五言普遍，诗押头韵和尾韵，明显带有口头程式句法特征。片语程式，指名词性修饰语，有四字格特征，人名、动物名皆四字格，人名如美利董主、美利术主，动物名如长獠公獐、金色孔雀，等等。主题或典型场景程式，如《创世纪》中提炼出了与日本斋藤达四郎所述不同的从创世到结尾祝词计14个母题，如创世、建造神山、主人公出现……每个母题下尚有诸如"天神相助""洪水滔天"等子母题，母题和子母题均具有典型场景特点。故事类型程式，则为大尺度的口头程式，是指由系列的片语程式、主题程式、典型场景程式有机构成的程式总和，举祈福、超度、禳灾三类仪式以证述之，进而对祭天仪式程式作了多层次多侧面的研究探述，把程式专题引入了一个广阔的境界，学术层面由之达至丰厚而新颖。

叙事研究，从史诗的叙事结构、叙事时间、叙事视角研析之。叙事结构引用列维-施特劳斯的结构主义观点，发现东巴史诗有普遍的文化对立，如生与死、美与丑、爱与恨、天堂与人间、崇高与卑微等二元成组对立的叙事。例如《黑白战争》中，天地初开、人类太平，待出现海英巴达神树后，两部族争斗开始，这是和平与争斗的一组对立叙事，等等。叙事时间是指叙事语境确立、情节展开、结局布置，均与时间相关联。叙事时间模式是从一个大时空开始，在此之下是具体的小时空。如《创世纪》从太古混沌到天地产生直至出现人，时间跨度很大，但作品叙事只有120字的分量；而崇仁丽恩上天求婚只有5天，其叙事却达7526字的大分量,等等,揭示出叙事与时间之间关系简繁变化的特色。叙事视角,则从以情节为导向的视角、预言式的视角,以及视角的融合与转换三方面研论之。这些与证例密切结合的论述,颇有耳目一新之感。

专题研究,以史诗中的黑白文化、禁忌文化、音乐(唱腔、乐器)文化、服饰文化、日月崇拜文化等设计5个专题,就各专题主体的内容、范畴、类别、特征、风格、文化意蕴、传承性等层面,作了较详尽的引证和论述,学术容量大,挖掘有深度,涵盖面亦广,有独到的思考和探讨。

比较研究,主要是纳西族东部方言区与西部方言区史诗作品共性与差异性的比较,史诗文本与民歌中的史诗内容之间共性与差异性的比较,还有与壮族史诗、彝族史诗和藏族神话进行文化比较,其客观的证述,视界开阔,颇有裨益。

交流研究,就史诗交流的方式、内容、特征,分别作了扎实的多层面的展示。由此看出,传承与交流是东巴史诗赖以存活千秋的关键所在。传承研究,就史诗沿其历史轨迹以多种方式传承与流布的规律,乃至当今的创新发展,作了一脉相承的梳理。

最后,理论研究,从东巴史诗的多元学科属性引申到仪式史诗的学科朝向——仪式叙事学,并对这一新兴学科的理论背景、概念内涵、关系问题、学科价值与特征作了深入系统的阐述,从而达成了从具体到一般,从现象到本质的理论升华,实现了学科间的理论对话,这对构建口头诗学、民间文学的自主知识体系,推动民族文学、民间文学的中国学派的建设有着积极的现实意义。这说明作者的东巴史诗研究并非局限于一族文化事象研究而是着眼于整个学科体系,由此彰显了这一研究的学术价值。

总而言之,杰宏此著能超脱以往学者只围绕史诗经典文本的单一性、传统式的研究态势,参纳国内外有关学者的理论,考察、把握史诗研究的陌生领域和进军方向,独辟蹊径,立论有序,证例繁实,思辨出新,术语缤纷,上到了开放吸纳、全景综合的研究新高度,从而取得了整局多彩、令人刮目的可喜硕果,当为之点赞!自然,文中有些尚属一家之言,有的术语与叙述尚可明朗些,有的外延枝蔓尚可精密些,两部史诗所涉人物群落和神祇角色群落尚可究全些。愿杰宏赓续追新逐异,雕镂出更多佳作,让传统民族文化炫发新光。

谨赋七绝一首祝之:

　　　　　心眼高临问史诗,天机解悟展豪眉。
　　　　　抽丝剥茧凭新器,造锦煌然出彩奇。

是为序。

凡 例

  本著中所引用的纳西东巴古籍文献资料以已公开出版的《纳西东巴古籍译注全集》（百卷本）《纳西东巴古籍译注》（三卷本）为主。

  本著中所涉及的东巴文献中的专有词汇，如神灵名称"崇仁利恩""衬恒褒白""丁巴什罗""美利董主"以《纳西东巴古籍译注全集》中名称为参考范本。

  本著中所涉及的外来词汇，如藏文、英文采取了原文与汉译二对照方式。

  对一些专有名词以国家规范的名称为准，如以本教（ བོན ）来取代"苯教""钵教""苯波教"等不同名称。

  本著中的所涉及纳西东巴古籍文献、纳西民歌中的原名在及专有名词的注音以国际音标与纳西拼音文为主。其中纳西拼音文字以《纳西文字方案（草案）》为准。国际音标与纳西拼音文对应关系可参照下表：

纳西文与汉语拼音、国际音标对照表[1]

声母

纳	b	p	bb	m	f(w)	d	t	dd	n	l
汉	b	p		m	f(w)	d	t		n	l
国	p	p'	b	m	f(w)	t	t'	d	n	l

---

[1] 参见和志武编著《纳西语基础语法》，云南民族出版社，1987年。

纳	g	k	gg	ng	h	j	q	jj	ni	x(y)
汉	g	k		(ng)	h	j	q			x(y)
国	k	k	g	ŋ	h	tɕ	tɕʻ	dʑ	ɲi	ç

纳	z	c	zz	s	ss	zh	ch	rh	sh	r
汉	z	c		s		zh	ch		sh	r
国	ts	tsʻ	dz	s	z	tʂ	tʂʻ	dʐ	ʂ	ʐ

韵母

纳	i	u	iu	a	o	e	v	ee	er	ei
汉	i	u	ü	a	o	e	v		er	ei
国	i	u	y	a	o	ə	v	ɯ	ər	e

纳	ai	iei	iai	ia	ie	ui	uai	ua	ue
汉	ai	ie	(ian)	ia	(iou)	uei	uai	ua	
国	æ	ie	iæ	ia	iə	uei	uæ	ua	uə

声调

	高平调	中平调	低降调	低升调
纳西拼音	55	33	31	35
国际音标	l		ɊƑ	f

目 录

导 论 001

第一节 东巴史诗的概念与分类 003
一、东巴史诗的概念 003
二、东巴史诗的分类 007
三、"爱情史诗"辨析 014

第二节 东巴史诗的文化要素 018
一、纳西族与东巴 018
二、东巴文化 021
三、东巴教 023
四、东巴文 025
五、东巴经 027
六、东巴仪式 028

第三节 与东巴史诗相关的仪式 032
一、岁时节日中的东巴仪式 032
二、人生礼仪中的东巴仪式 040

第四节　东巴史诗的叙事特征······046
一、宗教叙事······046
二、民间叙事······047
三、神话叙事······048
四、仪式叙事······049
五、口头叙事······051
六、历史叙事······052
七、道德叙事······052

第五节　东巴史诗的表现手法······055
一、仪式中的文学演述······055
二、看图说话的艺术表达方式······056
三、浪漫夸张与现实主义相融的艺术手法······059
四、象征化的叙事手法······061
五、说诵唱相结合的口头演述······063
六、押韵比兴等修辞手法······064
七、口头程式句法······065
八、作为综合艺术的东巴史诗······067

第六节　东巴史诗的地位与影响······068
一、对民族传统文化的影响······069
二、对民众生产生活的影响······072
三、对民族文学的影响······076
四、对文化产业的影响······079
五、对当代艺术的影响······080
六、新时代东巴史诗的价值······081

第一章 范式研究

第一节 东巴史诗研究成果综述 ... 085
  一、研究总体概述 ... 085
  二、文本整理成果 ... 087
  三、研究成果述评 ... 092
  四、研究进展与问题 ... 104

第二节 东巴研究范式的检讨 ... 110
  一、以历史主义为取向 ... 110
  二、以文学为取向 ... 116
  三、介于"文学"与"历史"之间 ... 119
  四、以研究对象为取向 ... 121

第三节 东巴史诗研究范式的多维观照 ... 123
  一、历时性的比较维度 ... 123
  二、共时性的比较维度 ... 124
  三、不同文本的比较维度 ... 125
  四、不同文类比较维度 ... 127
  五、不同文化类别的比较维度 ... 128
  六、多民族史诗比较维度 ... 129
  小结 ... 132

第二章 空间研究 ... 135

第一节 东巴史诗的演述空间与自然环境 ... 137
  一、演述空间的概念及范畴 ... 137

二、东巴史诗的演述空间 ……………………………………… 138
　　三、东巴史诗的自然环境 ……………………………………… 139

第二节　东巴史诗的人文环境 …………………………………… 142
　　一、周边人文环境 ……………………………………………… 142
　　二、纳西族人文环境 …………………………………………… 146

第三节　东巴史诗的仪式空间 …………………………………… 152
　　一、祭祀空间 …………………………………………………… 152
　　二、建筑空间 …………………………………………………… 164
　　三、村寨空间 …………………………………………………… 166

第四节　东巴史诗演述的神灵空间 ……………………………… 170
　　一、原生形态的神灵空间 ……………………………………… 171
　　二、次生形态的神灵空间 ……………………………………… 174
　　三、新生神灵空间 ……………………………………………… 176

第五节　史诗演述空间特征论 …………………………………… 183
　　一、整体性 ……………………………………………………… 183
　　二、层级性 ……………………………………………………… 184
　　三、区隔性 ……………………………………………………… 185
　　四、发展性 ……………………………………………………… 185
　　五、差异性 ……………………………………………………… 186
　　六、对应性 ……………………………………………………… 187

第三章　文本研究 …………………………………………………… 191

第一节　东巴史诗的文本类型 …………………………………… 194
　　一、口头诗学视域下的东巴史诗文本 ………………………… 194

二、东巴史诗的新类型文本 …………………………………… 197
　　三、东巴史诗整理文本的分类 ………………………………… 200

第二节　东巴诗的动态文本类型 …………………………………… 212
　　一、仪式演述语境下史诗文本的动态性特征 ………………… 212
　　二、动态文本与变异文本的联系与区别 ……………………… 218
　　三、仪式语境下的史诗演述与文本关系 ……………………… 221

第三节　东巴史诗仪式文本结构 …………………………………… 224
　　一、东巴史诗仪式文本 ………………………………………… 224
　　二、东巴仪式表演中的并列平行式 …………………………… 226
　　三、东巴仪式表演中的递进平行式 …………………………… 230

第四节　东巴仪式叙事文本特征 …………………………………… 238
　　一、东巴史诗的仪式表演 ……………………………………… 238
　　二、东巴史诗的仪式叙事要素 ………………………………… 241
　　三、东巴史诗的仪式叙事类型特征 …………………………… 242
　　四、东巴史诗的多模态文本特征 ……………………………… 243

第四章　程式研究 …………………………………………………… 247

第一节　东巴史诗的诗行与片语程式 ……………………………… 250
　　一、东巴史诗的诗行程式 ……………………………………… 250
　　二、东巴史诗的片语程式 ……………………………………… 254

第二节　东巴史诗的主题与典型场景程式 ………………………… 260
　　一、主题程式 …………………………………………………… 260
　　二、东巴创世史诗的主题分析 ………………………………… 263
　　三、典型场景程式 ……………………………………………… 271

第三节　东巴史诗的故事类型程式 ·········· 274
　　一、故事类型与仪式类型 ·········· 274
　　二、仪式类型对史诗故事类型的影响 ·········· 275
　　三、东巴对史诗故事类型的影响 ·········· 279

第四节　东巴祭天仪式的程式研究 ·········· 281
　　一、祭天仪式的主题与典型场景 ·········· 281
　　二、祭天仪式的类型与故事类型 ·········· 287
　　三、祭天仪式程式的结构形态 ·········· 294

第五章　叙事研究 ·········· 301

第一节　东巴史诗的叙事结构 ·········· 303
　　一、叙事学中的叙事结构 ·········· 303
　　二、东巴史诗中的二元结构 ·········· 304
　　三、东巴史诗中的序列结构 ·········· 305
　　四、仪式文本的叙事结构 ·········· 308

第二节　东巴史诗的叙事时间 ·········· 310
　　一、以宇宙初始为开头的叙事模式 ·········· 310
　　二、以天为古的叙事时间观念 ·········· 311
　　三、仪式叙事时间与史诗叙事时间 ·········· 313

第三节　东巴史诗的叙事视角研究 ·········· 314
　　一、以情节为导向的叙事视角 ·········· 314
　　二、预言式的叙事视角 ·········· 318
　　三、仪式场域中的多元叙事视角 ·········· 323

第六章 专题研究 327

第一节 东巴史诗中的黑白色彩崇拜 329
一、纳西族色彩崇拜的内在制约因素 330
二、纳西族色彩崇拜的外在制约因素 331
三、纳西族色彩崇拜的历史传承性 334

第二节 东巴史诗禁忌研究 337
一、东巴史诗与禁忌的关系 337
二、东巴史诗的演述禁忌 339
三、东巴史诗的禁忌文化变迁 344

第二节 东巴史诗音乐研究 347
一、东巴唱腔的分类 347
二、东巴仪式演奏乐器及使用程式 354
三、东巴史诗唱腔形态分析 358
四、东巴仪式音乐程式化特征 368

第四节 东巴服饰研究 372
一、东巴服饰概念及研究综述 373
二、东巴象形文字中的东巴服饰 375
三、东巴经籍文献中的东巴服饰 379
四、东巴画中的东巴服饰 386
五、东巴舞谱中的东巴服饰 395
六、东巴仪式中的东巴服饰构成 399
七、仪式演述述中的东巴服饰 414
八、东巴服饰的文化特征 417

第五节　东巴史诗中的日月崇拜……421
一、东巴史诗中日月崇拜的神话叙事……421
二、东巴象形文字中的日月崇拜……425
三、本教与东巴教的日月崇拜文化比较……427
四、东巴日月崇拜与中原日月神话的比较……430

第七章　比较研究……435

第一节　纳西族东西部方言区创世史诗比较研究……437
一、纳西族史诗状况梗概……438
二、三部史诗的共性比较……442
三、三部史诗的差异性比较……446
四、同源异流与文本、名称之辨……460

第二节　东巴史诗与纳西族民歌关系比较研究……471
一、民歌中的东巴史诗内容……472
二、东巴史诗与民歌的共性比较……474
三、东巴史诗与民歌的差异性比较……481
四、史诗与民歌的互文性特征……493

第三节　纳西族与壮族创世史诗的比较研究……498
一、两部史诗的文本共性……498
二、《布洛陀》与《崇般图》的文本差异性……503
三、关于南方创世史诗类型的再思考……507

第四节　纳西族与彝族的创世史诗比较研究……509
一、史诗主题的比较……509
二、基干情节与母题的比较……511

  三、典型形象的比较 ·· 515

  四、演述方式的比较 ·· 517

  五、史诗文本的比较 ·· 520

  六、同源异流的文化关系 ·· 522

 第五节 藏族神话与东巴史诗比较研究 ································ 524

  一、纳西族与藏族的历史文化关系 ·································· 524

  二、纳藏民间文学比较材料的甄别 ·································· 530

  三、藏族神话与纳西族创世史诗比较 ································ 536

  四、藏族神话对东巴史诗的影响 ···································· 549

  五、纳藏文学间影响的不对等性 ···································· 553

第八章 交流研究 ·· 555

 第一节 东巴史诗的交流方式 ·· 557

  一、口头演述 ·· 557

  二、书面文本 ·· 558

  三、歌舞表演 ·· 559

  四、戏剧化表演 ·· 560

  五、场景展演 ·· 561

  六、互动参与 ·· 562

 第二节 东巴史诗的交流内容 ·· 563

  一、生产生活经验知识 ·· 563

  二、历史及传统文化知识 ·· 564

  三、象征化叙事与符号化隐喻 ······································ 566

  四、宗教与哲学观念 ·· 568

  五、社会规范与道德准则 ·· 571

第三节　东巴史诗的交流特征 ··· 573

一、正式性 ·· 573

二、重复性 ·· 574

三、情感性 ·· 575

四、集体性 ·· 576

五、不对等性 ·· 576

六、隐含性 ·· 578

第九章　传承研究 ·· 583

第一节　东巴史诗的传承脉络 ··· 585

一、东巴史诗的传承脉络 ·· 585

二、东巴史诗的两次发展高峰 ·· 588

三、东巴史诗传承发展的整体状况 ···································· 589

第二节　东巴史诗的传承方式与文本创编 ································ 592

一、东巴史诗的习得与传承 ·· 593

二、东巴史诗的传承方式 ·· 594

三、东巴史诗及仪式的创新传承 ······································ 600

第三节　东巴史诗的当代创新发展 ······································ 605

一、东巴史诗在文化旅游中的遗产化 ·································· 606

二、遗产旅游中东巴史诗的商品化 ···································· 608

三、新媒介对东巴史诗的挪用与重述 ·································· 610

四、东巴史诗的现代性重述思考 ······································ 615

五、东巴史诗的文化价值思考 ·· 623

第十章 理论研究 ... 627

第一节 东巴史诗研究的学科属性与朝向 ... 629
一、学科属性 ... 629
二、学科朝向——仪式叙事学 ... 634

第二节 仪式叙事学的理论背景与概念内涵 ... 637
一、学科理论背景 ... 637
二、概念内涵及范畴 ... 644

第三节 仪式叙事学的问题域 ... 648
一、仪式场域与叙事活动关系 ... 648
二、仪式类型与叙事文本关系 ... 652
三、仪式叙事与多模态叙事关系 ... 656
四、仪式程式与口头程式关系 ... 657
五、仪式叙事功能与审美评价 ... 659

第四节 仪式叙事学的学科价值与特征 ... 664
一、仪式叙事学的学科价值 ... 664
二、仪式叙事学的学科特征 ... 666

附 录 ... 669

【附录一】民歌调《崇般日》... 671

【附录二】民歌调《都埃术埃》... 684

【附录三】民歌调《天女织锦缎》... 686

【附录四】民歌调《粮种的来历》……………………………………………688

【附录五】民歌调《起房调》…………………………………………………692

【附录六】阮西创世史诗《索索科》…………………………………………696

【附录七】三坝吴树湾村东巴婚礼"谷气"调………………………………709

导 论

本部分内容重在概述东巴史诗的概念及范畴，即主要研究对象与研究范围，同时涉及东巴史诗的类别、构成文化要素及与之相关的仪式、研究意义和价值。具体而言，东巴史诗的多元类型、独特的艺术表现手法和叙事特征、所具有的历史地位与文化影响，其实已蕴含了其研究意义与价值。通过本部分内容，我们大致可以了解到"何为东巴史诗""东巴史诗何为"等基本问题。诚然，作为导论，对上述问题只做概要性论述，以起到一个引导读者进入正题的作用。需要强调的是，东巴史诗的概念与类型在《纳西族文学史》《东巴文化论》等论著中已有提及，包括对东巴史诗的表现手法、价值意义、叙事特征等方面也有阐述，但这些前人成果往往把东巴史诗研究与东巴文化或东巴文学相混融，把东巴史诗当作以东巴象形文字记录而成的民间文学，忽略了其活态的、多模态的、多类型的、多元价值的本体特征。对东巴史诗的概念类型、表现手法、叙事特征、文化要素、价值意义的重新阐述成为东巴史诗研究的内在要求，也是本著的研究旨向：不淹没前人所作出的努力以及成果，凡是前人做过的研究都要予以提及与回应，有些问题在前人研究成果中已得到解决，本著不再赘述，但予以交代，使前后研究形成一个推进式的整体研究。同时，基于深入的田野民族志与文献考证，笔者提出了一些新的观点、概念，把口头创作纳入东巴文学概念范畴，东巴史诗不再是东巴象形文记载的书面文学，而是强调了其在仪式中的创编性、演述性、多模态性。东巴史诗所固有的仪式史诗、仪式程式、多模态文本等特征，在国内外不同民族地区的史诗中也同样存在，从而使东巴史诗研究具有了更为广泛的学术价值。研究东巴史诗既要立足、扎根于东巴史诗，也要跳出东巴史诗，开展学科间对话，使之朝向更为广阔的口头诗学、仪式诗学、仪式叙事学等多元学科。这既是本著首尾呼应的文本逻辑所在，也是本著努力探索的主旨与方向所在。

导 论

第一节 东巴史诗的概念与分类

一、东巴史诗的概念

何为东巴史诗？

东巴是对纳西族宗教祭司的称谓，意为智者、精神导师。东巴集巫、医、学、艺、匠于一身，为民众的生产生活服务，是纳西族传统文化的重要传承者。东巴在民间又称为"补波"（$py^{31}py^{31}$），用作动词时指念诵，反复吟诵等；用作名词时指诵经者，与周边民族的"毕摩""释比""贝玛"等意义相通。"补波"（$py^{31}py^{31}$）与本教的祭司"本波"音义相近。"东巴经"是由象形文字书写而成的东巴教经典，主要用来在东巴祭祀仪式中吟诵，具有书面文本与口头文本互融的半口传文本特点。巴莫曲布嫫认为"东巴文学是东巴教祭司——东巴用古老的纳西象形文字书写、编创，并记载于东巴经中的文学作品"[1]。本书中的东巴史诗乃是指东巴文学中的史诗部分。

从中可察，作为"东巴文学"的构成，"东巴史诗"的概念是与"东巴文学"的概念相对应的。"东巴文学"的概念定义直接影响了对"东巴史诗"的定义。学术界对"东巴文学"的定义基本上与东巴经籍相联系，即"纳西族祭司东巴用东巴象形文记载于东巴经籍中的文学作品"，相应的，"东巴史诗"指"东巴用象形文字创作并记载于东巴经籍中的史诗"。《纳西族文学史》中如是说："东巴文学的出现，是纳西族文学史上的一件盛举。简言之，东巴文学是东

---

[1] 巴莫曲布嫫：《东巴文学的形成》，张炯、邓绍基、樊骏主编：《中华文学通史》，华艺出版社，1997，第345页。

巴教祭司——东巴用古老的纳西象形文字书写、编创，并记载于东巴经中的文学作品。这部分文学作品既有别于民间口传文学，也有别于纳西族用汉文创作的作家文学，属于独立的一个范畴。"[1]这是对东巴文学比较早也比较有权威的定义。

当然，不同学者的考察视角不同，也有一些大同小异的定义。

杨世光："东巴文学，是纳西族东巴教教士东巴用东巴文撰写的纳西族古代书面文学。"[2]

郭大烈："东巴文学是记载在用纳西象形文字书写的《东巴经》中的文学作品，主要是神话作品，也有故事和习俗大调。"[3]

甘雪春："东巴文学是由纳西族祭司们用原始象形文字书写下来的古代书面文学，是东巴祭司们根据口头作品再创作或自己创作的文学作品。东巴文学是民间文学向作家文学的一种过渡，即由自发创作到自觉创作的过渡。东巴文学的内容，既包含有反映原始社会纳西祖先生活和世界观的神话、古歌和史诗，也包括了反映奴隶社会初期和封建领主社会生活的传说、故事和诗歌等。"[4]

东巴文学被称为与东巴经籍相关的文学，与纳西族的原始宗教——东巴教有着密切关系，就文学性质而言属于宗教文学。纳西族东巴文学确切创始年代尚不可考，但是东巴文学与早期神话、歌谣到原生宗教东巴教的形式以至东巴象形文字，都有着密切的源流关系。东巴文学按照题材可以分为创世神话、战争神话、爱情故事、生产劳动歌谣等。《创世纪》《黑白战争》《鲁般鲁饶》被称为东巴文学的三颗明珠。[5]

综上所述，关于东巴文学的定义基本上集中在三个关键词上——"东巴""东巴经""书面文学"，即东巴文学的创作主体为纳西族祭司——东巴，东巴文学的传播载体为东巴经籍，其文本性质为书面文学。

可以说上述这些定义比较客观地概括了东巴文学的基本内涵及特征，但细察之，也有与实际不太符合的问题。最突出的一个问题是东巴文学的定义范

---

[1] 和钟华、杨世光主编：《纳西族文学史》，四川民族出版社，1992，第72页。
[2] 杨世光：《东巴文化论稿》，生活·读书·新知三联书店，2014，第7页。
[3] 费孝通主编，郭大烈本卷主编：《中国少数民族大辞典·纳西族卷》，广西民族出版社，2002，第171页。
[4] 甘雪春：《走向世界的纳西文化——20世纪纳西文化研究述评》，云南大学出版社，2006，第43页。
[5] 李映华主编，杨发军、季春副主编：《景观文化》，云南大学出版社，2011，第114页。

畴中只包括了书面文学,人为地切割了口头文学,即东巴文学仅限于记载在东巴经籍中的内容,不包括东巴在东巴仪式及民俗活动中演述的口头文学。可以说,缺失了东巴口头文学内容的东巴文学是不全面的,对东巴文学的认识也是有失偏颇的。相应地,学界对东巴文学定义的偏颇导致了对东巴史诗概念的误解。

东巴文学与东巴史诗的概念应包含口头与书面两个方面,二者不可偏废,理由有四。

一是从东巴文学与东巴史诗的创作及传承主体来看,东巴作为祭司,其身份为东巴教教徒,其传教、主持仪式是以口头吟诵为主的。"东巴"的象形字写为 ⚡(py^{31}),头饰神冠,口出气,诵经也。东巴的另一个名称为"$py^{31}py^{31}$",意为"吟诵者"。可以说,离开了口头吟诵、演述,东巴就不成其为东巴。

二是从东巴文学与东巴史诗的文本来看,东巴经籍中所记载的文学内容也是与口头文本紧密相结合的,具有口头文本的特征。东巴不只是拿着笔创作的人,还扮演着口头吟诵者的角色。大部分东巴经籍并非是静态的固定文本,而是在仪式上演述并为仪式功能服务的,往往通过吟诵来完成其文本功能,而非"小说""诗词"那样的书面文学,仅限于读者阅读。这是东巴文学与书面文学最大的不同点。

三是在东巴文学与东巴史诗中本身就存在着大量的口头文学文本。东巴经在东巴仪式应用中分为口诵东巴经与东巴经籍两类,这在东巴祭司中有着明确的分类,如前者称为"$kho^{33}by^{31}tɕy^{31}$"或"ku sheeq"(口诵经),后者称为"$the^{33}ɣu^{33}by^{31}tɕy^{31}$"(书本诵经)。其一,前者没有具体的经书,都是以东巴口头吟诵为主,如戈阿干搜集整理的《祭天古歌》中的"祭天口诵篇"就完整记录了祭天仪式上口头吟诵的口诵经内容,涉及祭天仪式的主要程序,以及祈福内容。其二,在东巴文化生态保存较好的地区,东巴及一些民众对日常应用较多的东巴经籍掌握熟练,用不着照本宣科,不看经书,以口头演述为主,如日常生活中的一些简易的烧天香、除秽、祈福仪式。其三,在一些东巴经籍缺失、东巴文化传统剧烈变迁的地区存在着大量的东巴口诵经,如戈阿干在调查中发现,西藏昌都地区盐井乡、四川甘孜州巴塘县白松乡的纳西族祭天仪式以口诵经形式进行。其四,东巴仪式中也有口头演述为主的民俗歌舞活动。纳西族东巴丧葬仪式中要首先请东巴吟唱《挽歌》($mu^{55}pu^{55}$),在东巴婚礼上,要请东巴吟唱《婚歌》，只有等东巴吟唱完毕后，群众才能跟着吟唱跳舞。民间一直有这样的说法："东巴不先唱就不兴唱，东巴不先跳就不兴跳。"这些《挽歌》《婚歌》当然是耳熟能详的口头文学作品。其五，东巴们在平时讲古、讲故事时也是以口头演述为主的，不可能照本宣科。

四是从人类文化发生学来看，人类是先有语言后有文字，且语言产生的历史要远远早于文字。同样的道理，东巴口头文本要远早于书面文本，且东巴书面文本，尤其是仪式中吟诵的经书大多是由原来的口头文本转抄而来的，其本身也是为仪式中的口头演述服务，属于半口传文本，即源于口头文本的书面文本。[1]至今仍保留的祭天口诵经与祭天经书存在着对应关系，可以证明后者是由前者转化而来的。另外，大量的口头民间故事被东巴有意识地改编为东巴经籍，如《达勒阿萨命的故事》《富家偷穷家牛》《普尺伍路的故事》《买卖岁寿》《三女卖马》等；而东巴经典名篇《创世纪》（又名《崇般图》）、《黑白战争》（又名《董埃术埃》）、《鲁般鲁饶》《丁巴什罗故事》在民间也广泛流传。这说明东巴文学中的口头与书面文本虽各有特征，但二者之间并没有无法跨越的鸿沟。东巴文学中这两种文本相互融合、转化的辩证统一关系也是很明显的。

基于以上的认识，我们对东巴文学的定义范畴不再局限于东巴经籍文本中，而是扩大到东巴口头与书面两大类文本，这样就能涵盖东巴文学的概念范畴了。简言之，东巴文学就是由东巴创作的口头与书面文学作品，既包括东巴创作、记录的书面文学作品，也包括东巴口头演述的文学作品。

这个定义扩大了东巴文学的概念范畴，从原来的书面经籍文学扩大到东巴创作的所有文学作品，包括东巴经籍文学、东巴口头文学，还包括与东巴创作有关的一切文学作品，如东巴对联、诗词、书信、碑铭、石刻、谚语、歌谣等。可以说这是个广义的东巴文学。这与当下的大文学观思潮影响有着内在的关系。

作为东巴文学的重要构成，重新定义后的"东巴文学"概念同样适用于东巴史诗。东巴史诗是指由纳西族祭司东巴创编、传承的，在东巴仪式及民俗活动中演述的，以歌颂民族英雄祖先、记录民族重大历史为主题，并对民族历史

---

[1] 约翰·麦尔斯·弗里、劳里·航柯等学者借鉴了洛德的"表演中的创编"及鲍曼的"表演理论"，把史诗研究对象的文本划分为三个主要层面，一是口头文本（或口传文本），二是源于口头传统的文本（或半口传文本），三是"以传统为导向的口头文本"。参见巴莫曲布嫫《"民间文学格式化"之批评——以彝族史诗研究中的"文本迻录"为例（下）》，《民族艺术》2004年第4期。

及文化产生过深刻影响的韵文体叙事长诗。现在国内学界公认的纳西族史诗有创世史诗《崇般图》[1]，英雄史诗《黑白战争》。

这样定义后的"东巴史诗"概念涵盖了口头史诗文本与书面史诗文本。当然，史诗不等同于文学，史诗概念不能像文学那样扩大化，它有着严格的概念范畴，如它作为"诗"，必须是韵文体的；作为"史"，其主题须与民族的重大历史事件密切相关，对民族历史进程产生过深远的影响，具有"圣典""社会宪章"作用。所以，并不是所有东巴文学作品都可以进入史诗行列，也不是所有东巴经典名著都可以称为东巴史诗，如当下学术界也在使用的"爱情史诗"——《鲁般鲁饶》就不能列入史诗行列，在下文中会做专门论述。

二、东巴史诗的分类

东巴史诗是在仪式中演述的史诗，仪式是水，史诗是鱼，仪式演述体现了"鱼水互动"的活态史诗特点。本书中的"仪式演述"是指在民间传统仪式中进行民间文学的身体表演及口头叙述行为。[2] 从仪式演述视域下考察史诗，是基于仪式与演述两个维度而言的，演述重在考察史诗的"一次"或"这一次"的表演与叙述活动，仪式重在考察史诗在仪式中的功能、表现，仪式对史诗演述、文本、类型等方面的影响与制约。从仪式演述视域考察史诗，是以仪式中的演述为中心，有别于以文本为中心（如《荷马史诗》）、以口头表演为中心（如"三大史诗"）的研究视角。以仪式演述为中心，把史诗的文本、演述同仪式有机相结合，扩大了史诗的研究范畴，有利于推动史诗类型、概念内涵及特征的深入研究。

---

1 本书中把纳西族创世史诗名称统一为《崇般图》，主要与1960年云南省民族民间文学调查队编写的《创世纪》相区别。此编写本属于二次创编文本，即对不同仪式中使用的文本进行了符合当时意识形态的综合与改编。

2 "演述"源于"performance"的翻译，一般译为"表演"，在此引用了巴莫曲布嫫的译名"演述"，主要考虑到演述对象——史诗在仪式中的吟诵或乐器伴奏吟唱，具有身体表演与叙述的两个文化功能，演述更能突出史诗的叙事表征。参见巴莫曲布嫫《叙事语境与演述场域——以诺苏彝族的口头论辩和史诗传统为例》，《文学评论》2004年第1期。

(一)《崇般图》的史诗类型分析

当下学术界把东巴史诗分为创世史诗、英雄史诗两大类。英雄史诗以《黑白战争》为代表,创世史诗以《崇般图》为代表,两部史诗分别荣列国家级、省级"非遗"名录。如果仅从史诗名称及主题来看,这两部东巴史诗的类型划分并无异议,但把两部史诗纳入仪式演述视域中,我们会发现诸多理论与实际不符的问题。

东巴史诗文本类型包括口传与书面两类文本,书面文本是由东巴象形文字记录的文本,属于源于口头的书面文本,用来在仪式中演述。与作为阅读文本,以及以表演为中心的史诗类型不同,东巴史诗自始至终是与仪式紧密相连的,为仪式宗旨服务,它与其他经籍文本,以及东巴舞、东巴画、东巴工艺一同构成完整的仪式叙事。这就意味着,一部史诗无法支撑起一个完整的仪式,史诗只有与其他口诵经或经籍,以及仪式规程、东巴音乐、东巴舞蹈、东巴美术、工艺等要素相有机结合,才能完成史诗演述。仪式为史诗提供了演述平台,史诗是活在仪式中,而非反之。仪式制约着史诗的类型、内容及演述。什么样的仪式要演述哪一类型的史诗,重点演述哪些内容,以何种方式演述,以及演述的时空条件,等等,这些都严格受到仪式的制约。所以我们在探讨东巴史诗类型时,必须要考虑到仪式演述这一关键因素。

具体来说,《创世纪》在丧葬、超度、大祭风、退口舌是非、除秽、关死门等重大仪式中演述;英雄史诗《黑白战争》属于禳灾类仪式经书,一般在禳栋鬼、退口舌是非、除秽等仪式中演述。一部名称相同的史诗在不同仪式中存在着内容差异,由此造成了我们分析史诗类型时的复杂性。

以创世史诗《崇般图》为例,可以说每一个不同版本中都存在着"创世"主题。《崇般图》通过讲述远古人类开天辟地、生存发展的故事来传授重要的人类生存经验,强调只有遵循传统古规古制才能克服困难、禳灾降福,只有这样做才符合世界万物,包括人类产生、发展的规律,违背了这些规律人类就要遭受灾祸。《崇般图》在仪式中具有"认祖归宗"的指路经作用,即通过讲述人类祖先的故事,交代祖先的迁徙路线,以期生者不忘来路,并通过此路回归祖居地,求得灵魂的永生。学术界根据这一情况把其史诗类型定位为"创世史诗"。

我们在分析中发现,《崇般图》的文本主题可以分为创世、难题考验、回归、仪式灵验四个主题。开篇的"创世"主题交代开天辟地的创世内容;"难题考验"主题叙述人文始祖崇仁利恩如何战胜重重艰难险阻、天灾人祸,最终娶得了天女,繁衍了人类;"回归"主题叙述崇仁利恩与天女双双从天庭回归人间的迁徙历程;"仪式灵验"主题叙述通过举行此仪式获得了圆满效果。最后一部分与史诗文本的情节叙述没有直接关系,但与仪式密切相关,以往好多整理文本中把此部分作为"封建糟粕""赘疣"而删除。对于作为仪式演述主体的东巴而言,"仪式灵验"主题的重要性更甚于前三者,毕竟这关系到他举行仪式的目的、功效及个人声誉。对他而言,东巴仪式演述并非文学活动,而是宗教行为,承担着祈福消灾、治病驱邪的社会职能。

在四个史诗主题中,"难题考验"主题具有英雄叙事特征。与北方史诗中的"战争英雄"不同,《崇般图》中的"英雄"与创世主题相对应,更多带有"文化创造英雄"色彩。钟敬文对此有深刻的认识,他指出,"南方英雄史诗不限于战争,更主要的是文化创造英雄,有神话色彩。像造房子、发明农耕、创造两性制度等"[1]。《崇般图》的"回归"主题即迁徙主题。史诗文本中的回归主题重在叙述主人公从天上迁徙到人间的过程,仪式层面的回归主题侧重于亡魂回归祖居地的过程,二者形成双向对流,凸显了仪式与史诗的互文关系。需要说明的是,这一主题在不同仪式的经书中所占的比例是不同的。相对来说,在大祭风仪式中演述的《崇般图》经书中迁徙主题更为突出些。这与祭风仪式的宗旨——超度殉情者亡灵是内在统一的。东巴通过仪式把殉情者灵魂超度到"玉龙第三国"。在《全集》中,大祭风仪式里吟诵的《崇般图》经典中,迁徙主题的内容在整个文本中占比12%[2],在超度仪式上吟诵的《崇般图》经典中,迁徙主题的内容占比为11%[3],而在除秽仪式上的《崇般图》中迁徙主题占比仅为3%,而除秽内容占比高达22%[4]。可见,同一名称的史诗文本在不同仪式中的内容变动还是很大的,这说明史诗文本的内容、主题都受到仪式的制约。

以迁徙主题占比最高的大祭风仪式中的《崇般图》为例,整个史诗可以分

---

[1] 钟敬文、巴莫曲布嫫:《南方史诗传统与中国史诗学建设——钟敬文先生访谈录》,《民族艺术》2002年第4期。

[2] 丽江东巴文化研究所编:《大祭风·创世纪》,《纳西东巴古籍译注全集》(第80卷),云南人民出版社,1999—2000。(以下简称为"《全集》")

[3] 《超度死者·人类迁徙的来历》,《全集》(第56卷),第143—204页。

[4] 《除秽·古事记》,《全集》(第39卷),第156—227页。

为创世、难题考验、迁徙回归、仪式灵验四个主题,各个主题在整部史诗中所占的比例分别为36%(创世)、40%(难题考验)、12%(迁徙回归)、12%(祭祀灵验)。如果去除掉与史诗叙事没有直接关系的祭祀灵验,则前面三个母题占比还会增加。这说明大祭风仪式中的《崇般图》其内容至少包含了创世、迁徙的两大主题,如果按照钟敬文提出的"文化创造英雄"的观点,则可以把"难题考验"主题划入文化创造英雄的主题中,因为崇仁利恩以其大无畏的气概及智慧战胜了天神子劳阿普的无理刁难与陷害,同时创造了婚姻制度、祭天传统,发明了刀耕火种、渔猎的生产技术,这样一部融合了创世、英雄、迁徙等多元主题的史诗,把其史诗类型定位为复合型史诗是符合其实际情况的。

当然,这并不是说所有不同仪式中的《崇般图》都属于复合型史诗类型,重在说明东巴史诗类型分析须与具体的仪式相结合,因仪式类型、规模、主体、时空条件不同,史诗的内容、类型、演述方式、受众等因素必然产生相应的变化,迁徙史诗《崇般绍》就是典型个案。

(二)《崇般绍》的史诗类型分析

《崇般图》与《崇般绍》中的"崇般"(coq bberq)皆有"人类迁徙""人类繁衍"之意,"图"(tv)意为"出处、来历","绍"(sal)意为"迎请"。从中可察这两本经典的同中有异:虽都是在叙述人类的繁衍、迁徙主题,但前者重在讲述人类及世界万物的产生与来历,后来者重在讲述迁徙内容,也有迎请人类的英雄祖先及天神之意。

由云南民间文学调查队编写的《创世纪》(1960年版)综合了《崇般图》与《崇般绍》两个文本,把不同仪式中的两个史诗文本人为地整合在一起,带有"二次创编"色彩;这一文本属于以文学化文本为导向的整理文本,不能在仪式中使用,不属于科学文本。但因此整理本出版时间较早,又具有国家行为色彩,因此成为学术界普遍采用的"权威文本。"相对来说,《崇般图》重在叙述开天辟地、人类起源、万物创造、民族起源的内容,而《崇般绍》重点讲述崇仁利恩与衬恒褒白命从天上迁徙回人间的过程。《崇般绍》系《崇般图》的"子本","子本"是与"母本"相对而言的。《崇般图》的文本主题以创世为主,融合了歌颂文化、创造英雄、迁徙等主题;《崇般绍》以迁徙为主题。从广义概念而言,《崇般图》的叙事范畴涵盖了《崇般绍》,可以说《崇般绍》是从《崇般图》分化出来的,前者是后者的母本。纳西族民间称《崇般图》为"东巴经之母",因为不只是《崇般绍》,包括《白蝙蝠取经记》《崇仁利恩传》《斯巴金补传略》《比枯比兹》(《迎请太阳》)《迎请卢神》等众多东巴神话经典皆源于这一重要经典。

《崇般绍》虽源于《崇般图》,但二者不能视为同类经书,二者存在着诸多区别:一是宗旨不同,同为迁徙主题,《崇般绍》重在强调敬天法祖,《崇般图》重在为灵魂指路;二是仪式不同,前者在祭天仪式上演述,而后者是禁止在祭天仪式上使用的;三是仪式类型不同,祭天仪式属于祈福类仪式,而后者在禳灾类仪式中演述;四是文本内容不同,前者以祭天、迁徙为主要内容,后者则包含了创世、英雄、迁徙等复合型主题。在很长一段时间里,学术界往往把《崇般绍》等同于《崇般图》,把它定位为创世史诗。笔者认为,二者为不同类型的史诗,将《崇般绍》定位为"迁徙史诗"更符合这一文本的客观情况。

何为史诗?朝戈金对史诗有过这样的定义:"西方文学批评家在使用'史诗'这一术语时,是指一部大体符合下列'尺度'的诗作:以崇高的风格描写伟大、严肃题材的叙事长诗;主人公是半神或英雄式人物,他的行为决定着一个部落、一个国家乃至全人类的命运;史诗故事多具有神奇幻想的色彩,也有一些直接取材或描述真实历史事件的。"[1]依照上述尺度,《崇般绍》具有迁徙史诗特征。

其一,《崇般绍》是由2000多诗行写成的叙事长诗,至今以口头与书面文本两种形式在纳西族民间流传,这两种形式都是以押韵的诗行形式写成的,其诗句非常优美凝练。如文中以拟人化手法赞颂上天时说:

mɯ³³a³³pu³¹gə³³mɯ³³;	天啊!是天爷爷的天;
mɯ³³so³³tho³¹gə³³mɯ³³;	是那笼罩大地的天;
mɯ³³tho⁵ ⁵lo³ gə³³ mɯ³³;	是那帽子般罩在人头顶上的天;
mɯ³³lo⁵⁵lo³³gə³³mɯ³³;	是那碧蓝光溜溜的天;
mɯ³³da³¹phu⁵⁵gə³³mɯ³³;	是那有阴天的天;
mɯ³³ ba³¹phu⁵⁵gə³³mɯ³³;	是那有晴天的天;

---

[1] 朝戈金:《国际史诗学术史谫论》,《世界文学》2008年第5期。

so³³i³³bi³³thv³³u³³lv³¹mɯ³³,	是那白天出太阳温暖，
khv⁵⁵i³³le³¹tshe⁵⁵；	夜晚出月亮出来，
mi³³bu³³me³³ gə³³mɯ³ j³；	皎洁明亮的天；
mɯ³³dzʅ³³la³¹ ə³³phv³³ mɯ³³；	是那子劳阿普的天；
dʑi³³ɯ³³ku⁵⁵ʂua³¹ mɯ³³；	是那良善高远天；
tɕi³¹pər³¹gv³³tv⁵⁵mɯ³³；	是那有九层白云的天；
kɯ³¹phər³¹ly³³dɯ³³mɯ³³；	是那有颗颗硕大灿烂星星的天；
sʅ³³gv³³dɯ⁵dɯ⁵⁵，	是那身材长得处处齐整，
si³³khua³³ʂua⁵⁵ʂua⁵⁵mə³³gə³³mɯ³³。	生得双肩匀称美好的天。[1]

这一段诗行很巧妙地运用了同音押韵手法，即用"天"（mɯ³³）在诗中充当了头韵与尾韵的双重角色，这样便于东巴在演述中朗朗上口，同时说明了其口头文本的特征。

其二，《崇般绍》作为祭天仪式上吟诵的代表性经典，叙述人类英雄祖先崇仁利恩经历重重艰难险阻，到天上向天父求娶天女成功，最后夫妻双双从天上迁徙回人间后的经历。此经典以神话形式回答了"我从哪里来"的哲学命题，歌颂了人类英雄祖先崇仁利恩大无畏的斗争精神，以及筚路蓝缕的创业精神，表达了对始祖英雄及天神的崇敬之情，整部长诗描述了祖先谱系、民族迁徙、祭天传统、民俗传统等重大严肃的题材，始终洋溢着崇高、宏大的叙述风格。

其三，此部东巴经典中的主人公崇仁利恩及天女衬恒褒白命都具有半神半人特征：他们与普遍人一样具有真善美的优秀品质，有追求爱情的强烈愿望，他们的幸福生活是靠自己辛苦劳动及智慧获得的；他们身上也有神性色彩：或战胜滔天洪水，或上天入地，一夜间能开荒九十九座山林、一夜间能播撒九十九片荒地。崇仁利恩宣称把居那居若罗神山吞下去不会饱，把金沙江水灌进嘴里喝不饱，等等。大洪水之后，人类仅剩下崇仁利恩一个人，是生存还是灭亡，可以说他的行为直接决定着人类的生死存亡。他的勇敢与智慧拯救了全人类，所以其丰功伟绩被后人世代铭记赞颂。这些富有浪漫主义色彩的神奇

---

[1] 《祭天·远祖回归记》，《全集》（第1卷），第8页。

想象、夸张风格使史诗叙事具有了传奇性质,洋溢着神奇、神秘、神圣的神话魅力。

其四,《崇般图》作为传承了上千年的经典神话,充溢着人类童年时期的神奇幻想色彩。"太初,天地混沌,没有光明,一切都处在颠簸动荡之时,太阳没有产生,月亮没有出现。某时,左方洞开,从中最先射出了太阳的光芒。"[1] 在纳西先民心目中的天是有九层白云的天,是有颗颗硕大灿烂星星的天,而且是像人一样"身材长得处处齐整,生得双肩匀称美好的天",大地是"那生育力旺盛的大地;是那乳房丰满、乳汁充盈的大地;是挂着墨玉珠串、带着绿松石项链的大地"。[2] 男女主人公从天上下来时,为高天、星崖所隔绝,最后是通过打造白银梯子与黄金链子才顺利下来的。回到人间又遭遇了不会生育、子女不会说话等难题,最后是派白蝙蝠上天偷听天父天母私谈才解决了难题。

其五,《崇般绍》的一些主题直接取材于重大历史事件。文本中所叙及的迁徙地名,与纳西族迁徙路线是相一致的,由此反映了此迁徙史诗并不纯粹是杜撰想象的产物,而是纳西先民对历史事件的神话记录。值得一提的是,在祭天仪式中有这样一个场景,在仪式临近结束时,主祭东巴突然一声大喝:"果洛兵来了!"众人四处溃逃,过了一会儿,东巴又大喝一声:"果洛兵逃走了!"大家纷纷聚拢过来,拿起弓箭射杀象征果洛兵的纸牌面具,一旦射中,人群便爆发出欢呼声。这绝非无中生有的情景剧,而是真实还原了纳西先民迁徙过程中的历史记忆,通过仪式演述进行生动的历史文化教育。

其六,从文化体积来看,这一经典在纳西族传统社会中发挥了同《圣经》一样的"社会宪章"功能。《崇般绍》是为祭天仪式服务的核心经典。祭天作为纳西族标志性文化在纳西族传统文化中占有举足轻重的地位,对本民族的历史产生了深远的影响,在文化体积及社会影响上具有"社会宪章"的功能。纳西族一直自称为"纳西祭天人",至今民间仍流传着"纳西人以祭天为大"的古训。这一经典在祭天仪式中的重要作用是毋庸置疑的,属于"范例的宏大叙事"。

其七,《崇般绍》另译为《远祖回归记》或《人类迁徙记》,以人类迁徙为

---

[1] 《祭天·远祖回归记》,《全集》(第1卷),第4页。
[2] 同上书,第10—11页。

叙述主题。《崇般绍》中的"绍"（sal）有两义，一义为"从高处往低处走"，即迁徙；另一义为"迎请"，迎请什么呢？首先是迎请从天上迁徙到人间的英雄祖先，其次是迎请赐福于人类的天神。人类通过举行隆重庄严的祭天仪式感恩始祖神及天神保佑，并祈愿以后诸神也能带来吉祥幸福。从《崇般绍》的内容分析，其叙述主题分为三大部分，第一部分为迁徙前内容，主要有创世、祭颂天神、主人公相识相爱的过程，这部分字数有3100字，第二部分为迁徙部分，字数有6660字，第三部分为顶灾祈福内容，共有383字，第二部分明显占了主体地位，几乎占了整个文本的一半。[1] 从中也说明了《崇般绍》以迁徙为主题的文本性质。

可以说，根据东巴祭天经典《崇般绍》所具有的神圣性叙事、韵文体形式及重大文化体积等史诗特征，并结合其主题分析，它应当属于迁徙史诗类型。

三、"爱情史诗"辨析

不管是搜索百度，还是在一些报刊媒介中，经常看到"爱情史诗《鲁般鲁饶》"的说法，并与创世史诗《创世纪》、英雄史诗《黑白战争》合称为"纳西族的三大史诗"。这种说法以往只是在坊间流传，在学术界并未成为公论，近年来此说在学术界也有所抬头。在此对此问题作个辨析，以免以讹传讹，贻害无穷。

何为史诗？史诗是人类"童年时期"产生的一种庄严宏大的叙事长诗。其内容多歌颂民族英雄，其篇幅长、规模大、结构宏伟、风格庄严，其叙事方法为口头诗歌，叙事内容源于古氏族或部落时期的神话与传说。史诗一旦形成便成为本民族传统文化的百科全书，构成了本民族的标志性文化，也是一座"民族精神标本的展览馆"[2]。

---

[1] 《祭天·远祖回归记》，《全集》（第1卷），第1—63页。
[2] 朝戈金：《〈亚鲁王〉："复合型史诗"的鲜活案例》，《中国社会科学报》2012年3月23日。

导 论

图1　东巴经《鲁般鲁饶》封面和第1页

史诗概念传入国内的百余年以来，学术界对此进行了艰辛的探索，从20世纪初为"中国没有史诗"发出的哀叹到中华人民共和国成立后发现的三大史诗，中国史诗学取得了不俗的成绩。史诗概念最初是以《荷马史诗》为范例的，所以史诗也是"英雄史诗"的代名词。随着史诗研究在国内的深入，不同学者在不同时期提出了不同的史诗类别。在当下国内的史诗分类中，主要有英雄史诗、迁徙史诗、创世史诗、原始性史诗、神话史诗、复合型史诗等不同类别。前三者，即英雄史诗、迁徙史诗、创世史诗是学术界普遍认可的三个史诗类别，其中，创世史诗、迁徙史诗是根据南方史诗具体实际提出来的新概念。包括纳西族在内的彝族、苗族、壮族、哈尼族、傈僳族、瑶族、侗族、白族、黎族等众多南方民族至今仍流传着活态的创世史诗或迁徙史诗。就纳西族而言，就拥有创世史诗《崇般图》，英雄史诗《黑白战争》，这两部史诗分别列入省级、国家级"非遗"名录，成为纳西族代表性的东巴文学经典。

这两部史诗符合史诗体例，其内容叙述了氏族形成、开天辟地、刀耕火种、辗转迁徙、部落战争等重大历史；真实记录了采集渔猎、畜牧农耕、纺织冶炼的社会经济生活内容，以及从原始血缘群婚到对偶婚的婚姻发展形态，反映了他们对物质与精神、人与自然、宇宙结构、万物起源、人类诞生等重大哲学问题的深层思考，折射出纳西先民的世界观、价值观、思想观；两部史诗成功塑造了崇仁利恩、美利董主、董若阿路等英雄祖先形象，情节曲折生动，语言精美形象，结构宏大，想象奇特瑰丽，风格庄严神圣，在东巴仪式中这两部经典占据着重要的地位，堪称东巴神话的扛鼎之作。这两部史诗糅合了神话、故事、传说、谚语等众多民间文学体裁，其诗体语言经过成百上千年的千锤百炼，凝结成为"诗中的诗""语言中的花朵"。这两部史诗堪称"纳西族古代社会的博物馆"，也是纳西族民族认同的文化基因、历史根谱。

相形于上述两部作品，《鲁般鲁饶》只能称为爱情叙事长诗，而非史诗，它并不具备上述关于史诗的诸条件。殉情并非纳西族普遍性文化，在白地、俄亚、三江口、泸沽湖等东部纳西族地区很少发生殉情之事；此作品中的男女主人公祖古羽勒盘和开美久命金并不能称为民族英雄，尤其是男主人公在其他版本中成为一个贪财好色、忘恩负义之徒；此作品虽也是诗体语言的流传，语言艺术成就很高，但其情节称不上曲折动人，主要讲了男女青年牧奴们在高原牧场相恋到恋爱失败后殉情的故事，也就是说这部经典作品并非通过情节曲折的英雄故事来取胜，更多是通过彼此诉衷肠的抒情手法来达成叙事策略的，属于抒情类叙事长诗。此作品带有现实主义色彩，其主题明显地鞭挞了包办婚姻的家长制作风以及男尊女卑的社会风气；这部作品一般在东巴祭风仪式中吟诵，禁止现场年轻人偷听观看，殉情者家庭也视殉情为伤风败俗之举，死后不能进入家庭墓地。显然，殉情文化不能称为纳西族的标志性文化。

基于这些原因，学术界一直以来并不承认《鲁般鲁饶》为史诗，更遑论"爱情史诗"，迄今也并无此种说法。需要说明的是，《鲁般鲁饶》虽不属于史诗，但并不意味着其文学价值、艺术价值及其文化影响力不如《崇般图》和《黑白战争》。《纳西族文学史》认为："《鲁般鲁饶》是东巴文学的扛鼎之作，是一部集中地、细腻地描写爱情悲剧的叙事长诗，在整个东巴文学中也是独具特色的。它的出现，标志着东巴文学又向前飞跃了一步；题材领域拓宽了，艺术表现力愈加纯熟了。人们把它与《创世纪》《黑白战争》誉为东巴文学的三颗明珠。从神话色彩言，它比其他两部稍逊一筹，但从抒情性和语言艺术来看，它（他）又比其他两部略胜一筹。"¹这样的评价是公允的。

需要强调的是当下国内史诗类型中并无"爱情史诗"之说，依照史诗概念标准来衡量，《鲁般鲁饶》不属于爱情史诗，其文类应为"爱情悲剧叙事长诗"。既然没有爱情史诗之说，自然也不能将其列入所谓的"纳西族三大史诗"。纳西族三大史诗应为创世史诗《崇般图》，英雄史诗《黑白战争》，迁徙史诗《崇般绍》。学术界一般把创世史诗《崇般图》、英雄史诗《黑白战争》与爱情悲剧叙事长诗《鲁般鲁饶》称为东巴文学的三颗明珠，也有学者称这三部东巴经典为"东巴文学的三根鼎柱"。²

---

1 和钟华、杨世光主编：《纳西族文学史》，四川民族出版社，1992，第171页。
2 巴莫曲布嫫：《东巴文学的形成》，张炯、邓绍基、樊骏主编《中华文学通史》，华艺出版社，1997，第335页。

第二节　东巴史诗的文化要素

东巴史诗的文化要素既指构成东巴史诗的文化要素，也包括这些要素之间的内在关系。东巴史诗的文化要素主要包含了以下内容。

一、纳西族与东巴

（一）纳西族历史概述

纳西族聚居地分布于云南、四川和西藏三省（自治区）交界处的丽江市及其毗邻地区，主要分布在云南省。根据《中国统计年鉴 2021》，中国境内纳西族的人口数为 323767 人。

纳西族是一个古老的民族，属于古代羌人的一支，自西北河湟地区不断南迁至西南金沙江流域。历史典籍文献中称纳西族为摩沙、磨些、么些、摩娑、摩梭等，均为 MOSO 的同音异写，其自称为纳西、纳、纳汝、纳恒、纳罕等均有"纳人"之义。"纳"本义为黑，言其大，引申为强大、伟大，故上述自称皆有"大族""强族"之义。

秦汉至魏晋，纳西族已迁徙至大渡河、雅砻江流域，据《华阳国志》记载，东汉（25—220）末年，该地区有"摩沙夷"活动。唐代武德年间，部分纳西先民沿雅砻江南下，抵达丽江，活跃于川滇之间的金沙江流域。据《蛮书》所记，西至金沙江河谷、巨甸以北"铁桥上下及大婆、小婆、三探览（均在今丽江地区）"，东至雅砻江流域"昆池（今盐源）等川"，都是"麽些蛮"所居之地。唐代，纳西族部分先民在洱海东部建立了民族地方政权——越析诏，存在近百年，后为南诏所灭。1253年，忽必烈率蒙古大军南下征服大理时，纳西族首领麦良迎兵于剌巴江口归附忽必烈，并协助忽必烈平定云南。忽必烈进入纳西族地区后，先后对当地部落首领授以"茶罕章管民官""茶罕章宣慰司"等官职，形成丽江土司土官制度的雏形，促进了纳西族地区的相对统一。到了明代，丽江纳西族木氏土司崛起，纳西族活动地域更为广阔，其势力范围曾抵达现在的西藏昌都地区，四川甘孜藏族自治州、凉山彝族自治州，以及迪庆藏族自治州、怒江傈僳族自治州境内，最西边曾管控了缅甸恩梅开江流域一带。[1] 清雍正四年（1726）云南推行"改土归流"后，纳西族土司式微，纳西族分布区域逐渐缩小。中华人民共和国成立后，依照名从其主的原则定名为纳西族。

历史上纳西族以诚心报国、包容开放而著称。东汉明帝永平年间（58—76），白狼王唐蕞"慕化归义，作诗三章"，献给汉明帝，表达了"不远万里，去俗归德，心归慈母"的爱国之情，史称"白狼王歌"。据方国瑜考证，此诗与纳西语最接近，可认为是纳西族先民之作。[2] 历经元明清三代，统治滇西北近500年的木氏土司为稳定边疆、深化国家认同做出了重要贡献。历代木氏土司热衷于学习中原文化，曾出现了以诗文著称的"木氏六公"。《明史》称："云南诸土司，知诗书，好礼守义，以丽江木氏为首。"[3] 清代雍正元年（1723），丽江实行改土归流，加速了与内地一体化的进程，纳西族地区的政治、经济、教育、文化获得了相应发展。从晚清到中华民国时期，纳西族涌现出一大批爱国诗人及将领，为维护国家统一、民族团结进步做出了突出贡献。中华人民共和国成立后，纳西族人民与全国各族人民一道迈入社会主义新社会，迎来了民族历史上新的发展机遇，进入了"快车道"发展时期。纳西族聚居地——丽江因拥有"世界记忆遗产——东巴古籍""世界文化遗产——丽江古城""世界自然遗产——三江并流"而享誉国内外。进入新时代，纳西族人民进入历史上最好的发展时期，正在为实现中华民族的伟大复兴而努力奋斗。

---

[1] 郭大烈、和志武：《纳西族史》，四川民族出版社，1994，第305页。
[2] 方国瑜：《白狼歌概说》，《云南史料目录概说》，中华书局，1984，第45—48页。
[3] （清）张廷玉等撰：《明史》列传202卷《云南土司传二·丽江》点校本，中华书局，1974，第8099页。

(二)东巴的称谓及分类

东巴史诗的主体是东巴。东巴是对纳西族原生宗教祭司的称谓,过去汉文献中也写作"多巴""多跋""刀巴"等(东部方言区称"达巴")。"东巴"一词在纳西语中并无具体释义,和志武认为这一词系藏语转译,指东巴教祖师丁巴什罗,是本教祖师丹巴亲饶的音译转读[1],意为智者、精神导师。东巴为民众的生产生活服务,是纳西族传统文化的重要传承者。东巴在民间又被称为"补波",用作动词时指念诵、反复念诵等。用作名词指诵经者,与周边民族的"毕摩""释比""贝玛"等意义相通。"补波"与本教的祭司"本波"音义相近。

"东巴"往往被认为是"集唱、舞、画、医、匠为一身的原始古代文化的创造者和传播者"[2],东巴祭司形成了一个特殊的阶层。在民众的观念中他们是死后彼岸的引渡者、灵魂的超荐者,生产生活中的能工巧匠,祛病禳灾的巫医,民俗活动的主持者、歌舞者,民族历史的记录者,传统文化的传承者。

东巴是对纳西族东巴教祭司的泛称,因其内部分工、知识积累、社区威望不同,东巴内部又划分为多种不同的称呼,和志武早在《祭风仪式及木牌画谱》中就对东巴的不同称谓做了详细的解释。[3]

表1 东巴称谓释义

称谓	含义
本波	系东巴古称。与藏族本教之"本波"、彝族的"毕摩"、哈尼族"贝玛"、白族"朵兮簿"等称谓当为同源。
黑补	系东巴自称。有些东巴经末页后记中写有此字可佐证。
达恒	系开丧、超荐时之东巴专称。
许虽	祭天东巴之专称
东巴	民间俗称

---

1 和志武:《东巴教与东巴文化》,郭大烈、杨世光编《东巴文化论集》,云南人民出版社,1985,第14页。

2 和志武:《纳西东巴文化》,吉林教育出版社,1989。

3 和志武:《祭风仪式及木牌画谱》,云南人民出版社,1992,第3页。

东巴传承以血缘传承、村寨传承为主，东巴以才艺学识、德行威望在民间被分为大东巴、一般东巴、东巴学徒几个等级，传统意义上的东巴不脱离生产劳动，而且因其多才多艺，除了是仪式中"请神驱鬼"的祭司外，也是民间起房建屋、种植庄稼、治病解难、管理村事、协调关系的能人。

从叙事传统来说，东巴传承形态具有复杂多样化的特点。首先就东巴的叙事方式来说，既有以东巴经文念诵为主的书面与口头相结合的传承特点，也有脱离经书的口头传承特点；东巴是东巴经的书写者、传承者，具有书写型传承者特点；东巴书写型传承者的身份特征也是多元的，既有秉承东巴经书书写传统的传承者，也有学习、掌握了藏语、藏文、汉语、汉字的传承者，且这些受外来文化影响的东巴传承者对东巴文化的转型、发展贡献甚大，晚清至民国的和文质、和世俊、和泗全等东巴就是其中杰出的代表；其次，当代东巴中出现了新的东巴传承人类型——学者型东巴，他们长年从事东巴文化研究，较为全面地掌握了东巴仪式、教义、经书等东巴文化知识，其水平超越了一般的东巴，且能够主持各种东巴仪式，在民间也被公认为德识高深的大东巴。丽江东巴文化研究院的和力民，丽江东巴文化博物馆的木琛，西南民族大学的和继全，便属于这一类型的东巴传承人。再次，受东巴文化渗透、影响的傈僳族、普米族、彝族、藏族、汉族村落也出现了各自民族的东巴，这说明民间叙事传统与特定的文化空间、文化变迁有着内在关系。

二、东巴文化

东巴文化是指以纳西族传统文化为主体，由纳西族祭司——东巴世代传承，并存续至今的民族文化。东巴文化主要包括纳西族东巴古籍文献；纳西族东巴语言文字、音乐、舞蹈、曲艺、绘画、雕塑、服饰、器皿、代表性建筑及设施和场所等；纳西族东巴文化传承人及其所掌握的传统知识和技艺；具有纳西族东巴文化特色的传统民俗活动；其他有保护价值的纳西族东巴文化。东巴文化不仅包含宗教、哲学、历史、象形文字、民俗、医学、天文、历法、地理、生产知识、建筑、服饰等多种学科的内容，而且是一座纳西族传统文学艺术的辉煌宝库：其中包括卷帙浩繁的以象形文字写成的神话、史诗、古歌、民谣、传说等文学作品；也包括有世界上最早的象形文舞谱和内涵丰富的数十种古典舞蹈，腔调丰富的东巴音乐和多种形制、音色的乐器，有古老拙朴的木牌画、竹笔画、纸牌画、布卷画和形形色色的面塑、泥塑、木雕等艺术形式，由此形成了丰富多彩的东巴文化艺术。

唐宋时期是东巴文化崛起的重要历史阶段。这一时期，在文化上最为明显的是东巴教和东巴象形文字的长足发展。随着与吐蕃、南诏、中原的持久交往，藏族本教、藏传佛教及中原道教相继传入纳西族地区，对尚处于原始状态的纳西族巫教产生了冲击，这种外来文化冲击尤以本教为甚。纳西族原始巫教在面临多种文化的选择中，吸收、融合了外来宗教，掺糅发展，终于形成了一种独具特色的民族宗教——东巴教。

东巴文化渗透纳西族社会生活的各个方面，几乎所有的社会生产生活都受到东巴文化的影响，如生丧嫁娶、祈年动土、砍树伐木、开沟理渠、耕种稼穑、放牧狩猎、战争疾病、天灾人祸等，与东巴文化价值观念体系息息相关，都要延请东巴举行各种相应的仪式。从总体上看，东巴教的仪式活动主要是祭祀、祈祷、禳灾，由东巴主持或参与人们祭天、祭祖、婚丧、命名、节庆、求寿、祈年、求子、占卜、治病、驱鬼等活动。纳西族历史上一些突出的社会问题也融进了东巴教的教义和仪式系统中，如东巴教中的祭殉情者仪式——祭风，并由此产生了脍炙人口的叙事长诗《鲁般鲁饶》等东巴文学中的悲剧作品；由于宗教思想对特定历史社会环境的影响，东巴教也促使殉情成为社会风尚，由此反映了宗教与社会生活的相互影响。

达巴文化与东巴文化为同源异流的文化关系。达巴是对纳西族东部方言区祭司的称呼，与东巴一样，是不脱离生产劳动的宗教从事者。在古代，摩梭人每个"斯日"（氏族）或"丛"（部落）必须有一个达巴，多则四五个，具体根据该斯日的经济、人口而定。达巴集祭祀、念诵、卜算于一体，与东巴最大的区别是没有形成象形文字书写的经书体系，但其教义、仪轨、神话、传说、故事与东巴教相似，而二者又同属一个民族，所以达巴文化与东巴文化同属于一个民族文化范畴。

三、东巴教

（一）东巴教与巫术

"东巴教"一词普遍见于国内学术界，有时与"东巴文化"相混用。东巴文化研究的先行者——约瑟夫·洛克（J. Rock）曾以"萨满宗教"（Shamanism Religion）来指称"东巴教"，当代西方研究东巴文化的学者也多以"纳西宗教"（Naxi Religion）一词来指称，如英国人类学家杰克逊的东巴教方面的专著《纳西宗教》（*Naxi Religion*）。本书仍采用了国内通用的"东巴教"一词，一则从其性质来考察，无法以"萨满"一词概之，二则"纳西宗教"有泛化之嫌，按其义解，"纳西宗教"应涵盖了纳西族所信仰的全部宗教文化，包括民间巫术、外来宗教，如藏传佛教、汉传佛教、道教。其实，在纳西族民间，东巴教与巫术是分开的，专门从事民间打卦算命巫师的称为"桑尼"（女巫师）、"桑帕"（男巫师），巫师的合称为"桑尼帕"。当然，有些东巴祭司兼具巫术职能，这说明了东巴教源于巫教的文化渊源，但二者之间的界限是明显的。

东巴教信仰是东巴叙事的原动力。东巴教从观念层面上为宗教信仰的意识形态，在行为层面上为东巴仪式及民俗活动，东巴仪式及民俗活动是东巴教信仰观念的实践、操演。东巴叙事内容多为神灵鬼怪故事为主的神话叙事，杂糅了大量的自然崇拜、神灵崇拜、祖先崇拜的内容，这与东巴教的巫术、原始宗教、人文宗教的多元宗教因素混融共生的特点密切相关。

（二）东巴教的性质

东巴教的性质一直是个纷争不断的问题，主要有三种不同的观点：一种是认为其应属于巫术为主的萨满教或原始巫教的范畴[1]；另一种说法认为它属于原始宗教或原始多神教的范畴[2]；还有的说法认为它属于由原始宗教向人为宗教过渡的一种宗教[3]。

---

1 冯寿轩：《东巴教的原始综合性》，郭大烈、杨世光编《东巴文化论集》，云南人民出版社，1985，第57页。

2 和志武：《东巴教与东巴文化》，郭大烈、杨世光编《东巴文化论集》，云南人民出版社，1985，第23页。

3 和力民：《东巴教的性质——兼论原始宗教界说》，《思想战线》1990年第2期。

这三种说法的分歧在于把巫术、原始宗教、人文宗教作为划分不同宗教性质的三个参照体系，而这三个参照体系本身存在诸多争议，由此关于东巴教性质的纷争也是在所难免了，这本身是个无法证伪的命题，就是说这三个不同性质的观点皆可在东巴教中找到充足的正反两面证据。显然，把东巴教定性为巫术、原始宗教、人文宗教受到"前逻辑""原始思维""巫术—宗教—科学"等进化论、功能论的观念影响。

东巴教仪式的一个重要功能是驱鬼治病，其间有大量的模拟巫术、交感巫术、咒语等巫术文化遗留，也保留了很多的图腾崇拜、自然崇拜、神灵崇拜等原始宗教的内容，但作为一种延续至今，并且在一些纳西族村落中存活着的民间信仰活动，显然无法概定其为"巫术""原始宗教"，毕竟这些传承者及信仰群体无法归到"原始人"的行列中。何况东巴教本身有着自成一体的文字体系、经典教义、神灵体系、宗教仪轨等，明显具有了人文宗教的因子。从这个意义上说，历经千百年发展而来的东巴教绝非早期的"原始巫术"，即使它仍残留着大量的原始宗教的内容，但绝不能静止地、狭义地将之理解为纳西先民早期的萨满教（巫教），东巴教的性质难以用"原始"二字涵盖。我们只有从历史发展的层次性、多元性、全面性上来考察，才能完整地把握、理解东巴教的内涵。其实这不只关涉东巴教的性质问题，诸多少数民族的民间宗教同样存在类似问题。学术界对此也进行了反思，提出了不少创见。许烺光认为："无论我们采取哪一种标准，都会得出这样一个结论：巫术和宗教不应看作是两种互不相容的实体，而必须整体地将它们看作是巫术-宗教或巫术-宗教现象。"[1]这种观点得到越来越多的人类学家的赞同。金泽提出以"原生性宗教"的概念替代"原始宗教"概念的观点。他认为，首先，原生性宗教不是创生的，而是自发产生的；其次，与原始宗教相对应的史前时代不同，原生性宗教可从史前时代延续到文明时代；再次，它不仅仅只是作为文献、考古发现的"化石"，而且还是在社会生活中发挥作用的活态宗教；最后，与一般所说的原始宗教产生于无文字社会不同，许多民族的原生性宗教中还有成文经典。[2]

基于以上的观点，将东巴教性质归纳为：东巴教在承袭纳西族原始信仰的

---

[1] 转引自史宗主编：《20世纪西方宗教人类学文选》，金泽等译，上海三联书店，1995，第726页。
[2] 金泽：《宗教人类学导论》，宗教文化出版社，2001，第103-104页。

基础上，吸收早期本教的内容，且逐渐融入佛、道等多元宗教文化因素，形成了一整套独特的宗教、伦理思想体系，主要特征是多神、重卜、重巫，有相对规范、统一的仪式规程与宗教经典。东巴教是以神灵信仰为核心，包括自然崇拜、祖先崇拜、天命体验、祭祀活动和相应制度，以东巴为信仰活动中坚，以"敬天法祖""万物合和"为宗旨的纳西族原生宗教。[1]

四、东巴文

东巴文因主要在纳西族地区流传，所以有些学者称其为纳西文。但东巴文并不是在纳西族地区普遍使用的文字，而是仅局限于较为偏僻的山村中的东巴教徒使用。东巴文的纳西语称为"ser jjel lv jjel"，即刻写在木石上面的痕迹。这种文字的构造法中有象形、会意、假借、形声等，主要以象形字为主，所以学术界普遍称其为东巴象形文字。东巴文的构字规律既反映了纳西先民的意识观念，也体现出其造字法中的程式化特点。方国瑜在《纳西象形文字谱》中归纳出东巴文的十种结构类型："依类象形、显著特征、变易本形、标识事态、附益他文、比类合意、一字数义、一义数字、形声相益、依声托事。"[2]

喻遂生在此基础上归纳出"东巴文六书"：象形、指事、会意、形声、假借、借形。"其中，象形字有1076字，占47%；会意字（含指事字）761字，占33%；形声字（含假借字）437字，占19%。"[3] 象形字占主体的其中一个原因在于作为自然崇拜特征较为突出的民族原生宗教，"万物有灵"构成了其占支配地位的宗教观念，自然界中的日月星辰、山川河流、飞禽走兽、人类神鬼等自然万物构成了东巴教的主要描述、表现对象，由此观乎自然万物之形状而进行描摹成为创制文字的最初动机。现在学术界一般认为东巴文产生于唐宋时期，而这一时期纳西族定居于金沙江上游流域。近年来，在金沙江上游流域，即丽江与迪庆两州市之间的金沙江两岸，如大具、宝山、三坝、洛吉等地发现了大量

---

[1] 关于对东巴教性质的探讨，可参考杨杰宏《再论纳西族东巴教的性质问题》，《楚雄师范学院学报》2017年第5期。

[2] 方国瑜：《纳西象形文字谱》，和志武参订，云南人民出版社，2010，第56—72页。

[3] 喻遂生：《纳西东巴文研究丛稿》，巴蜀书社，2003，第23页。

的上古岩画，据考察，这些岩画大约绘制于一万年前，大多为人类与动物图案。和力民认为有些动物的线条、风格与东巴文字极为相似。可以推测，纳西族先民进入金沙江流域时，为了躲避猛兽及洪水，躲到这些山洞里，发现了这些岩画后受其启发而创制了东巴文。[1]

东巴文并不是在所有纳西族地区流传，主要局限于西部方言区，东部方言区中的宁蒗县拉伯乡的汝卡人也使用东巴文。东巴文现在常用单字约1400个。东巴文存在地域差异性，如汝卡人使用的东巴字中有100多字与其他地区不同。东巴文在丽江境内有了新发展，大致在晚清至民国时期创制了一套标音文字——哥巴文，"哥巴"即弟子之意，说明这套新文字系统是由东巴教的徒弟们在东巴文的基础之上发明创制的，是为了适应时代需要而产生的。哥巴文充实了纳西族文字体系，使纳西语的记录手段更加便捷、完备，但哥巴文产生时期较晚，未能像东巴象形文那样在东巴群体中得到广泛应用，至今大部分东巴经籍的记录仍以东巴文为主。

喻遂生认为东巴文存在五方面的个特点："其文字符号还近似于图画；文字表词的抽象程度较低，一词多形的异体字很多；大多数经书都没有完全地记录语词，文字只起记录主要词语以帮助记忆和提示诵读的作用；文字不按语序成线性排列，而作图画式排列，几何位置甚至色彩有表义的作用；完全保留了文字产生初期的原始面貌。更可贵的是，东巴文时至今日，在纳西族边远山区仍在使用，使我们能看到其鲜活自然的原始状态。"[2]

和志武认为东巴文"是处于原始图画文字与表意文字中间的一种象形文字"[3]。学术界一般认为东巴文是不成熟的文字，与现代汉字的字词对应、线性排列、逐词记录的特征不同，东巴文的书写方式呈现出字词不对应、非线性排列、没有逐字记录的特征。[4]这种书写方式带来的一个后果是只有书写者本人或传承人才能完整地理解文字内容。

---

1 和力民：《和力民纳西学论集》，民族出版社，2010，第176页。
2 喻遂生：《纳西东巴文概论》，西南大学语言研究所，2010，未刊稿。
3 和志武：《试论纳西象形文字的特点》，郭大烈、杨世光编《东巴文化论集》，云南人民出版社，1985，第165页。
4 也有少部分晚期产生的东巴经籍中存在线性排列、逐词记录、字词对应的文本，尤其以丽江鲁甸、太安、塔城一带的经书最有代表性，但这部分经书总体所占比例不高。

五、东巴经

"东巴经"是指由东巴文书写而成的东巴教经书,纳西语称为"do ba jjeq",即东巴经籍。东巴经的产生年代至今仍无定论,有秦汉说、隋唐说、北宋说三种[1]。东巴经是用当地荛花树皮制作的厚棉纸装订而成,经书形状呈贝叶经形制,一般为长度26—30厘米,高约8—10厘米,与藏经(含本教、佛教经卷)、印度梵文经卷装订形式一脉相承,应该说是印度梵文经典的装订方式影响了藏经,藏经又影响到了东巴经。经书左端用线装订,从右往左翻页,每一页分为三行至四行,每行从左往右书写,每写完一句就画一竖线,写完一行就画一相隔的横线。东巴经籍书写工具以竹管笔为主,也有用玉米天花秆、高粱秆、铜管做的笔,以锅烟灰作墨汁原料。

东巴经内容体例在不同区域呈现出不同特点,相比来说,从北到南,依次呈现出经文内容简略到复杂、粗略到详细的特点,如白地、俄亚、拉伯一带的东巴经内容比丽江太安、鲁甸、塔城区域的经书内容要简略。

以这种图画象形文字书写记录的东巴经籍文献有1000多种,现在国内外所藏的东巴经籍文献有2.5万余册,其中国外有1万余册,国内有1.5万余册。东巴经籍文献并非束之高阁的图书文献,而是在为社区民众服务的仪式上演述的活态经书,东巴经籍文献的分类以仪式功能为主,主要有祈福类、禳灾类、丧葬类、占卜类。东巴经籍文献也是纳西族古代文学的集大成者,里面保存了丰富的史诗、神话、故事、叙事长诗、谚语、歌谣等文学类作品。其中创世史诗《崇般图》、英雄史诗《黑白战争》、悲剧长诗《鲁般鲁饶》被誉为东巴文学中的"三颗明珠"。

东巴经是纳西"纳西族古代社会百科全书",其内容涉及纳西族古代社会的语言、文字、历史、地理、宗教、哲学、民族、民俗、文学、艺术、天文、历法、农业、畜牧、医药等领域,是中华民族和全人类历史文化的瑰宝,2003年8月,纳西东巴古籍文献被联合国教科文组织列入世界记忆遗产名录。东巴经是研究纳西族古代的哲学思想、语言文字、社会历史、宗教民俗、文学艺术、伦理道德及中国西南藏彝走廊宗教文化流变、民族关系史,以及中华远古文化源流的珍贵资料。

---

1 方国瑜:《纳西象形文字谱》,和志武参订,云南人民出版社,2010,第41页。

六、东巴仪式

（一）东巴仪式的不同分类

仪式行为是宗教观念的实践。东巴教种类繁多的经书、繁杂庞大的神灵体系为东巴仪式提供了丰富的载体及内容，使东巴仪式类别呈现出复杂化特征。著名的西方纳西学家洛克把东巴教仪式类别划分为122种，基本上把大小不等的东巴仪式都概括在内。后来他将东巴教仪式分为五大类别："丧葬仪式""特殊丧葬仪式""延寿仪式""纳西宗教仪式""较小仪式"。[1]这套分类方法在学术界并没有得到认可，因为其分类标准极其模糊，不同类别之间存在相互交叉现象，如其他四类可以同时归到"纳西宗教仪式"中，"较小仪式"可涵盖丧葬仪式中的小仪式，譬如婴儿夭折后小规模丧葬仪式，"特殊丧葬仪式"的特殊性是依其个人评卷标准而定的，而非东巴仪式的主持者。

依据民间东巴祭司分类法则，他们把东巴仪式从广义上分为"gga bei"（祈福）与"xu bei"（禳灾）两大类，直译即"做善事"与"做凶事"的两大类。当然，此处善恶依仪式处理的对象而定，善事仪式主要与天上的神灵相关，而凶事仪式则与仪式中的鬼怪凶灵相关，即把作祟的鬼怪镇压下去。当下学术界普遍把东巴仪式分为祈福、禳鬼、丧葬、占卜、祭署（自然神）五大类。这五大类是从上面的两大类中划分出来的，如祭署（自然神）因介于二者之间，所以把它单独列出来；占卜类是测定祸福的，不好判断好坏，只能单列出来；"死者为大"，丧葬类规模大，时间长，耗费多，在民俗活动中影响大，且涉及祈福与禳灾两大仪式，所以单列出来，由此形成了五大类东巴仪式。

（二）五大东巴仪式概述

祈福类仪式因向天上神灵祈求降下福瑞而得名，主要有祭天、祭胜利神、祭家神（素库）、祭五谷神、祭畜神、祭猎神、祭祖先、祭星辰、祭村寨神、祭长寿神等。其中，祭天仪式是最有代表性的祈福仪式。纳西族自称"纳西祭天人"，每年要举行春祭与秋祭两次祭天仪式，以春祭为大。祭天仪式期间全体宗族人员都要参加，严禁外人涉内。东巴在仪式中向天父、天母、天舅祈福祷告，

---

[1] Rock, J. F. *A Na-khi-English Encycloedic Dictionary*, part2, Roma, 1972.

献上牺牲、供品，吟诵《崇般绍》(《人类迁徙记》)、《哈什》(《献饭》)、《猛增》(《献牺牲》)等经书，主题是讲述开天辟地的人类洪荒史，本民族历史，歌颂祖先英雄壮举，祈求风调雨顺、五谷丰登，深化族群认同。祭家神在祭祖仪式及结婚仪式中最为隆重，纳西人认为每个人生来就与保佑家庭的神灵——素神密切相关，家庭中的任何成员，只要敬畏、供奉好素神，不管到哪儿都会受其保佑。素神供养在纳西族传统民居中的素菀萎里，结婚仪式上，东巴把新娘家的素神从素菀萎里请出来，再迎请进新郎家的素菀萎里，两个家庭素神的结合隐喻着新人结合，说明双方的家神都认可对方为家庭成员。

署神（自然神）属于喜怒无常，善恶难分的神灵。在东巴经《休曲署埃》神话中讲述了署神与人类的复杂关系：人类与署神属于同父异母的兄弟关系，署神管辖自然界，一开始二者相安无事。后来人类繁衍发展，便到处开荒烧山，乱砍滥伐，导致自然生态恶化，触怒了署神，便通过暴雨、泥石流、洪水、冰雹等天灾来惩罚人类，人类不堪其苦，便到丁巴什罗处祈求施法制止署神。丁巴什罗的护法神大鹏鸟制服了署神，并让其与人类签订了新盟约：人类若需要自然资源，须向署神祈求，不可过量攫取。由此人类每年都要举行祭署仪式来保证自己的诺言的践行，同时型塑了纳西人的"人与自然和谐相处"的观念。署类众多，分布于天上、地下、人间诸界。如天上有九十九个署，地上有七十七个署，山上有五十五个署，峡谷间有三十三个署，村寨有十一个署。另外，有神海之署、岩间之署，以及云之署、风之署、虹之署、河之署、泉之署、坡之署、草滩之署、石之署、树之署、宅基之署。署的神灵体系分为署王、署后、署臣、署吏、署官、署民、署鬼等不同等级。[1]署类具有神鬼合一的特征，人类遵守契约时，它往往带给人类风调雨顺，若人类违背契约而破坏自然，它则降下灾难，与人类为敌。也有些署类经常干扰、作祟人类的生产、生活，东巴通过仪式教训、规约这些署类遵守双方的契约，所以人类对署类的关系既有敬畏的一面也有斗争的一面，东巴经《休曲署埃》《普尺阿路》《都沙昂吐》就是叙述人类与署类争斗的故事。

禳灾类仪式也分大小规模，大禳灾仪式以大祭风、大祭垛鬼为代表，另外还包括小祭风、祭垛鬼、祭口舌是非鬼、祭蛇鬼、祭呆鬼、祭突鬼、祭绝后鬼、

---

[1] 白庚胜：《东巴神话研究》，社会科学文献出版社，1999，第89、90页。

除秽、招魂、顶灾等仪式。禳灾类仪式其实质为驱鬼仪式，古人认为灾难与疾病是由某一个鬼魂作祟引起的，所以需要通过东巴占卜来算出具体的鬼类，再举行相应的仪式来驱鬼禳灾。禳灾类仪式存在仪式交叉举行状况，如在大祭垛鬼仪式上，把除秽、招魂、顶灾、小祭风、祭口舌是非鬼、祭呆鬼等仪式也穿插其间，形成了一个复合型的超级仪式。相对来说，原丽江县境内东巴仪式以祈福类为多，而纳西族东部方言区以禳灾类仪式为多。

第四类为丧葬仪式，包括超度、大祭风、什罗务、拉姆务、关死门等仪式。丧葬仪式的目的是把死者的灵魂送达祖居地，从而成为祖先神灵，来保佑后代子孙发展兴旺。东巴丧葬仪式以"大祭风""超度丁巴什罗仪式"最有代表性。"大祭风"的纳西语称为"her la leeq keel"（海拉里肯），这一仪式主要是为了超度因殉情、自杀或战争而死亡者的灵魂。东巴教认为，这类非正常死亡者的灵魂居无定所，四处游荡作祟人间，所以需要举办大祭风招安这些孤魂野鬼。举行大祭风对主祭东巴要求比较高，必须是德高众望、法术高明的大东巴才能胜任，如果东巴德行及法术低浅，镇压不住凶鬼，反克自己，致使仪式失败。祭风仪式上要吟诵东巴经典名篇《鲁般鲁饶》，此经典情节曲折、语言优美，男女主人公殉情悲剧令人潸然泪下。东巴们为了不让年轻人偷听，往往安排在深夜吟诵这一经典，并借击鼓敲锣来掩盖诵经声，但仍抵挡不住年轻人偷听的热情，从中可以看出东巴经典的魅力所在。"超度丁巴什罗仪式"是在东巴去世后才举行的，与普通民众去世后将其灵魂超度到祖先居住地不同，东巴亡灵必须超度到居住在十八层天上的东巴教主丁巴什罗处。超度丁巴什罗仪式规模大，旷日持久，甚至有超过半个月的，参加人数多，仅参加的东巴就包括了死者的徒弟、师兄弟，以及村寨周边的东巴。举行仪式的地点分为灵堂、神坛、鬼寨、神寨、火化场等不同场域，在出殡之前，画有天堂、人间、地狱的神路图从灵柩上一直铺设到大门口，东巴们手持摇铃、挥舞刀剑，在灵柩前翩翩起舞，模仿丁巴什罗从母亲腋下出生后蹒跚学步的情景，再现丁巴什罗掉入毒海后弟子们在法杖上系上鹰爪奋力打捞的场景等，叙述丁巴什罗伟大悲壮的一生。

占卜仪式虽然被单独作为一类来看待，其实与上述仪式是相互交叉的，譬如祈福仪式是否有效，今年收成如何，可通过占卜来测算；禳灾类则更为突出，东巴在接受他人邀请主持仪式前都先占卜算卦，如果占卜结果较为有利，他可以答应主持仪式，如果占卜结果为凶卦，则可能婉言谢绝。丧葬仪式所需要的天数也是通过占卜来确定的。民间的起房盖屋、结婚生子、举行庆典、外出活动都离不开占卜打卦。东巴占卜种类繁多，主要有羊胛骨卜、鸡胛骨卜、猪胛骨卜、海贝卜、左拉卜、巴格卜、星卜、手指卜等数十种占卜。占卜仪式主要分为三个步骤：除秽、烧香—念经请神、念咒语—看卦象而测定因果。占卜仪式上，《白蝙蝠取经记》是最重要的一本经书，里面叙述了东巴占卜经书的来历。东巴占卜依据巴格图来推算祸福，巴格图又名青蛙八卦图，以青蛙的五个部位代表五个方位及五行，周边相应配上十二生肖，与道教八卦图极为相似。从文化传播来看，应该是藏族本教吸纳了道教八卦图后再传入纳西族东巴教中的产物。

　　东巴仪式看似种类繁多，其程序大同小异：请神—颂神—送神，其目的是消灾祈福。东巴担负了处理神—人—鬼之间关系的职能，人类要安宁幸福，就必须请神灵保佑，镇压作祟的鬼怪。简单的仪式程序结构背后却是复杂的仪式单元组合，任何一个东巴仪式都需要相应的东巴法器、服饰、供品、绘画、工艺品，还要跳东巴舞，吟诵东巴经籍，搭建神坛、鬼寨，给神灵祭献牺牲等。东巴仪式既是东巴史诗的演述载体，也是东巴史诗传承、创新的平台。

第三节　与东巴史诗相关的仪式

东巴史诗的演述一般在以下两大类仪式间进行，一是在固定的时间内举行各种东巴仪式，如东巴祭天仪式、烧天香仪式、祭署仪式、祭村寨神仪式、祭素神仪式、退口舌是非仪式等，与民俗概念中的"岁时节日"相类似，但更突出东巴史诗的时间性及空间性特征；二是在非固定时间内举行的东巴仪式，如延寿仪式、结婚仪式、丧葬仪式、禳灾仪式、除秽仪式等，具有人生礼仪的性质。

一、岁时节日中的东巴仪式

民间宗教与民间节日传统关系密切，民间宗教是民间节日的源头，民间节日是退化了的宗教。岁时节日又称"民俗节日""年中行事"，指按一年时序节令举行的固定性的民俗活动。以一年为期，与东巴史诗相关的纳西族岁时节日主要有祭天、请素神、祭三多、祭祖、祭署、顶灾等仪式。

（一）祭天仪式

祭天仪式纳西语称"蒙补"（mee bbiuq），纳西族自称为"祭天人"，自以为"纳西以祭天为大"，由此可见祭天在纳西族思想观念中的重要性。纳西族的祭天以氏族为单位，分为"铺笃""古徐""古沾""古珊"等祭天群，不同的祭天群举行祭天仪式的时间并不一致，相差几天。纳西族祭天传统历史悠久。元朝李京的《云南志略风俗条》云："（么些人）正月十五登祭天，极严洁，男女幼百数，各执其手，团旋歌舞以为乐。"明朝景泰年间的《云南志·卷五·丽江风俗》云："摩些蛮，不事神佛。惟（唯）每岁正月五日，具猪羊酒饭，极其严洁，登山登天，以祈丰禳灾。"明末地理学家徐霞客在其游记中也有记述："其俗所正重祭天之机。自元旦至元宵后二十日，数举方止。每一处祭后，大把事设燕（宴）木公。每轮一番，其家好事者，费千余金。"清光绪年间，《丽江府志稿·卷一·地理志风俗》中有云："元旦斋戒，祀白神或谒庙香。次日以后，村族党择洁地为坛，植松柏栗各一，陈豕供祭米，请刀巴（即东巴）祝嘏，名曰祭祖。"祭天分为每年春秋两祭，以春祭为大、秋祭为小，分别称为大祭天、小祭天。祭天坛上立有三棵神树，左右两棵为黄栗树，代表纳西族女始祖衬恒褒白的父母，即天神孜劳阿普和其妻衬红阿孜，中间一棵为柏树，代表衬恒褒白的舅父，即天神美汝考罗。祭天程序主要包括：做米酒、修栅栏、选祭天树、春神米立祭天树、除秽、点香、献酒、射箭镇鬼、杀猪鸡、献血、献牲、献食、用母鸡复祭等，其间要由祭天祭司"许荪"念诵祭天经书《烧天香》《除秽经》《献牲经》《献饭经》《崇般绍》《献灵药经》《许愿经》《忏悔经》等经书。参加祭天的人们手持香柱，在祭天坛前下跪祈求福泽、祈求一年中风调雨顺、人畜平安、庄稼丰收、人丁兴旺。

俗谚说，"纳西祭天人""纳西人以祭天为大"，何以为大？

首先是准备周期长。从新年第一粒稻种下播，从开始蓄养祭天牺牲猪时就进入祭天准备阶段了，这说明完整的祭天准备时间长达一年，因为祭天牺牲猪是在家族间轮流养殖的，祭天仪式一结束就意味着进入新一轮的祭天周期。在所有东巴仪式中，祭天仪式准备时间最长，最为繁杂。除了春节的大祭天外，还有七月份的小祭天。

其次是参加仪式的人数规模大。祭天仪式是一年之中家族的重大集体活动，村落中的所有家族成员（女性除外）都要参加，若有家户无故缺席，族长就可宣布开除其族籍。另外，祭天仪式的集体活动并非举行一次仪式即可，它由诸多大大小小的仪式构成，属于超级仪式或仪式群，每次都需要集体参加，如清扫祭天场、洗祭天米、砍伐祭木、布置祭天场、除秽、烧天香、杀牲、献牲等。这绝非一个主持仪式的东巴能够胜任，需要众人齐心协力合作才能完成如此繁重的大仪式。仅杀牲一项，就需要家族内五六个青壮劳力参加：抓猪、捆绑、抬运、宰杀、分割、清理。杨尚志在回忆20世纪40年代的祭天仪式时有这样的情景描写：

> 祭坛布置完了，就到河边去洗祭米。米放在专用的萝兜里，通常要由男子（或未成年的姑娘）来背。米洗好了，上面点上香，插上梅花，点上带来的火把往回家走，边走边高呼："大吉大利活者活！考汝时（皇帝万岁）! 考号依（皇帝安康）！"几家人鱼贯而行，火光耀目，呼声震耳，宛如一条条火龙，又像火炬游行，流露出热烈愉快的情绪。[1]

再次是仪式内容宏大，仪轨繁杂。传统祭天仪式包括了以下十个部分：布置祭坛，除秽；敬香请神；祭牲颂神；献神粮；射箭驱鬼；献饭；施神药酒、分福泽枝；顶灾，乌鸦献饭；送神；清灶。这十个仪轨只是一个大致的分类，主要集中在祭天日这一天，如果把整个周期容纳进来就更为庞大繁杂了。据大东乡老东巴和士成记述，传统的祭天仪式在冬月时家族各户筹集用来酿酒的粮食；腊月十三要举行一次小祭天；腊月十四要酿造祭天酒；腊月十八日春祭天米；正月初三要沐浴理发、制香；初四要布置祭天场，在场内蒸米、除秽、上香、射箭、煮茶，集体在祭天场内吃午饭、晚饭；正月初五进入正式的祭天日。祭天日要举行除秽、烧天香、杀牲、献牲、洒药、请神、颂神、送神、许愿、忏悔、祝福等繁复仪程，接下来还需要把清理干净的猪肉在祭坛上举行生献仪式，生献仪式结束后再放入大锅内煮熟，而后再举行熟献。[2]

最后是仪式影响大。东巴教是东巴文化的核心，而祭天仪式是东巴教文化中最具代表性与集中性的标志性文化。它不仅型塑了纳西人的宗教信仰，而且深化了民族认同，铸就了纳西族的民族性格与民族气质。在仪式现场聆听东巴讲述英雄先祖筚路蓝缕的迁徙奋斗史，并通过沉浸式体验当年迁徙路上的艰难困苦、九死一生，进而激发顽强不屈的民族文化自信，成为最为坚固的文化内核。甚至纳西族的他称"么些"本身就源于纳西语的"祭天人"（麽补些）。"么些"可释义为"天族""天之子民"，这一本义与纳西族的祭天传统有着内在

---

[1] 中共丽江地委党史征集研究室编：《走向光明——杨尚志回忆录》，云南人民出版社，2001，第32页。

[2] 李静生整理：《丽江大东地区的祭天仪式》，云南省社会科学院东巴文化研究所，《纳西族东巴教仪式资料汇编》课题组编《纳西族东巴仪式资料汇编》，云南民族出版社，2004，第11—15页。

的逻辑统一性,是由"祭天人""祭天群"的称呼演化而来的。[1]

戈阿干于1985年到西藏自治区昌都地区芒康县盐井乡、四川省甘孜藏族自治州巴塘县白松乡、云南省迪庆州德钦县巴美村等地的纳西族区域调查,他发现这些处于藏文化重重包围下的纳西族乡村基本上已经藏化,村里除了少数老人会说点纳西语外,绝大部分已经只会说藏语。但他惊异地发现这三个地方仍都顽强地保留着传统的祭天古俗,在祭天场上只能说纳西语。[2]

随着现代化进程加快,传统祭天仪式逐渐趋于势微,但其深层影响仍或隐或显地发挥着作用。譬如纳西人以是否吃狗肉作为区分民族的重要参照标准,而忌食狗肉的传统习俗源于祭天。《祭天·除秽经》中说:当秽气污浊了太阳的时候,只有狗能看得见,所以人们用狗来除太阳的秽气,人们觉得狗不洁净。《祭天·崇般绍》中说:崇仁利恩和衬恒褒白来到人间,分不清主人和外人,是从天上回来的狗分清了主人与外人。狗在崇仁利恩大洪水劫难与迁徙路上立下大功,且狗在人间大地与妖魔鬼怪搏斗时都有参与协助,由此把狗视为家庭中忠诚的一员,在大年三十晚上家人吃团圆饭前先给狗喂上肉食,以示犒劳与尊重。若有人食狗肉就被视为不忠不义的行为,不只是严禁参加祭天仪式,且为家族及村民所不容。祭天乃祭祖,也是行孝道。纳西民谚说:"父亲是天,不敬家父,祭天也不灵验;母亲为地,不爱母亲,祭地也不灵验。"

这种对天的崇拜、敬畏心理至今仍存留在纳西族民众的心理意识中,例如在日常用语中,纳西族以天来表示无法预测、不可抵制的外在力量,老人在训诫后生时会说:"ʂɚ³³khuɑ³¹pe³³tse⁵⁵, mɯ³³nɯ³³kɯ³¹tso³³。"(坏事做绝,会遭天打。)"æ³³tsɯ³³pe³³me³³kuɑ³³, mɯ³³nɯ³³thɯ³¹lu³¹me³¹。"(做啥事,天都看得见。)"mɯ³³tɕi³⁵tɯ³¹ ke³⁵ me³³ tɕy³³。"(没有比天更大的了。)"ɕi³³ the³¹ mɯ³³ nɯ³³ the³¹ ke⁵⁵me³¹。"(人是天放养起的。)这些民俗语言里折射出纳西先民崇天心理的遗留。在纳西族先民的计数单位中以"万"为大,而"万"(mɯ³³)的读音与"天"的读音是一样的,这显然也是"以天为大"的心理反映。

祭天仪式上演述的史诗为《崇般绍》,属于迁徙史诗,一般在献牲阶段吟

---

[1] 杨杰宏:《"么些"考释》,《中央民族大学学报(哲学社会科学版)》2013年第3期。
[2] 戈阿干:《滇川藏纳西文化考察》,政协丽江市古城区委员会编《丽江文史资料全集》(第三集),云南民族出版社,2012,第650-680页。

诵。这一阶段为颂神环节，即赞颂祖先神灵的丰功伟绩，也是整个仪式的核心。大东地区的祭天仪式中，此史诗要吟诵两次，一次是正月初五的祭天日当天，第二次是在正月初八的清灶仪式（kua³¹ le³³ sɿ³³）上。这一天参加者以男性家长为主，大家要站成一排听祭天东巴吟诵《崇般绍》，当东巴吟诵至天神之时，各户家长轮流向天神说明今年准备、参加祭天仪式的情况：

> 没有给上方的天做错事；腊月十三清扫祭天场时没有犯错；腊月十四酿造祭天酒时没有犯错；正月初二围祭天场、搓制大香、量祭米、洗祭米、舂祭米时没犯错，早上除秽时没犯错，拿米酒与水酒时没犯错，安插祭木、布置祭天场时没犯错，捉祭天猪、杀祭天猪、分祭天猪肉时没犯错，献牲、撒神粮时没犯错……[1]

向天神说明情况后，向地神、天舅分别陈述参加祭地、祭天舅的情况。最后祈求天、地、天舅诸神赐福保佑。

一部经书在一个大仪式中分别吟诵两次，说明了此经典的重要性。需要说明的是因祭天群体不同，祭天日期也会产生相应的变异，但变异范围仍在春节这个大的时间框架内，所以仍可归到岁时节日仪式类别中。另外，作为东巴史诗的文化空间，春节与祭天仪式是重叠的，从传统文化来说，汉文化语境中的春节与纳西文化语境中的祭天是同义的，甚至祭天的节日文化范畴更大，毕竟其时间跨度、民众参与度、信仰虔诚度、影响面皆大于春节。

（二）祭村寨神仪式

祭村寨神仪式（zzeeq wue bbbiuq）属于村落集体祭祀仪式，在正月的属马日或属牛日举行，仪式地点一般选在能看得见村寨的附近山顶上。仪式伊始，东巴给村寨神献上牺牲羊、牺牲鸡，并念诵献牲经。牺牲羊头两年不杀，第三年才杀。祭祀时在山顶竖立一根长约三四米的村寨旗，村寨旗又被称为"柱巴伍"，东巴念诵《村寨旗的来历经》，经书叙述了最早居住于此的是"濮"人与

---

[1] 李静生整理：《丽江大东地区的祭天仪式》，云南省社会科学院东巴文化研究所、《纳西族东巴教仪式资料汇编》课题组编《纳西族东巴仪式资料汇编》，云南民族出版社，2004，第15页。

"侬"人，最后在村寨神的帮助下夺取了这块好地方。祈求村寨旗镇住五方恶鬼，给村子带来安宁吉祥。在此仪式中最重要的一个仪式过程就是迎请村寨神。东巴献上牺牲后正式迎请村寨降临享用村民献上的牺牲，并叙述村寨神的来历，回溯到宇宙初开的洪荒时代，人类的诞生，原始居民开天辟地、战胜洪水、干旱天灾，然后上天寻求伴侣，从而繁衍人类。讲述过程中特别强调人类先祖如何从天上顺着居那若罗神山迁徙到人间，经过哪些路站，如何建立自己的村寨，村寨神如何护佑村民，等等。这一仪式过程就是祭村寨仪式中的《崇般图》演述环节，也就是说把创世史诗与祭村寨神仪式有机地融合形成了此仪式的创世史诗版本，从而使创世内容中融合了创建村寨的历史信息。最后在东巴带领下全体村民举行村寨神许愿仪式。许愿毕，给村寨神供上煮熟的牺牲及饭，然后全体村民一起共享祭村寨饭。村民回到家后，把仪式上带回的牺牲供给火塘边的灶神。

（三）祭祖仪式

纳西族的祭祖仪式（yuq bbbiuq）一年中分为春祭、夏祭、秋祭三次。春祭在农历正月初一至初七之间选择一天举行。纳西族传统的和、尤、树、梅四大氏族的春祭日期相差几天。春祭地点在家院中的正房前举行，供桌陈放一枝代表祖先的青松枝，以及献给祖先的五谷、腊肉、酒水、茶水等；地下插五块祭猛鬼的木牌，祭祖前先要给猛鬼献上一只祭牲鸡，东巴念诵《祭猛鬼经》，意喻让猛鬼别抢祖先的供品，不要挡住祖先回家的路。念毕给祖先神献牲献饭，念诵《给祖先献饭经》，然后东巴与家人向祖先神磕头许愿。

夏祭的纳西语称为"余补"（yuq bbiuq），"余"意为祖先，"补"为念诵。时间一般在农历六月初一至六月十五日内选一天。仪式地点在家院中。祭坛设在朝北方向，以示祖先从北方迁徙而来。在祭坛前插上一棵代表祖先的栗枝，供上新面做的馒头及酒、茶、粮食等供品。东巴给祖先敬上酒、香后，再杀羊作牺牲，分两次举行生献、熟献仪式，并念诵《献牲经》《献饭经》，最后东巴带头向祖先磕头祈福。祈福毕，东巴从栗树上取下几根栗树枝，置于家中神龛前，意喻祖先降下福泽。

冬祭则以在冬月举行祭祖仪式而命名，纳西语称为"此补"（cee bbiuq）。时间一般在农历的十月三十至十一月二日中择一日。仪式规程与夏祭相同，不同的是牺牲用猪,供品用麦芽糖,献饭要用米饭。祭牲及供品的区别与不同季节有关,比喻不同季节所收获的成果与祖先神灵一同共享,以此表示感恩之情。东巴经之《祭祖经》如是说:"父亲抱你的恩情、母亲给你喂奶的恩情、给你在额头抹油的恩情、劳累回家还要立刻给你喂奶的恩情、用手掌给你接屎接尿的恩情、用羊皮披肩背你的恩情、手把手教你走路的恩情、嘴对嘴教你说话的恩情、事对事教你做人的恩情……"

祭祖仪式中吟诵的史诗为《崇般绍》,因在祭祖仪中使用,故又称为"祭祖崇般绍"(yuq biug coq ber sal),另有一本《余般绍》,"余"指祖先,其义为"人类祖先迁徙记",与迁徙史诗《崇般绍》大同小异,不同在于文后涉及主人家这一支系,家族进入丽江后抵达现居地的路线。从中可察,仪式中的史诗并非一成不变,而是根据仪式内容进行创编生成的。

(四)小祭风仪式

小祭风仪式(her sso bbbiuq)属于消灾仪式。一般在农历三四月间选一吉祥日,仪式共三天。仪式地点分为家中、野外。第一天为准备时间,主要在家制作祭祀所需祭木、木牌画、祭风树。当天东巴要迎请东巴教中的祖先神灵——董神、沈神,并给鬼怪施食。第二天,主人在山上或野外设一简单祭风场,供上饭菜,东巴坐镇家中念诵《祭风经》。在讲述鬼怪的来历时吟诵《黑白战争》史诗,主要通过史诗演述,说明董、术两大部落之间的血亲复仇战争造成了许多孤魂野鬼,成为袭扰人类正常生活的威胁因素,所以需要举行小祭风仪式来禳灾驱鬼。至于史诗演述详略情况,则根据东巴本人的整体水平以及仪式规模、时间、场地、氛围等因素决定。如有的东巴只吟诵《黑白战争》中的下半部分——《迎请尤麻战神》《迎请本丹战神》。第三天,东巴到野外祭风场主持仪式,先在祭坛前种下祭风树,以一羊、二鸡作牺牲,东巴念诵禳灾驱鬼经书。家外祭风仪式完毕后回家送祖先神灵。

(五)除秽仪式

除秽仪式(chel sul)在五月的龙、蛇之日间举行,共两天。祭场一般在村中空地或村口。头天清扫场地,制作祭木,建秽鬼门。第二天,全村人集中在祭场中给神灵及鬼类献上香及酒、茶、粮食等供品,然后用杜鹃枝和杉树枝烧起除秽火,东巴念诵《为卢神、沈神除秽经》《迎请卢神》《降威灵经》《迎请众神》《烧天番》等经书。念毕,分派村民到村子祭天场、祭村寨神场、泉水处等地烧除秽火。等回到仪式场地,东巴助手烧骨头、皮子等物引发臭气,从而引诱秽鬼前来。东巴吟诵《秽的来历》《除秽的来历》《除秽鬼》等经书。给秽鬼献食后,开始吟诵《崇般图》,以此说明兄妹乱伦,与鬼怪、动物杂交,不守伦理道德是产生秽气、秽鬼的主要原因。其后,东巴率领村民挨家挨户进行驱臭鬼仪式。东巴手持除秽火把出入各个房间,一边念诵《除秽经》,把藏在家中的臭鬼、秽鬼驱赶出来;接着吟诵《斯巴金补、斯巴金姆》《黑白战争》《崇仁利恩与衬恒褒白命的故事》《都萨阿吐》等经书,然后用柳猴手中之火进行除秽。其后东巴助手抱着一只用柳枝扎编的除秽马及臭鬼,主人把饭粘在臭鬼上面,以示喂了饭后让它再也不要回来。驱赶完臭鬼,众人随东巴回到祭场,杀一只羊、一只鸡作为祭牲献给臭鬼,以此表示偿还了欠臭鬼之债。最后东巴向神灵祈福,全体村民聚餐。

此仪式中分别吟诵创世史诗与英雄史诗,其中的《崇仁利恩与衬恒褒白命的故事》属于缩略版的《崇般图》。需要说明的是只有规模较大的除岁仪式(chel naq ggvq)才完整地吟诵这两部史诗。

(六)顶灾仪式

顶灾仪式(dvl bbiuq)即预防天灾、祈求风调雨顺之仪式。在农历六月三伏天的初伏期间举行,地点在村外山冈上,时间一日。举行仪式时,先在祭场北边立顶灾树。顶灾树是一棵高四五米的白桦树,树下压董神石,插一把扫鬼帚,插一杆有色纸旗子,前置三个象征施降灾难的木偶。东巴先给顶灾树下的董神除秽,给董神石涂上酥油,献上酒水,东巴念诵《烧天香》《董神的来历》《迎请诸神》《除秽经》《迎顶定神》《祭粮的来历》等经书,念毕杀鸡献牲,以示偿还人类欠降灾鬼怪的债。东巴念诵《顶灾经》,内容是好吃好喝已经招待了,各类降灾鬼怪不要再作祟了,在神灵的保佑下,各种鬼怪降下的灾难都顶了上去。

此仪式并不吟诵东巴史诗,但仪式的产生及所涉及的观念与创世史诗《崇般图》有内在关联。创世史诗《崇般图》叙及天女衬恒褒白命原来许配给舅父的儿子可兴可洛,但最后被人类遗神崇仁利恩娶走。可兴可洛为了报夺妻之仇,就给人类降下瘟疫、冰雹、洪水等灾难，成为降灾元凶。人类不堪其苦就有了顶灾仪式。此仪式有软硬兼施的两面性，一方面通过邀请天上诸神降下威灵来威慑可兴可洛，另一方面恭恭敬敬地伺候他，取悦他。《可兴可洛经》《顶灾经》《顶灾开婚经》等经书内容就讲述了上述故事。此仪式中，天神可兴可洛是被作为凶神看待的。

（七）请素神仪式

素神即"家神"，是保佑一家平安吉祥、人丁兴旺的保护神。请素神仪式（seel kvq）也是在春节正月间举行，具体时间以男性长者的属相日为主，如家长属蛇，则在属蛇日举行。举行请素神仪式的地点在母房内的火塘边。屋内有母柱，为一家神圣之处，上挂有素箅篓，系家神"素"所居之处，篓内放有祭素神的神石、粮食、桥、梯、箭、旗等物，神石下压有杜鹃叶。举行仪式时素箅篓内的祭品都要清洗干净。祭坛前供上一簸箕五谷、一饼猪油、猪或羊牺牲、香柱及茶、酒等，东巴念诵《给素神献牲经》《素神的药的出处来历经》然后给素箅篓内的供品及火塘、床、母柱上倒上放有苦胆的酒水，象征施药，祈求家神保佑家人健康平安。施完药后东巴按长幼顺序给家人的额头抹上一点酥油，象征素神赐福于家人。最后，东巴及家人一同吟唱《素神牲皮经》，把牺牲皮赠送给主持仪式的东巴。

祭素神仪式属于可变动仪式，即根据仪式类型控制仪式规模、时空，如结婚仪式、祭天仪式中的祭素神仪式属于大仪式，而其他仪式中的祭素神仪式为小仪式。好多大仪式结束后东巴回到家中举行祭素神仪式，主要是通过仪式向家神祈求威灵。希望能借其威灵弥补大仪式中的不足，震慑鬼怪，襄助仪式的圆满。东巴史诗经常在大仪式中演述，往往与此小仪式相结合。如上述仪式既是独立的仪式，也可成为祭天仪式下面的小仪式。由此可察，史诗演述是在诸多仪式联系中进行的。

二、人生礼仪中的东巴仪式

从某种意义上说，东巴史诗是依托民俗而存在的。在东巴教盛行地区，一个人从生到死的整个人生都贯穿着东巴仪式。人生礼仪与岁时节日相比，日期非固定，一般以个体家庭为单位举行。

（一）祭星仪式

祭星仪式分两个仪轨：祭除纳鬼（tshv³¹na³¹py³¹）、祭星（kɯ³¹py³¹）。祭除纳鬼一般指禳媱星鬼。东巴经书中的妖魔鬼怪多以媱来命名，如《黑白战争》中的庚媱纳姆，其义为"黑星女鬼"，蒙道庚媱纳姆是其女儿，其义为"未嫁的黑星女鬼"。

祭除纳鬼仪式分两个小仪式，一个是在屋内举行：东巴在主持仪式时坐在病人前面，先大呼三声"呸！"以此向索魂鬼示威。然后念诵《除纳鬼的来历》，主要讲述因为黑白两大部落发生战争而产生了大量的野魂孤鬼，由此也产生了除纳鬼。接送吟诵《放出除纳鬼经》《送除纳鬼经》《迎请优麻经》。先礼后兵的三部曲：先讲鬼的来历出处，知己知彼；然后好吃好喝招待着，恭送其出境；如果还不走，最后请出优麻战神来驱除镇压除纳鬼。

祭除纳鬼的第二个小仪式在屋外举行，仪程与前者大同小异，异在比前者更为繁杂些，除了仪式内容更为复杂外，念诵的经文也多些。如在请除纳鬼享用鬼食时，东巴要吟诵英雄史诗《董埃术埃》。此经典在此环节起到两个功能：一是交代战争导致包括除纳鬼在内的大量鬼怪的产生，二是迎请天上战无不胜的优麻战神降临人间，助阵东巴驱赶除纳鬼。

（二）丧葬祭祀仪式

丧葬仪式的纳西语称为"西开"（xi kai）。一般有以下程序：放口含、送魂、洗尸、报丧、入棺、停灵、诵退口舌是非鬼，给死者亡灵献牲、哭丧、诀别、发灵、火化或土葬、复丧。仪式全程由一大东巴主持，另请五六个东巴帮忙，时间根据占卜决定，一般为三天。如果死者是大东巴，则需举行规模更大的祭丁巴什罗超度仪式，以使死去的东巴抵达丁巴什罗教主所在的十八层天上。整个大仪式东巴要念诵《退口舌是非》《丧仪的来历》《镇压五方仇人》《献饭》《遗留福泽》《杀猛·厄鬼》《驱赶冷臭鬼》《赐福泽》《鸡鸣唤醒死者》《迎请优麻》《献冥马》《虎的来历》《关死门》等近百本东巴经书，跳东巴舞，举行几十个大小不同的仪式。参加者除死者亲戚外，全体村民也要参加。丧葬仪式期间，所有村民围聚在庭院中间，烧上篝火，边跳边唱"默喂达"，"默喂达"即挽歌，以前由东巴领唱，后演变为民歌手。内容主要叙述死者的为人高尚、治家有方、子女成器、家庭和睦、与人为善等，一直唱到通宵达旦。

丧葬仪式最重要一个仪程为吟诵《崇般日》，即祖先迁徙路。此经书源自《崇般绍》《崇般图》。从中选取了崇仁利恩夫妻从天上迁徙回归人间的这部分内容。这条迁徙路构成了死者魂归路。因路途遥远、山水阻隔、鬼怪作祟，需要东巴给亡灵提醒注意事项。此仪程在献鸡、猪牲时进行。相传人类祖先从天上迁徙下来时，是由野猪引的路，由鸡断后阻挡鬼怪。

在丧葬仪式的献牛牲、献燃灯仪程时，也要吟诵《崇般图》，献鸡、猪牲时为迁徙路，而牛牲燃灯时为送魂，路线与前者相反。燃灯是为魂返祖地途中照亮前程。

（三）超度仪式

超度仪式的纳西语称"希务"（xi ngvl），又称复葬，即举行第二次葬礼。时间一般在举行完第一次葬礼后次年的农历十一月初四，请原主持开丧仪式的主祭东巴及其助手主持，为期四天。程序主要有：头天布置祭坛；第二天给亡灵擀披毡，杀猪祭死者，以作领路猪；第三天，超度死者亡灵，孝子孝女献牲，作洗马仪式；第四天，把代表死者亡灵的木偶寄放到岩洞里，俗称"武金"（ngvjji）。超度仪式的目的是把死者的灵魂送回到北方祖居地，《送魂经》是仪式中重要的经书，记录了死者所在家族的送魂路线。超度仪式中有个东巴要扮演"阿古"——充当与人鬼之间的媒介。

此仪式中要吟诵创世史诗《崇般图》。此史诗在仪式中起到了起承转合的轴心献牲环节作用：一是通过创世过程讲述，交代了阻挡死者灵魂的猛鬼和厄鬼的来历。从而为献牲后的杀猛鬼、厄鬼提供了文化背景与缘由；二是交代人类诞生过程，为亡灵返回祖居地提供历史依据。同时为后面的送亡灵归祖仪式开辟了路径。这从《崇般图》前、后念诵经书中也可看出端倪：《杀猛、厄鬼》《俄英都奴杀猛鬼》《关死门》《让亡灵归祖》《送冥马》《安慰死者》《开神路》等。

（四）大祭风仪式

超度仪式因死者情况不同而不同，如超度情死者仪式要举行大祭风仪式，纳西语称"夯拉勒克"（her la leeq keel），又译为祭风仪式，即祭风流鬼，风流鬼为殉情者的游魂。如果对这些游魂不进行超度，就会祸害本家及村子。男女双方家庭各请一位主祭大东巴、五六个东巴助手，举行为期五天的祭仪，把情死者的亡灵超度到"玉龙第三国"，纳西语称为"乌鲁尤凑阁"。祭风仪式在野外举行，祭场要竖高三四米的松树、桦树两棵，高树代表男性，矮树代表女性，树上挂满了五颜六色的纸花、纸衣挂，以此象征情死者的乐园。仪式中要制作80多张木牌画，以及风神达勒阿萨命像，念诵上百本东巴经书，东巴经典《崇般图》《鲁般鲁饶》便是在此仪式中念诵。祭牲用猪、羊、鸡各一只。祭风仪式为规模较大的东巴仪式，后来发展为超度所有非正常死亡亡灵的仪式。

创世史诗《崇般图》属于此仪式的核心经典。在搭建好神坛鬼寨，撒了神粮，举行完除秽、烧天香、请神、加威灵等小仪式后，东巴们穿戴上东巴法服，开始仪式核心内容——由主祭东巴吟诵《崇般图》《白蝙蝠取经记》《找楚鬼》三本经书。《崇般图》在此交代丹鬼、猛鬼等鬼怪的来历——崇仁利恩与竖眼女结合而招致的祸根。《白蝙蝠取经记》说明只有占卜卦才能明确祭祀对象，《找楚鬼》讲述了情死鬼的来历。这三本经书为整个仪式的举行起到了开宗明义的导示功能。

（五）禳栋鬼仪式

禳栋鬼仪式也是规模较大的东巴仪式，以禳灾祛病为主旨，一般在超度后一年内，或家人生病、年成不好的情况下举行。此仪式统称为"栋克"（dol kel），根据仪式规模分为大、中、小三类，大仪式称为"栋纳克"（dol naq kel），中仪式称为"栋咱克"（dol zzaiq kel），小仪式称为"栋盘克"（dol perq kel）。祭场分为家中和家外，家中设有神坛，家外野地设有鬼寨。整个仪式要用三至四天时间，东巴及助手五六人需要念诵上百本东巴经，祭牲用羊、猪、牛、鸡，要邀请全村村民及亲戚参加仪式，耗费极大。禳栋鬼仪式属于复合仪式，此大仪式中包含了烧天香、除秽、退口舌是非、加威灵、请素神等诸多亚仪式。

禳栋鬼仪式在原丽江县的六区、宁蒗县拉伯乡、四川省凉山州、俄亚乡、依吉乡一带仍有保留。英雄史诗《黑白战争》就在此仪式上吟诵。一般在献牲环节中演述，大仪式中隔天献牛、羊等祭牲时则每献一次需要吟诵一次。此经典在仪式中起到交代鬼怪来历的作用。

此仪式中也吟诵创世史诗，也是在献牲时演述，无量河流域创世史诗分为《索索科》《利恩恩科》《卡兹次》三本，内容与丽江坝区有差异。

（六）退口舌是非仪式

纳西语称为"崩补"（bbu bbiuq），或"瓦楚补"（wa ceeq bbiuq）。是非鬼主要有悖、奇、恐、崩、金、垛、铎、瓦等八种。纳西族民间认为人世间充满口头是非，过于显达富贵易引发嫉妒之心，生活落魄贫穷又遭到讥笑讽刺，被人歧视，从而产生诽谤、攻击、挖苦、告状、构陷等口舌是非，这些是非根据内容不同分为八种是非鬼。这些口舌是非严重干扰人们的正常生活，所以需要请东巴举行此仪式来禳除这八个凶鬼，恢复正常生活。主祭称为"吕古补本"，即中间祭司，意为人神之媒。仪式开始前做一个称为"补"的许愿仪式，即东巴给口舌是非鬼许下承诺说要在收成好、养好肥猪之后做仪偿欠鬼之债，做退口舌是非鬼仪式要请宗亲吃饭，且不能收受礼品，耗费颇大。

此仪式共花两天时间，第一天请东巴做准备工作，诸如砍制祭木，做口舌是非鬼之四道门，等等。第二天天未亮人们就要到仪式场地。举行仪式，要在黄栗门前杀一只山羊，松门前杀一只绵羊，"本不"（一种植物名）前要杀一头猪，白桦门前要杀一只鸡，表示偿还主人家欠口舌是非鬼的债。各门左右压象征董神、沈神的神石。[1] 此仪式中的史诗演述放在仪式开始阶段。搭建好神坛、鬼寨、除秽、烧天香、撒祭粮、请神等小仪式结束后，主祭东巴整肃服饰，立于神坛前，吟诵《崇般图》《黑白战争》《哈斯战争》《崇仁利恩与衬恒褒白传略》等十多部经书，东巴助手用面偶做成五方鬼王，立于鬼寨五方，同时燃烧臭火，引诱口舌是非鬼们出来。从中可见这两部史诗在仪式中往往与鬼怪的来历联系在一起，不同在于两部史诗中产生的鬼怪各有侧重而已，《崇般图》多与猛鬼、厄鬼、丹鬼、楚鬼相联系，而《黑白战争》多与垛鬼、铎鬼、瓦鬼相联系。

---

1 李静生：《东巴在一年中的祭祀活动》，丽江县政协文史资料委员会编《丽江文史资料》第十一辑，1992。

(七)延寿仪式

纳西称为"汝仲补"(ssee zhul bbbiuq),属于东巴仪式中的超级仪式,包括了除秽、烧天香、祭自然神、祭胜利神、祭畜神、祭素神、退口舌是非、祭祖、祭村寨神等十多个亚仪式,形成了长达7天,诵读经书200多册,几十位东巴参与,神坛林立的超级大仪式。此仪式为德高望重的长者举行,通过神灵加持护佑而延绵福寿。此仪耗费巨大,只有当地头人及富贵人家才能承担费用。新中国成立后几近绝迹,近30年来举行过几次仪式恢复性质的活动。此仪式也是东巴史诗演述最为频繁的仪式。在除秽祭祖、祭华神(求寿)中都要吟诵《崇般图》,《黑白战争》则在除秽仪式中演述。

第四节　东巴史诗的叙事特征

一、宗教叙事

东巴是纳西族民间祭司，是纳西族原生宗教东巴教的传承者，东巴仪式的主持者，东巴在东巴史诗活动中占有主体地位；东巴史诗文本载体分为口诵经与东巴经籍，活动载体为东巴仪式及民俗活动，原动力为东巴教信仰，包括自然崇拜、神灵崇拜、祖先崇拜三个信仰层面，具有浓郁的巫术、原始宗教及早期人文宗教的特征，由此，东巴史诗带有突出的宗教性特点，宗教叙事是其本质特征。

东巴教特有的宗教文化意识形态深刻影响了东巴史诗的形成与发展。东巴教的宗旨、观念形态全面渗透东巴史诗，在推动东巴史诗形成与发展的同时，也成为宣传东巴教的工具。

东巴史诗的宗教叙事特征表现在以下四个方面：其一，东巴史诗文本结构是最为常见的"三段式"结构——开头讲述"万物来历"，中间为叙事主体内容，结尾为禳灾祈福的仪式实验内容，这与以宣扬宗教思想为宗旨的宗教叙事风格是相一致的。其二，东巴史诗叙述内容中糅合了三界六道、祖先崇拜、神灵崇拜、灵魂不死、阴阳相生相克等宗教思想意识，这些宗教意识形态通过文本叙事、仪式表演得以实践，并逐渐沉淀生成民众的信仰根基，促进了东巴史诗的形成与发展。其三，东巴借助超凡脱俗的宗教神圣性达成自身的叙事权威地位。其四，东巴史诗内容中杂糅着本教、藏传佛教、道教等多元宗教内容。由此来说，东巴史诗具有浓郁的宗教叙事特征，宗教信仰构成了东巴文学叙事动力所在。

二、民间叙事

东巴史诗的民间文学性质是由其宗教形态决定的。东巴教一直处于由原始宗教向人文宗教过渡的阶段,并未成为统治阶级的统治工具,也没纳入精英阶层的雅文化殿堂,一直处于民间信仰状态,由此也决定了东巴教的民间宗教性质,在此统摄下产生的东巴史诗也天然带有民间文学的特征。首先从作品形态来看,东巴史诗并非哪一个作家创作的,而是在漫长的历史长河中由广大人民群众不断加工锤炼而成,它的创作者、修订者、受众群体都是民众;在传承与传播过程中存在着不同程度的文本变异情况;口头表达是东巴史诗的主要表达手段及方式。

其次,东巴史诗的内容具有民间性,即直接表现民众的劳动生活及思想感情。东巴史诗中的宗教性特征并不意味着其叙事内容都是超凡脱俗、远离人间烟火的,其宗教叙事特有的神圣性与超凡性又与民间性、平民性紧密联系在一起。东巴并非专职的宗教人员,他们本身从事生产劳动,其所进行的东巴仪式活动是为民众服务,东巴所从事的活动除了祈福禳灾的祭祀仪式外,也涉及岁时节日、结婚、丧葬、起房、命名等民俗生活内容,从而使其文学始终带有突出的民间性。

再次,东巴史诗的叙事文类、主题与纳西族民间叙事存在着同类情况,神话、故事、传说、谚语、民歌等叙事文类在二者中存在着互为借用、互为源头的关系;东巴史诗中的神灵、英雄祖先最初源于民间文学,后经东巴整理、加工后又传播到民间。东巴经典《鲁般鲁饶》与民间叙事长诗《游悲》就是其中的典型。《崇般图》《黑白战争》在民间以民间故事、民歌、民俗等形式广泛流传。

最后,东巴史诗中的民间性特征也反映在东巴象形文字中。出土于殷墟的甲骨文是为商王朝的王室服务的,甲骨文记载的卜辞属于庙堂之作,内容多为国家祭祀、征战,文字载体多为礼器、兵器,带有突出的官方色彩。而东巴文字内容多为与纳西族古代社会的生产、生活相关的动物、植物、农作物、生产工具、生活用品等,带有浓郁的民间生活文化色彩。从这个意义上说,民间性是东巴史诗的传承形态特征。

三、神话叙事

神话是人类早期的社会实践及意识观念的产物,讲述的是与神灵相关的故事,往往在祭祀仪式中演述,带有"神圣叙事"的特征,神话演述者与受众群体都对叙述内容信以为真,从而使神话具有"社会宪章"的社会功能。

东巴史诗与神话的关系非同一般,正如白庚胜所说,"没有东巴教,东巴神话便无以存在;没有东巴文字的记录,东巴神话就不可能成为书面神话;没有东巴经典,东巴神话也就不可能体系庞大,内容宏富;没有东巴,东巴神话就不可能成为一种活形态的神话传承至今;没有东巴道场,东巴神话也就失去了表现、表演的机会"[1]。2万余卷的东巴经籍的内容基本上是神话内容,以起源创世神话、英雄祖先神话、镇妖降魔神话三类神话为主。有关起源创世神话的代表作品有《创世纪》《夸敢土》《马的来历》《虎的来历》《饮食的来历》;镇妖降魔神话的代表作品有《黑白战争》、《哈斯战争》、《鹏署争斗》(《休曲署埃》)、《崇仁潘迪找长生药》、《庚空都支》、《多莎敖杜》、《古生土称和亨命素受玛》、《许瓦增古盗火》;英雄祖先神话的代表作品有《崇般图》(《创世纪》)、《蝙蝠取卦书》、《高勒趣招魂》、《俄英都奴杀猛妖》、《搬几于几》等。也存在相互交叉的复合型神话,譬如《创世纪》就包含了起源神话、英雄祖先神话两种主题,也有杀长臂猛妖的情节。《黑白战争》一开始也是讲述开天辟地的内容,带有起源神话的特征。

东巴史诗的神话特征还表现在其神性叙事风格上。具体而言,东巴史诗的主人公以神灵或半人半神为主,他们的脾气性格乃至生活可能与常人无异,但他们与常人不同之处在于拥有超凡脱俗的神力或魔力,能够轻易飞天入地,能够随心所欲地变幻为天地万物。譬如《黑白战争》中董部落王子——董若阿路与术部落公主蒙道庚娆纳姆二人初次相遇时,因为彼此是敌对方,先后变成鹰、虎、牦牛在天空、深林、牧场小心翼翼地进行试探。术部落王子埃生米韦被害而死后,吸风鹰与狗獾充当了通风报信的间谍角色。《创世纪》中崇仁利恩一天砍倒九十九座山林的树木,一天之内开垦好并播撒完九十九座山林;他宣称"一天能翻越九十九座高山,一夜能趟过七十七条大江;把居那若罗神山咽下去

---

[1] 白庚胜:《东巴神话研究》,社会科学文献出版社,1999,第28页。

也吃不饱,把金沙江灌进嘴里也不会呛……"这些超自然力无疑是先民们驰骋于他们奇特想象和幻想之中所创作的结果,表面看起来似乎荒诞不经,其实反映了人们借助这些超自然力来改造自然、社会的真实愿望。正是这些奇特大胆的想象与幻想使东巴史诗具有了浓厚的神话色彩,赋予了它无穷的神奇魅力。

四、仪式叙事

仪式叙事即仪事演述。东巴所创作的文学作品并非像作家文学那样专门供人阅读,更多是在仪式或民俗活动中演述。此处的"演述"指表演中的叙述,涵盖了"表演"与"叙述"两个层面。"表演"主要指口头、面部以及其他身体部位的艺术表现,对一个东巴而言,他往往充当着口头表演者的角色,在仪式上口若悬河、滔滔不绝地进行表述时,其面部表情根据口述内容进行相应的表演,其身体语言也会进行相应的表演,即我们说的手舞足蹈。"叙述"即表达陈述事理或事件,文学层面的叙事往往与讲故事相联系。东巴史诗的叙述内容主要为神话故事,《创世纪》讲开天辟地、繁衍人类的故事;《黑白战争》讲部落之间因利益之争带来的战争故事。

东巴史诗由押韵的诗行构成,通过民歌调的唱腔来吟唱,而非干巴巴的照本宣科,属于唱诗行为。东巴史诗的演述还伴随着歌舞行为,属于融诗、歌、舞多元艺术于一体的文学艺术活动。仪式演述是东巴史诗与作家文学最大的区别所在。之前我们对东巴史诗这一特性认识不全面、不深入,总以现当代作家文学的标准来苛求东巴史诗,并依此标准进行"文化改造":篇幅不够就把不同仪式中的文本强行糅合在一起,进行"二次创编",人物形象不突出、情节冲突不激烈、阶级斗争不明显就人为地进行再加工,并把有宗教意味的内容、重复的口头程式句都作为"赘疣"强行删除。这样"改造""美编"过的文本表面上似乎更有现代文学作品的意味,但也失去了东巴文学的特点,更无法在东巴仪式中应用,沦为昙花一现的死文本。东巴史诗离开了东巴仪式,犹如鱼离开水,活态生命不复存在。

东巴史诗的载体是东巴经籍,受东巴仪式的规定性制约,即什么仪式上吟诵什么经书,什么环节吟诵什么经书,都是由仪式规程规定的,不能随意改变。

譬如《创世纪》《黑白战争》两部史诗并非在任何仪式中都可以吟诵,《创世纪》一般在丧葬、大除秽、大祭风、祭署、禳栋鬼的大仪式中使用。

东巴史诗演述还带有戏剧表演的特征。如祭天仪式中,主祭东巴在吟诵经书过程中突然大喊一声:"果洛兵来了!"参加仪式的所有人都纷纷四下逃散、躲藏;过了一会儿,主祭东巴又大喊一声:"果洛兵跑了!"大家又聚拢过来,拿起弓箭轮流朝祭天场南边的一张鬼怪图像上射箭,每当射中时人群便爆发出一阵欢呼声;祭天仪式中还有摸老虎蛋、跳东巴舞等表演环节,东巴们在翩翩起舞时,手上有板铃、板鼓等乐器相伴奏,整个仪式场面带有浓郁的"仪式戏剧"的色彩,或者说东巴史诗通过仪式表演达成了身临其境般的演述场域。英雄史诗《黑白战争》在禳垛鬼仪式中吟诵,在此仪式中也有类似的准戏剧表演:主人家生病或家运不顺,经请东巴占卜,认为垛鬼斯主季补窃取了主人家的魂魄,所以需要举行禳垛鬼仪式。其故事情节大致如下:垛鬼长相类似牛头马面,它把主人家魂魄偷走后锁在一个黑箱子里,东巴派恒依精玛神鸟到鬼域,凭借其口才及重金使垛鬼斯主季补打开了黑箱子,神鸟就把主人家魂魄赎救回来。但垛鬼斯主季补还会故伎重演,必须把它根除,以绝后患,于是恒依精玛神鸟与斯主季补之间展开一场殊死搏斗,它俩决定通过掷骰子一决生死。在赌博中,斯主季补连输六回,把抵押的牛角、牛腿、牛头都输光了,最后被恒依精玛一一砍掉而死。在具体场域中,主祭东巴与助手分别扮演恒依精玛神鸟与斯主季补,二人各拿一个代表恒依精玛(鸟头状)与斯主季补(牛头状)的面偶,相互对话、表演,每次掷骰子时的惊喜、失望、叹息、绝望的赌徒心态都淋漓尽致地表现出来,尤其是最后垛鬼每输一次,代表神鸟的东巴拿刀依次砍掉其牛角、牛腿、牛头,更有喜剧感。在这场仪式中,还有一个类似场景是替罪羊主题程式:主人家好吃好喝招待另一个鬼主萨斯崩勒,并给它大量的金银财宝,让它把主人家的厄运、病痛带走。每送给它一样财物,主祭东巴都要绘声绘色予以描述,如送给它绸缎鲜衣时,是这样说的:"这些丝绸是托人从很远的江南湖州购置来的,是请了上海的大裁缝制作的衣服,主人家不要说穿了,连给外人瞧瞧的机会都舍不得给,因为谁见了就会想占为己有。把这么金贵的,主人家都舍不得的衣服送给你,你可要知足了!"[1]最后东巴以柳条与松枝做成木偶,

---

[1] 根据2011年7月14日对云南省玉龙县大具乡培良村和承德主持仪式的调查内容整理。

穿戴上衣帽，并戴着代表垛鬼的面偶，在东巴们伴舞下送到设在门外的鬼寨中；念诵完关于捣毁鬼寨的经书后，众东巴一边跳着镇鬼的东巴舞，一边厉声呵斥，用刀、矛、箭把鬼寨捣毁。整个场面既有诙谐轻松的喜剧特色，也有紧张肃杀的悲壮色彩。

五、口头叙事

首先，口头表达是东巴史诗的主要叙述手段。在书写传统未形成之前，口头表达是东巴史诗的主要表征；东巴象形文字产生后，形成了体系庞大的书写经典系统，但这些书写经典内容都源于口头文学，属于口头记录文本，这一文本又称为"半口传文本"。这些书面经典用于仪式中的口头演述，文本类型属于口头演述的提词本（prompt）；由于东巴文字不成熟的文字符号体系，没有线性排列、逐词记录、字词对应的特点，形成了"看图说话"的文本性质，不同念诵者可以根据自己的演述习惯组织不同的口头表达形式。所以口头性不只是表现在口头文本中，也表现在东巴书面经典中，口头程式是东巴史诗的主要表达单元。

其次，东巴史诗既记载在东巴经籍中，同时仍活在大量的口头文学文本里，书面与口头文本相辅相成，并行不悖。一方面，通过口头传承使东巴史诗保持了活态的传承形态，使东巴史诗的民间性、仪式性、民众性特征得以延续；另一方面，东巴文的产生及经书系统的形成，无疑使东巴史诗具有了书面性特征，东巴经籍中保留了大量的古纳西语、外来词汇、专有名词，形成了与口头语不同的书面语体系，而且书写传统所具有的可以超越时空、不断锤炼修改、易保存等特性，催生了大批语言精练、内容丰富、情节曲折、形象鲜明的东巴史诗作品，保留下来了许多东巴史诗精品，使处于衰落期的东巴史诗获得了"第二生命"。口头性与书面性在东巴史诗中是互为文本的。

六、历史叙事

东巴创世史诗及英雄史诗的卷首部分,几乎毫不例外地从天地万物还没产生的时候说起。这从表面上看起有重复啰唆之嫌,但其实构成了东巴史诗的叙事特色——历史叙事。"如果不知道这一事物的出处与来历,就不要说它的事。"这一东巴哲语在经书中也高频率地出现,表明了历史根基在叙述中的核心作用。首先,这种的历史根基叙事对东巴史诗而言,具有了与众不同的元叙事意义:一是一开始就交代了极为远古历史的时空范畴,从而具有了元叙事的权威性与神圣性;二是形成了崇高壮丽的宏大叙事风格,使整个文学叙事超越了个体叙事层面。整体而言,越是早期的东巴史诗作品,这一历史叙事风格愈加突出。这方面的代表作品以《创世纪》最为典型。这部经典所表现的时空跨度之大,涵盖宇宙古今、天地万物,从宇宙混沌初开的洪荒时代到人类诞生,乃至阶级社会里的财富争夺,从天庭到人世间,从高山牧场到山寨乡村,不一而足;其表现的内容极为宏大,开天辟地、万物生长,人类诞生、民族迁徙,部落战争、游牧狩猎、农耕渔猎等,其所关注的是整个人类或民族的命运,属于宏大历史叙事风格。

其次,东巴史诗的历史叙事并非当下历史概念中"实录"或"大事记",东巴经书中很少能找到如此有确切时间、地点、事件的史事。此处的历史主要指纳西先民所经历的"大历史",即宏观视域下的历史事件。丧葬、超度、大祭风、祭天仪式中所叙述的迁徙线路,实际上为纳西先民从甘青河湟流域迁徙到西南金沙江流域的真实反映;祭天仪式上躲避果洛兵的仪式表演其实为迁徙途中历史事件的集体记忆。创世史诗中否定了兄妹婚、对偶婚、群婚制,浓缩了纳西族婚姻史。东巴史诗中还涵盖了纳西族古代社会的农业史、宗教史、民俗史、军事史等。这样一部民族多元文化史通过传统诗歌形式表达出来,成为历史的宏大叙事——史诗。

七、道德叙事

道德叙事是东巴史诗与东巴神话最为突出的人文特征,也是其最有代表性的文学特征。东巴史诗堪称"道德型史诗",众多南方民族史诗也具有这一特点。古希腊史诗与神话更多体现出"智慧型"与"力量型"的叙事特征,我国三大史诗及众多英雄史诗则体现出"勇敢型""征服型"的文本特质。东巴史诗的道德型特征体现在真、善、美三个审美维度上。首先是"真",即真实。创世史诗中万物的产生顺序为:无—影子—真、实—白气、声—善神—人类与神灵;无—影子—虚、假—黑气、噪音—恶神—鬼怪。真实往往与善良、正义、美好、高尚等道德叙事相联系,而虚假与邪恶、反动、丑恶、卑劣等反道德、反伦理行为相联系。这种二元对立的道德叙事模式成为东巴史诗的叙事主体。其次是"善",即符合人类伦理道德的行为准则。"善"往往与争取人们的生存、发展的正义、高尚事业及行为相联系,如开天辟地、繁衍人类、创立社会制度、婚姻家庭观念,以及惩恶扬善、尊老爱幼、诚实守信、与万物为善的品质及行为。如创世史诗中对利恩兄弟不仁不义的否定,对崇仁利恩的对偶婚的批判,《黑白战争》中术部落首领贪得无厌、不讲信义、残暴无情的鞭挞。最后是"美"。道德叙事并非都是一本正经的照本宣科。东巴史诗的道德叙事是通过生动形象的文学叙事达成的,文学叙事实为审美叙事。东巴史诗的道德叙事主要是通过崇高美与悲壮美两种审美风格来表现的。

创世史诗中的主人公身上表现出崇高壮丽的人格理想,从而赋予史诗以崇高正义之道德叙事特征。《创世纪》中的善神美利董阿普为了让人类得以延续,危难时刻出手相助,面授机宜,多次挽救人类于灭绝的边缘;崇仁利恩严格遵守伦理道德,他尊老爱幼、乐于助人、大公无私,集中体现了真善美的人类道德品质。虽为人类孤儿,却一次次从命运的绝境中奋起抗击,从而真正掌握了自身的命运,开启了人类的新纪元。

讴歌正义、善良、自由是东巴史诗的普遍性主题,而这些文学主题往往与崇高的人格理想内在相联系。也就是说,这些普遍性主题是通过系列的英雄群体的文学叙事达成的,这些英雄身上洋溢着崇高的人格理想。东巴史诗中的崇仁利恩、董若阿路、崇仁潘迪、美利董主、衬恒褒白命、蒙道庚娆纳姆等主人公构成了蔚为壮观的英雄群像,他们也是高尚道德的化身。

当然,崇高风格并不意味着粗线条化,任何成熟的文学作品都是复杂多变的,不是单调而是以复调的旋律表现出来。东巴史诗的道德崇高美是与深沉悲壮的美学相融合的,具体而言,崇高美与悲壮美,浪漫主义与现实主义,壮丽与深沉等不同风格在东巴史诗中水乳交融,这在后期作品中表现得更为充分。《黑白战争》的叙述风格与《创世纪》相类似,从洪荒时代开始叙述,通过不同事物的结合而不断发生变化,由此不断产生新生事物,继而形成两大对立部落;两部落因争夺日月斗智斗勇,血流成河,最后代表光明正义的白部落获得胜利。这是一部英雄主义的颂歌,洋溢着对崇高的人格理想的赞美,其故事背景、战争场面、生活场景都表现出豪迈恢宏的气势。叙事手法上成功运用了对比叙事、多线叙事等方法。在刀光剑影中也有鸟语花香、儿女情长;在冷酷的生存环境中也有母女情深、父子真情,从而使浪漫主义与现实主义得以有机融合,同时赋予作品以迂回婉转、移步即景的艺术魅力。尤其是董若阿路与蒙妲庚娆纳姆之间的爱情故事,从一开始的仇敌关系慢慢发展成为伴侣关系,后来成为真心相爱的情侣关系,虽然这朵爱情之花被残酷的战争扼杀,但其所表达的爱情主题已经超越了战争,使这部英雄史诗染上了浓郁的悲壮风格。

　　东巴史诗的崇高与悲壮风格与纳西族漫长的迁徙经历,部落兼并冲突,内部阶级斗争,长期处于吐蕃、南诏、大理、中原王朝等强大势力的夹缝中,以及高山峡谷的自然地貌、农耕畜牧的经济生活有着内在联系。

第五节　东巴史诗的表现手法

《纳西族文学史》对东巴文学的表现手法做了如下总结:"定型化的对偶词组,动物拟人化,排比和复述,夸张的想象,格言式诗句。"[1] 这些前期研究成果对东巴文学的表现手法做了客观准确的概述,有利于我们深入认识东巴文学的内在本质特征及审美传统。东巴史诗的表现手法及特点分析是一个广阔的研究空间,需要不断地深入探索。本节在前人研究基础上对东巴史诗的表现手法做些补充完善,重在分析其表现手法的演述性、活态性、多元性等特点。

一、仪式中的文学演述

东巴史诗的表现手法中最突出的是在仪式中诗、歌、舞相融合的多元表现艺术,其中口头表演艺术构成了核心要素,仪式构成了口头艺术表演的舞台。

东巴史诗从其表现形态上来说属于口头文学,它通过口头演述的形式完成叙事活动。虽然这种口头演述有时也借助东巴经籍文本,但这种经籍文本本身源于口头文本的记录,且主要用于在仪式上演述,所以具有半口传文本性质。"东巴史诗"只是我们便于研究而赋予它的学术专业称谓,民众则一律称其为"东巴经"(Doba jjeq),这些经书并非为民众的文学阅读而存在,而是为了祈福禳灾、驱鬼治病、过年过节、婚丧嫁娶、畜牧农耕等生产生活的需要。仪式成为东巴史诗与民众的生产生活相关联的关键媒介,即通过仪式,这些包含东巴

---

[1] 和钟华、杨世光主编:《纳西族文学史》,四川民族出版社,1992,第230—240页。

史诗在内的经籍文本得以演述，从而起到祈福禳灾的社会文化功能。

仪式中的演述成为东巴史诗的重要表现手法。这与我国北方的三大史诗，以及《荷马史诗》的演述方式存在着很大的差异性，它并不是以民众的娱乐为目的，而是以娱神镇鬼、祈福祛病为直接目的，具有巫术治病、民俗活动、宗教叙事的特点。以东巴史诗为例，东巴迁徙史诗《崇般绍》是在祭天仪式上吟诵的，具有祈福顶灾、凝聚民心、深化民族认同、协调社会关系的文化功能；创世史诗《创世纪》是在祭风仪式、丧葬仪式、超度仪式、禳栋鬼仪式、退口舌是非仪式、除秽仪式上吟诵的，通过讲述天地万物的来历，人类的产生，先民迁徙历程，阐述生与死的对立统一关系，并将逝者亡魂通过经书中的迁徙路线送回祖居地，避免其成为孤魂野鬼；英雄史诗《黑白战争》主要在禳栋鬼仪式、退口舌是非仪式、除秽仪式中使用，从仪式功能而言，通过叙述黑白两大部落之间血腥残酷的战争，说明了成千上万冤魂孤鬼产生的原因，从而为举行禳灾镇鬼的仪式行为提供了缘由。东巴史诗是依附仪式而存在的，它受到仪式性质、类型、空间、时间的严格制约，并且与仪式中的歌舞、图像、工艺等多元文本一同构成了仪式文本。

二、看图说话的艺术表达方式

东巴史诗与其他文学样式最大的不同点在于它是由象形文字书写的。象形文字就是图画文字，从其字面大致可以猜测字音义，尤其是对东巴象形文字耳熟能详的东巴一看字形就能马上能够辨出字义来，而且能够予以解读。水平较高的东巴还能从关键字词句联想到文本的内容，因为这些句式、篇章、经书大部分是程式化了的。对于东巴而言，这些关键字词句就是一串串提醒记忆的符号。越是久远的东巴经籍，其书写方式越简洁，好多是通过几个必不可少的关键字来达成文本叙事的，这些关键字成了东巴叙事的提词本。因为东巴经籍并非都是一字一意的线性排列，同样的字词句，可能不同的东巴就会有不同的表达方式，即使主题内容大同小异，但语言不可能是一模一样的，除非是从小就跟着师父照本宣科、死记硬背的徒弟。打个比方，我们小时候看连环画，有些字并不认识，但通过上面的画面可以帮助理解其表达的内容。东巴经堪称连环画之雏形，因为它的内容是通过一系列的图画文字书写而成，其人物形象、神灵鬼怪、飞禽走兽，以及它们的神态动作，无不具有图画表意的叙述功能。东巴就是通过对这些"连环画"的理解来达成看图说话的叙述目的。在东巴创世史诗《崇般图》中有这样一段文字：

其大意为："衬恒布白命在织布的时候，斑鸠飞来歇在篱笆上，崇仁丽恩带来弓箭，瞄了三瞄，衬恒布白命说：射呀！射呀！赶快拿起来织布的梭子，向崇仁丽恩的手肘上一戳，箭就飞出去，正射在斑鸠的嗉子上。"[1]对于东巴而言，他看到这一幅画面就能马上明白其叙述内容，并能够组织自己的语言表达出来。因为对东巴而言，上面所绘画的斑鸠、一个男人作拉弓欲射状、旁边一个织布的女人一手拿着东西对着男人的肘部，其间的逻辑关系不言而明。这就是活生生的看图说话的"连环画"。这些生动活泼的东巴文字构成了一幅幅风俗浓郁的画卷，洋溢着拙朴自然的远古气息与浪漫主义风格，为东巴史诗增添了无穷的艺术魅力。

这种"看图说话"也是产生异文本的重要原因之一。同样一段东巴经文，由于不同的东巴理解不同，会产生不同的理解。同样是创世史诗《创世纪》，大祭风仪式中作如是解：

用这头牛的头去熏天上的秽，
使天干净了；
用这头牛的皮，
去熏大地上的秽，
使大地洁净了；
用这头牛的肺去熏太阳上的秽，

---

[1] 方国瑜编撰：《纳西象形文字谱》，和志武参订，云南人民出版社，2005，第504页。

使太阳干净了；
用这头牛的肝，
去熏月亮上的秽，
使月亮清澈了；
用这头牛的骨去熏石头上的秽，
石头干净了，
用这头牛的肉去熏土中的秽，
土也洁净了；
用牛血去熏水的秽，
水也干净了；
用牛肋骨去熏山崖的秽，
山崖洁净了；
用牛尾巴去熏树的秽，
树也洁净了；
用牛肠子去熏路的秽，
路干净了；
用带着头的上节牛肉去熏北边的地方，
北边的地方干净了；
用带着尾巴的下节牛肉，
去熏南边的地方，
南边的地方也干净了。[1]

在超度仪式中却如是解：

恩恒（野牛）的头变成了天，
皮变成了地，
肺变成了太阳，
肝变成了月亮，

---

[1]《大祭风·创世纪》,《全集》(第80卷)，第13页。

骨头变成了石头，
瘦肉变成了泥土，
血液变成了河水，
肠子变成了道路，
尾巴变成了树木，
身毛变成了青草。
它的身体的上半部，
变成了北方的卢神。
它的身体的下半部，
变成了南方的沈神。[1]

同样的文字内容为何有不同的解释？首先，产生异文的原因是仪式不同，内容也会相应发生改变。《创世纪》在超度仪式中主要是以超度亡魂为目的，而在除秽仪式中主要是为除秽服务。其次与书写方式也有关系，在早期书写简略的经文中，东巴文只起到提词本作用，省略内容基本依靠东巴自身水平进行补充叙事，由此造成了大量的异文本。而在后期的一字一音相对应的经书中较少出现这一情况。

三、浪漫夸张与现实主义相融的艺术手法

东巴史诗在艺术手法上既有浪漫夸张又有现实描写，表现了纳西先民丰富的想象力和艺术创造力。东巴史诗中有高居十八层天上的神灵世界，十八层地狱的妖魔鬼怪，还有在山川大地间的自然神类，这些不同的神灵、鬼怪、自然神灵无一不是形象奇特、性格各异的。如聪慧善辩的白蝙蝠，威力无比，嫉恶如仇的大鹏神鸟，长着各种动物头的妖魔鬼怪，精灵古怪、亦邪亦善的自然神类，等等，使东巴史诗染上了浓郁的神秘、拙朴、诡谲的艺术魅力，同时折射出浪漫夸张的艺术特色。

---

1 《超度死者·人类迁徙的来历》《全集》(第56卷)，第152页。

《创世纪》里亘古如长夜的洪荒时代，经过虚实变化生成了色彩斑斓的宇宙世界：日月星辰交相辉映，山河大地壮丽如画，珍禽异兽、花草树木布满其间；好景不长，洪水滔天，世界变成人间地狱；而天上的神灵们可以在天地间任意翱翔，署美纳布（自然神）与大鹏神鸟之间的恶斗犹如《西游记》中的二郎神与孙悟空之间的斗智斗勇，精彩纷呈，最后署美纳布被大鹏神鸟牢牢拴在居那若罗神山上，低下了高傲的头颅。在天女衬恒褒白命的帮助下，崇仁利恩一天内可以砍倒九十九座山林，一天之内可以开垦出九十九座山地，一天内撒满种子，又是一天内收回撒下去的种子。当天神问他来自什么样的一个种族时，崇仁利恩骄傲地宣称："他这个种族呀！能把居那若罗神山放在怀里也不会显出来，把金沙江水倒灌进嘴里也解不了渴；能够把三根巨骨一口吞下去不会哽，把三斗炒面一口咽下去不会呛。"《黑白战争》中男女主人公可以随意变化，变化出白鹤、老鹰、红虎，从天而降的360个优麻战神形象各异、各司其鬼，个个神通广大。浪漫与夸张是幻想的产物，也是东巴史诗的主要表现手法，由此塑造了一个奇异诡谲、拙朴自然的神话世界。

浪漫与夸张是有边界的，最大的边界就是现实。如果没有了现实的支撑，浪漫与夸张就成了无稽之谈，无源之水。在《创世纪》里，像崇仁利恩这样一位顶天立地的英雄也有一筹莫展、束手无策的时候。譬如他面临洪水灾难时，在到不了天上时，在面临子劳阿普难题考验时，在生不出子女时，在子女不会说话时，每次危机无一不是借助神灵的帮助才得以化险为夷。这说明他虽然是个立下丰功伟绩的英雄祖先，但也有常人平凡性的一面，他身上体现出来的人性色彩是明显的。从一开始，他也要像普通人一样学狩猎、放牧、犁田；有结婚生子、繁衍后代的需求；面对天神的刁难，他也日坐愁城，甚至有时妄想通过弄虚作假蒙混过关。《黑白战争》中的美利董主、美利术主作为两大部落的首领，他们面对的是如何使自己的部落发展壮大等现实性问题，他们的所作所为都是围绕这些现实问题展开的。他们有着常人一样的七情六欲：为各自儿子的夭折悲痛欲绝，为争夺财宝、拓展疆土而不择手段。他们身上的神性在现实中是有限的，总要请天上神人出面才能得到最后的解决。由此可见，东巴史诗中的主人公们虽然拥有超人的智慧、毅力，但这些超人在融入生活时，都要变成普通人，他们的神力与人类的生存息息相关，他们肩负着拯救世界的使命，神力越大，则责任越大。

《纳西族文学史》（初稿）认为：《创世纪》是浪漫主义与现实主义相结合的作品，它的创作方法哺乳了后代的文学。[1]当然，愈到后期的东巴神话，其现实主义色彩愈加突出。《普尺伍路》中直接出现了嘲笑东巴教主丁巴什罗的内容就是明证。

四、象征化的叙事手法

象征化叙事是东巴史诗的主要表现手法。从象征论视角来研究东巴文化是20世纪90年代东巴文化研究的一个热点，这方面成果以白庚胜的《东巴神话象征论》为代表，东巴神话象征论与原型论相类似，如通过对东巴神话中的神山——居那若罗山所象征的文化意象来寻找它的原型，认为东巴神话中的神山原型应为印度古代神话中的须弥山（Sumerw）。[2]白庚胜认为，"纳西族东巴神话的象征具有一定的体系性，按生殖崇拜加以组织的象征体系丰富完整。东巴神话中宇宙起源模式按性行为进行构拟，米利达吉海象征母胎，居那什罗神山象征男根，神龟象征女阴，含依巴达神树象征旺盛的繁殖力，竖眼意味兽性，横眼意味人性，白色始终与善、美、真、实、吉等联系在一起，黑色大都象征恶、丑、虚、假、厄"。[3]伊藤清司通过对《崇般图》中女性的竖眼睛、横眼睛进行比较研究，认为人类变迁经历体质的进化到具有人性的人类诞生两个阶段，从身体不完整的人向完整的人进化的过程。认为"创世神话所描写的远古人类眼睛的差异，不只是道德的象征，也深深地包含着文化的意义。直眼象征着妖魔鬼怪，蒙昧和邪恶；而横眼则象征着神，文化和纯正"。[4]习煜华认为，"纳西族是由北方迁徙而来，北方为祖居地，是心灵的依靠，于是把北方神圣化为保佑自己的神灵居住的地方。而纳西先民由北向南迁徙过程中，迎面遭到敌对势力的重重挑战，虽然最后定居于金沙江上游，但对未曾深入的南方仍视为潜伏危险和

---

1 云南省民族民间文学丽江调查队：《纳西族文学史》（初稿），云南人民出版社，1959年，第75页。
2 白庚胜：《东巴神话研究》，社会科学文献出版社，1999，第349—352页。
3 白庚胜：《东巴神话之神山象征及其比较》，《民族文学研究》1996年第3期。
4 ［日］伊藤清司：《眼睛的象征——中国西南少数民族创世神话的研究》，白庚胜译，《民族译丛》1982年第6期。

隐患的不祥之地,由此也被认为栖居着令人恐惧的鬼魔"[1]。

在东巴史诗中,颜色的文化象征也是比较突出的,最突出的是黑白两种颜色的文化象征。一般说来,白色象征了善良、正义、光明、进步、公正等褒义的义项,而黑色象征了邪恶、黑暗、反动、虚假、丑陋等贬义的义项。英雄史诗《黑白战争》中的美利董主一方属于白部落,拥有白色的日月星辰,所以成了正义的一方,而美利术主一方拥有黑色的日月星辰,由此成了邪恶反动的一方,最后以白部落战胜黑部落告终,宣告了正义战胜邪恶的真理。黑白二色在东巴字中也有善恶象征意蕴,如一朵花上涂上黑就成了毒花,一颗心上注上一个黑点就成了"黑心肠。"当然,颜色的文化象征并非一成不变,在不同时空条件也会发生变化。如东巴文化中的五行与五方五色相对应:木、火、土、金、水——东、南、中、西、北——青、赤、黄、白、黑。很显然,这是中原文化传播的结果。这里的黑白二色与善恶并没有对应关系。需要指出的是,纳西族的族称"纳"其义为"黑色",但此处的"黑"并非指善恶之"恶",天下哪有自称为"恶人"的道理?此处的"黑"其实引申为庞大、广大、强大、伟大,"纳西"族即强大的种族。这可能与纳西先民早期的自然崇拜有内在关系,即对不以人的意志为转移的自然力的天然崇拜,对神秘莫测的黑夜、黑洞、黑天的恐惧,由此引发崇拜心理,幻想通过顶礼膜拜行为来获得这种神秘力量的认可,从而发展壮大自身力量。在漫长的历史进程中,由于受社会生产力、周边民族文化、宗教文化等多元因素的影响,这种尚黑心理逐渐向尚白文化转化。从中可知,任何象征文化并非一成不变,而是随着时空变化不断地发生着变化。

东巴史诗的象征化叙事与仪式中的符号隐喻有内在联系。祭天仪式中的两边黄栗树、中间柏树分别象征上天、大地、天舅(天子),隐喻了天地人的三维结构。史诗通过神话叙事三者关系,在仪式中通过独特的隐喻强化神话所阐述的理念。《黑白战争》在禳垛鬼仪式中演述黑白两大部落之间的战争。在仪式现场,神坛与鬼寨构成了神鬼二界的象征性叙事,隐喻了神鬼二元对应关系;最后东巴们捣毁了鬼寨,象征着白部落的胜利,隐喻着病根的拔除。

---

[1] 习煜华:《"三"在纳西文化里的含义》,《习煜华纳西学论集》,民族出版社,2009,第192页。

五、说诵唱相结合的口头演述

东巴史诗不能等同于书面文学，更不能等同于作家文学，它不只用于阅读与朗诵，更多是用来表演的，具体来说是通过吟诵、吟唱、歌舞等多元手段相结合的方式达成叙述的。如果只是一味照本宣科，没有一个东巴能坚持连续两三天乃至六七天一念到底，单调乏味的诵读是持久不了的。仪式上演述的东巴经文大部分是以诗行形式记录的，尤其是具有"讲故事"性质的神话、史诗明显具有口头诗歌特点，有其特定的口头程式规则，便于东巴们口头演述。对于东巴而言，这些经文从小就习得，且在仪式中多次重复演述，所以在仪式演述中才能够轻车熟路、驾驭自如。东巴在演述经文时是有唱腔的，这些唱腔因仪式性质不同而发生相应变化。如在丧葬仪式中其语气是沉缓低调的；在禳灾驱鬼仪式中，面对凶神恶煞的鬼怪时其语气是威严无比的，带有叱责的意味；而在祈福类仪式中，迎请神灵时其语气则是虔诚平缓的。当然，这是从仪式性质而言，同一个仪式的唱腔并非从头到尾只有一个腔调，而是中途要变换多个唱腔。据在东巴文化博物馆工作过的和学文东巴介绍，东巴祈福类仪式唱腔有6种，禳鬼类仪式唱腔有5种，丧葬类仪式唱腔多达10种。[1]

东巴史诗的说、诵、唱相结合的口头演述形式还有一个因人而异的特点，即每个东巴如何艺术地处理唱腔关系的问题。有些水平较高的东巴，能够根据具体的故事情节进行艺术化处理。东巴史诗以及悲剧叙事长诗《鲁般鲁饶》的艺术魅力不只是源于其深沉凄凉的故事情节，也与东巴苍凉悲怆的演述风格有着紧密的内在关系。

东巴吟诵及唱腔与当地的民歌调有着直接的联系，因不同地方民歌调不同，其唱腔也有相应的变异情况，尤其是受周边民族民歌调影响的区域，其东巴唱腔明显具有受周边民族影响的痕迹。需要说明的是，丽江塔城与凉山州俄亚大村同样受藏族民歌文化影响，但其唱腔有着明显的区别，这与不同区域的藏文化特色有关。

---

[1] 参见第六章第二节附录。

六、押韵比兴等修辞手法

东巴史诗的诗行多以五言为主，也有七言、九言、十一言、十三言等，韵文占了绝大部分。在东巴史诗的押韵方式中，尾韵是最常见的，也有头韵与尾韵的使用。如祭天仪式中吟诵的《崇般绍》中赞美天神的句子。[1] 而在祭天仪式的敬酒环节中，东巴这样唱诵道：

mɯ³³tsv⁵⁵tsv⁵⁵,	是那相连不断的，
kv³³gə³³mɯ³³thv³³tshʅ³¹;	没有尽头的天来到了；
mɯ³³ha³³dɯ³¹,	是那生殖力旺盛的，
mɯ³³lo⁵⁵lo³³gə³³mɯ³³thv³³tshʅ³¹;	光华莹莹的天来到了；
tɕ³³phər³¹gv³³tv⁵⁵,	是那有九层白云，
hər³³pər³¹ʂər³¹ty⁵⁵gə³³mɯ³³thv³³tshʅ³¹;	九股清风的天来到了；
uæ³³nɯ³³bi³³thv³³lv³¹,	是那左边出太阳温暖，
i³¹i³³le³³tshe³³bu³³gə³³mɯ³³thv³³tshʅ³¹。	右边出月亮明亮的天来到了。[2]

上述诗行中押韵情况比较复杂，赞美天神的诗行中出现了头韵、腰韵、尾韵三种情况。头韵以［mɯ³³］为主，腰韵以［gə³³］为主，尾韵以［mɯ³³］为主。在敬酒主题的诗行中只有头韵与尾韵，以［mɯ³³］为头韵，［tshʅ］为尾韵，这些韵脚在诗行中起到便于演述、规范诗行的作用。在东巴史诗中，"tsʅ⁵⁵""tshʅ³¹""mə³³"等衬词作为韵脚使用情况较为频繁。

东巴史诗也有赋比兴、五言体句式、拟人、排比、重复、借代等修辞手法，譬如在下面这段叙述中：

在人类生活的辽阔大地上，一个人不能生存和繁衍，一只牲畜不能放牧发展。崇仁利恩呀，自己在寻找生活的伴侣，寻找伴侣来登天。衬恒褒白呀，自己在寻找生活的配偶，寻找配偶就从天上下到大地上来。崇仁利

---

[1] 参见导论第一节"二、东巴史诗的分类"第11、12页。
[2] 《祭天·远祖回归记》（崇般绍），《全集》（第1卷），第69—70页。

恩和衬恒褒白俩,梅树开白花,花朵相映衬。他们两个人,相遇梅树旁。猎狗和野兽相遇,狩猎就会有猎物。种子和沃田结合,庄稼就会有收获。男人和女人结合,就会生育和繁衍。[1]

明显可察这段有大量的排比、铺陈,也有关于"梅花""猎狗""种子"等比兴句式,以此比喻男女相爱而结合。译文为长短句,而经文以五言句为主,是大多为押韵诗行。至于此类比兴、对偶、排比、借代的句式,在东巴中诗中比比皆是。

蒿枝坡上长蒿枝,黑蒿枝最先发芽;白铜作铸模,铸模先产生,箭翎用胶粘,规矩出处早就有。[2]

像白鹇栖于树,干活误了时;似到松林带牧羊,误了好季节,不会生儿和育女。生儿的种子下迟了,育女的种子撒晚了。[3]

骏马面前无跃不过的沟壑,利矛面前无击不破的顽石,好男面前无胜不了的仇敌。

东巴文学的修辞手法在《纳西族文学史》中有专门研究[4],在此不赘。

七、口头程式句法

东巴史诗并非书面文学,而是口头文本,这在东巴史诗文本中大量存在的口头程式句法中就可以得到验证。口头程式句法一般分为最小的口头程式片语、中等程度的主题或典型场景、最大尺度的故事范型。从程式片语来说,东巴史诗中的名称以四字格为主,且前面修饰以与名字相关的内容,如巨掌红虎、黑炭之鸡、金色大蛙、白胸黑熊、四眼猎狗、独角犀牛、花白公獭等等。

---

1 《河谷地区祭鬼仪式·开天辟地的经书》,《全集》(第31卷),第199页。
2 《延寿仪式·崇忍利恩的故事·向华神献牲》,《全集》(第12卷),第265页。
3 同上书,第265页。
4 和钟华、杨世光主编:《纳西族文学史》,四川民族出版社,1992,第236页。

从主题或典型场景来说，文本中一提到"捷脚小伙"（sseil jji bbe yuq）时就意味着主人公生病或遇上难题了，需要迎请天上神灵或大东巴举行仪式来祈福禳灾。做了仪式后，主人公病痛治好了或亡魂超度成功，一般用这样的句子来表达仪式圆满："像小鹿脱于虎掌又回到高山上；如绵羊摆脱于狼掌又回到草场；如小鸟摆脱于鹰爪，飞回到树丛中。"[1]在"开天辟地"主题中，天地万物的出现是有着严格的顺序逻辑的："天—地—日—月—山—谷—木—石—水—渠。"譬如《创世纪》中是这样叙述的："在天和地尚未形成的时候，先出现了天地的三种影子；在日和月尚未出现的时候，先出现了日和月的三种影子；在星宿尚未出现的时候，先出现了星宿的三种影子；大山和山箐尚未形成，先出现了大山和山箐的三种影子；木和石尚未形成，先出现了木和石的三种影子；水和渠尚未形成，先出现了水和渠的三种影子。"[2]如果出现难题，一时解决不了，则会出现这样的程式句："能者与智者商量，测者与量者商量，精人与崇人商量，酋长与大者商量，祭者与卜者商量。"关于"藏尸"主题往往是这样的句式："把尸体深埋于九层黑土下面，在土上开了水渠，渠中灌了水，水面撒糠皮。"[3]这在《都沙敖吐》《黑白战争》中都有类似的描述。"九层黑土"的主义类似于民间所说的"十八层地狱"。如东巴经中有"主人魂魄不再被扣留于九层黑土之下""将九个毒鬼之魂魄送到黑白交界地，埋葬于九层黑土之下"等句。

从故事范型而言，东巴史诗的故事范型与仪式类型密切相关，如除秽仪式中的《创世纪》以"发生污秽""祛除污秽""仪式灵验"为叙述范型；而在超度仪式中的《创世纪》则以"迁徙历程""送魂""仪式灵验"为叙述范型。东巴史诗中的自然神类故事中一般为"人类与自然神发生冲突—人类受到自然神侵害或报复—通过举行仪式而双方和好或病愈"。从中可察，故事的结局都指向了东巴仪式的灵验圆满，从中揭示了东巴史诗的性质——宗教文学，其叙事是为东巴教服务的。关于东巴史诗的口头程式句法应用在第四章中有专门论述，在此不赘。

---

1 《退送是非灾祸·董争术斗》，《全集》（第36卷），第490页。
2 《大祭风·创世纪》，《全集》（第80卷），第4—5页。
3 《退送是非灾祸·董争术斗》，《全集》（第36卷），第202页。

八、作为综合艺术的东巴史诗

东巴史诗的表现手法及语言艺术并不止于上述内容，因为我们对它的研究在很大层面上仍停留于"书面文学""作家文学"的研究范式中，这样就不可避免地进入诸多预设的窠臼中。举个简单的例子，作家文学的受众只能以读者为主体，而东巴史诗的受众并非如此，它不只是读的，同时，也是跳的、念的、唱的、画的、雕塑的、编扎的，所以它需要受众去看、去听、去跳，在现场进行沉浸式体验；它的受众不只是现场的民众，更多是不在场的在场者——神灵与妖魔鬼怪。这样就意味着，受众的不同，其表现手法及语言艺术也会发生相应的变化，如在迎请神灵下凡时，其语气呈现出恭敬庄重的特点，而在禳灾驱鬼时其语气明显带有威猛严厉的风格，并与脸色表情、身体姿态、仪式祭坛、现场观众仪式语境形成了统一的演述场域。

东巴史诗不同于作家文学，它是在仪式及民俗活动中演述的。仪式与民俗传统是"水"，东巴史诗是"鱼"。东巴史诗的文本并非只有书面与口头两大文本，还有舞蹈文本、音乐文本、图像文本、工艺文本、仪式文本，这些不同形态的多元文本构成了完整统一的东巴史诗文本。由此可见，对东巴史诗的整体的、准确的认识与把握是一个综合性的"文化工程"，由此也预示着对东巴史诗的研究，包括对其表现形态及语言艺术的研究需要多元学科的融合，这也是口头诗学共同面临的新挑战，其间也蕴含着巨大的学术生长空间。

第六节　东巴史诗的地位与影响

黑格尔认为，史诗是一种用韵文体形式记录对一个民族命运有着决定性影响的重大历史事件，以及歌颂具有光荣业绩的民族英雄的，规模宏大的，风格庄严的古老文学体裁。就其历史价值与文化功能而言，史诗就是一个民族的传奇故事书或者"圣经"，一座"民族精神标本"的展览馆。每一个强大的民族都有这种绝对原始的书，来表现民族的原始精神。[1]

史诗是一个民族传统文化的百科全书式作品，成为本民族或国家的文明丰碑。《荷马史诗》是西方文学的源头，《摩诃波罗多》《罗摩衍那》深刻影响印度文化数千年，至今在南亚、东南亚都有广泛的影响。习近平总书记在2019年全国民族团结进步表彰大会上的讲话中，把《格萨尔》《玛纳斯》《江格尔》三大史诗与诗经、楚辞、汉赋、唐诗、宋词、元曲、明清小说相提并论。在第十三届全国骏马奖评委会会议上，潘岳指出：无论《江格尔》《格萨尔》《玛纳斯》，还是古老象形文字记载的东巴史诗，贝叶上的傣族史诗，以及流布于南方的创世史诗、迁徙史诗，都共同建构了中华民族形成发展的集体记忆。[2]

东巴史诗的地位与影响是与东巴文化相联系的。东巴文化被誉为"纳西族古代社会的百科全书"。东巴史诗既是东巴文化的重要构成，也是东巴文化中的华彩乐章，以其突出的艺术表现力与文化影响力享誉国内外。100多年来，先后有法国、英国、美国、俄国、德国、挪威、意大利、加拿大、日本、瑞士、波兰等国家的学者调查研究纳西族东巴文化。东巴古籍在美国、德国、英国、法

1　[德]黑格尔：《美学》第三卷下，朱光潜译，商务印书馆，1979，第108页。
2　潘岳：《多元一体与民族文学》，《中国民族报》2024年8月2日。

国、德国、意大利、日本等国家都有收藏，仅美国国会图书馆、哈佛大学图书馆、华盛顿大学图书馆等就共存有 7836 册。2003 年，东巴古籍被列入联合国教科文组织"世界记忆遗产名录"。2013 年 7 月，中国社会科学院将纳西族东巴原始宗教及其古老经典列为中华十五项重点保护的绝学之一。截至 2018 年 12 月，先后有东巴画、东巴造纸、英雄史诗《黑白战争》被列入国家级"非遗"名录，习阿牛、和训、和志荣、和志本、和世先、和力民、和玉新、和桂生等人被列入国家级"非遗"代表性传承人名录。省级名录中东巴文化"非遗"项目有《鲁般鲁饶》《创世纪》《东巴什罗传》、东巴舞蹈、祭天、祭署、象形文字、东巴泥偶等。就社会价值而言，东巴史诗在丰富纳西族文学、提高丽江知名度、推动丽江文化旅游、助力文化产业发展、促进社会和谐、推动社区精神文明建设等方面发挥着越来越重要的作用。具体而言，东巴史诗的地位与影响表现在以下几个方面。

一、对民族传统文化的影响

如果没有了东巴史诗，东巴文学就会变得黯然失色，东巴文化也会变得模糊不清，在国内外不会享有现今这般的荣誉与地位。纳西先民以其独特的象形文字书写了 2000 多卷的东巴经籍，以其富有想象力的语言艺术讲述了上千个有声有色的神话故事，塑造了成百上千的文学形象，讴歌了正义、自由、进步的力量，传播着真善美的文明种子，型塑了纳西族的世界观、宇宙观、价值观、人生观，极大地增强了民族自信心与自豪感，促进了民族团结与社会和谐。

《创世纪》歌颂了人类英雄祖先崇仁利恩大无畏的斗争精神，以及艰苦奋斗的创业精神，表达了对始祖英雄及天神的崇敬之情，整部长诗描述了宇宙诞生、民族起源、民族迁徙、婚姻制度、祭天传统、民俗传统等重大严肃的题材，始终保持着崇高、宏大的叙述风格。

《崇般绍》作为祭天仪式上吟诵的代表性经典，叙述人类英雄祖先崇仁利恩经历重重艰难险阻，到天上向天女求婚成功，最后夫妻双双从天上迁徙回人间后的经历。《创世纪》提出并回答了"我是谁""我从哪里来""我要到哪里去"的哲学终极问题。东巴文化具有朴素的唯物史观，世界万物的产生经历了从无到有、从简单到复杂的变化过程，而非一开始都是由神创造的，这就从根本上否定了神创世界的唯心论。如《创世纪》中出现万物的过程是这样的：

混沌—天空—大地—太阳—月亮—星辰—大山—山谷—河流—神树—神湖—神山—木石—声音—气体—野牛怪物—五行—大风—云彩—大海—人类。

由此开始了人类祖先谱系：

heel sheeq heel ssei	恨失恨仁
heel ssei la ssei	恨仁拉仁
la ssei mee ssei	拉仁美仁
mee ssei cee ceeq	美仁楚楚
cee ceeq cee yuq	楚楚楚鱼
cee yuq cee jjuq	楚鱼楚局
cee jjuq jjuq ssei	楚局局仁
jjuq ssei jji ssei	局仁精仁
jji ssei coq ssei	精仁崇仁
coq ssei leel ee	崇仁利恩

由此回答了"我从哪里来"的哲学终极问题——从无到有，从混沌到具体，从气体到液体，从海里到陆地，从动物到人类。

其次回答了"我是谁"的哲学终极命题：我是人类，是顶天立地，能够开天辟地的伟大人类，他与猿猴相揖别，与神鬼相区隔，因其敬天法祖、尊崇道德、不畏艰险、奋斗不息，由此获得天神襄助，鬼怪怯畏；他是筚路蓝缕、上下求索的开拓者，是视死如归、大无畏的战斗者，也是开放包容、深沉博大的智者。由开拓者到战斗者，最后到智者的角色转化也回答了"我要去哪里"的哲学命题。在落后愚昧野蛮的蒙昧时代开拓生存空间，在残酷的群雄纷争中的殊死战斗中获得生存空间，用文明和智慧同周边强大民族共荣共生，推动民族可持续发展。追求生存的自由与和平，谋求发展与幸福成为奋斗目标。

白庚胜认为纳西族经历了生、战、和三个阶段。[1]"生"就是如何生存的生命意识。在原始先民时期，生产力发展滞后，生存环境险恶，经常受到自然环境及周边其他民族的威胁。为了民族的生存发展必须与天斗、与地斗、与仇敌斗。迁徙路上，高山峡谷，毒虫猛兽，仇人强敌，一路披荆斩棘，杀出一条血路来。定居后由游牧、狩猎的经济形态转入农耕经济，重视精耕细作、强调家庭和睦，与邻为善，民族和谐（纳藏白、纳藏汉三兄弟）。"和平""中和""和气生财""和为贵"等中原文化理论也融入纳西文化，因此吸纳了大量的外来文化而成就了自己的文化，因团结、周全了周边兄弟民族而成为区域中心。这是指明了"我要去哪里"的问题。一味地打打杀杀、野蛮征服，只会自取灭亡。历史上叱咤风云、不可一世的匈奴、契丹、鲜卑都消失在历史长河中。以德服人，开放包容，开拓创新才能源远流长，行而远之。这既是历史长河中深刻的历史文化总结，也是东巴史诗所阐述的文化主题所在。

《创世纪》中的主人公崇仁利恩及天女衬恒褒白命都具有半神半人特征：他们与普通人一样具有真善美的优秀品质，有追求爱情的炽烈愿望，他们的幸福生活是靠自己辛苦劳动及智慧获得的；他们身上也有神性色彩：或战胜滔天洪水，或上天入地，一夜间能开荒九十九座山林、一夜间播撒九十九片荒地。崇仁利恩宣称把居那若罗神山吞下去也不会饱，把金沙江水灌进嘴里也喝不饱，等等。大洪水之后，全人类仅剩下崇仁利恩一个人，是生存还是灭亡，可以说他的行为直接决定着整个人类的生死存亡。他的勇敢与智慧拯救了全人类，所以其丰功伟绩被后人世代铭记赞颂。这种大无畏的英雄气概及百折不挠的奋斗精神铸就了纳西族开放包容、开拓进取的民族精神与气质。东巴史诗及东巴文学塑造了崇仁利恩、董若阿路、丁巴什罗、崇仁潘迪、高勒趣、普尺伍路等一批成功的文学典型形象，他们身上洋溢着的大无畏的英雄气概，敢于斗争、善于斗争的战斗精神，不屈不挠、坚韧不拔的必胜信念，舍我其谁、为全人类奋不顾身的献身精神、担当精神，不只深刻影响了东巴神话的叙事风格、人文品质，更深刻影响了纳西族的精神气质。纳西族地处苦寒之地，周边强族环伺，却何以创造了如此璀璨的文化？从文化源头上来说，与《创世纪》这种深远影

---

[1] 白庚胜：《东巴神话研究》，社会科学文献出版社，2002年。

响有着密切的关系。

东巴史诗的一些主题内容直接取材或描述真实历史事件,具有历史教科书式的文化教育功能。如举行祭天仪式时,《崇般绍》中所提及的迁徙地名,与纳西族迁徙路线是相一致的,由此反映了此迁徙史诗并非纯粹是杜撰想象的产物,而是纳西先民对历史事件的神话记录。值得一提的是,在祭天仪式中有这样一个场景:在仪式临近结束时,主祭东巴突然一声大喝:"果洛兵来了!"众人四处溃逃,过了一会儿,东巴又大喝一声:"果洛兵逃走了!"大家纷纷聚拢过来,拿起弓箭射杀象征果洛兵的纸牌面具,一旦射中,人群便爆发出欢呼声。这绝非无中生有的情景剧,而是真实还原了纳西先民迁徙过程中的历史记忆,以期后人铭记历史教训。

从文化体积来看,东巴史诗经典在纳西族传统社会中发挥了同《圣经》一样的"社会宪章"功能。《崇般绍》是为祭天仪式服务的核心经典。祭天作为纳西族标志性文化在纳西族传统文化中占有举足轻重的地位,对本民族的历史产生了深远的影响,敬天法祖、亲和自然、男尊女贵、婚姻自由、崇尚天性等思想价值观至今仍深深影响着纳西族的民族集体意识。所以从这个意义而言,东巴史诗经典在文化体积及社会影响上具有"社会宪章"的功能,属于"范例的宏大叙事"。

克罗齐说,"一切历史都是当代史"。古为今用,今天东巴史诗的生命并未终结,这些东巴史诗作品通过文学、艺术、文化产业为经济社会的可持续发展发挥着突出作用。国内外游客及民众通过东巴史诗认识纳西族,认识丽江,从而为不同民族、国家人民之间的沟通交流架起了文化桥梁,东巴史诗必将在铸牢中华民族共同体意识、实现中华民族伟大复兴的中国梦的进程中做出更大的贡献。

二、对民众生产生活的影响

东巴史诗是纳西族的原生文化,它源于纳西族先民的生产、生活。从其发生的源头而言,东巴史诗的产生无疑与巫术、宗教密不可分,把它定位为宗教文学也无可厚非,但不能忽略了东巴教原生性与生活性的突出特点。正如东巴并非东巴教专职的宗教人士，其所主持的宗教仪式一般是因他人所请或家庭所需而举行，平时他与周边的村民一样从事生产劳动，并未脱离日常的稼穑畜牧生活，由此决定了包括东巴史诗在内的东巴文化对民众生产生活的深远影响。作为一种源远流长的传统文化，在新时代境遇下东巴史诗仍具有积极的现代意义。

（一）对传统生产生活的影响

退口舌是非仪式在民间应用较为广泛，既可用于日常的口舌之争中，也可用于驱鬼禳灾仪式中，同时还有预防口舌是非矛盾产生的功能。如果有人发了财或得了势，担心他人会眼红议论，由此产生是非，便要举行此仪式，通过仪式告诫自己要戒骄戒躁，不然会引发是非灾祸。双方产生不可调和矛盾时，通过仪式把矛盾的焦点从对方身上转引到第三者——是非鬼上，"都是是非鬼惹的祸"，从而有助于双方重归于好。从客观上来说，在生产力发展相对滞后的历史发展阶段，这些仪式及观念对协调人际关系、建设和谐社会是有积极意义的。也就是说东巴史诗中的积极因素有时是包裹在光怪陆离的神话故事中的。祭自然神仪式也是如此，从当下科学的视角来看，世上并无所谓的自然神。但先民们通过这一传统仪式对大自然保持了一份敬畏膜拜心理，从而保护了自然，给后人留下了一方青山绿水，在特定的历史时期，这无疑是有着积极、进步意义的。从这个意义上来说，这些科学合理的因素是被包裹在宗教外衣中的。20世纪中叶以来纳西族地区因乱砍滥伐导致水土流失严重，这与东巴文化在民间的断层有着直接的关系。

从伦理道德而言，东巴史诗具有两面性，一方面有着为宣扬东巴教服务的消极因素，另一方面则有着传承延续伦理道德观的积极意义。就创世史诗《崇般图》而言，其主题讴歌了英雄祖先筚路蓝缕、开天辟地、繁衍人类、开创新纪元的丰功伟绩，同时强调了人类只有严格遵循符合伦理道德的天道与人道，才能生存下来。什么是"天道"与"人道"呢？纳西语将其称为"董母"（ddu muq)，可译为"伦理道德""规矩""天道""制度"等。而其中的"董"所指为纳西族人文始祖——董（卢）神，"母"的本义为模子、范子，引申为规矩制度。东巴经记载，人间的伦理道德、规矩制度是由董神创制的，所以把"伦理道德""规矩""天道""制度"统称为"董母"。在《崇般图》中，因为崇仁利恩的兄弟姐妹之间乱伦而产生了秽气，触怒了天神，从而以巨浪滔天的大洪水来惩罚人类;在洪水暴发之前,崇仁利恩因其善良正义而获得董神的挽救,而其兄弟因心肠狠毒遭到灭顶之灾;《崇般图》还否定了血缘婚、群婚、对偶婚等婚姻形态,肯定了单偶婚的进步意义;崇仁利恩在上天求婚的过程中难关重重,险象环生,但最后都能够化险为夷,正应了"得道者多助"的道理,这与"英雄成长"的叙述模式是相一致的。

东巴史诗对纳西族民众的民俗生活产生了深远的影响。民间有"纳西祭天人""纳西人以祭天为大"的说法,说明了祭天仪式在纳西族文化活动中的重要性。在《创世纪》中交代了人类为何要举行祭天仪式的理由,这部史诗也成为纳西人举行祭天仪式的文化源头。通过一年两次的祭天仪式,完成了民族历史、传统道德、乡风民俗的规训,协调了社区、社会关系,深化了民族文化认同,形塑了民族性格及精神气质。

在纳西族传统丧葬仪式中,当家中亲人去世,在给逝者擦洗身体时,村里长者或东巴会说:"用了九条河水来清洗,用九桶水来洗,身体洗得白生生;用九饼酥油擦身,全身抹得亮堂堂。"这段话其实来自东巴史诗《崇般图》:

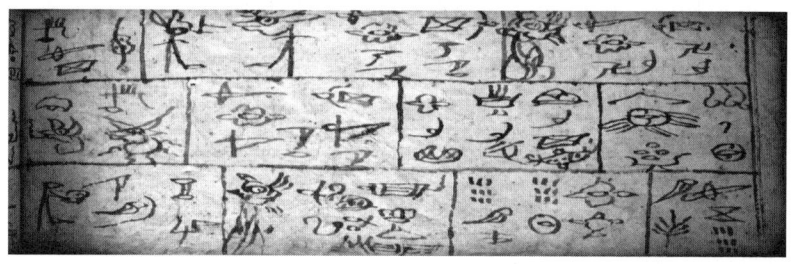

崇仁利恩呀,
用了九条河水来清洗,
用九桶水来洗,
身体洗得白生生。
用九饼酥油擦身,
全身抹得亮堂堂。

在结婚仪式上,新郎新娘的双方家人要吟唱民歌,其间要叙及崇仁利恩到天上寻求天女的传奇故事:

tshe⁵⁵hɯ³¹bu³³bɯ³¹mi⁵⁵	衬恒褒白命,
thɯ³³le³³dy³¹ŋiə³¹iə⁵⁵	嫁给了人间大地,
tsho³³ze³³lɯ⁵⁵ɯ³³zo³³	嫁给了崇仁利恩。
zo³³ne³¹mi⁵⁵dzʅ³³dzʅ³³	男女结成伴,
sʅ³¹ŋi³³mɯ³¹le³³tsʅ³¹	飞了三天来到人间。
sʅ⁵⁵hɑ³³mɯ³¹le³³hɑ⁵⁵	夜宿大地三晚上,
se³¹khɑ³³dzər³¹khɯ³³hɑ⁵⁵	夜宿梅花树下,
dzər³¹lɑ³³the³³mə³³no³³	梅花树也未发觉,
bɑ³¹lɑ³³tʂʅ³³mə³³no³³	（他俩）的高兴它也不知道。
the³³bɑ³¹dzy³³me³³nɯ³³	正因为有这般高兴,
se³¹khɑ³³tɕi⁵⁵tɕi⁵⁵bɑ³¹	梅花静悄悄地绽放,
dɯ³³khv⁵⁵ŋi³³tɕhy³¹bɑ³¹	一年开两季,
ŋi³³tɕhy³¹bɑ³¹le³¹tshʅ³¹	开了两季花。[1]

民间传统婚歌所唱内容也源自《崇般图》中的故事内容。正因为衬恒褒白命骑着仙鹤下到人间，在盛开的梅花树下遇见了崇仁利恩，所以后人用白鹤来指代媒人。与中原文化里的高风亮节、贞洁自爱的梅花意象不同，纳西族往往把梅花当作喜气、爱情的象征。民间将梅花枝放在米盘上，当作结婚的贺礼。作为嫁妆的箱子里面也要放入一枝梅花，寄寓了百年好合、幸福吉祥的祈愿；春节时人们把蜡梅插在门上或供奉在堂屋里，皆有与神同乐、祈求神灵庇佑的美好愿望。

《崇般图》的社会文化功能远不止于此，如在葬礼上把逝者灵魂超度到祖先居住的地方，规训民众敬天法祖，尊重自然协调社会关系，规范社会秩序，深化民族认同，等等。

（二）对社区建设的影响

因对东巴文化的信仰程度不同，东巴史诗对社区的影响存在差异。在东巴文化生态保存较好的俄亚、无量河流域，东巴教作为宗教信仰，仍具有"社会

---

[1] 根据2014年1月20日云南省迪庆州三坝乡吴树湾村和树春所演唱民歌内容整理。

宪章"的社会功能,人们的生老病死、婚丧嫁娶皆与东巴文化有着紧密的联系。而在东巴文化已经失去信仰功能的广大纳西族地区,东巴文化作为传统文化而存在,其影响受到多种因素制约。整体而言,因受改革开放政策及丽江文化旅游崛起的影响,现阶段东巴文化处于"复兴"阶段。自改土归流以来,因地方统治者长期实行"以夏变夷"文化歧视政策,东巴文化逐渐退出了丽江古城,沦为边缘文化。进入20世纪80年代以来,在"文化旅游""非遗"语境下,东巴文化的命运发生了转机,东巴文化不仅大举进入文化产业行业,同时渗透社区各个层面,在社区和谐建设、文化传承、民族团结方面发挥着突出的作用。从20世纪80年代到现在,鲁甸、塔城、宝山、七河、太安、金山、金安、鸣音、大东等地先后恢复了祭天、祭祖、祭自然神等东巴仪式;和力民、木琛、和继先、更布塔、和华强等一批东巴根据新时代需要创编了关于成人礼、祭天、祭三朵、祭祖、丧葬仪式及家庭、社区伦理道德教育的东巴经籍,有力推动了东巴史诗及东巴文化的现代化进程;东巴史诗、东巴文化进学校、进课堂、进教材取得了突破性进展,方国瑜小学、白沙小学、黄山小学、达祖小学、福慧小学、白马龙潭小学是走在前列的东巴文化及母语传承先进单位。另外,用东巴文宣传党和国家的方针政策也是促进社区精神文明建设的重要体现。

三、对民族文学的影响

东巴史诗在内的东巴文学与纳西族民间文学、作家文学共同构成了纳西族文学,丰富和推动了纳西族文学的可持续发展。相对说来,东巴史诗具有民间文学的特点,其文学源头与民间文学是同根同源的,如纳西族早期的民间文学——洪水神话、开天辟地神话、创世神话、迁徙故事、万物起源神话等成为东巴史诗的主要内容。这方面最为突出的是纳西族创世史诗《崇般图》,其中所叙述的开天辟地、兄妹结婚、洪水灾难、造船避险、上天求婚、难题考验、娶回天女、迁徙故事等叙事情节与同语支民族的创世神话大同小异,说明源于早期的底层传统文化。

(一)对民间文学的影响

首先,在东巴史诗从口头文学向书面文学转化的过程中,经历了上千年不断地锤炼加工后更加富有艺术魅力,从而扩大了东巴史诗在民间的影响。其次,东巴史诗极大丰富了东巴文学。东巴史诗吸纳了大量的外来神话、史诗、传说、故事,这些叙事内容又发展衍变出更多的系列亚故事。这方面比较突出的代表性作品有《崇仁利恩传》《优麻的故事》《精如镇鬼》《斯巴金补传》《迎请日月》《白蝙蝠取经记》《杀猛妖》《哈斯战争》《丹尤战争》《祭人类神》等。最后,东巴史诗推动了民间文学的再创作。《创世纪》在民间影响极广,深入到民众生活的方方面面,如民间歌手截取其故事情节创编成《崇般日》;把崇仁利恩与衬恒褒白相遇相爱的情节创编成结婚仪式上的婚歌;以开天辟地后出现五行五方五色的情节创编成民歌《天女织锦缎》;以崇仁利恩夫妇教授三个儿子认识金木水火土五行,从而为起房盖屋提供了条件,并把开天辟地、人类迁徙、上天求婚的内容创编成《起房调》;超度仪式上吟诵的送魂线路与《崇般绍》中的迁徙线路也是相吻合的,只是顺序不同而已。类似的事例在民歌、民谚、民间传说故事中不胜枚举。《纳西族文学史》(初稿)认为,崇仁利恩与衬恒褒白的爱情和百折不挠的斗争精神,对《猎狗》《鱼水相会》《蜂花相会》《游悲》等民歌的影响是很大的。如《鱼水相会》中的主题、基调、表现手法在很大程度上跟《创世纪》是一致的。[1]

(二)对作家文学的影响

东巴史诗对作家文学的影响也是突出的。从 20 世纪 40 年代末开始一直延续到 90 年代初,形成了一股时间跨度长达半个世纪的东巴史诗改编创作的热潮,从中培养了中华人民共和国成立以来首批纳西族作家群,可以说他们的第一篇文学作品是从东巴史诗摇篮中孕育而生的。纳西族第一个女作家赵银棠于 1949 年出版了《玉龙旧话》,1984 年在此基础上修订后又出版了《玉龙旧话新编》。两本书中都收编了由其创编过的《创世纪》《黑白战争》《白蝙蝠取经记》《高楞趣》《丁巴什罗传》《鲁般鲁饶》等著名东巴经典;1956 年,还在中学读书的牛相奎、木丽春发表了根据《鲁般鲁饶》改编创作的长诗《玉龙第三国》

---

[1] 云南省民族民间丽江调查队:《纳西族文学史》(初稿),云南人民出版社,1959,第 74 页。

在国内文坛引起一定的反响,后来二人又根据创世史诗《创世纪》改编创作了《丛蕊刘偶和天上的公主》。对东巴史诗的创编高潮出现在20世纪八九十年代,戈阿干发表了根据《创世纪》改编的《格拉茨姆》《查热丽恩》两部长诗;杨世光先后出版了《黑白战争》《大鹏之歌》《牧歌》《猎歌》《逃到好地方》等系列长诗;赵净修分别与杨世光、牛相奎合作出版了《创世纪》《鲁般鲁饶》等长诗。这些作品以"文学创作"为维度,对原文语言、情节进行符合文学审美要求的创编,甚至主题也发生了较大改变,如戈阿干的《格拉茨姆》"把部落仇杀这种社会历史现象,升华到民族团结的高度,用以反映民族团结的主题,这是有现实意义的"[1]。和强、蔡晓龄两位纳西族作家也分别创作过《黑白战争》的影视剧本。

东巴史诗对当代纳西族作家同样影响深远,首先东巴史诗为他们的创作提供了丰富的题材,增添了民族性文化色彩;其次,东巴史诗所阐述的"天人和谐观""还债观""万物有灵观"对提升及拓展创作主题产生了相应的影响。这些看似原始过时的观念在新的时代语境里具有了"后现代""再地方文化"的意义与价值,这既是现代化与同质化语境下对多样性文化追求的体现,同时也是人们对充满矛盾与不确定性的现代性的有力防御武器。在科学至上、人类至上、物质至上充斥的现代性语境里,东巴史诗的这些朴素观念对于唤醒人们的自然及生命意识而言无疑具有深远的哲学意蕴。这也是沙蠡、戈阿干、和晓梅、杨福泉、白郎、李承翰、汤世杰、于坚、庞勒等国内外作家执着于在东巴文化中寻找终极精神的缘由所在。

(三)对网络文学的影响

每个时代都有相应的文学形式。网络文学自20世纪末异军突起,成为当下文坛的新生力量。东巴史诗为网络文学的崛起提供了重要的素材。网络媒介对东巴神话的挪用与重述是多类型的,如以东巴神话为主题的网站、网络社区、微信、博客等网络平台里每天都在谈论、发表、宣传、制作的段子、话题、文学作品、艺术作品、商品广告等,从中皆可看到东巴史诗、东巴神话"化腐朽为神奇"的现代性再创造。

---

1 和钟华、杨世光主编:《纳西族文学史》,四川民族出版社,1992,第796页。

近年来纳西族文坛上涌现出了坞旭、和佳雷、乔晓阳和嘉胤等一大批网络作家写手，他们的许多作品以东巴史诗或东巴神话为模本，或撷取其中故事情节、主题作为创作框架、背景。需要说明的是，这一波新时代的"东巴文学改编潮流"，与20世纪中后期的改编潮区别在于，前者明显具有"后现代主义"色彩，他们大多借助东巴故事这张皮来包装自身的精神诉求和心灵世界，强调中心消解、反权威、叙述化、平面化、无深度。如乔晓阳的《木喆的黑白战争》打破了现代与上古的时空界限，木喆和云舒、阿虎、精灵盒等当代人走进了远古的史诗时代，以当代人的视角阐释了史诗，从而开辟了一个新的创作空间。关于东巴史诗与神话的网络小说改编较为成功的是坞旭。从2016年到2020年，丽江网络作家坞旭创作了《崇仁·利恩的中场战事》《一场亮光工程引发的战争》《年猪神》《修曲》《百业神》《战神》《书蛋》等现代神话作品。这些现代神话作品创作类型有仿写的，有再创作型的，也有只撷取意象、片段的神话小品文。如《崇仁利恩的中场战事》《一场亮光工程引发的战争》是以《创世纪》《黑白战争》为蓝本仿写的，其情节、主题不变，变的是文字风格与语气，与传统的口头程式句、大量的比兴手法不同，更多是创设了现代人的生活语境，富有生活味与讥诮意味，解构了神话的神圣叙述语境。坞旭的现代神话作品在有意消解传统的神圣叙事语境的同时建构了符合现代情境的另一个叙事语境，他的创作目的不在于对传统神话的仿写，而在于推陈出新，使现代人更好地理解神话中的人物与事件，以现代人的人性特点来理解古代人，这样把神话挪用到现代社会中，使神话功能与意义得到拓展与延伸。

四、对文化产业的影响

丽江能成为国际旅游名市，与包含东巴史诗在内的东巴文化品牌的形成密不可分。丽江旅游实质为文化旅游，东巴文化是具有异文化特质的文化，由此成为丽江文化旅游中颇有吸引力的民族文化。东巴文化不仅成为宣传、推介丽江的主打品牌，而且成为丽东文化产业的主力军。据统计，到2018年，以东巴文化为主题的旅游企业近200家，其中规模较大的企业有玉水寨、东巴王国、东巴万神园、东巴谷、东巴宫、东巴婚礼喜鹤院、印象丽江、丽水金沙、创世纪体验中心、雪山神话、东巴造纸坊等。东巴史诗对文化产业的影响有这样几个特点：一是这些文化产业中的文化主题以东巴史诗作品或以传统东巴经典名作为主，如《创世纪》《黑白战争》《鹏署争斗》《鲁般鲁饶》等，此类景区有创世纪东巴文化体验中心、东巴谷、东巴万神园、东巴王朝、东巴秘境等景区；二是东巴神话的表现形态从原来的仪式吟诵转换为商业化展演，其内容包括吟诵东巴神话经典片段、跳东巴舞蹈、情景再现等；三是东巴史诗的表演场域从仪式场景转向了表现力更强的文化景观。东巴史诗传统表现形态为仪式演述中的东巴经籍、东巴音乐、东巴雕塑、东巴绘画、东巴舞蹈等多元化文本形态，而当下则转变为以吸引游客为目的的"光怪陆离"的文化景观：巨大的东巴壁画墙、东巴雕刻墙、东巴图腾柱、东巴象形文字广场、东巴神路图石雕、东巴神灵柱、祭天坛、祭风道场、祭自然神道场……这些来自洪荒远古时代的自然崇拜、生殖崇拜、原始宗教信仰、神话传说，无不向游客淋漓尽致地描述、渲染着东巴神话的古老神秘、奇特质朴、瑰丽诡异，使其浸身于一个别样的"东巴王国"中，达成别具一格的异文化体验。从中可察，东巴史诗的现代重述出现了史诗叙事、仪式叙事、景观叙事、影视叙事、多媒体叙事等多元叙式方式。

东巴史诗及东巴文化的创新性发展为丽江旅游增添了文化魅力，提升了旅游文化内涵，为铸造丽江文化旅游品牌做出了突出贡献。据云南省科协、文化厅合作的科研项目成果显示，东巴文化、丽江古城对丽江社会经济贡献率为63%。[1]可以说东巴文化与丽江旅游形成了鱼水关系，这从丽江大大小小的景区、旅游产品、创意项目中可以感受得到。当然，东巴文化与旅游是相互影响的，旅游经济的增长反哺了东巴文化的传承与保护；旅游市场为东巴文化的传承与发展提供了平台，但也不能忽视一味追求最大利润的商业经济行为对东巴文化的反噬后果。

五、对当代艺术的影响

影视艺术无疑是当代艺术中的佼佼者。东巴史诗对影视的影响体现在以下两个方面。一是忠于原著的改编。这方面以纳西族创世纪体验中心的《创世纪》

---

[1] 李秀春：《民族文化是丽江古城的血脉根基》，《云南日报》2014年5月7日。

《鹏署争斗》与1986年拍摄的电影《黑白战争》为主，属于再现型的神话重述，类似于当下的影视剧《西游记》《封神榜》。二是创新型改编。现在的影视剧对东巴史诗的借用与改编基本上以这一类型为主。东巴神话元素仅为新的影视剧创作服务，仅挪用神话中的某些情节、主题、母题，脱离了原来的神话叙述语境，重构了新的现代叙述语境。这方面作品以《迷失的彩虹》《大东巴的女儿》《云上石头城》《一米阳光》等影视剧为代表。

东巴史诗对现代音乐的影响也是明显的，《纳西人》《祖先》《吉日经》《月亮花》《纳西三部曲》《相伴调》《子奔子化围》等脍炙人口的母语歌曲就是取材自东巴史诗内容，这些音乐对增强民族文化自信以及母语传承有着巨大的推进作用。另外，利用东巴史诗及东巴文化元素创作大型实景演出剧作也是一个新趋势，如李亚鹏打造的《鲁般鲁饶》舞台音乐剧，张艺谋、王潮歌策划导演的《印象丽江》、黄巧灵主创的《丽江千古情》《金沙丽水》、东巴谷的《秘境东巴》等。

六、新时代东巴史诗的价值

东巴史诗与东巴文化曾经在历史上发挥了"社会宪章"作用，也曾经充当了全民信仰的民族宗教角色，同时经受了被视为"牛鬼神蛇""封建迷信"的摧残与打击，当下则冠之以"非遗""绝学""记忆遗产""优秀传统文化"等头衔。在新时代境遇下，我们如何辩证地看待东巴史诗与东巴文化呢？东巴史诗何为？

首先要明确我们保护与传承东巴史诗与东巴文化并非为了让东巴教死灰复燃，而是继承创新其文化精华，摒弃其不适应乃至阻碍时代发展的糟粕。东巴创世史诗阐述了人伦至上、天人合一、民族团结和谐的深刻道理，这些文化理念深入纳西族先民心中，成为其文化信仰的构成部分，从而为促进社会经济发展、保护生态环境、民族团结做出了突出贡献。剥离其神秘的宗教外衣，我们要肯定其科学合理的文化内核，这在当下的社区建设及生态文明教育中仍具有积极的现实意义。东巴史诗中所阐述的尊老爱幼、惩恶扬善、和合为贵、男女平等、亲和自然、民族和谐等伦理道德、人文观念与现代文明理念是高度相契合的。

其次，作为信仰层面的东巴教已经面临死亡境地，但这并不意味着东巴史诗的死亡。东巴史诗的历史文化价值、学术研究价值、审美艺术价值是可以不断发扬光大、源远流长的。当下根据东巴史诗题材不断改编创作的小说、剧本、实景节目、服饰、美术、舞蹈、工艺品等文化创意产品就证明了这一点。

最后，身处伟大时代，我们如何创作出无愧于新时代的伟大作品？纳西先民创造了无愧于他们所处时代的史诗巨作，我们该如何从这份厚重的文化遗产中汲取智慧与精神力量？首先，要超越个人的利益得失，对民族、国家乃至人类命运怀有强烈的责任担当，自觉地肩负起人类和国家民族责任，树立为正义事业奋斗到底的远大理想。此外，通过与人民同呼吸共命运，沉潜到丰富多彩的民众生活与精神世界里，揭示历史本质，把握时代精神的诉求，使我们的作品体现出一个时代的"百科全书式"的宏大而精准的民族叙事风格，书写一个民族、国家的精神、气质，成为这个时代的整体性表达，创造出这个特定时代的艺术典范。

第一章

范式研究

范式（Paradigm）是美国哲学家托马斯·库恩（Thoms kuhn）提出的概念和理论。范式的本质是一种理论体系，理论框架。英国学者玛格丽特·玛斯特曼（Margatet Masterman）将其范式理论概括为"哲学范式""一种学术传统，一个具体的科学成就""一个解决疑难的方法"。本书中的"范式"也是取向于这个维度，首先是个"哲学范式"，克罗齐所说的"一切历史都是当代史"，更深层所指为"一切历史都是当代思想史、哲学史"。毕竟个体与集体无法脱离时代的意识形态而独立存在。在远古时期，纳西先民把东巴史诗与神话视为"圣典""社会宪章"，改土归流时期则视为愚昧落后的"牛头马面"，当下则冠之以"非遗""优秀传统文化"。不同话语背后有不同时代的哲学范式。其次不同时代的思想哲学范式形成了不同的学术传统及学术成果，20世纪中叶到末期东巴文化研究深受社会进化论、阶级斗争学说的影响，而改革开放以来受到西方人类学、宗教学、语言学、口头诗学、民俗学等多种学科的影响，形成了多元化的研究范式。东巴史诗的研究是一个永恒的进行时，研究有法，法无定法。所有范式只能从研究对象出发，同时吸收国内外研究理论方法，才能真正达成有效的范式推进。

第一章　范式研究

第一节　东巴史诗研究成果综述

每个民族的史诗传统都是认识其自身的百科全书，也是一座"民族精神标本的展览馆"[1]。东巴史诗以《创世纪》《黑白战争》为代表，这两部史诗比较全面地反映了纳西族先民开天辟地、刀耕火种、辗转迁徙、部落战争等重大历史，真实记录了纳西先民的生产生活、宗教信仰、婚姻家庭、战争冲突、迁徙历程等，反映了他们在物质与精神、人与自然、宇宙结构、万物起源、人类诞生等重大哲学问题上的深层思考。这两部史诗堪称"纳西族古代社会的博物馆"，也是纳西族民族认同的文化基因、历史根谱。百余年来，国内外众多学者对东巴史诗从不同角度进行了深层次研究，对这些研究成果及其方法的检析，既是对东巴史诗研究的巡视与总结，也是对东巴史诗可持续研究的理论支持。

一、研究总体概述

国内外对东巴史诗的研究可以分为资料搜集整理与多学科研究两大块，多学科研究主要体现在语言学、人类学、民族学、社会学、文学等方面。

首先，对东巴史诗在内的东巴文化的搜集整理与研究是从国外开始的，从1867年法国传教士德斯古丁斯（Perre Desgodins）搜集到的第一本次巴经书《高勒趣招魂》一直延续到20世纪初为西方人搜集、推介东巴文献阶段。从1913年法国藏学家巴克（J. Bacot）的《么些研究》，到20世纪三四十年代约瑟

---

[1] 朝戈金：《〈亚鲁王〉："复合型史诗"的鲜活案例》，《中国社会科学报》2012年3月23日第4版。

夫·洛克（J. F. Rock）的系列著述标志着开启了东巴文化的研究阶段，这一时期，国内学者也开始了搜集翻译工作。但从史诗学科角度对东巴史诗进行研究，也只是近三十年内的事。

相对来说，在诸多学科中与东巴史诗研究范畴较为接近的是"东巴文学"，毕竟东巴史诗的研究皆与东巴文学有着千丝万缕的联系。东巴文学在漫长的封建社会时期被视作"牛头马面"而受到歧视冷落，直到20世纪中叶以来才作为民间文艺而受到重视，其间在"文革"时又被当作"四旧"内容而遭受批判，改革开放后才得以正名。

其次，1992年出版的《纳西族文学史》把"东巴文学"单独列为与民间文学、作家文学并立的纳西族文学的重要代表。"东巴文学是唯一用象形文字写的作品群，它以独特性、丰富性、宏伟性，赢得了人民的喜爱，经受了历史的检验，获得了不朽的生命。它和纳西族的民间文学、作家文学一起构成了三种文学潮流，成为古代纳西族文学的中坚。它不仅在纳西族文学史上有深远的影响，占有极重要的地位，而且在祖国的文学遗产中，也是一束独特的艺术花朵。"[1] 之前"东巴文学"被划入民间文学范畴，此次把东巴文学作为与民间文学、作家文学相并立的纳西族文学构成提出来具有深远的意义，这说明东巴文学从宗教的藩篱中得以脱离，从民间文学的"奴仆"身份中获得了独立地位。

最后，《纳西族文学史》对东巴文学作了科学的分类，共分为史诗、神话、故事、传说、长诗、古歌、故事、习俗调、民谣等，东巴文学以东巴神话与东巴史诗为主，二者构成东巴文学的主体。

《纳西族文学史》首次把东巴文学作为纳西族文学的重要构成单独提出，并把东巴史诗与东巴神话、东巴故事、口头传说、东巴叙事长诗等东巴文学内容置于并列地位，把东巴史诗分为创世史诗与英雄史诗两大部分。这些都是具有划时代意义的，毕竟第一次把东巴史诗作为单独的研究对象提出，意味着东巴史诗登上了学术舞台。

综上可以看出东巴史诗在东巴文化中所处的地位及属性：东巴文化—东巴文学—东巴神话—东巴史诗。概言之，东巴史诗是东巴文学类别中出现最晚

---

[1] 和钟华、杨世光主编：《纳西族文学史》，四川民族出版社，1992，第241页。

的，一开始杂糅在东巴文化中得到了搜集整理与推介，后来因其突出的文学成就引起了学术界关注，《纳西族文学史》（初稿）中把《创世纪》《黑白战争》视为东巴经中记载下来的优秀神话传说。[1] 而《纳西族文学史》首次提出"东巴文学""东巴史诗"，从而使东巴史诗研究在东巴文学、东巴文化研究中脱颖而出，成为民族文学园地的一朵奇葩。

二、文本整理成果

东巴史诗是以《创世纪》《黑白战争》为主要代表性经典，分别在祭天仪式、丧葬仪式、超度仪式、禳垛鬼[2]仪式、除秽仪式、延寿仪式、退口舌是非仪式、祭自然神仪式等东巴仪式上演述。只有专职东巴才能识别并吟诵东巴经籍，加上不同时期、不同区域形成的多种异文版本等客观情况，对它的翻译、注释、校勘成为东巴史诗研究的重要内容。近百年来，不少学者对这两部经典进行了翻译整理工作，取得了突出的成就。较早的是20世纪30年代洛克曾把此两部经书翻译为英文[3]。1940年代，傅懋勣[4]、李霖灿[5]、赵银棠[6]也对《创世纪》进行过翻译工作。赵银棠首次把《崇般图》译为《创世纪》，1960年云南省民族民间文学调查队编写本也定名为《创世纪》，学术界由此约定俗成，以《创世纪》来指代纳西族创世史诗。从翻译情况看，傅懋勣、李霖灿的译注水平比较高，采取了东巴经原文、国际音标、直译、意译、注释的"五对照"方法，开创了翻译整理东巴经典的先进范例，尤其是傅懋勣的《古事记》（创世纪）《白蝙蝠取经记》此两部经典的译注成果至今仍是里程碑式的研究范例。赵银棠的翻译还是以意译为主，即在东巴诵读、纳西语翻译的基础上再转译为汉文。20世纪八九十年

---

1 云南省民族民间丽江调查队：《纳西族文学史》（初稿），云南人民出版社，1959，第67页。
2 主要是在驱赶"垛鬼"的"垛肯"仪式上吟诵此部经书，纳西族家庭如发生不明病症、口舌是非、家庭不顺等情况，就请东巴祭祀举行此仪式。
3 ［美］洛克编著：《纳西语英语汉语语汇》（第一卷），和匠宇译，云南教育出版社，2004。
4 傅懋勣：《丽江么些象形文字〈古事记〉研究》，华中大学，1948。
5 李霖灿、张琨、和才编：《么些经典译注九种》，台湾：中华丛书编审委员会出版，1977。
6 赵银棠：《玉龙旧话新编》，云南人民出版社，1984。

代和志武、杨世光也做过汉语翻译。[1] 这种意译为主的翻译工作对东巴经典的介绍起到了重要的推动作用，但同时因为忽视了文本的语境以及不同语言转换的问题，导致了文体的变化，原来的韵文变成了散文。

从政府层面组织的集体翻译工作始于20世纪60年代初，这一时期研究者们在丽江县委书记徐振康的支持下对纳西族东巴经籍进行了有效的搜集整理，出版了21卷石印本，开了一个好头，可惜随之而来的"文革"使此项文化工程中途夭折。在石印本基础上，经过近20年含辛茹苦的努力，丽江东巴文化研究所在1999年至2000年，由云南人民出版社多达100卷的《纳西东巴古籍译注全集》正式出版[2]，共选入不重复经书897种。这两次大规模的搜集、整理的成果中就包括了前述的两部东巴史诗。如《黑白战争》的整理本有：李即善、周汝诚翻译的《懂术战争》，和明信翻译的《董神与术神战争之经》，和发源翻译的《董术争战》，和开祥、李瑛翻译的《董术战争》，和士成、和力民翻译的《董埃术埃》，这四本译著都采取了"四对照"翻译的方式，即东巴文、汉字直译、汉文意译、国际音标注音。这种四对照翻译模式尽量保留了原来文本语言的特点，有利于研究的深入。

在以上成果中，百卷本《纳西东巴古籍译注全集》是突出的代表性成果，共翻译了897种东巴经籍，其中有12个不同版本的东巴史诗，采取了东巴经原文、语言学国际音标、汉文直译、汉文意译的四对照方法。这些搜集整理成果使包括东巴史诗在内的东巴文学广泛为学术界所知，为东巴史诗的可持续研究奠定了扎实的基础。20世纪五六十年代的整理本明显带有阶级化、文学化、二度创编等弊病。遗憾的是，《纳西东巴古籍译注全集》没能收录四川省凉山州，云南迪庆州、丽江市宁蒗县境内的东巴史诗，对不同方言区的东巴史诗文本没有进行相对应的语言翻译。

对东巴史诗的搜集整理与研究是一个可持续的过程，至今仍在深化过程中。可以说东巴史诗的整理文本可以分为四个不同方向，一是按照"忠实记录"的原则进行"四对照"的翻译整理，可以称为"科学文本"，这类文本以傅懋勣的

---

[1] 和志武翻译：《东巴经典选译》，云南人民出版社，1994；杨世光翻译整理：《黑白战争》，《玉龙山》1980年第1期。

[2] 《全集》，第1页。

《古事记》、1965 年由丽江县文化馆石印的《东巴古籍翻译本》及 1999 年出版的《纳西东巴古籍译注全集》为代表；二是在原文基础上进行意译，即由东巴文转译为汉文，基本意思与原文较为贴近，便于学术界参考引用，这类文本可以称为"汉译文本"，这一类以和志武的《东巴经典选译》为代表；三是以原文为基础，在当时意识形态的合理区间内进行适度的二次创编，这类可以称为"创编文本"，这类文本以 1960 年云南省民族民间文学丽江调查队编写的《创世纪》、戈阿干 2019 年出版的《神秘·神奇·神圣——纳西东巴神话揽胜》中的《创世纪》《黑白战争》为代表；四是根据原文基本内容进行幅度较大的改编再创作，使之形成新创作的文学作品，这类可以称为"创作文本"，这一类以戈阿干创作的《格拉茨姆》《查热丽恩》为代表。

在东巴史诗文献检析中共搜索到 29 个翻译整理文本，这些文本大多为已经出版的出版物，也有少量内部资料收藏于博物馆及文化馆，如下表所示。

表 1-1　东巴史诗文献资料一览（1948—2019 年）

序号	标题	东巴经卷名称	版本出处	版本信息	整理方式	整理者
1	古事记	崇般图	《古事记》	1948 年华中大学出版社	四行对照	傅懋勣翻译
2	创世纪	崇般图	《么些创世经译本全部》	1950 年周汝诚赠送中央民族访问团夏康农，后收藏于国家图书馆	东巴文与汉语意译二行对照	和芳讲述周汝诚翻译
3	人类迁徙记	崇般图	《崇般绍》	《民间文学》1956 年第 7 期	汉译，诗体	和志武翻译
4	创世纪	崇般图	《创世纪》	1960 年云南人民出版社	汉译，诗体	云南省民族民间文学调查队
5	创世纪	崇般图	纳西族史诗《创世纪》	1962 年人民文学出版社	汉译，诗体	云南省民族民间文学调查队
6	崇搬图	崇般图	《崇搬图》	1963 年丽江县文化馆印	四行对照	和芳解读周汝诚翻译

(续表)

序号	标题	东巴经卷名称	版本出处	版本信息	整理方式	整理者
7	董埃术埃	董埃术埃	《黑白战争》	1965年丽江县文化馆印（内部资料）	四行对照	和芳讲述 周汝诚翻译
8	崇般图	崇般图	《创世纪》	1965年丽江县文化馆印（内部资料）	四行对照	和芳讲述 周汝诚翻译
9	么些族的洪水故事	崇般图	《么些经典译注九种》	1977年台湾中华丛书编审委员会出版	汉译，诗体	李霖灿翻译
10	创世纪	崇般图	《纳西族民间史诗：创世纪》	1978年云南人民出版社	汉译，诗体	云南省民族民间文学调查队
11	创世纪	崇般图	《玉龙旧话新编》	1984年云南人民出版社	汉译，诗体	赵银棠翻译
12	崇搬崇笮	崇搬崇笮	《纳西东巴古籍译注选辑》（一）	1986年云南民族出版社	四行对照	和发源翻译
13	祭天古歌	崇般绍	《纳西族东巴文学集成：祭天古歌》	1988年中国民间文艺出版社	汉语意译，部分有三对照	戈阿干、陈烈搜集整理
14	东埃术埃	董埃术埃	《东巴经典选译》	1994年云南人民出版社	汉语意译	和志武翻译
15	除秽·董术争战	董埃术埃	《全集》（第41卷）	2000年云南人民出版社	四行对照	和开祥释读 李英翻译
16	超度死者·人类迁徙的来历·上下卷	崇般图	《全集》（第56卷）	2000年云南人民出版社	四行对照	和士诚释读 和发源翻译
17	大祭风·创世纪	崇般图	《全集》（第80卷）	2000年云南人民出版社	四行对照	和即贵释读 和宝林翻译
18	禳垛鬼仪式·董术战争	董埃术埃	《全集》（第25卷）	1999年云南人民出版社	四行对照	和士诚释读 和力民翻译

（续表）

序号	标题	东巴经卷名称	版本出处	版本信息	整理方式	整理者
19	河谷地区祭鬼仪式·开天辟地[1]	崇般图	《全集》（第31卷）	1999年云南人民出版社	四行对照	和即贵解读 习煜华翻译
20	祭天·远祖回归记	崇般绍	《全集》（第1卷）	1999年云南人民出版社	四行对照	和开祥解读 李例芬翻译
21	关死门仪式·人类的起源	崇般图	《全集》（第53卷）	1999年云南人民出版社	四行对照	和开祥释读 李例芬翻译
22	除秽·古事记	崇般图	《全集》（第39卷）	1999年云南人民出版社	四行对照	和即贵释读 李英翻译
23	禳垛鬼仪式·人类起源和迁徙的来历	崇般图	《全集》（第24卷）	1999年云南人民出版社	四行对照	和士成释读 和力民翻译
24	退送是非灾祸·创世纪	崇般图	《全集》（第35卷）	1999年云南人民出版社	四行对照	和云章释读 和品正翻译
25	退送是非灾祸·董争术斗	董埃术埃	《全集》（第36卷）	1999年云南人民出版社	四行对照	和云章释读 和品正翻译
26	祭畜神仪式·追述远祖回归的故事	崇般绍	《全集》（第4卷）	1999年云南人民出版社	四行对照	和士成释读 李例芬翻译
27	黑白战争	董埃术埃	纳西族史诗《黑白战争》连环画	2017年国家艺术基金资助本书——纳西族史诗《黑白战争》连环画，云南出版集团、云南人民出版社联合出版	图画、东巴文、汉语意译	丽江市古城区文化馆绘制、翻译

---

1 此经书与《日仲格孟土迪空》[云南省少数民族古籍整理出版规划办公室编《纳西东巴古籍译注》（三），云南民族出版社，1989]为同一部经书的不同译名，故不再重复单列。

（续表）

序号	标题	东巴经卷名称	版本出处	版本信息	整理方式	整理者
28	查班图	崇般图	《神秘·神奇·神圣——纳西东巴神话揽胜》	2019年团结出版社	汉译	戈阿干著
29	董岩术岩	董埃术埃	《神秘·神奇·神圣——纳西东巴神话揽胜》	2019年团结出版社	汉译	戈阿干著

三、研究成果述评

东巴史诗研究属于东巴文化研究范畴，东巴文化的整体研究水平制约着东巴史诗的研究水平。从整体而言，东巴文化研究为人类学、社会学、民族学、宗教学、民俗学、语言学所覆盖的局面仍未打破，东巴史诗所属的东巴文学虽也有较为突出的成果，但其规模及影响不抵前述这些学科成果，这与东巴文化所具有的"象形文字活化石""原始宗教""纳西族古代社会的百科全书"等特点密切相关。即使是一些归属东巴文学的研究成果，也往往成为历史学、人类学、民俗学、文学、宗教学等人文社会学科的附庸，扮演了提供资料者的角色，即把东巴史诗、神话、故事、传说当作"人类童年文化"的证据，或为社会进化论、阶级斗争提供证据，或为原始文学、原始艺术、原始宗教、先民民俗等文化的滥觞提供线索，或运用人类学、历史学、民族学、社会学、艺术学等学科理论对其所蕴含的文化内涵、历史信息进行解构与阐释。从文学视角对东巴史诗研究的成果主要有以下几个方面。

（一）主题研究

从不同学科视角对《创世纪》《黑白战争》这两部史诗的主题问题研究一直到现在仍是研究焦点。《黑白战争》的主题归纳出来主要有三大类，一是同一族群内部两大氏族或部落之间的战争。《纳西族文学史》等大多数著述都认为这部经典主题是纳西族古代氏族或部落之间的战争。[1]也有学者根据不同部落的文化特点，认为这不仅是部落之间的战争，同时也是"光明与黑暗之间的战争"[2]，赵银棠也持这一观点[3]。二是不同民族之间战争。胡文明认为这一史诗反映的不是纳西族部落之间的战争，而是纳西族与普米族之间的战争[4]；和仕华认为这是纳西族先民用东巴象形文字记录了中国上古时期的分属夏朝、商朝的两大部族之间的战争[5]。但这些观点因无具体历史文献、考古材料等史实佐证而未成为学术界主流观点。三是农耕与游牧两大集团之间的战争。这一观点最早是由日本学者谘访哲郎提出的。他认为，《黑白战争》中黑白从对立到统一的转化很可能象征着纳西族社会以黑（畜牧民）为统治者并融合了白（农耕民）的历史。纳西族神话中关于黑白从对立转向统一，以及畜牧民之代表与农耕民之代表通婚生下民族始祖的情节正是对其所提出的由北南下的畜牧民集团统治土著农耕民集团，最后，两者实现一体化，形成对现今纳西族之观点的有力支持。[6]叶舒宪认为《黑白战争》中东部落王子与术部落公主的结合，也可以从两种文化在冲突中融合的意义上去理解；而东部落战胜术部落的结局也不能简单视为善良战胜邪恶或白吞并了黑，其文化蕴含在于外来的游牧集团面对山地生态而被迫放弃以游牧为主的生活方式，同化到当地已有的农耕生活之中。[7]白庚胜也持类似观点。[8]

《崇般图》的主题以创世、求婚、迁徙、祭天为主，但其中所反映的社会经济、文化、思想、宗教、民俗、艺术等方面的内容异常丰富，所以从宏观层面来说，学术界对《崇般图》的研究更倾向于"百科全书"式的文化阐释。马国

---

1 和钟华、杨世光主编：《纳西族文学史》，四川民族出版社，1992。
2 陈烈：《英雄史诗〈黑白战争〉主题思想的形成》，《民族文学研究》1998年第2期。
3 赵银棠：《玉龙旧话新编》，云南人民出版社，1984。
4 胡文明：《普米族与纳西族的关系：对〈黑白之战〉的一点浅见》，白庚胜、和自兴主编《玉振金声探东巴——国际东巴文化艺术学术讨论会论文集》，社会科学文献出版社，2002。
5 和士华：《纳西古籍中的星球、历法、黑白大战》，民族出版社，2002。
6 ［日］谘访哲郎：《黑白的对立统一》，白庚胜、杨福泉编译，《国际东巴文化研究集粹》，云南人民出版社，1993。
7 叶舒宪：《中国少数民族英雄史诗的类型及文化生态》，《东方丛刊》1998年第2辑。
8 白庚胜：《东巴神话象征论》，云南人民出版社，1998。

伟的博士论文《纳西族神话史诗〈创世纪〉研究》对这部史诗所蕴含的纳西族原始经济生活形态、原始宇宙观和古代哲学思想、古老婚姻家庭形态、原始宗教和民间文化习俗、传统审美观念和文学艺术特色等内容做了研究，认为神话史诗《创世纪》是纳西族古代社会的"百科全书"、东巴教的核心经典、民间文学的魁首之著等民族历史文化的"多层次积淀体"。[1] 诹访哲郎认为《创世纪》反映了纳西族从游牧民族逐渐过渡到农耕民族的历史。[2] 李子贤从《创世纪》中的洪水神话得到启示，纳西族的兄妹群婚发生在洪水暴发之前，而其他民族的神话与史诗中的兄妹婚则是发生在洪水暴发之后，从中反映了《创世纪》的历史文化背景——纳西族先民从血缘群婚到对偶婚的过渡形态。[3]

（二）口头程式研究

从口头传统的文本类型来看，《创世纪》《黑白战争》都属于口头—书面文本，或半口传文本，兼具口头与书面文本特征。自20世纪90年代国内学者引入口头诗学理论（又称为口头程式理论或帕里-洛德理论）来观照各民族口头传统，这一范式便成为研究史诗的利器。东巴史诗也不例外，以口头诗学理论视角研究东巴史诗近年来呈现出后来居上的态势。从研究成果来说，笔者对东巴史诗的口头与书面文本关系、叙事视角、文本结构、句法程式化特征、东巴史诗中的音乐、绘画的程式化等方面做了初探。在研究中发现，东巴史诗文本不仅密布着最小尺度的程式片语到中等尺度的主题或典型场景，到最大的故事范型乃至"大词"，而且这些口头程式与仪式程式、表演程式有着紧密的联系。也就是说，东巴史诗的口头程式是通过与仪式单元以及仪式表演程式的高度融合才得以实现仪式中的叙事。东巴史诗文本大部分是由经籍文本构成的，但在仪式演述中，它并非照本宣科的金科玉律，而是东巴在主持仪式时的仪式导读本。[4]

---

[1] 马国伟：《纳西族神话史诗〈创世纪〉研究》，中央民族大学，博士学位论文，2012。

[2] ［日］诹访哲郎，姜铭译：《从创世神话看纳西族的游牧民性与农耕民性》，《云南民族学院学报》1989年第2期。

[3] 李子贤：《论丽江纳西族洪水神话的特点及其所反映的婚姻形态》，《思想战线》1983年第1期。

[4] 杨杰宏：《东巴经籍文献中的口头程式句法研究》，《中央民族大学学报（哲学社会科学版）》2017年第1期。

东巴史诗的主题与东巴教的宗教主题——自然崇拜、祖先崇拜、神灵崇拜密切相关，而这些主题包含在更大的"文化主题"——敬天法祖、天人合一，万物有灵之中。东巴史诗叙事传统的故事范型受仪式类型的制约。主题、故事范型构成了演述者的"大词"，镶嵌到仪式叙事进程中，共同构成了更大层面的仪式叙事文本。[1] 李英在《东巴经的口头程式与经文书写》一文中，运用口头程式的理论体系和研究方法，从东巴经中存在的语词、短语、句子、段落、格式、叙事等方面对东巴文学的口头程式进行了分析，通过对东巴文字文本的书写方式和东巴经的口头程式以及东巴经的书写研究，认为东巴文字以省略书写的东巴经传统，根植于东巴经文高度程式化的结构中[2]。许多多对东巴经中的五色系统及创世神话中的数字的程式化特征也做了比较研究。[3]

（三）母题研究

母题研究是民间文学的重要研究方法。对东巴史诗的母题研究主要集中在《创世纪》上，这与其与众多的国内外创世史诗内容在叙事内容、基干情节、人物形象、叙事风格等方面存在着诸多共性有内在关系，如开天辟地、万物来历、洪水滔天、人类灾难、生存危机、寻找伴侣、难题考验、繁衍人类、兄弟民族、英雄祖先等，如此庞杂的内容决定了母题的丰富程度。

日本学者伊藤清司对日本古代世袭性地讲唱神话故事的语部职业与东巴做了比较研究，认为东巴史诗是口诵经的转抄记录文本；他把创世史诗的母题分为地震神话、开天辟地神话、宇宙蛋型创世神话、难题求婚故事四大类型。[4] 李名奇把《创世纪》的母题分为卵生、化生、洪水和难题求婚等四大类。[5] 王宠在分析中国南方创世史诗的人类起源母题时，也对纳西族创世史诗《创世纪》的母题作了归纳，把人类起源母题归纳为生人母题、化生与变形成人母题、造人

---

[1] 杨杰宏：《仪式中的"大词"：东巴叙事传统的主题与故事范型研究》，《黔南民族师范学院学报》2019年第1期。

[2] 李英：《东巴经的口头程式与经文书写》，《丽江师范高等专科学校学报》2014年第4期。

[3] 许多多：《东巴经中的五色系统程式研究》，《民间文化论坛》2016年第5期；许多多：《东巴、达巴创世神话中的数字》，《中国社会科学报》2017年5月15日第6版。

[4] ［日］伊藤清司著，白庚胜译：《从口诵神话到笔录神话——语部与纳西族东巴》，白庚胜、和自兴主编《日本纳西学论集》，民族出版社，2016，第28—38页。

[5] 李名奇：《纳西族创世史诗〈创世纪〉神话母题探究》，《青年文学家》2016年第6期。

母题三大类型；生人母题划分为自然生人、婚配生人、感生人、人类再生4个一级母题；自然生人母题包括葫芦生人、蛋生人、洞穴生人、水生人、树生人等5个二级母题；婚配生人母题包括神与神婚配、神与人婚配、人与人婚配、人与兽婚配等4个二级母题，其中人与人婚配生人母题包括母子婚配、兄妹婚配、姐弟婚配3个三级母题；感生生人母题则包括感水、感血、感唾液生人等3个二级母题；人类再生母题主要呈现为洪水再生人母题；化生成人母题包括神性人物化生成人、动植物化生成人、无生命物化生成人等3个二级母题；变形成人母题主要呈现为猴变人母题；造人母题包括造人者、造人材料、造人过程和结果等要素。[1] 王宪昭对纳西族在内的多民族的世界起源母题作了探讨，他把这些多民族神话史诗中的世界起源母题分为自然生成母题、外力创造母题、巨人（巨兽）创世母题，动物创世母题四大类。[2]

东巴史诗的母题研究成果中对《黑白战争》虽有涉及，但并不占主流，这与作为英雄史诗的《黑白战争》的基本内容密切相关——因争夺日月而展开的战争。冯秀英、刘洁认为《黑白战争》的内容框架、情节母题是基本固定的，即创世—战争—除秽。除了结尾为了宣扬东巴教而加上了一个东巴除秽的尾巴外，其内容上与另外两部作品《创世纪》《鲁般鲁饶》有交叉重合的部分，但又表现出不同于二者的非纳西本土文化的特征。[3]

（四）多学科研究

东巴史诗内容的丰富性、复杂性决定了研究范式及方法的多元化。东巴史诗一开始作为东巴神话而引起学术界的关注，其古老的社会文化信息、丰富的文化形态、传承至今的活态文化特征为多元学科提供了难得的资料。近百年来的东巴文化研究史，其主要内容为人类学、民族学、宗教学、历史学、民俗学、语言学所覆盖，其研究方向主要集中在婚姻家庭、性别角色、宇宙观、宗教观念、仪式结构、经济形态、语言文字等方面。晚近的东巴文化研究著述中，杨

---

[1] 王宠：《中国南方创世史诗的人类起源母题研究》，内蒙古大学，硕士学位论文，2021。
[2] 王宪昭：《中国民族神话母题研究》，中央民族大学，博士学位论文，2006。
[3] 冯秀英、刘洁：《论纳西族史诗〈黑白之战〉的多元文化表征》，《楚雄师范学院学报》2019年第4期。

福泉的《东巴教通论》[1]、白庚胜的《东巴神话研究》[2]、喻遂生的《俄亚、白地东巴文化调查研究》[3]影响较大,这三部专著并非东巴史诗专题研究,但也涉及了东巴史诗中的宗教观念、文化象征、神灵体系、神话类型、传承变迁等内容。

从社会历史发展形态研究东巴史诗是20世纪下半叶东巴文化研究一个重点。如和力民在《从〈创世纪〉看古代纳西族社会》中指出,"《创世纪》不但给我们展现了纳西族古代社会的生产生活及思想意识,还给我们记录了民族渊源、民族迁徙线路等。在史诗中我们可以找到纳西族先民历史的足迹、史前生产和史后历史等。它是该民族对本民族社会历史的追溯和记录,是历史发展的印记"[4]。和志武也通过《创世纪》《黑白战争》这两部史诗考察了纳西族社会历史发展过程中的血缘婚、母权制、原始社会形态、奴隶社会形态、与汉族的历史联系等内容。[5]这方面的论述有杨福泉的《纳西族的古典神话与古代家庭》[6]、王震亚的《试论纳西族创世史诗的基本思想及其形成》[7]。

东巴史诗与宗教观念关系研究方面的成果以李国文的专著《东巴文化与纳西哲学》[8]为代表,该著作以包括东巴史诗在内的东巴文及神话为研究材料,深入分析了纳西族先民的时空观念、阴阳观念、宇宙观、人类起源理论、五行观等内容。这方面的论述有赵橹的《论〈东埃术埃〉的宗教思想》[9]、李名奇的《纳西族创世史诗〈创世纪〉中的信仰崇拜探究》[10]、王四代的《西南少数民族神话史

---

1 杨福泉:《东巴教通论》,中华书局,2012。
2 白庚胜:《东巴神话研究》,社会科学文献出版社,1999。
3 喻遂生等:《俄亚、白地东巴文化调查研究》,中国社会科学出版社,2016。
4 和力民:《从〈创世纪〉看古代纳西族社会》,杨世光、郭大烈编《东巴文化论集》,云南人民出版社,1985,第230页。
5 和志武:《从象形文东巴经看纳西族社会历史发展的几个问题》,《中央民族学院学报》1980年第2期。
6 杨福泉:《纳西族的古典神话与古代家庭》,杨世光、郭大烈编《东巴文化论集》,云南人民出版社,1985,第231—244页。
7 王震亚:《试论纳西族创世史诗的基本思想及其形成》,杨世光、郭大烈编《东巴文化论集》,云南人民出版社,1985,第367—375页。
8 李国文:《东巴文化与纳西哲学》,云南人民出版社,1991。
9 赵橹:《论〈东埃术埃〉的宗教思想》,云南人民出版社,1991,第507—520页。
10 李名奇:《纳西族创世史诗〈创世纪〉中的信仰崇拜探究》,《湖北经济学院学报(人文社会科学版)》2014年第1期。

诗中的时空观》[1]等。关于《黑白战争》中的"黑白"两色的观念探讨成为东巴史诗宗教观念研究的一个引人注目的现象，其主要争论点为纳西族先民是崇黑为主，还是崇白为主，或是二者存在演变的过程。这方面的论述主要有杨福泉的《东巴经中的黑白观念探讨》[2]，李例芬的《"黑""白"词汇及其文化背景》[3]、杨杰宏的《纳西族黑白色彩崇拜》[4]、白庚胜的《〈黑白之战〉意义辨》[5]等。冯秀英、刘洁则从多元文化视角审视《黑白战争》的文化构成，他们认为古埃及文明、中原道教、藏族本教的影响都可以在《黑白战争》中找到印证，呈现出东西文化、民汉文化混融的特征。[6]

从东巴史诗及神话研究宇宙观及社会结构关系也是东巴文化研究的一个重点。这方面的代表性论著有美国人类学者孟彻理的博士论文《骨与肉：纳西传统建筑空间结构中体现的宇宙观和社会关系》，该论述分析了从东巴史诗及神话中反映的亲属关系及宇宙观，把纳西族社会生活和宗教活动作为一个有机的整体来研究，多侧面揭示了纳西族的亲属关系和社会结构以及宗教在其中的作用。[2] 田松通过对纳西族经典创世神话的阐释和分析，认为传统纳西族神话中的宇宙观所描述的不仅是宇宙的结构，也是纳西族传统社会的结构。他根据传统纳西族的王权特征，论述纳西族的祭司——东巴为什么不具有观天的职能。[3] 王国恒则从地理空间、社会空间、精神空间论述了纳西族三大史诗中的空间筑造。[4]

---

1 王四代：《西南少数民族神话史诗中的时空观》，《民间文学论坛》1998年第4期。
2 杨福泉：《东巴经中的黑白观念探讨》，郭大烈、杨世光主编《东巴文化论》，云南人民出版社，1991，第470—481页。
3 李例芬：《"黑""白"词汇及其文化背景》，郭大烈、杨世光主编《东巴文化论》，云南人民出版社，1991，第482—494页。
4 杨杰宏：《纳西族黑白色彩崇拜》，《云南师范大学学报（哲学社会科学版）》2004年第6期。
5 白庚胜：《〈黑白之战〉意义辨》，郭大烈、杨世光主编《东巴文化论》，云南人民出版社，1991，第495—506页。
6 冯秀英、刘洁：《论纳西族史诗〈黑白战争〉的多元文化表征》，《楚雄师范学院学报》2019年第4期。
2 参见孟彻理著，杨福泉译《骨与肉：纳西传统建筑空间结构中体现的宇宙观和社会关系》，郭大烈、杨世光主编《东巴文化论》，云南人民出版社，1991，第380—397页。
3 田松：《人神交通的舞台——传统纳西族的创世神话及宇宙结构分析》，《自然科学史研究》2007年第3期。
4 王国恒：《论纳西族三大史诗中的空间筑造》，广西大学，硕士学位论文，2019。

（五）其他文学层面的研究

在学科专业分类上，史诗是被作为民间文学的文类划分的，所以对东巴史诗的研究在文学层面占的比重较大，除了上述的主题、母题、口头程式方面的研究外，还有作品主题、人物形象、学术史、语言修辞等方面的研究。

林向潇、木霁弘对东巴史诗在纳西族文学史中的地位及意义做了研究。林向潇认为东巴经包容了从原始社会到封建社会末期的纳西族文学的代表作品，在纳西族文学史中占有重要的地位。他在研究中发现，在东巴经中凡是流传广、影响大的经典，如《创世纪》《黑白战争》《鲁般鲁饶》等，民间文学往往占其大半，其中创世史诗《崇般图》竟占总篇幅的十之八九。"可见，东巴经与民间文学的关系越密切，影响也就越大。这说明东巴教仅仅靠自己的宗教说教是不可扩大影响的，不得不求助于民间文学的艺术魅力，以宣扬自己的主张。"[1]木霁弘认为："东巴文学的支柱作品要算《创世纪》《鲁般鲁饶》《黑白战争》，其行数都是上千的，像《创世纪》达三千余行。这些作品或写开天辟地，创世造物，或歌颂正义，歌颂劳动，歌颂爱情，它已经不局限于只写人同自然的搏斗，而把笔触延伸到了人类的善与恶、光明与黑暗的斗争中。东巴文学是纳西族自身文学发展的最高峰，它用象形文字进行'创作'，其作品体式是用'诗'来表现。总之，东巴文学是一次突破，它在自体生殖的文学基础上发育成长，在内容上有所拓展，形式上也有所创新，我们可以毫不夸张地说，东巴文学已达到一种理性思维的冷静，超越了感性，也就是说东巴文学走向了自由创作的境地。"[2]

陈烈的《论纳西族英雄史诗〈黑白战争〉》一文对这部英雄史诗形成的社会背景、叙事情节与结构、作品风格、人物形象都做了深入的分析。就作品的社会文化背景而言，针对作品内容源于真实的历史事件还是虚构的争论，陈烈认为，"纳西先民正是用自己的诗歌根据自己对社会生活的认识理解，运用神奇的形象思维，记录了自己的历史。这便是英雄史诗《黑白战争》这一人类社会不发达阶段上的精神产物为我们提供的不发达阶段的纳西族社会的、既有历史

---

[1] 林向潇：《东巴经与纳西族文学的关系》，杨世光、郭大烈编《东巴文化论集》，云南人民出版社，1985，第345页。

[2] 木霁弘：《纳西族文学发展模式初探》，《民族文学研究》1990年第3期。

真实、又有艺术真实的古代社会生活内容"¹。陈烈对格饶次姆这一人物形象的特殊性与复杂性做了深入的分析。"在代表黑暗邪恶的术部落中塑造出这样一个美丽、善良、浪漫无邪的少女形象与术部落的群魔鬼怪相对照，不能不使人惊服古代纳西族口头文学创作的高妙技巧和认识能力，在邪恶中能看到善的幼芽，在黑暗中能看到美的闪光，这是古代纳西人辩证思想的具体体现。……次姆要爱她父亲仇人的儿子，她的行为正好触犯了父权——男子的统治权，也违背了部落的利益——集体主义的最高原则，这就是他们爱情悲剧产生的根源所在。当然，这一悲剧造成的另一个原因是次姆本身性格的软弱性、妥协性，对她父亲的幻想和屈从，对爱情她不如阿路那样刚强，斗争不如阿路那样彻底、坚决，这其实也是由她的处境决定的。这一爱情悲剧不仅给英雄诗篇增添了悲剧色彩，使作品富于悲壮的格调。"²和钟华归纳了东巴神话研究的文学特点，这些神话包含了两部东巴史诗。她认为东巴神话有众多的神及神的谱系、独特的卵生神话、强烈的人的自识性、浓郁的高山牧场气息等四个特点。³

关于文学层面的研究还有王震亚的《试论纳西族创世史诗的基本思想及其形成》⁴、李子贤的《试论创世史诗的特征》⁵、陈烈的《东巴神话论》⁶、白庚胜的《谈谈日本的纳西族文学研究》⁷、李柯的《不同版本〈纳西族文学史〉神话研究比较》⁸、李静生的《纳西族东巴经文学中的比兴艺术》⁹，等等。

东巴史诗在文学层面的研究存在着"作家文学化"倾向，研究内容局限于主题思想、语言风格、修辞手法、时代背景等方面，而把东巴史诗与仪式语境、民俗传统、生活世界相结合的研究明显存在不足，由此消减了东巴史诗的活态性、演述性、身体操演性、观念实践性等特征。

1　陈烈：《论纳西族英雄史诗〈黑白战争〉》，《民族文学研究》1988年第6期。

2　同上。

3　和钟华：《纳西族神话的特点》，《云南民族学院学报》1984年第2期。

4　王震亚：《试论纳西族创世史诗的基本思想及其形成》，杨世光、郭大烈编《东巴文化论集》，云南人民出版社，1985，第367—375页。

5　李子贤：《试论创世史诗的特征》，《思想战线》1982年第2期。

6　陈烈：《东巴神话论》，《民族艺术研究》1996年第6期。

7　白庚胜：《谈谈日本的纳西族文学研究》，《民族文学研究》1989年第5期。

8　李柯：《不同版本〈纳西族文学史〉神话研究比较》，《大连民族学院学报》2015年第4期。

9　李静生：《纳西族东巴经文学中的比兴艺术》，《楚雄师专学报》1993年第1期。

(六) 杨世光的东巴史诗研究

在众多东巴史诗研究学者中杨世光是突出的,这不仅体现在丰硕的成果方面,还体现在其研究范围广,且提出了诸多具有开创性的观点见解。他对东巴史诗涉及的主题思想、文学特色、社会文化、军事战争、历史发展、宗教观念、艺术特色等多方面进行了综合论述。以往学者多就东巴史诗的某一方面进行阐述,很少从综合的、全观的视角进行整体研究。

1. 创世史诗《崇般图》研究

杨世光的创世史诗《创世纪》研究主要以《东巴经创世史诗〈创世纪〉综论》[1]一文为代表,其研究内容包括以下几个部分。

其一,根据迄今已经整理出版的各种版本,概述了作品故事内容,涵盖了开天辟地、洪水灾难、上天求婚、回归人间、繁衍人类等主题。

其二,阐述了《创世纪》所反映的社会内容及作品产生的时代。《创世纪》所反映的古代纳西族先民的生产生活包括了原始社会、奴隶社会和封建社会几个时期,涉及原始经济、宗教习俗、家庭形态、婚姻形态、迁徙生活、民族关系、原始医术等方面。作者认为《创世纪》的雏形是原始社会的产物,经过了历代的加工丰富,"它不是一个时代一次完成的作品,是几个时代的接力加工品,最后定型当在纳西族定居丽江之后的公元七世纪前后"[2]。

其三,分析了《创世纪》所反映的社会意识及作品的基本思想。《创世纪》反映了神的观念和万物有灵观念,否定血缘婚的伦理观念,朴素的宇宙观、美学观,以及由人类在狩猎、迁徙、斗灾抗暴等社会实践中发现自身的力量而产生的人主思想。其中朴素的自然观包括了世界起源于某种物质;世界万物是千变万化、不断发生发展而来的;世界万物一开始就构成了对立统一。美学观有尚白,主人公在同暴力斗争的正义性、严峻性、艰苦性、不屈性中表现出来的崇高美、善美,以及子劳阿普性格的滑稽美,等等。作品包含人主思想,即贬神褒人的思想,作品中的人不仅已意识到了自己的存在,而且认识到了自己的价值和征服自然的能力,相信自己就是主宰者。"《创世纪》是一曲高昂的纳西祖先的颂歌,它展示了纳西族先民艰苦卓绝的创世立业的光辉历程,讴歌了他

---

[1] 杨世光:《东巴文化论稿》,生活·读书·新知三联书店,2014,第30—37页。
[2] 同上书,第32页。

们征服自然、抗击暴力的英勇斗争精神，讴歌了他们身处逆境、坚韧不拔、百折不挠、勇往直前的英雄气概，讴歌了人民的劳动和爱情、智慧和力量，揭示了人能战胜神、人能创造一切的思想，表达了纳西人民憧憬幸福、追求光明的理想。"[1]

其四，在塑造文学典型方面，《创世纪》塑造了两个突出的男女主人公英雄形象。崇仁利恩的英雄形象，闪烁着崇高的美和理想的美。衬恒褒白是勤劳、勇敢、智慧的古代纳西族劳动妇女的典型形象。

其五，《创世纪》在艺术表现手法上，有以下几个特点：人的神化和神的人化；艺术矛盾的链条贯穿始终；丰富奇丽的想象；形象而富于民族性的语言。

其六，对《创世纪》的续篇与异文进行了整理研究。《创世纪》几乎在所有纳西族地区流传，包括西部方言区的原丽江县、香格里拉市、维西县等和东部方言区的宁蒗县永宁乡、盐源县、木里县等。东部地区的异文有6种以上，比较起来更有母系制的色彩：男女主人公过着偶居生活；女主人到人间生儿育女后飞回天上；女主人死后出现了天葬、火葬、土葬之分。在西部方言区流传的文本也有变异情节，如暗中帮助崇仁利恩的不是衬恒褒白，而是她的母亲；史诗中接崇仁利恩飞上天的白鹤不是衬恒褒白的化身，而是做媒的。

2. 英雄史诗《黑白战争》研究

杨世光对创世史诗《黑白战争》的研究主要以《东巴经英雄史诗〈黑白之战〉综论》[2]一文为代表，其研究内容包括以下几个部分。

其一，论述了《黑白战争》的主要内容及社会背景。作者认为《黑白战争》描写的是东部落与术部落的战争，其时代背景应是父权制向奴隶制转化的过渡阶段。因为从作品描述中可以看出这场战争仍具有残酷的复仇性质，双方均以灭绝对方为目的；作品中没有把俘虏当作奴隶的记载；战争中使用的武器都比较原始。

其二，分析了《黑白战争》所反映的起源观和战争观。作品描绘万物起源于音、气变化和蛋的化生，但比《创世纪》前进了一步，出现了"精威五行"和彩蛋，从彩蛋中化生出五色万物。这是企图说明物质世界的多样性，它已注

---

[1] 杨世光：《东巴文化论稿》，生活·读书·新知三联书店，2014，第33页。
[2] 同上书，第38—46页。

意到了同一事物的不同表现形式，这是对世界的观察、认识已有了深化的表现。[1]作品通过比兴、象征的手法阐述战争起因，揭示了战争的本质——争夺物质财富，揭示了得道多助的战争观。

其三，阐明了《黑白战争》的主题思想。作品通过纷纭的事件、曲折的情节，有力地揭露和鞭挞了黑暗与邪恶，热情歌颂了光明，伸张了正义，表达了古代纳西族人民矢志不渝地追求、捍卫光明的理想和愿望，赞美了他们为自己的理想而同恶势力搏斗的不屈精神和英雄品格。

其四，塑造了《黑白战争》的典型形象。作品刻画塑造了众多正面形象和反面形象，如米利东主、茨早金母、优玛天将、阿路、米利术主、安生米委、格次次姆、肯子丹由，等等。其中最有特色的是阿路和格饶次姆。阿路是个悲剧性的英雄形象，他拥有爽快、正直、善良、勇敢的性格和坚贞不屈的精神；格饶次姆敢于冲破黑暗势力，真心去爱光明的代表阿路，也足以说明她的勇气和反抗精神，她是一个叛逆者的形象。

其五，《黑白战争》的艺术特色表现在它具有严谨的结构、富于驾驭力的铺垫、细腻的刻画、拟人化的运用、严峻与情趣交辉的风格、感情的描写、格言式的语言、夸张的语言、颇有民间情歌风味的诗句。

其六，对《黑白战争》异文本的比较研究。作者认为《黑白战争》的异文本《超荐东主》直接赞颂了东主一生的功绩和荣耀，并描写了他的长寿和老死的过程，米利东主的形象就更加丰满、完整，《超荐东主》不妨看作是《黑白战争》的后续之作。对《黑白战争》的姐妹篇《哈斯争战》的比较研究，作者认为二者在构思风格和某些情节都比较相似，但后者的思想性和艺术性都比《黑白战争》差，是对《黑白战争》的仿效和继续。

其七，从战争学的视角对《黑白战争》进行了研究，他认为战争的本质在于利益驱动；黑白之战具有南北两部落之战、黑白之战、正邪之战、异族异部或同族异部之战的属性；战争还具有父权制原始的野蛮战争特色；战争是进入铁器时代的战争，但仍使用大量的木制原始兵器，用的还是羽尾竹箭、木箭、竹盾、牛角弓等；兵法兵计的运作上出现了偷袭、暗伏机关、战争动员、战前

---

1 和钟华、杨世光主编：《纳西族文学史》，四川民族出版社，1992。

侦察、战略转移、美人计、集中优势兵力打歼灭战等战术。[1]

其八，从形象美学视角对《创世纪》和《黑白战争》这两部东巴史诗中的主人公进行了分析，认为东巴神话史诗塑造了以崇高美为主体的英雄群像、形成了与原始审美形式相联系的造型特征。[2]因与上述内容存在重复情况，在此不赘。

3. 存在的不足

杨世光的东巴史诗研究具有开创性意义，为东巴史诗的可持续研究奠定了坚实的学术基础。学术研究是一个永无止境的探索过程，是不断在前人研究成果基础上得以推进的。毋庸讳言，杨世光的东巴史诗研究因受时代局限，以及学术界整体研究水平所限，仍存在着一些不足。首先是对东巴史诗的田野调查不够，由此割裂了史诗与民俗传统、民众日常生活与精神世界之间的有机联系；二是对东巴史诗与仪式关系关注不够，忽略了仪式对史诗的深层影响，使史诗成为孤立的文本个体；三是对史诗文本的内部研究不够，缺乏对文本内部的故事形态、母题、类型、功能、程式等进行共时性研究；四是理论观照不够，缺乏比较文学、艺术学、民族志、民俗学、人类学等学科理论范式的观照，由此缺少了多学科观照，减弱了对作为综合文类史诗的阐释力度。这不只是个人研究中的不足，也是20世纪东巴文学研究普遍性存在的时代问题。

四、研究进展与问题

（一）东巴史诗研究所取得的进展

1. 东巴史诗研究处于整体推进态势

综上而言，东巴史诗研究处于整体推进态势中，具体表现在以下几个方面。

首先是研究成果明显增多，增长速度明显加快。

从知网统计数据分析情况来看，以2022年为上限，以"东巴史诗"为主题

---

1 杨世光：《〈黑白之战〉的战争学检索》，《东巴文化论稿》，生活·读书·新知三联书店，2014，第71—81页。

2 杨世光：《东巴神话的形象美学》，杨世光、郭大烈编《东巴文化论集》，云南人民出版社，1985，第376—386页。

进行搜索，共搜出研究论文44篇；以"纳西族史诗"为主题的研究论文达81篇；以"纳西族创世神话"为主题的研究论文达22篇，以"英雄史诗《黑白战争》"为主题的研究论文达17篇；以"纳西族神话"为主题的研究论文达236篇。东巴神话比东巴史诗研究成果明显要多，这与东巴史诗的概念要晚于东巴神话，且东巴神话概念范畴比东巴史诗大，东巴史诗属于东巴神话范畴的性质密切相关，一些学者把东巴史诗称为东巴神话史诗。从纵向来看，以"纳西族史诗"为主题的研究论文达81篇，2000年至2022年发表论著有63篇（部），1978年至2000年共发表了18篇，后22年比前22年增长了250%，增加了3.5倍。以"东巴神话"为主题的研究论文达175篇。2000年至2022年发表论著有140篇（部），1978年至2000年的22年间共发表了35篇。后22年比前22年增长了300%，增加了4倍。

2. 研究力量得到了明显增强

从知网中以"纳西族史诗"为主题共搜索出81篇文章，去除重复的学者，共有65个学者，从中可察，研究成果明显增多的背后是研究力量的增强。东巴史诗与东巴神话研究力量逐渐从传统的以纳西族学者为主体向多民族学者为主体转型；学者构成中除了中国社科院、云南社科院、云南大学、云南民族大学、丽江东巴文化研究院等传统的高校及科研院所外，遍布全国的各大高校的硕士、博士研究生成为新生力量。

3. 东巴史诗的文学层面研究领域得到了进一步拓展

在文学层面，东巴史诗研究被"作家文学化"研究覆盖的局面逐渐打破，口头诗学、表演理论、民族志诗学、媒介景观、新神话主义等多元理论方法引入东巴史诗研究领域，从原来的叙事学、主题、母题、类型研究逐渐转向多观、全观方向，把东巴史诗纳入仪式、民俗传统及生活世界中予以分析解读，突破了东巴史诗研究长期囿于单一专题或类型分析的局限，拓展了东巴史诗研究的广度与深度。杨杰宏以口头诗学理论研究东巴史诗，他认为口头诗学视野下的民族文学与仪式叙事关系研究构成了民族文学研究的新维度。[1]

4. 东巴史诗与多元学科理论与方法相融合呈加快趋势

人类学、民族学、社会学、民俗学、宗教学、哲学、历史学等多元学科从

---

[1] 杨杰宏：《仪式叙事研究：民族文学研究的新维度》，《百色学院学报》2021年第4期。

各自的理论范式研究东巴史诗的成果层出不穷，需要说明的是这些学科对东巴史诗的研究并非全为东巴文化研究或纳西学研究服务，更多是把东巴史诗或东巴神话作为其研究资料，是站在本学科位置来研究东巴史诗。另外一个新趋势是东巴史诗及东巴神话的当代应用研究。与"非遗"运动、遗产旅游、电子媒介相结合的东巴史诗的当代应用研究处于不断深化状态中。

5. 东部地区的东巴史诗搜集整理工作得到了加强

2012 年丽江市东巴文化研究院成功申报云南省社科重大项目"纳西族濒危东巴经典——阮可东巴经、摩梭达巴口诵经抢救保护研究"，对东部方言区的云南省香格里拉市、宁蒗县，四川省木里县、盐源县等阮可和摩梭支系居住的区域进行了调查搜集。2019 年由丽江市东巴文化研究院编译、云南民族出版社出版的《纳西阮可东巴古籍译注》收录经书 3 卷共 32 篇，包括《除秽熏秽经》《净水瓶咒语》《点油灯》等。[1] 东巴方言区内的东巴文化研究成果有和发源、王世英、和力民的《滇川纳西族地区民俗宗教调查》[2]，李四玉的《云南宁蒗县油米村祭祖经浅析》[3]，张群辉的《云南油米村阮可人祭水龙王仪式的人类学考察》[4]，武晓丽、曾小鹏的《俄亚歌本〈长歌〉译释》[5]，杨亦花的《木里县甲波村东巴文墓碑译释及研究》[6]，杨亦花的《四川省木里依吉乡争伍村东巴文人情账簿译释研究》[7]，钟耀萍的《纳西族汝卡东巴文研究》[8]，曾小鹏、邹敏的《四川省泸沽湖达祖村纳西东巴文应用性文献调查及初步整理》[9]，刘文垚的《东巴经"人类迁徙记"两种版本比较研究》等。

上述研究成果中涉及东巴史诗的并不多，笔者搜集到的仅刘文垚的《东巴

---

[1] 丽江市东巴文化研究院编译：《纳西阮可东巴古籍译注》，云南民族出版社，2019。
[2] 和发源、王世英、和力民著：《滇川纳西族地区民俗宗教调查》，云南民族出版社，2008。
[3] 李四玉：《云南宁蒗县油米村祭祖经浅析》，《昆明冶金高等专科学校学报》2021 年第 2 期。
[4] 张群辉：《云南油米村阮可人祭水龙王仪式的人类学考察》，《内蒙古民族大学学报（社会科学版）》2019 年第 4 期。
[5] 武晓丽、曾小鹏：《俄亚歌本〈长歌〉译释》，《绵阳师范学院学报》2019 年第 5 期。
[6] 杨亦花：《木里县甲波村东巴文墓碑译释及研究》，《中国文字研究》2019 年第 1 期。
[7] 杨亦花：《四川省木里依吉乡争伍村东巴文人情账簿译释研究》，《民俗典籍文字研究》2019 年第 1 期。
[8] 钟耀萍：《纳西族汝卡东巴文研究》，西南大学语言文献研究所，博士学位论文，2010。
[9] 曾小鹏、邹敏：《四川省泸沽湖达祖村纳西东巴文应用性文献调查及初步整理》，《民俗典籍文字研究》2019 年第 1 期。

经"人类迁徙记"两种版本比较研究》一文，且这一篇论述主要是对曾小鹏翻译整理的俄亚东巴经《崇搬图》与李霖灿翻译整理的鲁甸东巴经《么些族的洪水故事》进行文字比较研究，而非文学层面的比较研究。"以这两本经书为材料，比较两本经书的语音，了解两个地区的语音发展差异。"[1]

（二）东巴史诗研究中存在的不足与问题

东巴史诗研究虽取得了不俗的成果，但中也存在着诸多不足与问题。

1. 东巴史诗的搜集整理与研究整体不平衡状况并未改变

纳西族西部与东部两个方言区研究"西重东轻"的不平衡格局依旧。表面上看近20年来学术界对纳西东部方言区东巴文化的搜集整理与研究力度有所增强，成果有所增多，但从东巴史诗研究而言，并未有实质性的进展。笔者从2011年起在滇川交汇区域进行东巴史诗的搜集整理与研究工作，仅发现一个已经公开刊布的东部方言区内的东巴史诗翻译整理文本[2]，这方面的论文更是乏善可陈；东部方言区内东巴史诗相关学术成果的缺乏与文本的搜集、翻译整理进程密切相关，这从《全集》刊布后的学术效益可以得到佐证。这说明滇川交汇区域的包括东巴史诗在内的东巴神话、东巴故事、传说等东巴文学的搜集整理与研究迫在眉睫。

2. 东巴史诗研究"作家文学化"倾向严重

具体表现在研究中，忽视生成文本的历史的、发展的过程，以现今的意识形态、学科分类来进行分割、臆断。如依据现有文体观念把东巴史诗划为"民间文学""民族文学""神话""史诗"等；对主题分析简单化为"光明与黑暗""正义与邪恶"的政治冲突；采集文本时，侧重"民间文学"、有"积极意义的"的神话内容，对不符合标准规范的异文文本予以"格式化"[3]改造；忽视

1　刘文垚：《东巴经"人类迁徙记"两种版本比较研究》，西南科技大学，硕士学位论文，2019。

2　此成果为由云南省宁蒗县油米村东巴古杨扎实释读、刘丽婷翻译、许多多整理的《创世纪经》解读，刊于赵丽明主编的《油米汝可东巴文献整理与解读》（西南交通大学出版社，2021）。

3　"格式化"源于巴莫曲布嫫在《叙事语境与演述场域：以诺苏彝族的口头论辩和史诗传统为例》一文中的论述，主要是指某一口头史诗事象在被文本化的过程中，以参与者主观价值评判和解析观照为主导，掺杂了参与者大量的移植、改编、删减、拼接、错置等并不妥当的操作手段，致使后来的学术阐释，发生了更深程度的文本误读，这种文本转换的一系列过程及其实质性的操作环节表述为"民间史诗的格式化"。

贯注其间的宗教、民俗、历史内容，同时对访谈人、诵经人的具体情况很少交代，甚至以"集体"名义予以抹杀。譬如20世纪50年代末搜集整理的《创世纪》是在对不同区域的版本进行删减增补的基础上再创编而成的，最突出的是以当时的意识形态对原来的东巴经文本进行了切割。譬如把东巴经籍末尾的程式句——"主人这一家，请来东巴念经，兴盛繁昌，流水满塘"，臆断为"东巴宣传封建迷信思想麻醉人民的最露骨的表现"，并认为原文中把洪水暴发的原因归结为兄妹婚是东巴对现实的歪曲与篡改[1]，在整理文本中删除了这一情节。

3. 当下的东巴史诗研究存在着去仪式化、去语境化问题

去仪式化、去语境化问题突出表现在对史诗文本的演述性质重视不足。王杰文认为："语境的概念意味着相互关联的三个基本维度：一是文化意义上的语境，即知其文化背景理解其民俗；二是功能意义上的语境，即社会的与心理的功能，关注民俗如何合法化社会结构，减轻心理冲突；三是场景化的语境，关注的是社会生活的运作中民俗的社会应用，在文化的限定的场景与事件中研究民俗的功能。"[2] 东巴史诗文本原本是在举行东巴祭祀仪式上演述的文本，有着自身的文本语境与演述场域。以往研究者往往把它作为孤立的"民间文学"作品来看待，抽离了它得以产生、演述的民族传统背景、具体演述场域，以及演述者与观众互动中达成的语境。

4. 东巴史诗在文学层面的研究停留于外在性研究[3]

从现有研究成果来看，东巴史诗研究关于内在的、共时性的研究明显不足，整体局面为历史学、宗教学、文学所覆盖的局面仍未打破，停留于史诗的思想倾向、人物性格、人物形象、情节冲突、语言特色、作品风格等外在性研究。这种外在性研究忽略了其作为口头传统的性质，遮蔽了对其"内在性"的深入

---

[1] 云南省民族民间文学丽江调查队搜集翻译整理：《创世纪》，云南人民出版社，1978，第97页。

[2] 王杰文：《"文本化"与"语境化"：〈荷马诸问题〉的两个问题》，《民族文学研究》2011年第3期。

[3] "外在性"提法源于索绪尔对语言学的研究，索绪尔认为语言学对象的两种不同的规定性。影响语言活动的外在性因素包括政治、民族、历史、地理，以及其他社会制度如教会、学校教育，甚至文学等，在一定程度上，索绪尔的"外在性"概念可与"政治性"互换，而语言的"内在性"则是指摆脱了外在性政治的意识形态"干扰"的内在于语言系统的规则规定性。参见吕微《"内在的"和"外在的"民间文学》，《文学评论》2003年第3期。

研究。尤其对程式特征、深层结构、演述模式、文体模式等方面的研究仍处于起步状态。这种研究倾向在客观上造成了东巴史诗沦为研究纳西族历史、宗教、文学、民俗学的资料库，而自身的本体研究一直处于边缘状态。

5. 东巴史诗搜集整理存在着以偏概全、失真性的问题[1]

东巴经典的文本翻译是东巴与研究者之间达成的，只有东巴才能对东巴经典进行诵读，所以东巴对经典的理解水平，研究者对东巴文化的掌握程度，对汉语、国际音标的熟练程度都决定着翻译的质量。从东巴史诗代表经典的翻译情况来看，成就最大的是《纳西族东巴古籍译注全集》。因受时代及当时条件限制，这套百卷译注也存在一些不足。一是全集不全。《黑白战争》不同版本多达十多种，《全集》中只收录了和发源、李瑛、和力民翻译的三个文本，而没能收入和年恒、和志武翻译的《董术战争》，李即善、周汝诚翻译的《董术战争》，和明信翻译的《董神与术神战争之经》等。二是对形成于不同方言区的东巴经典文本没有进行对应翻译，如《全集》的诵读都是由丽江县境内的东巴完成[2]，有少数经书来自迪庆州、宁蒗县等不同地区，因为没有这些不同地区东巴的参与，对东巴经典的翻译存在失真性问题。三是翻译过程中没能对诵读者的方言情况、音韵体系予以说明，从而对纳西语内部的不同方言、同一方言内的不同土语造成了混乱。日本学者黑泽直道指出，"在以纳西语为母语的该研究所纳西族学者中，没有意识到语言的重要性，从而没能将纳西语各地方言、音韵差别作为重大问题加以把握。正因为这样，各种经典读音中的纳西语各种方言音韵几乎都被抛弃殆尽"[3]。

此外，东巴史诗与国内外史诗的比较研究、对外译介工作、国际合作交流、数字化应用研究等方面也存在着不足。这些不足也正是东巴史诗研究的努力方向及学术生长点。

---

[1] 此部分内容可参见：杨杰宏《"非遗"语境下口头传统文献整理的问题检析》，《民族文学研究》2014年第3期。

[2] 2003年原来的丽江地区改设为丽江市，原来丽江纳西族自治县分为古城区、玉龙纳西族自治县。

[3] ［日］黑泽直道，白庚胜译：《〈纳西族东巴古籍译注全集〉评述》，《日本纳西学论集》，民族出版社，2011，第84页。

第二节 东巴研究范式的检讨

纵观对东巴文献进行整理的百年历史，可以说成果可观，但也留下不少时代遗憾。这些遗憾无不与特定的历史条件下形成的研究范式存在着因果关系，具体说来，"历史主义""文学"这两种价值取向对东巴文献整理影响甚深。对这两种研究取向及范式进行总结与检讨，有利于东巴文献整理工作更加科学合理地开展下去，同样有利于为民族古籍文献整理提供"他山之石"，共同推进我国民族古籍文献整理以及民族文学研究的可持续发展。

一、以历史主义为取向

以历史主义为取向的民族文献整理是在历史学、语言学、民族学、人类学的学科维度中展开的。这一取向把东巴文献视为原始宗教、原始文化的"遗留物""活化石"，从而将其纳入社会进化论语境中的低级社会发展序列中。早期西方传教士、学者搜集东巴文献更多是把它视为与西方文明相对而言的"异文化""微型社会标本"，而中华人民共和国成立以来历次民间文学"生产运动"则与阶级斗争的政治话语密切相关，东巴文献成为原始社会向阶级社会发展的"活化石"，其间有些材料被选择性地整理成为奴隶社会、封建社会阶级斗争的典型材料。从中可看到，东巴文献的搜集整理从一开始就带上了浓厚的社会进化论的色彩，而这与近代以来西学东渐、建构现代国家有着内在的逻辑统一。

东巴文献的搜集一开始与近代以来的全球化命运联系在一起。19世纪中叶，为了适应西方殖民主义扩张的需要，大量的西方传教士、探险家、人类学学者奔赴第三世界国家进行调查、搜集工作。这一时期，关注研究"无文字社会""微型社区""异文化"的人类学派、神话学派异军突起。随着中国逐渐沦为半殖民地，深藏于喜马拉雅山脉的东巴文献因其特有的"象形文字""原始宗教""本教文化因子"等文化特征引起了西方学者的关注。

1867年，法国传教士德斯古丁斯从丽江寄回巴黎一本东巴经《高勒趣赎魂》。这是西方人第一次接触纳西族文化。随后掀起了一股搜集东巴经的狂潮，一直持续到1949年中华人民共和国成立。其间，美欧西方人在纳西族地区共搜集到东巴经12536卷，分别藏于美国国会图书馆、英国大英博物馆、法国国家图书馆、德国柏林国立图书馆等。这为西方学者研究东巴文化提供了丰富的研究材料。这一阶段西方学者的主要工作是搜集、介绍、翻译，并开始进行学术方面的研究。法国学者拉卡珀里尔根据寄回的第一本东巴经，于1885年在学术刊物上发表了《西藏境内及其周围的文字起源》，第一次向西方学术界介绍了纳西族东巴象形文字。但第一个严格具有学科意义，系统研究纳西族文化的是法国人巴克，他于1907年、1909年两次深入纳西族地区进行田野调查，并在此基础上将实证研究与文本研究相结合，于1913年出版了《么些研究》一书，对纳西族的口语、词汇、语法做了语言学方面的研究，还较为系统、全面地介绍了纳西族的社会状况、民俗习惯。虽然这本著作的有些学术观点仍有肤浅之处，但从学科意义上来说，他的这本书标志着西方学者研究东巴文化的开端起步，代表着东巴文化研究已经从以前单一的猎奇式的记载介绍转入学科研究阶段。可以说巴克为西方学者研究东巴文化研究开了先河。从学科建设的角度上，可以这样说，东巴文化研究的研究客体——东巴文化是土生土长的，而东巴文化的研究主体——研究人是从西方产生的。

西方搜集东巴经籍狂潮一直延续到20世纪中叶，尤其是20世纪三四十年代到纳西族地区进行搜集的美国人昆亭·罗斯福、约瑟夫·洛克为后来居上者。其中，昆亭·罗斯福搜集到了1861卷东巴经，约瑟夫·洛克搜集到了近8000卷，成为西方学者研究东巴文化的重要资料。洛克本人在纳西族地区从事东巴经籍搜集、翻译、整理27年，熟悉纳西语与东巴文，1948—1972年出版了《中国西南的古纳西王国》《纳西语、英语百科词典》《纳西人的纳迦崇拜及有关仪式》等东巴文化研究的代表性著作，奠定了其在西方学界"纳西学之父"的地位。洛克是西方学者中最早译注、整理、刊布东巴经文的学者，他的主要译作有《纳西族的纳加崇拜及有关仪式》(1952年),该书收录了两个仪式包括一百多册经书的详细翻译内容,洛克用了800页的篇幅和1000个脚注来详述这一点。他的第二本巨著是《指路葬仪》(1955年),该书只涉及一个使用经书36本的仪式,有230页和470个脚注。按篇幅长短排列。第三部著作是《祭天仪式》(1948年),该书论及一个使用12本经书的仪式,有150页,近300个脚注。另外就是《开美久命金的爱情故事》(1939年),这是一个单独的仪式用的经书,有150页。最后,还有6篇文章,涉及8个仪式,共有200多页。[1]可惜,这些译注本至今未能翻译出版,从而影响了在国内学术界的传播。

西方人的东巴经搜集狂潮引起了国内学者的关注,1933年,在北京大学国学研究所学习的方国瑜,受刘半农指派回到家乡丽江进行东巴经及文字的搜集、整理工作。他翻译了创世史诗《崇般图》及若干经书的章节,并于1936年完成了《纳西象形文字谱》初稿,该书经过近半个世纪的不断修改、补充,一直到1981年才正式出版,其间受到了章太炎、郭沫若、吴晗、周有光等学者的高度评价。全书共分为"绪论""纳西象形文字简谱""纳西标音文字简谱""纳西文字应用举例"等四个部分,"绪论"结合方先生多年研究纳西族历史文化的成果,详细阐述了纳西族的渊源、迁徙和分布,纳西象形文字与标音文字的创始和构造特点,以及记录纳西语的音标;在"纳西象形文字简谱"中,分天象、地理、植物、飞禽、走兽、虫鱼、人称、人事、形体、服饰、饮食、居住、器用、行止、形状、数名、宗教和传说古人名号共十八属,对1340个象形文字及222个派生(词),逐字作标音解说,这是全书的主体;在"纳西标音文字简谱"部分中,共收录较常用的582个标音字及2000多个常用词汇;在"纳西文字应用举例"中,详细说明了象形文在东巴经书中代表词、语和句子的方法。书末附有东巴经籍简目,共16类394种(册)。方国瑜认为象形文字主要保存在卷帙浩繁的东巴经籍里,要将文字、语言,文学、宗教四个方面联系起来深入研究。同时比较甲骨文、金文,下苦功夫探索共同造字规律,庶几获得更大成就。[2]这对东巴文化与东巴文学的研究有着深远而重大的指导意义。

---

[1] [英]安东尼·杰克逊著,彭南林、马京译:《纳西族宗教经书》,郭大烈、杨世光主编《东巴文化论》,云南人民出版社,1991,第630页。

[2] 方国瑜:《"古"之本义为"苦"之说——汉字甲骨文,金文,篆文与纳西象形文字比较研究一例》,郭大烈、杨世光主编《东巴论文集》,云南人民出版社,1985,第98页。

在东巴文字的搜集、整理方面，纳西族学者杨仲鸿是先行者，早在1933年，就与洛克的东巴经师和华亭合作编写了《摩些文多巴字及哥巴字汉译字典》一书，全书共134页，分为数类、天文类、地理类、时令类、鸟类、兽类、昆虫类、植物类、人类、身体类、服饰及用具类、水类、火类、杂类、佛类、鬼类、怪类、龙类等18类，共收1042字，并统计了不重复的东巴经籍313种。但因此书编写完成后命运多舛，一直未能出版，同时因采用了汉字注音方式而降低了语言研究的参考价值。周善甫的评价是中肯的："即不免粗疏，也算是有关研究东巴象形文的第一本著作。"[1]

上述两本纳西族学者编纂的字典虽成书较早，但都因未能及时出版而削弱了学术影响。而出版于1946年的李霖灿的两本东巴文字典——《么些象形文字字典》《么些标音文字字典》在当时学术界产生了广泛影响。语言学家闻宥评价说，"取材之富，实为已往所未有，每字下之音读，精确可信，亦远胜驼（洛）克不会音理之拼切（例如gk-de-等皆极费解），自此书出，而巴哥（克）书中文字之部分已成废纸"。[2]《么些象形文字字典》共208页，16开本，分天文、地理、人文、人体、鸟、兽、植物、用具、饮食、衣饰、武器、建筑、数目、动作、若喀字、古宗字、宗教、鬼怪、多巴龙王、神等18类，收字2120个。因读音者为东巴和才，注音者为中央研究院历史语言研究所的张琨，语音准确度较高，同时对字义、字源、异体字、假借字作了相应的说明。《么些标音文字字典》共108页，收字2334个，按照字形笔画分为黑点、弯钩、斜道、竖道、圆圈、不规则弯曲线、横平、卷扭、两点、人字形、十字、三点、三角形、方框、其他等15类，并为347个常用字及104个异体字作了简表。李霖灿的两本东巴文字典因其收集字数全面、字释详细、注音精准、字类丰富、字形分析合理、查阅方便等特点而获得了学术界高度评价，从而奠定了其"么些先生"的学术地位。

1946年，李霖灿出版了《么些经典译注六种》，后在此基础上增订了三种，于1977年在台湾出版了《么些经典译注九种》，内容为洪水故事、占卜起源的

---

[1] 转引自喻遂生《杨著〈摩些文多巴字及哥巴字汉译字典〉述略》，《纳西东巴文研究丛稿》（第二辑），巴蜀书社，2008，第2页。

[2] 转引自郭大烈《李霖灿与纳西东巴文化》，《东巴文化论集》，云南人民出版社，1985，第457页。

故事、多巴神罗的故事、都萨俄突的故事、哥来秋招魂的故事、某莉庆孜的故事、延寿经译注、苦凄苦寒（买卖岁寿）的故事、菩赤阿禄的故事。李霖灿对东巴文化研究的另一大贡献，则是开创了东巴经文字释之先河。东巴文字因其依类象形、突出特征、变易本形、依声托事、一字多义等造字特点，加上其书写方式并未体现出逐词记录、线性排列的语用特点，同时不同时期、不同区域中形成的异文特点，给东巴经文阅读造成了极大的障碍。这就意味着即使是一个掌握了东巴文字典中所有的文字的人，也并不一定能够通读经文。正是基于这种实情，李霖灿独创了东巴经文字释的研究方式。"我在这几册经典的翻译格式上试用了一种新的处理办法：原则上是形、声、义、注四部分都能兼顾，而且是要一页之上面面俱到，使读者没有前后翻阅对照之劳。"[1]此处的"形"指东巴经原文，"声"即国际音标注音及汉字直译，"义"为意译，"注"即注释，对经文中的假借字、字源情况予以详解。另外，在每卷经书前面详述了经书出处、搜集、翻译的过程，并对经书特点进行概括。

这一方法在学术界得到了广泛认可。语言学家傅懋勣于1940年到维西县纳西族地区调查，后在丽江与大东巴和芳学习东巴经文，并在他的帮助下完成了《丽江么些象形文〈古事记〉研究》，并于1948年出版。傅懋勣一直关注东巴文化的研究，1981年、1984年在日本分别出版了《纳西族图画文字〈白蝙蝠取经记〉研究》上下两册。与李霖灿的字释相比，傅懋勣的字释更为详尽，除了对东巴经原文中的具体单字进行解释外，对构成完整句子的字组也进行了解释；其次，在汉字直译中加入了主语助词、宾主助词、语气助词、动词前助词、引语等词性说明，便于读者对句子进行完整理解，也有助于了解纳西语法特点；其四，对某些直译而词不达意的具有特殊意义的词，则采取了比较解释的方法。"东巴经里有一个tsho^{31}字，大体上可以用'人'来直译。但是另外还有一个dzi^{33}字，也可以用'人'直译。这在经书中会引起难以解释的问题。当我直译的时候tsho^{31}字的下面写'人（措）'在dzi^{33}的下面写'人（则）'。放在括号里的'措'和'则'是音译字。我认为'措'和'则'原来是两个氏族的名称。这样就可以区别开了。"[2]

---

[1] 李霖灿等:《么些经典译注六种》,第19页,李先生序写于"三十五年八月十一日 李庄",即1946年。

[2] 傅懋勣:《纳西族图画文字〈白蝙蝠取经记〉研究》,商务印书馆,2012,第12页。

20世纪50年代,由于受政治运动的冲击,东巴活动日趋减少,国外学者无法涉足纳西族地区进行搜集、整理东巴文献。直至60年代初期,时任丽江县委书记的徐正康看到洛克著的《中国西南古纳西王国》英文版本后,认识到东巴文化的重要价值,从而组织丽江县文化馆对丽江县境内的东巴文献进行搜集、整理,并聘请大东巴和正才、和芳、和学诚、和玖日、久嘎吉、和牛恒等7位大东巴担任经文释读,由周霖、桑文浩、李即善、赵净修、木耀均、楸炳全、周汝诚、周耀华担任翻译,五年间共译注了130多本东巴经籍,并以石印形式内部出版了21种东巴经译本。译注整理工作遭"文革"冲击而中断,东巴经文译注本大多佚失,仅保留下来石印本21种。一直到"文革"结束以后这项工作才得以延续,在丽江地区行署副专员和万宝的力推下,于1980年6月成立"丽江东巴经翻译整理委员会",1981年5月,正式成立"云南省社会科学院东巴文化研究室",并先后聘请知名东巴和云彩、和耀光、杨树兴、和云章、和成典、郑五山、和学智、和即贵、和士成、和开样等人,从1981年到1989年,在60年代遗留下来的译注本基础上先后油印了26本东巴经译注本,公开出版了三册《纳西东巴古籍译注》。这一时期的译注本采用了东巴经原文、国际音标注音、汉字直译、意译的四对照方式,所选经书种类代表了东巴经中最重要的经典。2000年9月,由丽江东巴文化研究所翻译整理的《纳西东巴古籍译注全集》正式出版,《纳西东巴古籍译注全集》共100卷,选入不重复的东巴经籍共897种。"《纳西东巴古籍译注全集》分类,基本上是按东巴教内部的类属,分为五大类:祈神类、禳鬼类、丧葬类、占卜类及其他类(包括舞蹈、杂言、字书、药书)等经典。《纳西东巴古籍译注全集》的译注,采取科学严谨的五层次对照的古籍译注体例。所以,这部内容浩繁,博大精深的东巴圣典,具有严谨的科学性和权威性。"[1]《纳西东巴古籍译注全集》的出版意义深远,正如和万宝在《序言》中所评:"传统文化,备受近现代文化冲击,东巴文化当然在所难免,众多东巴已销声匿迹,幸存者已寥寥无几;图籍文物,不断毁销散佚;仪式习俗,濒临消亡。这一'其命维新'的古老文化,已是风烛残年,危在旦夕。好在东巴文化本身有其不可磨灭的价值,而世上也真有敢挽狂澜于既倒的志士仁人,存亡继绝、起死回生于奄奄一息之际!见此全集,理宜铭记具有远见卓

---

[1] 和力民:《东巴经典大破译——写在〈全集〉出版之际》,《民族团结》1998年第2期。

识和大无畏精神的先驱者们，与学者共事研究的东巴先生们，他们率先叩响东巴文化大门，传扬出去，开山创业，卓有成就，功垂青史，永不湮灭！"[1]

据英国纳西学家杰克逊统计，世界各地公私收藏的东巴经有21800多册，中国国内收藏约有13000册。其中美籍奥地利学者洛克一人所购就达7118册。[2]中华人民共和国成立后，在历史政治运动中东巴经籍虽损失惨重，但东巴经的搜集仍呈延续态势。喻遂生认为，改革开放以后，国内单位和个人共收集了3500多册，流入西方国家2000余册。具体数目是：东巴文化研究所500册、中甸县文化站650册、维西县文化局360册、戈阿干先生们近千册、个人零星收藏近千册、西班牙100余册、其他西方国家1000册以上。[3]东巴经的刊布，国内学者整理并正式出版的共有22种。代表性成果有：傅懋勣先生的《丽江象形文〈古事记〉研究》《纳西族图画文字〈白蝙蝠取经记〉研究》《纳西族〈祭风经——迎请洛神〉研究》，李霖灿先生的《么些经典译注九种》，云南东巴文化研究所的《纳西东巴古籍译注》等共10种。另丽江县文化馆1962—1965年石印东巴经22种，22种内有少量重复。近年东巴文化研究所油印东巴经数种。[4]从东巴文献的译注种类、数量、规模而言，以《纳西东巴古籍译注全集》百卷本成果最为突出，影响也最大，可以说在百余年来东巴文化研究史上具有里程碑式的意义。

二、以文学为取向

以文学为取向是指整理、翻译古籍文献时，根据整理者价值评判对文本进行符合时代语境的文学化改编。与"历史主义"所标榜的"全面搜集、忠实记录、准确翻译、慎重整理"相比，以文学为取向的东巴经文献整理受意识形态影响较大，格式化弊病也较前者更为突出。

---

1 和万宝：《总序》，《全集》，第1页。
2 ［英］安东尼·杰克逊著，彭南林、马京译：《纳西族宗教经书》，郭大烈、杨世光主编《东巴文化论》，云南人民出版社，1991，第622页。
3 喻遂生：《纳西东巴文研究丛稿》，巴蜀书社，2003，第2页。
4 喻遂生：《纳西东巴古籍整理与研究刍议》，《纳西东巴文研究丛稿》，巴蜀书社，2003，第12页。

东巴文献的文学化改编肇始于20世纪40年代,在"文革"前后出现了两次高潮。纳西族女作家赵银棠于1947年编写完成《玉龙旧话》一书,其中《"摩梭"创世纪》《卜筮术的故事》《高楞趣》《教主"释理"》《牧儿牧女们,迁徙下来吧!》等译文取材于东巴经典,系统地向世人介绍了东巴文学经典,有早期宣传之功,但在翻译过程中把东巴经典原文的史诗特征变成了散文体,主题则突出了反抗黑暗专制、向往光明自由的思想倾向。作者后来也意识到没能"保持原作的时代特点和本族风格",所以在1957年重新翻译了《东埃术埃》《鲁般鲁饶》两本经书,后者保留了诗体风格,突出了"光明战胜黑暗"、控诉封建专制、反对礼教的主题倾向。[1] 东巴文献的文学化改编在中华人民共和国成立后得到了空前强化,这也与当时特定的政治环境密切相关。1956年,还在丽江中学读书的牛相奎、木丽春发表了根据《鲁般鲁饶》改编创作的长诗《玉龙第三国》,在国内文坛引起一定的反响,后来二人又根据创世史诗《崇般图》改编创作了《丛蕊刘偶和天上的公主》。1958年以来,云南民族民间文学调查队曾两度对东巴经文在内的纳西族民间文学进行了大规模的搜集、翻译和整理,在此基础上先后编写出版了《纳西族文学史(初稿)》《创世纪》。客观而论,这两次搜集、翻译、整理工作对于抢救、宣传纳西族民间文学有着积极意义,使纳西族文学影响力在国内外民族文学之林中获得了相应的提升。但这一时期的民间文学搜集、翻译、整理受到"左"倾的严重干扰,这体现在当时以突出政治路线,强调阶级斗争观点为主线,尤其以"剔除糟粕"为名,对东巴文学实行去宗教化篡改,认为"东巴教篡改、歪曲纳西族文学,宣传封建迷信思想……过去有些人过高地估计东巴教和东巴的作用,甚至把所有的东巴也说成是歌手,强调了积极的一面,忽略了消极的甚至是反动的一面。……归根结底,东巴教作为一种宗教,毕竟是一种反动的意识形态,它是统治阶级用来麻醉人民的工具,其实质是反动的"。[2] 在这种"左"倾路线指导下,臆断《创世纪》《鲁般鲁饶》《普尺五路》等东巴经典是封建社会时期产生的,主题是"歌颂劳动,反对封建迷信"。这种"左"倾思想在"文革"时期更是登峰造极,不

---

[1] 赵银棠翻译整理:《东岩术岩——黑白斗争的故事》,《玉龙旧话新编》,云南人民出版社,1984。
[2] 云南省民族民间文学丽江调查队编写:《纳西族文学史(初稿)》,云南人民出版社,1959,第96、97页。

仅严重影响了东巴文学的翻译整理工作,而且使东巴文化研究陷入停滞状态。

"文革"结束后,经过拨乱反正,国内政治环境趋于好转,推动了东巴文化的搜集、整理、研究工作的可持续发展。这一时期"东巴文学"翻译、改编、创作成果以八九十年代较为突出,个人成果以戈阿干、杨世光、牛相奎、赵净修等人为代表。如戈阿干在80年代初期发表了根据《黑白战争》《创世纪》改编的《格拉茨姆》《查热丽恩》两部长诗;杨世光先后出版了《黑白战争》《大鹏之歌》《牧歌》《猎歌》《逃到好地方》等系列长诗;赵净修分别与杨世光、牛相奎合作出版了《创世纪》《鲁般鲁饶》等长诗。需要指出的是,这些根据东巴文献翻译、整理的作品存在"格式化"问题,与以历史主义为取向的"格式化"相似,都存在文本制作过程的"二度创作"问题。但也有不同,前者侧重于东巴经典的译注,以语言学、宗教学、历史学、社会学等学科为研究范式,对东巴经典内容不做大范围的改编、加工;而后者是以"文学创作"为维度,东巴经典只是起到参考作用,不仅对原文语言、情节进行符合文学审美要求的创编,甚至主题也发生较大改变,如戈阿干根据《黑白战争》创编的《格拉茨姆》,"把部落仇杀这种社会历史现象,升华到民族团结的高度,用以反映民族团结的主题,这是有现实意义的"[1]。

这一时期对东巴文学的整理成果以《纳西族文学史》为代表,全书分绪论、口传文学时期、东巴文学兴起和繁荣时期、民间传统大调的产生、作家文学的兴起和繁荣时期等5编,全面系统地介绍了纳西族各个时期的文学创作。其中东巴文学萌芽时期的口传文学、东巴文学的兴起和繁荣时期、受东巴文学影响生成的传统大调和民间故事传说在整个文学史体例中占主体地位,篇幅分量及所占内容皆超过半数。本书的开创之功,首先是把东巴文学置放于纳西族的历史发展背景中,与东巴文学的母体——东巴、东巴教、东巴文、东巴经有机予以联系、分析。其次,第一次提出了"东巴文学"的概念,与民间文学、作家文学相并立,使东巴文学从原来民间文学的附庸身份中获得了独立。其三,对东巴文学进行了科学合理的分类,把东巴文学分为东巴经神话(起源神话、伏魔神话、祖先神话)、创世史诗、英雄史诗、叙事长诗、祭天歌、东巴经故事、东巴习俗长调、口头传说、民间歌谣等。这是第一次提出"东巴史诗"的名称,

---

[1] 杨世光、和钟华主编:《纳西族文学史》,四川民族出版社,1992,第796页。

并把东巴史诗分为创世史诗与英雄史诗,与东巴神话、东巴故事、叙事长诗并开,共同构成东巴文学。东巴史诗的文学地位得到了高度提升,其研究深度、广度也得到了相应的拓展。

三、介于"文学"与"历史"之间

第三类是介于"文学化"与"历史主义"之间的折中整理法。这一类以分别由和志武、戈阿干翻译整理的《纳西东巴经选译》《祭天古歌》为代表。这两个整理本有四个共性特征:其一是二者都完成于20世纪80年代,较少受到政治意识形态影响;其二是皆为汉语意译文本,不作音注,字释,在严格意义上不属于译注文本,主要为研究者提供研究材料;其三,与上述"二度创作"的文学化改编不同,整理内容忠实于原来的东巴经文,且二人都对东巴经文进行过深入的调查研究,成果颇丰,翻译、整理经书文献时皆在东巴指导下逐字逐句进行翻译,最大限度地保留了东巴经典的原貌风格,并对经典中出现的特有名词进行了注释;其四,因整理者对东巴文献理解深刻,汉文化功底扎实,能够打破两种文化之隔,达到"信、达、雅"的翻译水平,这样既体现了东巴神话所具有的奇特、朴拙、瑰丽的"文学色彩",又如实、准确反映了东巴文献的历史面貌及文化意蕴。从这个角度而言,这两个整理本的性质介乎于"文学"与"历史"两个取向之间。

和志武对东巴经的文学改编创作与严格意义上的学术研究整理作了区分,"我们在进行翻译时,力求用科学的态度和方法,切禁任意进行加工、'整理',防止把东巴经译稿变成似是而非,非鹿非马的东西,至于作为一般的文学读物译文,进行必要的整理,或根据东巴经再创作,则应另当别论,但必须慎重,采取严肃的态度"[1]。和志武翻译、整理的《纳西东巴经选译》先后以内部版、公开版形式分别于1983年、1994年出版,后一本在前者18篇译作基础上增加了12篇,共集成30篇,基本上囊括了东巴经典的代表性作品,且这些选译经典集中了丽江、迪庆三坝两地的东巴经典,具有地域全面性。奇怪的是,在1983

---

[1] 和志武:《纳西东巴经典选译》(内部版),云南省社会科学院东巴文化研究室,1983,第156页。

年的内部版中选译了创世史诗《崇般图》,而在1994年正式出版中却删除了这一经典,但把《黑白战争》与《崇般绍》保留下来了。从选译质量而言,译自当时中甸县白地封和牛恒东巴诵经的《崇般图》《黑白战争》质量要高于《崇般绍》。如《黑白战争》中的人物形象塑造主要通过语言来完成。阿璐母亲劝儿子不要擅入黑部族凶险之地,阿璐却大义凛然回答:"大丈夫的话不兴翻悔呀,老虎嘴里咬了红肉不兴吐出来呀!"一个诚实守信、勇敢、顽强的正义者形象呼之欲出。当阿璐被黑部族抓获将要杀害时,原来引诱他的黑部族公主麦达苟沐命向刽子手哀求道:"东子阿璐他,是个能干好男子,他的脸庞像日月明亮,别让污血沾染他的白光脸。"到此,完成了由仇敌到情人的转变。《黑白战争》中的场面描写也十分成功,如东部族天兵天将出征时,"千千万万的东族兵马出征了,三百六十位东格、优玛天将出征了!千万只神鹏、凤凰、白鹰、白鹤在天空侦察,白豹、白虎、白牦牛在后面助威,千万个会飞会跳的天兵在前面开路……"《崇般绍》中关于对天神、他神的赞颂之辞明显不抵《全集》中选本。这可能与诵经东巴水平高低直接相关。作者的翻译、整理工作建立在深入的调查及严谨的科学态度及方法上,"我们调查记录的方法,是先请东巴选择好经书或我们自己选好,然后请东巴按书读经,我们则用国际音标忠实记音,读一句,记一句,记完一本后,由我们按所记之音重读一次给东巴听,纠正有无记漏或记错。然后再询问疑难词句、古语古词、人名地名、鬼名神名及有关书本的道场法事,使其直译(对译)准确无误。记音和直译尽量在东巴在场时搞完,以求保证质量,意译则一般回到单位以后再进行,可以从容考虑,反复琢磨,尽量做到忠于原作"[1]。但在两个整理本中译者未能进行国际音标注音,从而留下了巨大的时代遗憾。

戈阿干翻译、整理的《祭天古歌》均系祭天祝辞,按祭仪的程式,从头至尾的全部祭辞共8000行,全面系统地反映了祭天文化的原貌。总体而言,这部《祭天古歌》是纳西古代祭天活动程式化的结果,是祭司东巴在主持祭天活动的过程中,为配合具体而繁缛的仪式、仪节而编写创作的祭天经诗。[2]《祭天古

---

[1] 和志武:《纳西东巴经典选译》(内部版),云南省社会科学院东巴文化研究室,1983,第156页。
[2] 巴莫曲布嫫:《纳西族东巴祭祀经诗——〈祭天古歌〉》,张炯等主编《中华文学通史》,华艺出版社,1997。

歌》后一章的口诵篇虽作为补充部分，但极为珍贵，一则说明了祭天作为纳西族传统文化的源远流长，二则从中反映出祭天经文源于口诵经，从而成为口头文本与书面文本互证的重要材料。难能可贵的是作者对经文中的口头程式有着深刻的认识，"为了保持作品的原貌，我们保留了原文套句的运用，就在作品中出现了大量相同与类同的句子与章节。这不能看成是不必要的重复，这些相同或类同的句、章不断出现在不同的母体篇目中自有它特殊的意义，这是祭坛诵经形式的需要，也是表达内容的需要，它犹如一首歌曲的主旋律一样，对表现作品的主题和神韵都起着和增强的作用"[1]。整理本中虽然插入了少量的东巴经文内容，并进行了注音，但只起到了蜻蜓点水的作用，未成整篇体例，这不能不说是时代的遗憾。瑕不掩瑜，可以说此整理本与《纳西东巴经选译》堪称汉语翻译东巴文献的上乘之作。

四、以研究对象为取向

"以文学为取向"与"以历史主义为取向"此消彼长，又相互交叉。"以历史主义"为取向的民族文献整理为"文学化"的翻译、整理提供了蓝本，而"文学化"翻译、整理本身成为佐证"历史"的重要证据，同时通过通俗易懂的"民间文学"普及扩大了整理本的受众面及影响。这两种价值取向明显受到时代语境的深刻制约，前者把东巴文献视为与作家文学相对的"民间文学"或"口头文学"，通过去宗教化、去仪式化的改造以后成了可以为新社会服务的"大众文学"，这一改造后的新型身份标签，看似借助有利的政治形势而得以策略化生存，实则窒息了东巴文化得以生存、发展的文化生态空间。"以历史主义为取向"的表现形态分为两个时期。"文革"前期的整理着重文献产生、发展演变、衰落消亡等一些历史主义倾向的假设命题，在搜集、翻译、整理过程中以意识形态的观点来代替科学研究，尤其突出了"阶级斗争"的主线。"文革"结束后，"历史主义"的意识形态干预明显减弱，民族传统文献的整理又迎来一个新的时代高潮，但又受到"文化复兴""原生态""非遗"等时代语境影响，这些

---

[1] 陈烈：《序言》，戈阿干主编《祭天古歌》，中国民间文艺出版社，1988，第18—19页。

整理本中仍出现了"全集不全"、去语境化、人为创编等"再次格式化"问题。[1]

那怎样做才能有效避免上述之弊病，构建科学合理的研究范式？我们要树立一切从实际出发，所有研究范式必须基于研究对象的这样一个学术观念，即以研究对象为取向。东巴史诗具有"史"的特点，它反映了纳西族重大历史事件、历史背景、历史文化信息；它也有"诗"的一面，以诗歌的形式叙述了纳西先民的历史，包含了抒情性、叙事性、浪漫性、现实性、审美性、语言艺术性等文学要素。但东巴史诗不只是"历史性"与"诗歌性"可以概括，它还有仪式性、宗教性、民众性、歌舞艺术性、口头与书面性等多元文本特征，这些复杂多元的文本特征构成了东巴史诗研究范式的框架。

那如何才能构建这样一个契合东巴史诗多元化特征的研究范式？这样的东巴史诗研究范式只能是一个理想，或者说一个努力方向。我们只有以开放包容的、跨学科的多维视角，才能接近东巴史诗的客观存在，才能真正构建起契合它实际的研究范式，这也是下一节要展开的核心话题。

---

[1] 对这些问题的检讨可参见：巴莫曲布嫫《叙事语境与演述场域：以诺苏彝族的口头论辩和史诗传统为例》，《文学评论》2004年第1期；杨杰宏《"非遗"语境下口头传统文献整理的问题检析》，《民族文学研究》2014年第3期。

第三节　东巴史诗研究范式的多维观照

东巴史诗既包括了东巴仪式中演述的史诗叙事文本，也包含了东巴舞蹈、东巴音乐、东巴绘画、东巴工艺等其他多元叙事文本。也就是说，单一的"文学"视角并不能全观东巴史诗的整体面貌。接下来的问题是，什么样的研究路径才契合东巴史诗的这一综合性文本特征。这也是本书探讨的主旨所在。我们认为，只有基于研究对象的多观（即多维观察视角）理论方法才能更加完整、准确地研究东巴史诗。东巴史诗本身的多样复杂性决定了其研究视角的多观维度。这种多观研究维度并非意味着对传统的东巴文学研究维度予以摒弃，而是对"东巴文学"的否定之否定。

基于对东巴史诗的多元形态文本特征认识的不断深化，我们认为，以下几个方面的比较研究维度值得重视。

一、历时性的比较维度

其一，东巴史诗的载体——东巴文化并非孤立发展形成的，而是在漫长的历史发展过程中继承了古羌文化，吸纳了本教文化、藏传佛教文化、汉文化、白族文化等多元文化才沉淀生成的，这种多元族群文化对东巴史诗必然产生深层影响。从东巴史诗中的文化崇拜内容而言，包含了自然崇拜、祖先崇拜、图腾崇拜、神灵崇拜等多元文化崇拜内容，且这些文化崇拜之间存在着由简单到复杂、单一到多元的历时性发展演变过程。其二，东巴史诗的形成并非基于单一因素，而是受到自身内外的政治、经济、军事、宗教、艺术等方面的长时期影响。最突出的一个例证是雍正元年（1723）在丽江实行的改土归流，应该说这场政治变革促进了丽江纳西族社会生产力的发展，加速了其与中原接轨的进程；但地方统治者所采取的"以夏变夷"文化政策，使得东巴文化生态急遽恶化，导致东巴文化退缩回穷乡僻壤，从而阻碍了东巴史诗的可持续发展。其三，东巴史诗的历时性特征还表现在内容上。与国内外众多的洪水神话不同，纳西族创世史诗中的洪水是发生在兄妹婚之后，而纳西创世神话中的兄妹婚经历了两次历史变迁：第一次是人类最早的婚祖神——董神与色神的兄妹结合；第二次是崇仁利恩兄妹之间的结合。因这种婚姻制度不符合东巴教教义而遭到了否定，在后期文本中进行了符合当时伦理道德的改编。从中也折射出不同时期社会意识形态的变迁。另外，《崇般图》反映了刀耕火种的原始农耕社会，《耳子命》反映的是以精耕细作为特征的封建农耕社会，《杀猛厄》反映了从血缘婚、对偶婚到一夫一妻制的婚姻变迁，叙事主角从神灵转变为现实中的平凡人。其四，还有一个时间维度值得注意，即东巴史诗的演述主体——东巴本人的历时性问题。东巴本人对史诗的理解能力、演述水平也决定着史诗文本的形态。他是什么时候学习东巴文化的，什么时候出师主持仪式，什么时候成为德高望重的大东巴；他早期、中年、晚年的叙事风格、叙事能力、创编水平都会发生相应的变化，而这种变化过程恰好给研究者提供了一个叙事传统文本化过程的观察途径。

可以说，历时性的比较研究维度有助于我们更有效地观察叙事主体对叙事传统的依赖程度，以及叙事传统在发展过程中的稳定性与变异性，从而对叙事传统文本的历史演变过程有一个更有效的把握。

二、共时性的比较维度

共时性的研究维度主要是指不同地域、不同族群在某一特定时间段内的文化差异性研究。东巴文化大多保留于层峦叠嶂、峡谷雄峙的高原山地环境中，由此造成了不同方言区、不同支系之间的交通、交流困难，加上行政区划不同，社会经济发展程度不同，导致了东巴史诗的文化差异。具体而言，三坝至鸣音、奉科、宝山、大具一带的东巴唱腔比其他地方的唱腔要丰富得多，丽江坝区至太安、鲁甸一带的东巴经籍内容更为丰富，故事情节也更为突出；汝卡人的东巴仪式中以祭胜利神为大，而丽江坝区及其境内纳西族以祭天仪式为大，这与汝卡人[1]长期处于强敌环伺、匪患频发的特殊历史地理环境密切相关。以创世史诗为例，丽江坝区及西部方言区以《崇般图》为代表，而泸沽湖周边摩梭人（东部方言区）以《子土从土》为代表，而居于二者之间的阮可（又名汝卡或若喀）支系以《索索科》《利恩恩科》《卡兹次》为代表。相对说来，西部方言区的创世史诗体例更完备，成就更高。阮可支系史诗形态更为古老，摩梭人史诗反映了母系家庭、走婚习俗。这些不同的东巴史诗文本到底以哪一个地方的文本作为范本？以哪个人的文本作为代表作？还是把不同地方的文本"合成"一个综合性文本？这里面是否存在一个人为创编，乃至篡改文本的学术伦理问题？有一种貌似客观科学的观点：我们把不同区域的文本尽量搜集、整理出来，供研究者或受众自己选择，这种看似科学合理的做法背后，客观上也带给研究者或受众选择性困难，或者说文本整理者主动放弃了文本的比较、甄别、精选的研究职责。

历时性研究强调叙事传统是在历史的发展演变中逐渐沉淀生成的，而共时性研究则注重当下的生存发展形态。"口头诗歌创作的叙事单元就是在共时性的观照中总结出来的，这些诗歌学说的法则，可以有效地促进史诗文本的研究。"[2]所以共时性维度研究更突出田野调查中获得的活形态资料，并从中探讨叙事传统的内部运作规律，揭示其文本、文类和传统的独特性。

三、不同文本的比较维度

文本（text）是一个人类学的关键词，指语言符号系统、现象系统及其内容。有两种情况，一为语言的成分，一为超语言的成分。前者指一个句子、一本书和一个观察现象的内容所构成的认识对象，后者指话语的语义和内容所组成的记号复合体，它反映语言外的情境。这种语言外的情境因个人的情况不同

---

1 汝卡人，纳西族支系，本义为生活在江边河谷地区的人，另写为"阮可人"或"若喀人"。
2 尹虎彬：《荷马与我们时代的故事歌手——洛德〈故事的歌手〉译后记》，《读书》2003年第10期。

而有所不同。文本有三重意义，即话语的记号系统或现象的记号系统；该系统所表述的意义系统；现象的观察者与书本的读者所了解的不同抽象记号系统。结构主义大多把文本的记号系统与所表达的意义看成平行的、固定的。[1] 朝戈金认为，任何分析对象都是文本，文本产生过程也可视为文本。在这个含义上，文本包括表述/被表述两个层面。而按口头程式理论的概念界定，文本是"表演中的创作"（composition in performance），这里是在口头诗学的形态学意义上理解"文本"的。[2]

东巴史诗中的"文本"概念所指涉及个三个层面：一是基于仪式中口头演述的口头叙事文本，如东巴口诵经；二是作为口头演述提词本的书写文本，或半口传文本，如东巴经籍；三是基于整个仪式叙事层面而言的仪式叙事文本，它涵盖了仪式中的口头演述、仪式程序、仪式表演等不同层面，既包含了口头叙事与书面叙事文本，也包含了超语言的多形态的复合型文本——东巴音乐文本、东巴绘画文本、东巴舞蹈文本、东巴仪式文本等。也就是说，东巴史诗中的文本不是单一的书面文学文本，而是多元形态的、动态的、复合型文本。对这些多元形态的文本进行全面的深描、阐释，才能更接近东巴史诗文本的本来样貌及本质特征。譬如从音乐文本视角切入，我们注意到东巴史诗不是念念有词，而是在不同唱腔及乐器伴奏下进行演述的。那我们应该重视研究史诗与音乐旋律、节奏、结构的关系，要考虑到字、词、句、段、篇与音乐曲体的关系，并顾及音乐的音高、时值、重音、韵声。在田野现场中观察不同东巴、不同地区东巴的演述风格，是用一种唱腔、旋律演述到底？还是在不同段落有不同唱腔？吟诵与吟唱，独唱与合唱，伴奏与无伴奏是在什么情境下发生的？等等。这样的东巴史诗音乐文本可能更接近东巴史诗演述的本真性原则，这也意味着民族音乐学的介入。

就东巴史诗的文本形态而言，口头与书面文本并非单向度的进化发展关系，更多的是体现出互动共融的多维发展形态。口头文本为书面文本提供了取之不竭的书写资源，书面文本又保存了不同时期的口头传统，继承、发展了口头文本的优秀传统，二者始终处于不断转换互融的过程中，并一同沉淀生成了特定

---

[1] 冯契主编：《哲学大辞典》（修订本），上海辞书出版社，2001，第1533页。
[2] 朝戈金：《口传史诗诗学：冉皮勒〈江格尔〉程式句法研究》，广西人民出版社，2000，第15页。

的叙事传统。正如洛德所言:"无论口头的抑或书面诗歌,都拥有其权威性,都是一种艺术的表达,我寻找的并非某种裁决,而是理解。"[1]

四、不同文类比较维度

东巴史诗在民俗学范畴上可归纳到口头民俗学中。王娟把口头民俗学分为叙事类(神话、故事、传说)、语言类(谚语、谜语、歇后语)、音韵民俗学(民歌、民谣、故事歌、史诗)。[2]东巴史诗涵盖了叙事类及音韵民俗学这两大类,主要有东巴神话、东巴史诗、东巴故事、东巴传说四大类别。这些不同文类还可以再进行细化,如东巴神话可分为创世神话、造物神话、镇妖神话,东巴史诗可分为创世史诗、英雄史诗、迁徙史诗等。这些不同文类之间既存在着相对独立的关系,也有着相互联系的关系。一般来说,神话是东巴史诗最典型的叙事特征,是整个东巴史诗的基座,东巴史诗、东巴故事、东巴传说中都带有浓厚的神话色彩。东巴神话是东巴史诗的母体,东巴史诗中的叙事主角也是以神灵为主体,只是在文本的修辞、体裁方面与神话不同,史诗属于韵文体的叙事长诗,其叙事内容与民族的重大历史密切相关,而且也融合了东巴故事、东巴传说,乃至谚语、歌谣等其他不同文类。东巴故事、东巴传说在某种意义上属于东巴神话的变体,譬如东巴史诗中的洪水神话、创世神话演变成散文体的故事体裁,有些东巴神话、东巴史诗在民间流传过程中也会流变为故事或传说;反过来,有些民间故事、传说经过东巴的创编、加工而成为东巴神话或东巴史诗。《全集》中不少东巴经典的名称被标为"故事"或"传说"的缘由也是基于这一文类的相互转化。《洪水滔天》《崇仁利恩的故事》《三多的传说》《达勒·乌萨命的传说》至今仍在民间流传,在东巴经中也有记载,说明它的源头在民间。但这些传说一旦进入东巴经典后,虽然故事情节大同小异,但其修辞、风格方面已经发生了很大的变化,由散文体演变为韵文体,更有利于发挥口头艺术表现力。而东巴叙事长诗《鲁般鲁饶》与上面情况不同,它对民间叙事文

---

1 [美]阿尔伯特·贝茨·洛德:《故事的歌手》,尹虎彬译,中华书局,2004,第176页。
2 王娟编著:《民俗学概论》,北京大学出版社,2002,第49页。

类的影响要大于民间叙事文类对它的影响。纳西族民间叙事民歌长调《尤悲》（民间又称为《殉情调》）就是受《鲁般鲁饶》影响而形成的。

这说明，东巴神话、东巴史诗、东巴故事、东巴传说乃至民间叙事传统之间是一个你中有我、我中有你的互文互构关系。但这些不同文类之间是如何实现互构互文的，在不同时空条件下它们之间的关系又是如何。不同叙事主体对文类的影响效果如何，如一个水平比较高的大东巴与一个水平一般的东巴，他们处理同一个文本的结果是否不一样。前者往往能够把东巴故事、东巴传说创编成韵文体的东巴史诗，而后者往往把东巴史诗变成散文体的故事或传说，这种由于东巴能力水平差异带来的文类差异又与特定的东巴史诗的文化语境、文化区域存在着内在的关联。纳西族民间有句俗谚："讲古讲不过东巴。"说明了东巴掌握民间叙事传统的全面性与丰富性，这也会折射到东巴史诗文本中。所以，对东巴史诗中的不同文类进行比较、综合研究，有利于揭示东巴史诗要素之间的辩证关系及叙事文本生成规律。

五、不同文化类别的比较维度

东巴史诗不只作为文学存在，还作为传统而存在，作为信仰而存在。它不只是用来阅读的，更多是通过参与体验来获得精神和信仰的满足，具有疾病治疗、族群认同、调适社区关系等多元文化功能。所以我们对东巴史诗进行整体性研究时，必须考虑到东巴神话、东巴史诗是与民间歌舞艺术、宗教信仰、民俗事象、历史事件、经济形态等不同文化类别共融共生的。这些不同文化类别构成了东巴文化的活水之源，也只有通过这样的文化整体性研究，东巴史诗这条鱼才能鲜活地展现在人们面前。

东巴史诗与不同文化类别之间的比较及综合研究，也有助于我们对习焉不察的文学理论进行反思，对推动文学学科建设也有裨益。譬如我们一谈到民间文学的创作主体时往往以集体性、匿名性、人民性来作说明，这一特点在民歌的创编与表演过程中表现得最为突出，在歌手之间的相互即兴对答中，你一句，我一句，歌词往往是根据现场情境临时填配，而歌调是传统形成的，这种口头即兴演述转瞬即逝的特点加大了创作者创作的难度。但应该看到，这种笼统的界定在一定程度上抹杀了杰出民间艺人、传承人的突出贡献。甚至直到今天，我们认为的"集体创作"的民间文学、艺术作品是与具体的"个人"联系在一起的。从纳西族民间长调而言，至今一些喜好民歌的纳西族民众仍对和文修的《三月和风吹》、和锡典的《狱中调》耳熟能详，和顺良创作的长达700余行的长诗《诉苦调》至今仍留存于世。笔者在调查中发现，民间仍有新的东巴经籍在不断"创作"：和力民根据传统东巴经典创编的祭三多神、纳西族成人礼的东巴经籍；和继先把俄亚、三江口一带的东巴经典名篇及民歌名句融合到新创作的东巴经籍中，并在仪式中予以应用，《祭谷神》是其中具有代表性的一本，更布塔东巴也创编了《祭三多》《劝善经》等新东巴经。

  东巴史诗的观众是些什么人？我们一般都会自然而然地指向叙事者所在的村落、家族、家庭，但在现场我们发现，东巴们演述东巴经时，真正能够自始至终地听完的观众微乎其微，尤其是在现代性冲击的语境下，东巴叙事似乎成为一种自我言说。其实，东巴们的演述行为不只是给活人看的，也是给看不见而又"真实存在"的神灵鬼怪看的，或者说，这些神灵、鬼怪也是叙事场域中不可或缺的受众。朝戈金在研究苗族史诗《亚鲁王》时这样说："《亚鲁王》具有类似'指路经'的社会文化功能，由此决定了史诗演述的主要功用不在于娱乐民众，而在于为亡者唱诵，成为苗民生死转换不可或缺的一个'关捩点'。进一步说，对于恪守传统的苗族民众而言，在葬礼上演述《亚鲁王》绝不是一个可有可无的'故事讲述'活动，而是与他们的宇宙观与生活世界紧密联系在一起，是每个人不可或缺的人生仪礼。"[1]这也深刻阐明了研究史诗与不同文化类别进行比较研究的必要性，这不仅是由史诗本身的特点所决定的，也是学科可持续发展的必然要求。

六、多民族史诗比较维度

  任何一个民族的文化都是在"他者"与"我者"的互动中生成发展的。"他者"既包括了不同的民族、地区、国家，也包含了不同的经济类型、自然环境、

---

[1] 朝戈金：《〈亚鲁王〉："复合型史诗"的鲜活案例》，《中国社会科学报》2012年3月23日，第4版。

社会制度、文化传统。方国瑜认为，纳西族源于西北地区河湟流域的古羌人。[1]从历史上来说，古羌人是一个庞大的族群集团，现代语言谱系上的藏缅语族基本上与古羌人存在着千丝万缕的联系，从更小的范围而言，纳西语与彝语支、羌语支民族关系更为亲密。孙宏开认为纳西语最早是从彝语支分化出来的一个语言，属于介乎彝语支与羌语支之间的语言。[2]这两个语支的民族包括了彝、哈尼、傈僳、拉祜、基诺、怒、羌、普米等众多少数民族。从地域而言，从西北河湟流域的草原、戈壁进入西南高原山地，经历了游牧、畜牧、农耕等不同经济形态。这些同源异流的不同民族文化、地域文化、经济形态层累地作用于东巴史诗，并通过叙事文本内容反映出来。如果我们对这些与自身民族文化有过亲密接触、产生了深层影响的他者文化视而不见，则往往陷入"只见树木，不见森林"的短视怪圈中，难免自说自话，有失偏颇。"东巴"是外来词汇，系藏族本教融入东巴教时带来的专有名词，源于本教教主"敦巴辛饶弥沃"的简称，在东巴教中又称为东巴什罗或丁巴什罗。东巴教中的大部分神灵是从本教中吸收进来的，可以说没有本教的影响，便不可能形成东巴史诗。在民间对东巴一般称为"补崩"（bbiu bbiuq），为"吟诵""口诵"之意，无独有偶，藏缅语族中很多民族对民间祭司的称呼皆有相似称呼，如彝族的毕摩中的"毕"，也是"念诵"之意，摩是指长者，傈僳族的祭司称为"必扒"；哈尼族祭司则称为"呗摩""毕摩""贝玛""莫批"；羌族祭司称为"释比"；拉祜族祭司称为"比摩"，皆有"吟诵者"之含义。这些祭司在本民族的传统文化创造及传承过程中起着举足轻重的作用，至今仍以顽强的生命力延续着传统文脉。

这些具有亲缘关系的民族基本上都保留了以自然崇拜、祖先崇拜、神灵崇拜为主要内容的巫教文化，具有父子联名制、送魂路、迁徙记忆、重卜好巫、二次葬、敬天法祖等诸多文化共性。纳西族的始祖神称为"阿普笃"，彝族始祖称为"阿普笃慕"，羌族的天神称为"阿巴穆都斯"，这里的"阿普""阿巴"都是指爷爷、先祖，核心词是后面的"笃""都"，从中反映了民族共源的历史文化信息。至于叙事传统文本中类似的故事主题、情节、母题也比较多，如纳西族与彝族的创世神话里都有横眼睛为善、竖眼睛为恶的描述。马学良在楚雄

---

1 方国瑜编撰：《纳西象形文字谱》，和志武参订，云南人民出版社，2005，第1页。
2 孙宏开：《纳西语在藏缅语族语言中的历史地位》，《语言研究》2001年第1期。

彝族地区搜集到的创世神话与纳西族的《崇般图》更是惊人的相似，包括最后的结尾——人类先祖从天上娶了天女回到人间，生下了三个儿子，一开口就说出了三种不同的语言，由此形成了三个民族，纳西族神话中把三个民族说成与之相邻的藏族、白族、纳西族，楚雄彝族则说成彝族、汉族、白族。[1] 石林彝族支系撒尼人的"阿诗玛的传说"与纳西族的"阿萨命的传说"，不管是主人公的名字，还是故事情节都有惊人的相似。这说明，如果没有这个横向的其他民族之间的比较研究，则无从寻找到民族文化之根，也找不到自身叙事传统的历史成因。

多民族之间的叙事传统比较研究，除了要重视与本民族亲缘关系较近的民族外，也要与亲缘关系较远，甚至没有亲缘关系的民族进行深入的比较研究，因为文化共性不只民族性一个成因，地缘共性也是不可或缺的重要因素。这在南方民族的叙事传统中得到了充分的体现，南方少数民族大多居于山地间，以农耕为主，历史上受中原文化影响较深，同时都保留着自己的原生宗教。[2] 南方民族叙事传统都具有仪式叙事、神话叙事的特征。这说明除了民族间的文化传播带来的影响因素外，共同的地域特征、经济形态、国家观念也是促成文化共性的重要原因。而北方民族的叙事传统则与草原文化、游牧经济、战争英雄有着紧密的联系，其神话叙事多以英雄叙事、战争叙事为主，与南方的创世、迁徙形成鲜明的对比。

古希腊神话则带有海洋文化的特征，其神话叙事突出了人神同性的人本主义色彩，以《荷马史诗》为代表的史诗源于对城邦战争中涌现的英雄进行歌颂的赞美诗，并经过上千年不断的加工锤炼而成为具有典范意义的英雄史诗。从亚里士多德、柏拉图开始到现当代的帕里、洛德，历经两千多年，对这部作为西方文学之源的巨著进行了不间断的研究，由此建立了宏大的史诗研究的理论大厦。我们研究各民族的神话、史诗离不开理论指导，正所谓"他山之石，可以攻玉"。不了解西方的神话学及史诗学理论传统，无以对自身的神话、史诗

---

[1] 杨继中、芮增瑞、左玉堂编著：《楚雄彝族文学简史》，中国民间文艺出版社，1986，第49—50页。
[2] 此处以"原生宗教"替代传统的"原始宗教"名称，主要借鉴了金泽的研究成果，他认为原生宗教包括了一般所说的"原始宗教"，原生宗教是在长期的历史发展过程中，在民众中自发产生的一套神灵崇拜观念、行为习惯和相应的仪式制度。参见金泽《能否和谐发展：民间信仰面临的挑战与选择》，《福建省社会主义学院学报》2006年第1期。

进行有效的研究。我们承认东西文化的巨大差异性，但这个差异性是与文化共性相对而言的，作为人类共有的文化遗产，人类社会都经历过神话及史诗时代，而且作为同一个文类，在内容及形式上皆有相似性。神话的神圣性叙事、史诗的韵文体形式及重大文化体积等文类共性特征为不同民族、地区、国家间的叙事传统进行比较研究提供了前提条件。毋庸讳言，以西方理论观照中国各民族的叙事传统，不能生搬硬套，必须与中国各民族叙事传统的实际相结合，在理论实践过程中，必然会有不同程度的理论不适或排斥反应，而这恰好是促进学科理论发展的生长空间及动力所在。[1]

小结

综上所述，我们清晰地看到东巴史诗的多观研究范式带来的两个转向。

首先，从文本转向田野，由此意味着静态文本转向动态文本，从书面文本转向多模态文本。上述的关于东巴史诗六个不同方面的比较研究都离不开田野民族志书写。东巴叙事文本的确定，不同于以往单一的根据访谈人口述材料的整理与创编，而是通过具体的仪式表演与口头演述中确定文本的内容、类型、功能；同一文本或不同文类在不同时空中的转换生成，与具体的文化语境、日常生活、传承习惯密切相关；也只有基于对诸多"这一次"仪式叙事活动的田野考察，才能建立起较为丰富、全面的叙事文本，有利于从更大的历史视野与学科范畴中揭示叙事传统的文化意义与学术价值。

其次，从文学研究转向文化研究，即跨学科研究。跨学科研究既是研究对象本身特征决定的，也是学科可持续发展的内在要求。东巴史诗并非单一的口头或书面叙事文本，还包含了仪式叙事、音乐叙事、舞蹈叙事、绘画叙事等多模态叙事文本形态，这种多模态叙事特征意味着必须摒弃单一的、机械的文学研究模式，需要从多学科、多元视角的理论及方法论进行研究。朝戈金认为："民间生活中的美学法则和艺术规律是统一完整的，呈现在不同的文学艺术门类中，便带来了不同的面貌，如造型艺术、表演艺术、语言艺术等，虽然表现形

---

[1] 杨杰宏：《东巴叙事传统的研究范式与多维观照》，《民族文学研究》2020年第2期。

式看起来不同,但内部规则是一个。"[1]研究东巴史诗不仅仅只是为"弘扬东巴文化"而服务,更在于通过东巴史诗的多学科、多视角研究,揭示东巴史诗、东巴神话、东巴口头传统的发生、发展形态、概念特征、传承内因、演述方式、文本构成,进而为神话学、史诗学、口头诗学、民俗学等多元学科的可持续发展提供有益的理论动力。这种多元化研究维度的整合趋势加快了各少数民族的叙事传统研究与国家乃至全球性文化研究相融合的进度与深度。这不只是多民族叙事传统研究的新路径,也是口头诗学、民族文学、民族音乐学、民俗学、人类学等多元学科的学术生长点。

基于以上的综合分析,东巴史诗研究过程中要尽量避免上述不足及问题,努力改变东巴史诗研究"西重东轻""重内轻外""共时性研究不足""交叉学科研究不足"的状况。首先是通过图片、声音、视频、文字的四对照方式对这两省范围内至今仍流传的东巴史诗进行搜集,建立东巴史诗数据库;二是对搜集来的具有代表性的东巴史诗文本通过四对照(东巴文、国际音标、纳西拼音、汉文)的方式进行翻译整理;三是把东巴史诗置于具体的仪式语境、民俗传统及民众的生活世界中予以记录与解读,把东巴史诗与仪式、民俗与民众的生活作为有机的整体进行研究,并对与东巴史诗相关的史诗文本、叙事传统、口头程式、传统服饰、传统音乐、传统绘画、传统禁忌、文化变迁、语言艺术,以及与其他民族的关系等方面进行专题研究;四是基于口头诗学、民俗学、表演学、语言学、艺术学、民族志等学科理论,对东巴史诗的史诗文本、程式特征、深层结构、传承传播、演述模式、仪式叙事进行深入的分析研究,建构东巴史诗分类体系及民族文学的自主知识体系。

---

[1] 朝戈金:《新时代少数民族文学研究——机遇和生长点》,《人民政协报》2018年12月03日。

第二章

空间研究

如果早期东巴一开始接触到汉字与藏文，就不会有创制东巴象形文字的动机，毕竟汉字与藏文比东巴文要成熟得多，使用上更为便捷实用。如果纳西族一开始就受到儒释道的长期濡染，东巴教就不可能一直延续至今，东巴史诗也就湮没于历史洪流中了。为什么同样的东巴史诗演述，丽江坝区与迪庆州三坝乡、宁蒗县拉伯乡三地的东巴唱腔各有不同，包括东巴字、经文、仪式也存在诸多不同。上述诸问题的答案首先在于东巴文化生存发展的生态环境。东巴文化生存的自然环境多为云贵高原与青藏高原相交汇的高山峡谷间，这些独特的地理环境造成了相对独立又封闭的生存空间。纳西民歌这样唱道："眼见金沙江，却无煮茶水。"可以隔山对唱情歌，要相见得费一整天。至今东巴文化仍残存于偏僻的山村，也是与这种与世隔绝的地理环境限制密切相关。这种封闭的地理环境导致了其经济文化发展相对滞后，从而使东巴教文化长期徘徊于原始宗教与人文宗教之间，始终没能完全迈进人文宗教的门槛。加上不同纳西族地区受周边不同民族文化影响，使东巴文化及史诗形成了不同的地域特色。东巴教受藏族本教、藏传佛教影响，与纳西族历史上长期与藏族毗邻而居，且受吐蕃王朝统治的历史有内在关系。当然，外来文化影响属于民族传统文化得以发展创新的外因，本土文化传统及历史构成了民族文化发展的内因。从广义层面而言，与东巴史诗相关的文化空间涉及自然环境、本民族人文环境、周边外来文化环境。这些自然环境与人文环境共同作用于东巴史诗，并从具体的民俗活动及仪式演述中体现出来，形成了演述空间。

第一节 东巴史诗的演述空间与自然环境

一、演述空间的概念及范畴

东巴史诗的空间主要指演述空间,即东巴史诗进行表演、叙述的物理空间与人文空间。演述空间是指定期或不定期举行传统文艺表演与叙述的空间场所。"演述空间"融合了演述与文化空间两个概念。"演述"是对英文单词"performance"的翻译,一般译为"表演"。笔者在此引用了巴莫曲布嫫的译名——"演述",主要考虑到演述对象——史诗在仪式中的吟诵或乐器伴奏吟唱,具有表演与叙述两个文化功能,演述更能突出史诗的叙事表征。[1] 巴莫曲布嫫把演述概念引入史诗语境研究中,构拟出了"演述场域"的新概念。"演述场域"包含了"语义场""表演舞台""场域"(fields)的概念所指,"演述场域与叙事语境有所不同,但也有所联系。后者是研究对象的客观化,属于客体层面;前者是研究者主观能动性的实现及其方式,属于主体层面"[2]。"演述场域"概念范畴比"叙事语境"要小,更切合史诗演述的现场性、表演性、叙事性等特点,避免了"语境"概念过于宽泛之弊。但从文化空间的视角来看,"演述场域"的概念无法覆盖史诗的文本范畴。因为史诗文本的来源既有来自仪式现场——史诗的演述场域内的,也有来自演述场域之外的,如自然环境、村落环境、人文

---

[1] 巴莫曲布嫫:《叙事语境与演述场域——以诺苏彝族的口头论辩和史诗传统为例》,《文学评论》2004年第1期。

[2] 同上。

环境、文化传统。即一部史诗的演述表象上看是现场完成的,但与其生存的自然环境与人文环境密不可分,这就是"一方水土养一方人"的道理。由此史诗演述的场域指向了一个更大的空间——文化空间。

"文化空间"的概念有广义与狭义之分,广义来说主要包含三个方面:一是特指按照民间约定俗成的传统习惯,在固定的时间内举行各种民俗文化活动及仪式的特定场所,兼具时间性和空间性;二是泛指传统文化从产生到发展都离不开的具体自然环境与人文环境,这个环境就是文化空间;三是在一般文化遗产研究中,文化空间还作为一种表述遗产传承空间的特殊概念,"可以用于任何一种遗产类型所处规定空间范围、结构、环境、变迁、保护等方面的,因而具有更为广泛的学术内涵"[1]。狭义的文化空间概念与非物质文化遗产的分类有关。2005年,我国根据联合国教科文组织颁布的《保护非物质文化遗产公约》,制定了《国家级非物质文化遗产代表作申报评定暂行办法》,其中第3条中把"文化空间"作为非物质文化遗产的一个基本类别,并定义为"定期举行传统文化活动或集中展现传统文化表现形式的场所,兼具空间性和时间性"[2]。

就"非遗"视域下的"文化空间"而言,只有此类定期定点举行的东巴仪式才符合此定义。这一类仪式主要有祭天仪式、祭三多神仪式、祭村寨神仪式、祭署神仪式、祭祖仪式等。这样一来就把大量不符合此定义特征的东巴仪式排除在外,人为地切割了东巴文化及东巴史诗的整体性。所以本书中的"演述空间"不仅仅指"定期举行传统文化活动或集中展现传统文化表现形式的场所",也涵盖了非定期举行传统文艺表演与演述的空间场所。

二、东巴史诗的演述空间

基于此,本章的"演述空间"融合了"演述"与广义的"文化空间"两个概念。"演述空间"的概念范畴可分为自然环境(自然地理层面)、人文环境(文化背景层面)、仪式环境(仪式演述层面)。具体而言,东巴史诗的演述空

---

[1] 郭玉成:《中国武术传播论》,复旦大学出版社,2008,第224页。
[2] 《国务院办公厅关于加强我国非物质文化遗产保护工作的意见》,国办发〔2005〕18号。

间大致可以分为以下四个方面。

一是东巴史诗赖以生存发展的自然环境,即自然地理空间;二是东巴史诗得以产生、发展、演变的人文环境,即传统文化空间;三是东巴史诗得以发生、传承的仪式空间,包括固定仪式与非固定仪式。固定仪式指在固定的时间内举行各种史诗演述活动及仪式场所,如祭天仪式、祭署仪式、祭村寨神仪式、祭素神仪式、退口舌是非仪式等,与民俗概念中的"岁时节日"相类似,更突出东巴史诗的时间性及空间性特征;非固定仪式是指在非固定时间内举行的东巴史诗演述活动及东巴仪式的场所,如延寿仪式、丧葬仪式、禳灾仪式、除秽仪式等,具有人生礼仪与宗教治疗的性质;四是东巴史诗中的神灵空间,即神灵鬼怪居住、活动的空间,相形于自然空间、人文空间、仪式空间、神灵空间属于非物理空间,与先民的宇宙观、宗教观有内在关联,如东巴神灵空间分为上(天神)、地上(人间、自然界)、地下(鬼怪),人类与自然神同居一个空间。因东巴史诗的人文环境、仪式空间、神灵空间所涉及内容较多,将作为单独章节专门阐述。

三、东巴史诗的自然环境

东巴史诗的自然环境也就是纳西族所居住的地理环境。从地理区位而言,纳西族居住的地理环境主要以云南省丽江市为主,其次在云南省迪庆州、四川省凉山州、西藏的昌都地区有少量分布,其主体民族在丽江市范围内,处于云贵高原台阶中的中间一层,地势上呈现出西北高、东南低的趋势,处于云南西北地区、康巴藏区、四川西部的结合部。这一滇川藏交汇区域也是青藏高原、云贵高原、四川盆地的交叉地区,境内玉龙雪山、哈巴雪山、碧罗雪山、白马雪山、贡嘎雪山等众山犹如玉笋排立,白光茫茫、寒气森森;金沙江、澜沧江、怒江、雅砻江、无量河等大江河夹贯于巍巍群山间,破山而行,惊涛裂岸。在这样雄奇恢宏的地貌中,既有雪域高原、横断山区的畜牧生态,也有河谷、盆地、游牧或半游牧的农业生态,造成了纳西族文化生态的多样性。独特的地理区位——滇川藏结合部、西进世界屋脊之门、滇西北区位中心,使丽江自古就成为南方丝绸之路与茶马古道上的重镇。隋唐时期在丽江塔城境内金沙江上建造铁桥的史实,不仅表明当时这一地区的冶炼技术和建桥技术达到了先进水平,也说明这一地区的商贸活动已十分活跃。

丽江历来均为滇川藏文化三角交汇区中心地,处于藏文化、汉文化、白族文化等多种文化的交汇地,纳西族民众利用这一独特的地域特征,融合多元文化而形成了自己独特的民族文化。杨福泉论及纳西族文化多元性特征因素时,对这种自然环境因素做了分析:"纳西族上述文化习俗的多样性是由不同的自然和人文地理环境、社会制度和历史文化变迁诸因素促成的,任何一种文化习俗的形成,都与具体的政治制度、历史事件以及在外因和内因的影响下发生的文化变迁等分不开。纳人的母系制和'暮合晨离'的'阿夏'走访习俗是绝对不可能保留到现在的。四川省木里县俄亚乡纳西族保留至今的一夫多妻和一妻多夫及'阿达'多偶婚恋习俗,与这一区域的封闭环境、主流文化的冲击轻等因素亦密切相关。俄亚和云南中甸县(现为香格里拉市)三坝乡纳西族相对保留了较多的传统文化习俗和特色,东巴教的信仰及其仪式活动在那里至今仍然比较活跃,这亦与这两个区域相对封闭,受外来文化的冲击和影响较轻有密切的关系。"[1]

当下东巴史诗文化生态保存较好的迪庆州香格里拉市三坝乡、丽江市宁蒗县拉伯乡、凉山州木里县俄亚乡、依吉乡也是如此,尤其是拉伯乡、俄亚乡、依吉乡近年才通达硬化公路,其居住地多为山区,很少有平坝,四周为汹涌江河与陡峭高山所隔绝,导致长期与外界交通困难,致使地方经济长期处于发展滞后阶段,加上历史上频繁的战乱仇杀、自然灾害,加剧了贫困状况。在这种巨大的自然力与历史破坏力威胁下,为东巴教的保存与发展提供了良好的避风港。

这种不同的自然环境也带来了包括东巴史诗在内的东巴文化的文化差异性。从东巴舞来看,丽江坝区的东巴舞动作幅度大,风格舒朗开放,多集体舞蹈,而无量河流域的东巴舞动作幅度相对要小,风格内敛,多个体性舞蹈。这与两地的地理环境条件密切相关:无量河流域多山区,场地狭窄,直接制约了东巴舞动作幅度及风格;丽江坝区多为平地,场地较为宽敞,从而使舞蹈有了更为宽广的发挥空间。就东巴象形文字及其东巴经典来看,无量河流域保留的"原

---

[1] 杨福泉:《纳西族文化史论》,云南大学出版社,2006,第16—17页。

生态"文化明显要多些,而丽江坝区的东巴文、东巴经典的变化程度、发展形态要高些,甚至从东巴文基础上发展出了字体更为抽象、书写更为便捷的哥巴文,到民国时期,手抄东巴经书已经向雕版印刷发展,东巴庙与东巴文化学校已开始筹建,这与两个地方的地理环境及经济社会发展程度有着直接关系。

第二节 东巴史诗的人文环境

一、周边人文环境

在东巴经中经常提到拉萨藏族兄长居住在北边雪域,白族小弟居住在南方牧羊道边。纳西族与藏族、白族为三兄弟关系的说法源于东巴创世史诗《创世纪》。[1]显然,史诗中的这一说法源自历史上纳西族居住地区的周边民族关系。学术界一般认为东巴文字创制于唐宋时期,而这一时期,纳西族居住区域周边以藏族、白族为主,历史上曾一度为吐蕃、南诏、大理国等民族国家政权所统辖。所以东巴经所描述的周边人文环境与这一特定的历史相吻合的。到明清以后,纳西族周边人文环境发生了巨大的变迁,形成了当下的多民族环居格局:纳西族所居住区域的北边为藏族文化圈,南边为大理白族文化圈,西边为怒江傈僳族文化圈,东北边为大小凉山彝族文化圈,东边为永胜、华坪一直到川西的汉族文化圈。从历史上看,纳西族文化与藏族、白族、汉族文化圈的交流互动频繁,受到的影响也较为深远。

(一)北部人文环境:藏文化圈

藏族世代居住于号称"世界屋脊"的青藏高原,藏区雪峰林立,大江奔流,其间散布着盆地、草甸、河谷。青藏高原地区,包括西藏地区、甘南藏区、青海藏区、川西藏区和滇西北藏区。这里,由于其特殊的地理条件形成了一个雪

---

[1] 纳西族东部方言区摩梭人的创世史诗《子土从土》则把三兄弟说成纳人、藏人、汉人。这与摩梭人所居住环境中的民族有关。

域文化圈。整个藏民族的文化传统、风俗习惯、心理结构、精神面貌、行为方式等就是在以上这样的自然地理环境中产生发展起来的。青藏高原特殊的自然地理条件，决定了青藏高原以畜牧业为主、农业为辅的经济特点，并由此孕育了以本教、藏传佛教为代表的宗教文化，以《格萨尔》为代表的民间游牧文化。

　　青藏高原西南部的西藏，总体地形构造是西北高、东南低，由西北逐渐向东南倾斜。"西藏这种地处东亚地形板块的最西端、面向内地并向内地倾斜的地形构造，使它在地理单元上天然地与自己的祖国成为一个整体。"[1]松赞干布统一西藏高原各部，建立了吐蕃王朝，并随即向其四周广大地区展开了强大的武力扩张，这种扩张持续了近200年时间，它不仅使吐蕃王朝一度成为统治疆域极为辽阔、势力空前强盛的高原王朝，而且吐蕃王朝的扩张也对中国的历史，乃至南亚和中亚的历史产生了极为深远的影响。同时，可以认为，正是吐蕃王朝对外进行的这种强有力的扩张，极大地改变和发展了西藏文明自身的成分并导致了西藏文明东向发展趋势的形成。吐蕃王朝灭亡后，西藏历史进程虽处于一种缓慢发展的状态，但是自吐蕃王朝以来业已形成的西藏文明东向发展趋势却并未因此而中断。相反，在这一时期，西藏的文明仍然继续保持了其东向发展的趋势。所不同的是这一时期，西藏文明的东向发展已不再以一个统一政权的武力扩张方式进行，而是采取了区域性的、民间的、文化和种族的自然渗透与融合的方式进行。[2]丽江地处藏区东区方位，唐朝时期处于吐蕃、南诏国、唐王朝三大政权之间，吐蕃势力强大时丽江首当其冲成为征服对象，曾受其统辖百余年，这一时期也是本教对东巴教影响最深刻的历史时期。而后期更多是经济、文化、宗教交流的影响层面更大些。

（二）南部人文环境：大理文化圈

　　丽江的南边是大理文化圈，历史上曾建立过南诏、大理国两个民族政权，其势力范围远大于现在的大理白族自治州。现大理州地处云南省中部偏西，东邻楚雄州，南靠思茅、临沧地区，西与保山地区、怒江州相连，北接丽江地区。大理地处云贵高原与横断山脉结合部位，地势西北高、东南低。地貌复杂多样，

---

[1] 石硕：《西藏文明东向发展史》，四川人民出版社，1994，第48页。
[2] 同上书，第25页。

点苍山以西为高山峡谷区。点苍山以东、祥云以西为中山陡坡地形。境内的山脉主要属云岭山脉及怒山山脉，点苍山位于境内中部。在漫长的历史岁月中，大理曾有着显赫的地位和作用。秦、汉之际，大理是"蜀身毒国道"（从四川成都经云南大理、保山进入缅甸再通往印度）的必经之地，这条通道，对促进大理地区和内地的联系、促进中国和东南亚诸国友好往来和经济文化交流起着重要的作用。大理古城南诏，大理国历唐、宋两朝，达500余年，使云南形成了一个稳定的政治统一体，奠定了中国的西南边疆的统一基础，推动经济文化迅速发展。南诏、大理国的势力范围北至四川盆地西南的横断山脉，南至缅甸、老挝、越南北部的高原地带。当然它的政治中心都是位于金沙江以南的云贵高原，或者说是洱海、滇池、大理、昆明一线。应该说，西南地区的民族对于自己成立的政权更有认同性，或者也可以说土著民族成立的政权对其他相似地缘条件上的民族更为了解。因此南诏、大理国基本统一了横断山脉南部地区（北部不属于亚热带地区，青藏高原上的民族占有优势）、云贵高原以及中南半岛北部的高原地区。[1] 南诏、大理国强盛时，丽江被纳入其统治辖区，其文化也渗透到纳西族地区。值得注意的是大理地区在南诏时期深受中原文化影响，并深刻改造了大理地区民族文化，使其染上了浓郁的华风，而这种华风自然传播到纳西族地区。可以说元明之前的汉文化主要是通过大理地区传播进来的。元朝建立后丽江纳入中央政权统一版图，汉文化成为主流文化，形成了从上到下的文化传播路径，但传统的文化影响格局仍在发挥作用。如明清时期的洞经音乐、建筑、饮食、农耕文化皆受到大理文化的深层影响。

（三）东部人文环境：藏彝走廊文化

丽江东边民族情况复杂，东北部为康巴藏区及彝族分布区，东边为川西汉文化圈。这一区域处于云贵高原与青藏高原交汇处，群山、峡谷间横贯了雅砻江、岷江、大渡河、金沙江等大江。其地理环境、气候条件虽不如青藏高原险恶，但因崇山峻岭、群峰并峙、江河切割，与外界交通极为不便，形成相对封闭的地理格局。丽江东北部因属历史上藏彝走廊区域，藏语支、彝语支内的各民族在此依江附险，互不统摄，形成了经济、文化、政治相对独立又多元并存

---

1 何金龙：《南诏、大理：苍山洱海间的文明》，《中国文化遗产》2008年第6期。

的文化空间。但因这一区域与邻近的四川盆地接壤，与中原汉文化有着长期交流互动的关系，同时这一区域在历史上受到中央王朝的深刻影响。现丽江所在的地理范围在战国时属秦国蜀郡，汉属越嶲郡，三国属云南郡，南朝为遂段县，唐时曾为姚州都督府地，后归属吐蕃，为神川都督府地，神川铁桥大战后，改属南诏地，称桑川，属剑川节度。宋为大理善巨郡地，忽必烈南征大理，至元十三年（1276）改为丽江路。此后，丽江与大理、藏区都统一到元、明、清的中央王朝版图中。虽然中央王朝也出现过蒙古族、满族建立的王朝，但与丽江相邻的川西区域受汉文化影响深远，一直是汉文化向西传播的主要根据地。如康巴藏区处于汉藏之间，受到两种文化的浸润，其文化也体现出藏、汉文化等多元文化融合的特色。历代中央王朝也在这一区域中扮演了极为重要的历史角色，南诏、吐蕃两大民族政权的崛起、发展时期与唐王朝大致相当，所以三者之间的关系也呈现出互动、消长态势。吐蕃、南诏的东部皆为以中原文化为核心的唐王朝，在地缘上一直比邻而居，历史上的经济、文化一直相互交流往来，在族源、语言、文化、宗教上也存在着诸多文化共性；另外，中原文化所秉承的"天人合一""协和万邦""舍生取义"、"自强不息""厚德载物""中庸之道"等思想观念对这一区域以及西南各民族的价值取向、文化认同影响深远，由此深化了区域内的国家认同及中华民族文化认同；中原文化的人口、经济、政治、文化、军事等发展优势也对周边各民族有着强大的辐射力和吸引力。唐王朝后期，吐蕃、南诏渐趋于衰落，直至覆灭。虽然大理国继承了南诏的大致疆域，但其势力范围不抵南诏时期。此时期北部的吐蕃王朝分崩离析，地方割据政权彼此争战，再也无力扩张势力范围；南诏之后，大理国也陷入了政权更迭频繁的混乱之中，自顾不暇。而东边的宋王朝也穷于应付日渐崛起的北方辽金游牧民族，无力经略西南，"宋挥玉斧"，把大渡河以西的区域划出了其统治版图，纳西族由此获得了一个难得的发展时机。方国瑜指出，"故自南诏以后，么些之境，大理不能有，吐蕃不能至，宋亦弃其他，成瓯脱之疆，经三百五十年之久"[1]。这一时期丽江周边的不同势力集团的政治、军事影响力大为削弱，在客观上促进了民族间的经济、文化交流，推动了不同文化圈内部联系与整合。南宋时期形成的茶马互市反映了这一发展趋势。

---

[1] 方国瑜：《么些民族考》，林超民编《方国瑜文集》（第四辑），云南教育出版社，2001，第8页。

(四)纳西族人文环境的内部差异性

纳西族所居住区域内高山峡谷、大江大河切割形成了相对封闭地理空间,加上历史上为不同民族政权所统治,至今纳西族居住区域仍为不同行政区域所区隔,由此造成了内部文化差异性,对民族文化整合也带来了诸多消极影响。三多节成为纳西族法定的国家节日,这一传统节日于2021年列入国家级"非遗"项目。三多神作为玉龙雪山的山神,在金沙江以南的纳西族西部方言区民众间有着深厚的文化影响,但对于金沙江以北的三坝、无量河流域、泸沽湖区域的其他不同支系而言,三多神并不属于他们信奉的主神,因为这些不同区域的纳西族所敬奉的神山是不同的。三坝乡的哈巴村奉哈巴雪山为神山,白地村奉白水台为神山,东坝村奉格初初为神山,泸沽湖区域奉格姆山为神山,盐源坝境内奉柏林山为神山、盐源县前所则奉普那山为神山。这些不同区域的纳西族在祭祀神山时,也要点到周边的名山大川,如盐源县达祖村纳西族祭神山时,除了要点到本村的托雷神山外,还要点到玉龙山、格姆山、普那山、柏林山、金沙江,甚至峨眉山也在其供奉的神山的范围内。东巴经中的神山、神海、神树、神石可能是个虚指的概念,但这些宗教观念在实践中就有具体的实指。这与汉族神话中的昆仑山、瑶池、蓬莱仙岛的概念是一样的,从《山海经》中的东南西北中五个山构成的中原地理概念范畴,到封建帝国时期的五岳四渎、皇帝封禅,这种人文地理观念传统是一脉相承的。从中说明了纳西族的祭神山传统与早期的古羌与华夏族群的人文地理观念有着深厚的渊源。

二、纳西族人文环境

纳西族人文环境的形成、发展必然受到周边文化圈的影响,它与南边的大理白族文化圈、北边的藏族文化圈、东边的四川汉文化圈在漫长的历史时期呈现出互动消长的情况。三大文化圈交汇区域,是纳西族先民自秦汉以来的主要活动的区域,是纳西族先民数千年来不断开发建设的安身立命之地,在有史料记载的2000多年历史中,纳西族先民从未离开过这一区域,并在与三大文化圈的交流互动中形成了自己独特的人文传统。

（一）纳西文化圈与三大文化圈的交流互动

属于古氏羌系统的纳西族先民，东周时期自西北河湟地区南迁，到两汉时期已在川西巴塘理塘一带建立白狼国，东汉时曾迁吏进京，史称"白狼献歌"；三国魏晋至隋唐主要活动于雅砻江与金沙江中上游区域，曾在定笮（今四川盐源）发现并开采盐池；到唐宋以来开发经营西南茶马古道；明清时代在巩固和发展茶马古道的同时，在川西南一些河谷区"修沟造田，种植水稻"，在藏东南澜沧江边盐井开采盐田。纳西族先民为这一区域的开发建设做出了突出的贡献。对此，中国著名藏学家任乃强早在20世纪前期的研究中指出："摩些（纳西）为康、滇间最大民族，亦为最优秀之民族也。"著名历史学家方国瑜也指出："任乃强《西南图经·民俗篇》，述开辟滇、康间文化之三大动力，以丽江木氏图强，经略附近民族为第一动力，洵非诬也。"[1]但因不同历史时期，各方势力彼此消长对各自人文环境的影响也不同。唐王朝、吐蕃、南诏三个势力在历史上呈现出错综复杂的关系，时而合纵连横、时而分庭抗礼，皆因各自利益使然。吐蕃强盛时期曾攻破长安城，势力范围扩大至中国大半个西部，与南诏订立了结盟关系；后南诏与唐朝结盟联手发动了神川铁桥大战，使吐蕃势力退缩回青藏高原；南诏与唐王朝也发生过几次大战役，都对各自势力产生过深远影响。而处于这三大势力夹缝中的纳西族"酋寨星立，互不统摄"，为三大势力所左右，"（丽江府）南屏大理，北拒吐蕃，为西北之冲要。南诏与吐蕃相持，恒角逐于此"[2]。

元代结束了西南地区政权割据状态，纳西族地区也进入木氏土司统治的相对安定的发展时期。历经元明清三代的木氏土司雄控滇西北近500年，势力范围抵达现滇川藏交汇区域，尤其在明朝中后期达到鼎盛。木氏土司"土地广大""传世最远""富冠诸土郡"（《徐霞客游记·滇游日记》）。自此，"纳西族从历史上处于被动地位成为主动进取的角色，在历史进程中产生了应有的影响"[3]。方国瑜的《么些民族考》中从唐代至清代的历代政权及疆域的变化中论述了纳西族的周边民族关系，"自唐初么些民族介于吐蕃、南诏之间，其势力消长

---

[1] 方国瑜：《么些民族考》，林超民编《方国瑜文集》（第四辑），云南教育出版社，2001，第9页。
[2] （清）顾祖禹：《读史方舆纪要》，一百十七，云南五。
[3] 郭大烈、和志武：《纳西族史》，四川民族出版社，1994，第271页。

互相攘夺,则其文化冲突与融合亦可想象得之。今日么些之文化受西川传人汉文化之影响甚大,而南诏吐蕃之文化亦当有影响,又么些之文化输至吐蕃者亦有之如食品、礼节,多习之么些也"[1]。

纳西族文化对藏区及白族地区的影响在木氏土司时期尤为显著。宋末,忽必烈从丽江"革囊渡江",征服大理国,木氏先祖阿宗阿良,主动配合元军统一云南,得到"光禄大夫,正一品"的嘉奖,木氏土司地位得以确立;1382年,明军攻克大理,木氏首领阿甲阿得率众归附。朱元璋赐姓"木":"尔丽江土官阿得率众先归,为夷智识足见虔诚,今命尔木姓,从听总兵官传,以授职建功。"(《皇明恩伦录》)。1383年,朱元璋又颁旨封木氏"中顺大夫(文官四品),授乐子孙世袭土官知府,永令防固石门,镇御蕃鞑"(《皇明恩伦录》)。木氏土司依恃明朝支持,频繁向藏区用兵,据《木氏宦谱》记载,木氏曾向鼠罗(四川木里)出兵达20多次,土司木泰在位16年,出征鼠罗16次。经过十几代土司的百年争战,明末木氏势力扩大了许多,东北面已达四川雅砻江流域,北面达巴塘、理塘、昌都一带;西面达今缅甸梅恩开江一线。明代,汉文化对纳西族文化也影响极大,其中作为丽江统治阶层的木氏土司贡献尤大。木氏土司深谙其统治的政治基础源于中央王朝的扶持,这要求其除了在政治上忠贞不贰外,在文化上的认同也尤为关键,故明清历代木氏土司对汉文化的学习一直孜孜不倦,历代木氏土司中出现了木公、木泰、木高、木青、木增、木靖等著名"木氏六公"作家群。《明史》中也称"云南诸土司,知诗书,好礼守义,以丽江木氏为首"。自明代以来汉文化成为对纳西族产生深远影响的主流文化。清代雍正元年(1723)丽江实行"改土归流"后,这一进程又得到进一步的加快,在三大文化圈中,汉文化对丽江的影响已经成为文化主流,这与丽江在政治、经济、文化等制度层面与内地接轨,尤其是与大量汉族移民迁入有着重要关系。这种多元文化的形成除了与三大文化圈之间政治、军事、文化的交流有关外,经济贸易上的相互往来更是不可或缺的因素,其间茶马古道成为这三大区域的联结纽带。

---

[1] 方国瑜:《么些民族考》,林超民主编《方国瑜文集》(第四辑),云南教育出版社,2001,第31页。

（二）纳西族人文环境的特点

纳西族人文环境的形成有四个特点。

其一，从民族文化交流层面而言，纳西族人文环境的形成主要受到汉文化圈、白族文化圈、藏文化圈的深刻影响，是三者互动的结果，也是在其自身内部不断调适、吸纳这些周边文化的基础上沉淀生成的。东巴教发源地——三坝乡位于迪庆藏族自治州境内，历史上与藏族交往关系密切。现在学术界一般认为东巴教受本教影响是与佛教受到吐蕃王朝重视而采取的"抑本扶佛"政策有关，本教失势后，大量的本教徒逃到藏区周边地区以求发展，由此提供了与周边民族文化融合的机会。至今三坝境内仍流传着丁巴什罗与藏传佛教宁噶举派创始人米拉日巴斗法的故事。民众认为东巴教第二代教主阿明什罗出生地在三坝，至今仍有世系宗谱流传，他们在该地修法显灵的地址——阿明灵洞、白水台、哈巴雪山都成为东巴教圣地的地理标志。东巴教主动吸纳本教、藏传佛教后，率先在白地形成了有比较规范的经典体系、神灵体系、仪式规程，从而使东巴教从原始宗教开始迈向人文宗教，出现了第一次东巴文化的高潮期。至今民间流传着这样的谚语："不到白地就不算是真东巴。"而金沙江以南的丽江（县）作为纳西族主要聚居地，地域较大，人口集中，经济比其他纳西族地区要发达，由此为东巴文化的可持续发展提供了社会基础，这与丽江地势较为平缓，多盆地良田，玉龙雪山雄峙境内，外有金沙江天险环绕的优良地理条件也有关系。丽江（县）境内纳西族奉玉龙山的化身——三多战神为民族保护神。加上元、明、清（前期）近500年受木氏土司统治，客观上加强了境内民族的统一，文化的发展，民国时期丽江（县）境内出现了东巴学校、雕版印刷东巴经、东巴大法会等新生事物，形成了东巴文化的第二次发展高潮时期，这与丽江特定的人文地理环境有着密切的关系。而无量河流域、泸沽湖区域在历史上处于藏族、彝族、汉族等大民族环伺的境地，历史上不同民族的地方政权间相互攘夺，冲突频繁，由此这些区域的东巴（达巴）文化突出了视死如归的英雄气质、强化根谱的自我认同意识，而这些文化精神在集体参与的祭胜利神、禳灾驱鬼等仪式中得以熏陶、形塑，至今泸沽湖区域的丧葬仪式上仍保留着穿戴着盔甲跳仪式舞的传统。

整体而言，纳西族文化前期受藏区文化、大理文化影响较大，明朝以后主要受汉文化影响较大。尤其是改土归流后，汉文化作为国家的主流文化已经渗透、融合到丽江纳西族传统文化中，纳西族的文化结构、文化类型、文化特质出现重大变迁。原来的以东巴文化为主体的传统文化格局打破后，出现了有些学者提出的"仿汉文化"。

其二，这一文化格局的形成在不同时期及不同区域呈现出不同的特点。藏文化、大理文化在唐宋时期对纳西族影响巨大，主要原因在于这两个民族政权先后统辖过纳西族地区，其政治、宗教、文化都对纳西族文化产生了深远的影响。自元代以来，藏区及大理地区纳入国家统一版图后，这两个民族的影响虽然不及之前，但在纳西族与藏族、白族混居、毗邻地区仍有着相应的文化影响，如藏区的盐井乡、白松乡、燕门乡等地的纳西族现在基本上藏化了，丽江塔城乡、拉伯乡、永宁乡、四川梖县、盐源县境内的乡村东巴文化、达巴文化受藏文化影响深远。汉文化在丽江的渗透、传播以丽江古城为中心，逐渐向周边纳西族地区扩布。从影响程度来看，从中心到边缘呈现出依次递减的传播效益，如有些偏远的山区、半山区、河谷地区，至今仍较为完整地保留着东巴文化生态，受汉文化影响较小。其间原因与丽江的不同地理、区域文化类型有关。

其三，改土归流后，东巴文化的文化主体地位逐渐削弱，汉文化的强势地位开始确立，并主导了纳西文化的整体重构。1840年鸦片战争以降，一直延续到20世纪中叶，随着西方列强入侵，西方强势文化冲击着整个国家的传统文化格局，在西学东渐的影响下，纳西文化又经历了汉文化、西方欧美文化的双重冲击，以东巴文化为代表的传统文化呈现出式微趋势。改革开放以来，在全球化、工业化、现代化的时代背景下，这式微衰落的趋势直到当代仍在延续的态势之中。可以断言，在纳西族母语、东巴文化生态全面告急的情势下，不出50年，作为宗教信仰形态的东巴教文化环境将逐渐消逝。

其四，自元跨革囊以来，木氏土司依靠中央王朝支持而在滇川藏交汇区域崛起，东巴教随木氏土司势力扩张而传播到其统治区域，成为纳西族西部方言区的统一的民族宗教。政治上的统一、经济社会的发展，与周边民族的经济、文化交往频繁，推动了东巴教的发展，开始从原始宗教向人文宗教迈进。无量河区域在文化上虽属于泸沽湖摩梭文化圈，但长期受木氏土司统辖，从而也成为东巴教文化覆盖区域。政治上的统一为经济、文化交流提供了可能性，这也是本部方言区与无量河流域的东巴文化大同小异的根本原因。而泸沽湖区域乃至盐源、盐边地区一直处于"依江附险、酋寨星立、互不统摄"的各自为政格局，云南永宁土司、蒗蕖土司、盐源的"五所四司三马头"[1]，在明清时期木氏土司也曾与之互有攘夺，但始终未能纳入自身势力范围，使纳西族东、西两大方言区形成各自为政的发展格局。纳西族东部方言区地域广大，但内部互不统一，行政区划不一，社会经济与文化形态各异，以口传为主的达巴文化也有不同程度的差异。如走婚、母系家庭仅局限于泸沽湖周边的区域，且深受藏传文化影响，从而与其他东部方言区形成相应的文化差异，这种文化差异在史诗、神话、传说中也充分反映出来。

---

[1] "五所四司三马头"指明清时期在盐源县境内设置的左所、右所、前所、后所、中所共"五所"，木里安抚司、瓜别安扶司、古柏树兵马司、马喇长官司共"四司"，荜苴芦、阿撒、禄马六槽"三马头"。

第三节 东巴史诗的仪式空间

仪式空间一般指举行传统仪式的场所、地点或环境，主要包含了祭祀空间、家庭空间、村落空间。祭祀空间主要指祭祀仪式场所，类似于道场。家庭空间指与仪式相关的家庭内部建筑空间，涉及神圣空间与世俗空间，如神龛、火塘、母柱、灶神等。村落空间比祭祀空间、建筑空间要大，指由不同家庭、家族构成的建筑空间。这三个空间彼此联系，祭祀仪式把家庭、家族、村落有机联系起来，有些规模较大的祭祀仪式涵盖了整个村落，如丧葬仪式、祭天仪式、祭村寨神仪式等。仪式空间是仪式行为得以发生的物理背景，更是呈现文化、信仰、价值观及社会关系的文化空间。

一、祭祀空间

（一）东巴祭祀仪式空间概述

祭祀空间即祭祀场所。东巴史诗的祭祀空间既有固定的场所，也有非固定的。如祭天仪式、祭署仪式、丧葬仪式、请素神仪式、祭村寨神仪式、顶灾仪式、退口舌是非仪式、关死门仪式都是在固定传统祭祀场内举行，除秽仪式、祭风仪式、占卜仪式的地点为非固定场所，而禳栋鬼、退口舌是非鬼仪式场所则为固定与非固定相结合，家院正房内的神坛及素神柱是固定的，而家外的鬼寨为非固定场所。

祭天场在一般在村落内或附近，分为以家庭为单位、以家族为单位的祭天场。祭天场四周用石头垒筑，场内有松、柏、青冈树为吉，盐源县达祖村的祭天场内还建有简易小房，以供祭天期间守护者住宿。祭署场所多为水源地、水潭或村庙内，这些地方为署神居住处，禁砍伐树木，污染环境。请素神仪式在家屋内的素柱、火塘、神龛边举行。祭村寨神、顶灾仪式在可以看得见村寨的山上举行，仪式中要竖立旗杆及顶灾树。丧葬仪式场所包括了家院、母屋正房、火化场、超度仪式场、寄木偶的山洞等多个场所。

上述仪式场所只是笼统概说，在举行仪式时这些仪式场所还有具体的空间划分，这种不同的空间划分就是由祭坛类型来决定的。东巴各类仪式中的祭坛一般由神坛与鬼寨构成。神坛居于正北方位的高处，人们的活动场所在中间，鬼寨多设在南方，且高度要低于神坛。《神路图》从上到下分为天堂—人间、自然界—地狱三界。这一观念也渗透到地理方位观念中，如北方与天上、南方与地狱，中间与人间、自然界等象征义相联系。也有单一的祭坛，如烧天香仪式、除秽仪式、祭署（自然神）等仪式。

一般来说，小仪式布置一个神坛与鬼寨即可，一天内即可完成仪式。而中等、大型仪式则根据仪式需要设立多个神坛与鬼寨，如祭天仪式、祭署仪式、大除秽仪式、大祭风仪式、超度仪式、禳栋鬼仪式、延寿仪式等。

限于篇幅，以下重点介绍祭天、退口舌是非，祭星三个仪式空间。

（二）祭天仪式空间
1. 祭坛设置

祭天仪式属于大仪式，鸣音地区传统祭天仪式一年祭三次，农历正月初三至初五为大祭天，正月初八再举行一次称为小祭天，农历七月又举行一次，规模依星象而定。大祭天仪式场地除了在祭天场内之外，还涉及祭天轮值户的家庭。祭天场内为传统祭坛：祭坛最高坛插代表天神、地神、天舅的栗枝与柏枝，中坛插三根大香柱，下坛供奉祭米、祭酒、祭茶、牺牲等供品。在祭天场南边的门外设置秽鬼寨，由一石块压在一坑上，纳西语称为"柯忍鲁"（ko sserq lv），即镇压降天灾的可兴可洛之石。鸣音乡传统祭天仪式中，正月初三当天在去祭天场之前，要先到祭天轮值户家中参加除秽仪式。除秽仪式的神坛设在正北屋走廊中间，上面挂着专门镇压秽鬼的梭托嘎日神像，下设一方桌，桌上铺着羊毛毡子，上撒青松毛，簸箕上放着象征居那若罗神山的尖锌，旁边放有作为神粮的麦粒，净水壶，箭、长矛及赶鬼杆等法器。鬼寨设在院子南边。二者之间用代表阳神与阴神的两块石头相区隔，以防止秽鬼侵犯神坛。鬼寨门由柳条编织成拱门状，共有五道，每道门中间各置一碗除秽水；秽门下有柳条编织的秽马及秽鬼，旁立一石头。除秽仪式程序与禳灾驱鬼仪式大同小异：先在神坛前烧天香，献上牺牲供品，迎请天上诸神降临，祈求神灵把威力降附于东巴身上，助其实现禳灾驱鬼目的。接着到鬼寨前用炭火烧鸡毛、骨头，使其散发臭味来引诱秽鬼到此聚集，东巴先给秽鬼好吃好喝，然后借助神力进行驱赶。最后东巴们用刀把鬼寨门砍倒，同秽马、秽鬼一同丢弃到户外南边野地。东巴用净水壶把水洒到每个参加者手上及身体上，以示除秽。

图2-1　2008年郭大烈家庭祭天仪式

2. 仪式程序及史诗演述

东巴史诗《崇般绍》在正式祭天的献牲环节时吟诵，此环节也是整个仪式的高潮。纳西先民认为：祭天就是祭祀天神，让天神高兴的事是把最贵重的牺牲贡献给他。而最贵重的牺牲就是已经养了一年的四脚白的祭天猪。献牲分为生献、熟献两个步骤。生献即把猪杀死洗净后把整头猪放在祭坛前，猪头朝着三棵神树。熟献是把猪头煮熟后分成两半，一半献于天树前，另一半献于地树前，一猪腿献于天舅树前，并把猪的肾、脾、胆分别挂于天树、地树、天舅树上。这些祭祀行为是由东巴的助手完成的，主祭东巴（xuq sui）则吟诵《崇般绍》，叙述英雄先祖筚路蓝缕的迁徙、奋斗历程，交代祭天古俗的来历，从而增强民族文化认同。这一仪式环节为颂神环节，即赞颂祖先神灵的丰功伟绩，也是整个仪式的核心。祭天仪式中此史诗要吟诵两次，一次是农历正月初五的祭天日当天，第二次是在农历正月初八的清灶仪式（kua^{31} le^{33} sɿ^{55}）上。祭天参加者以男性家长为主，大家要站成一排听祭天东巴吟诵《崇般绍》，当东巴吟诵至天神之时，各户家长轮流向天神说明今年准备、参加祭天仪式的情况：

>没有给上方的天做错事：腊月十三日清扫祭天场时没有犯错；腊月十四日酿造祭天酒时没有犯错；正月初二围祭天场、搓制大香、量祭米、洗祭米、舂祭米时没犯错，早上除秽时没犯错，拿米酒与水酒时没犯错，安插祭木、布置祭天场时没犯错，捉祭天猪、杀祭天猪、分祭天猪肉时没犯错，献牲、撒神粮时没犯错……[1]

图 2-2　玉水寨祭天坛

向天神说明情况后，分别向地神、天舅陈述参加祭地、祭天舅的情况。最后祈求天、地、天舅诸神赐福保佑。

需要说明的是因祭天群体不同，祭天日期也会产生相应的变异，但其变异范围仍在春节这个大的时间框架内，所以仍可归到岁时节日仪式类别中。另外，作为东巴史诗的文化空间，春节与祭天仪式在时空上是重叠的，从传统文

---

[1] 李静生整理：《丽江大东地区的祭天仪式》，赵世红主编：《纳西族东巴仪式资料汇编》，云南民族出版社，2004，第15页。

化来说，汉文化语境中的春节与纳西文化语境中的祭天是同义的，但祭天的节日文化范畴更大，毕竟时间跨度、民众参与度、信仰虔诚度、影响面皆大于春节。

（三）退口舌是非仪式空间

东巴教认为，人类自学会说话开始就处于社会舆论包围中，言语的好坏往往会带来诸多是非矛盾，有时明哲保身，守口如瓶也会引发口舌是非，因为自身境遇的好坏都会成为舆论的根源，这些矛盾是非往往会引来是非鬼怪作祟，所以要通过举行退口舌是非仪式，达到禳鬼祈福的目的。退口舌是非仪式一般在岁末举行，人们希望通过此仪式把一年之中的是非灾祸消除干净，以全新姿态迎接新年到来。

图 2-3　退口舌是非仪式之神坛（更布塔提供）

1. 祭坛设置

此仪式所设祭坛颇多，共有两个神坛、一个祭鬼坛、一个鬼寨、一个葬鬼场。两个神坛设在正北屋前廊中间，神像悬挂于正前方，下设两张代桌，桌上供奉除秽用的净水、祭酒、祭茶、香、燃灯等。

第一个神坛为五方大神坛，桌上铺白毡竖立一犁铧，表示居那若罗神山，前置五方东巴祭司的纸牌画。纸牌画前簸箕中的祭粮上放置萨英威德、英古阿格、铎趣构补以及牦牛头与虎头的面偶神像，神坛上方悬挂萨英威登、英古阿格、恒迪窝盘、恒依格空、丁巴什罗神像。

第二个神坛为战神坛，主要供奉莫比精如战神，盛有祭粮的簸箕上插绘着精如战神的木牌画与木片制成的三叉戟。其上方悬挂莫比精如、多格优麻、朗久敬久等战神的挂像。

祭鬼坛设在两个神坛下方，桌上铺设黑毡，上置黑祭石、黑荞麦粮、占卜用的法棒。

鬼寨设在院子南边，寨中竖一根3米多高的松树杆，用来招引鬼怪，上挂一竹篮，里面放着施鬼的骨头及衣物，树上长藤上系着九个松果及小木棍，分别象征九个不同的是非灾祸。树下插顶灾木及象征是非灾祸的九枚石子、九个小木棍、九条小绳，前置草编的灾祸狗、灾祸马，松树外围设三道鬼寨门。鬼寨的东南西北中五方分别有五个鬼面偶。

图 2-4 鬼寨场景（更布塔提供）

在葬鬼场与大门中间设一由松枝做成的阻鬼门，用来防止是非鬼返回家里。葬鬼场设在门外南边，挖一半米深坑用来葬鬼，旁立五个鬼木偶，四个镇鬼木偶。祭鬼坛为引诱鬼怪前来的祭坛，是用来招待鬼怪的，而鬼寨是用来驱除鬼怪的，门外的葬鬼场则是杀死并埋葬鬼怪的场所。

2. 仪式程序

仪式程序为：迎请五方神灵、除秽、烧天香；讲述口舌是非鬼的来历、杀牲献血、招是非鬼、施鬼食；迎请战神、跳战神舞、镇压是非鬼；迎请丁巴什

图2-5 引鬼树（更布塔提供）　　图2-6 葬鬼场射鬼（更布塔提供）

罗神、迎请十八位启神、驱除是非鬼、埋葬鬼怪；招魂祈福、烧天香送神。[1]

3. 史诗演述

此仪式要吟诵《开坛经》《除秽》《烧天香》《请神经》《请鬼经》《创世纪》《黑白战争》《丹尤战争》《哈斯战争》《崇仁利恩与衬恒褒白命传略》《柔巴四兄弟传略》《迎请莫比精如大神》《献牲经》《牺牲的来历》《抛送考吕面偶》《祭送口舌是非鬼》《祭送景鬼与瓦鬼》《祭送端鬼》《镇压毒药与祸端》《镇压仇鬼》《煮杀仇人》《抛送灾祸》《煮杀是非灾祸鬼》《迎请丁巴什罗大神》《十八位启神的来历》《招魂经》《镇压扣古鬼》《麻登大神赶鬼》《驱除垛鬼铎鬼》《把罪过托付马匹》《祈求福泽经》等30余本经书。

其中东巴史诗有《创世纪》《黑白战争》两部经典。这两部经典是在请神仪

---

[1] 和品正整理：《丽江鸣音地区的退送是非灾祸仪式》，赵世红主编《纳西族东巴仪式资料汇编》，云南民族出版社，2004，第102－105页。

式结束后开始招引鬼怪时吟诵的,在仪式中起到了交代口舌是非如何产生、由此如何招致鬼怪的作用。《创世纪》讲述宇宙及世界万物的产生,人类的诞生经历了诸多艰难险阻,克服了诸多是非曲直带来的灾祸,最终才实现了安居乐业、繁衍生息的理想生活。由此强调人生活在社会中避免不了各种是非灾祸及艰难险阻,关键是如何敬天法祖、不断完善自身道德修养。而《黑白战争》表面上是叙述黑白两部族之间的战争,其实是在交代残酷的战争带来了大量的死亡,由此产生了无数的冤魂孤鬼,此仪式中的口舌是非鬼也是其中的产物。《丹尤战争》《哈斯战争》《崇仁利恩与衬恒褒白命传略》《柔巴四兄弟传略》这四本经书同样具有这样的仪式功能。《崇仁利恩与衬恒褒白命传略》脱胎于《创世纪》,此经书重在叙述是非鬼产生的缘由及过程:本来天女衬恒褒白已经许配给了天神之子可兴可洛,但是,衬恒褒白天女私自下凡与崇仁利恩相会,最终成为相亲相爱的一家人,由此引发了可兴可洛的愤恨,借机放出是非鬼,给人间降下灾祸。吟诵完上述经典后,东巴在瓦片上烧臭骨来引诱鬼怪前来鬼食,东巴拿面团在主人身上沾一下,以示把鬼怪吸走,然后制作成五方鬼王面偶,分别立于鬼寨五个方位。

  此仪式极具象征性与表演性,具有准戏剧特色,其表演性主要是通过战神舞及情景对话来达成的。东巴在战神祭坛前吟诵《迎请莫比精如大神》《迎请优麻战神》等迎请战神经典,把这些战神迎请下来后,东巴们开始在神坛前跳各种战神舞,领舞东巴手持三叉戟武器,代表莫比精如主神。在仪式中,参加舞仪的东巴是战神的化身。他们用舞蹈动作来表演战神镇杀鬼怪的场面,同时代表战神享用主人献祭的肉粥、猪、羊、鸡等牲牲。享用午餐后,东巴在战神祭坛前吟诵《迎请莫比精如大神》,东巴们跳起了战神舞,舞至高潮时,舞者及参与的民众齐呼:"砍杀仇鬼!砍杀是非鬼!砍杀灾祸鬼!"喊毕,主舞者率领其他东巴从院子中间跑到正房里准备清剿鬼怪,但门被里面的主人家顶住不让进,主舞者大声说:"我是精如大神,让我进去杀鬼,你爷爷奶奶在家吗?"主人在里面答:"爷爷奶奶进山砍伐柏树、杉树去了。"主舞者说:"他们正是准备为迎请我的烧天香木材去了。"然后依次问及父母、兄姐、弟妹是否在家,主人家一一作答,最后开了房门。进了房间后,主舞者让主人寻找到一把锈迹斑斑的菜刀,代表莫比精如大神的主舞者说此刀三代未用过了,他把刀架在火上烧红后以嘴含酒水喷洒,一时火光冲天。东巴舞者持此刀四下搜寻鬼怪,终于在西屋门后抓到是非鬼（木偶来代表），精如大神手起刀落砍下了是非鬼的头颅，众人高声欢呼，助手捡拾起来后丢到门外葬鬼坑中。后面还有镇压各类是非鬼的场面：主人中毒呕吐，东巴用黑罐煮鬼，东巴击罐，罐碎而众人喝彩；第三次跳战神舞来捣毁鬼寨，砍伐招鬼树，最后把所有鬼怪面偶，以及象征灾祸的石头和绳子埋葬于门外坑中，用降魔杵用力刺杀，然后用土掩埋，众人争先踩压；第四次跳战神舞是镇压五方鬼怪，每跳至一个方位时，便将代表这一方位的鬼王面偶抛向空中，战神引弓射箭，射中后众人高声欢呼。最后主舞者手持草编鬼王巡视各个房间清除鬼怪，边舞边喊："砍杀一切胆敢潜留于此的鬼怪！"尾随其后的众人大声应和。

在退口舌是非鬼仪式中，仪式空间上有四个场所：主屋火塘神龛前、神坛—鬼坛、鬼寨、大门外葬鬼穴。时间次序为"除秽—请祖先神—聚鬼—请战神（舞）—献牲—驱鬼—迎神—压鬼—迎神—捣毁鬼寨—葬鬼—驱除潜留鬼—免罪过—求福泽—送神"。在时间和空间的结构中，舞仪在不同的坐标场景中被再分类。尽管都是仪式中的身体实践，但由于时空的变化在不同流程和场景中保持连续，这些战神舞、身体行为和口诵经共构了不同的杀敌内容。仪式中人们以集体性的参与，共享了集体的情感记忆和价值原则。[1]

（三）祭星仪式空间[2]

相比于固定时间与空间的祭天仪式与退口舌是非仪式，祭星仪式则属于非固定时间的仪式。因属于巫术治疗仪式，此仪式举行时间依据东巴占卜而定，即东巴经过占卜认为病情是由于招惹了天上煞星而引起的，就得举行祭星仪式。此仪式在夜晚出现星星时举行。

1. 祭坛设置

此祭仪共有五个祭坛，第一个祭坛为传统的家神所在的母屋内火塘上方的神龛；第二个祭坛为设于正北屋前廊右边的神坛；第三个祭坛为设在神坛下方的祭鬼坛；第四个祭坛为设在院子南边的鬼寨；第五个祭坛为祭星坛，设在正房走廊

---

[1] 冯莉：《神话叙事与仪式身体——以纳西族东巴仪式舞蹈为例》，《长江大学学报（社会科学版）》2021年第3期。

[2] 祭坛设置、仪式规程参见和即贵讲述、李例芬整理《鸣音地区祭星仪式》，赵世红主编《纳西族东巴仪式资料汇编》，云南民族出版社，2004，第41—47页。

下。前四个祭坛是为祭除纳鬼仪式服务的，后一个祭坛是为祭星仪式服务的。

除了火塘边的神龛为常年设置的祭坛外，神坛与鬼寨是依仪式而新建的，仪式结束后就得撤除。神坛桌上铺白毡子，上撒青松毛，簸箕内装有神粮麦粒，上置神石，石前插有赶鬼杆与长矛。最前方放有除秽用的净水壶、祭酒、祭茶、香柱。

祭鬼坛比较简单，设在神坛左下方，上置一陈放有松毛、花椒、骨头及炭火的瓦片，上盖柏枝，右边放着除秽水及除秽火把。

鬼寨在院子南边，与神坛中间有代表阳神、阴神的两石相隔，以示阴阳相隔。鬼寨五个方位高立五道门，分别由五个竹条拱成五个门代表，门外插着木牌，门内插有刺枝，南门插着四根桃木。

祭星坛设在正北屋的走廊正下方，由北向南插着一排28根黄栗木，代表28颗星宿。每一棵树前竖立一石头，石头下面垫蒿草，前插白杨枝，石放有杜鹃叶、祭酒、净水、祭粮，顶灾木插在祭坛左边。

祭坛前方置一火盆，铁三角架上烧三块石头，旁边放有蒿草，用作除秽准备。

2. 仪式程序及史诗演述

祭星仪式分两个仪轨：祭除纳鬼仪式（tshv^{31}na^{31}py^{31}）与祭星（kɯ^{31}py^{31}）仪式。祭除纳鬼一般指禳娆星鬼（geeq ssaq ceeq）。东巴经书中的妖魔鬼怪多以娆来命名，如《黑白战争》中的庚娆纳姆，其义为"黑星女鬼"，蒙道庚娆纳姆是其女儿，其义为"未嫁的黑星女鬼"。

（1）祭除纳鬼仪式

祭除纳鬼仪式分两个小仪式，一个是在屋内火塘边举行：东巴在主持仪式时坐在病人前面，先大喊三声"呸！"以示向索魂鬼示威。然后念诵《除纳鬼的来历》，主要讲述因为黑白两大部落发生战争而产生了大量的孤魂野鬼，由此也产生了除纳鬼。接着吟诵《放出除纳鬼经》《送除纳鬼经》《迎请优麻经》先礼后兵的三部曲：先讲鬼的来历出处，知己知彼；然后好吃好喝招待着，恭送其出境；如果还不走，最后请出优麻战神来驱除镇压除纳鬼。

祭除纳鬼的第二个小仪式是在屋外举行，仪程与前者大同小异，异在比前者更为繁杂些，除了仪式内容更为复杂外，念诵的经文也多些。如在请除纳鬼享用鬼食时，东巴要吟诵英雄史诗《黑白战争》。此经典在此环节起到两个功能：一是交代战争导致包括除纳鬼在内的大量鬼怪的产生，二是迎请天上战无不胜的优麻战神降临人间，助阵东巴驱赶除纳鬼。《黑白战争》的内容是由两大部分构成的,前半部分叙述董术两大部族因争夺日月而发生战争的经过,代表黑暗的术部族暂时取得了优势;下半部讲述优麻战神的来历与出处,因为处于劣势的董部族要到天上寻求优麻战神的帮助,经书交代了优麻战神的来历与法力,最后优麻战神下凡后一举攻占术寨而取得胜利。所以此经典在仪式中起到了承前启后的作用:交代了煞星产生的缘由,同时迎请天上各方战神降临人间,准备镇压煞星鬼。当东巴在吟诵此经中有关优麻战神的来历及法力时,东巴们要在神坛前跳优麻战神舞,一直跳到母屋内的病人前,用刀在病人前挥动几下,以示把鬼怪从病人身上赶跑,接着持刀将鬼怪赶到鬼寨前杀死,主舞者用力砍断鬼门、鬼牌、桃木,这些代表鬼怪的物品当场烧毁。接着东巴吟诵《招魂经》《送除纳鬼经》《关鬼门经》《开脱罪恶经》《送大神经》等经书,主祭东巴在吟诵上述经书时,下面的东巴助手们根据经书内容进行仪式规程。

(2)祭星仪式

祭完除纳鬼,表示已经清除了煞星,解除了病人身上的病痛,喊回了魂魄。为了保证以后平安健康,还得举行起到巩固胜利成果、防止病痛反复的祈福仪式。祭除纳鬼仪式是祭星仪式的准备阶段。

仪式开始后,东巴将火盆上烧烫的石头放入铜瓢内,浇上一碗冷水,再浸入蒿草,瓢内霎时冒出呛人的蒿草味,东巴持瓢绕祭坛及众人一周,以示除秽。病人手持28根香立于祭坛前,东巴吟诵《敬香经》。念完经,病人将香插在28棵栗树前。拉着东巴吟诵《洒祭水经》《请星宿经》《献牲经》《献饭经》《捱饭经》《索求福分经》《求福泽经》《送星经》《奉星经》等经书,助手们依经书内容进行仪式操作。如吟诵《送星经》时,每念诵到一颗星宿名称时,助手们把代表这一星宿的黄栗木及石头放入簸箕内。念诵完此经也收拾完了栗木及石块,等人将簸箕抬到天井中间,此时东巴开始吟诵《奉星经》:

把七个木星向东方抬一抬,属木的东方有木儿木女千千万万,去吓唬七个木鬼吧!

把七个金星向西方抬一抬,属金的西方有金儿金女千千万万,去吓唬七个金鬼吧!

把七个水星向北方抬一抬,属水的北方有水儿水女千千万万,去吓唬七个水鬼吧!

把七个火星向南方抬一抬，属火的南方有火儿火女千千万万，去吓唬七个火鬼吧！

把七个土星向中间抬一抬，属土的中间有土儿土女千千万万，去吓唬七个土鬼吧！

念诵完后，众人将簸箕中的栗木在火盆中烧毁，顶灾杆插到屋外北边路口。东巴回到屋内向病人说吉利话，说魂魄回来了，病痛祛除了。仪式结束。

3. 支配仪式的观念空间

仪式-神话学派一直就先有仪式还是先有神话的问题争论不休。一般来说，二者之间存在着辩证统一关系，仪式是神话观念的实践，仪式又强化了神话观念。仪式空间与观念空间相对应。如天上的二十八星宿与仪式祭坛中的二十八棵黄栗木及二十八颗石头相对应。而吉凶祸福也与天上的吉星、煞星密切相关，人们遇到吉星就意味着一切吉祥如意，而遭遇煞星则意味灾难病痛的降临，所以要通过举行仪式才能消灾祛病。

祭星仪式与纳西族的天文历法密切相关。纳西族先民通过观测日月星辰制定了天文历法，同时因受生产力水平制约，这些科学知识被穿上了神秘的宗教外衣。纳西先民认为每个人的生辰八字与天地万物息息相关，尤其与天上的星宿更为密切。这些星辰中既有能够赐福人类的福星，也有降下灾祸的煞星，还有属于中性的二十八星宿。如果二十八星宿与本人八字相合，则属于吉星，如与其八字相背则属于煞星，需要举行祭星仪式来冲煞禳灾。

在祭星仪式中，祭除纳鬼是较为普遍的一个仪式。除纳鬼是娆星鬼的化身。娆星（ssa ggeeq）即行星，纳西先民认为娆星属于煞星，中风、呕吐、痢疾等疾病均与其有关，需要举行祭娆星仪式才能消灾。关于娆星鬼有这样的东巴故事流传：娆星鬼长得黑黑的，身高只有拇指大。它常骑着老鼠大的一匹马，扛着一面比它硕大几倍的旗子，横行天地之间。由于它在天地间如此横冲直撞到处跑，对人类的生产生活的危害很大。为保护人类的安宁，大神们决定把娆鬼置于死地。一日，大神们把守在娆鬼必然经过的路口，把它捉住杀死后取出它的心，压到了西方的铜山铁山之下，还把它的身体剖成八份，分别埋在了八方。如此处置了娆不久，世上虽安宁了，但神和人都发现，天上没有了娆，却也有了不少遗憾，整个天地间变得冷清清的。看来没有娆也不是好事，于是大神们又商量，决定将娆复活。于是，他们从八方取回娆的身体各部，拼合并使它复活了，但考虑到它的厉害本性，就没把它的心取回放还胸腔。从此，虽在天上又见到了它，但人们再也不必像过去那样害怕它了。如撞上了它，只需大声啐一口，足以把它吓跑了。可娆鬼为寻找失落的心，变得更加不安分，白天九次、晚上九次地满天奔跑，总是在寻找着它失落的心。[1]

二、建筑空间

建筑空间是"客体化的人生""空间化的社会生活"，或者说"就是凝固为物体的人生。人生在客观存在事物中体现得最为全面、最完整、最生动具体的，莫过于建筑"。[2] 居住建筑作为人类生产、生活的主要场所，自然也成为各种民俗文化活动的空间和场所，本身也构成民俗空间的一部分，由此反映出一个民族、地方所独具的文化色彩。

东巴仪式空间涉及民居建筑空间，二者之间存在着相互依存关系。对一个有东巴文化传统的家庭成员而言，他的一生离不开在家庭中举行的各类仪式：从他一出世就要请东巴主持仪式，迎请素神（家神）保佑孩子平安健康成长，并根据孩子的生辰八字，遵循东巴巴格图测算其方位来赐名；在十四五岁时要举行成人礼；结婚时举行"素注"婚礼；逢年过节要举行祭祖仪式；遇上厄年及是非灾祸要举行禳栋鬼、退口舌是非仪式，去世时举行丧葬及超度仪式。这说明东巴仪式贯穿了一个人的生命周期，赋予他生命的意义，形塑其价值观及精神世界，这远远超出了把建筑空间仅仅当作遮风避雨的实用功能。

井干式建筑是纳西族传统的建筑，这种建筑形制又称为木楞房。在清代光绪《丽江府志稿》卷一中就有记载："么些蛮所居，用圆木纵横相架，层而高之，至十尺许，即加椽桁，覆之以板，石压其上，房内四面皆施床榻，中置火炉，高与床齐，用铁锅。刳木甑，炊灶其上。"木楞房一般分为两间，中房占三分之二，为做饭、休息睡觉的重要场所。火塘位于靠后墙角边，高约2—3尺，

---

1 李例芬：《纳西族的天文与历法》，《李例芬纳西学论集》，民族出版社，2013。
2 郑光直：《负正论——建筑本质新析》，《新建筑》1984年第2期。

面积为 2 平方米。火塘内的火四时不熄，比喻家道长年不衰。火塘边靠神龛位处为灶神供养处，竖一石头作为象征，每天吃饭前都要先祭祀灶神，以松柏、杜鹃枝来烧天香，并放上一些肉饭祭之。火塘为一家聚集之所，也是神圣空间，不能说脏话，忌朝火塘吐口水，严禁横跨火塘，禁在火塘边发生冲突。在火塘边举行仪式时，颂词是这样吟诵的：

> 东方属木的五位火塘神；南方属火的五位火塘神；西方属铁的五位火塘神；北方属水的五位火塘神；土地中央属土的五位火塘神。火塘男神有五弟兄；火塘女神有五姐妹。火塘神是有福吉祥的火塘神；是富裕强盛的火塘神；是胜利美好的火塘神。火塘神是常被白云似的烟气围绕的火塘神。是无时不有欢声笑语的火塘神。是家里的话不传到外边，是常将外边的好事拦赶到家里来的火塘神。[1]

祖先神灵供奉在"格固鲁"（意为正上座）上方的神龛里，除了祖先神位奉于此处外，盘神、禅神、素神、恒神、沃神、谷神、嘎神、华神等诸神也居住于此。火塘四周为座位，兼床榻，正上方俗称"格固鲁"，一般为家中主人或尊客所坐。偏间为储藏粮食之所。

屋内有男柱、女柱、母柱。男柱与女柱为男女举行成人礼之处。举行仪式时，女孩子站在右边的女柱下，男孩子站在左边的男柱下，他们一脚踏粮食，一脚踏猪膘，手中拿着银元，分别由舅舅及母亲穿上裤子和百褶裙，就算完成了成年礼。母柱上挂有素笕篓，系家神"素"所居之处，篓内放有祭素神的神石、粮食、桥、梯、箭、旗等物，神石下压有杜鹃叶。素神即"家神"，为保佑一家平安吉祥、人丁兴旺的保护神。请素神仪式（seel kvq）也于春节正月间举行，具体时间以男性长者的属相日为主，如家长属蛇，则在属蛇日举行。举行祭素神仪式时素笕篓内的祭品都要清洗干净。祭坛前供上一簸箕五谷、一饼猪油、猪或羊牺牲、香柱及茶、酒等，东巴念诵《给素神献牲经》《素神的药的出处来历经》，然后给素笕篓内的供品及火塘、床、母柱上倒上放有苦胆的酒水，以此象征施药，祈求家神保佑家人健康平安。施完药后东巴按长幼顺序给家人

---

1 《大祭素神·为素神献饭》，《全集》（第 2 卷），第 228—229 页。

的额头抹上一点酥油，象征素神赐福于家人。

纳西族传统的婚礼就要举行素注仪式。"素注"其本义就是把素神的威灵神力传染给对方，即新娘举行了素注仪式后意味着被男方家素神所接纳，正式成为受素神保佑的家庭成员。东巴念诵《祭素神经》时，用一根红绳子把一对新人与素笊篓中的素神拴在一起，意喻把素神威力传染给新人。诵经结束后，新娘把红绳子系在男方新郎家的箭上，东巴把箭放回素笊篓中。然后，东巴分别给新娘、新郎的额头抹酥油。由此意味着新娘已经成为男方家的正式成员，她的生命已经拴在了男方家的素神上，二人的结合得到了家神的认可。仪式把箭放回素笊篓表示男女结合，生命繁衍，家庭发达兴旺。东巴经《神箭的来历》中说："素神之箭象征了三代祖孙永不分离。最上一节，象征着家里人像江中游鱼一样快速发展；第二节象征家人像地下的蚂蚁一样成群繁衍；最后一节象征家人像花上的蝴蝶一样猛烈增长。"[1]

母柱是家庭建筑空间的核心，也是集福之所。[2] 除了在此举行各种仪式外，在外举行的仪式也与此相关。如举行完祭天仪式后，仪式中的射鬼之箭须放回素笊篓里，代表天地之神的黄栗枝要插在母柱上；延寿仪式上的刻印着年龄的寿梯要放在母柱旁边；祭胜利仪式结束后，象征胜利神的祭木要拴在母柱上。这些行为及物品意喻着各类天神、胜利神的神力都聚集于此，由此给整个家庭赋予了无尽的福泽。

家中老人去世时，要把母房上面的瓦片或木板用长竹竿捅开，以喻死者灵魂返回天上。老人去世后，家人要做一个类似木楞房的小棺材，以资死者在阴间享用。

三、村寨空间

有了家庭就有了家族，就形成了村寨。祭天、祭村寨神、丧葬、超度、祭

---

[1] 《延寿仪式·设神坛·神箭的来历》，《全集》（第10卷），第246页。
[2] 母柱为母屋中的顶梁柱、中心柱，最初指仍处于游牧时期所住毡房、帐篷的中心支柱，后发展演变为木楞房中的母柱。

胜利神、祭署等仪式是以家族或村寨为单位举行的。在纳西先民的历史早期，民族内部"酋寨星立，互不统摄"，外部强敌环伺，危机四伏，同时还要防备地震、暴雨洪水等自然灾害，村寨安危涉及族群生存发展，由此产生了村寨神观念及其仪式，希望能够借此使村寨得到保护。传统的祭村寨神仪式在农历正月末或二月初属马或属羊日举行。《迎请村寨神经》中要祭祀纳西族从居那若罗神山上迁徙下来时沿途的村寨神，还要祭祀现在居住的五个方位的村寨神。"村寨神是纳西人的领路人、村寨的保护神，同时也是能赐福降吉祥的神灵，因此，纳西人虔诚敬奉村寨神。还通过对先祖辈艰苦创业历程及对曾经的故土的深情缅怀，抒发了对先祖辈不断开拓家园，为后世儿孙造福的感激、崇仰之情。"[1] 建立村寨、保护村寨都离不开男子，所以在东巴经中强调了男子对建立村寨的贡献：

> 建村立寨男儿建，这村寨就托付给了男人。男人均能干，也就是因为有了村寨神。男儿村里住，男儿村里立，使村村寨寨都住满人，这是村寨神来给予保佑的。[2]

古代先民时期不同氏族、部族之间经常发生战争冲突，村寨的防卫设施成为重要建筑。传统纳西族村寨大多建在依山傍水的山腰或山脚下，四周设立戒备森严的寨门，并派人把守。《黑白战争》中的术部寨子除了寨门有人守护外，还在寨子外围设下了九道防线：

> 美利术主和米麻沈登商量后，在董的成千上万的精兵良将来到之前，就建起了八十一个凶豹般的术兵的大寨子，派旨丁股扭来守卫寨门，派长铁头的黑狗来守卫寨门。在黑白交界地，第一道坡上，派黑炭般黑的乌龙来守卫；……第九道坡上，派毒鬼的刺一样的恶风来守卫。[3]

---

[1]《祭村寨神·迎请村寨神》，《全集》（第2卷），第106页。
[2] 同上书，第78—79页。
[3]《禳栋鬼仪式·董术战争》，《全集》（第26卷），第216页。

寨子高处设立代表寨子的旗杆。此旗杆在祭胜利神仪式上使用过，象征了胜利神的庇佑，同时也有顶灾保佑功能。

> 这五方五种的好村寨与好山相依相接，就要用绿柏在那好山顶上建立起纳召。还要给好村好寨竖起村标寨标，要在那村标寨标上高高系上旗子。用虎皮做村寨旗的旗面，用牦牛的角做村寨旗杆的尖顶，把这样的村寨标高高竖立起来。[1]

至今，石鼓古镇、宝山石头城、俄亚大村仍保留着这种传统建筑格局。石鼓依山临江，在宋末遭受蒙古大军的攻击，依恃其地险之利，抵挡了蒙古大军七天七夜。宝山石头城、俄亚大村在东巴经《迎请村寨神》中分别被称为"刺宝鲁盘坞""俄佑阿纳坞"，至今仍可领略到传统村寨的特色。

宝山石头城位于北边金沙江畔西岸，距离丽江古城110千米，因全城盘踞于石头山上而得名，纳西语称为"鲁盘坞"，意为白石村。石头城中居民全为土著纳西族，有近百户纳西人家。宝山在元明时期曾设治所，系丽江府所辖的宝山州。宝山城地势西高东低，西面悬崖峭壁，高不可攀。城内城墙、台阶、房屋、街道、门槛、灶台、睡床、舂臼、推磨、桌子、凳子全是依据山势，就地取材，在原有石山的基础上琢凿而成。英雄史诗《黑白战争》在宝山乡一带被称为《分清白石与黑石》。村中举行丧葬仪式时，最后的出殡仪式全体青壮年都要参加抬灵、拉灵，因为地势陡峭，道路狭窄，需要中间众人抬，后面有人推，前面有人拉，形成一个纤夫拉船般的场面，令人震撼。有学者将这些抬灵人称为"灵魂的纤夫"。[2]

俄亚纳西族自治乡位于四川省凉山彝族自治州木里藏族自治县西南角，处在滇川两省的玉龙、香格里拉、宁蒗、稻城、木里五县的交界处。俄亚地处无量河流域，无量河是东巴送魂路线中的必经之路。无量河在东巴经中读作"苏吉"，俄亚人在纳西族中被称作"苏喜"。俄亚民居为平顶碉楼（又称百尺楼），外墙以卵石垒墙与石块构筑相结合为主，顶层覆以当地特有的白土混合泥灰后

---

[1] 《祭村寨神仪式，竖村寨标》，《全集》（第3卷），第192页。
[2] 赵晓鹰：《行走三江——三江并流地区考察实录》，云南美术出版社，2007年。

以重锤夯实。里屋一般分为两层,上为民居,下为畜圈。虽然外观上与丽江民居迥异,但里屋设置则体现着纳西族的传统特色,与丽江山区的木楞房内设置并无两样。男柱、母柱、素神(家神)、灶神的神位皆有明确的位置。因场地受限,一些大型东巴仪式在屋顶或村外空地上举行。

图2-7　宝山石头城　　　　　　　　图2-8　俄亚大村

　　俄亚大村百余户人家房屋依着山势,鳞次栉比,重重叠叠,高低有序,每家每户皆可从房顶上串通而到。整个大村背靠险峻山峰,村前有大河环绕,村中木瓜(土司)府雄居鹰峰山上,居高临下,易守难攻,由此就形成了平时为宅、战时为堡的军事设防格局。俄亚仍保留着原生态的东巴文化及一夫一妻、多夫一妻、多妻一夫、不落夫家、"阿达"走婚等多种婚姻状态。这些都构成了东巴史诗的文化空间。笔者于2018年在俄亚进行田野调查时,祭天东巴阿普说因为村里多年没有祭天,村民意外伤亡事件频发,由此在村外设立了顶灾门,但没有效果。当年,在社会各界协助下,俄亚恢复了中断63年的祭天仪式。

第四节　东巴史诗演述的神灵空间

神灵空间即神灵所居住及活动的空间。因神灵遍布天上、地下、人间，其居住及活动空间往往与传统宇宙观联系在一起。东巴教的神灵空间有天地人三界。天界有十八层天、三十三个天域、十八层地狱、五方（东南西北中）、四神地（神山、神海、神石、神树）、署（自然神）界。这种神灵空间是由垂直的宇宙世界与平行的宇宙世界相互交织而成的。从历时性而言，东巴教的神灵空间有个不断发展丰富的过程，其底层文化以氐羌文化为主，接受本教文化后形成的次生文化体系构成东巴文化的主体，后期虽受中原道教文化、藏传佛教文化影响，但并不占主流。从东巴史诗而言，《创世纪》中保留了较多的底层氐羌文化，但也有本教内容渗透进来，如英古阿格、大鹏鸟、白蝙蝠、白海螺、狮子属于本教神祇，居那若罗神山形状与功能与本教的须弥神山如出一辙，白蝙蝠作为天地使者与本教《蝙蝠经》中的蝙蝠有惊人相似，包括开天辟地时的日月、星宿、山谷、木石等成对出现，以及二元对立观与本教创世观存在诸多文化共性。但相对说来，《创世纪》仍大量保留了氐羌文化，最突出一个证明是史诗中并未出现东巴教主丁巴什罗，也没有出现神路图中的诸多天神、署神，史诗中的至高神为董神，天神子劳阿普性格复杂，与如来佛祖这样的至高神形象相去甚远。而英雄史诗《黑白战争》明显属于受本教影响的产物，白庚胜认为此史诗与本教经典《叶岸战争》存在着相对应的传承关系。[1] 本节把东巴史诗的神灵空间分为原生形态、次生形态、新生形态三种。

1　白庚胜：《〈黑白战争〉与〈叶岸战争〉的比较研究》，《民间文化》2001年第1期。

一、原生形态的神灵空间

《创世纪》给人们描绘了一幅生动有趣、丰富多彩的宇宙图景。

宇宙不是哪个神灵创造的，不是基督教《圣经》中所宣称的"上帝说要有光就有了光"，而是经历了一个从无到有、从静态到动态、从简单到复杂、从天上到地下、从神灵到自然万物再到人类的一个过程。

一开始宇宙是这样的："远古的时候，天地混沌，卢神和沈神赶着万物在游荡，树木会走路，石头的裂隙会说话，到处在簸动摇晃着。"[1]

接着经过系列变化，先后产生了世界万物：天与地 — 日与月 — 星与宿 — 山与谷 — 木与石 — 水与渠 — 直与实 — 光与气 — 英古阿格大神 — 白蛋 — 白鸡 — 九蛋 — 九神。

宇宙初成，但因为开天九男神、辟地七女神经验不足，所开辟天地仍在簸动摇晃，于是在天地五个方位建造了五个擎天柱："在东方竖起海螺般洁白的擎天柱，在南方竖起松石般碧绿的擎天柱；在西方竖起墨玉般黝黑的擎天柱；在北方竖起金黄色的擎天柱；在天地中央，竖起白铁的擎天柱。"但大地仍摇晃不止，人们经过商量决定建造居那若罗神山，"由居那若罗山的山顶顶住天，使天大不动摇，由居那若罗神山的山脚镇住地，使大地不再震荡"[2]。居那若罗神山形成了沟通天地的天梯。人类始祖崇仁利恩与衬恒褒白命从天庭返回人间时就是从此神山上下来的：居那若罗山顶 — 美利署罗柯 — 衬尼日盘孜 — 利刷尤嘎拉 — 余勒盘蕊戈 — 黑白水（在玉龙山脚下）— 岗邦（今甘海子）— 玉龙山脚下 — 鲁盘埔 — 妥盘妥纳 — 崩古崩史（丽江白沙乡）。

从上可察，这个原生形态的神灵空间仍处于一个草创期，远不及佛教的三界、二十八层天、十方、三千大千世界那般详细丰富，但已经勾勒出了一个基本宇宙结构：天界 — 五方天柱 — 天地中间居那若罗神山 — 人间大地。天界与人间并无多大区别：天神子劳阿普就住在一个九间的大房子里，他与地上的人们一样放羊、种地、理水渠、捕鱼、打猎……从中可以看得出来，天界也就是人间的翻版。而人间最高神美利董神总住在人间大地，并无在天上生活的情景描述。

---

1 《大祭风·创世纪》，《全集》（第80卷），第4页。
2 同上书，第15页。

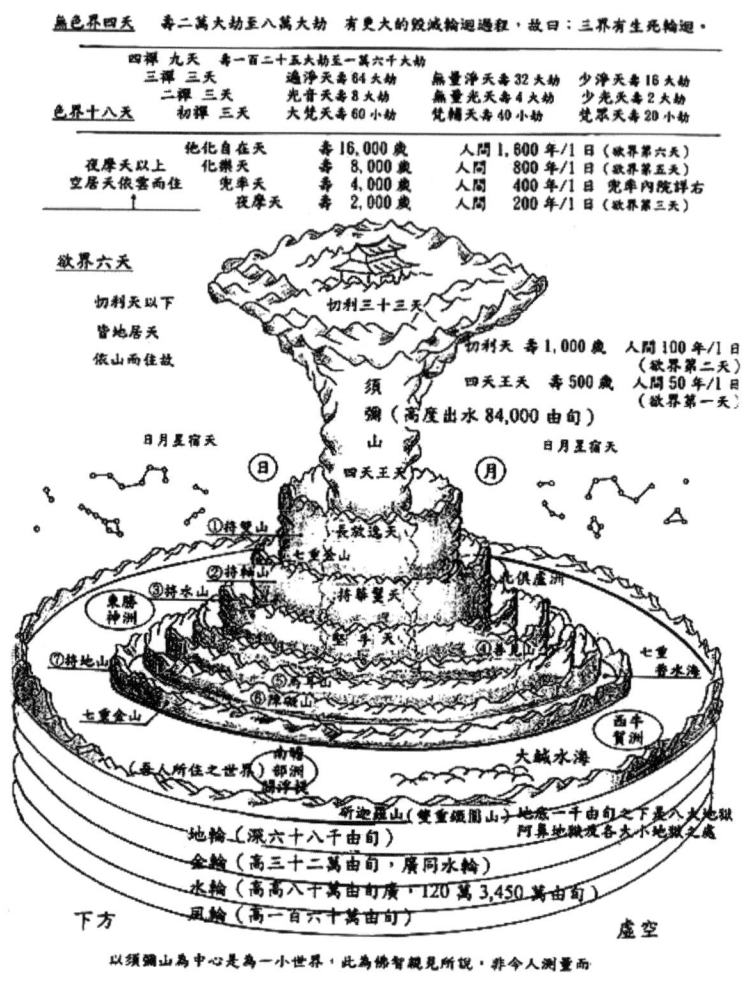

图 2-9 佛教小世界诸天图解

从《创世纪》中出现的神灵来看,也是从天上到人间的一个顺序过程:最早出现的神灵为英古阿格,其次是从白蛋中成对出现的神灵:

> 一对蛋孵出了盘神和禅神。一对蛋孵出了嘎神和吾神。一对蛋孵出了沃神和恒神。一对蛋孵出了卢神和沈神。一对蛋孵出了万能神和智慧神。一对蛋孵出了丈量神和计量神。一对蛋孵出了酋长和小头目。一对蛋孵出了祭司和巫师。一对蛋孵出了精人和崇人。一对蛋孵出了崩人和伍人。一

对蛋孵出了盘人和纳人。[1]

　　盘神和禅神分别指藏族神与白族神，说明了此经典是纳西先民迁徙定居到金沙江流域，与藏族、白族毗邻而居而形成的。把此二神居于前列，与纳西族先后受过吐蕃、南诏、大理国等民族政权统治的历史事实相关。纳西族称迪庆州为祖堆（zzeeq diuq），意为酋长地。嘎神为胜利神，吾神为赐福神，沃神为生育神，恒神为富裕神，卢神又名董神，为阳神、长寿神，沈神（另译为色神）为阴神，董神之妻子。在《斯巴金普与斯巴金姆》中认为二神为兄妹关系，是开天辟地后第一代始祖神，崇仁利恩为第二代始祖神，因兄妹婚在东巴教观念中属于乱伦不洁行为而进行了升级改造。万能神、智慧神、丈量神、计量神显然为人类生产生活中的职能神。后面的酋长和小头目、祭司和巫师、精人和崇人、崩人和伍人、盘人和纳人则属于人世间的官员、祭司、不同族群。酋长和小头目置于祭司与巫师前面，说明已经进入了阶级社会，统治权与神权分开，统治权居于神权之上。民族划分已经形成：崩人、伍人、盘人、纳人指不同民族，其中纳人指现在的纳西族。

　　《创世纪》后面还出现了天父、天母、天女、天舅之子、白鹤、蝙蝠使者等神灵，但除了留下天父狡诈、天女机智的印象外，这些天上神灵形象模糊，并没有多大的神力显现。整体而言，《创世纪》所塑造的宇宙结构及神灵空间是人间的翻版，具有突出的人性化特征。

　　此创世史诗所描述的宇宙结构是垂直与平面交义构成的立体图景，是一个从天上到人间、从一地到五方扩张的动态空间。《创世纪》还给我们提供了这样一些有价值的信息：宇宙变化生成说、卵生说、天圆地方说、五方天柱说、五方五行五色说、神山天梯说、人类繁衍说。人间与天界并无多大差别，人界是天界的延续，不只是人类的村寨顺着迁徙路与天上寨子相连接，人类的始祖也与天界始祖神相联系。这一方面反映了纳西族从北到南迁徙的历史，也折射出越远古的历史越神圣化的朴素历史观。习煜华认为，纳西族是由北方迁徙而来，北方为祖居地，是心灵的依靠，于是把北方圣化为保佑自己的神灵居住的地方。在纳西先民由北向南的迁徙过程中，迎面遭到敌对势力的重重阻碍，虽然

---

[1]《退送是非灾祸·求福泽》，《全集》（第35卷），第331—333页。

最后定居于金沙江上游,但仍视未曾深入的南方为潜伏危险和隐患的不祥之地,由此也认为那里栖居着令人恐惧的鬼魔。[1]《创世纪》中没有二十八层天、十八层地狱、自然神界之说,说明了其宇宙观仍保留了原生形态。

二、次生形态的神灵空间

东巴教受本教、佛教文化影响后,其神灵体系及神灵空间一时膨胀起来,拥有了2400多个神灵。[2] 与之相对应,出现了三界、十八层天、三十三个天域、十八层地狱、署界等较为复杂的宇宙观。白庚胜在《东巴神话研究》一书中融合了本教与佛教的神灵体系并将其称为新生神灵体系,并根据天界的天神、战神,自然界的署神,地狱的鬼怪进行了梳理。

  天神:萨英威德、英古阿格、恒丁俄盘、盘孜萨美、丁巴什罗、趣英吉姆、敦所翅补、愚鲁胜敬、吕诗麻道。
  战神:色森克久、骂米巴拉、卡冉、庚空都支、麦布精如、考如、肯忍米当、巴温、本当、三多、多格、优玛、神鹏、笃普西庚。
  署神:署哥叽布、那吉、署木都公盘、署美那布、署哥斯配、丁居丁资、丁巴、古鲁古究、牛生许卢、牛格堆畏、斯汝、汝捏座。
  鬼怪:此、尤、毒、仄、猛、恩、骤、直、单、拉、术、米麻塞登、格饶纳姆、受构负吉安那、英古底纳、恒丁窝纳、沙刷拿子姜、勒启斯普、史支金补、奴主金补、奴主金姆。[3]

每一大类神灵都有庞大的神灵队伍,如天界神灵下面分为至尊神、战神、神灵乘骑三类,每一类都有根据不同神力排位的神灵子体系。藏族宗教文化,尤其是本教对东巴神灵体系是统摄性的,从教主丁巴什罗,到东巴教中至尊

---

[1] 习煜华:《"三"在纳西文化里的含义》,《习煜华纳西学论集》,民族出版社,2009,第192页。
[2] [美]约瑟夫·洛克:《纳西英语汉语语汇》,和匠宇译,云南教育出版社,2004。
[3] 白庚胜:《东巴神话研究》,社会科学文献出版社,1999,第52-94页。

神——萨英威德、英古阿格、恒丁俄盘都在本教中有相对应的原型。署类众多，分布于天上、地上、人间诸界。如天上有九十九个署，地上有七十七个署，山上有五十五个署，峡谷间有三十三个署，村寨有十一个署。

有什么样的神就有与之相对应的鬼怪，东巴经中经常提到上天去迎请三百六十个本丹神、三百六十个朗久神兵、三百六十个端格神、三百六十个优麻战神、三百六十个精如战神等，这些大神要镇压三百六十个呆鬼、三百六十个臭鬼，三百六十个尤鬼等。

丁巴什罗在追杀最后一只小鬼时，小鬼说："如果你杀我的话，你们的首领将会缺粮，你们的祭司没的肉吃。"[1] 其中包含了鬼与神是辩证统一存在的道理。东巴经里的神灵与鬼怪体系极为庞大，一起构成了复杂宏大的神灵空间。

如此众多的神灵意味着广阔的居住、活动空间，东巴经里总会提及从十八层天上下来诸多天神："在十八层天界，丁巴什罗大祭司与盘神、禅神、沃神、恒神、嘎神、沃神与三百六十个天神作了商量，并求他们一同下界镇杀呆鬼与佬鬼。"[2] 十八层为天界的垂直空间，其平面空间则有三十三个天域："把祖先送到上面神的三十三个吉祥的神界里，送到上面的十八层天上。"[3]

与原生形态神灵空间相比，次生形态的神灵空间明显要丰富热闹得多，从天上到地上到地下都有众多神灵密布，且这些神灵的神性更为突出。"有困难，找神灵"成为东巴叙述传统的一大特色。如果说原生形态的神灵以始祖崇拜、自然崇拜的神灵为主，这一阶段的神灵则以神灵崇拜为主，这与本教、佛教的传播渗透有着内在关系。东巴经典中的宗教叙事特色，以及东巴仪式的宗教治疗功能也更加突出了。

次生形态的神灵空间的另一个版本是《神路图》，《神路图》主要用于丧葬时超度死者的亡灵仪式中，描述了死者亡灵要经过的地狱、人间（自然界）、天堂等各阶段的具体场面，对三界六道的神灵空间有着具体形象的描述。《神路图》中神灵众多，且均有严格的神灵排位及座次。从藏传佛教中引入的神祇凌驾其上，萨英威德、英古阿格、恒丁俄盘三尊大神依次居于高位，成为整个图

---

1 《超度什罗·迎请什罗》，《全集》（第38卷），第101页。
2 《退送是非灾祸·迎请什罗大祭司》，《全集》（第38卷），第73页。
3 《开神路·末卷》，《全集》（第58卷），第152—153页。

中地位最高的神祇。东巴教祖师丁巴什罗在神祇排位中仅列54位。护法神除了神灵以外，还有众多的动物，尤以鹏、龙、狮为主；地狱中的鬼怪形象也多与藏传佛教中的形象相似。《神路图》是藏传佛教的产物，其中的神灵只是在举行仪式时作为天神使用，并未成为东巴神话经典中的主角，和宝林认为，"因而，东巴经书仍保留了原始宗教的原貌。所吸收进来的外来文化，像一只不合群的动物，兀立在一旁，与原来的文化极不协调"。[1]

藏族宗教文化中的神灵体系比起东巴神灵体系更为宏大庞杂、结构层次也较为严格分明，如藏族宗教文化中的神灵分为原始神灵、本教神灵、藏传佛教神灵三大类。佛教作为后来居上的文化层，以其缜密严谨的逻辑体系把原始宗教、本教神灵置于佛教神灵体系中；而东巴教处于原始宗教与人为宗教过渡阶段，其神灵体系也呈现出较为分散、各职其能，互不统摄的特点。所以，虽然说东巴教已经吸纳了大量的本教、佛教文化的内容，但仍表现出合而不融，吸而不化的特点，东巴教仍未能成为独立的人文宗教。这与东巴教所处的自然、人文环境有着内在的关系。

三、新生神灵空间

1. 新生神灵

新生神灵空间是指在原生形态及次生形态基础上产生的新的神灵空间。新神灵空间与新产生的神灵有关。有些神灵是在旧神灵基础上演变而来的。如一开始的风神属于善神，经常出现于烧天香仪式时迎请嘎神、恒神、俄神、董神等大神的环节中：

> 属于恒神的白风的风神，属于嘎神的白风的风神，属于董神的白风的风神，像骏马奔驰使山丘动摇一般有威力的风神；去耕地的一天，像一对黑耕牛一样吃苦耐劳的风神；去打猎的一天，像一对猎狗一样穷追不舍的

---

[1] 和宝林：《东巴文化和神路图长卷》，赵世红主编《东巴文化研究所论文选集》，云南民族出版社，2003。

风神，去奔驰的一天，像一对骏马一样勇往直前的风神；骏马面前无跃不过的沟壑，利矛面前无击不破的顽石，好男面前无胜不了的仇敌。这一切都是风神所为。[1]

但到了后来，风神的形象及神职发生了反转性变化，由善神转变为恶神，且由男性神变为女性神，由居住于天上转变为居住于七个村落中的悬崖上方，成为风流鬼的代名词：拉伯腊汝地方的姑娘，建罗建依地方的姑娘，北边的欧史姑娘，依古地方的珍寿姑娘，达坞地方的达孜姑娘，阿昌地方的崩伉姑娘，达勒地方的乌刹命姑娘。东巴经《祭乌刹命》中专门记述了这个民间传说：

> 达勒村的乌刹命嫁到刺宝的拉妥迪地方。当母亲要送姑娘出嫁时，做了九十九件绸缎衣服做嫁妆，在缝衣服时，一件接一件，线尾都没有打结。女儿临走时，母亲还嘱咐女儿说，路上不能回头看。当女儿走到刺宝拉寿坡上，达勒乌刹命忽然想起好像有一件东西忘在家里了，扭头往后瞧一瞧。这时，云和风作变化，把姑娘吹到了对崖达勒肯蛍崖上，吹到了达勒阿昌崖上，吹到了九十个白色的崖面上，吹到了七十个红色山崖的崖嘴上，吹到了九层白云中，吹到了九股白风中间。达勒乌刹命、阿诺阿妞命，带领着云鬼和风鬼兵，带领着毒鬼兵和仄鬼兵，带领着呆鬼兵和佬鬼兵，带领着楚鬼兵和尤鬼兵。[2]

此部东巴经与祭风仪式相关。给殉情者超度时要举行祭风仪式，殉情鬼往往与风流鬼相联系。而丽江发生大量的殉情现象是在清朝雍正元年（1723）实行改土归流之后，是由于主政者推行"以夏变夷"的文化歧视政策导致文化冲突的结果。关于达勒乌刹命的传说及向风神形象转化也是源于这样的历史文化背景。

还有一类神灵是后来新产生的，如三多神、阿布高底神、城隍神、玉皇大帝以及遍布纳西族地区的各地山神、水神、树神等庞大神灵体系。

---

[1] 《禳垛鬼仪式·给优麻神烧天香作供养经》，《全集》（25卷），第24页。
[2] 《祭乌刹命·送木牌送鸡》，《全集》（第79卷），第145—146页。

《超度胜利者》中就把三多神列入胜利神行列中:"出现了拿嘎斯沛大神与三多大神胜利者,出现了身大力大,背着胜利者三多不觉得沉重的阿布嘎丁,拿嘎斯沛、三多与阿布嘎丁商量后,齐去天上的窝崩金补大神。"[1]除了三多神,把三多神扈从及其地方神也升级到胜利神行列中,这与这些地方神灵受到民众尊崇信奉的文化事实密切相关。改土归流后,流官们在丽江古城建造了城隍庙、玉皇阁,由此出现了城隍神、玉皇大帝神灵,说明这些经书及神灵是近代才出现的。[2]至于后来出现的山神、水神、树神都是当地东巴搬迁到这些地方才得名的,有些是东巴把自己知道的附近的名山大川的神灵纳入祭祀名单里,如俄亚的东巴经《烧天香》中就把夏那都吉山、仙乃日山、贡嘎山、峨眉山作为山神祭拜对象。这样一来神灵空间也相应地扩大了。

2. 新神灵空间形态的演变

随着人们生产力水平的提高,居住范围的扩大,外来文化的接触传播,神灵体系及其活动空间呈现出扩大化趋势,有关神灵空间形态的描述也越来越形象化、人性化、文学化。

原生形态中的神灵空间形态与人世间没有多大差异,基本上是人间生活的翻版,到了次生形态阶段后,神灵体系急剧膨胀,其活动空间也得到了极大的拓展,但其生活形态、情感世界、精神气质往往呈现出平面化、同质化现象,譬如我们对优麻战神、莫比精如战神、英古阿格、恒丁俄盘、萨英威德等大神的印象只有高高在上的冷面孔形象,于缺乏有关他们的生动故事以及形象具体的神灵空间场景描述。而到了晚期,这些刻板印象逐渐发生了转变:在《普尺伍路》神话里,丁巴什罗从神坛上下来,到普通人家也不受待见,由此发生了情节冲突;生动有趣的三多神、乌刹命、买卖岁寿等民间传说也进入东巴经书中;《鲁般鲁饶》的殉情故事一直感动着广大受众群体。与此相应,对神仙们居住世界的描写也越来越形象化、人性化、生活化。一开始所描述的神灵空间只是白描式的:

---

[1] 《超度胜利者·锐眼督直守卫胜利者的村寨、大门和山坡,集中后送有威望的胜利者》,《全集》(第69卷),第173—174页。

[2] 《大祭风·送神》,《全集》(第91卷),第176页。

董的大儿子阿奏，又到了神的美好的三十三个地方，又到了活着永远不会死亡的地方，身安魂宁，像美鬃的骏马一样漂亮了。树上也长满了有福有禄的叶子。[1]

　　送去神的有依端宝物的美好的三十三个地方，死者又到了太阳光明灿烂，月亮光彩华美，活着永远不会死亡的地方。[2]

到后期就变得越来越具体形象，如超度经书《执法杖》[3]：

　　到了恒依久柯坡……死者要一边养马一边骑着马跑马地上去呀。身上穿美衣，吃的是九种牲畜的肉，眼睛看的是鲜艳的花朵，那是好地方，死者要去游那个地方。除了挎着羊毛和牦牛毛制作的带子以外，人们的肩上没有接触绳子，那个地方是好地方，死者要到那里去游玩。一年到头都有吃不完的肉食，美花也常开不谢的地方，那是好的地方，死者的好眼睛要去看那个地方，死者的双脚也要去踏那个地方。手里不捻毛线，也有白羊毛美衣的地方，那是好的地方，死者要去那里游玩。双手除了挤牛奶以外，不用沾一点河水的地方，那是好地方，死者要去那里游玩。除了拉木轮车以外，身上不需要背东西的地方，那是好的地方，死者要去那里游玩。手里牵着骏马，身上穿着美衣的地方，那是好的地方，死者要去那里游玩。夜晚母马下了马驹，第二天早上马驹又可以骑着跑和驮东西的地方，那是好的地方，死者要去那里游玩。夜里母绵羊下了羊羔，第二天早上羊羔又可以赶到牧场放牧的地方，那是好的地方，死者要去那里游玩。夜里母猪下了仔猪，第二天早上仔猪又长大成肥猪，又可以吃它的肥肉和瘦肉的地方，那是好的地方，死者要去那里游玩。夜里母狗下了狗崽子，第二天早上狗崽又变成猎狗，并粗声细声地叫唤着可以追逐野兽的地方，那是好的地方，死者要去那里游玩。播下一茬庄稼，一辈子也有吃不完的粮食的地方，那是好的地方，死者要去那里游玩。裁了一身衣服，一辈子也有穿不

---

[1]《超度死者·先辈超度后辈》，《全集》（第61卷），第201页。
[2]《超度死者·超度锐眼死者辈》，《全集》（第61卷），第226页。
[3] 此经典又名《刺母孟土》，参见云南省少数民族古籍整理出版规划办公室编《纳西东巴古籍译注》（二），云南人民出版社，1986，第107页。

完的衣服的地方,那是好的地方,死者要去那里游玩。冬天三个月,也有常开不谢的花朵。春天三个月,也看不见凝结着的冰柱。夏天三个月,布谷鸟的鸣声也不中断,那是好地方,死者要去那里游玩。已去世的死者,高天的星崖坡下面,树叶在高原上飘荡,凉风在不断地吹拂,那是好的地方,死者要去那里游玩。在居那若罗山上,狗的脖子上挂着金项圈,放出的狗去神地游玩。在恒依久柯坡上,马身上配着金鞍子,马儿奔跑着去神地游玩。茫茫无际的天地白云间,祝白鹤飞时又到达上面。黄森森的高山上,祝跳跃着的老虎又到达神地。[1]

显然,这是一个类似于乌托邦的理想世界。在不同经书中对此地有不同的说法。如上述经书中把此地称为"恒依久柯坡",指神仙居住的久柯坡。有的经书则把此地定位为祖先居住地:

上方是已逝的祖先,人人牵一匹骏马的地方,到上方游去吧;上方是若不为挤牦牛的奶,手杆就无需碰水的地方;上方是若不为披挂白牦牛的披毡,肩膀上就无需搭挂任何绳子的地方;上方是若不转动木轮车来拖拿东西,背上就永远无需背负什么东西的地方;上方是那样美好的地方,到那个地方游去吧;那个地方啊,是晚上才下的小羊羔,早上就能跟着羊群上山又返回的地方;是晚上才下的小牛犊,早上就能犁田又耙地的地方;是晚上才下的小马,早上就能当坐骑的地方;上方就是这样美好的地方,去到那里住去吧。上方是撒下一季的粮食一辈子吃不完的地方;上方是缝制好一套衣服一辈子穿不完的地方。上方是冬天与夏天的气候没有差别,是布谷鸟的叫声永不歇的地方;上方是冬天与夏天的气候没有差别,是鲜花永远开放着的地方。上方是用鹿角来做机杼,若鹿角不够就可以用山驴角来接上的地方,到那里游去吧。上方是用山驴的鬃毛来织纬线,若山驴的鬃毛不够就可用猪鬃来接上的地方,到那里游去吧。上方是用动物的长角来做床,用动物的宽耳做枕头的地方,到上方游去吧。上方是祭米多得要用犁来搅拌,酒多得要用槽来装,肉多得要用耙来搅拌的地方;上方就

---

[1] 《超度死者·执法杖》(上卷),《全集》(第56卷),第235页。

是这样富饶的地方,到如此美好的地方去吧。祖先们居住在丙吕侉,祖先们生息在坞托迪地方。[1]

把神灵空间描述为理想国的这些经书多为超度仪式中用的经书,因死者死因及身份不同,超度的目的地也不同,如正常死亡的民众要超度到祖先居住地,而东巴祭司要超度到教主丁巴什罗居住的十八层天上去,而殉情者要超度到殉情神居住的地方。在东巴教观念中,非正常死亡者的灵魂超度目的地的层次要低于祖居地与天界,三者之间有个层级区隔。《超度死者》中如是说:"又到了死者的天地里,又到了死者的村寨里,又到了余孜布鲁卡和余旭瓦托迪地方,又到了太阳光明灿烂,月亮光彩华美的地方,又到了神的有依端宝物的美好的三十三个地方。"[2] 在比较《超度死者·执法杖》《大祭风·施楚鬼尤鬼食,拆楚鬼尤鬼房》《大祭风·超度吊死者情死者》《大祭风·鲁般鲁饶》四本经典时可以发现,虽然层级不同,但这些不同死者的灵魂栖居之所形态基本上是大同小异的。显然,这里面存在着相互借鉴的过程,而且越到后期的经书越具有文学化、人性化特点。《大祭风·施楚鬼尤鬼食,拆楚鬼尤鬼房》为过渡阶段的经书,在养殖家畜、吃穿住行方面的描述与前面经典大同小异,但在景物描写方面明显要高出一筹:

让楚鬼和尤鬼,将牲畜牵在后边,粮食拿在手中,花儿似的漂亮的衣服穿在身上,带着一双好眼睛,去观赏高原上美丽的景致,长一双好脚,去踩高原上漂亮的山花。站到白鹤常鸣的山坡上,去听鹰隼鸣叫的声音;站到猛虎常啸的山坡上,去听林涛声。有一双好手,去挤母牦牛的奶汁,去骑红虎,去放牧白鹿。[3]

《大祭风·超度吊死者情死者》中则明显简化:

---

[1]《关死门仪式·结尾经》,《全集》(第54卷),第200—202页。
[2]《超度死者·超度锐眼死者辈》,《全集》(第61卷),第233页。
[3]《大祭风·施楚鬼尤鬼食,拆楚鬼尤鬼房》,《全集》(第88卷),第174—177页。

> 到了高山峻岭上,手不用沾水,就可以去挤母牦牛的奶汁,到山岭上可以去用红虎作乘骑,到了大山上可以将白鹿当作自己的牲畜放牧,到上边可以去挤母鹿的乳汁喝,到大山上可以去用白云、白风织布,把白云和白风裁剪成衣服穿。长一双好眼睛,应该去观赏高原上美丽的鲜花;长一双好脚,应该去踩高原上柔软的尤孜草;把银花插在头上,金花拿在手中;去吸吮高原树叶中甘甜的露水,去摘食高原树上的金果。[1]

殉情经典《鲁般鲁饶》则如是描述:

> 在那人世间,苦死一辈子,不得吃个饱;挤奶一辈子,不得喝个足,放牧一辈子,不得穿得暖!好眼来看好山景,好脚来踩好茵草,好手来挤好鲜奶!住到白云缭绕的山国,来喝山间清泉水,来吃树尖甜松糖,来喝树叶美甘露!红虎可以当乘骑,公鹿可以当耕牛,白云可以来织布!不是松软的牦绒,肩膀不必拴绳了,不是洁白的鲜奶,双手不必沾凉水;不是身怀有孕呀,身体不必负重了![2]

20世纪40年代末,纳西族女作家赵银棠把她翻译的《鲁般鲁饶》选入《玉龙旧话新编》中,从而使这一理想世界为外界所熟知;1956年,牛相奎、木丽春二人发表了根据这一殉情经典创编的《玉龙第三国》,更使这一理想国扬名世界,"玉龙第三国"成为这一神灵空间的代名词。从中我们可以发现这一理想国的原型发祥于天界,后演变为祖居地,最后成为殉情者的理想王国。神灵空间的演变反映了民族文化变迁,折射出这个民族不断开拓进取的探索精神,以及不屈不挠的奋斗精神。

---

[1]《大祭风·超度吊死者情死者》,《全集》(第91卷),第106页。
[2] 和志武翻译:《鲁般鲁饶》,《东巴经典选译》,云南人民出版社,1994,第88页。

第五节　史诗演述空间特征论

自然空间、人文空间、仪式空间、神灵空间这些大小尺度不同的空间构成了东巴史诗演述空间。这些空间各有特点，但又相互联系，构成了一个辩证统一的有机整体。这些不同的演述空间关系特征表现在以下几个方面。

一、整体性

三国时期徐整编写的《三五历记》中这样描述洪荒时代的宇宙观："天地混沌如鸡子，盘古生其中，万八千年，天地开辟，阳清为天，阴浊为地，盘古在其中。"天地混沌初开时就如一个鸡蛋，阴阳变化而产生天地人。这一宇宙观属于卵生说，与纳西族《创世纪》如出一辙：天地混沌，声音与气体结合发生变化而生成善神，经过系列变化从蛋中孵化出天神与人类。天地从无到有，从简单到复杂，从上到下，从小到大，宇宙万物一直处于变化过程中，但无论怎么变化，其整体性特征始终没变。在纳西先民观念世界里，宇宙结构就是一栋自己建造的房屋，"天似穹庐，笼盖四野"。男神们在开天时没开严实，盖不住地，女神们辟地时没收住，只能使劲往里挤压，从而形成了高山丘陵；但天地仍未平稳，仍晃荡不止，人类与神灵们通力合作在五个方位建造了擎天柱，同时在天地中间建造了居那若罗神山，从而使天地安泰，风清气正，人类才得以生存繁衍。显然，史诗演述的这个宇宙空间的整体性不过是自身生存空间的翻版。整体性的第二个表现在于自然空间、人文空间、仪式空间、神灵空间是相互作用和联系的有机体。"一方水土养一方人"，东巴史诗在这方水土能够源远流长活态传承到现在，与这里的自然环境、人文环境密切相关。没有这样险峻的山峰峡谷、汹涌的大江相隔绝，东巴史诗及东巴文化不可能独善其身；这些奇险雄峻的自然环境激发了人们无穷的想象力，并把这些自然环境加工改造为奇特瑰丽的神话世界：山有山神、水有水神、树有树神、家有家神、村寨有村寨神、自然有自然神、打猎有猎神、庄稼有谷物神、人类繁衍有生育神……有神就有鬼，鬼怪体系与神灵体系相对应，这些神灵鬼怪遍布天地各个角落，人们通过举行仪式，以求禳灾祈福，从而增强人们顺应自然、改造自然的自信心："把雪山吞下肚也吃不饱，把江水灌入口也不解渴；一口气可以翻越九十九座大山，一口气可以蹚过七十七条大河……"

二、层级性

这些不同的演述空间存在着鲜明的层级性特征。首先是空间结构上的层级性。天界神灵高高在上，各显神通；中间地界人类休养生息，生老病死；自然界署类遍布山川湖海，上天入地，亦正亦邪；地下鬼怪作恶多端，层出不穷。这三个空间层级还可以细分，如十八层天界三十三个神域，十八层地狱六道轮回；署类天上有九十九个署，地上有七十七个署，山上有五十五个署，峡谷间有三十三个署。其次是时间结构上的层级性。宇宙万物是按照从上到下的时间顺序产生的：声音与气体—太阳与日月—恒星与行星—山峰与山谷—树木与石头—河水与水渠。其三是神性的层级性，从天上到地下，天的层级越高，神性越高，《神路图》中的萨英威德、恒丁俄盘、英古阿格的神性威力要高于下面的神灵。最低层的地狱则神性全无，成为与神灵相对立的魔鬼，在地狱十八层里，越邪恶的鬼怪越在更低层。而中间的人类与署类属于中性层级，即亦正亦邪。崇仁利恩的五兄妹乱伦遭致天神怒发洪水，崇仁利恩其他兄弟因作恶多端而被董神设计清除；署类作恶时会兴暴风骤雨，突降冰雹洪水，为善时则风调雨顺。

三、区隔性

不同空间层级之间有着严格的区隔。《黑白战争》中"美利董主住董地,美利术主住术地,董和术两家,黑白不相容,鸟类都不飞过界"[1]。董部族代表了光明与正义的人类,术部族则代表了黑暗与邪恶的鬼怪,人鬼之间不能情未了。如果人鬼之间发生关系,就意味着生病或命运不顺,要邀请东巴举行仪式禳灾驱鬼。天人相隔,崇仁利恩没有天女衬恒褒白的帮助就飞不到天上去;崇仁利恩一到天上时,天神子劳阿普就闻到人气,他磨刀霍霍准备杀掉这个犯天条的人。"家里有生人的气味了,我要把他杀死掉。"[2] 署类与人类同住自然界,矛盾频繁,最后在丁巴什罗主持下签订了互不侵犯协议,人类不能侵犯、骚扰署类居住的空间。在仪式空间中同样存在这样严格的层级间的区隔:神坛要高于祭鬼坛与鬼寨;神坛设于正北屋,鬼寨设于门外或院内南边,中间有神石或鹿砦相隔。

四、发展性

作为物质存在的自然环境及仪式空间也好,还是作为精神存在的人文环境与神灵空间也好,都处于不断发展变化的状态中。原来"眼见金沙江,没有煮茶水"的悲叹在高铁、高速公路、高架桥等现代化交通建设中成为历史,原来被大山大江区隔的交通障碍已经打破,从丽江城区到藏区的盐井、三坝、俄亚等纳西族村落都通了高速公路,原来需要三天三夜,现在一天内就可以抵达俄亚大村。从上述分析中可知,随着人们生产力水平的提高,居住范围的扩大,外来文化的接触传播,神灵体系及其活动空间呈现出扩大化趋势,神灵空间形态的描述也越来越形象化、人性化、生活化。这在天界理想国、祖居地的理想国到玉龙第三国的理想国的发展演变中也可得到证明。东巴仪式同样从简单的自然崇拜仪式发展到祖先崇拜、神灵崇拜,仪式规模、内容更加繁杂宏大,出

---

[1]《除秽·董术争战》,《全集》(第41卷),第9—10页。
[2]《退送是非灾祸·创世纪》,《全集》(第35卷),第361页。

现了时间跨度长达几个月的仪式群——祭天仪式，以及由众多仪式构成的超级大仪式——延寿仪式、超度仪式、大祭风仪式、大禳栋鬼仪式等。马克思认为神话是"通过人民的幻想用一种不自觉的艺术方式加工过的自然和社会形式本身"。当然这种"加工"并不是被动的，而是能动的创造过程。我们看到的荒诞不经的神话史诗，既是受到特定自然环境与人文社会环境制约的产物，同时也是不断发展创造、超越的产物。史诗所描述的理想国无疑是人类创造性与超越性的自我证明。

五、差异性

因纳西族不同支系所居住的自然环境不同，受到的外来文化影响不同，以及不同历史时期的社会发育及生产力发展程度不同，必然导致文化差异，由此反映到这些不同的演述空间形态上。从地域而言，只有纳西族西部方言区举行祭天仪式，而东部方言区并不举行祭天仪式，以举行祭胜利神仪式来取代祭天仪式；金沙江以南丽江纳西族有崇拜三多神仪式，而东部方言区没有此仪式，这与不同区域有不同的山神崇拜的人文环境有关，玉龙雪山是丽江坝区及周边民众所信奉的神山。从仪式空间来看，不同区域的仪式空间存在着不同程度的差异性。同样是祭天仪式，丽江塔城、鲁甸一带有山上、家里举行的传统习俗，而丽江坝区只在家外举行；纳西族传统祭天仪式在春节、农历七月分别举行两次大祭天与小祭天仪式，而三坝乡波湾村农历二月八日才在白水台举行祭天仪式，当天是当地纳西族民众在白水台野餐聚会活动的盛大节日。与丽江坝区纳西族视玉龙雪山为三多战神的化身不同，泸沽湖区域的纳西族摩梭人的神山是女神的化身，这与泸沽湖区域仍保留着母系制大家庭、走婚习俗有内在关系；相对应的，《创世纪》中丽江坝区的史诗主人公是英雄祖先崇仁利恩，而在摩梭人的《创世纪》中天女成了英雄祖先。丽江鲁甸一带的纳西人家祭胜利神仪式，是在室外地上设置祭坛祭祀，祭祀结束后将象征胜利神的祭木拿回屋里，拴在屋内中柱的上端。而四川的俄亚、三坝的东坝一带，则将祭胜利仪式的祭坛设置在屋内横梁上搭架的高台上，举行完仪式后，将象征胜利神的标杆树立在屋外顶上。还有的地方，整个祭祀活动全在屋顶上举行。

六、对应性

这些不同的空间之间还存在着相互对应关系。自然空间与人文空间的对应：纳西人居住的山林湖泊都有相对应的神灵及相关祭祀仪式，如山神、水神、高原神等。与署类不同，纳西人把这些神灵视为护佑神，统称为"世日"。《大祭素神》经中就提到了各十二个的山神、河神、高原神：

> 班朗山，坞日铺纳山，阿敦阿瓦山，依谷吾鲁盘山，吾盘纳垛日山，生毕柔巫鲁山，拉市寿美山，满余震色地方的大鹏山，烧米布坞山，培丹嘎拉山，剌宝构里山，剌宝阿精桑山，这十二座山的世日。还有十二条河的世日：即禾地的苦咸的盐水河，拉朵补大河，吕地的拉套河，美利苏大河，左边的古大河，中甸的梭河大河，班丹地方的补盘河，丽江坝的雪水河，丽江城里的古陆河，拉市地方的海水河，白沙地方的桑司河，昂坞地方的京盘河。还有十二座高原的世日：即禾地方的牧牦牛的高原，含玖拉衬高原，中甸地方的牧马的高原，庚地方的牧放牦牛的高原，格扎孟实高原，高嘎地方的牧马的高原，雪山上的尤臭高原，吉纳古实高原，达饶次美高原，古丙拉冉高原，古丙色勒高原，石鼓的拉鲍高原。[1]

《烧天香》就是一部纳西人的《山海经》，里面提及了纳西人从大西北迁徙到大西南途经的山川河流及村寨名称。不同区域的支系群体都有相应的山神，如丽江坝区的三多神与玉龙雪山，泸沽湖的格姆女神与狮子山，三坝白地的龙神与白水台等；与之相对应的有丽江坝区纳西族的三多节，纳西族摩梭人的绕神山节、纳西族纳罕人的二月八节。这种自然空间与人文空间的对应关系也是天界与地界的对应关系。

神界与魔界的对应：天界神域共有十八层，魔界地狱同样有十八层；天界十八层从上到下都有不同神灵体系，地狱同样有规则严密的鬼怪体系。《创世纪》中关于神灵及鬼怪的出世是相对应的：

---

[1]《大祭素神·为素神献饭》，《全集》（第2卷），第228—229页。

> 董族的恩余恩麻生下了九对白蛋，其中一对孵化出盘神和禅神；其中一对孵化出嘎神和吾神；其中一对孵化出沃神和恒神；一对孵化出知者和会者；一对孵化出丈量者；一对孵化出酋长和耆老，一对孵化出祭师和卜师；一对孵化出精和崇……术族的付金安拿产下九对黑蛋，一对黑蛋孵化出此鬼和扭鬼，一对黑蛋孵化出毒鬼、仄鬼；一对黑蛋孵化出猛鬼、恩鬼；一对黑蛋孵化出呆鬼和劳鬼，一对黑蛋孵化出秽鬼和支鬼……[1]

人间与鬼域的对应：《黑白战争》中相互对立的董部族与术部族，董部族住于人间，白天白地白日白月白山白水；术部族住于鬼域，黑天黑地黑日黑月黑山黑水。两个部族的产生是相互对应的，董部族的产生：

> 依谷阿格诞生了，依谷阿格作变化，刹依威德天神诞生了。刹依威德作变化，美利董主诞生了。美利董主作变化，出现了白的天和地，白的太阳和月亮，白的星星和饶星，白的高山河谷，白的树木石头，白的水和沟渠，白的山崖和大海。

术部族的产生：

> 依古丁纳出世了，依古丁纳作变化，米麻沈登出世了。米麻沈登作变化，美利术主出世了。美利术主作变化，出现了黑的天和地，黑的太阳和月亮，黑的星星和饶星，黑的高山沟谷，黑的树木石头，黑的大海山崖。[2]

五行五色五方的对应性也很突出，在叙述到不同方位的神灵、战神、东巴、神圣事物时都要把五行与五色附会上去。如《创世纪》中开天辟地母题中的五方天柱：

> 神的九兄弟，开天不会开，把天开成凸凸凹凹的。神的谬赫七姐妹，

---

[1] 《大祭风·创世纪》，《全集》（第80卷），第7—8页。
[2] 《除秽·董术争战》，《全集》（第41卷），第5—8页。

辟地不会辟，把地辟成簸动摇晃的。神的九兄弟，在东方竖起海螺般洁白的擎天柱，在南方竖起松石般碧绿的擎天柱；在西方竖起墨玉般黝黑的擎天柱；在北方竖起金黄色的擎天柱；在天地中央，竖起白铁的擎天柱。开天不足，用碧绿的松石来接，愿五方的擎天柱，把天顶稳顶妥当，辟地不够由黄金来糊，愿擎天柱把地镇住，大地坚实牢固。[1]

东巴教以木、火、土、铁、水五行分阴阳为天干，十二生肖为地支，并配以纳西称为"米吾"的九宫纪年。纳西族先民认为，一个人的命运是由出生之年的天干地支及"米吾"九宫决定的：

趣衣金姆由木、火、铁、水、土精吾五行凝聚而成，因此火化也要用象征木、火、铁、水、土五行的珍贵木材，用白海螺白杨树，绿松石柏树，墨玉野檀香树，银白的松树，金黄的栗树等几种珍贵的耐木火化。趣衣金姆的灵魂化作一股青烟，像白云清风飘进十八层天上。[2]

仪式空间与神灵空间、实践空间与观念空间、道德与非道德等方面也存在对应关系，在此不赘。

综上所述，自然环境是人文环境产生、发展的基础，人文环境是人为的第二自然，人们创造的神灵世界皆源于自然环境与人文环境，这些神话观念又反作用于人们的现实世界，并通过仪式演述进行"神话是真实的"观念实践，由此协调社会秩序、增强内部认同，促进人与自然和谐相处。格尔兹把仪式称作一种"文化表演"（cultural performance），把宗教仪式看作宗教表演并从仪式表演角度解释了仪式表现宗教和塑造信仰的实质。他说，对仪式参与者来说，仪式的宗教表演"是对宗教观点的展示、形象化和实现"，就是说，它不仅是他们信仰内容的模型，而且是为他们对信仰内容的信仰建立的模型。格尔兹还认为，宗教调整人们的行动，使之适应头脑中的假想宇宙（cosmicorder），并把宇宙秩序的镜像投射到人类经验的层面上。仪式是神圣化的活动。在仪式中，生存世

---

[1] 《大祭风·创世纪》，《全集》（第80卷），第7—8页。
[2] 《超度拉姆仪式·烧灵塔》，《全集》《第77卷》，第119—120页。

界与想象世界借助单一一组象征符号得到融合，变成同一个世界，从而使人们的现实感产生了独特转变。[1] 由此可见，这些不同的仪式空间共同构成了人们的生活世界与精神世界。

---

[1] ［美］克利福德·格尔兹：《文化的解释》，纳日碧力格等译，王铭铭校，上海人民出版社，1999，第104－129页。

第三章

文本研究

从广义的文本而言，文本有两种形态，一为语言的成分，一为超语言的成分。前者指一个句子、一本书和一个观察现象的内容所构成的认识对象，后者指话语的语义和内容所组成的记号复合体，它反映语言外的情境。[1]依照此定义，东巴史诗文本也可以分为两大类，一类是由语言文字形成的文本，以东巴口诵史诗文本为主、东巴经记录的史诗文本为主；另一类是超语言的东巴史诗文本，如通过音乐、舞蹈、图像、戏剧、影视形成的东巴史诗文本。长期以来，学术界及文化界中具有普遍意义的东巴史诗文本以东巴经籍中记录的史诗文本为主。超语言类的东巴史诗文本近年来受到学术界的关注，成为东巴史诗研究的新热点及学术生长点。

按照口头诗学大家洛德的观点，史诗文本都是演述中的创编，存在着一般性（"一次"）与特殊性（"这一次"）的差异。如何从无数的"一次"中有效把握"这一次"，可能这只能是一个理想而已，毕竟每一个文本记录者不可能每一次都能有效把握史诗演述的场域、受众、演述者、事件、传统等因素，包括上述的超语言文本也是如此，不可能作为我们研究史诗的范本，只能作为参考辅助文本。所以对史诗的研究，我们更多要依靠来自田野实录整理而成的语音文本，或经过科学合理整理而成的书面文本。

---

[1] 参见冯契主编《哲学大辞典》（修订本），上海辞书出版社，2001，第1533页。

所有的分类都是按照一定的观念形态或理论依据进行的，由此，因观念形态或理论依据不同而出现了不同的划分标准。东巴史诗文本的类别划分也是如此，依口头诗学理论可以划分为口传文本、半口传文本、以传统为导向的文本；以史诗类型标准来分类，可以分为创世史诗文本、英雄史诗文本、迁徙史诗文本；以整理方式来划分，可以分为科学文本、创编文本、普及文本、创作文本；以文本记录方式来划分，可以分为经籍文本、转抄文本、现场录音整理文本、口述记录文本、二度创编文本等；以史诗分布区域来划分，可以分为东部方言区史诗文本、西部方言区史诗文本，乃至可以更为详细具体到某一个地区、县、乡镇、村落。这样的划分是没有穷尽的，当然也不能为了分类而分类，分类的目的是为了更加科学、深入地分析研究，而非人为地增加研究迷障。如果这一分类标准比较符合研究对象的实际情况，就可以大胆地依此进行分析研究，也可以多视角、综合性地考察不同的分类情况，这样有利于更加完整、准确地把握它的本质。笔者认为东巴史诗文本研究，可以参照前三类划分标准，即口头诗学理论、史诗类型、整理方式。

第一节　东巴史诗的文本类型

一、口头诗学视域下的东巴史诗文本

约翰·麦尔斯·弗里、劳里·航柯等学者借鉴了洛德的"表演中的创编"及鲍曼的"表演理论",把史诗研究对象的文本划分为三个主要层面,一是口头文本(或口传文本),二是源于口头传统的文本(或半口传文本),三是"以传统为导向的口头文本。"

笔者认为这一划分类型是符合东巴史诗文本的实际情况的,东巴史诗文本本身源于口头,传于口头,通过口头来演述、传承、传播,由此决定了其口头性特征。需要说明的是这一口头性特征并非一成不变的,而是与历时性特征有内在联系:一开始包括东巴史诗在内的纳西族民间文学皆源于口头传统,这与人类的口头文化早于书面文化的文化发展规律是相统一的;另一证据是至今仍流传着以口头演述为主的东巴史诗文本,如在祭天仪式上吟诵的《崇般绍》。在一些东巴文化生态受到破坏而祭天传统得以延续的纳西族村落,祭天仪式上的史诗吟诵以口头演述为主,如戈阿干在川藏调查时发现甘孜州巴塘县、西藏昌都地区盐井县的纳西族村落在举行祭天仪式时以口头演述为主。[1] 而在丽江、迪庆境内的纳西族村落祭天仪式中所演述的《崇般绍》以书面文本为主。口诵经在祭天仪式中得到保留,说明了祭天仪式的叙事传统最初是以口诵经为主,经书文本是后期才产生的,二者同时并存于祭天仪式中,从中也说明了祭天对纳西族传统文化的深远影响。

---

[1] 戈阿干主编:《祭天古歌》,中国民间文艺出版社,1988,第286—289页。

随着生产力的发展，文字及书写文本也随之发明产生，形成了口头与文字并存的意义表达系统。东巴象形文字属于图画文字，具有原始文字的特征，因刚刚从口头传统脱胎而来，仍带有显著的口头传统特征，最突出的表现是这些文字写成的史诗、神话、祭祀文本并非作为文献资料来收藏或阅读，而是为了在仪式中吟诵。也就是说，这些东巴古籍大多是为口头吟诵服务的，天然地带有口头文本特征，但因为它又是由文字书写记录而成的，所以说是半口头文本。东巴经在东巴仪式应用中应分为口诵东巴经与东巴经籍两类，这在东巴祭司中有着明确的分类，如前者称为"口诵经"（kho^{33}by^{31}tɕy^{31}）、"书本诵经"（the^{33}ɣɯ^{33}by^{31}tɕy^{31}）。前者没有具体的经书，都是由东巴口头吟诵为主。

以传统为导向的口头文本主要指由整理者根据某一传统中的口传文本或与口传有关的文本进行汇集后创编出来的。这种创编并非对传统的背离，而是基于传统的文化语法，对这一传统中的口头及半口头文本进行合理的汇编、编辑、修改，从而使这一口头传统得到有序的传承与发展。这方面的代表性成果以芬兰民俗学家伦洛蒂创编的《卡勒瓦拉》为代表，这一口头传统文本成为芬兰民众国家文化认同的重要文化纽带。笔者在调查中发现，和力民、更布塔、和继先等东巴为了适应现代语境中的东巴文化传承，他们也对传统的东巴史诗文本进行了合理的加工创编，这些经过加工创编的文本仍保留了传统经典的核心内容，基干情节，且更能适应现代社会，从而在民间得到广泛的传承应用。这一类经过创编的史诗文本应属于以传统为导向的口头文本。《全集》也具有这一类文本特征，因为这一套全集的东巴古籍皆来自民间，都是在民间仪式中使用的，具有半口传文本特征，但与传统古籍文本不同的是经过了学者的加工整理，对文本进行了国际音标、直译、意译、注释的四对照整理，且把某一地（鲁甸乡）的东巴古籍作为范本，而非综合了各地纳西族东巴古籍。自1999—2000年出版以来，这一套百卷本的东巴古籍译注全集在纳西族民间得到了广泛的应用，好多因"文革"毁弃东巴经籍的村落中的东巴纷纷从中重新抄写经书，并在日常东巴仪式中予以应用，这种"文本回流"现象正好也说明了"以传统为导向的口头文本"的民间性特质。东巴史诗的这三个口头文本类型，可以参考表3–1。

表 3-1　东巴史诗口头文本类型

文本类型	创作	演述	接受	东巴史诗文本范型
口头文本	口头	口头	听觉	口诵经《祭天古歌》《除秽经》
源于口头的文本	口头与书写	口头与书写	听觉与视觉	东巴经籍《创世纪》《黑白战争》
以传统为取向的口头文本	书写	书写或口头	听觉与视觉	《全集》

从表 3-1 中可看出，严格意义上的东巴史诗文本应为前两类，后面的"以传统为取向的口头文本"情况相对复杂些，如《全集》在整理过程中，东巴作为协助人员参与整理，但主体以研究人员为主，阅读者也多为研究者及相关兴趣爱好者，这一类经书因整理者对东巴文化知识掌握程度及主观价值评判不同，存在"再度格式化"问题。[1] 不可否认源自东巴古籍的《全集》仍具有口头文本的特征，如果没有这个特征也不可能出现"文本回流"现象；正因为其中的东巴古籍内容仍具有传统的文本性质，完全可以在仪式演述中得以"复活"，所以才出现了转抄、传抄现象；但没有一个东巴是拿着《全集》中的整理本吟诵的。还有一种情况，和力民自己编写的祭天经书是按照传统的东巴古籍文本创编的，创编的目的也是为了服务于祭天仪式，所以能够在仪式中得到有效应用，在他主持的东巴祭天培训班上就传授了这一套祭天东巴经籍。以传统为导向的口头文本的产生及其生命力有赖于整理者的整体水平及社会的传统文化生态，整理者对传统文化与时代文化能够有效把握，整理创编水平较高，其整理的文本获得的认同度及使用率就相对要高，传统文化生态保存良好也能促进民众对这一类文本的广泛认同及接受。甚至可以说，一个族群或社区的传统文化能否得到有效有序的持续传承发展，关键是要看有没有出现能够合理有效地把握传统与时代关系的整理者及创编文本。从当下东巴史诗文本的现状而言，口头文本处

---

[1] 这一"再度格式化"概念是基于 20 世纪 50 年代和 80 年代的两次民间文化知识"生产运动"中产生的"格式化"问题来说的，即在翻译整理传统口头文本时脱离了原来文本的仪式语境及民俗传统，按照编辑体例进行格式化创编，如在语音上并未采用采集地的音系、未注明文本的地方文化背景、仪式中的使用情况等。

于严重萎缩的危机中，大部分传统村落的东巴史诗传承仍以半口传文本为主，以传统为导向的口头文本处于弱势地位。

任何史诗文本都是应运而生的，即使是格式化了的"以传统为导向的口传文本"，也有其不可替代的文本价值，它体现了某一时期人们的"史诗观"。正如美国学者马克在研究彝族史诗《梅葛》时所提出的观点：无论是口头文本，或是与口头有关的文本，还是以传统为取向的文本，都应该纳入文本本身的特定语境中加以评价和鉴赏。这样才能在口头语境中区别表演与表演之间的不同，才能在与口头相关的语境中分析文本与文本之间的不同，才能在已出版的作品中考察版本与版本之间的不同。基于对文学传统的正确理解和客观评判，每一种文本的归类和界定都有一定的分类准则和评价规范，并取决于文本本身的主体特质。[1]

二、东巴史诗的新类型文本

国内学术界对史诗类型的界定，主要有"神话史诗""原始性史诗""创世史诗""迁徙史诗""英雄史诗""复合型史诗"等六种。20世纪90年代以来，史诗的"三分法"（即创世史诗、英雄史诗、迁徙史诗）在学术界得到了广泛应用，当下国家层面的非物质文化遗产中的"民间文学"项目中也参照了这一分类法。相形于之前的"神话史诗""原始性史诗""创世史诗"等比较笼统的划分，"三分法"更准确地揭示了史诗的多元形态，有利于对纷繁复杂的史诗内涵进行深入剖析。

按照上述史诗概念来分类，东巴史诗可以分为创世史诗、英雄史诗、迁徙史诗三大类。创世史诗以《崇般图》为代表，英雄史诗以《黑白战争》为代表，迁徙史诗以《崇般绍》为代表。在仪式语境下《崇般图》还具有"复合型史诗"的特征。关于"迁徙史诗"与"复合型史诗"的东巴史诗文本类型定位是之前未出现过的，所以称为"东巴史诗的新类型文本"。

---

1 ［美］马克·本德尔、付卫:《怎样看〈梅葛〉："以传统为取向"的楚雄彝族文学文本》,《民俗研究》2002年第4期。

《崇般绍》是在祭天仪式上吟诵的代表性经典，讲述人类英雄祖先崇仁利恩娶回天女衬恒褒白命以后从天上迁徙回到人间的经历。从作为史诗的一大硬性标准——叙述对本民族有重大历史或文化影响的事件来看，祭天文化在纳西族文化中占有重要的文化地位及文化体积。祭天作为纳西族标志性文化在纳西族传统文化中占有举足轻重的地位，纳西族自称为"纳西祭天人"。俗谚有"纳西人以祭天为大"，这一经典在祭天仪式中的重要作用是毋庸置疑的，属于"范例的宏大叙事"。这一祭天古诗是在庄严的祭天仪式上叙述英雄祖先筚路蓝缕的迁徙创业历程，属于神圣叙事风格。可以说，东巴祭天经典《崇般绍》所具有的神圣性叙事、韵文体形式及重大文化体积等特征完全具备了迁徙史诗的条件。

就西方文学史上的史诗概念而言，某一部史诗应该是由不同章节有机构成的独立的叙事长诗。但就纳西族史诗而言，史诗并非独立存在，它是镶嵌在仪式中，与其他经籍文本，以及东巴舞、东巴画、东巴工艺一同构成仪式要素，并不存在单独只念诵《创世纪》《黑白战争》这两部史诗的仪式，如果离开仪式，或者失去其他经书及仪式要素的支持，这两本所谓的史诗就无法演述。事实上，这两部所谓的史诗也并非只有一部固定的文本，它在不同地域、不同东巴、不同仪式中有不同的文本，如《崇般图》在三坝被称为《土作》，意为事物的来历与出处，而在无量河的汝卡人支系中分为三部分：《卡兹次》《索索卡》《利恩恩科》，与丽江版本差异极大，这应该是《崇般图》的雏形。在纳西族西部地区只要举行较大规模的仪式就要念诵《崇般图》，不同的仪式内容有相应的变化，如禳栋鬼仪式中的《崇般图》、祭署仪式中的《崇般图》、延寿仪式上的《崇般图》、大除秽仪式上的《崇般图》，超度仪式上的《崇般图》等。大仪式中使用《崇般图》，主要是通过讲述人类远古的故事来交代重要的人类生存经验，强调只有遵循传统古规古制才能克服困难、禳灾降福，只有这样做才符合世界万物（包括人类产生、发展）的规律，违背了这些规律，人类就要遭受灾祸。这些不同仪式中念诵的《崇般图》，以哪一个仪式中的经书为范本？还是综合不同仪式中的版本？1958年云南省民族民间文学丽江调查队整理出版的《创世纪》就是综合了不同区域的不同版本，并根据阶级斗争观点进行了二度创编。如果没有一个综合文本，史诗的典型代表性及推广、宣传功能就会受到影响。《崇般图》是创世史诗吗？其实每一个东巴都知道，在《崇般图》之前还有一版更为古老的《创世纪》——人类始祖神董神与沈神的来历，这远比崇仁利恩的故事要久远。在现存东巴经中专门有本经书《斯巴金补的故事》，书中影射了董神与沈神兄妹婚的事实，但具体故事情节语焉不详，这应该是被改造的结果。因为前者叙述的是兄妹婚，后者是否定兄妹婚。

《崇般图》除了讲授世界万物的来历，重点还是在歌颂崇仁利恩的英雄壮举，对于本民族而言，崇仁利恩就是一个充满智慧与勇气的英雄祖先，所以这部史诗也包含了英雄史诗的特征。大祭风仪式中的《崇般图》其内容至少包含了创世、迁徙两大主题，如果按照钟敬文提出的"文化创造英雄"的观点，则可以把"天上求婚"母题划入文化创造英雄的主题中，因为崇仁利恩以其大无畏的气概及智慧战胜了子劳阿普的无理刁难与陷害，同时创造了两性制度、发明了刀耕火种、渔猎的生产技术。这样一部融合了创世、英雄、迁徙等多元主题的史诗，应划分到复合型史诗才是符合其实际情况的。

综上，我们看到在大祭风仪式及除秽仪式中的两部《崇般图》经书都包含了创世、英雄、迁徙的叙事主题，具有复合型史诗的某些特点，但不能都称之为复合型史诗，因为创世、英雄、迁徙三个主题在不同文本中所占的文化分量、文本比例各有不同，由此导致了史诗类型的不同。如大祭风仪式中的《崇般图》具有复合型史诗特征，而除秽仪式中的《崇般图》仍属于创世史诗，这说明同一名称的史诗，在不同仪式中其史诗类型也会发生相应的变化。

当然，也并不是说史诗类型是按某一主题或母题所占比例来划分的，应具体问题具体分析，史诗类型的划分还是得回到具体的文本性质中才能接近其本质。作为英雄史诗的《黑白战争》在董、术两部落发生战争前就描述了世界万物的产生过程，其实也包含了创世纪的内容，创世内容在史诗中所占比例达20%，[1]但不能据此把它划为创世史诗或兼具创世、英雄的主题的复合型史诗。因为创世内容在此史诗中是作为战争的背景而设置的，这部分交代了战争双方及战争动因产生的过程及文化背景，属于战争的一个有机构成，而非单独的叙述单位，所以《黑白战争》的史诗类型仍属于英雄史诗。

由此观之，不同民族的历史发展、社会形态、宗教信仰、地理环境等存在着不同程度的差异，决定了不同民族史诗类型的差异性，所以并不是每个民族

---

1 《禳垛鬼仪式·董术战争》，《全集》（第25卷），第161—234页。

的史诗都可以依照上述分类"对号入座",至于属于什么类型的史诗,都需要深入实际调查研究,具体问题具体分析才能得出符合实际的结论。

三、东巴史诗整理文本的分类

"史诗"这个概念是外来词汇,东巴史诗是"史诗"概念附加到东巴文学上而形成的文类概念。当然这并不是说东巴史诗这个本体是有了"东巴史诗"这个概念以后才有的,可以说,早在这个概念产生的至少上千年前就有了这一传统经籍文本。这些传统经籍文本犹如深藏于深山的矿产,只能由本土的祭司或少数民众所掌握,对外界而言仍处于"藏入深闺人未识"状态,由此需要熟谙本土语言与外来语言的专业人士进行翻译整理,使之形成外界"他者"也能看得懂的整理文本,便于外界了解与研究这一传统文化,这样就产生了整理本。因受时代限制以及整理方式的不同,产生了不同的整理文本。

(一)经籍文本

何为经籍文本?胡立耘对此有过较全面的阐述,他认为经籍文本是指在历史发展过程中积淀下来,成为本民族的经典并固定下来,得到一致认同和广泛流传的史诗文本。在纳西族、傣族、彝族等少数民族中,都有其世代相传的经典,内容广泛,而作为民族的根谱和宗教、历史、文学的渊薮的史诗是其中最为重要的部分。史诗经籍本是在本民族文字出现之后,多由本民族的知识精英兼宗教领袖的祭司、慕史(歌师)在世代流传的口头史诗的基础上记录、写定的。这些经籍多掌握在祭司手中,具有权威性、经典性。史诗的经籍本是民间口头文学的记录和整理,并非书面创作,基本上以手抄本形式流传,并在口头流传和抄本传承中发展有变异形式,乃至衍生形式。[1] 东巴经籍按用途分为两大类,"补久"(bbiu jeq),即祭祀中吟诵的经书;"素久"(seel jeq),即日常事务中使用的经书。东巴经籍中的祭祀类经书又分为两大类:"空使"(ku sheeq),即口诵经,"特厄久"(tei ee jeq),即书面经。《崇般图》《崇般绍》《董埃术埃》

---

[1] 胡立耘:《史诗的文本分析——以彝族史诗〈梅葛〉为视点》,《民族文学研究》2005年第2期。

三部史诗经籍文本是众多东巴经籍文本中的代表性经典，这些重要经典的形成是经过了上千年几十代人的不断锤炼加工完善而沉淀生成的经典名著。这些经典名著因跨越的年代及地域大，产生的变异程度也高，但相对来说其主题及基干情节、母题、风格是基本固定了的，从而较为真实全面地保存下来了史诗从产生到发展再到完善过程中的历史原生面貌，从而具有了较高的历史文化价值。而被誉为史诗的东巴经典，更以其宏大的历史题材、精练优美的诗体语言，崇高壮丽的风格，充溢着高尚勇敢智慧的品格给受众以强烈的情感冲击与思想熏陶，由此形塑了民族精神与民族性格。所以后世对东巴经籍文本的整理，往往把东巴史诗作为首选，这也是《崇般图》《崇般绍》《黑白战争》的整理文本层出不穷的内因。

1867年，法国传教士德斯古丁斯（Desgodins）最早从云南纳西族地区寄回巴黎一本11页的东巴经籍，到1903年，法国藏学家巴克撰写《么些研究》。在之后的100多年时间里，国内外众多学者对东巴经籍文本进行了大量的搜集、整理与研究。其中20世纪20年代至40年代一直活跃于藏彝走廊的美国人类学家约瑟夫·洛克在纳西族地区搜集了大量的东巴经籍，并进行了相应的整理研究，成为西方搜集东巴经籍文本最多、研究成果最为丰富的"纳西学之父"；其次国内的李霖灿、傅懋勣、赵银棠等人对东巴史诗做过深入的调查搜集整理与研究，其中傅懋勣所开创的东巴文、国际音标、汉字直译、意译四对照翻译以及字译的研究方法对后世东巴经籍文本的整理影响巨大，沿用至今。

中华人民共和国成立后，东巴经籍文本的搜集整理与研究在国家层面得到前所未有的重视及系统有序的开展，其中最具代表性的有三个大事件：20世纪50年代云南省民族民间文学丽江调查队对东巴史诗在内的东巴文学进行调查，并整理出版了《创世纪》《纳西族文学史初稿》；20世纪60年代前期在徐振康主持下由丽江文化馆翻译整理了130多册东巴经籍，石印成册的有22本；1999—2000年出版了丽江东巴文化研究所整理翻译的《全集》（100卷）。可以说，以上不同时期的东巴文化整理为研究东巴史诗提供了珍贵的研究材料，极大地推动了东巴史诗及东巴文学、东巴文化的可持续研究。

经籍文本为研究者提供了第一手材料，成为研究者了解、研究史诗的重要工具。东巴史诗经籍文本的搜集与整理是一项没有止境的长远文化工程，我们仍需要在现有基础上，不断扩大搜集范围，尤其是以往忽略的地区需要花大力气搜集整理，在搜集过程中，不仅要搜集以前搜集过的文本，也要搜集以前因为篇幅短小或因其他原因而弃之不顾的文本，还要搜集整理至今仍在民间流传的与东巴史诗相关的口头文本、实物资料、仪式过程、民俗传统等。在搜集整理过程中及时总结经验，使东巴史诗的搜集整理工作得到整体的推进，并有力推动东巴史诗研究的可持续发展。

（二）科学文本

按照"忠实记录、慎重整理"的原则，对经籍文本作逐字逐句地记录并进行"四对照"的翻译整理文本，可以称为"科学文本"。这类文本以傅懋勣于1948年出版的《丽江么些象形文〈古事记〉研究》，1965年由丽江县文化馆石印的130多册东巴经籍，以及1999年出版的《全集》为代表。

为什么把这类文本称为"科学文本"？主要是就按照严格的科学方法来搜集、记录、翻译整理民间文学，建立科学研究的资料学体系而言。1958年全国民间文学工作者第一次代表大会上提出了"全面搜集、忠实记录、慎重整理、适当加工"的十六字方针，成为全国性的民间文学在搜集和整理方面的指导性纲领。贾芝在1961年少数民族文学史编写工作座谈会发言中提出采集民间文学要和劳动人民同吃同住同劳动，并且较为详细地说明"忠实记录"在搜集和整理层面应该如何实践，特别提出搜集最好采用逐字逐句记录的方法，同时，对民间文学的整理、改编、创作进行了区分。此外，他还提到文学读本与科学资料本的区别，提倡要以科学的方法来搜集民间文学，建立科学研究的资料学体系。这一搜集整理原则的确立，标志着民间文学搜集整理开始规范化、科学化，民间文学的科学意识逐渐加强，对民间文学的认识重点也由文学转向口头，而资料的搜集也由书面文本的传统转向田野实践。[1]

当然，虽然我们提出民间文学的科学资料本的概念是在20世纪五六十年代，但这并不意味着之前没有出现过东巴史诗的科学整理本。早在20世纪40年代就出现了以李霖灿与傅懋勣为代表的东巴史诗的科学整理本。

20世纪60年代初期，时任丽江县委书记的徐正康看到洛克著的《中国西南

---

[1] 林继富、杨之海：《科学化、整体性民间文学记录的探索——基于西藏民间文学搜集整理的讨论》，《西藏大学学报（社会科学版）》2019年第4期。

古纳西王国》英文版本后,认识到东巴文化的重要价值,从而组织丽江县文化馆对丽江境内的东巴文献进行搜集、整理,并聘请大东巴和正才、和芳进行经文解读,组织人员开始专门的翻译整理东巴经籍活动,共翻译整理了130多册东巴经籍,石印成册的有22本。可惜译注整理工作遭"文革"冲击而中断,东巴经文译注本大多佚失,仅保留下来石印本21部。

1981年丽江成立东巴文化研究机构后,经过近20年系统科学地整理翻译,于1999—2000年由云南人民出版社正式出版发行《全集》(100卷),并于2001年荣获第五届国家图书奖荣誉奖。2003年8月,联合国教科文组织世界记忆工程咨询委员会第六次评审会同意将东巴古籍文献列入《世界记忆遗产名录》。杨世光在这套全集的"跋言"中如是说:"同一种古籍,往往有诸多不同的书写版本,全集优先选用最古老、最完整、最具代表性的书写版本。同一种古籍,又往往用于不同的仪式,内容差异或大或小,鉴于不同仪式所需,这类差异不大的一些版本仍然选入,不避少量重复。"[1]和力民评价说:"《全集》分类,基本上是按东巴教内部的类属,分为五大类:祈神类、禳鬼类、丧葬类、占卜类及其他类(包括舞蹈、杂言、宇书、药书)等经典。《全集》的译注,采取科学严谨的五层次对照的古籍译注体例。所以,这部内容浩繁,博大精深的东巴圣典,具有严谨的科学性和权威性。"[2]《全集》的出版意义深远,正如和万宝在《序言》中所评:"传统文化,备受近现代文化冲击,东巴文化当然在所难免,众多东巴已销声匿迹,幸存者已寥寥无几;图籍文物,不断毁销散佚;仪式习俗,濒临消亡。这一'其命维新'的古老文化,已是风烛残年,危在旦夕。好在东巴文化本身有其不可磨灭的价值,而世上也真有敢挽狂澜于既倒的志士仁人,存亡继绝、起死回生于奄奄一息之际!见此全集,理宜铭记具有远见卓识和大无畏精神的先驱者们,与学者共事研究的东巴先生们,他们率先叩响东巴文化大门,传扬出去,开山创业,卓有成就,功垂青史,永不湮灭!"[3]

丽江东巴文化研究所翻译整理的东巴古籍有两套,一套是1986—1987年整理出版的《纳西东巴古籍译注》(以下简称《译注》)(一)(二)(三)卷本;另一套就是1999—2000年出版的《全集》。前一套的大部分整理作品被纳入后来

---

[1] 杨世光:《旷古一绝 世纪丰碑——〈全集〉代跋》,《中华读书报》2001年7月11日。
[2] 和力民:《东巴经典大破译:写在〈全集〉出版之际》,《民族团结》1998年第2期。
[3] 和万宝:《总序》,《全集》,第1页。

的《全集》文本中，也有少数经典没有被纳入，可以作为比较参考文本。如大祭风仪式中使用的《崇般图》经书，《全集》中是由和即贵释读、和宝林翻译的文本[1]，在《译注》（一）中是由和云彩释读、和发源翻译的文本[2]。

可以说，以上不同时期的东巴史诗整理文本为研究东巴史诗提供了珍贵的研究材料，极大地推动了东巴史诗及东巴文学、东巴文化的可持续研究。

（三）创编文本

创编文本是指在对传统的经籍文本进行翻译整理时，在不改变原文主题及基本情节的前提下进行适度的二次创编而形成的整理文本。此处的"二次创编"是基于在翻译整理出来的第一稿基础上创编而言的，即先整理出来第一稿，在此基础上再进行第二次合理的创编，如人为地增删一些内容，使史诗语言更加凝练优美，人物形象更加突出，情节更加生动曲折，但并未改变原文的基本面貌、主体结构及整体风格。可以说创编文本介乎于科学文本与文学文本之间，比之科学文本有些适度的创编，比起文学文本的面目全非又相对保守些。就东巴史诗文本而言，这类文本以1960年云南省民族民间文学丽江调查队编写的《创世纪》、戈阿干2019年出版的《神秘、神奇、神圣——纳西东巴神话揽胜》中的《创世纪》《黑白战争》为代表。

1958年以来，云南省民族民间文学丽江调查队曾两度对东巴经文在内的纳西族民间文学进行大规模的搜集、翻译和整理，并在此基础上于1959年12月编写出版了《纳西族文学史（初稿）》。客观而论，这两次搜集、翻译、整理工作对于抢救纳西族民间文学有着积极意义，《创世纪》《纳西族文学史（初稿）》的出版使纳西族文学在国内外民族文学之林中的地位获得了相应的提升，在研究纳西族文学史中也具有开创之功。但这一时期的民间文学搜集、翻译、整理受到"左"倾的严重干扰，这体现在整理过程中以突出政治路线，强调阶级斗争观点为主线，尤其以"剔除糟粕"为名，对东巴文学实行去宗教化篡改。认为"东巴教篡改、歪曲纳西族文学，宣传封建迷信思想"。"过去有些人过高地估计东巴教和东巴的作用，甚至把所有的东巴也说成是歌手，强调了积极的一

---

1 《大祭风·创世纪》，《全集》（第80卷），第4—64页。
2 云南少数民族古籍整理出版规划办公室编：《纳西东巴古籍译注》（一），云南民族出版社，1986，第151—240页。

有出现战亡和死后进行超度仪式的时候：最初从上方出现了原始的声音，从下方出现了原始的气声和原作气作变化，变成了一滴白露珠；这滴白露珠作变化，变成了三滴三滴白色露变化。变成了董神的白色神册；白色的神册里，长出一棵枝如头发般丝的神树。这棵奇异的神树，生地与鬼城之间。想要争得这棵神树，神和鬼都来窥探它，董部族和术部族也都来窥探它。夜半里，术部族的头目商量要砍伐它；清晨，董部族的头目商量要培育它。这棵神奇的树，开着金花和结着松石果和宝石果。为了得到这棵树，术部族出来看守它，董部族出来看守它。董部族和峡都说守护了花守护了树。董部族和术部族之间，开始了争夺神树的斗争，由此而出现了争执，了械斗和战火。出现了死亡和死后举行超度仪式，开始了部族之间战争的历史。最早，还没有宾客往来和一起饮酒吃饭的时候；

na⁴¹	lɯ³³	le³³	koʔ³³	tsʰɿ³¹	doʔ³³	ɯ³¹	tsʰɿ⁵⁵	lɯ³³	bɛ⁴¹	...

居那若罗 顶 潮 黄 潮泊 一 潮 有 湖 黄 潮泊
里 鱼 黄 一 双 有 鱼 黄 一 对 来 蛋
双 咬 上方 一 衔着 一 衔 啥 没有 下方
衔着 二 衔 啥 没有 一 月 三十 天 日子 争
着 又 去了 居那若罗 顶 太阳 左 从 出
面 又 运转 月亮 右 从 出 左 面 又 运转

① 古代纳西族先民认为，太阳从居那若罗神山的左边升起，往神山的右边运转，月亮从神山的右边升起，往神山的左边运转；每月相遇一次，又分复，常年如此，周而复始。

na⁴¹	tɯ³³	le³³	koʔ³³	tsʰɿ³¹	doʔ³³	...

晦日 又 相遇 朔日 一个 一 边 又 往
去了 一 年 十二 月 月 来历 这 从 出 含依巴达
树 树 叶 十二 叶 天地 十二 年 年 来历 这
从 出 鬼 和 神 两 个 冬 寒 夏 暑 三十 天
日子 争 日子 斗 着 兴 的 出处 来历 出现 又 去了 上
从 声 原 出现 下 从 气 原 出现 声 气 两 股 变化
作 松石 绿 亮 闪光 的 出现 松石 绿 亮 闪光 的 变化 作
天地 白 晃晃 的 出现 天地 白 晃晃 的 变化
作 出声 会 声 好 气 佳 出现 声 好 气 好 变化 作 依谷阿格
出现 依谷阿格 变化 作 刹依威德 出现 刹依威德
变化 作 美利董主 出现 美利董主 变化
作 董湖 白 的 这 从 出现 美利董主 来 早晨

① 东巴古籍中的善神名。
② 东巴古籍中的大神名。

图 3-1 襄栋鬼仪式中使用的《黑白战争》四对照整理文本

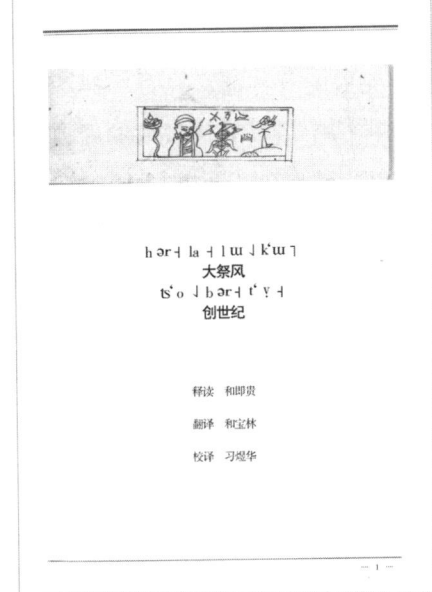
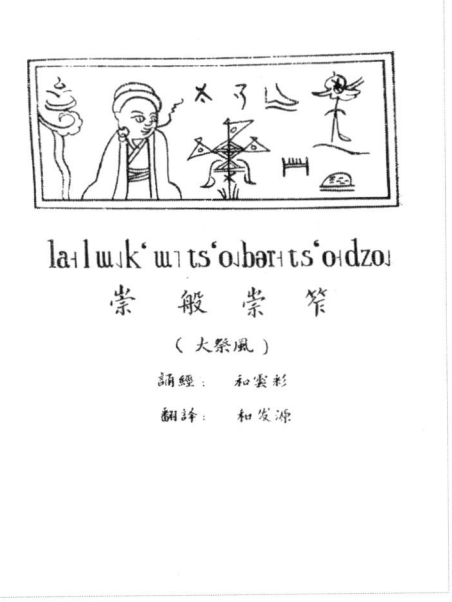

图 3-2 《全集》与《译注》封面比照

面，忽略了消极的甚至是反动的一面。""归根结底，东巴教作为一种宗教，毕竟是一种反动的意识形态，它是统治阶级用来麻醉人民的工具，其实质是反动的。"[1]在这种"左"倾路线指导下，臆断《创世纪》《鲁般鲁饶》《普尺伍路》等东巴经典是封建社会时期产生的，主题是"歌颂劳动，反对封建迷信"。这不仅严重影响了东巴文学的翻译整理工作，而且使东巴文化研究陷入停滞状态。

以1960年出版的整理本《创世纪》为例，整个文本共分为"开天辟地""洪水翻天""天上烽火""迁徙人间"四大部分。四个部分的主题、情节、人物形象、母题、叙事风格与传统经籍文本相一致，使其具有"科学文本"的一面，但另一面又不能与科学文本画上等号，毕竟对原文进行了人为的创编，最突出的是把原来属于迁徙史诗《崇般绍》中的内容嫁接到《创世纪》中，使两个文本合成一个文本；还有一个突出的创编特征是把经籍文本中的属于口头程式的重复语句大量地删除，使之趋于作家文学化，从而使口头文本变成了书面阅读文本；三是迁徙主题内容部分，有意删除了迁徙的路站名称，表面上似乎减少了宗教色彩，但也减弱了史诗的文化体积；四是创编过程中存在着时代局限性，为了突出阶级斗争主线，有意强化了崇仁利恩的斗争性，子劳阿普的反动性，使这部创世史诗变成了阶级斗争的史诗。如果没有这部整理本，东巴史诗乃至东巴文学的地位及作用会受到严重影响，它的历史作用是不能低估的，但作为二度创编之下形成的整理文本，我们应对它的形成背景及内容有个科学、辩证的认识，我们可以把它当作普及读物，但不能当作科学文本。

戈阿干改编东巴经典的集大成之作是晚年完成的《神秘、神奇、神圣——纳西东巴神话揽胜》一书，此书基本上把东巴神话中最具有代表性的经典都囊括了：《创世纪》《黑白战争》《鲁般鲁饶》《东巴什罗传》《署鹏争斗》《白蝙蝠取经记》《崇仁潘都寻长生不老药》《神路图》《虎的来历》《鸡与人类换寿命》《雷神与电神的来历》《多萨敖吐》《普尺伍路》《杀猛妖》《高勒趣招魂》《阿明什罗传》等。此著可贵之处在于既忠实于原著又高出原著，是对东巴文学经典的当代化。正如作者所说，"我曾拿东巴神话作素材创作长诗、小说等文学作品，用于吟诵的东巴经卷本全部属于韵文体或诗体，在这本新书的一些篇目里，我着意保留了一部分诗体语言。对每卷选往返神话，我采用了近似小说式即讲

---

[1] 云南省民族民间文学丽江调查队编写：《纳西族文学史（初稿）》，云南人民出版社，1959，第96、97页。

故事的语体,但力求恪守一条原则:拒绝小说式的虚构,保住经典自身的系与支脉"[1]。

在他改编过的东巴创世史诗《创世纪》中,出现了原来作品中没有的情节:当衬恒褒白命听到父亲把她许配给天舅的儿子可兴可洛时,她万念俱灰,已经做好了通过自杀来表明心迹的准备。知女莫若母,她的母亲最后面授机宜,打开深藏多年的宝箱,把白鹤羽衣穿到了女儿身上,让她到人间大地寻找所爱。衬恒天女穿着羽衣从天上飞向了人间大地,最后遇上了崇仁利恩,二人由此相识相爱,最后崇仁利恩被衬恒藏在羽翼下带回天堂向父母求亲。里面有女儿的倾情悲诉,母女互诉衷肠,利恩与衬恒的谈情说爱等许多情节。需要说明的是,这些新补充的情节,并非全是作者本人的创作,有的引用了东部方言区创世史诗《子土从土》中的情节,有的借鉴了"天鹅处女型"(又名羽衣型)故事母题,从而使文本增加了民间文学底色,而非作家文学特色。这些情节的增加非但没有影响作品的完整性,且更加丰富了内在的肌理,显得血肉丰满,真实可感。加上文本中穿插了大量的东巴象形文字,使作品趣味盎然。如文中如是写道:

> 利恩像是做了一场梦,但还来不及多想,天女衬恒褒白已重又穿上鹤衣,就让他紧紧拢住她的腰身,双双向蓝天白云高高飞去。[2]

在文字下面插入了一张东巴象形文的插图,如果不仔细看,一时不能注意到白鹤翅膀下面躲藏着的崇仁利恩:

图3-3 《创世纪》插图

---

1 戈阿干:《神秘、神奇、神圣——纳西东巴神话揽胜》,团结出版社,2019,第2页。
2 同上书,第19页。

在《白蝙蝠取经记》中的东巴经文插图也同样生动有趣：

图 3-4 《巨蝙蝠取经记》中的白蝙蝠形象

作者把此故事中的主人公白蝙蝠与《西游记》里的孙悟空进行了丰富的联想与比较：

> 他俩都是取经者，也都是十分灵敏聪颖、富有智慧的机智角色。只是孙悟空是陪着唐僧远赴西天取经，白蝙蝠则是飞抵十八层天上到盘兹萨美女卜神那里求取东巴教卜经卜具。在《西游记》中，有大智若愚的唐僧把孙悟空陪衬得活灵活现；而在《碧帕卦松》中，女卜神盘兹萨美也放下尊神架子，似乎改成一位"托儿所的好阿姨"，配合小精灵白蝙蝠，为我们演绎出一幕幕充溢着浓浓童趣的求经、赠经神话。[1]

作者能够出神入化地解读与还原原文，关键在于他对作品真义的把握。"我本人已不知多少次捧读过多少回这部经典，可总有百读不厌的美妙趣味，这恐怕要归功于它特有的童话情趣。"[2]

上述经过改编的东巴神话、长诗应归纳为以传统为导向的文本类型。一些学者力求"原生态"的东巴经文本，反对对原来经文进行任何的改动，认为这样就破坏了原生态文化。当然，我们反对东巴经造假行为，也反对不顾历史文化背景对东巴文化进行任意篡改恶搞行径，但应该尊重与鼓励对东巴经典原著的创造性改编与创新性发展，这本身也是东巴文化发展的内在要求，也是社会发展进步的必然要求。可以这样说，我们在多大程度上能够对东巴文化进行合

---

[1] 戈阿干：《神秘、神奇、神圣——纳西东巴神话揽胜》，团结出版社，2019，第229页。
[2] 同上书，第228页。

理化改编、创新性发展,也就在多大程度上决定了东巴文化能够走多远。创新是文化的生命。史诗、神话的创造与发展就只能是古代祖先的专利?我们现在看到的古希腊神话、《荷马史诗》、《圣经》都是经过了上千年无数人的改编、锤炼而成为经典;世界上最长的史诗《格萨尔》并未画上句号,至今仍在艺人口中不断扩充与发展。19世纪上半叶作家艾里阿斯·伦洛特(Elias Lönnrot)收集了在芬兰(当时未建国)当地流传的大量民歌、神话、传说,编成了著名的英雄史诗《卡勒瓦拉》,深化了芬兰民众对民族传统文化的认同,直接推动了芬兰的独立运动,并最终实现建国,这一史诗在芬兰国家享有崇高的荣誉与文化地位。《卡勒瓦拉》成为以传统为导向的文本典范。

(四)意译文本

意译文本是指对东巴史诗经籍文本进行严格的逐字逐句汉语意译而形成的整理文本。这一整理文本客观上具有科学文本的特征,因为整理者在进行翻译时是建立在对原来经籍文本的"忠实记录、慎重整理"基础之上,但与科学文本的"四对照"不同,它只保留了意译部分的内容,并没有东巴文、国际音标、直译的内容。与创编文本、创作文本相比,它没有创编及创作的内容。相对说来,这类文本便于学者们阅读及参考。意译文本以和志武整理的《东巴经典选译》及戈阿干整理的《祭天古歌》为代表。关于这两部代表作的介绍在第一章第二节有详述,本节不再展开赘述。

(五)创作文本

根据原文基本内容进行幅度较大的改编再创作,使之形成新创作的文学作品,这类可以称为"创作文本"。这一类以戈阿干创作的《格拉茨姆》《查热丽恩》及木丽春、牛相奎的《玉龙第三国》为代表。

郑李认为,对原来经典进行整理与再创作分属两个不同学科领域。整理者应力求忠实原作,以具有科学性为贵;而再创作则可以运用自己独特的见解去发掘经典原著的新意义,表现出新的主题。戈阿干先生在处理原题材,确定新主题,特别是在典型形象的塑造上确实进行了艰辛的劳动和大胆的探索,并取得了可喜的收获。"《查热丽恩》的人物塑造,不光是着眼于神话的神,而是落笔于创世纪的人,不光是着眼于人物的某一方面的性格特征,而是像一架多棱镜，可以使读者从不同的角度，看出人物性格的各个侧面，使人物形象具有多方面、多角度、多层次的主体真实感，从而领略许多发人深省的人生哲理，激起巨大的感情波澜。这应该是戈阿干同志以民族神话传说为题材进行再创作的一个重大的贡献。"[1]

《格拉茨姆》"把部落仇杀这种社会历史现象，升华到民族团结的高度，用以反映民族团结的主题，这是有现实意义的"。《格拉茨姆》成功地"把一个'魔女'抒写成敢于把世仇化为大爱，虽临死也不低下头颅的纳西女性美神"。[2] 可以说经过创造性改编的《格拉茨姆》在文化主题与文学审美上都超越了原典，成为纳西族文学殿堂中光彩夺目的经典作品。这部作品创作的成功应归功于作者对传统经典的精准理解与创新性发展。原作中格拉茨姆是作为敌方实施美人计的一个诱饵而出现的，她在海边洗澡时故意袒胸露乳来勾引董若阿路。"原经文显得过分俗（俗）气，尚缺少一种美感，于是我把一对乳房改写成一对想到碧滩上寻觅食物的玉兔。这样性感与美感就完美地结合在了一起。我早年拜读《圣经》，《圣经》里把女性的乳房美化为一对小马鹿，我把它变换为白兔也觉得挺美。"[3] 经过作者的创造性改编，原来的魔女变成了摄人心魄的美神：

> 她又泡洗她的一双脚，
> 她的脚像是白玉琢成；
> 白嫩嫩的脚泡在海水里，
> 透明的海水变得更晶莹。
> 她又浴洗她那飘散的头发，
> 她的乌发像是墨玉亮晶；
> 长长的乌发被水摆来飘去，
> 晶莹的海水显得更洁净。
> 她又沐洗她的身子，
> 她的乳房像是一对玉兔；

---

[1] 郑李：《他走在一条璀璨神奇的大道上——评价戈阿干长诗〈查热丽恩〉》，《中南民族学院》1984年第3期。
[2] 戈阿干：《戈阿干长诗集》，中国国际文化出版社，2019，第331页。
[3] 同上。

洁白的玉兔浸在海水里，
洁净的海水变得更迷目。
波光辉映着柔美身肢，
海水抚弄着玉骨冰肌；
青春在浪花里变得无比神奇，
像一团云霞溶化在波光里。[1]

戈阿干根据《黑白战争》创作的文学作品有四个版本，堪称创造了一个再创作《黑白战争》之最。除了《格拉茨姆》外，还创作过连环画脚本，纳西民歌"谷气版"、国家艺术基金项目《黑白战争》画展文本。他的创作文本改变了原作的主题、结构、语言风格，甚至人物性格也发生了较大的变异。如上文中提到格拉茨姆，在原来的经籍文本中是作为魔女的反面角色出现的，但创作文本中却成了故事的主人公，成为善良、正义、爱情的化身。原经籍文本中代表光明的白部落战胜了黑部落，而创作文本中变成了两个部落的和平融合，实现和平融合的原因是格拉茨姆与董若阿路的死亡唤醒了双方部落的良知。

这种创作文本还算整理文本吗？还是属于新创作的文学作品？笔者认为这种文本应属于基于史诗经籍文本的再创作文本，既是对原来作品的再创造再发展，也是新时代语境下形成的新神话作品，属于新神话主义作品的范畴。可以说没有原来的史诗经典就没有这类作品，但又不能把它作为史诗文本来看待，而是从原来作品中脱胎换骨后新生成的现代文学作品，它是对史诗传统与文化精神的继承与创新的成果。它是传统民间文学与现代小说的融合结晶，其研究范畴兼顾民间文学、作家文学两个领域，这既是民族文学发展的结果，也是史诗研究的新领域。由此说明史诗研究既是古代学，也是现代学。

---

[1] 戈阿干：《神秘·神奇·神圣——纳西东巴神话揽胜》，团结出版社，2019，第39页。

第二节　东巴诗的动态文本类型

一、仪式演述语境下史诗文本的动态性特征

从史诗的发展形态来看，大致可分为活形态史诗与固态史诗，前者是指至今仍活在民众的演述活动中的史诗，后者为已经脱离演述语境的史诗，如《荷马史诗》。相对而言，固态史诗文本是已经固定了的，属于定型文本；而活态史诗文本仍处于未定型状态，其活力指数与文本稳定形态成正比的发展规律，即史诗传承的活跃程度越高，其文本变动程度相应越大。《格萨尔》史诗的发展高峰已经成为过去时，其文本相对已经趋于相对稳定状态，但并不意味着它已经完全定型，至今仍有不同民间艺人在进行符合时代语境的文本创编。南方民族的仪式类史诗同样如此，虽然较大的文本变动情况不太可能发生，但因仪式本身是个巨大的话语，其牵涉面广且深，由此也会影响到史诗文本发生变动与变异。

从仪式演述视域下考察史诗文本，是基于仪式与演述两个维度而言的，演述重在考察史诗文本的"一次"或"这一次"的表演与叙述活动，仪式重在考察史诗在仪式中的功能和表现，以及仪式对史诗演述、文本、类型等方面的影响。从仪式演述视域考察史诗，是以仪式中的演述为中心，有别于以文本为中心（如《荷马史诗》）、以口头演述为中心（如"三大史诗"）的研究视角。以仪式演述为中心，把史诗的文本、演述同仪式有机相结合，扩大了史诗的研究范畴，有利于推动史诗类型、概念内涵及特征的深入研究。

在仪式演述语境中，史诗文本呈现出多元性、多模态性、动态性等文本特征。多元性既指史诗文本存在的口头文本、书面文本、半口头文本等多种形态，

也指文本所反映的多元文化形态;多模态性主要指史诗在仪式中的叙事形态而言,主要涉及口头叙事、书面叙事、书面与口头相结合的叙事、舞蹈叙事、音乐叙事、图像叙事、工艺叙事等多模态叙事形态[1];动态性是指其文本形态的变动性特征。

就笔者长期调查研究的东巴史诗而言,其文本动态性特征体现在以下三个方面。

(一) 同一个文本在不同仪式演述中的变动

我们一说到创世史诗,其创世母题多与开天辟地、洪水灾难、射日射月、造人造万物、兄妹婚、人类繁衍等内容相关。纳西族创世史诗《崇般图》也是如此,除了没有射日射月和兄妹婚这两个母题外,其它母题与其他民族的史诗是相对应的。《崇般图》作为标志性的纳西族史诗,在东巴教作为全民信仰的先民时代,这一史诗具有"社会宪章"作用,其内容规定了人类的家庭、亲属、婚姻、伦理道德等方面的社会制度,型塑了纳西族的世界观、宇宙观、价值观和人生观,并通过仪式来宣扬、实践;同时通过讲述人类英雄祖先筚路蓝缕、开拓奋斗的历史壮举,具有慎终追远、敬天法祖的历史教育功能,起到深化民族认同、凝聚民心的社会作用;这一史诗在东巴文化中地位非同一般,只有在比较隆重的大仪式中才能吟诵,被誉为东巴经籍的"母本",从这一经典文本中发展衍化出了《白蝙蝠取经记》《崇仁利恩传》《斯巴金补传略》《比枯比兹》《迎请卢神》等众多东巴神话经典。这些从《崇般图》中衍化生成的文本成为子文本,主要是为适应各类不同仪式而生,由此也凸显了这部史诗的重要地位与影响力。

《崇般图》一般在丧葬、超度、大祭风、禳栋鬼、退口舌是非、除秽、关死门、延寿等重大仪式中演述。不同仪式要突出与此仪式相关的内容,譬如在丧葬仪式中要突出开天辟地、从无到有的创世历程,阐明有始就有终、有生就有死的道理,同时通过吟诵祖先迁徙历程,把死者亡灵送回到大西北的祖先发源地,使其进入祖先神灵行列,达成祈福禳灾的仪式目的;而除秽仪式上,要重

---

[1] 杨杰宏:《多模态叙事文本:东巴叙事文本性质探析——基于东巴书面与口头文本的比较研究》,《纳西学研究》2015年第1期。

点讲述人类祖先崇仁利恩与衬恒褒白命二人曾经分别与妖女、魔猴发生过关系，由此生下种种怪胎，污染了人间大地，产生了诸多秽气，史诗演述在此起到了交代仪式动机的目的，当然，通过举行仪式最后要达到消除秽气，还原天地清正之目的。由此可见，同一部史诗，因仪式目的不同而出现了主题的变动，形成了动态文本。

从文本主题而言，《崇般图》的文本可以分为创造万物、难题考验、迁徙回归和仪式灵验四大主题。这四个主题叙事在史诗文本中各有特色："创造万物"即开天辟地、创造天地间万物，具有创世史诗的特点；"难题考验"具有英雄史诗特点，这里的"英雄"更多带有"文化创造英雄"色彩；"迁徙回归"具有迁徙史诗特点，史诗文本中的回归主题重在叙述主人公从天上迁徙到人间大地的过程，仪式层面的回归主题侧重于叙述亡魂回归祖居地的过程，二者形成双向对流，凸显了仪式与史诗的互文关系；"仪式灵验"主题具有宗教文学特点，说明此经典是为宗教治疗、祈福消灾的宗教功能服务的。

同一名称的史诗文本在不同仪式中的内容变动还是很大的，由此说明了仪式类型规约决定着史诗文本的主题及内容。具体阐述的内容参见第四章第三节。

（二）同一文本在不同演述者中发生的变动

同一文本因演述者不同而发生变动，这种情况在东巴史诗文本中并不少见，这与史诗所记载的东巴文字有内在关系。因东巴文属于原始象形文字，不能像成熟文字那样一字一音、逐字逐句进行记录，东巴文字在东巴经中更多起到提示作用。譬如在东巴经一开头往往画一个虎头，这要念诵一句话——"很久很久以前"。以虎头代表一句话，有两个原因：一是此句的核心词"a la"中的"la"与老虎的纳西语"la"同音；二是虎图腾崇拜在东巴教中较为普遍，多以老虎比喻远古神圣事物。这种不成熟文字也会产生诸多歧义，乃至误解，由此发生文本变动情况。因为仪式中使用的东巴经籍是用来吟诵的，属于半口头文本，所以即使是同一个史诗，也会形成不同的口头文本，也有的是东巴水平差异所致。

在一次禳栋鬼仪式上，吟诵英雄史诗《黑白战争》时，主祭东巴把其中一句吟诵为："美利董主养育九个男儿建九个寨子。"笔者又把同样的经书送呈另一个东巴演述，他却把那一句扩展成了十句：

美利董主这一代
住在白色的大地上
住在白色大石头上
住在黄金寨子里
住在十个黄金寨子里
美利术主这一代
住在黑色大地上
住在黑色大石头上
住在黑色的铁寨子里
住在十个铁寨子里

从上可察，一个东巴的一句话，在其他东巴口中就变成了十句话。如果一个看不懂东巴经文的外来学者，把前面那位东巴的口头文本作为研究对象，由此会带来诸多后遗症。东巴之间有一句话颇为流传——"儿子看不懂父亲写的经文"。这除了与东巴象形文的不成熟文字特性相关外，与东巴个人的书写喜好、东巴知识习得也有密切关系，如果不是手把手地口耳相传，儿子看不懂父亲写的经书也是很正常的。还有一种情况，有些东巴为了防止其他东巴偷学，故意在经书里添加一些疑难字符，或把关键字有意省略，这样即使有人拿到经书，如果没有书写者本人解读也是一头雾水，如果不懂装懂，强行进行解读，就会出现误读情况。这种现象在民间戏称为"放刺"，即故意设置障碍、为难对方。这也导致书写者本人去世后，因为无人能够正确解读，由此产生了多种被误读的文本。所以我们在进行东巴经文翻译时，遇到疑难段落，切忌强译，笔者建议采取两种方式：一是把现有的多种译注同时附上，供读者自己参考与判断；二是不作翻译，实事求是，宁缺毋滥。这种实事求是的态度比无中生有地制造假文本要好。有学者在国外馆藏的东巴经籍中发现一本很有意思的经书，其跋语大意是这样的："这不是可以在仪式上使用的经书，而是为了讨生活而瞎写的。"如果不是这几句话，不知有多少后人为翻译研究这本"天书"伤精费神。

(三)同一文本在不同时空条件下进行演述时发生的变动

笔者注意到,某东巴吟诵同一本经书,五年前与五年后也是不一样的。就是说同一本经书,在不同时间段发生了文本变动,这与习得、知识储备及其理解水平的变化有内在关联。和即贵东巴释读的《河谷地区祭鬼仪式·开天辟地的经书》中有一句:"ddu seiq hoq gvl rheeq",在《全集》百卷本中译读为:"卢神和沈神会和歌时"[1],而在《译注》(三)中译读为"董神和赛神能支配万物"[2]。两本译注时间隔了10年,由此产生了不同的理解。在《全集》中的《大祭风·创世纪》里,同样的这一句却译为"卢神和沈神赶着万物在游荡"[3]。笔者认为此句应理解为:"董神与塞神混居之时",隐喻兄妹婚,引申为远古时期。只是后面的东巴经书有意识的讳避了这一历史。

同一文本发生变动与不同地域也有关系。金沙江以南的丽江西部言区与金沙江以北的三坝乡、俄亚乡、洛吉乡、拉伯乡、依吉乡等地的无量河区域的东巴文、东巴经、东巴仪式、文化传统、经济社会发展水平都存在着较大的差异,由此形成了不同的动态文本。即同一个文本,在不同方言区会产生不同的文本。

例如迪庆州维西县塔城镇的东巴经《创世纪》中的这一段落(见图3-5):

图3-5 《创世纪》文字段落

杀死怪物后,用它的头为天空除秽,用它的皮为大地除秽,用它的肺为太阳除秽,用它的肝为月亮除秽,用它的骨为石头除秽,用它的肉为土

---

1 《河谷地区祭鬼仪式·开天辟地的经书》,《全集》(引卷),第157页。
2 《日仲格孟土迪空》,《译注》(三),云南民族出版社,1989,第108页。
3 《大祭风·创世纪》,《全集》(80卷),第5页。

除秽，用它的血为水除秽，用它的尾为树木，用它的上半身为北方的董神除秽，用它脖子以下为南方的沈神除秽。用它的左肋骨为牡川汪义苏除秽，用它的右肋为初川仪依苏除秽。[1]

而凉山州木里县俄亚乡《创世纪》中如是解：

最后把怪物杀死，怪物的头变成了天，皮变成了地，肺变成了太阳，肝变成了月亮，骨头变成了石头，肉变成了泥土，血液变成了河水，肠子变成了道路，尾巴变成了树木，身毛变成了青草。[2]

同一个文本的解读，为什么会产生这样的差异？原因很简单：东巴经的图画象形文字分别只画了怪物的头、皮、肺、肝、骨头、肉、血液、肠子、尾巴、身毛，且分别对应着天、地、日、月、石、土、水、路、树、草，二者之间关系如何，不同的仪式，以及不同区域的东巴有不同的理解，由此产生了不同的文本。

还有一种情况是与举行仪式所在地有关。例如，祭天仪式上吟诵的迁徙史诗《崇般绍》，叙述崇仁利恩与衬恒褒白二人从天庭回到人间的过程时，要把从居那若罗神山到本乡本村本户的地名一一念诵。因为不同乡村地名不同，由此导致了文本的变动。这与在丧葬仪式中的送魂时念诵《创世纪》，祈福仪式中的吟诵《烧天香》情况是一样的，后二者也要念诵所信区域的地名，尤其是《烧天香》经书要念诵的山川地名更为广泛。丽江地区的《烧天香》经书在念诵名山大川时，往往以代表性的神山、大河名称为主，以神山名来说主要念及玉龙雪山、文笔峰、马鞍山，三坝乡的哈巴雪山、格初初山，永宁乡的格姆山，前所乡的本勒山，盐源县的柏灵山，最东边以盐源县的柏灵山为限；而在俄亚乡的《烧天香》经书中其地理范围更为广泛，除了附近的俄初山、贡嘎山、夏那都居山、还远达峨眉山。俄亚位于四川省凉山州，与甘孜州、迪庆州、丽江市

---

[1] 本卷东巴经籍《除秽·崇般图》（未刊稿）收藏于云南省玉龙县图书馆，收集于迪庆州维西县塔城乡。

[2] 本卷东巴经籍《超度·崇般图》（未刊稿）系凉山州俄亚乡东巴年若书写并提供，经书写于2014年8月，转抄自其师傅英扎次里经书。

相邻，所接触地理范围更大，所以经书中地名范围相应得到了扩充。需要说明的是，这些不同地域的地名并非都要写到经书里，尤其是更为详细具体的村落周边的地名。崇仁利恩夫妇从天上迁徙到人间的地名在不同区域经书里是大同小异的，差别出现在去往不同区域方向的地名，所以主持仪式的东巴心知肚明，他会根据现场情况进行补充性说明。相对说来，此类文本的变动程度较低，也好识别。最难识别的是因年代久远、无人解读、严重脱离了书写者所处时代背景的经书。如果是一个从未生活在东巴经传承社区的学者，即使能够识读某一地方的东巴经籍，但不一定能够准确完整地识读另一个地方的经书。《纳西东巴古籍译注全集》（100卷）就出现了这样的情况，有些翻译者以自己的方言来翻译东巴经籍，而译者方言不同于东巴经籍采集地方言，由此出现了语音失真问题，大研镇土语只有一套浊辅音，而玉龙县宝山乡、鲁甸乡、塔城乡等地的土语则分为纯浊音和鼻冠音两套；宝山土语少 dz、dʐ、f 等 3 个辅音音位。因译本方言与原文方言不同而出现的文本变动，属于文本发生变动的另一种情况。也就是说同一本东巴史诗，在不同东巴、不同场合、不同时间段演述时会形成不同的文本。这相当于同一部剧本在不同时代、不同国家、地区演出时会形成不同的活态文本。

二、动态文本与变异文本的联系与区别

本书中提出的动态文本极易与民俗学概念名词"变异文本""异文本"产生混淆，因为二者的所指与能指都指向于发生变化了的文本。二者的区别在于以下几点。

其一，动态文本强调的是非固定的，处于不稳定状态的文本，属于"这一次"文本；而变异文本则指已经相对稳定的文本，其变异是与权威文本相对而言的，属于"每一次"文本。如同样是纳西族史诗的《创世纪》，丽江西部方言区的版本以讴歌英雄祖先崇仁利恩的丰功伟绩为主，而东部方言区的永宁版本则讴歌女神祖先吉增命的贤德才智为主，这是两个方言区不同的文化差异导致的文本变异，这些变异文本一旦形成，发生大幅度变化的可能性极低。而动态文本一直处于不稳定状态，由此给研究者提出了挑战，同时提醒学者在选择研

究对象时，对动态文本的甄别非常重要。这也是仪式演述语境下民间文学的一个重要特点，以前学界总习惯性将其归类到异文本类别中，其实二者之间还是有着明显区别的。

当然，这种区别也是相对而言的，并非是不可跨越的鸿沟。同一部东巴经书在抄写过程中会发生文本变动。笔者在调查中发现，近年来，丽江西部方言区的大量东巴经籍在东部地区广泛流传，经文吟诵、内容注解也采用了西部方言区的传统方式，尤其是《纳西东巴古籍译注全集》百卷本在东部方言区域的"经典回流"现象值得关注与思考。从"大跃进"一直到"文革"，东部方言区的东巴经籍被大量烧毁、没收而导致东巴经籍严重缺失。改革开放以后这一地区东巴文化生态才开始恢复，一些东巴有意识地到西部方言区抄写经书。宁蒗县加泽村的石波布东巴就到俄亚乡抄写了大量的东巴经籍，其中就有著名的英雄史诗《黑白战争》，因为学习此经书时是与俄亚东巴学的，所以念诵此经书时明显带有西部方言区的语音特征。到20世纪90年代末，东巴经籍种类更加齐全的百卷本《全集》的出版更是给东部方言区提供了"经典回流"机会。因为大部分东巴读过小学，基本能够识别汉字，他们在抄写《全集》中的东巴经籍时也能理解其基本内容，这种情况客观上促进了纳西族不同方言区域的文化交流。当然，这种"经典回流"并非一成不变地照搬照抄，而是在抄写过程中进行了本土化创编，这在方言、地方字、仪式演述中表现得更充分。这说明同一本经书在不同区域传抄过程中发生了文本变动。

其二，动态文本在特定时空条件下会生成变异文本。如上文所述的《创世纪》中怪物死后化生万物就是典型例子，原来的动态文本已经固定成变异文本。有些东巴理解错了的经文，长期没人能够纠错，也就以讹传讹地成了异文本。这与古文中的通假字是一样的，语言文字本来就有约定俗成的特性。当然，这种变异的前提是不能影响整体文本框架及叙事主题。

其三，不同仪式类型决定文本变动，即因仪式不同，同一文本会形成不同的动态文本，这些不同的动态文本最后成为变异文本。作为创世史诗的《崇般图》，在丧葬仪式中吟诵时内容相对比较全面，而在其他仪式中可以灵活运用，所以出现了故事情节梗概大同小异，而内容篇幅、句子长短不一的不同动态文本。这说明东巴叙事文本是为仪式服务的，是仪式规定了叙事文本的内容、形式。以崇仁利恩作为主人公的叙事文本在不同仪式里的名称、内容、功能都会相应地出现变化：

祭天仪式：《远祖回归记》（《人类迁徙记》）；

退送口舌是非仪式：《创世纪》《崇仁利恩与衬恒褒白传略》《崇仁利恩与丹美久保的故事》《崇仁利恩与楞启斯普的故事》；

禳垛鬼仪式：《崇仁利恩的故事》《崇仁利恩与愣启斯普的故事》《开天辟地的经书》《人类起源和迁徙的来历》《崇仁利恩与丹美久保的故事》；

祭署仪式：《崇仁利恩的故事》《崇仁利恩·红眼仄若的故事》；

除秽仪式：《为崇仁利恩除秽》《崇仁利恩、衬恒褒白、岛宙超饶、沙劳萨趣的故事》；

关死门仪式：《都沙敖口、崇仁利恩、高勒趣三个的传说》《给美利董主、崇仁利恩解生死冤结》；

延寿仪式：《崇仁利恩的故事》；

超度死者：《美利董主、崇仁利恩和高勒趣之传略》；

祭畜神仪式：《追述远祖回归的故事》。

通过这样分类，我们可以发现，同样以崇仁利恩作为故事主人公，在不同仪式中出现了不同的故事分布情况：有的出现了故事群，有的只有一个故事，而有些仪式中一个也没有出现。为什么会出现这样的情况？原因可能是多种的，但从仪式类型、性质入手分析，其间的内在关系就清晰可见了。如在"禳垛鬼仪式"中有关崇仁利恩的故事出现了五本之多，这与此仪式的性质密切相关，禳垛鬼仪式是东巴仪式中规模较大的一个仪式，垛鬼是鬼怪中魔力较为凶残的一种，只有大东巴主持的大仪式才能进行禳灾驱邪，且这一类鬼通常与人类的疾病、灾祸关系密切，在民间举行此类仪式。而崇仁利恩作为纳西族祖先英雄，兼具人格、神格，威力无比，由此也决定了他在仪式中的频繁出现。

其四，东巴水平差异也是形成动态文本的原因之一。水平高的东巴往往能够把一般的故事程式化加工为长篇叙事作品，乃至史诗，而水平低的东巴，可能把史诗降低为一般的故事。至于民间的老百姓，这一情况更为普遍，他们往往在茶余饭后把东巴经中的史诗、神话、叙事诗变为散文体的民间故事。因为其故事情节、叙述风格并没有发生根本性改变，变的只是文体及叙述方式，这种情况也属于动态文本的范畴。

三、仪式语境下的史诗演述与文本关系

仪式本身是个巨大的话语，决定了仪式史诗类型及其文本的多元性、复杂性、动态性特征。仪式语境下的史诗呈现出的动态性特征既与仪式的不同类型有关，也与史诗演述传统有内在关系，且二者基本上处于互文融合状态。从上文分析中可知，同样一部《创世纪》，在不同仪式中，在不同演述人中，在不同时空条件下都会产生相应的变动情况。这说明仪式语境下史诗演述与文本存在着深层的复杂关系，体现在以下四个方面。

首先，是仪式作为史诗演述的场域与语境，为史诗演述及文本形成提供了文化空间。就东巴史诗而言，它绝对不能像《荷马史诗》那样不分场合地阅读或朗诵，其演述活动受到仪式的严格制约，其背后有一整套的文化传统、仪式禁忌、宗教观念在发生作用。有些经书只能在具体的仪式中演述，有些经书不能在家演述，有些经书的收藏、翻阅都有严格的禁忌，如丧葬仪式中查阅死因的书平时只能藏在家门外的土墙上，并要用瓦片压着，使用时不能用手接触，只能用镰刀或刺枝小心翼翼地翻开。迁徙史诗《崇般绍》只能在祭天仪式上演述，创世史诗《创世纪》在大型仪式中方可演述，而英雄史诗《黑白战争》多在禳灾仪式中演述。这说明史诗是为仪式服务的，非仪式不演述。

其次，仪式统摄、制约着史诗的演述及文本构成。具体而言，史诗的演述主体、演述受众、演述方式、创编程度、文本类型、文本内容皆受仪式的整体制约。传统的东巴仪式对于主祭东巴有着严格的分类，如祭天东巴只能从事祭天仪式，不能从事其他仪式，尤其是禳灾类仪式最为忌讳，一旦主持过此类仪式就失去了主持祭天仪式的资格，这说明祭天仪式的重要程度；有些大仪式只有德才兼备的大东巴才能胜任，有些凶死者的丧葬类、禳灾类仪式除了看东巴的威望外，还要看他的生辰八字是否与死者相克，他的威灵能否压得住凶鬼等。演述受众也受到仪式类型的制约，有些仪式对受众者有着严格限制，如祭天仪式中，女性不能进入祭天场，只能在场外观望，有过犯罪前科或道德有污点的人员或家庭都不能参加祭天仪式；丧葬仪式中非亲非故的人要排除在外。东巴

史诗的演述时间、地点、方式都受仪式制约，此史诗在仪式的什么环节、什么时候、什么方位演述，包括使用哪一种唱腔都要受到仪式的严格制约，如祭天仪式上的东巴唱腔不能用到禳栋鬼仪式中；相对于以满足受众娱乐为目的表演类史诗文本，仪式类史诗文本创编程度要低得多，因为涉及宗教意识形态，仪式禁忌、文化伦理等因素严格规约着史诗文本的传统性、神圣性。文本类型、文本内容也受到仪式语境的严格制约，相对而言，大仪式对文本内容的完整性要求更高些，中、小型仪式要求相对低些，东巴根据仪式重要程度来决定史诗文本内容，有时因多种因素导致文本压缩时，他就拣重点情节走过场。

再次，仪式语境下的史诗演述文本呈现出多模态文本特征，这也是已经脱离了仪式语境的史诗文本最大的区别所在。作为书面文本的《荷马史诗》不可能再回到最初祭仪中的演述形态，我国的"三大史诗"也是从仪式语境中脱胎出来，形成了以口头演述为主的史诗文本类型。仪式史诗不仅保留了仪式中的口头演述特色，而且融合了吟唱、音乐伴奏、舞蹈、图像、工艺、服饰等多元叙事单元，它们在仪式语境下共同构成了不同模态的叙事文本，也就是说，史诗在仪式中的演述既有传统的口头、书面文本形态，又有诗歌舞画融于一体的综合艺术特点，它不只是静态阅读的文本，还是可以通过读、唱、舞、画来表达史诗主题的多模态文本。从受众者角度而言，东巴史诗是可以读的，可以听的，还是可以观看、参与、体验的，达成了史诗文本的沉浸式体验。

最后，仪式史诗的演述与文本的评价机制与仪式宗旨有关。史诗作为文学的一个类别，存在着作者、作品、读者、事件四个主要因素，其中作品评价是一个重要环节。一部史诗写得好不好，我们往往以作家文学作为参考体系，以作品的主题、结构、情节、人物形象、语言风格等方面作为评价依据；口头演述史诗还要加上演述者的口头演述能力及现场表现能力等，但仪式语境下的史诗演述与固定类史诗或口头演述类史诗不同，其演述效果的评价机制与仪式宗旨有内在关联。具体而言，史诗演述及文本的评价与仪式的整体评价是有机联系在一起的，而仪式的评价则与仪式的效果密切相关，即仪式的治疗效果、祈福禳灾功效直接决定着仪式是否圆满，这在某种程式上排除了传统意义上的读者或观众的评价，或者说读者与观众只能作为第二评价人——以仪式是否圆满作为评判标准。这也清楚地表明了仪式史诗演述的宗旨——为仪式服务，而仪式又是为宗教服务的，即通过仪式活动达到为民众祈福禳灾的宗教主旨，具有宗教功能导向的特征。史诗演述的受众群体并不只是在场的民众，更多是趋向于不在场的"受众"——神灵及鬼怪。史诗演述效果如何也并不是由在场民众来评价，而是由仪式功效来决定。

《崇般图》的文本主题可以分为创造万物、难题考验、迁徙回归、仪式灵验四个主题。以往许多整理文本中把"仪式灵验"部分作为"封建糟粕""赘疣"而删除。对于主祭东巴而言，"仪式灵验"主题的重要性更甚于前三者，毕竟这关系到仪式成败及效果评价。史诗只是镶嵌在仪式中的众多文本中的一个叙事单元，虽然在仪式叙事中占有显赫地位，但作为单一文本并未起到决定性作用，只有当它与仪式的各个要素一起形成有机整体时才能发挥其叙事功能。可以说，无仪式就无史诗，无信仰就无仪式。仪式语境下的史诗演述是与民间信仰、文化传统、地方知识等更大的话语相联系的。

第三节　东巴史诗仪式文本结构

不少学者注意到东巴文化其实质是东巴教文化，具有诗、乐、画、舞合一的综合艺术特征，所以对东巴经籍文本的考察必须与东巴仪式中不同表演单元结合，进行综合研究。笔者认为程式不仅大量应用在东巴经文及口头演述的内在规律中，同时也贯穿于东巴舞蹈、东巴绘画、东巴音乐等诸多表演单元中，东巴把这些不同表演程式视为"仪式大词"，并且灵活动机动地运用这些不同表演程式，从而使仪式得以构成一个流动的、整体的叙事文本。[1] 问题的关键在于——程式为何能够贯穿于东巴史诗演述的不同仪式表演单元中？这些不同单元之间，尤其是东巴史诗的口头与书面文本，东巴史诗文本与表演文本之间的关系如何达成内在逻辑的统一？也就是说在东巴史诗仪式中，口头演述与仪式表演的结构关系如何？这也是本节所聚焦的问题。

一、东巴史诗仪式文本

在口头史诗中，平行式是较为常见的句法结构。平行式又称为"平行结构"或"平行法则"，"其核心表征是相邻的片语、从句或句法结构的重复。因而平行式的核心是句法的。构成平行的，至少要有两个或两个以上的单元彼此呼应——意象、喻义、字面乃至句法结构上可供比较，才有可能建立起平行的关

---

[1] 杨杰宏：《仪式大词：口头传统与仪式叙事关系探析——以纳西族"哲作"（tʂər⁵⁵dzo³¹）为个案》，《黔南民族师范学院学报》2015 年第 1 期。

系来"[1]。

本节把"平行式"这一概念引入到东巴史诗的仪式表演分析中，主要基于这样两个原因：首先，作为半口传文本的东巴史诗中大量存在着"平行式"句法结构，从而为这一概念的引入提供了基本条件；其次，东巴史诗并不是单独存在的，它作为一种叙事传统，与仪式中的各类表演内容——音乐、舞蹈、工艺、场景设置、仪式祭祀等叙事手段相互融合，共同构成了完整的东巴叙事传统。文本（text）成为一个关键词。朝戈金认为，任何分析对象都是文本，文本产生过程也可视为文本。在这个含义上，文本包括表述/被表述两个层面。而按口头程式理论的概念界定，文本是"表演中的创作"（composition in performance），这里是在口头诗学的形态学意义上理解"文本"的。[2] 本文中的"文本"概念所指涉及个三个层面：一是基于仪式中口头演述的口头叙事文本，如东巴口诵经；二是作为口头演述提词本（prompt text）的书写文本，或半口传文本，如东巴经籍；三是基于整个仪式叙事层面而言的仪式表演文本，它涵盖了仪式中的口头演述、仪式程序、仪式表演等不同层面。

综上可说明，东巴史诗仪式文本是以口头演述与仪式表演互为文本的，其内容涵盖了东巴仪式所包含的所有文本，包括东巴口头吟诵文本、东巴经籍文本、东巴绘画文本、东巴舞蹈文本、东巴音乐文本、东巴工艺文本等多元文本，这些不同文本既有叙事层面，也有表演层面，既有传统规定的内容，也有创编的内容，属于超语言的多形态的仪式表演文本，即多模态文本。而这些不同文本之间存在着相互作用的平行式的结构关系，即口头的、书面的、舞蹈的、音乐的、绘画的、工艺的不同文本并非孤立的存在，而是相互作用，相辅相成的统一文本。平行式的句法结构研究范式引入到对东巴仪式表演文本的分析中，可以对口头传统与仪式表演二者之间的深层关系有个深入的探析，同时对以仪式为中心的南方史诗的本体论及表现形态的研究也有积极的意义。

---

[1] 朝戈金：《口传史诗诗学：冉皮勒〈江格尔〉程式句法研究》，广西人民出版社，2000，第193页。
[2] 同上书，第15页。

二、东巴仪式表演中的并列平行式

仪式表演中的并列平行结构，指构成平行重复的表演序列具有相同或相似的表现形式，各表演序列所表述的意义是一致的。仪式表演与口头史诗演述的区别在于，口头史诗的演述者大多以一个人演述为主，而仪式表演者往往是以群体形式出现的，且表演者的身份、表演形式、表演场所也不同，但这些不同的表演范型序列却以相同的结构和主题，表述了同样的事件。并列并行式根据仪式程序及表演内容分为两种：

（一）不同表演类别的并列平行式

在东巴祭天仪式中，当仪式程序进行到献牲内容时，主祭东巴在祭坛上声情并茂地吟诵祭天史诗《崇般绍》；东巴助手在神坛下根据吟诵内容进行洒净水、除秽，给天神、地神、天舅神献祭；旁边东巴摇动板铃伴奏念经助阵。这些不同表演者都在表述同一个故事主题——向祭坛上的神灵献牲以示虔诚。这些不同表演者的表演行为在仪式程序中是平行进行的，每个不同的表演内容都有相应的程式。

表3-2　主题、典型场景与东巴超度仪式表演的对应关系

仪式程序	主题	东巴史诗	东巴画	东巴舞	东巴音乐	东巴工艺	典型场景
献牲	祭天献牲	《崇般绍》	梭托嘎日战神像、五幅冠、木牌画	一般在祭天仪式结束后跳吉祥舞。三坝乡白水台二月八节日祭天仪事后跳阿卡巴拉舞	祭天唱腔、板铃、海螺	服饰、秽鬼、秽马、法帽、法杖、木偶、神石	祭天祭坛。主祭东巴吟诵祭天史诗，助手在下面给牲畜洒净水、除秽、献祭、磕头[1]

在此，以具体事例予以说明：当村民把祭牲猪献供在祭坛前时，旁边的东巴助手吹响海螺号，主祭东巴开始吟诵《崇般绍》，此史诗的开头部分内容为：

---

[1] 鸣音祭天在正月初三举行除秽仪式，参见第二章第三节"祭天仪式空间"。

喔！挥洒圣洁的净水。洒净水，把净水洒向山头，那山头上曾去设陷狩猎，但现在呈现的祭牲却不是狩猎得来的；洒净水，把净水洒向山谷，那山谷里曾去撒过网捕过鱼，但今日祭献的牲品却不捕鱼捕来的。给这四脚白净的黑祭猪，挥洒上这圣洁的净水。圣洁的净水洒在了它的身上。净水洒着嘴，愿它嘴里的白沫洁净；净水洒着眼，愿它的眼睛明亮；净水洒着尾，愿它的尾巴粗圆顺溜；净水洒着肺，愿它肺上的心好；净水洒着肝，愿它肝上的胆明净；净水洒着胃，愿它胃旁的脾好。净水也洒在了它的骨节上，愿剔出的肩胛骨明亮；净水也洒在了它的肩胛骨上。看肩胛骨卦时愿看到吉兆。挥洒净水，愿美好的目的都达到；挥洒净水，愿美好的愿望都实现。祭司亲手献上最大的牺牲，献出的牺牲换来了福泽；生者亲手献上多多的祭粮，献出的祭粮换来了吉祥。用这四脚白净的黑祭猪，给天和地及端坐他们中间的柏前，整头地献上、完整地供奉。[1]

根据主祭东巴吟诵到的史诗内容，东巴助手在下面端着一碗清水，用杜鹃枝蘸清水依次洒到猪的身上、嘴巴、眼睛、尾巴、肺部、肝部、胃部、肩胛骨等部位上。

当吟诵到天神、地神、天舅神时，东巴助手把猪头供奉在三棵神树前，并把猪腰子、猪脾、猪胆分别挂在三棵神树上，然后用松枝蘸着猪血涂抹在神偶、祭天树、神石以及代表胜利神、村寨神的石头上。

献祭过程中给牺牲除秽也是一项重要内容，《崇般绍》的除秽程式句为：

用四脚白净的黑猪，在天和地及天地中间的柏前，整头地供奉、完整地祭献上。祭品供奉完参要除秽。若不除秽，神会不高兴；若不除秽，供奉会不好吃。猎狗用肉来给它除秽；好田地用蒿草除秽，河沟由鱼来除秽。最早，在高高的洁净山顶上，别的树木未发芽，杜鹃树已发芽，用那宽宽的杜鹃叶来除秽；人住的辽阔大地上，别的草未发芽蒿先绿，用这洁净的艾蒿枝来除秽。给左边大剪插着的祭木、竖的祭石、祭天的香、祭天的醇酒、祭天的祭米、祭天的木碗除去污秽。给右边的地插着的祭木、竖的祭

---

[1]《祭天·崇般绍》，《全集》（第1卷），第3—4页。

石、祭地的醇酒、祭地的祭米除秽。给与天地并列、位居中间的柏插的祭木、竖的祭石、祭柏的醇酒、祭柏的祭米除秽。给白杨树枝做成的顶灾杆、顶灾蛋也除秽。给四脚白净祭猪的口沫除去污秽。给祭猪的腰、身子、后臀也除去污秽。给祭猪的尾部、下身除去污秽。给祭猪肺上的心除去污秽；给祭猪肝中间的胆也除去污秽；给祭猪胃上的脾除去污秽。给用黄竹编的竹筐、竹箩除去污秽。给捞肉盆、砍肉墩、捞筑篱、舀汤勺也除去污秽。给天和地及位居天地中央的柏的祭坛里也除去污秽。把污秽很快地从各位祭司和卢神、沈神下边彻底清除出去。一切污秽滚去到最南方的最下面，原本污秽生长、生息的地方去！一切污秽者。死到污秽生存的下方去。除秽完成了。[1]

相应地，东巴助手要根据上面吟诵内容依次给做贡献的祭品除秽。

需要说明的是，并不是仪式中每一个程序都有这样规整的序列对照，如上述献牲仪式中并没有出现东巴舞、戏剧化表演等内容。东巴舞一般是在仪式结束后才跳的。但所有程序中至少保证了两个不同表演类别的同时并列进行，且绝大多数仪式程序以三至四项表演类别并列进行为主，说明了仪式表演中的并列平行式结构是基本结构特征。

（二）同一项表演类别的并列平行式

表演类别不同，其并列平行结构的内容与形式也不同。东巴史诗文本的并列平行是从句法中体现的，而东巴音乐、东巴舞、东巴画等分别是从乐谱节奏、舞蹈技法、绘画手法中体现出来的。

1. 东巴史诗文本演述中的并列平行式

东巴经文作为口头记录提示文本，大量保留了口头传统特征，并列平行句法结构在文本中也较为普遍。如大祭风仪式中的《创世纪》里最后的祈福排比诗句：

> 愿这一户主人家不再生病，不再发冷、发热。愿这一户主人家有福有泽，家里常传佳音，人们心神安宁，生活似流水满塘，充裕富足。愿家中

---

[1]《祭天·崇般绍》，《全集》（第1卷），第54—56页。

娶来媳妇，能为家庭添丁加口。愿东巴及卜师健康长寿。[1]

除秽仪式中《董术争战》（黑白战争）中的祈福句则与上面有所不同：

  由于及早除了秽，从此声轻神安，流水满塘，娶妻生儿育女增人丁，无病无痛，子孙兴旺。放牧牲口增殖，撒播粮食丰收，干活成功。就像搓的麻绳紧凑了。[2]

禳栋鬼仪式中的《黑白战争》中的祈福句则更为简洁：

  美利董主这一代又出现了，耳悦魂安、流水满塘、延年益寿的好景象。[3]

  仪式表演的并列平行式的一个重要特征是构成平行结构的每一个单元在整个序列中的地位、功能是同等的，没有先后、主次之分。如上面举例的篇章内容中，每一个诗行的意象、喻义、字面、句法结构体现出严整的并列平行式结构，其间的常项是核心特征，变项的产生基于常项之上。如上一篇章内容中，在基本句法结构的前提下，作为祈福句式在具体的口头演述中可以进行灵活的增减、调整，在其他文本中出现了单句诗行结构、内容不变，而这些单句诗行在篇章中的顺序、诗行行数发生变化的异文情况，说明了并列平行式的功能是为仪式表演服务，便于演述者的记忆与演述。并列平行式在东巴经文的句法结构中也是最为常见的，由此也证明了东巴史诗与口头传统的密切关系。

2. 其他东巴史诗仪式表演类别中的并列平行式

  其他东巴史诗仪式表演内容中同样大量存在着并列平行式结构特征。如在跳东巴舞时，每一个东巴所跳舞蹈内容、步法、身体姿势都是相似的，且与领舞者的舞蹈行为是并列平行进行的；东巴们制作木牌画时，按照神类、鬼类、署类同时制作，同时布置，不能出现顺序混乱的情况；东巴音乐的伴奏也是同

---

[1] 《大祭风·创世纪》，《全集》（第80卷），第64页。
[2] 《除秽·董术争战》，《全集》（第41卷），第35页。
[3] 《禳垛鬼仪式·董术战争》，《全集》（第25卷），第234页。

样如此,每一个伴奏者都必须严格按照乐谱内容、舞蹈进程、经文进度进行音乐伴奏,当中严禁出现不合音的情况。这一传统规则也是仪式表演中并列平行式大量存在的内在逻辑所在。无独有偶,不只是东巴音乐伴奏,在经文念诵、跳东巴舞、制作东巴画等过程中,如果出现经文念错、舞蹈跳错、制作木牌画折断、插错位置等事故时,往往视为不祥之兆,意味着整个仪式程序的失败,主祭东巴会要求重新开始。

仪式表演的并列平行式的另外一种表现形式是从个体表演者的身体表演中得以体现。如东巴舞者在跳东巴舞时,有时会出现双手、双脚同时做出同一动作的情况;制作东巴木牌画、面偶、泥偶时,神类、鬼类的双眼、双手、双脚、双耳也是同时绘画、雕刻;东巴音乐最为常见的伴奏乐器是板铃和板鼓,演奏中一手持板鼓,一手持板铃,同时摇动;东巴舞者一边跳,一边双手摇动这两种乐器。仪式表演者表演动作的并列平行与传统指涉密切相关。如板鼓、板铃在东巴教中被视为象征日月的神器,代表着阳神与阴神,二者同时使用,也有日月同辉、天人合一、阴阳交合的文化象征意义。

三、东巴仪式表演中的递进平行式

仪式表演中的递进平行式结构构成平行重复的仪式表演类型序列具有逐步递进的结构形式。这种递进的存在也是以仪式程序发展的逻辑顺序为前提,主要是依据仪式程序进程的时间先后、内容主次、主体顺序而展开的。

从传统祭天仪式程序来看,其整体程序包括了以下九个部分:1.布置祭坛,除秽;2.敬香请神;3.祭牲颂神;4.献神粮;5.射箭驱鬼;6.献饭;7.施神药酒、分福泽枝;8.顶灾,乌鸦献饭;9.送神,聚餐欢庆。这些不同程序的顺序是相对固定的,有内在逻辑关系,犹如一个故事中的"情节基干",推动着整个仪式有条不紊地往前展开。从仪式主题而言,其核心程序为:请神—颂神—祈福驱鬼—送神四个程序。"核心程序"是从这些程序在整个仪式结构中处于核心位置而言的,这四个核心程序是构成仪式的必备构件,缺一不可,少了其中一个核心程序,整个仪式的程序的链条就中断了。东巴史诗只是其中一部分仪式环节,并非一部经书可以包办整个仪式吟诵内容。但此史诗却是在整个仪式中最为重要的核心环节中吟诵,由此也突显了经典作用。而且每一个环节同样具有递进平行式的结构特征。如献牲时吟诵祭天史诗《崇般绍》时,史诗及仪式环节包含了以下内容:1.给牺牲洒净水,除秽;2.逐一赞颂天、地、柏三位被祭祀者;3.讲述人类的产生,祭天的来历;4.驱灾、镇压灾祸鬼;5.祈求福分。

不同的东巴史诗在仪式表演中存在着不同的递进平行方式。以下对此作个举例说明。

(一)东巴史诗文本演述中的递进平行式

东巴经中有一句出现频率最高的谚语:"不知道事物的出处与来历,就不要说这一事物。"由此几乎每一部仪式经书开头都要叙及天地万物的来历,而叙述的句子都大同小异。如下面为无量河区域《索索科》(创世纪)中的开篇诗行:

> 很久很久以前,
> 天空被云笼罩,
> 从中出来三样东西;
> 很久很久以前,
> 大地被泥土覆盖,
> 从中出来三样东西。
> 三座大山从这里出来,
> 大山大坡三座出来了;
> 三座山崖从这里出来,
> 像毒箭头一样锋利的,
> 三面峭壁从这里出来;
> 三样树都从这里长出来。
> 树长得不及一只手长,
> 树上也发不出芽来,
> 实在长不成树。[1]

---

[1] 参见本书附录六之《索索科》。

这段无量河流域的创世史诗中关于宇宙诞生主题明显与《纳西东巴古籍译注全集》中创世史诗的内容差异较大，不只是内容差异大，程式的严整性明显要低于《全集》中的版本。这说明了两个重要问题：首先是无量河版本更具有文本的原生性特征，即纳西族创世史诗雏形特征，因为这一区域地理环境险恶，交通困难，与外界处于相对隔绝状态，从而使东巴文化生态及东巴史诗在此得到较为完整的保存。其次说明了《全集》版的创世史诗经过了多重加工创编，尤其是本教中的二元对立观念影响深远，由此才形成了比较严整的程式句法结构。

不管是纳西族西部方言区的创世史诗，还是东部方言区的创世史诗，二者都遵循了东巴史诗的文本法则，如宇宙诞生主题中，一般都经历了"混沌世界—万物产生但不稳定世界—太平世界"三个阶段，且万物产生顺序是在传统中约定俗成的，不能随意进行改动，其序列结构为：天界—神界—人界。也就是说天地万物的产生是按照这一传统序列形成的。如《崇般图》中的序列为：

  天地混沌—天地—日月—星宿—山谷—水渠—树石—真实—绿松石—英古阿格—白蛋—神鸟—孵化九对神灵与人类。

《索索科》中的序列为：

  混沌—天地—山崖—树木—仄鸟—五蛋—增纳布窝大神鸟—孵化九对神灵与人类。

二者最大不同在于《崇般图》中出现了"英古阿格"大神，此尊神灵源自本教，这说明此文本明显受过本教化改造，而《索索科》难得地保留下来了未经改造的原生版本。

不只是宇宙诞生主题具有这种递进平行式结构特征，整个文本的叙事结构都采取了这一结构模式，如孵化出人类后的故事情节为：

黑蛋—黑鸟—魔牛—神山倒塌—开天神重辟天地—杀魔牛—为给万物除秽—建成神山—顶灾—出现九日九月—狗、鸡唤日月—灾树顶天—神灵砍灾树—利恩兄弟打阴阳神—洪水滔天—与竖眼睛结缘生怪物—天上求婚破解难题—求婚成功后迁徙回人间—儿女生病而举行招魂、除秽仪式。

需要说明的是，不只是整个史诗的叙事结构采用了递进平行式结构，在具体的主题及典型场景描写方面同样用了这一程式。如崇仁利恩恩与竖眼女结婚后的主题内容：

崇仁利恩恩与竖眼女人成了一家，
又过了一阵生育子女却生出了猴子与野鸡，
又过了一阵生育子女却生出了蛇与蛙，
又过了一阵生育子女却生出了猪与熊，
又过了一阵生育子女却生出了松树与栗树，
又过了一阵生育子女却生出了麻雀。[1]

这些诗行明显带有程式化特征，除每一句的宾语发生替换以外，句子的其他成分都是高度重复出现，音韵及押韵位置也是一致的，有平行式特征。在东巴经文中，另一种递进平行式则按神灵座次排位来设置，如《索索科》中的神灵诞生主题程式句：

依兹勒要制造天，
山有多高它不知；
依夺巴要辟地，
大地多宽阔，
地有多宽它不知。
开天神蒙称盘勒，

---

[1] 参见本书附录六之《利恩恩科》。

一层作为恒神住处，

一层作为董神住处，

一层作为能神与智神的住处，

一层作为丈量神与木匠神住处，

一层作为祭司与占卜神住处。[1]

在东巴史诗叙事传统中，有着严整的神灵体系，这些神灵依据其职能及威力分为不同层级，其先后顺序有着严格规定性，是不能随意创编的。如烧天香迎请天上诸神时，都是按其神灵高低层级来排列其出场序列的。英雄史诗《黑白战争》中的蛋生母题也是如此，其神灵出场序列遵循了"盘神—禅神—恒神—嘎神（胜利神）—署神（自然神）"的顺序，且对应了"天—地—日—月—恒星—饶星—山—壑—树—石—水—渠—犏牛—牦牛—马—牛—山羊—绵羊—九男—九寨—九女—九地"的万物繁衍程式：

白蛋起变化，出现了盘神的白天和白地、白日和白月、白恒星和白饶星、白山和白壑、白色的树木和石头、白色的水和渠、白色的犏牛和牦牛、白色的马和牛、白色的山羊和绵羊，出现了成千上万个盘神的好儿女。盘神养育了九个男儿，建起了九个村寨；盘神养育了九个女儿，开辟了九个地方。[2]

后面的禅神、恒神与盘神的出场程式是一致的，因为这三尊神灵皆由白蛋所孵化。后面的嘎神、署神的出场程式只是由白色分别变成了绿色与黄色。而属于鬼怪的仄鬼与术鬼的出场程式与神灵出场程式不同在于颜色的变化而已，红蛋意味着战争与仇杀的血光之灾、黑蛋意味着邪恶与黑暗：

红蛋起变化，出现了仄鬼的红天和红地、红日和红月、红恒星和红饶星、红山和红壑、红色的树木和石头、红色的水和渠、红色的犏牛和牦牛、

---

[1] 参见本书附录六之《索索科》。
[2] 《禳垛鬼仪式·董术战争》，《全集》（第25卷），第163页。

红色的马和牛、红色的山羊和绵羊，出现了成千上万个仄鬼的儿女。仄鬼养育了九个男儿，建立了九个村寨；仄鬼养育了九个女儿，开辟了九个地方。黑蛋起变化，出现了术部族的黑天黑地、黑日和黑月、黑恒星和黑饶星、黑山和黑壑、黑色的树木和石头、黑色的水和渠、黑色的犏牛和牦牛、黑色的马和牛、黑色的山羊和绵羊，出现了黑白交界地的飞鸟往来的山垭口，出现了成千上万个术部族的儿女。美利术主养育了九个男儿、建立了九个村寨；美利术主养育了九个女儿，开辟了九个地方。[1]

东巴史诗中另一种较为常见的递进平行式为：通过平行程式来加深描述程度的。如创世史诗《崇般图》中的崇仁利恩回答天神的那段经典名句：

我是九个开天神人的后代，是七个辟地神人的后代；是海螺般洁白狮子的种族，是金黄色大象的种族，是玖嘎纳布大力神的种族；是把酒水江水似地接在我的口中，也醉不了的种族；将居那若罗山揣在怀里，也累不倒的种族；将三根骨头一口吞下，也鲠不了的种族；将三升炒面一口吞下，也呛不了的种族；是站在九十九道山坡上，九十九个夸奖的种族；是守在七十七道坡上，七十七个夸奖的种族。[2]

这一段经文描述了崇仁利恩的种族的来历，表面上看这些描述句是平行并列的，但随着此程式句的不断铺陈，其间的民族自信心与自豪感是不断递进深化的：首先表明自己并非普通凡人，而是天地之神的后代，并罗列了诸多有名的大神，其神力通过具体的事例来强化：如江酒水醉不了，神山揣怀累不了，三根骨头吞下鲠不了，三升炒面咽下呛不了；最后升华到至高无上的程度——所有生灵都夸奖赞扬的种族。

（二）其他表演类别中的递进平行式

在东巴仪式表演中，东巴音乐伴奏是较为突出的表演内容，它的音乐表演

---

[1]《禳垛鬼仪式·董术战争》，《全集》（第25卷），第165—167页。
[2]《大祭风·创世纪》，《全集》（第80卷），第48页。

往往与仪式中各类别表演同步进行，如《迎请什罗》中的"招魂"程序中，主祭东巴要念诵丁巴什罗弟子从天界、人界到地域寻找什罗灵魂的内容，寻找每一个地方的句式有高度程式化特征，如寻找到居那若罗神山时，诗句是这样写的：

> 用金黄板铃声、绿松石大鼓声、白海螺号角声赎回死者的灵魂，
> 用一千只白牦牛、一万只黑牦牛赎魂，
> 用一千只母马、一万只骟马赎回死者的灵魂，
> 这样，死者的灵魂不再滞留于若罗山之东方了。[1]

后面叙及居那若罗山的南边、西边、北边、中间等方位时，用的是同一句式，而经文中出现了"金黄板铃声""绿松石大鼓声""白海螺号角声"的乐器内容，东巴念诵到此处时，旁边的东巴要依次吹奏这些乐器，每一次念诵到此处都要重复一次。跳东巴舞的人也要到象征神山的场景旁边跳招魂舞，并按方位进行相应变化。此外，东巴乐器与东巴舞的进程相配合进行，二者的节奏是一致的，大都采用2/4拍，鼓声与板铃的节奏为：｜X O X O｜。前一节拍为板鼓，后节拍为板铃，二者交替平行演进。这也说明了东巴仪式表演所具有的舞乐合一的独特性。东巴布置仪式场景时，东巴木牌画、面偶、泥偶、神像的制作、摆放既有固定的程式动作，也是与仪式程序同步进行。这些不表演类别间的相互配合协调，以递进式的重复，完成了对仪式表演主题的强调与深化。

东巴仪式中的东巴舞、东巴绘画、东巴工艺、东巴音乐表演也具有递进平行特点，上述的并列平行式主要根据表演主体的表演动作的同时并列进行而言，而递进平行则是从程序进程而言的。如东巴史诗《黑白战争》中的结尾部分是这样演述的：

> 莫毕精如手拿白铁三叉戟，白铁头盔头上戴，铠甲坚衣身上穿。还持一件喷火的降魔杵，直劈仇人头顶，愿将仇人头颅劈开花。取来九根铜桩与铁桩，朝着仇人头顶钉下去。烧起山羊与猪的骨头引诱鬼魔的灵魂，已

---

[1] 《超度什罗仪式·招魂》，《全集》（第72卷），第76—80页。

把仇人之灵魂引到此地了，捉拿仇人之灵魂到黑白交界地，埋于九尺九丈深的土洞之中，再压以九堆黑石，把所有季鬼、其鬼、孔鬼、补鬼、景鬼、瓦鬼还有血案与凶案，统统驱赶到仇人之地，尽快将鬼怪镇压下去，把主人之灵魂早日赎回。[1]

这一段内容与仪式结束前的镇鬼程序相对应。主祭东巴要头戴有三叉戟的五幅冠，一手持经书吟诵，一手持砍刀作砍杀状，其他东巴手持砍刀、降魔杵、弓箭、铁枪等武器，跳着镇鬼东巴舞，捣毁鬼寨，并把象征鬼怪的木偶、木牌画埋入坑中，用弓箭射杀、用降魔杵来劈杀，拿刀来砍杀，用铁钉钉杀，旁边东巴纷纷摇铃，击鼓来助威。从中可察，上述东巴仪式表演中，运用了东巴经书、口头吟诵、东巴画、东巴舞、东巴画、东巴工艺、东巴戏剧化表演，一同构成了富有艺术表现力的东巴仪式表演场景，这些不同类型的仪式表演既是平行式的，又是不断递进深化的，背后是东巴仪式规程构成了仪式叙述的逻辑。

综上所述，在东巴史诗的仪式表演中，口头传统及仪式的表演类型有着严整的结构单元，与口头传统文本的平行式结构相类似，东巴史诗仪式文本中的结构单元从最小的表演动作到表演步骤、表演程序、表演类别形成了金字塔式结构，这些结构单元通过并列平行或递进平行的方式达成了更完整的仪式叙事文本，同时也构成了各种仪式类型或表演类型。当然，这种仪式表演结构的组合方式在以仪式叙事为中心的南方民族的史诗传统中也广泛存在，甚至在京剧、越剧、木偶剧、皮影戏以及现代综合艺术中也是广泛存在的，它既是形成传统的决定性因素之一，也构成了传统在不同时代背景下得以可持续发展的内因。也就是说，以前我们所说的表演套路，其实已经包含了口头与不同表演单元之间的最大公约数——程式，这些不同表演行为程式之间的统一矛盾关系构成了推动传统艺术发展的动力源泉。

---

1 《退口舌是非·董术争战》，《全集》（第36卷），第92—94页。

第四节　东巴仪式叙事文本特征

在民间文学或少数民族文学的学术语境里,我们一提到"文本",其所指与能指一般趋向于口头文本、书面文本、半口头文本三大类别,这在我国的"三大史诗"及国内广泛流传的地方性神话、传说、故事、童谣等民间文学类作品中也是如此。但当我们将目光聚焦于西南少数民族的史诗与神话时,不能不发现民间文学文本的三大类别无法覆盖其丰富多彩的文本类型,因为我们所说的民间文学不只通过口头与书面文本来表述,更多是通过载歌载舞、民俗节庆、传统信仰、服饰、建筑、民间工艺等多种文本载体所进行的地方性文化表述。由此提出了一个问题,我们如何重新审视文本的构成及其概念范畴。

从东巴史诗文本来说,语言层面的文本涵盖了上述的东巴口头与书面两种文本;超语言层面的文本包含东巴画、东巴音乐及仪式表演等内容。因为并非只有口头语言与书面语言可以叙述故事,图画叙事、音乐叙事、仪式表演叙事同样可以作为叙事文本。东巴仪式中的神路图、神像、木牌画、纸牌画、面偶、泥偶、舞蹈、服饰、场景表演无不带有浓郁的叙事特征:祭天仪式中再现迁徙路上遭遇果洛兵的情景,禳栋鬼仪式中的东巴与鬼主之间赌博、交易等表演,超度仪式中东巴们通过东巴舞的形体语言再现丁巴什罗波澜壮阔的一生的舞蹈表演等同样具有叙事功能。这说明东巴史诗文本具有多模态叙事文本特征。

一、东巴史诗的仪式表演

表演与仪式密不可分,仪式中的表演是戏剧产生的源头,仪式表演与历史记忆、文化象征、族群认同、社会结构有着复杂深刻的关系，人类学、社会学以及神话-仪式学派对此有过深入的研究，本书旨归并不在于表演与仪式的深层关系研究，而重在对以下问题的探讨：仪式中的表演是如何达成的？它与口头传统的关系又是如何？仪式主持者又是如何把口头演述、仪式演唱、舞蹈、绘画、手工艺和游戏等多元表演单元应用到仪式中的？这些不同的表演单元之间与仪式的程序、主题、典型场景和类型是否存在对应关系？可以说，将"程式"引入仪式表演中，可以对"程式"的概念内涵及功能有更为深入与确切的把握与认识。

帕里对"程式"的定义为："程式是在相同的步格条件下为表达某一特意义而经常使用的一组词。"这一定义把口头传统中的词语表达与口头创作有机连接起来，揭示了口头诗歌创作的内在运作规律。后来，帕里扩大了这一概念的使用范围，它不再仅限于名词属性形容词程式，还包括了以成组的、可替换的模式出现的程式系统。"洛德则从歌手立场出发，从传统内部研究程式。他认为程式是一种强调节奏和步格功能的诗歌语言，是一种能动的、多样式的可以替换的词语模式。在口头传统中，程式无处不在，程式的主题，程式的故事形式，程式的动作和场景，程式的语法和句法等。在口头诗歌里一切都是程式化的；程式是口头史诗所具有的最突出的本质。口头诗人在表演中的创编这一过程中，程式用于构筑诗行，主题用于引导歌手迅捷有效地建构更大的叙事结构。程式之于形式，是主题之于内容的关系，属于同一事物的两个方面。对于歌手来说，程式属于口头创作，而不是记忆手段。"[1]

可见口头诗学视域中的"程式"概念理解处于动态的丰富、深化过程中，整体趋势来说，它不仅限于词组和句子上，也体现在更大的结构单元中，且扩展到与口头传统联系紧密的古典诗歌、戏曲和民歌研究领域中。近年来，程式的理论概念被应用到《诗经》、敦煌变文、京剧和评弹等诸多不同种类的研究领域中。帕里提出的"formula"所指主要限于口头诗歌中的"程式"，而汉语中的"程式"概念所指则更趋向多义化，包含了语言、思维、行为等多个层面，如京剧的程式研究不仅包含了口头演唱的程式化语言，也涵盖了服饰、动作、场景、绘画和音乐等多个方面。本书中的"程式"既涉及仪式叙事程式，也涵

---

[1] 尹虎彬：《古代经典与口头传统》，中国社会科学出版社，2002，第119页。

盖了仪式叙事行为所涉及的仪式程序、音乐表演、舞蹈表演等相关内容。

东巴史诗的演述是基于深厚的叙事传统而展开的,东巴史诗与神话内容紧密相关,类似于有些学者提出的"神话史诗"[1],主要是借助神灵故事来宣扬东巴教的主旨,其讲述方式又往往与仪式表演融合在一起,通过文本口头叙事、东巴舞蹈、东巴绘画、东巴音乐、东巴游戏等多元艺术表演形式的融合,给受众以多种艺术审美感受、体验,从而达到"神话是真实的"的叙事目的,可以说,东巴史诗中的史诗演述同仪式叙事相辅相成、并行不悖。整个仪式场面带有浓郁的"仪式戏剧"的色彩,或者说东巴史诗演述通过仪式表演达成了身临其境般的演述场域。和志武认为,"东巴为人家念经,往往是有声有色的个人和集体的唱诵表演,配上鼓点和小马锣的回音,非常动听。诵经调以不同道场而区分,在同一道场中,又以不同法事和经书的内容而有不同的唱法;并且还有地区上的差别,如丽江坝区、中甸、白地、丽江宝山等,就有明显的差异。总体来说,东巴经诵经腔调约有20多种,最丰富的是丽江坝区。从音乐本身价值来看,以丽江祭风道场和开丧、超荐道场的诵调为佳。前者除配锣鼓响点外,有时还配直笛,唱诵《鲁般鲁饶》时,一般是中青年的东巴唱诵,声音清脆轻松,节奏明快,所以颇能吸引青年听众。后者往往不用锣鼓,而是采用集体合唱方式,庄重浑厚,雄音缭绕,表现的是一种较为严肃的气氛"[2]。

李霖灿认为东巴文正处于由图画变向文字的过程中,故其文字中时有图画出现,比如"规程"类经书中"忽然加进一个板铃 一个法螺,意思是到此当打一下板铃,吹一下法螺,在这里都是图号而不是文字,因为它与画的关系多,而与音的关系少"[3]。从中也说明了东巴经或史诗的演述与音乐伴奏相辅相成,互为表里。程式化特征是构成史诗的重要参照标准,这不仅体现在口头演述活动中,也体现在具体的仪式表演行为中。东巴史诗的表演程式是指东巴在演述史诗时,往往借助东巴唱腔的演述,以及鼓、锣、铃等乐器伴奏来达成,而构成东巴史诗的音乐、舞蹈、绘画等表演单元中就蕴涵着突出的程式化特征。这一特征既是东巴史诗的本体内容所在,也是东巴史诗作为多元多模态叙事形

---

[1] 段宝林等:《中国民间文艺学》,文化艺术出版社,1987,第265-266页。
[2] 和志武:《纳西东巴文化》,吉林教育出版社,1989,第211页。
[3] 李霖灿编著,张琨标音,和才读字:《么些象形文字/标音文字字典》,台北:文史哲出版社,1944,第139页。

态文本的属性所在。

基于上述对东巴史诗的口头文本、书面文本、口头-书面文本，包括音乐、舞蹈、绘画在内的表演文本的分类分析，从特殊到一般，从具体到抽象，在此，我们对东巴史诗的多模态文本特征可以有个整体的概括与总结。

二、东巴史诗的仪式叙事要素

洛德提到的"序列要素"指构成故事范型的叙事要素，这些要素按情节、事件的顺序归纳而得，如他把《归来歌》的故事范型归纳为五个要素序列：缺席、劫难、重归、复仇和婚礼。仪式叙事同样存在类似的序列要素。如东巴超度仪式类型中，其仪式表演类型可归纳为六个序列要素：出生、失魂、招魂、接魂、送魂、永生。这六个序列既是构成整个仪式结构的核心程序，也是东巴叙事文本中的情节基干、核心母题，在表演层面上达成了平行叙事结构。

东巴在经文中念诵史诗或神话故事情节时，其他东巴们则通过东巴舞、东巴画、东巴工艺、东巴音乐等多种表演形式表述同样的主题内容，或者说，这些序列要素是在东巴的吟诵、舞蹈、绘画、伴奏、演唱等多元表演内容的综合作用下达成的。祭天仪式叙事文本要素可分为这样五个序列要素：求生、求婚、考验、结婚、回归。这与祭天仪式中的主人公——崇仁利恩的生平密切相关：因兄妹婚而遭到天神的洪水惩罚，求生成为首要解决的问题，在天神帮助下制造革囊船而得以幸存；人间只剩下他一人，在天神帮助下到天上求婚，并与天女衬恒褒白命相爱；子劳阿普神并不同意崇仁利恩的求婚，设下种种难题故意刁难他，最后崇仁利恩将这些难题一一破解，从而娶回了天女；因人间荒无人烟，结婚时获得了天父、天母的丰厚的嫁妆，为人类的繁衍生息创造了条件；最后他们双双从天上返回人间，学会了祭天来答谢上天的恩赐。由此说来，仪式或仪式表演也是讲各种东巴神话中的神灵、英雄祖先、万物起源的故事，相比来说，以讲前两种故事为主。如祭天仪式是讲崇仁利恩的故事，东巴超度仪式讲丁巴什罗的故事，祭风仪式讲祖古羽勒盘与开美久命金的殉情故事，禳栋鬼仪式讲黑白两部落战争的故事。

故事必须有情节支撑才能讲得下去，仪式表演同样是在讲故事，与单纯的口头演述不同，它更多的是借助绘画、音乐、舞蹈、工艺等综合手段来达到"讲故事"的目的。这些多元表演手段得以有机融合，关键在于受到仪式程序规程的统摄，而程序规程是按照故事情节设置的，本身包含了上述的序列要素。这些序列要素是构成不同类型的故事或表演的"基因"，这些"基因"为东巴们举行仪式、故事演述、表演提供了稳定的、可靠的程式保障，同时也为区别不同故事类型、不同表演类型提供了切实有效的检验工具。

三、东巴史诗的仪式叙事类型特征

综上可察，东巴史诗的仪式文本类型与仪式类型及仪式规模大小密切相关，从中可以归纳出以下几个共同特征。

第一，仪式类型、规模决定仪式文本类型。祈神类、禳灾类、丧葬类、卦卜类等不同的东巴仪式类型中的仪式文本类型存在着较大的差异性。祭天仪式的表演内容不同于丧葬仪式的表演内容。祭天仪式中的东巴画、东巴音乐、东巴舞多与祈神主题相关联，其表演风格呈现出祥和、神圣、庄严的文化氛围；而丧葬仪式中的表演多与缅怀死者、驱鬼赶魔的仪式主题相关，其表演风格以悲伤、沉郁的特点为主。另外，同一仪式类型内部，由于规模大小不同，也会产生相应的变化。如大祭天仪式与小祭天仪式相比，表演的种类、内容要丰富得多，表演时间也相对较长，参与人数也较多。丧葬仪式中的东巴超度仪式与民间一般的丧葬仪式相比同样存在类似情况。

第二，同一类型仪式中的文本差异程度较小。在同一仪式类型下，不同规模的仪式文本内容存在大同小异的情况，但比起不同类别的仪式，其差异程度相对要小得多。如大小不等的东巴丧葬仪式中都包含了东巴经文演述、跳东巴舞、张贴东巴画、安插木牌画、摆放木偶及面偶、乐器伴奏等多类项表演内容。同一类型仪式中存在的差异是基于表演内容的规模、数量方面来说，不同类别仪式之间的差异是基于表演的种类、形式来说的。

第三，在核心程序不变的前提下仪式内容可以灵活调整。仪式内容的压缩与扩张受到仪式程序的制约，在核心程序不受改变情况下，主祭东巴可根据实际情况对仪式内容进行增减调整。如仪式内容的时长、数量都有调整的余地。

传统祭天仪式从准备时间来算长达一年多,而正式的仪式覆盖了春节的整体时间,从中彰显了"祭天为大"的文化体量。当下的祭天仪式基本上浓缩为一两天或半天,但仪式的主要规程,主要经典仍得到了有效保留。如迁徙史诗《崇般绍》是核心经典,是再精减也不能忽略的。《崇般图》《黑白战争》在其他仪式中同样扮演了核心经典角色。

第四,东巴史诗本身也反映了仪式的类型,规模大小。《崇般图》一般在规模较大的仪式中使用,如丧葬、超度、延寿、大除秽、大祭风等仪式中;《黑白战争》在禳栋鬼、退口舌是非、除秽仪式中作用;《崇般绍》则在祭天仪式中演述。这些东巴史诗在仪式中的演述都包含了图像的、音乐的、舞蹈的、工艺的多元叙事形态。

从中我们发现,仪式文本类型既可根据仪式类型进行宏观层面的划分,也可根据同一仪式类型的规模进行更为详细的划分,说明仪式文本类型的确定必须基于仪式的外部与内部因素,二者皆与传统密切相关,也就是说,仪式类型与仪式文本类型都是传统的产物。东巴仪式中的表演内容包含了戏剧因素,但没有脱离仪式单独发展成为民族戏剧,这与东巴教的相对保守性、封闭性密切相关。

四、东巴史诗的多模态文本特征

(一)书面与口头的二重性

东巴史诗文本是书面的,还是口头的?东巴有卷帙浩繁的东巴经籍,无疑具有书面文本特点,这与以口诵为主的泸沽湖区域的达巴叙事传统形成鲜明对比。但东巴经籍与汉文献性质的书面文本是同一种类型吗?东巴象形文字又称图画文字,本身属于不成熟文字,存在有字无词、有词无字、非线性排列等特征,对东巴来说,东巴经籍并非照本宣科的教科书,它在仪式中吟诵时起到"提词本"的功能,类似于主持人的串联词,从而使东巴经籍与口头语言形成有机的整体文本。可以证明,东巴口头文本的产生肯定要早于东巴经籍书面文本,而东巴经籍的形成与记录仪式中的口头语言密切相关。当然,把东巴经籍等同于口头文本是错误的,毕竟其与口头语言存在不同程度的差异,至今东巴经籍里仍有东巴只会读而不知其意的藏语咒语，包括大量的古代纳西语言，这无疑具有书面语特征，而且在漫长的历史发展过程中，不同时代的东巴对书面文本进行了千锤百炼，由此催生了大批东巴经典。东巴叙事文本中的书面与口头是互文互构、共融共生的辩证统一关系，具有二重性，而非对立的、孤立的关系。

（二）仪式程式：东巴主持仪式的秘诀

仪式表演与口头、书面文本演述一样具有仪式叙事功能，与口头、书面文本演述的通过"说"或"唱"达成叙事文本相似，仪式表演除了口头表演外，还综合了"音乐""舞蹈""绘画""工艺""游戏"等多类别的表演内容，这些不同的表演类别及内容都为仪式叙事服务，共同构建了统一、完整的仪式叙事文本。而作为仪式主持者在此过程中扮演了仪式表演的"导演""主角"的双重角色，他的这一双重角色既是传统所赋予的，也是仪式表演本身属性所要求的。作为东巴文化的传承者，东巴本身兼任了经师、舞者、画师、工艺师、乐师、组织者、传道者等多重身份，这些多重身份功能又通过仪式规程下的多种表演类别得以体现。我们在分析中发现，东巴们能够有条不紊、张弛有度地完成这样一个规模宏大、程序复杂、内容丰富的综合仪式，其秘诀在于他们能够熟练、合理地应用"仪式程式"。"仪式程式"不仅包括了仪式中口诵经文的内在构成、仪式程序及步骤、仪式类型，也涵盖了仪式中的多种表演类别，它们都具有与口头传统中的核心特征相一致的共性因素——程式、主题、典型场景、类型。这些核心特征形成大小尺度不等的"仪式程式"，通过仪式程序步骤、语言文字、音乐舞蹈、绘画工艺等多元手段共同完成了这一具有复合型文本特点的仪式叙事文本。这个复合型文本既是口头与书面的复合型文本，也是诗、歌、舞、画等多元表演艺术形态的复合型文本，而且这一口头、书面互文的复合型文本又与仪式叙事中的东巴音乐、东巴绘画、东巴舞蹈、东巴工艺等多模态的文本交织融汇一体，从而体现出多元模态的文本形态。应该说，这种多元模态的文本形态与大脑信息解码的选择性有内在的逻辑关系。

（三）多模态叙事文本：东巴史诗文本性质

口头传统中有"程式"，仪式表演中也有"程式"，因为二者皆为传统的产物，受到传统的统摄、制约。仪式中有口头传统，口头传统在仪式的表演中得以体现,与仪式中的舞蹈、音乐、绘画、工艺、游戏等表演项目一同构成仪式行为,"程式"成为这些不同表演内容的共同"串词",连串编织成为仪式叙事文本。阿帕里斯认为,"经典的认知隐喻研究一直只关注语言体现,这隐含某种偏见:意义只存在于语言符号中。事实上,其他符号或一切艺术形式对体验意义的构建过程与语言并无二致"[1]。这些非文字符号包括:静态或动态影像、音乐、非言语声音以及形体表演等。这些文字、非文字、各种媒介和多模态隐喻共同组成了一个超语言文本。多模态隐喻正是通过文字与非文字符号之间的多元互动达成交流的目的。东巴仪式叙事文本属于多模态超语言文本,如东巴仪式中的口头演述文本中的"程式"使用的是东巴文字与纳西语,东巴舞表演中的"程式"使用的是传统仪式舞蹈中的肢体动作语言,东巴绘画及工艺表演中的"程式"使用的是色彩、造型语言,但在这些不同的"语言"中,都存在着程式化单元、主题、典型场景以及类型,从而为仪式主持者的仪式演述提供了充足的表演"道具"。由此,东巴叙事文本性质被定位为"多模态叙事文本"。

---

[1] Forceville, C. & E. Urios-Aparisi. *Multimodal Metaphor*, Berlin, New York: Mouton de Gruyter, 2009.

第四章 程式研究

东巴史诗研究

  口头程式是20世纪二三十年代由美国口头诗学大家帕里、洛德师徒创造的一套理论范式。他们通过这套理论方法论证了《荷马史诗》属于口头传统文本，同时开创了口头诗学理论体系。近一个世纪以来，国内外学者以此为学术利器，极大推进了口头诗学、民俗学、表演理论的持续发展，对国内民族文学研究也产生了深远的影响。美国民俗学家约翰·弗里把口头程式从小到大分为"程式片语""典型场景或主题""故事范型"几个程式类型，这些不同尺度的程式构成了口头诗人进行演述的秘密武器。他认为："运用着程式、话题和故事型式这三个'词'，口头理论解答了行吟诗人何以具有流畅的现场创作能力的问题。这一理论将歌手们的诗歌语言理解为一种特殊的语言变体，它在功能上与日常用语不同，与歌手们在平常交际和非正式的语言环境中所使用的语言不同。由于在每一个层次上都借助传统的结构，从简单的片语到大规模的情节设计，所以说口头诗人在讲述故事时，遵循的是简单然而威力无比的原则，即在限度之内变化的原则。"[1]

---

[1]［美］约翰·迈尔斯·弗里：《口头程式理论：口头传统研究概述》，朝戈金译，《民族文学研究》1997年第1期。

第四章 程式研究

　　口头传统源远流长，任何一个民族都有着深厚的口头传统文化遗产。东巴史诗就是纳西族口头传统的结晶。东巴史诗是指纳西族祭司——东巴所创编、传承的史诗。东巴史诗有口头与书面文本两大类，以创世史诗《崇般图》、迁徙史诗《崇般绍》，英雄史诗《黑白战争》为代表。从文本类型上来说，东巴史诗属于口头文本，这不仅体现在以口头形式演述传承的口头文本中，也体现在由东巴象形文字记载的书面文本中。东巴史诗的书面文本其实质是口头文本的记录文本，在仪式演述中充当着"提词本"的文本功能。

　　以口头传统理论观照东巴史诗，可以深入揭示它的口头文本内部构成，以及它与作为书面文本的东巴经文之间的互文关系，对史诗的演述机制、文本构成和民俗传统有个整体的把握。尹虎彬认为："在口头传统中，程式无处不在：程式的主题、程式的故事形式程式的动作和场景、程式的语法和句法、程式的故事范型等。在口头诗歌里一切都是程式化的；程式是口头史诗所具有的最突出的本质。口头诗人在表演中的创编这一过程中，程式用于构筑诗行，主题用于引导歌手迅捷有效地建构更大的叙事结构。"[1]本章依照口头程式理论的分类，从诗行、片语、主题或典型场景、故事范型四个层次来分析东巴史诗。

1　尹虎彬：《古代经典与口头传统》，中国社会科学出版社，2002，第112—119页。

第一节　东巴史诗的诗行与片语程式

一、东巴史诗的诗行程式

东巴史诗属于口头诗歌，是以诗行形式构成的口头文本。诗行是分析口头程式的主要内容。因时空条件不同，不同的史诗文本中构成诗行的形式存在着诸多差异。相对来说，早期史诗文本中的诗行数、语言精练程度、情节设计、人物形象、风格特征等方面要比晚期成熟的史诗逊色得多。这在《索索科》与《黑白战争》两部史诗的比较中能够得到验证。

《索索科》是在无量河流域流传的东巴创世史诗，从其内容、程式句法、风格特征分析，其史诗类型属于早期史诗。[1]《索索科》开篇语是这样说的：

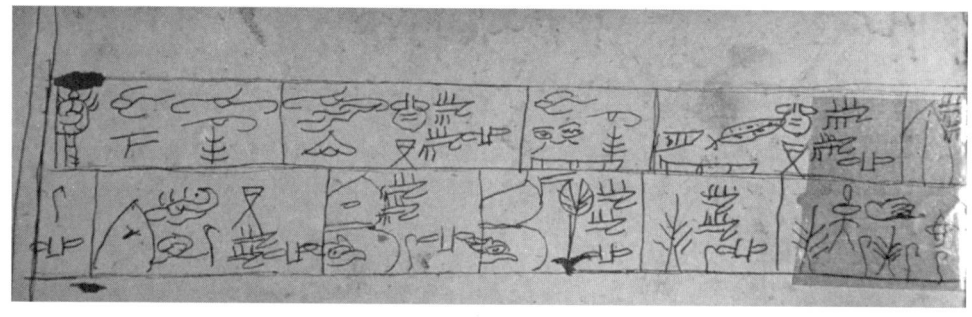

图 4-1　《索索科》开篇语

---

[1] 此经书系石宝寿演述的东巴古籍文本，由其父石波布于1980年代书写在牛皮纸上，至今大致有40余年。

a³³ ɕiə³³ mɚ³³ mə³³ sʅ³³,

很久很久以前,

mə³³ dɯ³¹ tɕi³¹ sʅ³³ nɯ³³ mə³³ so³³ so³¹ thv³³。

天空被云笼罩,从中出来三样东西。

a³³ ŋiə³³ dy³¹ mə³³ sʅ³³,

很久很久以前,

dy³¹ dɯ³¹ tɕi³³ nɯ³³ mə³³ gə³³ so³³ so³¹ thv³³。

大地被泥土覆盖,从中出来三样东西。

dzu³¹ na³³ so³³ so³¹ dɯ³¹ nɯ³³ thv³³;

大山三样从这里出来;

dzu³¹ na³³ bu³³ o³³ dɯ³¹ mə³³ so³³ so³¹ thv³³;

大山大坡大的三样出来了;

æ³¹ so³³ so³¹ so³³ dɯ³³ nɯ³³ thv³³;

三样山崖从这里出来;

æ³¹ sua³¹ dv³³ xɯ³¹ nɯ³³ mə³³ so³¹ so³¹ thv³³;

像毒箭头一样锋利的哨壁三样从这里出来;

dʐŋ³¹ so³³ so³¹ so³³ dɯ³³ nɯ³³ thv³³。

三样树都从这里长出来。

《索索科》一开始就描述了开天辟地之前宇宙洪荒年代的情景,可以称之为"洪荒母题"。此母题共有九个诗行,整个叙述方式采取了"从天上到地上""从大到小"的创世规则:天空 — 云雾 — 大地 — 大山 — 山崖 — 哨壁 — 树木。"so³³ so³¹ thv³³"在九个诗行中出现了五次,其中"thv³³"出现了七次,所占比例最高。"a³³ ɕiə³³ mɚ³³ mə³³ sʅ³³"(很久很久以前)在句中重复了两次,属于演述者本人的赘语,所以严格来说,这一段"洪荒母题"其实只有八个诗行。

接下来,我们再来看一下《黑白战争》中的"洪荒母题"开头第一段:

a³³ la³³ mə³³ ʂʅ³³ be³³ dɯ³³ ŋi³³,

远古的时候,

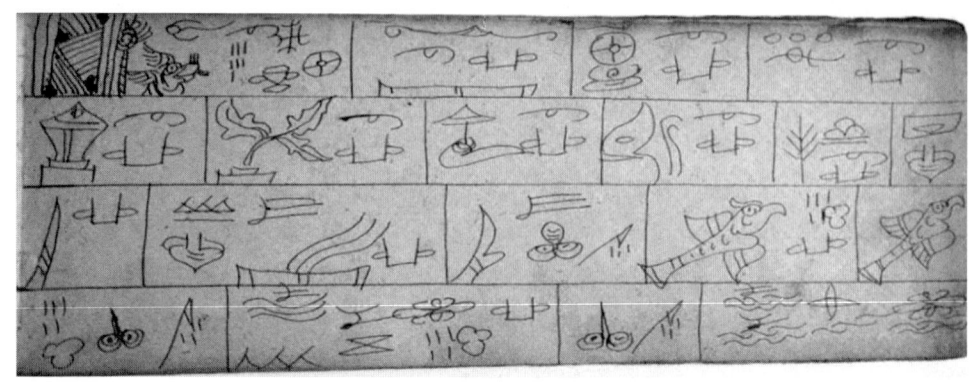

图4-2 《黑白战争》片段

mɚ³³ nɯ³³ dy³¹ la³³ mə³³ tv³³ sʅ³³,
天和地还没有成形，
bi³¹ nɯ³³ lɯ³³ la³³ mə³³ tv³³ sʅ³³,
日和月还没有生成，
kɯ³¹ nɯ³³ za³¹ la³³ mə³³ tv³³ sʅ³³,
星和宿也还没有出现，
dʐu³¹ nɯ³³ lo³³ la³³ mə³³ tv³³ sʅ³³,
山和壑还没有成形，
xe³³ zi³³ ba³³ da³¹ dzɚ³¹ la³³ mə³³ tv³³ sʅ³³,
舍依巴达神树还未生长，
mɚ³³ lɯ55 da³³ dzi³³ xɯ55 la³³ mə³³ tv³³ sʅ³³,
美利达吉神湖也还未出现，
dʐu³¹ na³³ zo³³ lo³¹ dʐu³¹ la³³ mə³³ tv³³ sʅ³³,
居那若罗神山还没有成形，
sʅ³³ nɯ³³ lv³³ la³³ mə³³ tv³³ sʅ³³,
木和石还没有生成，
sʅ³³ nɯ55 v³³ la³³ mə³³ tv³³ sʅ³³。
木和石还没有生成。
gə³³ nɯ³³ kho³³ ɣi³³ thv³³,
从上面出现了佳音，

mi³³ nɯ³³ sɑ55 ɣi³³ thv³³,

下面出现了佳气，

kho³³ nɯ³³ sɑ55 pɯ³³ pɑ³³ be³³,

原声和原气作变化，

dze³³ uɑ³³ uɑ³³ ɕy³¹ thv³³。

出现了木、火、铁、水、土五行。

dze³³ uɑ³³ uɑ³³ ɕy³¹ pɯ³³ pɑ³³ be³³,

五行作变化，

gə³³ nɯ³³ xæ³³ phɚ³¹ thv³³,

上面出现了白风，

mi³³ nɯ³³ xæ³³ nɑ³¹ thv³³,

下面出现了黑风，

xæ³³ phɚ³³ xæ³³ nɑ³¹ xæ³³ ɕi³³ xæ³³ xə³¹ uɑ³³ bɑ³¹ thv³³,

白风黑风黄风青风五种风，

xæ³³ uɑ³³ bɑ³¹ pɯ³³ pɑ³³ be³³,

五种风作变化，

gə³³ nɯ³³ tɕi³³ phɚ³¹ thv³³,

上面出现了白云，

mi³¹ nɯ³³ tɕi³³ nɑ³¹ thv³³,

下面出现了黑云，

tɕi³³ phɚ³¹ tɕi³³ nɑ³¹ tɕi³³ ɕi³³ tɕi³³ xə³¹ uɑ³³ ɕy³¹ tv³³。

白云黑云黄云青云五种出现了。

与《索索科》相比，《黑白战争》整个叙述方式上同样采取了"从天上到地上""从大到小"的准则：天空—大地—太阳—月亮—星辰—大山—山谷—河流—神树—神湖—神山—木石—声音—气体—五行—大风—云彩。明显可以看出，《黑白战争》比起《索索科》内容更为庞杂丰富。另外，从诗行上来分析，与《索索科》相比，《黑白战争》的诗行多了13行，总共达到22个诗行。从押韵方式来看，相形于《索索科》的尾韵，《黑白战争》出现了头韵、腰韵尾韵的三种方式。头韵有"gə³³ nɯ³³""mi³³ nɯ³³"，腰韵有

"la""hɯ",尾韵有"sɿ³³""tv³³""pɯ³³ pɑ³³ be³³"三个。句式上有五言、七言、九言、十一言,皆为奇数言,其中以五言句式最为普遍,这是两部史诗相一致的地方。从中可以看出,两部史诗明显带有口头程式句法特征,一则它特有的相对固定的叙述方式有利于东巴记忆与叙述,其次押韵方式有利于口头演述,便于朗朗上口。

至于为何《索索科》比《黑白战争》的诗行要少,且内容相对简略,原因在于《黑白战争》是经过后期加工整理过的成熟文本,而《索索科》属于早期的文本,保留了史诗雏形时期的草创特征。据《黑白战争》经书保存者石宝寿介绍,此经书并不是本地的传统经籍文献,是他父亲石波布于20世纪80年代初期转抄于俄亚乡的经书。他说这是丽江这边的经书,意思是俄亚的《黑白战争》也是从丽江这边传播过来的。从《黑白战争》经文内容分析,也可以看出来与丽江坝区的《黑白战争》并无太大的区别,只是为了便于当地人演述,他们在转抄经书时更多地用了当地的东巴字及书写方式。

《索索科》与《崇般图》相比也同样存在类似问题,从题材选择、情节设计、人物形象塑造、叙事手法、抒情性等方面而言,《崇般图》的文学艺术成就皆在《索索科》之上。《索索科》分为《索索科》《卡兹次》《利恩恩科》三部,第二部与创世史诗主题关系不大,第三部的情节、抒情性方面没有《崇般图》丰满细腻,从中折射出这部史诗的演变过程。

需要说明的是,以五言、七言、九言句式为主的诗行程式不只是在东巴史诗中普遍存在,在东巴神话及诸多东巴经籍文本中也是广泛存在的。由此说明了东巴经书是口诵经的记录文本。

二、东巴史诗的片语程式

程式片语是最小的口头程式单位,指名词性修饰语,即在名词前缀有修饰性的形容词,如我们平常所说的蓝天白云、悬崖峭壁、猛禽巨兽等。东巴史诗中的程式片语有个整体特征——四字格,即基本上以四个字构成完整的名词,一般前面两个字作为形容词来修饰后面的名词。这一特征从《崇般图》《黑白战争》中的人名就可见一斑:恨忍老忍、老忍美忍、美忍初初、初初初余、初余初居、初居居仁、居仁精仁、精仁崇仁、崇仁利恩、崇仁卡吉、崇仁卡古、美利董主、美利术主、董若阿路、庚饶纳姆、安生米危、多格优麻、波依优麻、子劳阿普、衬恒吉姆、次抓吉姆、依世补左、纳异胜土等。

需要说明的是，这些名称都有特定的文化意蕴在里面。如一开始提到的"恨忍老忍、老忍美忍、美忍初初、初初初余、初余初居、初居居仁、居仁精仁、精仁崇仁、崇仁利恩、崇仁卡吉、崇仁卡古"，这是开天辟地母题中提到的人类诞生的次序，从第一代恨忍老忍到崇仁利恩这一代，一共经历了九代，每一代之间的关系为父子血缘关系，属于父子连名制，儿子前面两个字为父亲最后两个字，由此说明自己为前者之子。而最后的"崇仁利恩，崇仁卡吉，崇仁卡古"三个人前面名字都相同，说明了同为兄弟的关系。"美利董主，美利术主"中的"美利"二字具有"神性"之意，类似的还有"美利达吉海"。

不只是人名为四个字，动物也是四字格。

《大祭风》中就有形态各异，丰富多彩的动物画像：

图 4-3　《大祭风》动物画像

如图 4-3，上面的动物有：长獠公獐、白尾狐狸、野白牦牛、快捷白马、长颈母獐、白色箐鸡。

图 4-4　《大祭风》鸟类画像

如图 4-4，上面的鸟类有：云间白鹤、红腿白鹇、金色孔雀、白尾孜朗、白色老鹰。[1]

神类命名中的名词性修饰语一般以下述程式为主。

> 恒依巴答树
> 恒依巴答命（女）
> 恒依白蝙蝠
> 恒依白鹤

这些名词前面的"恒依"本义为"神灵的"，意即这些事物具有神灵属性，具有神格特征。

东巴史诗中的程式片语的程式不仅体现在名词本身的结构方面，还体现在句式方面的程式上，即某一个名词的整个句子、段落中的位置是固定的，不能随意改变。如《黑白战争》中创世主题中提到诸神的诞生：

> 依谷阿格诞生了，依谷阿格作变化，刹依威德天神诞生了。刹依威德作变化，美利董主诞生了。美利董主作变化，出现了。有一天，美利董主来到白海边，看到倒映水中孤零零的倒影，不禁想到自己需要一个伴侣，晚上一同闲谈，早晨一同游玩，一同到高原上牧羊，一同到田里劳作。美利董主望着大海，口中吐出一口痰，心中祈祷：但愿好的善的浮上来，坏的恶的沉没下去，全化掉完蛋。过了三夜后的早上，水中果真出现了一个美丽无比、光明灿烂的女子。没人为她取名字，自名为茨爪金姆。[2]

上段中依次出现了依谷阿格、刹依威德、美利董主、白天白地、白日白月、白星、白饶星、白山、白河谷、白树白石、白水白渠、白崖、白海、茨抓金姆。这个顺序交代了白部族来历的神圣性。在叙述术部族诸神诞生情形时，同样采取了类似的顺序法。

在烧天香迎请神灵下凡时，一般是按照这个固定程式：盘神和禅神、嘎神

---

1 《大祭风·祭寇寇朵居毒鬼的仪式规程》，《全集》（第91卷），第225页。
2 《除秽·黑白战争》，《全集》（第41卷），第5—6页。

和吾神、沃神和恒神、兹神和吾神。

《除秽·黑白战争》中"除秽"是个重要的主题,如何除秽?"在下方,插九对左右相对弯曲的祭木,搭起九个秽寨,栽上黑树,拴上黑牛、黑山羊、黑绵羊,用黑猪、黑鸡来偿还欠秽鬼的债。"[1]这一句在文本中出现了三次之多,除秽对象不同,但除秽方法是相同的,所以形成了程式句法。

程式片语还有一个重要功能是文本导示,即从此程式片语中可以得知史诗叙述到哪个地方,从而掌握整个文本的内容与结构,有利于东巴从容不迫地进行演述。如上文中提及的"天空—云雾—大地—大山—山崖—峭壁—树木"程式句法属于开天辟地主题,而"黑树,拴上黑牛、黑山羊、黑绵羊,用黑猪、黑鸡"属于除秽主题。

东巴史诗的片语程式中,动物程式占了主要成分,这除了与东巴教的自然崇拜有关外,还与纳西族长期处于畜牧与农耕经济的历史状况有内在关系。《崇忍利恩和高勒高趣之传略》中就出现了黄牛、水牛、犏牛、牦牛、马、驴、骡、野马、绵羊、山羊、岩羊、鹅、鸡、鸭、鹰、虎、豹、狼、熊、獐、鹿等众多动物禽兽。这些动物有颜色的区别,如:

> 出生了前脚白的母犏牛,出生了白尾巴的小犏牛;长角天羊和长尾地牛作变化,出生了红眼睛的骟牛,出生了黑色的母牛,出生了白尾巴的牛犊;白色的替罗崖子上,出生了头角向外的山羊,出生了头角后仰自勺黄山羊,出生了前脚白的山羊羔;天的空巴金补与空巴金姆作变化,出生了肥依依的黄猪,出生了心脏大的黑猪,出生了前脚白的肥猪;健飞的天鸡与长尾巴的地鸡作变化,出生了毛色光亮的公鸡,出生了美貌的母鸡,出生了白尾巴的阉鸡;犏牛出生于梭古盘,在高山上面放牧;黄牛出生于苏夸山,在有白杨树的高原上放牧。[2]

有些动物颜色程式是依五行方位来定的:

---

[1] 《除秽·黑白战争》,《全集》(第41卷),第28—31页。
[2] 《超度放牧牦牛、马和绵羊的人·美利董主、崇仁利恩和高勒趣之传略》,《全集》(第67卷),第186页。

美利董主的儿子恩恒,叫他居住在东方的寿依朗巴培地方,家里饲养着白犏牛和白牦牛,饲养着白鹅和白鸭,饲养着白狗和白鸡;董主的儿子罾米赤布,叫他居住在南方的许依佐补律地方,家里饲养着绿色的犏牛和牦牛,饲养着绿色的牛马和骡子。饲着绿色的山羊和绵羊,饲养着绿色的水牛,饲养着绿色的鹅和鸭,饲养着绿色的鸡和狗;董主的儿子久蚩久嘎,叫他居住在西方的奴瓦巴罗徐地方,家里饲养着黑色的牛马和骡子,饲养着黑色的山羊,饲养着黑色的绵羊,饲养着羽毛蓬松的黑鸡,饲养着黑色的恶狗,饲养着黑肥猪;董主的儿子拉吐,叫他居住在北方的许坞丹米扭地方,家里饲养着黄色的犏牛牦牛,饲养着黄色的牛马和骡子,饲养着宽耳朵的种骡,饲养着黄色的山羊和绵羊,饲养着黄色的鹅和鸭,饲养着黄鸡和生虎爪的黄狗,饲养着心脏大的黄猪。[1]

东巴史诗与神话中的动物程式中对动物特征程式有时也会用较长的修饰语,如对猎狗的程式片语:

从苋米水的三个河谷里,出生了放牧得很好的行动迅速的鹰狗,出生了白身子的小狗、生虎掌的虎狗、白脚的猎狗、黑皮子的盘神的狗和生虎掌的禅神的狗;分清了内人和外人,分清了主人和客人。到了雪山松林带,是一些能使野兽粉身碎骨的狗;到了放牧绵羊的那沙高原,是一些能使绵羊繁殖的狗;像鹰和老鹰一样矫捷的狗,生鹰爪的恶狗,打猎时追捕得很好的狗。[2]

因长期处于畜牧经济时期,纳西先民对家畜特征观察细致,这在家畜程式中得到体现:

长耳的种骡与宗族成员很多的母马作变化,出生了美鬃白蹄的野马,

---

[1] 《超度放牧牦牛、马和绵羊的人·美利董主、崇仁利恩和高勒趣之传略》,《全集》(第67卷),第179—180页。
[2] 同上书,第184—185页。

出生了黑鬃黄蹄的野马，出生了长鬃绿蹄的野马，放牧于长青草的高原上；天的长角水牛和地的白尾巴母黑麂子作变化，出生了宽角的公水牛，出生了头角扁形的母牛，出生了头角奔拉的水牛犊，水牛放牧于有泥水的泥塘里。[1]

从中也可察纳西先民将野马、野牛驯化为家畜的历史。在所有动物中，四脚白的动物是最为吉祥的，所以"四脚白"成为对吉祥、威猛动物程式的修饰词。如四脚白黑猪、白脚猎狗、前脚白的山羊、前脚白的牦牛等，这些动物既是同类中最优秀的动物，同时也是最优选的祭牲。

---

[1] 《超度放牧牦牛、马和绵羊的人·美利董主、崇仁利恩和高勒趣之传略》，《全集》（第67卷），第186页。

第二节 东巴史诗的主题与典型场景程式

一、主题程式

"主题或典型场景"（theme or typical scene）是洛德提出的一个概念，指"成组的观念群，往往被用来以传统诗歌的程式风格讲述一个故事"。人们讲故事是有主题与典型场景的，如以好人有好报为主题的故事多以好人没好报作为开头，最后几经挫折才获得大圆满的结局。好人没好报的场景多以被坏人欺负或上当受骗为叙述模式，而好人获得好报的场景是以坏人最终受到惩罚、好人获得大圆满为叙述模式。上文中提及程式片语具有文本导示功能，即主题指南。东巴史诗的难题主题中有个普遍性程式片语——捷腿小伙（ $ʐe^{55}dzi^{33}bɯ^{33}y^{31}$ ）。只要故事主人公遇上难题，就得派这个捷腿小伙去请东巴祭司举行仪式来禳灾祈福。

在"除秽"类主题中往往先说明崇仁利恩的儿女——白鹤若季、开美命吉双双生病，病因是为秽气所伤，所以要请东巴举行仪式来除秽。接下来的程式是派捷腿小伙去请东巴，有些经文其中还会插入一段关于捷腿小伙请来的东巴不会作仪式，仪式没起作用；后面又请了法术高明的大东巴才使仪式获得圆满的情节。至于先请东巴所作仪式不圆满的插叙部分并非固定的，主持仪式东巴可以根据仪式情况灵活掌握，若是仪式时间吃紧就可以放弃，因为这段情节在文本中不属于基干情节，不影响核心主题。除秽主题可以分为除秽缘由—除秽过程—除秽灵验三个部分。下面以创世史诗《除秽·古事记》为例作简要的说明：

除秽缘由：

利恩和衬恒恩爱作一家,养儿育女,生活幸福和美满:过了一年后,天门边的果盘若季生了病,地门口的开美命姬发了热:夜晚有鬼作祟不会驱逐,白天客人来到不会待客。[1]

除秽过程:

忙派捷腿小伙的去会占卜的五个兄弟姐妹处,占一卜算一卦:要请会诵经的九位东巴来做仪式。[2]

铺白色羊毛毡的神坛,撒上青稞白米作祭粮,在上方立起具有大威力的白铁犁铧,敬供金银松石墨玉。用牦牛、羊、酒、饭、肥肉、瘦肉、柏枝、酥油烧天香。以及会飞的三百六十位端格神优麻神烧天香。[3]

依次给天地间盘神、禅神、嘎神、吾神、沃神、恒神、五方神、战神诸神,以及主人家除秽。

除秽灵验:

天空中耀眼的太阳,钻出了云层。大地上的黑犁铧露出了地面。又能吹响白海螺号角,镜子也明亮了。愿吹响胜利的号角,愿胜利石齐整,胜利桩牢固,胜利火明亮,胜利的旗帜迎风招展。愿会飞的又能飞,会跳的又能跳。似从虎爪下逃脱回到山上的白鹿,似从鹰爪下逃脱回到绿树间的鸟儿,似从水獭爪下逃脱回到池塘的鱼儿,人类回到了神地,得到神灵的保佑赐福。祝愿这一人家,过上流水满塘、声轻神安的生活。子孙兴旺,延年益寿,无病无痛。[4]

从中我们发现,主题程式是与程式片语紧密联系在一起的,通过程式片语我们了解到文本的结构位置,并得以了解叙述主题。这是从受众角度而言的,

---

[1] 《除秽·古事记》,《全集》(第39卷),第210页。
[2] 同上书,第211页。
[3] 同上书,第212页。
[4] 同上书,第223—227页。

对于主持仪式的东巴而言,他关注的是如何建构起有效的演述文本。正如我们在上文中分析,他要叙述"除秽"这个主题时,是分成三个部件来叙述的,首先要交代举行此仪式的缘由,其次要叙述如何进行除秽仪式,最后是交代仪式效果。每部分都是固定的除秽主题的内部构成,其实每个部件内部还可以再细化的,如举行除秽仪式过程中的仪式顺序、仪式设置的顺序、给神灵除秽的顺序等。这些内容既是现场仪式中的仪规程序,也是史诗文本内容中的程式,二者是相辅相成的。

需要说明的是,表面上看,《除秽·古事记》中的除秽主题与创世纪主题不太合拍,如果以文学情节视角来看待,这显然属于赘疣;但对于东巴而言,这才是他举行仪式的宗旨所在——禳灾祈福。文本产生于仪式,并为仪式服务。史诗为何能够活在仪式中,就是因为它具有心理安慰、巫术治疗、协调社会关系、整合内部关系等社会功能。

关于"逃生"主题:

> 如同白鹿脱虎掌,白羊脱狼爪一般逃了出来,如同小鸟逃脱鹰爪,黑鸡逃出野猫掌,鱼儿逃出水獭掌一般再获自由。鹿儿又回到高原,羊儿又回到牧场,鸟儿又回到山林,鱼儿又回到水塘,鸡儿又逃到高架,小娃也从仇人手中逃出,家人又逃回神的怀抱。[1]

关于被秽鬼缠住主题程式:

> 秽鬼的魂就像燃烧的白铜薄锅,就像生了锈的铁,就像压在雪下的小草,就像结冰的大海,就像落网的鱼儿、被狗咬住的山羊、被狼咬住的绵羊、被豹子咬住的狗、被虎咬住的马驹一样。[2]

关于烧天香或祈福仪式中的供品主题程式:

---

[1] 《祭村寨神·迎请村寨神》,《全集》(第2卷),第159—160页。
[2] 《除秽·迎请佐体优麻神》,《全集》(第43卷),第261页。

向村神和寨神来祈求寿岁，祈求福泽吉祥，祈求富裕强盛，就要用醇香的头酒、浓酽的头茶、酥油、麦面、高原的柏、高崖的蜜及九种好药来为村神、寨神前祭献上天香。[1]

关于还债主题程式：

董的构补依端东巴，用一千头白牦牛，用一万头黑牦牛，用一万匹骟马，用一千匹母马，用一团黑饭和一块红肉，偿还美利董主的冷凑鬼的久债。[2]

二、东巴创世史诗的主题分析

东巴史诗作为纳西族口头传统，其口头-书面文本中具有主题或典型场景的程式特征。以东巴创世史诗《崇般图》为例，《崇般图》属于东巴史诗中的代表性经典，但它作为文本，不是指单独的某一个静止文本，而是在不同仪式、不同的东巴、不同的区域中存在着不同的《崇般图》文本。即使是同一个东巴，他在不同仪式中会根据仪式的性质、规模、时间来灵活机动地选择文本，对文本进行相应的增删，当然这是从"这一次"来说的，"这一次"又是与"每一次"相依而生的，文本的异化与创编都是基于一个构成史诗故事的最大公约数——主题或场景。不管不同仪式、不时空下的东巴创世史诗存在着多大的差异，其基本主题却是惊人的一致。不同学者因各自的学术背景、旨趣，包括所秉持的划分标准不同，对东巴创世史诗的母题（主题或典型场景）的理解是不同的。[3]

日本学者斋藤达四郎通过参照梅西希对蒙古族叙事诗母题构成因素分类，总结出东巴神话的14个母题，可以说这14个母题对于演述者——东巴来说，就是属于他们创编史诗的主题或典型场景。

---

[1]《祭村寨神·迎请村寨神》，《全集》（第2卷），第78—79页。
[2]《崇仁利恩和高勒趣之传略》，《全集》（第67卷），第191页。
[3] 母题与主题二者在不同学科理论语境中有不同的概念内涵，但对于演述者而言却是同一的，二者皆为演述中创编的"武器库"，故在此母题也可视为主题或典型场景。

1. 时间：远古、大地混沌；

2. 三个英雄的来历：人类之父——洪水后之祖先——高来趣（哥来秋）：父名不详、英雄与龙为异母兄弟；

3. 英雄的故乡……荒废，乱婚；

4. 英雄的形象；

5. 马起源神话；

6. 婚约；

7. 援助与友人；

8. 对崇仁利恩的警告；

9. 敌人；

    9-1 人类的敌人；

    9-2 那迦（龙）；

    9-3 其他敌人；

10. 与敌人的接触，发生在黑白分界处；

11. 崇仁利恩的策略；

12. 与衬恒褒白命结婚；

13. 结婚仪式；

14. 返回大地，举行祭天典礼。

斋藤达四郎的上述母题构成因素归纳是以《创世纪》作为分析对象的，他认为这些母题构成因素也适用于氏族祖先高来趣神话。他认为纳西族创世神话与蒙古族叙事诗的母题存在着相似性，与纳西族源于北方游牧民族的历史有内在关系。[1]

但需要指出的是，斋藤达次郎对东巴神话母题的构成因素分析存在着明显套用蒙古族叙事诗之嫌。母题划分的原则除了重复律以外，还有一个是情节因素，尤其是情节单元的切分尤为关键。而斋藤达次郎对东巴神话母题的归纳中存在着对情节因素的增减，乃至忽略摒弃的情况。东巴神话是由天地万物的起

---

[1] [日]斋藤达次郎：《纳西族东巴教神话与蒙古叙事诗》，白庚胜译，《民族文学研究》1995年第3期。

源叙述(创世母题)、故事主体叙述、东巴圆满举行祭祀仪式及祷颂的"三段式"作为叙事框架结构,在上述分析中忽略了最后的结尾部分,而这恰好是构成完整叙事逻辑的重要组成部分。《创世纪》作为宗教类经典,叙事的目的是宣扬其宗教主旨,而东巴神话的叙事结尾往往具有"灵验故事"的特征,起到了"卒章显志"、深化主旨的叙事功能,并非是可有可无的"赘疣"。如果说故事主体重在说明祭天的来历,而结尾明显带有"模仿巫术"的痕迹,强调了人类模仿、承袭创始于崇仁利恩的祭天仪式后获得的灵验。可以说这一"灵验故事"构成了东巴史诗的重要母题,也是东巴口头叙事中的"主题或典型场景",几乎每一个仪式叙事文本中都是以此作为结尾。以"灵验"为主题或题旨的结尾往往与典型场景相联系,这一典型场景内部也有"三段式"特征:主人这家派快脚青年请东巴作仪式——东巴举行祭祀仪式——仪式圆满,全家吉祥如意。但因具体的仪式类型、性质不同,典型场景也会出现相应的变化,如不同仪式中所请的神祇、驱鬼的对象、祭坛设置、念诵经文等都会发生相应的变化,但主题与结构是不变的。这也是"主题或典型场景"作为"大词"的典型特征——"他表达一个独一无二的情景,却用了一种传统的结构"[1]。

斋藤达次郎的东巴神话母题因素分析中,人为地增加了一个"马的来历"的母题因素,而《全集》及笔者所搜集的有关《创世纪》的文本材料中却找不到这一母题因素,是为了与蒙古叙事传统"相一致"而强行加入,还是另有文本根据?遗憾的是他也没有提供具体的文本出处。另外一个明显缺陷是人为地删减情节单元。《创世纪》中并无具体的三个英雄的来历,只有人类九代祖先的谱系:海史海古——海古美古——美古初初——初初慈禹——慈禹初居——初居具仁——具仁迹仁——迹仁崇仁——崇仁利恩。[2] 这一祖先谱系与创世母题、卵生母题是一致的:声气变化结合生成黄海、黄海生出海蛋,海蛋生出人类。第一代人类祖先"海史海古"的本义就是"黄海之蛋",第二代"海古美古"本义为"海蛋天蛋",且这一祖先谱系与藏缅语族的父子连名制特征相一致。另外,其中的洪水神话、难题考验、竖眼女、横眼女、天上求婚等母题也与藏缅语族,尤其是彝语支内民族的神话存在着相近性,说明了《创世纪》是纳西族东巴神话中

---

[1] [美]约翰·迈尔斯·弗里:《口头程式理论:口头传统研究概述》,朝戈金译,《民族文学研究》1997年第1期。
[2] 和志武:《纳西东巴经典选译》,云南人民出版社,1988,第3页。

出现较早的文化底本，与古羌文化有着千丝万缕的文化渊源关系，具有"文化原型"特点。

可见《创世纪》中的人类祖先名称历历可查，而不是"父名不详"；另外在"英雄来历"中，把"英雄"视为"与龙为异母兄弟"也不知从何而出。因为文本中的"英雄"——崇仁利恩在上天求婚前与竖眼署女结合生下一些动物、植物怪胎。这样才有了人类与署类是同父异母关系的说法。而斋藤达次郎把作为父亲的"英雄"人为地降低为"兄弟"，属于明显的篡改。这样的篡改还出现在"英雄的故乡""英雄的形象""敌人""与敌人的接触，发生在黑白分界处"等母题因素中。明显看得出来，他把开头的创世母题分解为"远古""大地混沌""三个英雄的来历"三个部分，把上天求婚母题分解为"婚约""援助与友人""对崇仁利恩的警告""敌人""与敌人的接触，发生在黑白分界处""崇仁利恩的策略""与衬恒褒白命结婚""结婚仪式""返回大地，举行祭天典礼"等八个部分。这并不是说不能这样划分，关键是这样划分的标准、根据是什么？母题作为叙事情节单元，一个母题可以划分为诸多小母题，但前提是这些母题是否在其他故事中存在重复律？是否可作为独立叙事单位穿插在其他叙事文本中？从东巴叙事文本来说，上述的东巴神话母题因素划分是不符合东巴神话的叙事传统的。其实，反过来，为作者所忽略的母题因素往往构成了东巴神话的关键母题。以《创世纪》为例，笔者以为可以划分出以下14个母题因素。

1. 创世

   1-1 宇宙创生（天地日月星辰）

   1-2 万物创生（山川河谷）

   1-3 卵生创生（善神、恶神、董族、术族、人类）

   1-4 开天辟地（五方天柱）

   1-5 怪物化生（草木石土）

2. 建造神山（居那若罗神山）

   2-1 诸神出现

   2-2 建造神山

   2-3 支撑神山

   2-4 守护神山

3. 主人公的出现（人类祖先谱系）

   3-1 神山出现禽类、昆虫

   3-2 出现黄海

   3-3 祖先谱系

4. 兄妹相奸

   4-1 兄妹群婚

   4-2 秽气污染

   4-3 触怒天神

5. 洪水

   5-1 天神相助

   5-2 制造避难工具

   5-3 洪水暴发

   5-4 洪水脱险

6. 繁衍难题

   6-1 荒无人烟

   6-2 娶竖眼女

   6-3 生出怪胎

   6-4 遭遇仇敌

7. 上天求婚

   7-1 仙女下凡

   7-2 羽衣飞天

   7-3 求婚

8. 求婚难题

   8-1 刀耕火种（烧山、播种）

   8-2 收割难题（收种子）

   8-3 狩猎难题（捉岩羊、挤虎奶）

9. 人仙结婚

   9-1 婚庆

   9-2 嫁妆

      9-2-1 嫁妆缺失（猫、蔓菁、占卜术）

  9-2-2 告别

10. 返回人间（迁徙）

  10-1 天梯

  10-2 居那若罗神山

  10-3 迁徙路站（37站）

  10-3 英古地（丽江）

11. 生育难题

  11-1 结婚无子

  11-2 蝙蝠取经

  11-3 祭天生子

12. 兄弟族源（藏族、纳西族、白族）

  12-1 哑巴

  12-2 蝙蝠取经

  12-3 学会说话

13. 祭天

  13-1 请东巴

  13-2 东巴祭天

14. 结尾祝词

  14-1 仪式圆满

  14-2 祝福吉祥语

  14-3 赞颂东巴

  这14个母题因素的划分遵循了《创世纪》的情节发展逻辑与具有相对独立的情节单元两个条件，每个母题就是一个具有承上启下功能的程式，14个母题构成了叙事文本的基干情节，而每一个母题又由不同的具有"最小的情节单位"的子母题构成。这些大小不等的母题也就是东巴口头演述中"主题或典型场景"。一个真正的大东巴，可以不看经文，在仪式上滔滔不绝进行演述，真正的秘密也在于此：他们根据仪式规模、程序、具体时间、场所，可以对这些主题或典型场景进行灵活机动的征调、增减；有时一个主题或典型场景浓缩成几个片语就一笔带过；有时又予以大规模的扩充，甚至把一个主题或典型场景扩充成为一篇独立的叙事文本，如《崇仁利恩传略》《崇仁利恩与衬恒褒白命的故事》《白蝙蝠取经记》等。这也是东巴叙事文本中大量出现"大同小异""小同大异"的原因所在。

《创世纪》作为东巴神话的母本，其间的母题、主题或典型场景往往具有"文化原型"特点，是讲述"出处、来历"的参考模本，如涉及宇宙天地、世间万物的来历，人类婚姻、生育的来历，祭天、祭署、祭祖的来历，神灵、鬼怪的来历等，皆可从这些母题、主题中找到最初的"原型"所在。民间的一些习俗也与这些母题、主题密切相关，如上述母题构成因素中最小的母题单位——"嫁妆缺失"就包含了三个民间故事：崇仁利恩与衬恒褒白命从天上返回人间时，天神所给的嫁妆中并没有猫，是崇仁利恩偷偷地藏在衣服里带回人间，天神发现后发咒语让它作祟人间，猫因此在民间被当作通神灵、可作祟施蛊的灵物；嫁妆中没有蔓菁种，是衬恒褒白命藏在指甲缝中带回人间，天神发咒语让蔓菁变成"一背比石重、一煮变成水"的累赘；五谷中没有稻谷，是狗把稻种藏在尾巴下带回人间，人们为了纪念狗的功劳，形成了不吃狗肉、除夕夜吃饭前先喂狗的习俗。"嫁妆缺失"主题在其他仪式叙事文本中存在诸多异文，主要体现在嫁妆的种类及缺失物之间的差异上，如在禳栋鬼仪式中吟诵的《日仲格孟土迪空》(《开天辟地》)中，缺失嫁妆中还有野紫苏，同时增加了母亲送的珠宝、衣服等嫁妆。

这些主题都有几个典型场景作为支撑，如上述十四个主母题下面的子母题，往往具有典型场景的特点。如洪水母题是由"天神相助""制造避难工具""洪水暴发""洪水脱险"等四个子母题构成了四个相对独立又相互联系的典型场景。这四个典型场景在不同仪式叙事文本中形成了不同的异文，如《日仲格孟土迪空》中，在叙及黄海中生出九个人类祖先后，直接把洪水主题插入文中，并且把洪水暴发的原因归于崇仁利恩的两个弟弟殴打了天神，而不是兄妹乱伦；洪水暴发后也没有出现崇仁利恩在海上飘荡的叙述，而是加入了崇仁利恩抱住柏树和杉树躲避了洪水的情节。这一删改情节的处理方式与仪式性质相关，它的叙事主干是禳除栋鬼带来的灾祸，崇仁利恩故事只是作为迎请天神的一个组成部分，而不是《创世纪》中的主人公角色。[1] "繁衍难题"也是如此，在大祭风

---

[1] 《日仲格孟土迪空》,《纳西东巴古籍译注》(三)，云南民族出版社，1989。

仪式中的《崇般崇笮》里，在"荒无人烟""娶竖眼女"两个主题中穿插了另一个主题——"鬼怪的来历"：洪水过后，大地荒无人烟，天神用木偶制作人类，制人失败后，这些木偶变成了山崖、森林、河水中的妖魔鬼怪。这为"大祭风"仪式中的禳鬼缘由提供了证据。这也说明了一个典型场景与一长串叙事模式相联系，可以引出一个长篇叙事章节。

英雄史诗《董埃术埃》也有类似"文化原型"的特征，在《全集》中就出现了六个不同的异文，这也与仪式性质密切相关，如在除秽仪式中，只叙及董部族杀死术部族首领儿子后，术主把一块秽石丢进董地，由此秽气污染了董地，董主请东巴进行除秽仪式，从而避免了灾祸；而并未叙述两个部族交战的情况，叙事情节、内容只及禳栋鬼仪式中《董埃术埃》的三分之一。从中可见，这些史诗或东巴神话是受到东巴教仪式的整体统摄，它们只有在举行仪式时才是活形态的，从属于仪式的主旨，仪式对史诗文本的内容、主题、典型场景、故事范型都产生了决定性影响。东巴史诗文本受东巴宗教价值观的深层影响。东巴教吸纳了本教、藏传佛教、道教等外来文化后内容及形态获得了巨大扩充，从而也丰富了史诗文本的内容。但另一方面，作为东巴教及其仪式的附属，这些东巴神话故事一直未能以独立形态走入民间，成为民众口头传统的主体文本，从而限制了自身的创编和流布；东巴教的保守性特征以及仪式的时空限制，制约了东巴神话的民间化进程，这也是东巴神话及史诗形制偏于短小的内因。

可以看出，斋藤达次郎所忽略了的动物化生、洪水、迁徙、族源、人类繁衍等母题因素恰好是东巴史诗的关键主题——自然崇拜、祖先崇拜、神灵崇拜。《创世纪》的东巴文名称为："tso³¹bər³³thv³³"（崇般图），"崇"指崇仁利恩为代表的人类始祖，"般"有两义：迁徙、繁衍，"图"义为出处、来历。其叙事内容包含了创世、祖先来历、人类繁衍、祭天缘起等多重文化主旨，所以这一东巴经典出现了《创世纪》《人类繁衍篇》《人类迁徙记》《人类的来历》等多种译名，这也反映了这一经典的"复合型史诗"特点，而这些主题包含在更大的"文化主题"——"血缘脉传"及"与自然互惠交换"中[1]，可以说这两大文化

---

1 文化主题（cultural theme）是美国学者 M. E. Opler 提出的一个概念，指的就是在族群文化内公开或隐藏的一种控制社会行为的基本假定、要求或价值态度。这一概念被看作是对以前的"文化模式"理论的修正，力图阐明文化模式形成、联想、态度以及合理化内因。

主题涵盖了整个东巴经典、东巴教，对纳西族的历史、传统、民族精神的沉淀生成产生了深层影响，这与蒙古族叙事长诗的两大主题——"征战"与"婚姻"存在着明显的区别。

三、典型场景程式

典型场景也是就演述者及仪式主持者而言的。对演述者来说，典型场景是烘托故事气氛或说明故事主题的有力工具。东巴史诗中描述典型场景的一个普遍性程式为"五方五色"，如《大祭风·创世纪》中竖立擎天柱的场景：

> 神的九个兄弟，在东方竖起海螺般洁白的擎天柱；在南方竖起松石般碧绿的擎天柱；在西方竖起墨玉般黝黑的擎天柱；在北方竖起金黄色的擎天柱；在天地中央竖起的铁的擎天柱。[1]

后来"五方五色"的典型场景程式得到了进一步的发展丰富。如《大祭素神》中的迎接素神的典型场景：

> 东方，从白海螺银的高山高崖上，格衬称补战神骑着巨掌红虎，穿着白海螺般白的美好衣服，吹起白海螺的号角，举着白海螺般白的旗子，引领着白海螺般的白鹤，让六畜和畜神相随，五谷和谷神相伴，人和华神相依，把素神迎请到了家里。
>
> 南方，胜日明恭战神骑着绿松石般的天威兽。穿着绿松石般的衣裳，举着绿松石的旗帜，让六畜相随畜神，五谷相伴谷神，人与华神相依，引领素神来到了家里。从那绿松石的高山高崖上，引领着绿松石般的布谷鸟战神，把素神领到了家里。
>
> 西方，从那黑墨玉的高山高崖上，纳生初卢战神，骑着墨玉般的豪猪，披挂着墨玉般的衣服，举着墨玉般的旗帜，引领着墨玉般的黑蝙蝠，让六

---

[1] 《大祭风·创世纪》，《全集》（第80卷），第10页。

畜相随着畜神，五谷相伴着谷神，人相依着华神，迎接素神来到了家里。

北方，从那黄金的高山高崖上，古生抠巴战神骑着黄金的大象，披着黄金的衣裳。高擎黄金的旗帜，引领着黄金的孔雀，让六畜和畜神相随，五谷和谷神相伴，人类和华神相依，把素神迎请到了家里。

在天和地的中央，从杂色墨玉般的高山高崖上，中央之战神梭余晋古，骑着杂色墨玉般的大鹏鸟，披挂着杂色墨玉般的衣裳，抬着杂色墨玉般的旗帜，引领着杂色墨玉般的大鹏鸟，让畜神和六畜相随，五谷和五谷神相伴，人和华神相依，把素神迎请到了家里。[1]

可以看出，这一典型场景的程式遵循了东、南、西、北、中五个方位，以及五行、五色、五坐骑、五飞禽、五战神的程式句法，《黑白战争》中关于术部族的鬼寨典型场景同样采用了五行五方五色的程式句法：

在属木的东方，呆饶景补鬼王建了九个鬼寨，黑炭般黑的黑虎守着寨门。……在属火的南方，史支景补鬼王建立了九个鬼寨，黑炭般黑的乌龙守卫着寨门。……在属铁的西方，楞启斯普鬼王建了九个鬼寨，白胸的黑熊守卫着寨门。……在属水的北方，努祖景补鬼王建了九个鬼寨，白鬃母野驴守卫着寨门。……在属土的天地中央，美利术主建了九个寨子，生角类中山羊出现得最早，山羊守卫着寨头；生爪类中狗出现得最早，狗守卫着寨子里；生鳍类中鱼出现得最早，鱼守卫着寨尾。[2]

从中可察，鬼寨是按照五行方位来建造的。东巴文化中的"八格"与道教传统"五行八卦"具有传承关系。鬼寨的东、南、西、北、中五方与木、火、铁、水、土五行相统一，所以五方寨子冠以木、火、铁、水、土，五方鬼亦分别为木、火、铁、水、土鬼，并各有鬼王。后面叙述的通过烧天香迎请优麻战神下凡捣毁五个鬼寨的过程也是按照此顺序进行的。对于不明真相的人来说，东巴能够一口气说出这么多鬼寨的复杂场景及镇压鬼怪的情节，显得东巴具有

---

1 《大祭素神·献牲》，《全集》（第2卷），第165页—167页。
2 《禳栋鬼·黑白战争》，《全集》（第25卷），第230—233页。

特殊的记忆复诵能力，甚至民间往往认为东巴是通神才这样博闻强记，口才超群的。其实只要明白了这些主题或典型场景程式的用法，是不难明白他们为什么能够驾驭如此复杂仪式及史诗文本的。

当然，作为程式的"典型场景"是为仪式演述服务的，而非死板的教条。上述的"五方五行五色"有时也会变化为"四方四行四色"，如建造居那若罗神山时用金、银、松石、宝石来建筑四面。在《开天辟地》创世史诗中叙及天上出现九个太阳时，描述大地焦渴状态时也分别用了"金、银、松石、宝石"的四方程式句：

> 一天早晨日光照到了银山上，银山上的银花凋谢了，银山上的银水也干涸了。盘神的九个男子，水涸了也不痛心，花谢了也不悲伤。一天早晨日光照到了金山上，金山的金花凋谢了，金山上的金水也干涸了。盘神的九个男子，水涸了也不痛心，花谢了也不悲伤。……[1]

后面的程式句为"松石山""宝石山""盘神山""禅神山"。显然，这"四方四行"是从"五方五行"程式中演变而成的。

主题是受传统力量制约而生成的，不同的诗歌传统有不同的主题类型。纳吉认为《荷马史诗》中的与英雄相关联的主题，并不适合与诸神相关联的印度史诗的主题，他把印度史诗的主题界定为"传统的神话主题模式中的一个基本单元"。[2] 相对说来，东巴仪式叙事传统中的主题较接近印度史诗主题，较突出的一个方面是神话叙事在整个叙事传统中占了主体地位。"请神—求神—送神"既是东巴仪式程序的三部曲，同时也是东巴仪式叙事中频繁出现的三个主题群。这一主题群模式受到东巴仪式叙事的传统力量——东巴教的思想观念体系的整体统摄。

---

[1]《河谷地区祭鬼仪式·开天辟地的经书》，《全集》（第31卷），第169页。
[2] 参见尹虎彬《古代经典与口头传统》，中国社会科学出版社，2002，第138、139、144、147、149页。

第三节　东巴史诗的故事类型程式

一、故事类型与仪式类型

最大尺度的口头程式为"故事范型"（story-pattern），又称为故事类型（tale-type）。顾名思义，"故事范型"或"故事类型"就是指构成某一类故事的程式单元的总和，它是由系列的程式片语、主题程式或典型场景程式有机构成的。约翰·弗里认为："这是个依照既存的可预知的一系列动作的顺序，从始至终支撑着全部叙事的结构形式。正如其较小规模的同族程式和话题，故事型式提供的是一个普泛化的基础，它对于诗人在演唱时的创作十分有用。同样地，此基础亦允许在一定限度之内的变异，也就是说，在统一一致的大构架中允许特殊的细部变化和差异。"[1] 从中说明了故事类型程式对一个史诗演述者的重要作用。

帕里—洛德创立的口头程式基于对南斯拉夫地区口头史诗的搜集整理研究之上，那些地方的口头史诗以满足受众娱乐为目的的口头表演为主，没有受到仪式的制约与规定，所以我们把口头程式理论引入仪式类的史诗演述时，多了一个必须考虑的内容——仪式。从我们研究的结果来看，仪式对史诗演述是起着决定性作用的：仪式类型决定了史诗类型、演述方式及时空条件。

东巴史诗有三大类——祈福类、超度类、禳灾类。祭天仪式中吟诵的史诗为《崇般绍》，禳灾类仪式中吟诵的史诗为《黑白战争》，超度类仪式中吟诵的

---

[1] ［美］约翰·迈尔斯·弗里：《口头程式理论：口头传统研究概述》，朝戈金译，《民族文学研究》1997年第1期。

史诗为《崇般图》。在什么仪式中吟诵什么经书，以什么样的方式演述，在什么地方、什么地点进行演述等是由仪式类型决定的，而且与传统指涉性密切相关，即仪式类型及性质又受到传统文化的严格制约，背后是深层的民间信仰。因为做了不符合传统规矩的事情，人们是有心理畏惧感的。

二、仪式类型对史诗故事类型的影响

下面我们以祭天仪式上吟诵的史诗《崇般绍》为例，重点阐述仪式类型对史诗故事类型程式的深层影响。

祈福类仪式以向神灵祈福，希望借神灵力量庇佑人们吉祥如意，平安健康为目的，所以此类史诗内容多与神灵、人类密切相关，其叙事结构为：除秽、烧香 — 迎请神灵 — 供养神灵 — 祈福许愿 — 敬送神灵。"除秽""烧香"属于准备工作，有的研究没有把这两个小仪式环节视为独立的叙事结构，而是纳入迎请神灵的叙事内容中。我们认为叙事结构以及叙事单元的划分要依照具体的仪式情况而定。譬如祭天仪式中东巴举行了这两个仪式并吟诵了相关经书，就不能简单地归类到迎请神灵环节中。另外一种情况是虽然举行了两个小仪式，但并没有吟诵经文，这样是可以归类到迎神环节中的。而东巴史诗《崇般绍》是在献牲环节中的熟献程序中演述的，属于迎请神灵的环节。从中说明了祭天仪式并不是仅仅吟诵一本祭天史诗——《崇般绍》，而是要吟诵十多本经书，举行诸多小仪式。如果从更大层面来看，我们现在定位为史诗的经书在仪式中起到了核心经典的作用，但不能以偏概全地把这一本史诗经书视为整个祭天仪式的经书。从这个意义上来看，如果我们把史诗定位为祭天史诗，应把整个祭天仪式中演述的所有经文涵盖进来才符合其本来面目，因为整个祭天仪式的演述内容是由这些不同经书有机构成的。

还有几个重要因素不可忽略：这些祭天仪式上吟诵的经书都是以诗体形式书写而成的，这些经书吟诵的仪式程序对于东巴来说，构成了他进行祭天仪式叙事的重要部件，就是说仪式进行到什么阶段，要举行相应的程序环节，吟诵相应的经书，这些都是有具体的传统规则的。东巴仪式有个特点，主持仪式的东巴要熟悉这些仪式规程，而这些仪式规程是有专门具体的经书的，这些经书不是用来在仪式中演述的,而是为主持仪式服务的。

仪式类型决定故事类型、演述方式及时空条件。仪式不同,东巴演述的唱腔也不同。杨曾烈通过调查统计后认为:"《祭天》唱腔有三种,《祭什罗》唱腔有二种,《大祭风》有五种,《超度》有六种,《禳夺鬼》有五种,《除秽》《祭署》《祭风》《求寿》《燃灯经》《送猛厄鬼》《退口舌是非》《送难产不孕鬼》《送无头鬼》皆只有一种。据统计,东巴经唱腔的不同类别共有30多种。"[1] 不同仪式类型唱腔的曲谱、风格也不同。祈福类仪式中的唱腔大多体现为一种平和、神圣、和谐的演述氛围,其演述时的唱腔也语速适中,语调平和,音高中调为主。

祭 神

[乐谱]

禳灾驱鬼类的经书要相对复杂些,因为其内容杂糅了叙述开天辟地、迎请神灵、秽气的产生、秽气产生的后果、请神下凡镇压,最后归于平安无事,所以涉及创世、迎请神灵部分的内容时,吟诵唱腔与祈福类唱腔相近,以中和中调为主,但涉及驱鬼、镇鬼环节时,唱腔陡变,音高明显升高,语气急促,铿锵有力,有一种气势汹汹、威严无比的气势。如在退口舌是非仪式上吟诵的《黑白战争》中镇鬼母题时有这样一段诗行:

> 所有不祥之铎鬼请如牦牛、犏牛般吼叫着跑到仇人地域吧,如黑云黑风一般,飘到仇人地方去吧,如黑鹤黑鹰一般飘向仇人地方,如黑豹黑虎一般去翻越仇人的栅栏吧,如黑熊黑猪一般到仇人房中吼叫,如黑云黑风一般飘向仇人地方,并到仇人房顶鸣叫,如暴雨暴雪一般袭击仇人之地。[2]

---

[1] 杨曾烈:《东巴音乐》,政协丽江市古城区委员会编《丽江文史资料全集》(第三集),云南民族出版社,2012,第101页。

[2] 《退送是非灾祸·董争术斗》,《全集》(第36卷),第91—93页。

```
              东  巴  调              （丽江大东和玉才唱）
5 3 5 | 6· 1 | 6 6 5 | 3 — | 5 1 2 | 3· 5 | 3 3 2 | 3 — | 5 3 5 |
6· 1 | 6 6 5 | 3 — | 3 6 1 | 2 2 1 | 6 6 5 | 6 — ‖（最末四小节或唱作：
5 1 2 | 3· 5 | 3· 2 | 3 — ‖）。
```

超度类、丧葬类的演述唱腔相对要低沉慢速，语气平缓，深沉低调。

```
              挽   歌              （丽江下束河和文真唱）
自由、慢
3 6 6 — — | 1 2 3 — — — | 6 1· 2 3 — — | 2 1 2 3 — —· |
2 1 6 — — | 2 3 2 3 2 6 — — ‖
```

仪式类型决定史诗演述的时空条件。演述《崇般绍》的祭天仪式一般有春祭秋祭两个时节，在祭天场内举行；《崇般图》在超度仪式、丧葬仪式、禳栋鬼仪式中演述，一般在家中神坛位置进行演述，《黑白战争》也差不多。东巴仪式的时空条件具有时代性，随着时代变迁，其时空条件也发生相应的变化。传统的祭天仪式时间跨度长达一年，从新年第一天选稻种就已经开始祭天仪式的准备环节了，主人在选稻种时要吟诵《粮种的来历》，从中透露出"祭天为大"的传统影响力。以前祭天仪式的准备环节比现在要复杂烦琐得多，如在春节前腊月里举行"早徐补"（tṣa33ey33py31），在祭天场内集约家族代表煮祭天酒、打醋汤、舂祭米；祭天之前要沐浴、更衣、制香柱、数祭天米（khe33do33）、到祭天场守夜等，春节大祭天分三天举行，现在压缩为半天。但不论再如何压缩也要保留核心主题及核心程序：除秽、烧香—迎请神灵—供养神灵—祈福许愿—敬送神灵。传统仪式的烦琐复杂也只是在这个核心程序上的添枝加叶而已，如前面提及的仪式前的准备环节，更多是凸显了对仪式的信仰程度。三坝乡二月八祭天仪式上，全乡民众集中到白水台进行野餐聚会、跳东巴舞、跳呀哩哩舞、青年男女对歌、赛马等活动，祭天仪式基本上演变成了类似于庙会的民俗活动，即祭拜神灵与民众狂欢相融合，由娱神向娱神与娱人相结合方向发展。

东巴史诗故事类型受仪式类型制约的另一个突出表现：同一部史诗，因仪式类型不同，史诗内部结构及内容也会发生相应的变化。如祭天仪式上演述的《崇般绍》，在超度仪式、祭风仪式上演述的《崇般图》都说明了崇仁利恩夫妻从天上返回人间后因没有举行祭天仪式，三年生不出儿女来，生出儿女后也不会讲话，后面举行了祭天仪式后才解决了难题，由此说明祭天仪式的来历。而在《除秽·崇般图》中却把无法生育与子女不会说话的原因归结于秽气，由此强调了举行除秽仪式的重要性。而《日仲格孟土迪空》（《开天辟地》）中没有提及崇仁利恩夫妻没有生育、三个儿子不会说话的情节，直接叙及迁徙回人间后生了一男一女，但两个子女都生病了，最后派善于打卦的劳补拉沙若上天迎请莫比精如战神。这中间穿插了大段的上天途中所经历的故事，以及与莫比精如战神舌战情景，另外，在前部部分的"建造神山"主题中也出现了此战神，这在其他创世史诗版本中从未出现过。原因在于此《开天辟地》经典用于禳栋鬼仪式，而此仪式中，莫比精如战神是镇压毒鬼仄鬼的主力战神，没有他，仪式就无法圆满。无独有偶，同样是《黑白战争》史诗，在退口舌是非仪式上吟诵的《黑白战争》中，有关引发黑白两个部落发生战争的内容仅930字，如果去除开头的有关创世主题的内容，两个部族发生争斗的内容更少：

> 白云白风作变化，出现了一滴白露，白露作变化，出现了一潭白色之海，海内作变化，长出了一棵头发粗的树，这树慢慢长成了一棵巨树，树头开着金花银花，术族也扬言要在夜晚把宝树砍伐，而董却在清晨与白日竭力护卫着它，不让术将宝树伤害。神呀，住在神之白色的地界，守卫着这棵宝树；鬼也留在鬼之黑色的地域看着这棵宝树；哈族也居住在他的白色地界，守候着这棵宝树；斯族也住于他的黑色地界，看着这棵宝树；董族也居住在白色地界，护卫着这棵宝树；术族也住在他的黑色地界，守卫着这棵宝树。含依巴达树之叶，掉进美利达吉海中，被一只大鱼吞食去了，起初人们无争斗，美利董主首先杀死美利术主，术死之后，又为术主做了超度。发生因残杀性命而引起的灾祸之出处来历就在这里。[1]

---

1 《退送是非灾祸·董争术斗》，《全集》（第36卷），第74—75页。

而有关驱鬼，尤其是口舌是非鬼的内容长达4096字。可以说喧宾夺主了。发生这等变化的缘由很简单：对于东巴而言，如何把仪式做圆满才是最重要的，而非如何把史诗故事讲得引人入胜。《黑白战争》史诗在仪式中扮演着交代口舌是非产生来由的角色，把这个来由交代清楚，史诗吟诵任务就完成了。创世史诗同样存在类似情况，《除秽·崇般图》要强调除秽的重要性，史诗后半部分的内容就是以除秽为主；而祭风、超度仪式上吟诵的《崇般图》要强调亡灵顺利回归祖居地，所以要交代清楚送魂路线的每一个站点名称。但我们现在看到的好多创世史诗整理文本中只看到千篇一律的情节，把后面的有关除秽、送魂路线等内容作为封建迷信内容及文本赘疣切割掉了。

三、东巴对史诗故事类型的影响

史诗故事类型发生改变不仅与仪式有关，也与东巴本人有直接关系。有些水平不高的东巴，会把史诗演绎为短篇故事。笔者在调研中曾发生过一件事情：一个东巴在禳栋鬼仪式上演述英雄史诗《黑白战争》，整个过程不到六分钟就戛然而止。他是在现场不看经书口头演述的，他也承认如果不看经书，他记不住这么多章节内容，光神灵、鬼怪名称就记不住。我们问及这样简单应付会不会对仪式的圆满程度有影响，他否定了这种后果，说这部经书在仪式中的功能就是交待栋鬼、是非鬼等鬼怪产生的来历过程，只要把这个过程交待清楚就行了。

这说明了史诗在仪式中的功能及意义。东巴把史诗视为主持仪式、有效协调仪式各项单元的一个"零部件"，而非仪式的全部。他在长期的习得东巴文化知识，主持东巴仪式过程中积累并掌握了构成东巴仪式的相关程式，小到程式片语，中等的主题程式、典型场景程式，大到仪式类型、故事类型，这些程式如何组合、如何使用都有成熟的经验。一般来说，仪式的核心主题及核心程序决定着这些尺度不同的程式在仪式中的位置及使用程度，东巴可以根据仪式规模、仪式性质，以及举行仪式时的具体情况来灵活机动地调动这些程式主持仪式。在仪式主题及仪式程序不变的情况下，他可以对仪式环节、文本内容进行相应的增删。当然，这些增删都是在有限度的传统范围内，仪式及主持者本人都受到传统文化的严格制约，这与史诗受到口头传统统摄的道理是一样的。

东巴史诗中的故事范型除了与神话叙事密切相关外，往往与仪式类型相联系。也就是说，东巴仪式中的故事类型受仪式类型的制约。创世史诗《创世纪》的故事范型可以分为五个序列要素：创世、劫难、上天、求婚、回归。这一故事模式与东巴祭天仪式主旨——"祭天来历"紧密联系在一起，突出了"人类自身繁衍发展"与"天人合一"的两大主题。而英雄史诗《黑白战争》的故事类型与驱鬼禳灾类仪式相关联，这部史诗与"鬼的来历"的故事类型相关联。

主题与故事范型是从仪式演述者——东巴的立场而言的，涵盖了仪式行为、叙事文本，包括口头文本、书面文本等不同层面。主题、故事范型构成了演述者的"大词"，创造性地镶嵌到仪式叙事进程中，共同构成了更大层面的仪式叙事文本。

第四节 东巴祭天仪式的程式研究

前面三节是依据程式句法的四个不同尺度程式来展开论述的，而本节聚焦于祭天仪式，通过这一典型个案来论述这四个不同尺度的程式在仪式中的具体表现，从而顾及到了宏观与微观，点、线、面的有机统一。

作为传承了上千年的传统仪式，纳西族的东巴祭天仪式在不断变迁中仍保留下来了诸多"不变"的文化因子，这些"不变"因素主要从仪式的程式化特征中得以体现。传统的任何变迁都是基于稳定的、可持续的继承之上。今天留存下来的祭天仪式本身也是历经上千年的千锤百炼沉淀生成的"程式"，这一"程式"更多指向传统指涉，如民族的文化特质、文化主题、集体意识、族群认同。以纳西族东巴祭天仪式为例，它的程式化特征集中体现在以下四个方面。

一、祭天仪式的主题与典型场景

（一）仪式主题与仪式程序、故事主题的关系

洛德提出的主题主要基于歌手的口头创作、表演而言，"歌手在脑海里必须确定一支歌的基本主题群，以及这些主题出现的顺序。但那也不是全部。即歌手有一个共同的程式仓库，它可以从中随意抽取，好像存在着一个共同的程式仓库，还有一个我们见到的共同的主题仓库"[1]。

仪式中同样存在主题与典型场景，正如一个初学史诗的歌手，需要"一个

---

1 ［美］阿尔伯特·贝茨·洛德：《故事的歌手》，尹虎彬译，中华书局，2004，第137页。

场景一个场景地想象着故事，或者一个主题一个主题地脑海里过幕"，他有可能将主题想象为一个单元，但这个单元有可能拆分为几个小主题。[1]这对主持仪式的祭司而言也是如此，他必须对仪式的每一个程序、步骤烂熟于心，并且对仪式中的念诵经文、跳东巴舞、唱经、乐器伴奏、画木牌画都需要做到心中有数。

程序与主题是形式与内容的关系，都是构成仪式叙事文本的部件。如"请神""颂神""祈福驱鬼""送神"四个核心程序其实也是核心主题，它们构成了整个仪式的基本框架。每一个程序下有不同步骤，同样，大主题也是由不同小主题有机组合而成的。需要指出的是，仪式主题往往与故事主题存在着对应交叉现象。从以下的对比中可以清晰地看到这种内在的对应关系：

表4-1 仪式程序、主题、场景、故事主题的对应关系

仪式程序		仪式主题	仪式场景	故事主题
请神	布置祭坛	请神	布置祭天坛	请神
	除秽		驱除秽鬼	驱鬼
	烧天香请神		烧天香祭拜	敬神
颂神	祭牲	颂神	杀牲、献牲	人类迁徙记
	献神粮		撒神粮	粮食的来历
祈福驱鬼	射箭驱鬼	祈福驱鬼	射箭驱鬼	弓箭的来历
	献饭		向神献饭祭拜	敬神
	施神药酒		献神酒，享神酒	求长生不老药
	分福泽枝		分福泽枝	祈福
	顶灾		顶回恶神降下的灾祸	禳灾
	乌鸦献饭	祭祖	给乌鸦喂肉	祭祖
送神	送神	送神	送神祭拜	送神
	撒神坛		撒除神坛	敬神
	民间歌舞	歌舞	歌舞欢庆	庆祝

---

[1] ［美］阿尔伯特·贝茨·洛德:《故事的歌手》，尹虎彬译，中华书局，2004，第101页。

仪式主题、典型场景与仪式程序、故事主题出现对应关系，内因在于它们都是仪式叙事文本的有机构件，每一个主题、程序和典型场景都具有承上启下的链接功能，与前文述及的程式功能是相同的，它们也是程式。依表4-1分析，可以说由请神、颂神、祈神、送神构成了祭天仪式的四大主题，而每个大主题下面分为2—6个不等的小主题，这些大小主题共同构成了"祭天"这一中心主题，共同组成了完整的仪式程序。需要说明的是，与仪式主题相对应的故事主题存在不对等情况，也就是说一个仪式主题是受仪式程序统摄的，而不是故事主题；故事主题受前两者统摄：仪式程序举行到哪个步骤，就相应地念诵相关经书。如下表所示：

表4-2 仪式程序与仪式经书上对应关系

仪式程序		仪式经书
请神	布置祭坛	《楚给姆给（口诵经）》《竖神坛、献祭米、迎神经》
	除秽	《秽鬼的来历和出处》《给卢神、沈神清除污秽经》《除秽洗秽经》
	烧天香请神	《卢神、沈神降威灵经》《烧天香经（口诵经）》《敬酒经》《开坛经》
颂神	祭牲	《给牺牲、来拿牺牲经》《献牲、崇般绍》（又名《人类迁徙记》）
	献神粮	《给卢神献祭粮、抹圣油》
祈神	射箭驱鬼	《弓箭的来历》《撵鬼：给丹偶施食经》《施臭味经》
	献饭	《献饭经》
	施神药酒	《献灵药经》
	分福泽枝	《许来年献牲愿经》《求福泽经》
	顶灾	《顶灾经》
	乌鸦献饭	《开脱罪恶经》
送神	送神	《送神经》
	撤神坛	
	民间歌舞	

（二）仪式中的主题与典型场景的关系

仪式主题与典型场景往往容易被混为一谈，二者虽有交叉重叠的一面，但也有差异性。弗里对典型场景与主题的区别作了更为深入的阐述："前者是一种行动化的情节模式，而后者是一种意象和细节的静态联想。"[1]二者也有联系，同一个主题，可以表达诸多不同的场景。如祭天仪式中的"请神"的仪式主题，可以表达诸多不同的请神场景，这是由仪式中所请的神灵不同导致的。如在布置祭天坛时，迎请的神灵是天神、地神、天舅神，东巴在念诵相关经书的同时，助手在神坛上竖立起分别象征天神、地神、天舅神的栗树、柏树。东巴的请神诵词如下：

> 能干和敏捷、长寿又延年，都要靠大地来保佑赐予。天地设立的新的一年里；卢神沈神确立的新的一月里，不祭祀大地，天廓不高远；不祭祀大地，地域不辽阔。祭祀大地后，一切就平平稳稳、顺顺利利了。用这四脚白净的黑猪来给大地作牲品，整头地祭献、完整地供奉在大地的面前。最后，祭祀与天地并列、位居中央的柏。
>
> 人的舅舅是天，天的舅舅是柏。那在高崖上扎下深根的柏，成了天的舅舅。天门边有了郁郁葱葱的柏树，天大不动摇。大地上绿叶茂盛的杉，是地之祖母。地之门紧依杉树，大地稳固不震动。茂盛的柏树有千桠，获得了千年的福寿；高大的柏树长百桠，获得了百年的福寿。属于恩余？
>
> 铺督祭天群这一伙的福泽和吉祥、福裕和强盛、能干和敏捷，长寿延年都要靠柏来赐予和保佑。天地设置了年岁岁，在这新的一年里，若不祭祀柏，天廓就不高远；若不祭祀柏，地域就不辽阔。祭祀柏后就会平安稳当、顺顺利利了。用这四脚白净的黑猪作牲品，将它整头地祭献、完整地供奉在柏的面前。[2]

竖立完神树后，在竖立神石时，东巴念诵《卢神、沈神降威灵经》，来迎请卢神、沈神两个始祖神：最有福分的是卢神，卢神的福分从天上云间降下，沈神的福分从余敬地降下，酋长的福分从里美可降下，启神的福分

---

1 ［美］约翰·迈尔斯·弗里：《帕里—洛德理论》，朝戈金译，社会科学文献出版社，2000，第177页。
2 《献牲·崇般绍》，《全集》（第1卷），第11—12页。

从居那若罗山降下,东巴的福分从本肯山降下,卜师的福分从美刷庚昂坡降下,水的福分从尤吉水降下,石头的福分从松垮可降下,水的福分从高山上降下,竹子的福分从增那美孜可降下,牦牛的福分从增罗拿降下,马的福分从支律古降下,牛的福分从松垮局降下,绵羊的福分从高原上降下,山羊的福分从达尤树降下,狗的福分从禅埔降下,猪的福分从趣可余降下,鸡的福分从普补迪降下。东巴不作仪式,就不迎请卢神,东巴来作仪式的这一天,请来了卢神。生活在天空下的人类无病无痛,这是卢神的保佑。没有酋长的时代,各地都不得安宁,有了酋长,各地都平静了。在辽阔大地上,盘人纳人间没有争斗前就派下了酋长,盘人纳人世世代代无争斗,这是卢神的安排;天由盘神开,星宿布满天,天空高又远,这是卢神的安排;地由禅神辟,大地辽阔,青草遍野,这是卢神的安排。[1]

在祭天仪式中,并不是开坛时请了神灵后就不需要再请了,可以说整个仪式从头到尾,所请神灵源源不断,甚至可以说每一个仪式程序步骤中都要不厌其烦地迎请具有不同职能、居住在不同方位的诸多神祇,担心挂一漏万,贻害无穷。如在敬香、敬酒、献牲、献饭、敬神药等程序步骤中,都要从天神、地神、天舅神开始,把主要神祇一一点名一次。例如在敬酒时要念诵的神祇名称有如下一些:

> 敬献天的祭木,敬献天的祭石;敬献地的祭木,敬献地的祭石;敬献柏的祭木,敬献柏的祭石。
> 向北方长寿的卢神敬献上美酒;向南方命长的沈神敬献上美酒。来隆重祭祀天和地及居于天地中间的柏的今天,向天上的盘神、禅神敬献上美酒,向嘎神、吾神敬献上美酒,向沃神、恒神敬献上美酒,向卢神、沈神敬献上美酒,向那司掌畜牧的神灵也敬献上美酒。
> 向垛孜阿巴这一位神灵上也敬献上美酒。向东方属木的伟大的沃神、恒神敬献上美酒;向南方属火的伟大的沃神、恒神敬献上美酒;向西方属铁的伟大的沃神、恒神敬献上美酒;向北方属水的伟大的沃神、恒神敬献

---

[1] 《迎请卢神》,《全集》(第39卷),第66—67页。

上美酒；向天和地中间、属土的伟大的沃神、恒神敬献上美酒。

向崩史地方的三多大神敬献上美酒；向麻浩嘎拉大神敬上美酒；向火塘上方的大神敬献上美酒；向火塘的九个大神敬献上美酒。

向东方白海螺般白的高山上的山神敬献上美酒；向南方绿松石般的高山上的山神敬献上美酒；向西方墨玉般的高山上的山神敬献上美酒；向北方黄金般的高山上的山神敬献上美酒；向土中央杂色墨玉般的高山上的山神敬献上美酒。

给吕敦地方的构姆山上的山神也敬献上美酒；给禾敦地方的班卢山的山神也敬献上美酒；给乌日铺纳山的山神也敬献上美酒；给涅地方的白崖山上的山神也敬献上美酒；给美利术山箐里、术山箐里的白崖山上的山神也敬献上美酒；给班丹地方的班盘山的山神敬献上美酒；给庚地方的庚茨山的山神敬献上美酒……[1]

综上，"请神"作为一个大主题，是通过诸多不同的请神场景得以表述，且从其序列来看，呈现出从上到下、由简到繁的递进规律，这与仪式主题的不断推进密切相关。大主题由不同主题构成，不同主题下面又存在着主题群，以"敬酒"时请神主题为例：

大主题——请神；
主题群——请神饮酒；请神受香；请神受饭；请神受神药。
神灵详表——请天、地、天舅三神饮酒；
　　　　　　请五方天神喝酒；
　　　　　　请属五行诸神饮酒；
　　　　　　请五方山神饮酒；
　　　　　　请境内诸山神饮酒；
　　　　　　…………

这些主题群都存在着类似高度程式化的主题详表，如轮到敬香、献饭、献

---

[1] 《祭天·敬酒》，《全集》（第1卷），第76—78页。

神药等仪式程序时，敬酒程序中的神灵详表同样可以转化为不同程序中的神灵。如果时间紧张，同样可以相应的缩减神灵数量。从中说明了故事主题与仪式主题有着同构功能，它们都作为主题仓库，不仅成为组合、装配传统叙事的部件，也构成了推动仪式进程的结构部件。主题构成了仪式叙事行为中的"词"。

需要说明的是，这些仪式叙事行为中的"词"并不是固定不变的，可以根据仪式规模、时空进行相应的调整，如祭天分为大、小两种，农历七月中旬举行的小祭天集中在一个半天时间里，仪式程序、步骤都会相应地压缩。其中的一些程序在一些不同类型的仪式中也可使用，如除秽、烧天香、请神、献牲、颂神、送神等仪式程序几乎所有东巴仪式中都有保留，这些程序犹如口头演述中"大词"穿插在不同仪式中，成为仪式的"情节基干"，推动着仪式叙事的发展。这些仪式程序行为中也包含了主题或典型场景，如祭天仪式中的祭天主题也构成了东巴叙事文本的主题，渗透进东巴教各种仪式中，这些仪式中涉及迎请神灵、祭祖、祭神程序时，都毫不例外地引用祭天仪式中的核心程序——向象征天、地神祇的神树进行祭献仪式。当然，因仪式类别、性质不同，这一核心程序的步骤会产生相应的增减情况，但其基本结构是保留的。同时，口头文本中的典型场景与仪式行为是平行同步进行的，如仪式程序进行到迎请天神时，东巴要念诵此仪式的核心经典——迁徙史诗《崇般绍》，主要介绍人类始祖崇仁利恩与天女衬恒褒白命二人从天上回归人间的故事，而此时，东巴助手在象征天神、地神的两棵神树面前进行烧香、献牲；而念诵到崇仁利恩夫妻回到人间后，天舅可兴可洛怀恨于崇仁利恩的夺未婚妻之恨而降下灾难时，东巴助手要在象征天舅的柏树及顶灾杆上烧香、献牲。仪式中的场景与演述文本中的场景形成了一个互动融合的共同文本，也就是说视觉中的场景与听觉中的场景融为一体。祭天场内的场景同样可以运用到祭祖、祭神、祭自然神等多种仪式类型中，且根据仪式主题进行相应的调整。

二、祭天仪式的类型与故事类型

（一）仪式类型的分类

与作为最大尺度的"大词"——故事类型（或故事范型）相似，仪式类型构成了仪式叙事文本的"大词"。东巴教庞大复杂的仪式系统给其分类带来了困难。西方学者洛克把东巴仪式分为122种,并分别纳入"纳西宗教仪式""较小仪式""丧葬仪式""特殊丧葬仪式""延寿仪式"等五大类。[1]他的这一分类法并没有一个统一的分类标准,并未得到学术界认可,其功绩在于较为完整地记录下来了这些仪式的主要内容。现在学术界倾向于把东巴仪式划分为祈福类、禳鬼类、丧葬类、占卜类等四大类。其中祈福类包括祭天、祭祖、求子、祭畜神、祭谷神、祭猎神、祭村寨神、祭星、祭署、祭素神、延寿;禳鬼类包括小祭风、禳垛鬼、退送是非灾祸、除秽、祭端鬼、驱抠古鬼、祭蛇鬼、毁鬼寨、祭突鬼、祭绝后鬼、顶灾、招魂、驱妥罗能持鬼;丧葬类包括大祭风、什罗务、拉姆务、关死门仪式;占卜类包括推算甲子、流年数、推算九宫、推算凶星、合婚择吉日、掷贝巴、占炙胛卜等。

这四大类的每一个类别下都包含了诸多仪式,这些同一类别的仪式有着大同小异的仪式程序、演述文本、主题或仪式场景。如祈福类仪式主题是"敬(祭)天",其仪式程序结构往往是:请神—颂神—求神—送神;禳鬼类仪式程序结构为:请神—安神—颂神—禳鬼—送神,这一类仪式的主题为"禳灾";丧葬类仪式的程序结构为:请神—送魂—火化—超度亡灵—回归祖源地,与祖先团聚,这类仪式的主题是亡灵与祖先团聚。对东巴而言,这些不同的仪式类型提供了稳定的仪式叙事文本结构,有利于祭司可以根据仪式类别安排相应的仪式程序、仪式场景、仪式表演及仪式经文。

(二)仪式类型与故事类型

仪式类型决定故事类型,故事类型反映仪式类型。有关讲述崇仁利恩故事的仪式多与迎请天神的仪式程序相关;而讲到"黑白之战",则意味着与禳解鬼怪之类仪式相关;讲到人与署的恩怨纠结,必定与祭署类仪式相关。反之亦然,祭署仪式中必然会叙及与署相关的故事,禳鬼仪式中也必然叙及鬼怪的来历出处。相对来说一个仪式类型集中了诸多与之相关的故事类型,仪式规模越大,故事类型就越丰富。譬如春节大祭天仪式中所需念诵的经书多达22本,而小祭天只需10余本。也有一些特殊的祭天仪式只有一两本经书的情况。如流传在丽

---

[1] Rock, J. F., *A Na-khi-English Encyclopedic Dictionary*, Part2. Roma, 1972, pp. 123—129.

江县的丽江坝、鲁甸、塔城、新主等地一带的绝后户祭天仪式，一般只用《祭天·祭无人祭祀的天》《祭祀绝户家的天·献牲献饭》两本经书。两本经书内容同样属于祭天类型的经书，但与前述的大小祭天类经书不同，这两本经书内容短小精悍，念诵时间不到一小时，但其间内容包含了仪式所需的请神—颂神—驱鬼—送神四个核心程序。与传统祭天不同的是，这类特殊的祭天仪式并无固定的日期及场所，举行前再请东巴占卜测算具体日期及地点。举行特殊祭天仪式的原因是家屋不顺或家有病人，前去占卜问卦，得知是绝嗣之家的天（也有天鬼之说）在作祟，要消灾免难，就需祭祀绝户之家的天。因此这种祭天仪式是不定期举行的。在这种祭天仪式中，天、地、柏原本神圣的地位受到了动摇，仪式目的由祈福转化为禳灾，自然与一般的祭天仪式有本质的不同。它的产生与形成，显然与纳西族祭天群体的逐渐分散、瓦解，以及随后神灵、祖先神的观念变迁不无关系。[1]

由此可见，仪式类型与仪式故事类型的消长与时代变迁密切相关。与祭天仪式式微形成鲜明对比的是，一些与日常生活、生产劳动关系紧密的仪式的规模、经书、故事类型日趋丰富庞杂。如一个大祭署仪式（$ṣv^{31}\ na^{31}\ gv^{31}$）需要念诵的经书多达57本。主因在于"署"作为自然神，其所管辖的自然万物与人类的生产、生活联系越来越紧密，祭自然神带来的直接利益关系也更为突出。这从以下祭署类经书名称中就可看出人与自然神的这种多元复杂的关系。

《设置神坛》《撒神粮》《请署歇息》《唤醒署》《迎请尼补劳端神》《署的来历》《请署》《请署苴降临》《点燃神火灯》《送刹道面偶》《烧天香》《开坛经》《卢神的起源》《送署苴守门者》《迎接佐玛祖先》《用白山羊白绵羊白鸡偿还欠署的债》《都沙敖吐的故事》《普茧乌路的故事》《神鹏与署争斗的故事》《把署猛鬼分开》《俺双金套姆和董若阿夸争斗的故事》《茧堆三子的故事》《梅生都迪与古鲁古久的故事》《妥构古汝和美利董主的故事》《祭署的六个故事》《鸡的来历》《沈爪构姆与署争斗的故事》《崇忍利恩的故事》《纽莎套姆和纽莎三兄弟到人类家中》《高勒趣招父魂》《崇忍潘迪的故事》《崇忍利恩·红眼仄若的故事》《美利恒孜与桑汝尼麻的故事》《杀猛

---

[1]《祭天·祭无人祭祀的天》，《全集》（第1卷），第193页。

鬼、恩鬼的故事》《送傻署》《东巴什罗开署寨之门》《让署给主人家赐予福泽》《保福保佑》《建署塔》《白"梭刷"的来历》《药的来历》《拉朗拉镇的故事》《给署供品·给署献活鸡·放五彩鸡》《迎接四尊久补神·开署门》《祭者·给署许愿·给署施药·偿署债》《招魂经》《不争斗·又和好》《求福泽与子嗣》《给署献活鸡·开署门》《木牌的出处与崇忍潘迪找药的故事》《给仄许愿·给娆许愿》《立标志树》《开坛经》《送神》《除秽和仪式规程》。[1]

当然，并不是说所有祭署仪式都必须念诵所有这些经书，对东巴而言，经书数量只是一个虚数，因为他在仪式中，并不是每一本经书都要照本宣科，更多时候他只是摘其要点梗概，每本经书中重复部分，不同经书中情节相似的内容，他都会根据仪式情境做出增减、组合、创编，仪式的圆满与否，主要取决于仪式程序的完整，而请神、安神、驱鬼、送神四个核心程序构成了仪式是否达成完整、圆满的关键部分。这四个核心程序中所念诵的经书往往是具有代表性的经典，如祭天仪式中的《崇般绍》，丧葬仪式中的《崇般图》，祭风仪式中的《鲁般鲁饶》，祭署仪式中的《署鹏争斗》，祭垛鬼仪式中的《黑白战争》，这些经典在仪式中起到了举足轻重的作用。在传统东巴仪式中，每当念诵这些经典时，受众往往要提高注意力，围聚东巴身旁凝神聆听，这不只为仪式具有的神圣、庄严情境所统摄，更多是与这些经典本身所具有的强烈的艺术感染力直接相关。祭天仪式期间，作为核心经典的《崇般绍》一般要念诵多次，除了在初五大祭天仪式上念诵两次外，在初八的小祭天仪式上还要重诵一次。当东巴念到天神出现时的情节时，村民轮流向天神忏悔、赎罪。而举行大祭风仪式期间，《鲁般鲁饶》这部经典爱情悲剧往往成为仪式的高潮所在，因为此仪式是超度殉情者灵魂，东巴及家属为了避开议论者，往往选择在深夜里举行此仪式。但还是躲不过来听这一经典的诸多有心人，尤其是村里及周边的年轻人往往躲在围墙外静静地倾听，然后互相口传心授，在流传过程中，这部东巴经典演变为一部民歌长诗——《尤悲》。"总的来说，不论从思想内容、创作方法、艺术表现等诸方面看，我们认为《尤悲》是《鲁般鲁饶》的继承和发展，《鲁般鲁饶》是《尤悲》的基础和渊源。因此《尤悲》也是反映近代纳西族生活的《鲁

---

[1]《全集》第5、6、7、8、9卷。

般鲁饶》,《鲁般鲁饶》是反映纳西族远古时代的《尤悲》。"[1]这些经典的沉淀生成,往往与不同时代的东巴在每次仪式中的千锤百炼密切相关,这些核心经典往往成为判断故事类型、仪式类型的重要参照物,同时,在仪式中演述这些核心经典的仪式环节也往往成为整个仪式的重心所在,其他仪式程序都是围绕这一核心程序展开的。

(三)超级仪式中的故事集群

仪式类型是相对而言的,对于一些由十多个仪式组合而成的复合型仪式而言,因为多元仪式类型的混合,不好界定属于哪一种仪式类型。这些复合型仪式也就是"超级仪式"。"超级仪式"受到劳里·航柯提出的"超级故事"(super stories)概念的影响。接下来问题是,这些超级仪式中是否包含了"超级故事"?"超级故事"是劳里·航柯根据印度史诗传统提出一个概念名称。他认为,超级故事是相对于单一故事而言的,是无数小故事的凝聚,其恢宏的形式和神奇的叙事方式益于多重意义的生成。《摩诃婆罗多》《罗摩衍那》《伊利亚特》《奥德赛》即属于超级故事。相对而言,单一故事规模小,具有完整的动机和真实可感的人类的情绪。在一个单一故事里,一个人的死去是一个重要事件,而在超级故事里,一个人的死亡只是统计学上的琐事。布兰达·贝卡认为一部史诗就是一个超级故事。[2]但从东巴叙事传统而言,超级仪式中虽然包含了众多史诗,但不能说由此形成了"超级故事"。因为在整个超级仪式中所演述的故事文本并不只是一个故事,而是包含了多达上百本的故事文本,这些故事文本更多是为超级仪式下面的子仪式服务而设的。简言之,是仪式决定了故事类型,而非反之,所以在超级仪式中所念诵的各类经书更接近于"故事集群"。

笔者分别于2009年6月、2013年2月参加过两次东巴丧葬仪式,两次仪式都超过七天,大大小小的仪式共举行了35个,所念诵的经书均超过200册,基本上涵盖了祈福类、禳灾类、丧葬类、占卜类等四大类经书,这些经书中既包括了《创世纪》《人类迁徙记》《黑白战争》《鲁般鲁饶》《署鹏争斗》《白蝙蝠取

---

[1] 和时杰:《〈尤悲〉初探》,李之典主编《纳西族民间抒情长诗:相会调》,云南民族出版社,2010,第178页。
[2] 转引自尹虎彬《史诗观念与史诗范式转移》,《中央民族大学学报(哲学社会科学版)》2008年第1期。

经记》等经典名篇,也有众多与神灵、鬼怪、祖先相关的故事类经书。这些不同仪式类型的经书在超级仪式中构成了一个作为整体的故事集群。

东巴仪式的规模大小主要依据以下几个情况而定。一是与仪式性质相关,如东巴大师去世,由他指定一个得意弟子主持自己的丧葬仪式,众弟子都必须协力参与,这种东巴葬礼称为"什罗务",意为举行东巴教教主丁巴什罗葬礼,其规模是所有丧葬仪式中最大的,时间长达7天至9天。二是与举办仪式的家庭经济状况相关,如果只是一般老百姓的丧葬,家贫难支仪式耗费,仪式也就简化为两三天。有些业主家大财多,其仪式相应趋于宏大。三是与仪式的主持者也有关系。大仪式主要与所迎请的神灵及禳鬼数量有关系,神灵及鬼怪数量越多,所献祭牲越多,对主祭者能力水平也要求越高,尤其是一些非正常死亡的祭风仪式,不是大东巴不敢做此类仪式,有些东巴害怕自身威力压不住这些凶鬼而反克于己。一些大东巴借助自身的威力,在仪式花费不增加的前提下,也可把一些中小型仪式升级为超级仪式的规模。

当然,并不是只有丧葬仪式才有资格构成"超级仪式"。四大类东巴仪式都可以转换为超级仪式。如2005年4月2日至7日,由中国社科院民族文学研究所与日本文部科学省合作,在丽江塔城乡署明村举行了一次规模浩大的超级仪式——延寿仪式。这次仪式共邀请了包括老东巴和秀及研究者兼东巴的和力民在内的28名东巴(16名来自塔城署明村,12名来自丽江附近),以及十余名助手。参加仪式的东巴均通过认真挑选,并有一技之长,如有的是东巴舞大师,还有的能诵读上百本东巴经籍。具体日程如下:

第一天(4月2日)
　1. 布置主祭场、设神座、烧天香
　2. 迎接丽江地区的外来东巴仪式

第二天(4月3日)
　1. 退送口舌是非鬼并附祭凶死鬼仪式
　2. 大规模祭秽鬼除秽仪式

第三天(4月4日)
　1. 大规模祭祀署神(自然神)仪式
　2. 祭祀祖先神仪式

3. 祭嘎神（战神·胜利神）仪式

4. 祭星神仪式

第四天（4月5日）

1. 祭风仪式

2. 祭景神（雷神）本神（电神）仪式

第五天（4月6日）

1. 请神加威力仪式

2. 大规模烧天香仪式

3. 请华神等大神赐福、求寿仪式

4. 祭诺神（家畜神）仪式

第六天（4月7日）

1. 祭山神仪式

2. 祭三多神（地域神）仪式

3. 祭天仪式

4. 送龙神仪式

5. 祭素神（家神）仪式

需要说明的是，以上20多个仪式中并未包括诸多小型仪式，而一个大的仪式就要花费六七个小时。各仪式基本依次做来，但有时也兵分两路甚至几路，在院内或村落不同处同步交错举行。其中第四天举行祭风仪式的地点选在一处环境秀美的山顶，第六天的祭天仪式则在与全村祭天场毗邻的以杨天顺为族长的杨玉华家族的祭天场举行。仪式期间，东巴们诵经达200余册次，跳白狮舞、射箭舞等各种东巴舞近20场。[1]

这个由28名东巴参与、连续举行6天、念诵经书200多册、耗资十多万元的超级仪式可谓空前绝后。从中也可看出，这一仪式的核心主题——"延寿"是由烧天香仪式、迎接东巴仪式、退送口舌是非鬼、祭凶死鬼仪式、祭秽鬼仪式、除秽仪式、署神（自然神）仪式、祭祖仪式、祭嘎神（战神·胜利神）仪

---

[1] 恢复东巴教求寿仪式课题组、夏宇继：《恢复纳西东巴教求寿仪式的调查》，《民间文化论坛》2006年第2期。

式、祭星神仪式、祭风仪式、祭景神（雷神）本神（电神）仪式、请神加威力仪式、请华神等大神赐福仪式、求寿仪式、祭诺神（家畜神）仪式、祭山神仪式、祭三多神仪式、祭天仪式、送龙神仪式、祭素神（家神）仪式等22个仪式构成。仪式内容虽然繁多，但其基本结构仍是请神、颂神、祈神求寿、送神四个仪式程序，核心程序为祈神求寿，核心经典为《求寿求岁》。仪式之所以变得如此庞杂，关键在于主祭东巴在其间填充了大量的子仪式，由此期望借助这些补充进来的仪式来增强祈福求寿的效果。笔者曾访谈过此次仪式的主祭东巴，他说这样的仪式也可压缩在一天内完成，前提是大量删减不属于核心仪式范围的其他仪式程序。

综上，东巴祭天仪式中的每一个步骤、程序、主题、故事类型、仪式单元都具有高度程式化的特征，属于仪式程式的范畴。这些不同尺度的"仪式程式"为东巴进行仪式叙事提供了完备的"武器库"，他不仅对叙事文本中的程式片语、典型场景、故事类型了如指掌，得心应手，并且对这些仪式部件的机能早已胸有成竹。从这个意义上来说，这些仪式部件与口头传统各的部件一同构成了"仪式程式"。

三、祭天仪式程式的结构形态

（一）口头程式与仪式程式的互动关系

"仪式程式"有两个内涵所指：一是口头叙事传统中的程式，主要由传统性片语、主题和故事类型三个层面构成；二是指仪式中的程式，主要由仪式程序、仪式主题、仪式类型等三个层面构成。二者共同构成了"仪式程式"。

仪式是二者的最大公约数。仪式统摄故事、程序。仪式的规模大小、仪式的性质、仪式主持者的能力与水平在一定程度上影响、制约着故事文本以及仪式程序的结构、内容、规模。仪式叙事是由仪式行为（程序及步骤）与口头或经籍演述两个层面达成的，口头演述重在听觉，仪式行为重在视觉，都是仪式背后的宗教观念的实践表现。

仪式中的程式可以增减、调整、组合、创编。对于东巴而言，这些不同部件犹如一个个构筑仪式叙事的"词"，如在超级仪式中，一个仪式成为一个

"词"；在一个仪式中，仪式程序成为一个"词"；在一个仪式程序中，一个步骤成为一个"词"。对于一个主持仪式的东巴而言，他是把仪式程式与故事文本中的"大词"作为仪式叙事的手段来统筹考虑的，并不存在顾此失彼的情况。与游吟诗人的独自演述情况不同，一个仪式往往由多个祭司共同完成。相对说来，主祭是仪式的"总设计师"，他一开始就给助手们讲明了仪式的程序、所念诵的经书、仪式需要进行的大致时间，此后他的任务是监督、管控整个仪式的实施情况。念诵经文成为主祭颁布指令的重要途径，经文内容一般与仪式行为相辅相成。如祭天仪式中的《献饭经》中有这样的祭词：

给上天献上饭。为供奉好上天，还献上甜酒、祭米，还有那煮熟了的祭牲的脑浆、整块的软肋。吃啊，愿天吃得饱；喝啊，愿天喝个醉。这样，天就会开启他的吉口，发出福音；天就会开启他的好口，降下吉祥来。

给大地献上饭。诚心的祭祀，诚心的供奉。把最好的饭供奉在大地的嘴边，把最醇美的酒敬给大地的好口。还供奉上煮熟了的祭牲的脑浆，以及整块的软肋。愿大地吃啊吃个饱，喝啊喝个醉。于是大地就会开启吉口，发来福音、降下吉祥来。

上天和大地两个，不结伴就不吃饭；不相随就不行走。穿衣层层暖；同桌吃饭香。财物丰富银子多；粮食丰足装满仓。他家的酒碗用银子来镶；他家的茶碗用金子来镀。

谁的酒最甜，不品不知道；谁的饭最好，不尝不晓得。虽然天的酒甜、天的饭好吃，但还请尝尝地的甜酒、地的饭。用地的甜酒、地的好饭敬给天。还用煮熟了的祭牲的脑浆、四蹄来敬给天。在这祭供的日子里：愿天吃啊吃个饱；愿天喝啊喝个醉。然后，望天开吉口，降下福音吉祥来。

天和地两个，不结伴么不动筷，层层穿衣暖。不相随么不行走，坐也并头坐，站也并肩立，相依相随不分离。谁的酒最甜，谁的饭最香，不尝怎知道？地的好酒好饭不及天的好酒好饭吧？再用天的甜酒、天的好饭给地尝一尝。还有那煮熟了的祭牲的脑浆、四蹄、长肉骨节、排骨来给地尝一尝。在这祭供的好日子里：愿地吃时吃个饱；愿地喝时喝个醉。然后，望地开吉口，降下福音吉祥来。很好地祭祀这中间的圣柏。要在圣柏面前：供奉上比水大、比山高的供品。在祭祀的好日子里，给柏祭献；在祭献的美好时刻,给柏供奉。给这高洁的圣柏献上饭,还供奉上甜酒、祭米,以及煮熟了的祭牲的脑浆、骨节、排骨。愿柏吃啊吃得饱,喝啊喝得醉。这样圣柏开吉口,就会发出福音降下吉祥来。[1]

主祭在念诵这些经文时,旁边的助手依照其所念及的内容分别给象征天神、地神、天舅的神树——献饭、献牲、献酒。从这个意义上,仪式经文成了仪式行为指南,仪式行为与经文内容构成了仪式叙事的两个侧面。仪式程序及故事情节犹如两条平行移动的线性结构,构成了仪式叙事文本的"情节基干",不断推动着仪式叙事行为的逻辑展开。

(二)祭天仪式中的"仪式程式"

这种叙事结构与刘魁立构拟的"民间叙事的生命树"极为相似。母题链、情节基干、中心母题是刘魁立"民间故事的生命树"最基本的三个概念。三者之间的关系是这样的:情节基干是判断一个故事集合是否同属一个类型的基本要求,情节基干由若干母题链组成,但是,母题链却不一定只存在于情节基干之中,它也可能是某些"枝干"中的组成部分。中心母题是特指情节基干中的某一条母题链的核心内容,而"枝干"中的母题链则不在刘魁立的讨论范围。在情节基干中,每一条母题链必有一中心母题,因此,该情节基干有多少条母题链,就会有同样数量的中心母题。[2]

需要指出的是,笔者借用刘魁立的"民间叙事的生命树"示意图,主要来说明仪式叙事的结构形态,这里,民间故事中的"母题链""中心母题"等同于仪式中的核心程序,仪式中的"情节基干"指所有仪式中都存在重复的、共有的程序步骤。通过这个祭天仪式形态结构示意图(图4-5),"仪式程式"的整体面貌从中得以体现。

这个示意图有助于我们更全面、深入地理解仪式语境中"仪式程式"的几个表现特征。

---

[1] 《献牲、献饭经》,《全集》(第1卷),第225—227页。
[2] 施爱东:《民间文学的形态研究与共时研究——以刘魁立〈民间叙事的生命树〉为例》,《民族文学研究》2006年第1期。

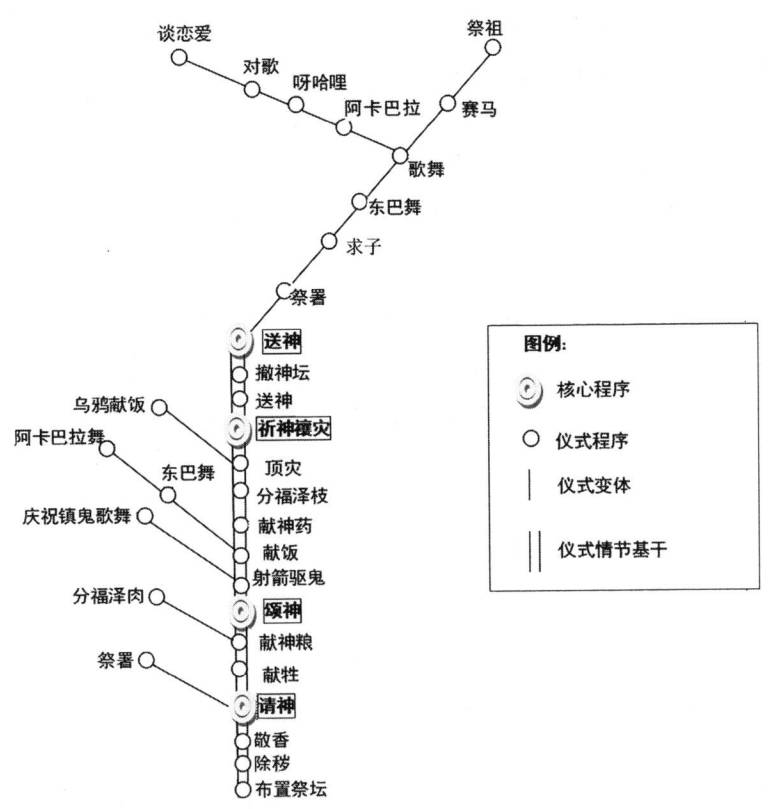

图 4-5 祭天仪式程式形态结构示意图

其一，程序是仪式主持者运用"仪式程式"的基本构件，也是仪式行为的行动单位，类似于口头传统文本中的主题、母题，具有链接功能。而核心程序是指在整个仪式结构中处于关键转折点，且在同类仪式中都会高度重复存在的主要程序。下图表中的"请神""颂神""祈神禳灾""送神"是所有东巴仪式中必须经历的"四部曲"，这四个程序在仪式叙事中起到了链接情节基干的作用，一个核心程序意味着一个仪式情节基干的结束，以及一个新的情节基干的开始。核心程序类似于母题链、中心母题，是构成仪式叙事文本的中心框架结构所在。

其二，作为仪式中的情节基干，在核心程序之间起到链接、递进的作用。如上表中，"请神"的核心程序由布置祭坛、除秽、敬香三个程序构成，这三个程序通过有机的联系构成了"请神"的仪式情节基干。仪式情节基干只存在于核心程序之间，这与其自身的高度程式化特征相关，也就是说，仪式情节基干在同类仪式中有着高度的重复律和相近性。

其三，仪式程式是基于仪式主持者立场而言，是他设计、完成主持一个完整的仪式的手段、方法。从下图表中可以看出，在核心程序、情节基干得以保证的前提下，仪式可以进行相应的扩充与删减。如图4-5中的祭天仪式是一个综合形态的仪式，在仪式情节基干上延伸出了不少新的仪式情节，这既是不同区域的仪式变异所致，也是由仪式程式的特性所决定的。反过来，这个祭天仪式也可减缩为"除秽—献香—献牲—献饭—驱鬼—送神"六个程序的小仪式。这六个程序是构成一个完整、独立的仪式不可或缺的情节基干，包含了请神（除秽、献香）、颂神（献牲）、祈神（献饭、驱鬼）、送神四个核心程序。

仪式程式中，仪式程序行为与叙事行为是合二为一的。这些大小不等的仪式构成了一个超级仪式，每个程序包含了至少一个故事，由此形成了一个庞大的故事集群。从故事层面而言，一个程序其实就是一个故事主题，一个核心程序就是一个核心主题，其下集约了一个主题群。一个主题往往与一个故事类型相联系。如"除秽"作为主题，与"秽鬼"系列故事类型相联系，"施神药"的主题与"求长生不老药"的故事类型相联系。也就是说，程序—主题、主题群—故事类型、超级仪式—故事集群，对于仪式主持者而言往往是"一套人马，两块牌子"的关系。

其四，仪式程式的构词功能是在时代变迁中不断发展变化的。从上述图表中也可清晰地看到祭天文化的变迁过程——从原初阶段的六个程序到最后演变为近30个大小仪式构成的超级仪式，说明了祭天所负载的文化功能趋于丰富复杂。但从新增加的仪式程序中可以看出，祭署、歌舞娱乐在仪式中分量越来越重，说明了随着纳西族社会从畜牧、狩猎经济形态转入农业经济形态，自然神与农业关系甚大，而农闲时间的增多意味着娱乐要求的提升，仪式宗旨从单纯的娱神向娱人转化，这些都从这一古老传统的变迁中得到了充分的体现；同时从侧面说明了传统的力量是构成仪式程式不断"与时俱进"的动力源泉。

其五，仪式程式是传统的产物。支撑仪式的是宗教信仰，仪式是信仰观念的实践。不管文化形态怎么演变，作为构成传统的内核——文化主题却呈现出稳定形态。祭天文化作为统摄了纳西传统的主体文化，其所包含的文化主题——人类自身的繁衍以及与自然之间的互惠关系，不仅深刻影响了纳西族的历史进程，也强有力地影响着当下纳西人的生活与精神。祭天仪式主要讲述了英雄祖先崇仁利恩面临人类生存危机的难题后，被迫到天上寻求伴侣，说明了天是人类得以生存的唯一希望，最后也是靠天神成全解决了人类的难题。天人合一，人类得以繁衍，二者互为前提，互为因果。人本身是自然的有机部分，只有与自然达成了和谐关系，才能促进人类自身的繁衍发展，这是东巴教最基本的教义所在，也是东巴叙事的主题所在。东巴仪式中的"程式"也是围绕这一主题而展开、运作的。

第五章

叙事研究

史诗属于文学作品，具有叙事特征。东巴史诗的叙事手法如何？它又是如何设置叙事视角、叙事结构、叙事时间的？这些都涉及东巴史诗的深层文化特征及内涵。本章从叙事学的叙事结构、时间观念、叙事视角三个层面来审视东巴史诗。这三个层面也是传统叙事学的三个研究视角与方法，本章节引鉴这些传统研究视角，重在把这些传统理论方法在新的研究对象中有所碰撞、有所新建。毕竟东巴史诗不同于静态的、孤立的书面文本，它是活在民俗传统与活态仪式中，仪式叙事构成了其最主要的叙事特征。仪式演述场域中的叙事结构、叙事视角、时空观念也会发生相应的各类变化，注重仪式与叙事之间关系，以及如何通过叙事来理解和解释仪式，或反之亦成立，这是仪式叙事研究的核心问题。

第一节　东巴史诗的叙事结构

一、叙事学中的叙事结构

叙事学与结构研究一直渊源颇深，甚至在一开始对叙事学的定义中就强调了叙事文本研究中结构的重要价值。"人们有时用它来指称关于文学作品结构的科学研究。"(《大拉霍斯法语词典》)托多罗夫首次给叙事学下定义："叙事学：关于叙事结构的理论。为了发现结构或描写结构，叙事学研究者将叙事现象分解成组件，然后努力确定它们的功能和相互关系。"[1]虽然自叙事学这一学科产生以来的近半个世纪中，叙事学已经发生了巨大的学科演变，但不管是以结构主义来分析神话的列维-斯特劳斯，还是到了后经典叙事学，叙事学研究范畴中结构本身的稳定性没有提出挑战。

列维-斯特劳斯对神话进行研究之后，认为："在浩如烟海的神话底下隐藏着某些永恒的普遍结构，任何特定的神话都可以被浓缩成这些结构，这就是叙事中所谓的深层结构，其中的变项是一些普遍的文化对立（如生／死、天堂／尘世等）和处于这些对立项之间的象征符号。在不同的文化中，这些深层结构将演变出具有不同价值的表层结构。"[2]他提出的深层结构重在揭示叙事背后的结构。

史诗世界的表象光怪陆离，但其内在的结构却是恒定的。笔者认为，综合叙事学结构研究方法对东巴史诗进行研究，应当是一种行之有效的方法。东巴

---

[1] Todorov, T., *Grammaire du Decameron*, Mouton: The Hague, 1969, p.69.
[2] Levi-Strauss, C., "The structure study of myth", in *Structural Anthropology*, New York: Anchor, 1955.

史诗《崇般绍》《创世纪》《黑白战争》[1]这三部经典作品虽然内容、体例、基调、情节各有侧重,如果将它们的叙事结构进行比较,会发现虽然史诗内容千变万化,但隐藏在史诗核中的结构,惊人的相似。

二、东巴史诗中的二元结构

以列维-斯特劳斯的结构主义观点来分析东巴史诗,我们就会发现许多普遍的文化对立如生/死、天堂/人间、美/丑、爱/恨、崇高/卑微和处于这些对立项之间的象征符号。而且这些二元对立不是孤立的,而是成组的关系。如《黑白战争》的结构。

1. 天地初开,人类太平,两个部族和平共处;
2. 大海中出现了海英达巴神树,两部族的争斗由此开始;
3. 术部族的黑鼠偷了董部族的太阳;
4. 董部族王子设计害死了术部族王子;
5. 术部族以美人计害死了董部族王子;
6. 董部族在天神的帮助下打败了术部族。

从中可以看到以下二元对立结构:1—2;3—4;5—6。表现了人的心理中二元对立的逻辑结构。这种二元对立是普遍存在的,如对和平的肯定,对战争的否定;对人类自相残杀的否定,对天国和谐安宁的肯定;对纯洁爱情的肯定,对为部族利益而牺牲爱情的否定。这些文化心理结构在全人类的高度上也是一致的。列维-斯特劳斯认为文化是潜在的心理结构的表现。因为表现受到自然、历史、社会、文化、环境的影响而不同,但构成文化的心理结构是一致的,都包含了二元对立。

---

[1] 《创世纪》《黑白战争》《鲁般鲁饶》三部东巴史诗参照的版本为:和芳、和牛恒诵经,和志武编译《纳西族东巴经选译》(未刊资料),云南省社科院东巴文化研究所编,1983;和云彩诵经,和发源译《纳西东巴古籍译注(一)》,云南民族出版社,1986;和士成诵经,和力民译《纳西东巴古籍译注(三)》,云南民族出版社,1989。以下同。

当然，这种二元对立关系也有统一、融合的因素，如在人物设定上，这些人都具有两面性：既有神性，也有人性，且人性大于神性，也就是说，其神性是基于人性之上的。

《创世纪》中的主人公崇仁利恩作为人类始祖的代表，他身上体现出来的人性色彩是明显的，从一开始，他也要像普通人一样学狩猎、放牧、犁田；有结婚生子、繁衍后代的需求；面对天神的刁难，他也束手无策，他身上的超人性是后天习得的：每次有难时，总有神人出现，并从中授得神机、神力。《黑白战争》中的美利董主、美利术主作为两大部落的首领，他们面对的是如何让自己的部落发展生存、壮大等现实性问题，他们的所作所为都是围绕这些现实问题展开的，他们有着常人一样的七情六欲：为各自儿子的夭折悲痛欲绝，为争夺财宝、疆土而不择手段。他们身上的神性在现实中是有限的，所有难题最后都要请天上神人出面才能得到解决。《崇般绍》中的男女主人公的人性色彩就更为浓厚，面对天父的百般阻挠，二人齐心协力，斗智斗勇，终于冲突重重险阻回到人间，繁衍人类，开辟新生活。由此可见，他们虽然有超自然的力量，并且，他们拥有超人的智慧、毅力，但这些超人特征在融入生活时，都要变成普通人，他们的神力与人类的生存息息相关，他们肩负着拯救世界的使命，神力越大，则责任越大。

三、东巴史诗中的序列结构

托多罗夫综合各家论述，借用语言学中的关键术语，对最小叙事单元、序列和文本进行了描述。他认为，"叙事中的最小单位是一些基本命题，可以是表示行动元的命题，如：X 是国王，也可以是表示动作的命题，如 X 娶了 Y。五个命题构成一个序列：表示初始平衡的命题—表示外力侵入的命题—表示失去平衡的命题—表示恢复平衡力量的命题—表示新平衡的命题。而序列按照嵌入、接续、交替等方式结合起来就构成完整的叙事文本"[1]。

---

1 Selden, R., *A Reader's Guide to Contemporary Literary*, Theory. Kentucky: University Press of Kentucky, 1986, pp.60—61.

两部史诗中都有神人兼备的主人公（崇仁利恩、衬恒褒白命；美利董主、阿路）；作为对立面而存在的恶势力（子劳阿普、美利术主）；受难时出现的天神（阳神；优麻战神）；相同的史诗故事起因（《创世纪》中洪水泛滥，危害人类；《黑白战争》中部落的生存受到威胁；《崇般绍》中迁徙受到阻难）；相同的失败遭遇；以及大同小异的难题考验，最后的大圆满。如果用英文字母来代替以上的这些元素：恶势力／A、主人公／B，天神／C。

以托多罗夫的"五个命题序列"总结这些史诗，我们可以归结为同一结构：

1. 天地初开，人间太平——平安无事世界太平；
2. A作为坏人出现——平衡发生变化；
3. B作为正义者出现，但初战失利——整体人类命运面临威胁；
4. B克服了种种困难，得到C的帮助从而扭转不利局面——表示恢复平衡力量的命题；
5. 危机解除后，C美德长存，人间又处于和平——表示新平衡的命题。

并非所有叙事学者都认同上面的分析模式，比如考发朗若斯另创了新的模式。下面以《创世纪》为例来进行对应的分析：

A 破坏性事件（或对某一情景的重新评价）——人类因兄妹婚而遭到天神的惩罚：发大洪水，人类只剩下崇仁利恩一人。

B 要求某人减轻A——人类繁衍成为首要问题，责任落到崇仁利恩身上。

C C行动素决定努力减轻A——崇仁利恩决定去找人生伴侣。

D C行动素为减轻A采取的初步行动——崇仁利恩向阳神求援，阳神面授机宜，崇仁利恩到天上求婚。

E C行动素受到考验——天神子劳阿普百般刁难。

F C行动素回应考验——崇仁利恩战胜了天神设下的道道难关。

G C行动素获得授权——最终经天神同意，娶得天神女儿回到人间。

H C行动素为了H而到达特定的时空位置——崇仁利恩成为上天与

人间、人神相通的中介，他的后代居住在天与地的中间。

  I C行动素减轻A的主要行动——人间求婚失败；上天求婚受刁难，得益于天女的帮助，战胜难关；回去途中以及在人间定居以后因难重重，最后经过努力得以解决。

  J （或I之否定）H的成功（或失败）——人类得以繁衍。

  K 均衡——人间大地与发洪水之前一样得以恢复正常，并站到了更高的发展起点上。

英雄史诗《黑白战争》也有类似的序列结构：

  1. 恶势力A（术部族）与主人公B（董部族）和平共处——平衡；

  2. 董部族B王子阿璐到术部族制造日月星辰——平衡被打破；

  3. 术部族A王子安生米危被董部族害死，术部族大举进攻董部族B——代表正义光明的势力面临威胁；

  4. 董部族B最后在天神C的帮助下战胜了术部族A——恢复平衡；

  5. 董部族B获得大胜，人间恢复和平——新平衡。

卡法莱诺斯认为，"这种结构提供了一组嵌入式事件（被包含史诗里的事件），可以从三个位置感知这些事件：史诗里的人物、被包含史诗里的人物、读者。三个位置的感知者观察同样的事件。不过，并非所有事件都能从所有位置上去感知，事件也并非以同样的顺序向每一个位置上的感知者展开。因此，我们可以通过比较不同位置上的感知者的阐释，测试压制和延宕的信息所产生的效果"[1]。

当然，作为"范例的宏大叙事"，并非所有史诗都具有如此严丝合缝的叙事序列结构。譬如董部族（白）与术部族（黑）之均衡被打破，首先是董部族王子阿璐主动挑起的；他答应到术部族重新布置明亮的日月星辰，但故意把"日月工程"弄成了"豆腐渣工程"，并害死了过来问责的术部族王子，由此引发了

---

[1] 爱玛·卡法莱诺斯：《似知未知：叙事里的信息延宕和压制的认识论效果》，[美]戴卫·赫尔曼主编《新叙事学》，马海良译，北京大学出版社，2002，第8页。

双方的战争。在这样的叙事序列中不能简单地把阿璐与术王子列为正反两大势力。术部落公主蒙妲庚娆纳姆引诱阿璐成功后，双双坠入爱河，最后阿璐被父亲杀害，已成为两个孩子妈妈的术女悲痛欲绝，祈求刽子手别砍恋人明月般的脸庞。故事情节展到此，术女形象已不再是那个恶势力的代表。这也说明了史诗叙事序列元素定性的复杂性，突显了其多元叙事手段。

四、仪式文本的叙事结构

行动产生文本，仪式行为构成仪式文本，仪式文本也有叙事结构，其叙事结构也有相互对立的二元结构。东巴仪式少不了除秽、烧天香—请神—颂神、安神—祈福—禳灾—送神等几个步骤，这个步骤蕴含了仪式叙事的对立关系：秽气—除秽、不吉利—烧天香、鬼怪作祟或主人生病—驱鬼禳灾。仪式场域中有对立结构关系：神坛—鬼寨、神灵图像、面偶与鬼怪图像、面偶；优麻舞—捣毁鬼寨；主人生病—仪式后病愈；主人闹鬼—仪式后平安吉祥。仪式叙事中的二元对立结构有时与史诗叙事结构相一致。如《黑白战争》在禳栋鬼仪式中起到交代妖魔鬼怪产生的来历的作用，史诗叙事中所有鬼怪被优麻所镇压，仪式现场主祭东巴要跳优麻战神舞，并与众弟子一齐捣毁鬼寨，坑杀鬼怪，旁人齐声呐喊助威。

就仪式叙事的序列结构而言，破坏者（A）往往是导致主人家生病、不顺的妖魔鬼怪，主人家（B）由仪式主办方担任，帮助者或天神由仪式主持者（C）担任。其序列结构为：

1. 平衡：主人家 B 平安无事；
2. 平衡被破：鬼怪 A 作祟使主人家生病；
3. 生命临危：主人家 B 不得安宁，生命面临危机；
4. 恢复平衡：C 做了禳鬼仪式后，A 受惩处；
5. 新平衡：在 C 神助下，B 获得大胜，恢复和平。

当然，以上仪式叙事中的序列结构仅属于一般小仪式结构，如果是超级大仪式，则其叙事序列结构会发生更加复杂的变化，形成"枝繁叶茂"的序列结构"生命树"。从中可察，叙事结构在史诗文本与仪式文本中既有共同的二元对立与平衡—不平衡—新平衡的序列结构，但仪式叙事文本结构要大于史诗文本结构，史诗文本结构从属于仪式文本结构，受到后者的统摄性制约。不管是叙事学，还是口头诗学，一直忽略了仪式叙事的文本结构分析，造成了仪式叙事研究的长期缺位，甚至把仪式叙事狭隘地理解为文学或影视作品中出现的一些民俗仪式功能，即民俗仪式对文学作品叙事所发挥的功能、价值，而恰恰忽略了历史与当下的仪式叙事的真实存在。

第二节　东巴史诗的叙事时间

一、以宇宙初始为开头的叙事模式

时间与叙事有着内在的逻辑规定性，叙事语境的确立、情节的展开、结局的布置都与时间有着直接或间接的关系，时间在叙事中的重要性无可置疑。

杨义认为，"实际上我们叙述的时间和历史发展的时间以及自然的时间是不一样的。叙事时间在文字中流动的速度，是有很大差异的"。[1] 由于东巴史诗产生的历史语境与当下的阅读语境存在着巨大的差异，我们只有深入东巴史诗的历史情境，才能较为完整地把握其作品主旨与文化内涵。在具体的东巴史诗的叙事时间中，有着其独特的叙述模式。在三大东巴史诗经典作品中都有一个共同点，就是作品一开始都从宇宙洪荒时代写起，从混沌虚无到天地产生，然后经过天地间气体变化产生了万物最后出现了人。从现在科学考证来看，地球的历史有45亿年，人类历史有180万年，这么大的一个时间跨度，在作品中占的分量并不多，在《创世纪》中有120字，占总体的1.1%；《黑白战争》中有87字，占0.5%，《崇般绍》中有38字，占0.09%。但是写主要情节时，字数与前面的时间比例相差悬殊。如在《创世纪》中崇仁利恩到天上求婚的5天时间，字数达7526字，占全文的67%；《崇般绍》中有关创世到人类出现的内容仅60字，占总体的0.4%，但涉及崇仁利恩夫妻从天上迁徙回到人间的内容多达6660字，占比达49%，几乎占了整个文本的一半。[2] 从中也说明了《崇般绍》以迁徙为主

---

[1] 杨义:《中国叙事学的文化阐释》,《广东技术师范学院学报》2003年第3期。
[2] 《祭天·崇般绍》,《全集》(第1卷),第1—63页。

题的文本性质。《黑白战争》中有关战争前三个月的情况，字数有5987字，占64%。东巴经中一开头都要说到一句启示性的语言："如果不知道事物的来历，就不要说它的事情。"这既是纳西先民对寻求终极价值的朴素哲学观，也是突出文本叙述的权威性、神圣性的一种表现手法。几乎每一个东巴史诗都要大同小异地对天地万物的产生、来历做个交代，以此来突出史诗叙述的权威性、神圣性，犹如汉语神话、故事中的"很久很久以前"作为时间引子。但相形于汉语神话、故事中的相对简要的时间交代，东巴史诗对此要详细些，这也是不同民族文化传统不同所致。在东巴史诗中，这部分也只是作为史诗情节展开的时间背景交代，在全文中并不占主体地位。

叙事时间既然这么重要，那么东巴史诗对时间的把握和表述有何特征？也就是说与其他民族有何不同？杨义认为："一般认为西方人讲时间的顺序是'日月年'，东方人则是'年月日'。西方人的时间观念'日月年'是一种积累性的、分析性的、以小观大的时间观念，而中国人的时间观念是一种统观的、综合性的、以大观小的时间观念。用年来规定月，用月来规定日，这样一种时间观念就影响了全部的中国人的叙事，中国人的叙事结构完全受这种时间观念的控制。"[1]

二、以天为古的叙事时间观念

东巴史诗对时间的把握和表述大体上与中国传统的时间叙述模式是一样的，都是从一个大时空开始，然后在此之下来规定具体的小时空。这也是纳西文化与中国传统文化同源的一个表现。但作为一个民族特有的文化，大同之下，小异还是存在的。首先，汉民族的时间观念相对具体化，如夏朝以后，就开始了以皇帝年号作为具体的叙述时间。纳西族对年月日的历法观念也是很早时候就产生了，如在《黑白战争》中提到的神树，其实也是一棵历法树。"（神树）上叶长十二片，枝生十二杈，花开十二朵，天地十二支属就从这里来，阴阳十二月就从这里来，董和术争斗，就是为了天地岁月时日而开始。"但由于纳西族在

---

[1] 杨义：《中国叙事学的文化阐释》，《广东技术师范学院学报》2003年第3期。

历史上没有建立过自己的政权，也就无从谈起年号，所以在东巴史诗中的时间叙述模式，以天地初开的时间模式为主。其次，史诗作为原始先民的意识形态的生动反映，它要强化的是自己对自然万物的初步认识。正如启良先生所言，"原始先民的前逻辑思维，最普遍的观念是万物有灵，先民们崇拜的神灵发展为部落的保护神，又进一步把神灵谱系化、历史化、情节化。神话由此产生，历史在神话中叙述。对这些叙述，先民们不曾怀疑是假，一直信以为真"[1]。

纳西族对天的崇拜始于最早，在历史上绵延最长，影响最深。东巴史诗的载体——东巴经从广义上来说是一部祭天经书，天或天神的意识在这1000多万字的经书中无处不有，无时不在，所以在东巴史诗里天或天神作为一种主流意识形态始终充斥其间。崇天意识对纳西族的历史文化产生了深远的影响，《崇般绍》在纳西族中既是祭祖经书，也是祭天经书，它通过叙述人类祖先经历了种种磨难，最后通过天神的帮助得以重生的史诗，告知后代祖先的创业史，要感恩天神的恩德。历史上纳西族一直以"祭天的民族"自称。与以东巴教为文化价值核心观的东巴史诗相比，汉族中原文化背景中的"天"则更多指向了一种理性的、制度化的道德范畴，如天道、天命、天理，诸如"天网恢恢，疏而不漏""天怒人怨""天经地义""天理昭彰""天道酬勤""顺天者昌，逆天者亡"等。

而东巴史诗中的"天"更多地带有自然性与宗教性，是一个原始先民在特定历史条件下的虚构的、想象的、神圣的心灵空间，是一个神圣化的"天"。如《崇般绍》中子劳阿普是天神中的至上神，是原生性神祇谱系中的主神，这个天神是巨大无比、神力无边的，但又是具体可感、特色鲜明的人格化的"天"。

以天为大、以天为古的时间观念一直到现在仍作为一种集体无意识而存在着，比如，纳西族的民间文艺作品或民间话语中讲到"古时候"这个时间概念时，大多以"天地未曾开"或"天地未形成之时"作为代名词，这类似于汉族的"很久以前"或"从前"。由此可见东巴史诗的时间叙述模式对纳西族这种文化观念产生了深刻的本质性的影响，文化的差异就在这里。

---

1 启良：《中国文明史》，花城出版社，2001，第17页。

三、仪式叙事时间与史诗叙事时间

史诗在仪式中演述，每次仪式演述活动都是过去故事的现场重述。仪式语境下史诗的叙事时间成为一个比较框架，与现实当下相比而言。"很久很久以前"是史诗叙事时间，现在与当下属于仪式时间，属于"历史教育课"上课时间。由此可见，仪式使远古与当下、传统与现代、神话与现实、祖先与后代、神鬼与人类、想象与真实、话语与权力、抽象与具象等得到了有机统一。与中国各民族的史诗与神话相似，东巴史诗与神话属于英雄祖先崇拜型史诗，也可称之为道德崇拜型史诗，其共性特征为越久远的事物越神圣、越早的祖先越英勇、越具有高尚道德情操，他们的行为准则成为颠扑不破的为人处世的真理。仪式时间为表演时间，具有当下性、重复性、神圣性、正规性、集体性、互动性等特点。叙事时间受仪式时间制约，但反作用于仪式时间：如果主祭没讲好史诗、神话、仪式也就不圆满了；利用仪式"托古讲今""托古改制"是叙事时间的反向利用，这也是仪式叙事的一大历史惯例。

仪式时间具有文化空间特点，它是在相对固定的时间段、场地内举行的，如春节祭天、清明祭祖；而史诗文本中的叙事时间则属于固定的"远古时期"，二者都有内在的逻辑关系性：在同一个地方每年重复讲述远古的神话故事。重复性、固定性、稳定性既是二者最大的公约数，也是传统法则所在；重要的内容需要年年重复讲，反复灌输，才能深入人心形成集体意识。

当然，所有传统只有不断统合了时代合理性因素才能传承发展，如果所有仪式只会照本宣科、死人折磨活人，这样的仪式便会逐渐僵化，被人们厌弃。东巴史诗在不同时期、不同区域、不同东巴的传承中不同的创编，正是这种时代性、创造性的体观。明朝时期木氏土司把祭天仪式中的天舅改为当朝皇帝，带领民众高呼"皇帝万寿无疆"，在丽江坝区这一传统一直延续到民国时期，这说明传统一旦形成就有相对滞后性。真正的大东巴擅长于宜时宜地宜人地创造性把握史诗文本时间与仪式时间的有效结合。二者也受到特定仪式场域的制约，例如天气过热、过冷、受众态度等等。有次仪式中东巴这样说："你们都嘴巴流油地大快朵颐，我还哪有心思干巴巴地念下去。"

第三节　东巴史诗的叙事视角研究

叙事视角指讲述故事的角度与方法。茨韦坦·托多洛夫把叙述视角分为三种形态："全知视角，古典主义的叙述往往使用这种公式。在这种情况下，叙述者比他的人物知道得更多，属于全知全能型；内视角——叙述者和人物知道得同样多，对事件的解释，在人物还没有找到之前，叙述者不能向我们提供，属于限制型；外视角——叙述者比任何一个人都知道得少，他可以仅仅向我们描写人物所看到、听到的东西等，反而比所有人物知道的还要少，他像是一个对内情毫无所知的人，与全知全能视角刚好相反。"[1]

从东巴仪式中演述的史诗文本来看，其叙事视角表现方式绝非以视角限制与非视角限制的二元论可以简单概括的，更多的是体现出多元视角的转换、互动、交融的特征，且这一特征与预言式语句的设置、情感的导向，文本情节的展开、文本叙事风格相辅相成，辩证统一。

一、以情节为导向的叙事视角

情节是叙事中最重要的动力核心之一。叙事视角往往与情节联系在一起。帕维（Pavel）认为，"在情节的研究中，既突出了事件和转化的重要性，又勾勒

---

[1]　[法]茨韦坦·托多洛夫：《叙事作为话语》，《马克思主义文艺理论研究》编辑部编选《美学文艺学方法论》，文化艺术出版社，1985，第566—567页。

了情节中的动力、张力和阻抗因素"[1]。就东巴史诗来说，较为普遍的叙事视角以情感为导向的限制型视角为主。

英雄史诗《黑白战争》属于以情节为导向的叙事视角。与《创世纪》中主人公个人的曲折命运遭遇相比，《黑白战争》的叙事内容更为庞博，呈现出多元叙事线索特征。从内容上来说，不仅涉及董术两部落集团的统治者，而且涉及其家庭成员以及普通民众，如狱卒、工匠、祭司、士兵；其叙事线索既有两个部落之间生死存亡之战，也叙述了缱绻缠绵、荡气回肠的爱情悲剧，其间还杂糅了深沉的恩爱亲情，形成了战争、爱情、亲情等多条叙事线索相互交叉、融合的叙事特点。故事一开始就把读者带入一个远古的宇宙洪荒时代，从一片混沌黑暗世界中，慢慢浮现出声音、气体、光明，随着自然万物不断相互发生作用变化，一个神奇、美妙、和谐、安宁的神话世界逐渐形成：居那若罗神山直插云霄，上方为众神居住之所，山下是美丽清澈的美利达吉神海，神海里生长着一棵会开金花、银花的神树；日月星辰环绕神山运行，鸟儿在蓝天快乐飞翔，鱼儿在海里自由游弋，描述了一个祥和安宁的世界，由此隐喻了和平世界的美丽与可贵，表明了对破坏这一和平世界行为的谴责与鞭挞的态度。

开天辟地的创世过程结束后出现了人类，形成了董（白）与术（黑）两大部落集团。居那若罗神山下的神海里，有一对黄鱼在衔一对黄蛋，从而有了争斗。神海里生长出一棵奇异的神树，为了得到这棵神树，董神和术鬼之间有了争斗。

术主的儿子阿生米吾与董主的儿子董若阿路在玩掷骰子时，阿路输了，因还不起赌债，他答应到术地开天辟地并建造白色的日月，但董若阿路没有开好天地、造好日月，把天地日月打造成歪歪斜斜、暗淡无光的，逃跑时还偷走了术部落的金银松石和宝石。阿生米吾追赶董若阿路到黑白交界地，落在铜签之上，死于非命。董部落的吸风鹰和狗獾把阿生米吾被杀的消息告诉给美利术主，术主与术母都悲痛不已，决定兴兵复仇。当术部落大军进入董部落境内时却找不到一个人，原来董部落早有耳闻而提前做了准备，把部落人马隐藏到山洞里和湖底。术主面对高山和深湖，一时无计可施。术主的女儿蒙妲庚娆纳姆施计到湖边梳洗，用美丽的姿色和歌声引诱了董若阿路。两个年轻人在相互较劲中

---

[1] Pavel, Thomas G., *The Poetics of Plot: The Case of English Renaissance Drama*, Manchester: Manchester University Press, 1985.

产生了情感,并私订终身,后来还生下了一男一女。但美利术主为了一解丧子之恨,最后不顾女儿哀求残杀了董若阿路。董若阿路的儿子董若号巴在母亲的安排下,偷偷跑回到董部落,把董若阿路被害的实情告诉了美利董主。美利董主悲痛欲绝,但他深知自己实力有限,在与部下商量后决定向天神求助,最后借助三百六十个优麻战神的神力打败了术部落,人间又恢复了和平景象。

与《创世纪》的单线式情节导向相比,《黑白战争》的以情节为导向的叙事视角呈现出多线交叉的特征,除了前面提及的战争、爱情、亲情三个主要情节线索外,不同场景转换中生成的情节推进方式也是一个重要的情节线索。从一开始的宇宙一片混沌黑暗到创世纪后瑰丽神奇的世界;从董术两部落集团之间的相安无事,两大部落王子的亲密无间最后发展到反目成仇,相互设计陷害,乃至大动干戈,血流成河;术部落王子惨遭杀害后,整个部落磨刀霍霍,同仇敌忾,准备血洗董部落,大战一触即发,气氛压抑紧张,受众已经做好了接下来是昏天暗地的厮杀战争场景描写的心理准备,而故事场景却意外地转换到青山绿水间的男女谈情说爱中,董若阿路与术女蒙妲庚娆纳姆两个有情人在清风白云间嬉戏,打闹,画风变得轻盈明快、柔情蜜意;好景不长,毕竟董若阿路是害死术王子的凶手,最后还是把他投入阴森森的大牢中。此时术女已经与阿路产生了深厚的爱情,而且怀上了他的孩子,她苦苦向狱卒祈求:

> 董若阿路他是个能干的好男子,
> 他的脸像日月般明亮,
> 别让污血染了他白净的脸庞!
> 我的心儿恋着阿路的头,
> 杀阿路的时候,
> 请不要用镐头刨阿路的头颅。
> 我的心儿恋着阿路的心,
> 杀阿路的时候,
> 请不要用矛戳阿路的心。
> 术的黑湖里,
> 湖水黑黝黝,
> 众鬼用矛戳阿路的心脏,

拿旨左补用镐头刨阿路的头颅，
肯毒丹尤用利矛戳阿路的肋间。[1]

董若阿路惨死的消息传递到董部落后，整个部落陷入巨大的悲痛中，部落上下摩拳擦掌，准备以血还血，大战一番，而故事情节却再次意外地从人间转换到天上的神灵世界中，叙事文本讲述起了战神优麻与多格的出处与来历，并交代了为什么请这些战神下凡。天兵天将一下凡，双方之间的战争胜负立判。

这种不断转换的场景不仅推动着叙事情节的逻辑展开，同时使受众的预知心理生出一个接一个的悬念，从而促成了故事叙事的张力与吸引力，达成了叙事审美效果。从剑拔弩张、刀光剑影的战争画面突然转入桃红柳绿、卿卿我我的恋爱场景中，不仅使受众的审美视角获得了极大的满足，而且使故事情节在这样的转换中获得了有效推动。这种转换构成了不同叙事主题、叙事线索转换的生成空间，如上面的场景转换，是战争主题转向爱情主题的转捩点，从中完成了跌宕起伏的情节叙事与人物性格塑造。这与我们阅读小说或观赏电影是一致的，如果其中的场景一直耽于某一个单一的场景，或者总是重复单调的叙述风格与审美情境，难免使人产生审美疲劳。

这种场景转换中的情节导向式的叙事视角在中国的古典名著中较为常见，如《三国演义》中有关赤壁之战前的蒋干中计、草船借箭、孙刘联姻、瑜亮斗智就是这种叙事手法的成功典范。当然，这并不是说东巴史诗的这种叙事手法取例于中国古典小说，只不过是殊途同归而已。东巴史诗叙事手法的形成，是历代东巴在上千年的锤炼中沉淀生成的，这种高超的艺术表现手法，具有突出的普遍性价值。

东巴史诗不同于静态的书面文学作品，它是由东巴在仪式中声情并茂地演述的。所以演述者的水平、能力、临场发挥都直接或间接地影响着史诗的叙事效果。就如同样一个小品，由不同演员来扮演是有不同效果的。演述者本人对史诗文本的习得经验、对文本的深层理解程度也是制约其演述水平的重要因素。

譬如讲到董部落的大军出征场景时，经文中有这样的描述：

---

[1]《禳栋鬼仪式·董术战争》，《全集》（第25卷），第208页。

> 千千万万董族兵马出征了，三百六十个天将出征了……复仇的董族兵马队伍呀，长矛扛上肩，弓箭背在身，盾牌手中拿，长戟亮锃锃，大刀光闪闪，胜利的旌旗迎风飘，复仇队伍浩浩荡荡杀过来。[1]

东巴在演述这一出征场景时，语气要充满自信，豪情满怀，用铿锵有力的语言把我方高涨的士气淋漓尽致地表达出来，从而把受众带入文本语境中，如身临其境。听闻董部落王子阿路的噩耗时，董主悲愤地说：

> 我虽有九个能干的儿子，没有一个像阿路那样能干；我有九个聪明的女儿，没有一个像阿路那样聪明。他的脸庞像日月光辉，他的眼睛像星辰那样明亮啊！我呀，即使一天能见到上千人，但再也见不到我最爱的儿子了，一夜能遇到上百人，再也不能遇见我最爱的儿子了！[2]

这一段语言近乎撕心裂肺地哭诉，深切表达了董主的失子之痛。这也考验着东巴本人的演述能力，如果他只是平铺而叙，对受众的影响就微乎其微。而一个水平高超的东巴能够潜入文本语境中，恰到好处地运用语言艺术，把文本情境惟妙惟肖地烘托出来，从而强化史诗的艺术感染力。从这个意义上来说，情境也是情节。成功的文本演述是从一个情境过渡到另一个情境中，这个过渡过程其实就是情节的顺理成章的发展过程，能否恰如其分地营造出演述情境直接决定了情节发展的成败，同样决定着仪式演述的成败。

二、预言式的叙事视角

值得注意的是，东巴史诗中的这种限制型视角并非属于完全限制，而是与预言式视角相伴而行。这种限制型视角和预言式视角的综合应用，使文本在"已知"与"未知"中产生了一种张力，"已知"给予了一种受众者的心理准备，

---

[1] 和志武译：《东巴经典选译》，云南人民出版社，1994，第20页。
[2] 同上书，第13页。

"未知"则预设了受众者想深入探究结局的心理动力。二者相辅相成，层层铺垫、递进，互为因果，原来的"未知"成为"已知"后，又有众多"未知"预设在后面的情节叙述中，由此形成的文本叙述张力推动着整个文本叙事情节的展开，这个推动过程也是文本情境的深化过程，最后达成一个全知的整体视角。

（一）开场白中的预言式叙事视角

在东巴史诗中，预言式的视角限制往往出现在文本开头的大时空之中。大祭风《创世纪》中一开头是这样说的：

> 远古的时候，天地混沌，卢神和沈神赶着万物在游荡，树木会走路，石头的裂隙会说话，到处在簌动摇晃着。在天和地尚未形成的时候，先出现了天地的三种影子；在日和月尚未出现的时候，先出现了日和月的三种影子；在星宿尚未出现的时候，先出现了星宿的三种影子；大山和山箐尚未形成，先出现了大山和山箐的三种影子；木和石尚未形成，先出现了木和石的三种影子；水和渠尚未形成，先出现了水和渠的三种影子；由三种变成九种，由九种形成一个母体。最先出现的是不真不实的东西，然后才形成真和实的东西。由真和实的东西作变化，首先出现了绿松石一样灿烂的光，由灿烂的光作变化，在天地交接处出现了白色气团。由白色气团作变化，出现了佳声佳气。[1]

首先，作为创世史诗的开篇，一开始就描述了一幅原初宇宙的洪荒情景，整个宇宙只有一片混沌，天地万物还没有产生。由此预设了创世的基本条件。如果万事万物都已经具备了，何必要创世呢？其次，整个宇宙陷入混沌与黑暗状态中，呈现出死一般沉寂的状态，给读者带来沉重的压抑感，同时创设了一种宏大而蛮荒的远古情境，客观上提供了预言式的叙事视角：如何改变这种蛮荒黑暗的状态？接着出现了一系列的事物相互交流而变化的过程，这个过程源源不断地延续着，从而不断扩大着原先设置的视角范围。

另一部东巴经典《鲁般鲁饶》如是说："很古很古的时候，所有的人类从居

---

[1]《大祭风·创世纪》，《全集》（第80卷），第5页。

那若罗神山上迁徙下来了,所有的鸟类从纠克坡上飞了出来,所有的河流从高山上飞流下来。在人类生存的大地上,所有的牲畜已经下来了,所有的粮食和财物已经迁徙下来了,所有的牧奴主们已经迁徙和繁衍起来了,只是看不到的青年男女们迁徙下来……"这样一开始就给该书奠定了悲剧基调,同时也暗示了青年男女的爱情悲剧。

在东巴神话里,署类(自然神灵)是一个很庞大的神灵体系,署类处于天地之间,与人类同处,半神半魔,人类取悦于它则显神性,能够给人类带来风调雨顺,如果人类侵犯了其利益或领地,则带来天灾大难。东巴经中关于署类的神话故事很多,其主题是人类与署类发生矛盾冲突,后来经过天神或东巴协调获得调解,从而人类与自然万物学会了和谐共处。关于署类故事中,最有代表性的经典是《休曲署埃》,一开头就说:

> 人与署两个,勒周阿父是一个,补勒阿母是两个。署与人,像家畜与野兽不兴聚在一丛青草旁。崩人与吴人,不兴同过一座桥。说是来分天分地,说是来分村分寨,说是把天取下来分,把大地丈量来分,分山丘,分山岭,分肥田,分山地。长的切掉分,宽的划开分,这一切都分了,只有阿父的宝帽没有分,黄色的智金没有分,说好了把这两件宝物作为分剩的财物放好。人与署,阿父这两件剩下没分的宝物,被署美纳布拿去,藏到美利达吉海中了。署不让人类开天辟地、建村建寨,不让人类到山上找柴,不让人类在沟壑中舀水,不让人类到高原中牧羊,不让人类牵狗打猎。一印马蹄下,由署建了九个寨,辟了九片天。一盖帽子底下,由署辟了九块地,山上所生的树木,沟壑所流的水,所有的土石,都被署占去了。不让人类建一个寨,署却建了九座寨,不让人类辟一地,署却辟了九块地,不让人类建住房。一日清晨,去建造房子,(署家的)白头黑鹰抓了人的头,不让人建房。署有九条路,人却一条也没有。人类已没有办法。[1]

上述内容也是采取了形状中的预言式叙事视角手法。故事一开始就交代了署与人类是同父异母的关系,二者之间存在着矛盾统一关系,但由于署类过于

---

[1]《祭署·休曲署埃》,《全集》(第6卷),第303—306页。

贪婪而导致了二者间的冲突矛盾,由此为故事的情节发展埋下了伏笔。

(二)插叙中的预言式叙事视角

在东巴史诗中这种预言式的叙述视角还有其他方式,有的是通过开头,有的是通过插叙的手段来完成的。如《创世纪》中崇仁利恩被天女带到天上以后,天父子劳阿普觉察出异样情形:

> 子劳阿普心中觉诧异,晚上磨刀霍霍响,早上把刀擦得亮闪闪。衬恒褒白女匆忙问阿普:"阿普啊,您晚上为何把刀磨,早晨为何把刀擦。"子劳阿普说:"我晚上吆羊回羊圈,羊群好似受惊往外窜。早上我把家狗放出来,狗却回头朝里吠。这就是我晚上磨刀,早上擦刀的原因了。"衬恒褒白对子劳阿普说:"阿普晚上不必磨刀,早上也不必擦刀。或许是家狗不认识亲戚,见到亲戚就狂吠,羊群不熟知亲人,见到亲人受惊吓;辽阔大地上,人类中主人不恶,奴仆不会逃跑,石头不烫,蜜蜂也不会搬家。"衬恒褒白说:"前些天,在高原的一棵大冷杉树下,找到了一个仆人:天晴时呀,可以让他晒粮食,下雨时呀,可以让他理水和挖地。"子劳阿普说:"衬恒褒白呀,这是个什么样的人,女儿快把黄竹口弦弹起来,让他与我来见面。"[1]

这段父女间的对话,已经预示了崇仁利恩求婚之路的艰难万分。因为我们从叙事的情节中得知,天父子劳阿普对天女从人间带上来的求婚者,并不是不待见的问题,而是置之死地而后快,已经磨刀霍霍准备开杀了!这段插叙中的对话就是典型的预言式叙事视角。对于受众而言,悬念由此陡升:崇仁利恩命运会怎么样?所以这种预言式叙事视角一方面设置了后面的情节发展趋势,同时增强了叙事张力。

《黑白战争》中有类似的预言式叙事视角。董若阿路的母亲在阿路准备去术部族之前有一段话:"阿路啊,在你出生的时候,你的左臂上三道死于非命的纹路,在你的小腿上三道死于污秽的纹路。"读者读到这里,已经预感到阿路的不祥之兆。但具体是什么样的不祥之兆又不得而知,由此极大地提升了兴趣。这

---

[1]《除秽·创世纪》,《全集》(第39卷),第188页。

说明所谓的限制型视角与非限制型视角并非一味地截然分开，更多是呈现出相互交叉融合的情形。

（三）名称称谓中的预言式叙事视角

此叙事视角与《红楼梦》中的人物名称中蕴藏着人物命运的命名法则是一样的。东巴史诗的人物名称也有预言式叙事视角特色。《黑白战争》中的董部族王子"阿路"，本义就是被罩住的人，预示了他被仇敌抓住后当人质的命运；术部族王子"埃生米危"，意为中途夭折而死，其本人最后也是被阿路陷害而死；术部族公主"蒙姐庚娆纳姆"，"蒙姐"指"未嫁"，其名字意为没嫁出去的庚娆纳姆。她一生没有结婚，与阿路的婚姻属于私下结合，并没有获得双方父母的同意，所以她的两个子女被称为私生子。创世史诗《崇般图》也有这一叙事视角。崇仁利恩本义为"人类的优良种子"，隐喻出洪水滔天后人类仅剩他一个孤儿的故事情节；"衬恒褒白"之义为"枝繁叶茂"，带有生殖崇拜色彩，最后她生下了三个儿子；天神"子劳阿普"本义为"长官老爷"，隐喻了其至高无上的地位；而美利董阿普的核心词"董（duq）"本义为"规矩""道德""规范"，他本身是一个制定人间规则、伦理道德（duq muq）的人文始祖神，遵循其教诲则诸事皆顺，反之则遭殃。当然，并不是每个读者或受众都能从这些名称中获得这些深奥的叙事信息，这与受众者的文化积累及深层理解能力密切相关。从这个意义上，"史诗成为其认同表达的一个来源"[1]。

东巴神话中一旦主人家出现不祥之兆，或者出现重大难题，都会出现一个人物——任金崩余，其意为腿脚灵便的小伙子。他常常在神灵、署类、东巴及主人家之间扮演传递信息的使者角色。他一出现就预示着出现了难题，需要迎请神灵或大东巴做法事来禳解消灾。白蝙蝠也同样扮演着类似角色，在《创世纪》中，崇仁利恩回到人间后不会生育、生育的子女不会说话，接连遇到难题都是派了白蝙蝠到天上寻求帮助。在《白蝙蝠取经记》里其更是成为人类的英雄使者，靠它的机智勇敢从天上取回占卜经书，为人类带回了福音。蝙蝠之所以充当了人神之媒，与其兼具胎生兽类与禽类特点有内在关系。

---

[1] Lauri Honko. *Textualising of the Siri Epic*（FF Communications No. 264）. Helsinki: Academia Scientiarum Fennica, 1998, p. 28.

三、仪式场域中的多元叙事视角

叙事视角并非是孤立静态的，尤其在东巴仪式叙事中呈现出更为复杂多元化现象。东巴作为史诗演述者在整个叙事活动中处于主体地位，他的演述活动影响到整个演述场域的诸多关系。他本身的叙事视角是多元化的，他在指挥下面的东巴助手时是仪式的主持者，在演述史诗故事时，他又是故事讲述者，他在史诗故事里同时要扮演不同的角色，如故事主人公，或神灵形象，有时也扮演鬼怪角色。譬如在《创世纪》中他回答天神时那段惊天动地的宣言：

> 我是开天九兄弟的后代，
> 我是辟地七女神的后代，
> 我是白海螺狮子家族的后代，
> 我是黄金大象家族的后代，
> 我是大力神玖嘎那布的后代，
> 我是连翻九十九座大山力气更大的种族，
> 我是连过七十七个深谷精神更旺盛的种族，
> 我把居那若罗神山吞下去也不会饱的
> 我把金沙江灌下去也不能解渴，
> 三根脊骨一口吞也不会哽，
> 三升炒面一口咽也不会呛，
> 是所有刽子手来杀也杀不死的种族！
> 是所有会敲的人来敲也敲不死的种族！[1]

这一系列的"我是……"说明了此时他以人类始祖崇仁利恩自居，他的这番慷慨陈词引发参与仪式者的普遍共鸣，众人的情感融汇成对英雄祖先的崇敬、认同的情感河流。从这个意义层面上来说，东巴主持人与民众都变成了"我"的同一视角，这种叙事视角的融合与转化是与特定的文化传统相关的。一个没有文化认同与情感认同的受众是不可能达成叙事视角的融合与转换的。

---

[1] 和钟华、杨世光主编：《纳西族文学史》，四川民族出版社，1992，第140—141页。

东巴史诗中的视角转换与融合的另一种形式是仪式戏剧中的叙事。祭天仪式中东巴一声大喝："果洛兵来了！"众人四处溃逃，过了一会儿，东巴又大喝一声"果洛兵逃走了！"大家纷纷聚拢过来，拿起弓箭射杀代表果洛兵的纸牌面具，一旦射中，人群便爆发出欢呼声。这样的场景具有仪式戏剧特色。薛艺兵认为："神话通常采用叙事体文体进行'叙述'，当这种叙述在仪式中以故事中的人物角色进行'表演'时，叙事体就变成了代言体，而代言体的表演正是戏剧的典型特征，所以代言体的仪式表演可以称作'仪式戏剧'。"[1] 这种仪式叙事不只是东巴个人的单独叙事，而是变成了集体的表演叙事，从而使叙事视角在戏剧表演中达到有机的转换与融合。

在东巴的丧葬仪式上要吟诵《丁巴什罗传略》，这本经书叙述了东巴教教主丁巴什罗非凡的一生：他出生时是从母亲的左腋下自己爬出来的，其外观形象是"穿着父亲给的镇鬼铁冠，穿着母亲给的压鬼统靴，左手摇动着金板铃，右手翻动玉皮鼓……独鬼巧手巴劳利端一座黑山来堵，什罗手点神珠串，把一座黑山掀翻揉碎，压住千百个独鬼"[2]。什罗刚出生时，不慎踩着地上的刺，所以走路一瘸一拐。妖魔鬼怪一看到什罗是个镇压它们的克星，就想方设法把他骗去，在铜锅里煮了三天三夜，揭开锅盖一看，丁巴什罗却乘着热气飞到天上去了，由此开始了镇妖杀魔的非凡战斗历程，总共杀死了360个妖魔鬼怪，包括不可一世的女魔王固所玛。丁巴什罗最后被女魔阴魂拖入毒海深处而死，他的尸体由此被毒汁染成了深蓝色，他的弟子们用相连接的法杖套上鹰爪才将他的尸体拉上来，最后举行隆重的超度仪式。整个故事情节紧凑、生动有趣、悲壮感人。但重点并不是东巴祭司吟诵这一经典，而是东巴祭司们集体表演这一故事文本，在丧葬仪式上举行出殡大典前，众东巴弟子们要在师父灵前演绎这一经典：表现丁巴什罗出生的情景时，东巴们抬着左臂，然后地上翻滚，以示从左腋下爬出来掉在地上；表现其出生形象时，分别抬头伸脚以示父母给的铁帽与铜靴，然后左手摇动着金板铃，右手翻动玉皮鼓；表现脚底被刺后的情景时，众东巴们一瘸一拐地学走路……从中我们看到此时的东巴们已经转变成演员，他们不是通过吟诵经书，而是通过身体的戏剧性表演来表现故事情节。东巴们既是叙

---

[1] 薛艺兵：《对仪式现象的人类学解释（上）》，《广西民族研究》2003年第2期。
[2] 和钟华、杨世光主编：《纳西族文学史》，四川民族出版社，1992，第102页。

事体，也是代言体。他们在表演中有时扮演丁巴什罗父母的角色，有时扮演妖魔鬼怪的角色，后面还扮演了丁巴什罗弟子的角色，更多是扮演丁巴什罗本人的角色来表现其非凡的英雄壮举。在现场中进行表演的东巴们均为死者——东巴师父的弟子，他们通过进行戏剧性表演来表达对自己师父的敬意，同时包含了对东巴教主丁巴什罗的崇敬与缅怀之情。这里面既融合了文本叙事中的多元主体视角，也融合了神话与现实中的叙事视角。除了东巴们在仪式现场的戏剧性表演外，仪式过程中还有隐藏着的仪式叙事表演——仪式规程。整个仪式规程是按照丁巴什罗的一生经历而展开的，整个规程中既要执行相关的仪式内容，还要吟诵各种与此相关的经书。在超度什罗仪式上有如下的规程及吟诵的经书：

> 铺设神座、为卢神沈神除秽、烧天香、迎请盘神禅神、点灯火、杀三百六十个鬼卒、杀固松玛、在居那若罗山四面招魂、祈求神力：招死者的灵魂、出处来历：遗福泽赐威力、还毒鬼之债、送固松玛、在黑毒海旁用黑猪还毒鬼之债、竖督树的来历、解脱过失：施水施食给冷凑鬼、开罗梭门从海中招魂、刀子的出处来历、寻找什罗灵魂弟子协力攻破毒鬼黑海、灵魂从血海里接上来、把本神送回去、送走斯姆朗登、驱除是非过失引起的冷凑鬼、在生牛皮上点灯火、解除过失、开辟神路洒沥血水、接祖除秽粮食之来历、寻仇迎接本丹神、格巴弟子点神灯、求威力赐福泽、驱赶冷凑鬼、用岩羊角解结、开神路越过九道黑坡、打开柜子之门、倾倒督树把什罗从十八层地狱接上来、开神路卷、指引死者灵魂之路、施鬼食射五方之鬼王、火化后送什罗灵魂、烧灵塔、赐徒弟以威力、什罗改名十二次……

这些规程与经书同上述的仪式表演是内在统一的，是关于丁巴什罗生平在仪式程序再现。也就是说，仪式规程、戏剧性表演（舞蹈、音乐、绘画）、仪式经书其实是运用不同的手段再现东巴教主非凡的一生，讴歌其敢于斗争、为民除害的英雄壮举。这里面融合了多元叙事角色，也存在着不同叙事视角的转换融合。

第六章

专题研究

从广义而言，此部分属于东巴史诗的文化专题研究，内容涉及东巴史诗的色彩崇拜、传统禁忌、唱腔音乐、宗教服饰、日月崇拜等五个部分。这五个部分并不隶属，具有相对独立性，但如果五个部分单独成立章节，会对整本专著体例造成损害，由倾向于口头诗学视域下的东巴仪式史诗研究变成东巴史诗文化研究，有泛化之嫌。这部分表面上看似乎与史诗研究——文学本体关系不大，却是不可分割的一部分。因为东巴史诗不只是单纯的文学文本，而且是融诗、歌、舞、画、工艺、服饰、信仰于一体的综合艺术，属于多模态叙事文本，由此决定了研究东巴史诗必须顾及其完整的文化生态、演述语境。本章节内容正是为东巴史诗这条"鱼"得以存活的"活水"所在。

"史诗"中的"史"，其概念所指不只是指当下的"史实"，更多是指广义的"历史文化体积""影响一个民族历史命运的文化传统"，由此史诗才被誉为"一个民族的圣经""一座民族精神标本展览馆"（黑格尔）。同时史诗因记录、保鲜了丰富多彩的传统文化，又被称之为民族传统文化的"百科全书"。如何在研究中彰显史诗的这些诗性？需要精深的专题研究，这不但没有偏离史诗文体及认识论研究，而且将极大地推进史诗的深层性、整体性研究。《黑白战争》《创世纪》中的黑、白已成为黑暗与光明、邪恶与正义的代名词，但其色彩观念并非如非黑即白的二元对立关系如此简单，而是与纷繁复杂的民族历史关系以及文化变迁有着深刻的关系。传统禁忌、东巴音乐、服饰、日月崇拜也应如是观。

第一节　东巴史诗中的黑白色彩崇拜

东巴史诗中，英雄史诗《黑白战争》专门叙述了黑白两大部落之间的战争故事。在这部史诗中，白部落代表正义一方，而黑部落代表了邪恶反动的一方。创世史诗《崇般图》中也有类似记载，天上的好音与地上的佳气结合变化而生出的白蛋诞生了善神英古阿格，由此变化生成人类，而恶声与邪气结合变化生出黑蛋，从中产生了恶魔。有人据此就认为纳西族历史上就有崇白抑黑的色彩崇拜传统。但纳西族历史上也有崇黑历史，如其族称——"纳西"就是典型例证。

纳西族的自称有"纳西""纳日""纳恒""纳"。方国瑜先生对此有论述，"纳"是其专用族称。"西""日""恒"皆有人义。"纳"的本义为"黑"，引申义为"大""张大""伟大"，作族称时用引申义，故"纳西"为"伟大的民族"之意。[1] 和志武先生[2]、白庚胜先生也持此论[3]，并有详尽论述，且这一论点被学术界普遍接受。我们现在要讨论的是纳西族为何以"纳"自称？为何"以黑为大"？一般认为纳西族的自称源于纳西先民的色彩崇拜，即黑色崇拜。但黑色崇拜又源于什么？现有两种主要观点：一是白庚胜先生的"黑色崇拜源于牦牛崇拜"说[4]；二是和士华先生的"黑色崇拜源于星宿崇拜"说[5]。关于第一种观点，白庚胜先生所持"牦牛崇拜"说建立在纳西族源于牦牛羌的基础上。纳西族是

---

[1] 方国瑜：《纳西象形文字谱》，云南人民出版社，1995，第4页。
[2] 和志武：《纳西东巴文化》，吉林教育出版社，1989，第3页。
[3] 白庚胜：《色彩与纳西族民俗》，社会科学文献出版社，2001，第75页。
[4] 郭大烈：《纳西文化大观》，云南民族出版社，1999，第53—57页。
[5] 和士华：《纳西古籍中的星球历法黑白大战》，民族出版社，2002，第8—9页。

否源于牦牛羌或纳西族主体是否源于牦牛羌，学术界尚无定论。[1] 关于第二种观点，是新近提出的一个新论点，认为纳西族源于商周时期的髳，而髳是由更早时期的分别属于夏、商的两个纳西先民部族融合而成[2]。和士华先生此说另辟蹊径，自成一派，但此说是否成立，证据是否确凿，仍有待于学术界的深入探讨。笔者认为纳西族色彩崇拜来源有多方面的历史原因，应从历史、文化的多方面、多角度去考察。它既有历史传承相沿的一方面，也有文化传播、互渗、涵化的一方面，还有外在客观条件制约因素的一方面。

一、纳西族色彩崇拜的内在制约因素

纳西族最早的色彩崇拜是黑色崇拜。笔者认为纳西族色彩崇拜与纳西族的祭天渊源关系颇深。民族文化的产生、发展是相沿成习、相传成俗的，从最初的文化原型发展成文化丛，再向文化型、文化带、文化区递进发展。那纳西族的文化原型是什么？即最早的文化胚胎是什么？笔者认为源于远古时期自然崇拜的"祭天"是纳西族文化的最早雏形，是纳西族文化的原型。首先，最早的崇天、畏天意识与当时极端低下的生产力水平与恶劣的自然条件有关。暴雨、狂风、洪水、泥石流、打雷、闪电、暴晒、干旱、日食、月食、冬寒夏热、昼白夜黑，这一切都显得神秘莫测，这一切都与原始初民的生存息息相关。在原始思维的作用下，最早的自然崇拜——对天的崇拜就产生了。在众多的神话传说中，无一不是从开天辟地之天地来历开始的，这说明"天"是他们最早注意到的自然现象。纳西族也不例外，祭天起源于此。

其次，祭天与黑色崇拜有对应的内在逻辑关系。自然崇拜的产生源于对自然的恐惧、敬畏，而后形成万物有灵观念。这种观念在集体中形成集体表象，在漫长的原始社会中又积淀成集体无意识，成为这个群体文化原型最基本的心

---

[1] 邓延良认为牦牛羌为今嘉我藏族之先民。郭大烈认为牦牛羌不能等同于旄牛夷，古代西南民族中有一支常与羌人相混淆而实际上独立的"夷人"族系，而作为纳西族先民的旄牛夷、白狼夷，正是这个夷系的主要成员之一。参见郭大烈、和志武《纳西族史》，四川民族出版社，1994，第71—72页。

[2] 和士华：《纳西古籍中的星球历法黑白大战》，民族出版社，2002，第224—230页。

理制约因素。天在什么时候最令人恐惧？显然不是风和日丽的时候，而是乌云滚滚、暴雨成灾、洪水滔天、电闪雷鸣、狂风大作、沙尘遮天蔽日、夜黑如漆的时候。对天的恐惧是与天的颜色联系在一起的，天是无形抽象的，而颜色是具体可感的，在这种不自觉的原始思维作用下，天与黑色观念"互渗"，产生了最早的祭拜仪式——祭天。这个过程在弗雷泽的《金枝》中被称为"交感巫术"。艺术始于象征，文化亦如此。这是纳西族黑色崇拜最初的来源。正如美国人类学家米德所说："人类越早学的东西越难改变。"[1]祭天作为纳西族的文化原型，在漫长的历史时期，不但没有消失，还得到了不断的补充、丰富，最终成为纳西族的民族意识、民族象征。而"黑色崇拜"也像精灵一样，与祭天文化一起积淀到了纳西族的心理意识中。"以天为大"与"以黑为大"的意识相辅相成，影响深远。

越恐惧的事物越崇拜是自然崇拜的主要特征。原始先民面对神秘恐怖、不可战胜的超自然力量，只有匍匐在超自然力面前，妄图通过仪式或神话演述来取悦它，并受其保护，获得神力交感、加持，从中汲取力量，从自然走向自觉。"天"与"黑"成为"强大""伟大"的象征符号，由此也成为纳西先民的自我身份认同符号。"麼些"即为"天人"之意，"纳西"引申义为"强大的人类""伟大的民族"。《创世纪》中把开天九兄弟称为"蒙若"（mee sso），即"天之子""天之后裔"也是源于这种文化心理与文化原型。[2]

二、纳西族色彩崇拜的外在制约因素

（一）历史性

纳西族的黑色崇拜与历史上同周边民族的文化接触、融合也有关系，即历史性。我们现在知道的对纳西族的最早他称是"髳"。方国瑜先生在《么些民族考》中指出"髳"可能是纳西族先民。[3]和志武先生也进一步肯定了方先生

---

[1] 黄淑娉、龚佩华：《文化人类学理论研究》，广东高等教育出版社，1998，第214页。
[2] 关于纳西族族称"麼些""纳西"论述可参见杨杰宏：《"麼些"考释》，《中央民族大学学报》（哲学社会科学版）2013年第3期。
[3] 方国瑜：《么些民族考》，林超民主编《方国瑜文辑》（4），云南教育出版社。

的说法。今日纳西族源于汉晋时之"摩沙",而"摩沙"则源于商周之"羌、髳",而"羌、髳"皆与"炎黄"有共同渊源。[1] 和士华先生则更明确地说:"髳是周边民族对纳西先民的第一次他称。这个他称证明纳西先民在和'非我族类'的外族人接触中产生了民族认同感,终于形成了一个民族实体。可以说,到商末周族时,髳族终于形成了。"[2] 王玉哲认为,髳族活动的区域在黄河、汾河流域之间,具体是在古徐吾(今山西屯留县)一带。夏商周的中心区域,也是在这一带,这一时期髳与夏、商、周的关系十分密切。[3]

夏、商、周有没有颜色崇拜呢?《礼记》中有这样几段话:"夏后氏牲尚黑,殷白牡,周骍刚","夏后氏之绥,殷之大白,周之大赤"。华夏族进入阶级社会以后,黑色作为一种自然崇拜已经消失,取而代之的是以祭祖为内容的祭祀活动,但这种远古的颜色崇拜在他们的文化事象上仍有遗留。

我们看到,在夏、商两个部族的活动区域中,纳西族先民髳族的活动区域与夏部族及以后建立的夏王朝同属一个区域,而夏尚黑,纳西族先民的"黑色崇拜"与之应有文化上的影响关系,在同一个区域,共处时间长达400多年,这种文化上的影响是必然的、客观的。商部族则与髳族不在同一区域。影响相应地少一些。周崛起于夏商之后,与髳族关系复杂,时而联合,时而征讨,最后把髳族打败后,促使其向西迁移。

髳族被周朝打败后,被迫向黄河中、上游迁徙,到达青甘河湟地带,"髳"从自西周周成王至西汉汉武帝长达800多年的历史文献中消失。纳西族历史在这一段历史时期的史料出现空白。现在的学者推测秦穆公称霸西戎时,纳西族先民从陕甘地区迁徙至青甘的河湟流域,秦汉时期则进入横断山区、雅砻江、大渡河流域。汉武帝时期开始经略西南,先后设置了沈黎郡(公元前111年)、越嶲郡(公元前109年),把纳西族先民活动的区域纳入其统治版图。

秦朝、汉朝又崇尚什么颜色?《史记·秦始皇本纪》有载:"始皇推终始五德之传,以为周得火德,秦代周德,从所不胜,方今水德之始,改年始,朝贺皆自十月朔。衣服旄旌节旗皆上黑。"说明秦朝崇尚黑色。《史记·历书》载:

---

[1] 和志武:《炎黄、古羌与纳西东巴文化》,郭大烈、杨世光《东巴文化论》,云南人民出版社,1991,第91页。

[2] 和士华:《山西地名趣谈》,杨杰宏《丽江与丽江人》,民族出版社,2002,第332页。

[3] 王玉哲:《中华远古史》,上海人民出版社,2000,第155页。

"（高祖）自以为获水德之瑞，更名河曰'德水'，而正以十月，色上黑。""高后女主皆来遑，故袭秦正朔服色。"汉朝也崇尚黑色。

纳西族在迁徙路线上接触过的秦国、秦朝、汉朝皆以黑为贵，以黑为大，时间近500年之久，尤其是汉朝，中央王朝与纳西族先民有了政治、军事、文化上的联系，其间的影响关系是客观存在的。纳西先民向东汉朝廷献诗《白狼王歌》就是明证。

无独有偶，与纳西族先民早期大杂居过的古羌、吐蕃（8世纪中叶以前）、乌蛮，后期大杂居过的彝、傈僳族都有"以黑为贵"的文化传统，以"黑"作为自称专名。当然，"逝者如斯夫"，历史文化并非一成不变的"活化石"，它也是在不同历史时空条件下不断发展演变的。我们应以发展的、全面的、辩证的观点看问题。纳西先民早期有过"以黑为大"的文化传统，并非意味着一直保持这种传统观念。唐宋时期，纳西东巴教受藏族本教影响极大，东巴教从原始巫教向人为宗教过渡也是"本教纳西化"的唐宋时期。早期藏族尚黑，本教也以黑为尊，故本教又称为黑教，后期的本教（唐中叶以后）受佛教影响，转而尚白，称为白苯，藏族信仰佛教后也转而尚白。藏传佛教是从元末开始由西藏经川西传入纳西族地区的。而且，在元代，藏传佛教对纳西族尚无影响，元人李京著的《云南志略》中说，当时纳西人"不事神佛，惟正月十五登山祭天，极严洁。男女动辄数百，各执其手，团旋歌以为乐"。可见当时纳西人主要信仰的是东巴教。不可否认，较早传入丽江纳西族地区的是早期本教，本教当时也属原始宗教，比东巴教更为完备，故二者的融合更深些。而纳西族的白色崇拜是在后期才形成的，这在后文中还要专门谈到。

综上而言，在纳西族较长的历史时期里，所接触过的周边民族、政权大部分以黑为贵，以黑为大，尤其是与纳西族杂居的羌语支民族，很多民族不但尚黑，而且以黑作为族称，还有崇黑的早期本教实现了与东巴教的融合，其间影响也是不能低估的。还有一个现象值得注意："纳西"这个自称是在唐宋时期才出现的，东巴教也形成于这一时期，《纳西族史》中也认为纳西族形成于这一时期。[1] 白色崇拜是晚于黑色崇拜的。文化是在不同文化因子的碰撞、融合中得到发展、丰富的，纳西族文化的发展也不例外。

---

1 郭大烈、和志武：《纳西族史》，四川民族出版社，1994，第228页。

(二) 地域性

"一方水土养一方人",地域对文化的影响是明显的,不同地域形成不同的文化类型。纳西族在历史上居住过的地区大多为气候严寒的高山峡谷地域,黛山黑水、莽莽森林、森森寒气,对居住其间的民族文化必然产生影响。从古羌分出来的民族的服饰上可以看到这种地理、气候的影响。直到今天这些民族仍以黑色服饰为主,如藏族、傈僳族、哈尼族、拉祜族、怒族、彝族。黑色从色彩学角度来说是最利于吸热保暖的颜色,以黑为贵有其科学性的一面。

文化特质一旦形成,在漫长的历史长河中是很难发生大的改变的,如哈尼族、拉祜族和部分彝族迁徙到气候温热的滇中、滇南后,其服饰仍以黑色为主,这是古羌人尚黑遗俗的文化表现。纳西族服饰以黑色或深蓝色为主,民间有"纳西标纳通"之俗谚,意即纳西人适合穿黑或深蓝色服装。以上这些民族早期居住于河湟流域至藏彝走廊一带,地域性对民族文化的影响是深刻的。唐宋以后,纳西族逐渐定居于金沙江流域,处于藏族和白族两大强势民族之间,这两个民族这一时期崇拜的是白色,这种地域性与民族性的影响也是同样的,所以纳西族白色崇拜的出现也不是偶然的。当然,这里面有个历史逻辑及文化的传承性问题。

三、纳西族色彩崇拜的历史传承性

第一,纳西族的黑色崇拜最初源于对天的自然崇拜,后期受到周边民族文化的影响。祭天文化包含了黑色崇拜因素。其后在历史发展中受到周边中央王朝、杂居民族的影响,这些王朝、周边民族大多尚黑,纳西族的黑色崇拜受到强化,同时在文化方面吸收、融合了这些民族的"黑色崇拜"的合理性因素,尤其是唐宋时期的古羌族群,突出表现在宗教文化上。东巴教形成于唐宋,"纳西"的自称出现于这一时期,有其深刻的历史文化背景。这种"黑色崇拜"与地域性也有客观的联系,古羌民族与纳西族都"以黑为贵","以黑为大",并以"黑"作为族称,这是地域共性在民族文化上的表现。当然,民族性与地域性的影响只是外在制约因素,一个民族文化的发展主要还是要受其具体历史、环境条件下形成的传统文化的制约,这种内在制约因素才是主要的。

第二，外来文化的影响也是发展变化的，是多方面的。从色彩崇拜来说，纳西族不只有黑色崇拜，还有白色崇拜，如纳西族的保护神——三多就是白色崇拜的产物。东巴经《黑白战争》中，也是以白为尊，白色代表光明和正义，黑色代表黑暗、邪恶。这里就提出了一个问题，纳西族既然有过黑色崇拜、白色崇拜，那为何独以"黑"作为族称专名？我们还得回到历史长河中去探寻。从历史上看，黑色崇拜早于白色崇拜。具体来说，白色崇拜应形成于唐宋时期甚至更晚。原因有四。

一是这个时期，纳西族逐渐迁徙、定居到大渡河、雅砻江流域、金沙江流域，而这一时期，纳西族地区受到吐蕃、南诏、大理的统治。纳西族的主要周边民族藏族、白族都尚白，藏族自佛教传入后由尚黑转向尚白。这一时期，纳西族地区受吐蕃、南诏、大理统治更长一些，相应地受藏族、白族文化影响更深一些，尤其在生产力方面。藏族文化的影响主要是本教对纳西族东巴教的影响。藏传佛教对纳西族的影响是在元明时期。

二是东巴教形成于唐宋时期。[1] 以《黑白战争》为代表的东巴经籍中白色崇拜占了主体地位；《创世纪》中提到了纳西族、藏族、白族是同父同母生的亲兄弟，纳西族居住在藏族和白族中间，说明了这一时期三个民族之间的亲密关系。

三是从纳西族保护神三多的来历记载中来看，三多神是藏传佛教在藏区取得统治地位后，本教失势并向周边地区避难寻求发展过程中的产物，它融合了藏族神灵的因素。同时，三多神是玉龙雪山的化身，三多神崇拜属于神山崇拜，终年积雪、白雪皑皑的雪山本身也是白色崇拜的原型。

四是三多神有白族本主崇拜的痕迹，东巴经《三多颂》杂有白语记录的文字，也只能用白语来读，南诏又封其主庙为北岳庙，主玉龙雪山。三多神是纳西族白色崇拜的代表，它兼有白、藏族的文化因子，从中明显地反映了纳西族的白色崇拜有受藏族和白族影响的痕迹。纳西族的黑色崇拜应早于白色崇拜，最早可追溯到远古时期自然崇拜的萌发，而且纳西族在历史上黑色崇拜占主体地位及受周边王朝、民族的黑色崇拜影响的时间较长，程度也较深。从远古时期到夏商周、秦汉时期，受黑色崇拜浸染已深，更主要的是纳西族的黑色崇拜源于自己的民族原型文化——祭天，它已成为一种传统文化沉淀到民族心理意

---

[1] 郭大烈、和志武：《纳西族史》，四川民族出版社，1994，第228页。

识中，渗透社会的各个方面。以天为大与以黑为大是伴生的，黑色崇拜与祭天是同时发展和丰富的。

第三，纳西族的黑白色彩崇拜具有历史继承性与发展演变性的辩证统一的特点。纳西族以"黑"作为族称专名，其中有古羌语族以黑自称族名的影响，但这种影响不是绝对的，如果一种外来文化不符合本民族的传统文化和审美心理，是不能被接受并融合的，只有在传统文化的基础上，有一定的文化共性及合理内核，才有被接受、融合的可能。纳西族的黑色崇拜与祭天文化的渊源关系是历史传承的，我们不难注意到在纳西族语言中以黑命名的山川万物，都含有一种"以黑为大"的外在强制力的因素：大山、大海、大峡谷、大森林、大暴雨、大风暴、大规模等皆以"黑"作修饰词。"黑"本身就包含着与天一样的某种外在强制力。显然，这是祭天习俗在纳西族自然物命名上的遗留。所以纳西族自称为"纳西祭天人""纳西祭天族"。把"天子"（或天人）与"纳西"合在一起称呼，是纳西族文化特质——祭天在民族文化丛上的表现。二者有内在的逻辑性及传承性。

纳西族的色彩崇拜，既有黑色崇拜，也有白色崇拜。其中黑色崇拜在特定历史条件的制约下，在早期处于纳西文化的主体地位，是纳西文化最初的胚胎，纳西族的自称也源于此，是历史传承的产物。白色崇拜是后期唐宋时期才出现的，是受到白族、藏族的白色崇拜影响的产物。纳西族的色彩崇拜既是自身民族文化发展、传承的结果，也是与周边民族文化融合的产物。从中我们得到启示：正因为有其历史继承性，民族文化传统才得以源远流长，根脉不断；正因其有融合性与发展演变性，民族文化传统才得以丰富发展。二者共同构建了瑰丽多彩的民族传统文化，构筑了我们的世界和人性，我们无一例外地栖居其中。

第二节 东巴史诗禁忌研究

禁忌指为了避免因鬼神发怒或降罪受难而采取的防范性措施。禁忌也是一种信仰，它是着重于被动防御性质的民间信仰。巫术是通过主动行为去操纵、影响鬼神，告诉人们"怎么做"，而禁忌则是被动的集体知识，告知人们"不能这样做"。禁忌有消极的一面，所以有人称其为"消极巫术"。"禁忌"一词源于波利尼亚语"tabu"，原意为"不能接触的人和物"。原因有两个，一是神圣不可侵犯；二是不洁或不祥。禁忌与信仰密切相关。禁忌规定了哪些不能做是为了强调哪些可以做，由此强化了宗教信仰对个人和集体的约束力，从而形塑了宗教信仰的神圣性与权威性。金泽说："宗教禁忌的约束性及其强制性的制裁，需要特定的宗教氛围尤其需要当事人（个人乃至整个群体）坚信不疑。所谓'信则有，诚则灵'是也。这是宗教禁忌最重要的一个基本特征，即它是以神灵信仰、神秘交感信仰、对超自然世界怀着虔诚的敬畏之情为基础、为前提的。如果离开了宗教信仰的基础，宗教禁忌就像泄了气的皮球瘫痪在地上。"[1]

一、东巴史诗与禁忌的关系

东巴史诗演述中的禁忌与东巴教信仰及文化生态密切相关，二者是因果关系，前者是果，后者是因，后者决定前者。东巴史诗与禁忌关系还体现在不同的时间、空间以及时空交叉下形成的文化空间等多个方面。

---

[1] 金泽：《宗教禁忌》，社会科学文献出版社，2002，第23页。

（一）东巴史诗的禁忌与东巴教的信仰密切相关

东巴史诗的演述行为实质为宗教叙事，必然受到其特定的宗教信仰及行为的制约。东巴教的信仰维持着东巴史诗演述中的禁忌，反过来，这些宗教禁忌保障了史诗演述的神圣性及传承性。笔者在调查中发现，越是东巴教信仰文化生态较好的地区，东巴史诗的文化生态及民众对史诗的接受、理解程度也相应更高；而东巴教信仰根基动摇的旅游市场及乡镇，东巴史诗演述基本上沦为商品的附属品，受众仅把东巴史诗当作一个表演节目看待，这与前者把史诗演述当作巫术治疗及祈福禳灾宗教行为是截然不同的，二者背后所支撑的文化体系也是完全不同的。由此可见，民间禁忌通过神圣空间与世俗空间的划界，为民间信仰的传承提供了文化保障，民间禁忌本身构成了民间信仰的组成部分，而且是必不可少的关键文化内核。自20世纪90年代，丽江文化旅游异军突起，东巴文化作为文化旅游的重要元素引入商业化的旅游展演中，仪式内容及仪式主持者并没有改变，而受众群体由信仰东巴教的村民置换为外来游客。这样一来，游客对东巴史诗及东巴文化的文化隔阂及对仪式禁忌的一无所知导致了仪式演述语境的变异，仪式主旨也由娱神变成了娱人，信仰层面的文化表征受到严重冲击。

（二）东巴史诗在演述中的禁忌受到时空条件的制约

不同地方、不同时期东巴史诗演述的内容、风格存在着文化差异，这种差异既与特定时期的经济基础、思想观念有内在关系，又与外来文化的影响有直接的关系。《创世纪》中对群婚、血缘婚、对偶婚的否定就是一夫一妻制的胜利，这也是纳西族古代社会整体进入农耕文明后才出现的婚姻制度。而泸沽湖畔摩梭人的《创世纪》（又名《子土从土》）中锉治鲁依依（即崇仁利恩）从天上娶回天女，在人间完成生儿育女后又返回天上，仍旧保持了女神的身份，与锉治鲁依依保持着走婚习俗有关系，这与泸沽湖区域长期保留母系家庭与走婚习俗的文化传统密切相关。在明朝中后期的祭天仪式中出现了"皇帝万寿无疆"的内容，这与木氏土司作为明朝忠臣身份有着直接关系。祭天仪式中代表天舅的柏树也演变为"皇帝坐中间"（kaq zzeeq liul gv xul），木氏土司心目中的"天"已经演变为皇天之"天"，而非民众心目中自然界中的天神。木氏主持下的祭天仪式中的禁忌自然把对皇帝及朝廷的忠诚、信奉内容也变成神圣不可违反的天条。这说明，史诗演述中的禁忌是受到时空因素制约的，且这种关系并非一成不变的，它会在特定的历史情境中发生调适性演变。

（三）东巴史诗的禁忌是多元文化交流的结果

英雄史诗《黑白战争》中白色象征了光明、正义、进步，而黑色象征了黑暗、邪恶、反动，明显有扬白贬黑的颜色禁忌。至今民间对黑色仍存在着诸多禁忌，一说"黑"就与坏、邪恶、毒辣等事物相联系，东巴字"心"上点一黑点，这个东巴文就变成了"坏心肠"。但纳西文化中至今仍保留下来了诸多黑色崇拜的文化，如比喻庄重、庞大、宏大，强大往往以黑色来象征比喻，如"黑山"比喻大山；"黑江"比喻大江；"黑屋"比喻大屋；"黑村"比喻大村子。最有代表性是纳西族的族称"纳西"，其本义是"黑人"，但不能把它理解为肤色黑的人，与上述情况一样，此处的"黑"比喻大，由此"纳西"的引申义为"强大的种族""伟大的族群"等。"这说明纳西族的色彩崇拜内容中就包括黑色崇拜、白色崇拜。其中黑色崇拜在特定历史条件的制约下，在早期处于纳西文化的主体地位，是纳西文化胚胎——祭天影响的产物，纳西族的自称也源于此。白色崇拜是唐宋后期才出现的，是受到白族、藏族白色崇拜影响的产物。纳西族的色彩崇拜既是自身民族文化发展、传承的结果，也是与周边民族文化融合的特殊产物。"[1]此处的周边民族主要是指藏族、白族，这两个民族都以崇拜白色而著称，尤其是藏族的白色崇拜通过藏传佛教传播到纳西族地区，推动了纳西族民众从黑色崇拜向白色崇拜转型。东巴仪式中的丁巴什罗崇拜就是本教文化的产物，《黑白战争》中从天上迎请下来的诸多战神也是从本教中移植过来的，对这些神灵的崇拜及禁忌文化的产生与这种文化传播是一脉相承的。

二、东巴史诗的演述禁忌

东巴史诗是在仪式中演述的，演述禁忌与仪式禁忌是属于同质的。精神分析学派的鼻祖西蒙·弗洛伊德认为禁忌代表了两种不同方面的意义："首先，是

---

[1] 杨杰宏：《纳西族黑白色彩崇拜》，《云南师范大学学报（哲学社会科学版）》2004年第6期。

'崇高的''神圣的',另一方面,则是'神秘的''危险的''禁止的''不洁的'。"[1] 东巴史诗的演述禁忌也主要集中在神圣性与不洁性两个方面。

(一)与神圣性相关的演述禁忌

纳西人自称为"祭天人",自古有"纳西人以祭天为大"的说法。祭天仪式是东巴仪式中最为神圣的祭祀仪式,这种神圣性就是通过仪式禁忌得以维护及彰显。举行仪式之前及仪式进行期间,参与者都不得作奸犯科,也不得有败坏品行道德的行为,一经发现就禁止参加宗族祭天仪式,如果家长违规犯法,则意味着全家人都不能参加祭天仪式。另外,祭天通过追溯祖先的丰功伟绩来提升族群自信,强化宗族内部认同意识,所以禁止宗族以外的人进入祭场,同时禁止妇女进入,这说明宗族的血缘传承是以直系男性为主体。举行祭天仪式时不得任意喧哗,严禁说脏话及其他民族语言。戈阿干于20世纪90年代初到甘孜州的白松乡纳西族村落调查东巴文化,发现当地纳西族文化藏化趋势已经很明显,但仍顽强保持着传统的祭天仪式,在祭天仪式上只准说纳西话。[2] 祭天仪式中的语言禁忌还包括对一些事物及动作名称只能说暗语,如"长关发"指女人,"翘尾巴"为狗,"脖长"为马,"拱嘴"为猪,"两脚"为鸡,"长角"为牛,"卷角"为羊,"拍脚板"为逃跑等。

东巴史诗演述中的禁忌与神圣空间相关。东巴仪式祭祀大多是在母屋内举行的,而母屋内的火塘、素神柱、神龛构成了神圣空间。在举行仪式时,除了主人及主祭东巴外,其他人不能随意进入神圣空间范围。通过仪式禁忌,使神圣空间与世俗空间得以区隔,只有东巴作为人神之媒出入于两个空间中。信仰东巴教的民众认为,这些神圣空间是神灵活动及居住的场所,外人一旦涉足其间就触犯了神灵,由此会导致仪式的不圆满,从而给家人及仪式参加者带来灾难。这种宗教观念给这些神圣空间设置了诸多禁忌:火塘上方有锅庄和祭台,正壁上供家神;火塘两边,右是主位,左是客位,不能混乱;忌用脚蹬踏火塘上的锅庄,忌从火塘上跨过;忌从火塘两侧添柴,不准先烧柴尖,只能先烧柴根;煮茶不能以水溅火塘,忌在火塘边吵架;三脚架的香灰不能踩踏,不能在

---

[1] [奥]弗洛伊德:《图腾与禁忌》,杨庸一译,中国民间文艺出版社,1986,第32页。
[2] 戈阿干:《滇川藏纳西东巴文化及源流考察》,《戈阿干纳西学论集》,民族出版社,2012,第34页。

灶上走动或跨过灶石；忌在家中谈论性及色情相关内容；忌身体跨过火塘；忌将脚踏进火塘内；忌向火塘内抛污物，吐痰；忌将带去的礼盒、酒瓶放在火塘下方，因为办丧事时才在这里搭灵台供祭品，礼物应摆放在火塘上方的灶神前。

笔者在调查期间曾多次听到因违反仪式禁忌造成不良后果的事例。在一次举行小祭风仪式中，主祭东巴虽然再三强调了在山上举行仪式时不准外人进入，尤其忌讳女性成员，但那次还是有个女性记者躲藏在祭风场边的树丛中偷拍仪式，结果那一年主办仪式的主人家发生了诸多不顺灾祸。主祭东巴认为这是因为女性成员不听警告进入神灵居住的地盘，导致仪式失效。在一次仪式进行过程中，有个调查者为了就近拍照，就爬上火塘边的灶神位上，主祭东巴发现后马上停止了念诵经书，正色警告调查者退回到火塘下方；过一阵子他又听到母屋上方有人走动的声音，随即中断了仪式进程，派人把房顶上的人劝下来。

不同的东巴仪式既有共同的禁忌，也有某个仪式特有的禁忌。在祭署仪式前后以及仪式举行期间，严禁在仪式场内及周边进行砍伐树木，在河流、水潭、湖水、山神处吐口水，随地大小便。这样会触怒署神，从而使仪式失去功效。东巴教的神灵、鬼怪体系庞杂宏大，每个仪式都有相应的神灵及鬼怪，由此决定了诸多相关的鬼神禁忌。如夜间吹口哨会招引鬼怪进家门；在家中唱"时本"（情歌），谈论男女私情和殉情等事情，殉情鬼会找上门来；在非丧葬仪式场合唱丧调，也会招引孤魂野鬼，等等。

（二）与不洁性相关的禁忌

与神圣与世俗的对应关系相类似，崇高、洁净与不洁、肮脏相对应。不洁、肮脏与阴暗、传染疾病、阴谋诡计、灾难、邪恶、危险相关联。洁净与肮脏的分类并不是以卫生学及美学为标准来划分的。英国人类学家玛丽·道格拉斯在《洁净与危险》一书中对此做了深入的探讨，她认为动物的洁净与肮脏与否，不在于它本身，而在于它是否符合宗教文化的分类系统。[1] 她指出，"我认为一些污秽是用来表达一种社会秩序概观的对比"，并举例说明，"有一些观念认为一种性别与另一种性别接触是危险的，但是我们不应把这种危险理解为两性之间的

---

1 Marry Douglas. *Purity and Danger*. London: Routledge，1966，pp.45—46.

实际关系，而应把这种危险理解为对两性之间对称或等级的一种社会表达"。[1] 洁净在特定的宗教观念中象征了一种有序的社会秩序，肮脏象征着非正常的及失序的混乱状况。如男女乱伦、卖淫、道德败坏、坑蒙拐骗等行为有着破坏社会秩序的危险性，属于"不洁"类别。在宗教禁忌中有诸多涉及妇女方面的内容，实质上通过这种禁忌分类反映了男权主导的社会等级制度。东巴仪式禁忌中也有此类规定，如前面提及的祭天仪式中禁止妇女进入祭天场，仪式期间禁房事，家人在场忌讲与两性相关的事，男子忌吃女人坐月子时吃剩的东西等。

迁徙史诗《崇般绍》一开始的经文是这样吟诵的：

> 喔！挥洒圣洁的净水。洒净水，把净水洒向山头，那山头上曾去设陷狩猎，但现在呈现的祭牲却不是狩猎得来的；洒净水，把净水洒向山谷，那山谷里曾去撒过网捕过鱼，但今日祭献的牲品却不是捕鱼捕来的。给这四脚白净地黑祭猪，挥洒上这圣洁的净水。圣洁的净水洒在了它的身上。净水洒着嘴，愿它嘴里的白沫洁净；净水洒着眼，愿它的眼睛明亮；净水洒着尾，愿它的尾巴粗圆顺溜；净水洒着肺，愿它肺上的心好；净水洒着肝，愿它肝上的胆明净；净水洒着胃，愿它胃旁的脾好。净水也洒在了它的骨节上，愿剔出的肩胛骨明亮；净水也洒在了它的肩胛骨上。看肩胛骨卦时愿看到吉兆。挥洒净水，愿美好的目的都达到；挥洒净水，愿美好的愿望都实现。祭司亲手献上最大的牺牲，献出的牺牲换来了福泽；生者亲手献上多多的祭粮，献出的祭粮换来了吉祥。用这四脚白净地黑祭猪，给天和地及端坐他们中间的柏前，整头地献上、完整地供奉。[2]

从中可察，祭天仪式中对"洁净"要求之严苛，不只是祭祀场地要保持洁净，所有贡献给神灵的祭品都要用净水清洗干净，这样才能使仪式顺利举行。"洁净"成为判断事物好坏、大事是否顺利的关键因素。"洁净"不只是对具体事物而言，也涉及品行举止，即伦理道德标准。如果一个人发生不符合伦理道德的行为，这一行为本质属于"不洁"，预示着会给他所在的群体带来灾祸，所

1　Marry Douglas. *Purity and Danger*. London: Routledge，1966，pp.3.
2　《祭天·崇般绍》，《全集》（第1卷），第1页。

以必须举行除忏悔等仪式来去除肮脏、邪恶的东西，保障群体的安全。《创世纪》中阐明了为什么会发生大洪水：

> 美利卢阿普告诫说："利恩五兄弟，不该争伴侣，居命六姐妹不该乱婚配，如今乱婚配，不过三天和三夜，日出不暖了。污秽了天地、日月、星宿，日月暗淡无光了。卢神沈神会发怒。上面高山搬移，下面深谷被覆。分不清早与晚，分不清白昼与黑夜。"[1]

有些仪式禁忌与仪式演述文本内容有关。丧葬仪式经书中有一本人死后用来查验死因及灵魂归宿的占卜经书——《死者亡灵占卜经》，这本书经书因与亡灵相关，不能存放在家中，要放在家门外的土墙内，上面还要用石头与荆棘压着，而使用时不能用手指头去翻阅，要用镰刀小心翼翼地翻阅。东巴经中的蛙、乌鸦、狗、猫、马对人类有功，从而带有神圣性，人们一旦吃这些动物则属于不洁行为，会受到神灵的惩罚。从这里可以看出，"不洁"的观念与违背宗教观念的行为相关。当然，"人非圣贤，孰能无过"，宗教仪式对违犯了禁忌的行为进行惩罚的同时，也给予了悔过自新的机会。东巴仪式中的有着繁多的给鬼神偿还债务的仪式，就是因人类的不洁行为触犯了鬼神而进行的忏悔仪式。几乎每个东巴仪式之前举行的除秽仪式都是对不洁行为及人格污点进行"消毒""预防"处理。笔者2003年在丽江塔城参加祭天仪式时听到两则事例：一则是村中参加了祭天仪式的青年男子参军入伍后，没有发生过受伤、死亡事故，以此说明祭天的有效性；另一则是有户村民参加祭天仪式后的三年内主人疾病缠身，庄稼歉收，家畜病亡，事后有人披露说是当年参加祭天后带回去的福泽肉被猫偷吃了。这些民间流传的灵验传说使原本抽象的宗教禁忌观念得以具象化、灵验化，从而强化了村民的宗教信仰，维持了村落社会秩序。

在丽江旅游景区，经常可以看到有些"东巴"每天都戴着五幅冠，兜售神路图东巴画的场景，其实这属于触犯了东巴禁忌的行为。在东巴仪式中，只有在镇压鬼怪时才能戴上五幅冠，这是因为五幅冠上面绘有威力无比的优麻战神；而《神路图》是在丧葬仪式中给亡灵送魂时才能打开的，平时打开时，也只能

---

[1] 《除秽·创世纪》，《全集》（第39卷），第173—174页。

展现天堂、人间两部分的内容，地狱部分内容严禁展示。东巴教观念中认为一旦打开了《神路图》中的地狱内容，里面的妖魔鬼怪就会出来作祟，祸患无穷。按宗教禁忌观念理解，人们一旦触犯了禁忌，就会受到相应的惩罚。但旅游市场中的假东巴们肆无忌惮地触犯禁忌而毫发未损，甚至大发横财，这对仍有保留东巴教信仰的村落民众带来了不可估量的冲击，因为他们看到的现实颠覆了原来的观念，从而动摇了信仰根基。

三、东巴史诗的禁忌文化变迁

任何文化不可能是一成不变的，都是在吸纳时代合理性因素中得到可持续发展的。如果一种文化失去了这种自我革新能力则预示着其文化生命力的衰微。东巴史诗在当代情境中的发展呈现出多元复杂现象。

首先，从整体考察，东巴史诗的禁忌文化以及东巴文化生态在当下的时代情境中有三种不同表现形态。一是东巴文化生态保持较好的区域，这些传统的纳西族社区东巴文化仍在可持续发展，这方面以无量河流域的纳西族村落为代表，如俄亚乡、依吉乡、拉伯乡内的传统村落仍顽强地保持着东巴教信仰，文化根基保持相对较好，东巴史诗及禁忌文化也得到了较完整的保留；二是在以丽江城区为中心的旅游展演区域，东巴史诗及东巴文化已经演变为商业表演，史诗演述禁忌受到严重冲击；最后是处于二者之间的一些纳西村落东巴文化有复苏迹象，如太安乡、金安乡、宝山乡、大具乡、塔城乡、鸣音乡、鲁甸乡、金山乡、七河乡等传统祭天仪式、东巴婚礼、丧葬仪式在消失近半个世纪后又得到了一定程度的恢复。这既是对金钱至上、利欲熏心的观念给社区整合、宗族团结带来负面效益的一种文化反制行为，也是社区自我发展的文化自觉行为。这些村落的文化精英希望借助恢复传统文化来促进社区内部整合，秩序的维持，集体经济的可持续发展。这三个层面形成了"前台—中介—后台"的文化模式。前台纯粹是商业演出，中介是介乎于传统与商业之间，它既不是原汁原味的复古，也并非完全的商业演出，其走势也有待于进一步观察，毕竟民众对这种恢复后的传统仍持观望及凑热闹的态度，并未形成植根于心灵的信仰。当然，虽没有人认为这些活动是为了获取经济利益，但很少人认为这是一种民间信仰仪式，更多是当作一种集体文化活动行为，甚至带有娱乐性质。

文化变迁是对于整体的民族文化而言的，即使是东巴文化保存相对完好的村落，外来文化冲击也已经成大势所趋。无量河流域的东巴婚礼逐渐让位于汉式或西洋婚礼，穿婚纱、拍婚纱照、背新娘、敲门讨喜钱等习俗成为新风尚；丽江坝区周边的祭天仪式中，已经打破了传统中妇女不能进祭天场的禁忌，有些妇女理直气壮地说："没有我们，谁来做饭？"另外，舅舅的女儿要优先嫁给外甥；禁婚前性行为，择婚回避有残疾或家庭内患麻风病、狐臭、"养蛊"，以及其他不良行为者；男女双方属相不合也不能婚配；出嫁时女性要哭，不哭则被人耻笑；嫁出去的姑娘农历正月初一不能到坟地扫墓，等等，这些禁忌逐渐成为过时的"封建糟粕"的代名词。

从变化变迁程度而言，城区周边村落的东巴文化是最为突出的。就这些村落的祭天仪式而言，一方面仍保留了传统祭天仪式的规程，包括吟诵祭天史诗《崇般绍》、烧天香、生献、熟献、赞颂天神、向天神许愿、跪拜、忏悔、飨祭天饭、分祭天肉等，这是对传统文化的传承沿袭；另一方面，作为新时代的祭天，它又容纳及创造了新内容：打破了传统的男尊女卑观念及禁忌，不再禁止妇女参加仪式；由封闭的家族内部活动演变为向全社会开放的文化活动，主办者主动邀请了地方官员、学者、媒体记者等人，把这一传统仪式作为一次盛大的民间文化活动进行宣传，成为提升村落文化资本、象征资本、经济资本的载体；由原来的家族为单位的祭天演变为整个村落为单位的文化活动，祭天不只是向天神祷告的传统仪式，更多是借助这一仪式达成村落内部资源、权力的整合，社区秩序的协调。

原来的文化边界被打破后，新的文化边界逐渐形成，同样，史诗演述中的新禁忌也在取代传统的禁忌：传统的妇女不能参加祭天的禁忌不复存在，家族内部的仪式活动变成整个社区的行为，大量外来人员也成为参与者；但并非来者不拒，所邀请人员都是经过村主任、书记及村落精英协商决定的，整个祭天程序也尊重东巴本人的安排，有的祭天场还用红线划清了村民与围观者的界限；东巴吟诵时禁止旁人高声喧哗；妇女可进祭天场，但不准担任神职人员，不准上祭坛；允许外来者现场拍摄、记录、解说，发微信朋友圈、小红书、抖音、微博等新媒体平台成为宣传、提升本村落、家族知名度的重要手段。

可以预见，作为信仰层面的东巴文化的衰落是大势所趋，由此决定了传统禁忌面临消失的命运；而作为文化艺术层面的东巴文化则会延续很长的生命，尤其是作为这种文化的持有者能够与时俱进、继承创新，则新的东巴文化会应运而生，东巴史诗在新时代境遇里将获得新的生命力。

第二节　东巴史诗音乐研究

东巴史诗与作家文学最大的不同在于它不是通过阅读来传播的，而是通过仪式中的演述来达成交流的，具体说，它的用途并不是阅读，而是在仪式中吟唱。东巴史诗是唱出来的，且有东巴乐器伴奏，可以说东巴史诗与东巴音乐是天然融合成为东巴史诗文本的。东巴史诗的吟唱过程中明显具有表演的成分，口头语言表演与身体语言表演在演述者个人身上是有机融为一体的。东巴唱腔是东巴史诗的主要表述手段，它是东巴传统的产物，与纳西族审美传统及民歌传统有着深层复杂的关系。东巴史诗的演述与东巴唱腔关系极为密切，东巴唱腔与其身体语言一同构成了东巴演述的主要手段。

一、东巴唱腔的分类

（一）分类中存在的问题

东巴唱腔非常丰富，但具体到东巴唱腔具体有多少种腔调，迄今对东巴唱腔的种类统计并没有权威说法，大致在30种左右。据丽江市东巴文化博物馆聘请的和学文东巴说，他能演述的东巴唱腔有28个。[1] 这些不同的腔调的分类在学术界也有不同的分法。《纳西族音乐史》把东巴唱腔分为三大类：诵，包含念诵、吟诵、唱诵三大类；唱，包括同腔同经、同腔异经两大类；诵唱结合。[2]

---

[1] 可参见本文附录——和学文东巴所掌握的东巴经唱腔统计表。
[2] 桑德诺瓦：《东巴音乐：唱诵象形文字典籍及法事仪式的音声》，中央民族大学出版社，2010，第299页。

这种东巴唱腔划分依据主要基于东巴经文的演述方式——诵、唱,但这种分类并不符合东巴演述传统,且这种分类本身给东巴唱腔的分类带来了混乱。《纳西族音乐史》引用了纳西语"哔""咨"来说明"诵""唱",纳西语是否与汉语相对应本身存在问题,因为纳西语的"诵"的正确读音应为"py^{31}"(bbiuq),一般的汉语音译为"补"。"唱"的纳西语为"dzər^{33}",一般音译为"兹"。《纳西族音乐史》把"诵"分为念诵、吟诵、唱诵三大类,这里出现了"念""吟"两个东巴经文演述方式。在纳西语中"念"(tʂhv^{33})、"吟"(gu^{31})、"诵"(py^{31})、"唱"(dzər^{33})是严格区别的,如"念"与"经"相结合指"朗读或者背诵经文";"吟"字为有节奏、有韵调的朗读;而"诵"则有"高声之意"。田野调查中时有东巴告知笔者,"念诵"二字以经书为中介,看经书读的称之为"念",而不看经书读的称之为"诵",如东巴经中存在很多口诵经。由此一来,按上述分类标准,我们可以划分出:诵为主的唱腔:念诵、吟诵、唱诵;念为主的唱腔:唱念、诵念、吟念;吟为主的唱腔:诵吟、念吟、唱吟;以唱为主的:念唱、吟唱、诵唱;等等。遗憾的是,在此书中这一分类标准并未一以贯之,在分类"诵"时以念、吟、唱组合为分类标准,而在作"唱"的分类时却又依照了地域划分的标准,且"同腔异经"是相对而言,二者并无泾渭分明的界限,同时还会出现"异腔同经""异经异腔"的情况。《纳西族音乐史》把"唱"单独作为一类,而在后面又提出了"诵唱结合"的方式。另外,《纳西族音乐史》提及的永宁达巴唱腔《罕达功》,达巴并无东巴经籍,以口诵为主,不知何来"念诵"?在"唱诵"类中提及鲁甸的《鲁般鲁饶》,而在"唱"类中又提及"太鲁教派的《鲁般鲁饶》","太鲁教派"是太安、鲁甸两地教派的统称,同一本经书,同一个地方却分于两个类别中,这说明这种分类本身出了问题。更让人费解的是在东巴唱腔类型中又加了一项"常用歌词句型",这与东巴唱腔分类并不属于同类项内容。

(二)东巴文字中的唱腔分类

在东巴经文里的象形文字中,保留了很多与东巴经文演述相关的词汇,从这些词汇中可以了解东巴唱腔类别的多种类型,从中认识这些不同唱腔的程式化特征,因为这些象形字在经文中不仅起到表达词义的功能,同时具有指示表演行为的功能,如 ᨀ 指示了以下内容为口诵经内容, ᨁ 指示演述者要模拟故事主人公口气进行演说。这些指示内容在经文演述过程中交叉重复重现，有着程式化特点。

1. 口诵

㍘ py^{31}，巫师也，又称"东巴"，头饰神冠，口出气诵经也。用经书者为 py^{31}。[1] 这里透露出极为重要的历史信息：东巴即诵者，证明了东巴象形文字书写的经文源于口头经文，"口诵"是东巴经文演述的核心特征。东巴的古称为"补波"（$py^{31}py^{31}$），彝族、傈僳族、哈尼族、拉祜族等众多藏缅语族中也存在与之音义相近的对祭司的称呼——"毕摩""毕帕""摩毕""摩巴"等，这些民族的口头传统中仍大量保留了口诵经的内容，从中也说明了东巴文化与这些同源于古羌人的民族口头传统有着渊源关系。

2. 说、言说

㍘ $ʂə^{55}$，又 $kɯ^{33}tʂŋ^{31}$。言也，从人出言，又作 ㍘，从人言，上（$ʂə^{55}$，哥巴字）声。[2] 这个字类似于汉字"说"。在东巴经里往往用于主人公代言词，如"崇仁利恩说""丁巴什罗说"等，由动词"说"演变为名词"言语""言说"。这一词语用在经文内容里与东巴唱腔并无对应关系。

3. 唱

㍘ $dzər^{33}$（zzer）。唱也，从人口出颤动之音，示有节奏。[3] 在《李霖灿字典》中，这一字又写为 ㍘，也是以颤动来作为标志符号。[4] 而"笑"字——㍘，"喊"字——㍘[5] 以没有颤动的直线符号为标志。说明唱歌的声音与喊声、笑声有着明显的区别，其中最重要的一个特征是有着波浪般起伏的颤音及旋律。这里的"唱"既可泛指东巴经唱腔，也涵盖了一般意义上的唱歌类内容。

（1）吟唱（kuel zzer）

关于"唱"还有不同的类别划分，如吟唱，类似于吟咏。《方国瑜字谱》中

---

[1] 方国瑜编撰、和志武参订：《纳西象形文字谱》，云南人民出版社，2005，第525字。
[2] 同上书，第645字。
[3] 同上书，第647字。
[4] 李霖灿编著，和才读字，张琨标音：《纳西族象形标音文字字典》，云南民族出版社，2001，第281字。
[5] 同上书，第280字。

写为：🯄，khuə⁵⁵dzər³³，khuə⁵⁵ʂə⁵⁵，歌咏也，从人唱，🯅（khua⁵⁵，碗）声。[1] 东巴经唱腔多以吟唱为主，声调相对平稳，韵律铿锵，气韵沉雄，这与东巴经文本多韵文体，宗教仪式的神圣、庄严特征密切相关。

（2）其他唱腔

吟唱是东巴唱腔的主体唱腔，但在具体的演述行为中还有长啸、叱骂、念诵等不同唱腔。

①长啸[2]

🯄 kv³¹（gvq）。啸，像人长啸有回声之形，故其声线折回。长啸音长较长，音高高亢，多用于抒发主人公慷慨激昂之情。纳西族民间一般念为"gguq"，如"gguq qil"调。

②叱骂[3]

🯄 phe⁵⁵（pel）。"呸"也，另写作🯅。呸的字形为口水状，常用于叱骂鬼怪的情节中，在驱鬼仪式中经常用及，语调急促尖利，神情作威吓状。

③念[4]

🯄 tʂhv³³（chu）。念也，口中有出气有声之形。念的音调平稳，属于严格按照经文进行念读的语言行为。"念"的内涵范畴较为广泛，如涉及"念诵"时，往往用🯅来替代，这说明"念"与"念诵"在东巴经中有着严格区别。[5] 李霖灿版本中对此还做了详解：🯅 py³¹，禳祭也，诵念也，插起祭木以示禳祭诵念之音。念的基本含义与"读书""念书"相似，而"念诵"则与照本宣科的"念"的差异在于，前者有音律的变化，内容可以根据情节及现场气氛做出适当的调整，且多用于宗教仪式中，而后者变化相对较少，须严格按照书面文本念读，多用于学习经书或一般意义上的念读书面文本。一个东巴学徒可能在学习经文时采用念的手段，但在仪式上须采用念诵的唱腔。

---

1 《纳西象形文字谱》，第649字。
2 《纳西族象形标音文字字典》，第282字。
3 同上书，第283字。
4 同上书，第1660字。
5 同上书，第1903字。

(三)东巴经文中的唱腔分类

东巴经籍源于东巴祭司对早期仪式中的口头文本的记录本,其记录功能是为以后的仪式吟诵服务,因东巴象形文字属于不成熟的文字体系,加上纸张金贵,所以东巴经籍与汉字的一字一音不同,存在着一字异音、一字多义的情况,东巴经籍在仪式演述中充当的是提词本的功能。在东巴经文中,也有专门用于东巴唱腔的记忆提示符号,即到哪一段经文应采取哪一种演述唱腔,这也成为东巴唱腔及仪式叙事的一个重要程序。现其分类择其要分述于下文。

1. 法仪诵唱:两个东巴分别执法器叉、板鼓、板铃席地主持法仪,唱诵经文。执法器叉者为主祭东巴,旁边为助手。意为经书念诵到此处时须持法器及乐器伴奏,多在请神、镇鬼时使用这一唱法。东巴创世史诗、英雄史诗的演述中多使用此诵唱方法。

2. 东巴坐歌:有四种写法:。主祭东巴坐在前方,为主唱者,所以颤音指示符号较长,后者为其助手,一般在经书中出现歌唱内容时使用这一方式,如在丧葬仪式中的"孟咨"(挽歌),结婚仪式(素注)中的婚礼歌、祭风仪式中的"游悲"(殉情调)。

3. 请神歌:左为神灵形象,右为东巴唱诵请神降临之歌。多在《烧天香》《加威灵》以及迎请天神、战神降临时唱诵。

4. 东巴边舞边歌:双手摇奏着板铃、板鼓。

5. 武神贝当边舞边歌:双手摇奏着板鼓、板铃。

6. 丁巴什罗歌:两种写法,左为举叉摇铃歌舞,右为坐唱。两个人形右边的符号是"什罗"二字。

7. 铃鼓乐齐奏:三人共奏鼓铃器乐。居中者右手挥刀,是大东巴(亦等于乐队指挥)。

8. 祭神歌:右一为坐在神台上的神。右二、三为唱诵祭神经的东巴。右三右手所执是一盏神灯——祭神的象征。

9. 祝婚歌:两位东巴,一位坐唱,另一位手捧酥油念诵祝词为一对新人主持完婚。这一唱腔多在东巴婚礼"素库""素注"中使用。

10. 驱邪逐鬼之歌:一人吹角号,一人击大鼓(人未画出),在乐声中杀尽毒鬼(横着二个长发人形是鬼,一把刀表示斩杀),多在驱鬼仪式中使用。

11. 送鬼歌：东巴坐在法仪正上方，唱诵经文。一侧放竹篮，内置两个纸做的鬼偶。右为戳鬼的竹刺，以示把侵扰人畜的鬼送走。多在驱鬼仪式中使用。

12. 祭祖歌：右一树木上托猴脸表示祖先（包括已超度的亡人）；中为跪拜，祭祀；左为东巴唱诵，歌声悠远。多在祭祖仪式中使用。

13. 压鬼歌：亦即赶鬼歌。男女齐唱，把鬼压死在石堆之下。多在驱鬼仪式中使用。

（四）东巴仪式中的唱腔分类

东巴仪式唱腔的分类是传统规定的，不是人为划分的，也就是说，一本经书在具体的仪式演述时的唱腔是固定的，不能随意变动。当然，因仪式类别不同，所唱诵经书不同，唱腔的种类也有所不同。如《祭天》唱腔有三种，《祭什罗》唱腔有两种，《大祭风》有五种，《超度》有六种，《禳夺鬼》有五种，《除秽》《祭署》《祭风》《求寿》《燃灯经》《送猛厄鬼》《退口舌是非》《送难产不孕鬼》《送无头鬼》皆只有一种。据统计，东巴经唱腔的不同类别共有三十多种。[1] 东巴唱腔按其类别可划分为三类。

1. 祈神类唱腔

一般在请神、迎神、祈神、祭神时演述的唱腔。如《请神经》《祭署》《迎请卢神、沈神》《迎请优麻神》等，态度恭敬虔诚，节奏舒缓平和，旋律流畅中速，风格庄严肃穆。

2. 禳鬼消灾类唱腔

这类唱腔专门在驱鬼除秽，招魂消灾等仪式上使用，与祈神类的"文乐"相比，属于"武乐"类型，声音高亢，节奏急促，铿锵有力，以此气势来震慑、威吓所驱鬼怪。如进行祭天仪式中举行的顶灾仪式时，东巴一边以烧鸡毛来引诱恶神可兴可洛，一边怒气冲冲地唱诵经书："把可兴可洛降下来的灾祸全抵回去，如果把劣马放下来践踏庄稼，把瘟疫传播到人间，把麦锈病和稻瘟放到田间，把钻心虫、蝗虫遣到地里，如果放出猛虎伤害耕牛，放出恶狼吞食山羊，

---

[1] 杨曾烈：《东巴音乐》，政协丽江市古城区委员会编《丽江文史资料全集》（第三集），云南民族出版社，2018，第101页。

放出野猫咬小鸡,如果放下冰雹、飓风、洪水、疾病,用鸡毛的臭味把一切灾难全抵回去……"

3. 叙事类唱腔

这一类介乎于前二者之间,也是东巴经演述中最普遍使用的经腔,这与叙事类经书所占比例有内在关系。叙事类经书内容多,情节曲折,如果采用前两种方法一唱到底,显然不合情理,所以东巴往往采用了吟诵式唱腔,音调相对较低,节奏匀速,语气平和,娓娓而叙。

(五)东巴仪式唱腔的节奏程式

"节奏"在音乐中指相同时值的强弱拍有规律的循环出现,具有重复律、稳定性特征,与程式具有同构性。东巴在演述经文时,节奏构成了唱腔程式的一个重要表征。根据笔者对东巴经《黑白战争》的田野记录文本分析,认为东巴唱腔的节奏程式有以下10个方面:

1. 一拍一个(以四分音符为一拍)" x "。
2. 一拍两个(两个八分音符)" x x "。
3. 一拍三连音" x̄x̄x̄ "。
4. 一拍四个(四个十六分音符)" x x x x "。
5. 一拍后附点" x x· "。
6. 一拍前附点" x· x "。
7. 两拍后附点" x x· "。
8. 前八后十六(前八分音符后面两个十六分音符)" x xx "。
9. 一拍切分(一拍之内的切分音)" x x x "。
10. 两拍切分(两拍之内的切分音)" x x x "。

吴学源认为在东巴音乐中,突出的节奏特点是先短后长而重音后移的结构形态。如在2/4、3/4等4拍子中" x x· x x· "节奏型和6/8、3/8等八拍子中的" x x x x "节奏型。他还认为这类节奏形态多见于源于古羌人的如彝族、哈尼族、傈僳族、普米族、阿昌族、怒族、独龙族、拉祜族等民族中,而在壮侗、苗瑶语族的民族中却很少出现，说明这种节奏型是一种古老的音乐文化现象。[1]

显然，这类前短后长的节奏型和藏缅语族特有的语言特点密切相关，由于这些民族的语言词汇中多为单音节词和复音节词，多音节词的出现较少，在语气加重的情况下就形成了重音后移的现象，即"x x·　x x·"的后切分节奏型。

笔者认为吴学源所归纳的"先短后长而重心后移的"节奏形态，应该就是文中提到的一拍后附点"xx·"和7两拍后附点"x x·"的节奏型。这类节奏型在四曲东巴唱腔《黑白战争》里常有出现，节奏型的特点就是重拍在后，在4拍子里面，一拍后附点前者音符的时值只有后者音符时值的1/3；而在8拍子里面，附点前者音符的时值具备后者音符时值的1/2。

另外，在东巴开始演述每一本经文时，都有一个音长较长的唱腔，节拍只有一拍，而这一类似于呼唤式的唱腔后面往往带有十多个小节的唱腔诗行。这一开始时发出的呼唤式唱腔在整个经文演述中起到了定调作用，它的音高、调值、腔调为后面的演述定了基调；同时，这一长唱腔也有提示功能，意在提醒周围受众，尤其是东巴助手们，相当于仪式的开场白："仪式开始了，各就各位，肃静！"

二、东巴仪式演奏乐器及使用程式

东巴经中也保留了很多东巴仪式中经常使用的乐器。与东巴演述中的指示字一样，在东巴经文演述中，这些乐器在仪式表演中同样起着提示作用。如在请神仪式中往往需要吹海螺，而吹海螺的时间受经文演述制约，东巴念诵到吹海螺请神内容时，下面的东巴助手才能吹奏海螺，而经文中的东巴字 🐚 在此也起到了"指南"作用。这些东巴乐器在仪式中的表演应用都有严格规定，由此具有程式化特征。

---

[1] 吴学源：《东巴唱调的音乐结构形态浅析》，白庚胜、和自兴主编《玉振金声探东巴——国际东巴文化艺术学术研讨会论文集》，社会科学文献出版社，2002，第740页。

（一）东巴仪式中的乐器

1. 板铃

板铃纳西语叫"子勒"（zzer lerq），有六种东巴文写法：

板铃用铜制，形如没有窝包的中小型敞钹。尖底，敞口斜度较小。底部安装一个短手柄或穿结牛皮绳作"软柄"，下垂须穗、马铃或飘带。中间用羊皮条系一木质或骨质撞槌。手握柄摇奏，发出"当啷当啷"的响声。是东巴乐器中使用频率最高者，除用于统一舞蹈节奏、烘托气氛外，还代表太阳及神灵之声，相传具有可与神沟通并将他们召请到人间来的功能。

2. 大钹

纳西语叫"尔跨"（er kual），意为铜碗，东巴文写为 。铜或铁质。东巴法仪跳群舞时使用。

3. 碰铃

纳西语叫"低奢"（di she）。东巴文写为 。铜或铁、锑质。两件为一副。用细羊皮绳相连并用麻丝染色为须穗饰之。东巴奏乐时配入或在跳拉姆舞（神女舞）时使用。

4. 铃

纳西语叫作"具作"（juq zo）。东巴文 。铜、铁、锑质皆有。有舌，似小挂铃。在法仪诵经时摇用。

5. 钟

纳西语叫作"钟"（zhu）。东巴文 。即挂钟。寺庙乐器，近世东巴已不使用，惟经卷中存此字。

6. 铜锣

纳西语叫作"尔罗"（er lo），东巴文 。即乳锣，又作蛮锣。东巴做法事开场和多人跳神时作伴奏用，用于诵经驱鬼和跳舞。

7. 板鼓

纳西语叫作"达白勒"（da bber lerq），东巴文： 。因常与板铃相配使用，故名。又叫手鼓、手摇鼓。腔为扁圆形，直径20cm上下。双面蒙羊皮（或牛皮），两侧系一对浪槌，有柄，较短，形同拨浪鼓。东巴念经或跳神舞时执于手上摇奏。是使用频率仅次于板铃的东巴主乐器之一。依东巴言，板铃板鼓分别代表日月，是天上和神灵的象征。以日为主，月随之，跳舞时东巴多数手执板铃,少数手执板鼓,有时亦有同时执两样者——凡此多属于体现法仪主祭司大东巴的身份或领舞者的身份,个别出于体现所扮角色法力的特殊需要。鼓上常以羊皮绳、雉翎、牦牛尾、彩色珠串和绒穗等作装饰,耍起来十分引人注目。

8. 长柄鼓

纳西语叫作"达鼓"(dda gv)。东巴文 ▯ 。扁圆形,直径约40——60cm双面蒙皮。长柄。用弯头长槌敲奏。用于法仪伴奏。在勒巴舞仪式中多用此鼓,男鼓被称为"东巴拉"(do bba la),女鼓称为"拉巴"(la bba)。

9. 大鼓

纳西语叫作"达鼓"(dda gv)。东巴文 ▯ 。另有七种: ▯ ▯ ▯ ▯ ▯ ▯ 纳西语叫法与长柄鼓相同。鼓为扁圆形。双面蒙皮。腔侧有一只或一对或三只挂环,上系牛皮绳或毛布带作挂带并缀系五色绸布、牦牛毛花须坠等为饰。用弯头棍、带蒂头的葵花秆或收缩成团的鹰爪槌敲打。用于法仪开场、终场时敲奏和东巴跳神时作伴奏。大鼓由牛皮制作而成,《创世纪》中人类始祖崇仁利恩因躲进牛皮鼓中逃过了洪水劫难,所以大鼓具有神器性质,一旦敲起大鼓,意味着向天神禀告。

10. 笛

纳西语叫作"筚栗"(bi liq)。东巴文 ▯ ▯ ▯ 。画竹管上有用于吹奏的进出音孔之形,共数种,孔眼上的曲线表示声音。

吹笛的几种东巴文写法: ▯ 坐着吹; ▯ 站着吹; ▯ 坐着竖吹; ▯ 经典《鲁般鲁饶》中的祖先吹响金竹笛; ▯ 在山上吹笛。"吹笛"的五种字形虽互有异处,但有一点是相同的,即笛皆三孔。这是值得留意的。许慎《说文解字》云:"羌笛三孔。"作为古代羌人后裔的纳西族,在图画象形文字中原样记录了三孔笛的样子。

11. 海螺(或名法螺、贝蠡)

纳西语叫"夫则"(fvl ssei)。东巴做法事时用来吹鸣以呼唤神灵,跳神法仪开场终场时亦吹之。东巴文的海螺有十种以上: ▯ ▯ ▯ ▯ 。 ▯ 为神和地位高的大东巴用的,加了象齿彩穗表示;其余为凡人吹的,神、鬼亦可吹。 ▯ 左边的三条曲线表示吹奏出响亮的声音。民谚有:"吹起海螺万事顺。"

东巴吹奏的海螺全从外地买来，据说其中相当一部分产自印度，多半是经西藏转至滇西北的。

12. 牦牛角号

纳西语叫作"柏苛"（bberq ko），包括犏牛、野牛、牦牛角做的号：。东巴文的牛角号写法有。吹奏角号的东巴文写法：。角号是一种较原始的吹鸣器，原来的主要用途是放牧和部落聚众，后来变成古代东巴法仪引神的吹鸣器之一。

在东巴经、东巴画（尤其是《神路图》）中也描述到琵琶、曲项琵琶、长颈琵琶、口弦、筝、芒筒、长喇叭、唢呐等多种乐器，但这些乐器在东巴法事中较少用及，在此不赘。

（二）东巴乐器的伴奏程式

东巴经文中有具体的乐器伴奏提示字符，如 表示板鼓应摇3次； 应摇响板铃2次； 东巴应2次抬高双手；摇响板鼓10次； 表示笛子应吹奏4次，一般多指吹4曲、4遍或指吹4声； 表示女子应吹响5次木叶，或吹奏5遍。[1] 由此可见，这些东巴乐器在仪式表演中的应用有着具体严格的规定，东巴经文对乐器伴奏表演起到了规约的作用，这也说明了念诵经文东巴的主祭者身份地位，他在仪式中扮演的是"导演"的角色，不仅掌控着仪式每一个程序的进展，而且对仪式表演的每一个类别同样起到指示作用。

在东巴音乐中最常见的伴奏乐器是板铃与板鼓，东巴认为二者分别象征了日月，由此引申为阳神、阴神的化身。这两种乐器在仪式表演中往往同时使用，意喻着"日月同辉""天地交泰"。如下面这段《开坛经》的开头唱腔中，前两个节拍由板鼓伴奏，后两个节后由板铃伴奏，并反复三次，形成递进平行式结构，烘托出庄严、神圣的宗教氛围。

---

[1] 杨德鋆：《凝固在纳西古老图画象形文字里的音乐——云南民族传统音乐研究》，《文艺研究》1998年第3期。

东巴音乐伴奏往往与东巴舞合二为一，跳舞者两手各持板鼓与板铃，边跳边摇动鼓铃。海螺、牦牛号角往往用于请神仪式中，主要是由于这两种乐器共鸣声强，东巴认为借此可以把请神声音传达到遥远的天庭，这样才能请神仙下来。东巴音乐伴奏的节奏以4\2拍为主。当然，这一固定节奏在不同的仪式程序中也相应地发生变化，如请神仪式中，节奏明显变缓，突出了庄严肃穆的神圣气氛；而在驱鬼仪式中，这一节奏变得急促粗犷，音乐音响也处于最强音，加上东巴及民众在旁边一同吼叫，营造了一个同仇敌忾的驱鬼气氛。

三、东巴史诗唱腔形态分析[1]

在很多宗教仪式中，经书吟唱是表述宗教宗旨、传经布道的重要手段。诸如佛经中的变文及佛乐唱经，道教中的洞经音乐及经文唱诵，基督教中的赞美诗演唱，等等。在东巴祭仪的宗教活动中，经文往往是通过念诵、吟唱、唱诵、歌舞演唱等多种口头表演形式达成的。

东巴唱腔因区域不同而存在着较大的差异。同样一本东巴经，在不同地域、不同时期、不同人、不同场合，其演唱旋律，音乐结构，念诵唱风格也是各具千秋。笔者以玉龙县大具乡、塔城乡、宁蒗县加泽乡、迪庆州的三坝乡四个不同地域的东巴史诗《黑白战争》唱腔为个案，对这些不同区域中流传的《黑白战争》的调式调性做些初步的探析。

东巴史诗唱腔的调式与纳西民歌五声调式密切相关，纳西东部方言区民歌以徵、宫、羽调式为主，西部方言区以羽、角调式为主。

（一）东巴史诗的唱腔调式与调法简析

在了解史诗故事情节的基础上，我们将每曲东巴经唱腔《黑白战争》中的主音明确，确定骨干音程，再进行旋律乐句分段，以及调式色彩进行分析。

---

[1] 本部分的史诗唱腔录音、分析受到吴淑奕协助、指导，特此致谢。

谱例一：塔城乡杨玉勋的《黑白战争》唱腔

东巴经 《黑白之战》

（采录地点：丽江市玉龙县玉水寨东巴传承院，采录时间：2018 年 12 月 19 日）

在谱例一中，此东巴史诗《黑白战争》唱腔的首部，明显的呈现以 do 为主音的 C 宫调式。围绕 C 宫更多的出现 G 徵音（sol）、其次是 D 商音（re），而 A 羽音（la）在这里也只是作为经过音出现。其中作为支柱音的徵商也常常是以装饰音时值出现，第二小节和第三小节作为陪衬主音 C 宫十六分音符的装饰音一带而过。后期以 D 商为首部倚音依附于主音 C，其时值包含在前一小节尾部音符的时值内。而 G 徵与 C 宫之间随着音乐旋律的自由缓慢，为旋律结构构建了纯五度关系。为了更好地分析上图唱腔模式内部和后续的发展变化，笔者根据杨玉勋现场吟诵录制，将其行腔模式调性和特点做如下说明。

1. C 宫调式明显，在每一小节的记录中，以 do 为主的宫音反复出现，即是以 do（C 宫）为核心音，而音列中的另外两个 D 商（re）、G 徵是围绕主音构建的发展变化的主干音程，首部音乐中在旋律色彩上有点缀的成分。[C宫（do）— G徵（sol）纯五度]、[C宫（do）— D商（re）大二度]，逐步变化为具有地方特色的旋律腔体宽三声（宽二四 do re sol）音阶。

2. 由单音 do 起始发展变化的其他腔体形态模式：do-si—do，sol-do—do，do-do—sol，re-do—sol，re-do-re，re-do-la。

3. 在旋律腔体开头，出现一个特殊的装饰近似于倚音与经过音之间的音（si）。si 音应是杨玉勋行腔演唱时带有方言色彩的下滑音，属于经过音，不在音列范围内。

4. 此曲 C 宫调式明显，并且在每一小节的记录中，笔者发现以 do 为主的宫音反复出现，而音列中的另外两个 D 商（re）、G 徵（sol）多有在旋律色彩上点缀的成分。可以说塔城乡杨玉勋的《黑白之争》唱腔明显带有塔城及金沙江一带纳西族民歌的特色，也有受藏族民歌、藏传佛教诵经唱腔影响的成分。

谱例二：大具乡和承德的《黑白战争》唱腔

大具乡和承德的《黑白战争》唱腔也是在乐曲首部，频繁地呈现 G 商（sol）和 C 徵（do）为核心的主干音，构建了整曲唱腔体系。据和承德现场录音的固定音高拟定宫音为 #F（#fa），再根据二声调式的稳定性以及本曲的旋律线走向，笔者将此唱腔定为 C 徵调式。

在首部的音阶旋律中，出现了商、徵和宫、商、徵、羽两种模式。前两小节为四度上行强拍落在主音徵上，富有歌唱性的色彩特点。从第三小节开始宫音在强拍上的出现，带动羽音商徵一同与形成新的音阶结构。为了进一步了解以大具乡和承德东巴为代表的东巴经《黑白战争》的唱腔规则，在以 G 商（sol）和 C 徵（do）"re–sol"为核心二声唱腔体系的基础上，对该曲内部发展变化进行音调模式分析，我们将乐曲分为以下几种行腔模式。

1. G 商（sol）和 C 徵（do）二音列为核心主音，构建音程关系。即是首调记谱中"re–sol"上行纯四度与转位音程"re–sol"下行纯五度的上下行转位关系。

2. 核心音程 G 商（sol）— C 徵（do）"sol—re"向宽三声 G 商（sol）— D 羽（re）（宽四二"sol–re"）音列过渡。

3. "la do la sol"即 D 羽（re）— C 徵（do）— D 羽（re）— C 徵（do）是

采录地点：玉龙县大具乡培良村采录时间：2018年12月21日

本曲使用最平凡的行腔模式，为三声窄声韵"sol la do"即 C 徵（do）—D 羽（re）—#F 宫（#fa）上行为"do la sol"即 #F 宫（#fa）— D 羽（re）— C 徵（do）下行落音"sol"C 徵（do）做铺垫。

4."re do la sol"即 G 商（sol）— #F 宫（#fa）— D 羽（re）— C 徵（do）行进到"la do la sol"即 D 羽（re）— #F 宫（#fa）— D 羽（re）— C 徵（do）是围绕核心音（sol）上的发展变化，（do）即 #F 宫（#fa）是经过音。

谱例三：加泽乡石宝寿东巴的《黑白战争》唱腔

加泽乡石宝寿东巴的《黑白战争》唱腔吟唱部分为 D 徵调式。音阶在首部直接由宫、徵、羽三音构成，并且调性稳定，旋律始终围绕宫、徵、羽三声腔发展变化，首部旋律乐段基本上属于单乐段结构，且基本上每句的为徵音。因此我们把核心主音定为 D 徵（re）"sol"，此曲旋律腔体稳定 2/4 拍节奏稳定清晰，旋律线明朗，叙事性色彩极强。在对石宝寿吟诵录制记录整理中，G调线条始终如一，从未偏离。

采录地点：宁蒗县拉伯乡树枝村 采录时间：2013年2月12日

谱例三行腔特点笔者大致总结区分如下。

1. 旋律腔体从G宫（sol）"do"直接引入，与玉龙县塔城乡杨玉勋吟诵的曲谱不同之处在于，谱例一从头至尾都是围绕C宫"do"发展变化的宫调式。而宁蒗县加泽乡由石宝寿吟诵唱腔的乐曲首部，则直接从第一小节G宫（sol）— E羽（mi）— G宫（sol）"do — la — do"小三度音程，直接下行经过窄三韵G宫（sol）— E羽（mi）— D徵（re）"do — la — sol"，将D徵（re）"sol"落在首句尾部小节的强拍上。

2. 窄三声中D徵（re）— E羽（mi）— G宫（sol）"sol — la — do"，围绕

"sol"发展变化，突出旋律中窄韵G宫（sol）— E羽（mi）— D徵（re）"do — la — sol"，保持了"sol"的稳定性。

3. E羽（mi）— G宫（sol）— A商（la）— G宫（sol）— E羽（mi）— D徵（re）"la — do — re — do — la — sol"包含了窄羽E羽（mi）— G宫（sol）— A商（la）"la — do — re"到G宫（sol）— E羽（mi）— D徵（re）"do — la — sol"下行的窄三韵主要行腔模式，徵调性相对稳定。

4. 调式从三声腔D徵（re）— E羽（mi）— G宫（sol）"sol — la — do"直接向四声腔D徵（re）— E羽（mi）— G宫（sol）— A商（la）"sol — la — do — re"过渡。

谱例四：三坝乡和继全东巴的《黑白战争》唱腔

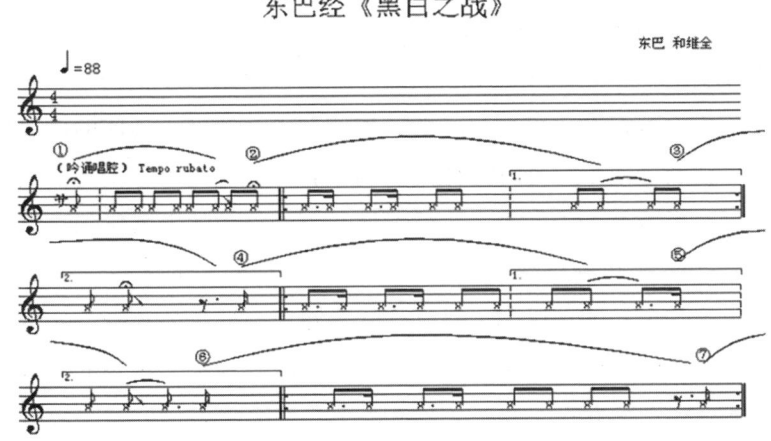

在谱例四中，三坝乡和继全念诵的东巴祭仪唱腔曲谱，是在把握语音语调为歌词音调念诵基础上的史诗腔体。虽然念诵时音域不够宽，音区的位置大致在小字组F至小字一组B音之间，诵经发音时而低沉，主体强弱分明；时而高亢，在不同的音域念诵显示出不同的史诗唱腔音响效果，带有藏传佛教腹腔唱腔的一些特点。就这一点上来说和继全的念诵，对东巴史诗唱腔与藏传佛教的唱经进行比较研究提供了难得的材料。藏传佛教诵经唱腔音域较窄，音区也只是大致涵盖在五度之内（大字组E至大字组B音之间），念经特别强调发音的低

沉与浑厚，普遍采用下压喉头、胸腔共鸣的唱法。而和继全念诵经文的腔体既具备低声吟诵、胸膛共鸣之特点，也不乏扬声抒情的演述方式。和继全在念诵东巴史诗时唱腔音调节奏韵律，常有下滑音出现在单句的末尾，且多有反复记号连接节奏反复的小节。

（二）东巴史诗唱腔曲式结构分析

大多数东巴唱腔的曲式结构还停留在重复变化着由一个乐句和两个乐句组成的单乐段结构上。东巴唱腔音乐的曲式结构，往往因为东巴们在现场演唱时的即兴发挥不同，重复变化吟诵乐句时在调式高低、音质停留的长短方面也会略微不同。并且东巴们在祭祀仪式过程中的行腔润腔过程，因为当场即兴发挥还可能出现新的曲式结构。[1]笔者认为，东巴史诗唱腔曲调多为一部不规则的曲式乐段结构，就是在一句旋律曲式的主体上发展变化而成（如上图谱例）。以前面旋律腔体为主，发展成上下乐句，由多个乐句构成单乐段结构。东巴史诗《黑白战争》曲式结构作如下分析。

1. 和承德的《黑白战争》唱腔开头第一小节、第二小节用东巴唱腔中常见的呼唤音开头引入，这一点在后面的节拍节奏中笔者做了具体的阐述分析。从第一小节一直到第四小节落音为徵音，属于腔体首部的第一乐句的上乐句，第五小节到第七小节第一乐句落音为徵音属于第一乐句的下段乐句，以不规则的形态出现，是其特殊旋法特征。紧接着两小节是经文的念白。第七小节到第十一小节为第二乐句的上段句，且旋律线是在第一乐句的基础上变奏而成。接下来再承接经文的念白，第十六小节到第二十小节为第二乐句的下段句，第二乐句的上下端均为五小节，属于规整的形态。

首部整个乐段分析框架为：由呼唤式引入→第一乐句（上下乐句）→念诵经文→第二乐句（上句）→念诵经文→第二乐句（下句），第一乐句上下乐句的尾音为徵音，第二乐句上下乐句的尾音同样是徵音，由此上下第一第二上下乐句落音形成了"主—主—主—主"的同韵关系。第二十一小节开始一直到结束均为经文的诵白，在经文诵白中的间隙之间偶有一句吟唱、一次呼吸式润腔。

---

[1] 和云峰：《东巴音乐：唱诵象形文字典籍及法事仪式的音声》，中央民族大学出版社，2010，第292页。

可比可察，整个腔体是由导入式唱腔曲调与吟诵念白两大结构构成。主体旋律就是单乐段结构中的第一句，正是这第一乐句为整个行腔旋律做了变奏的基础，也为即将要进入的主题史诗故事做了准备。

2. 石宝寿《黑白战争》唱腔在乐句分句上不太一致。第一小节到第三小节为第一乐句的上乐句，第四小节到第七小节为第一乐句的下句，第八小节到第九小节的第一拍应该是第一乐句下句的尾句。这么说来，第一乐句是极其不规整的乐句，且下句的旋律直接是第一句上句的旋律的变化曲调。值得注意的是第一乐句旋律特点上很有伸缩性。第四小节为第一乐句（第一小节到第三小节）上句的尾句，那么第八小节到第九小节的第一拍应该是第一乐句（第四小节到第七小节）下句的尾句。且不论是第一句的上句、上句尾句、下句、下句尾句落音全是徵音，与史诗的尾韵相呼应。

此曲唱腔曲式结构更加说明了笔者在开头阐述的观点，东巴史诗唱腔多由一句旋律曲式发展变化而成。第九小节第二拍到第十三小节的第一拍为第二乐句的上句，第十三小节的第二拍到第十六小节的第一拍为第二乐句的中句，第十六小节的第二拍到第二十小节的第一拍为第二乐句的下句。第二乐句的旋律是第一乐句旋律的变化而成，以弱起的形式重复再现，而且句句落音还是徵音。在后面的唱腔体中也是不断地重复变化这首乐段，旋律也是围绕徵音不变的情况下，根据第一句的唱调在不断地复沓中演述。

史诗曲调的结构则是由多个不规则的分乐句组成。这一不规则特点的原因有二。其一，此唱腔是石宝寿在做完东巴祭祀仪式后，紧接着重新单独录制的，所以在唱诵时显得十分疲倦，因此多有停顿节奏不稳的现象。其二，乐段中的多句式是第一句式的变化结构。尽管唱腔中间在乐句的尾部出现一两次短暂语音念白，中部开头还有高腔现象出现（高八度演唱），但曲调马上就会调整为原音调区域。第一唱段是第一音乐段落，为非规则型的单乐段曲式，由不规整的小节组成落音为徵相对稳定。旋律以"sol"为主音的三声腔"sol — do — re"向四声腔"sol — la — do — re"平稳过渡，使全曲在变化中保持平衡。

3. 杨玉勋的《黑白战争》唱腔体，相对前两者曲式旋律上明显单调许多，大致也因为塔城乡靠近藏区的缘故，类似于喇嘛念经腔调。其中最突出的特点是在一句式的基础上发展变化成多句式的乐段结构。句末的旋律色彩特点一是多带有下滑语韵，落音相对稳定在主音"do"上；二是有些句末落音部分不是演唱的，而是用经文念白代替的，这种现象属于单乐句唱念相结合的乐句形态特征，在史诗唱腔中普遍存在，也是值得我们关注的一点。从旋律特点来看，每个乐节都是围绕主音 C 宫展开的发展变化，宫音既是调式的主音也是支柱音，而徵音的出现与宫音结合成该曲的骨干音程。

第一到第七小节的第一拍旋律可分为三个乐句，属不对称乐句结构，第一乐句在旋律色彩上陈述性很强，三句尾部落音基本上都是尾音念白，且声音低沉略带下滑语调。第七小节第二拍起到第十三小节是在第一大乐句的基础上变奏而成，并形成向着下面吟诵的曲调变化的过渡性结构。第二乐句分为上下两个乐句，上乐句弱起开头，旋律以 C 宫为主，徵音中部出现一次，尾部呈现吟诵念白结构；下乐句音区平缓，尾部语调突然上扬，似乎欲以提问的方式承上启下。第十五小节以"sol — re — do"三度模式出现，长音落在宫上，徵商音为倚音形式，演述风格上犹如讲经布道时的谆谆教诲或在讲述人生至理时的咏叹调。第十五小节之后的多乐句结构风格也是建立在宫音的基础上，对腔体首句的变奏起到巩固与深化作用。

4. 香格里拉县三坝纳西族乡享有"东巴圣地"之称，而三坝本身就在藏区，其东巴史诗唱腔受藏传佛教传统唱诵影响颇深。和继全的东巴唱腔以语音音调为基础，念诵体以五句式、七句式、九句式为主，由不规则的长短杂句型构成。音调线条起伏不大，以相同的节奏型和低沉语音音调的重复再现构成了史诗念诵腔体的基本框架。从第一到第七乐句分为上下乐句，且下乐句的尾部有下滑和休止符号出现，代表着句末的结束语气。

（三）史诗唱腔和艺术形态关系分析

东巴史诗唱腔受地域的限制，但是笔者也发现不同区域东巴之间存在着交流互动，由此将本区域的东巴史诗腔体和其他教派融会贯通，彰显出各自的风格和史诗唱腔多元化的特征。

1. 和继全是白地人，属于纳西纳罕支系。但他又在丽江东巴文化博物馆工作了多年，曾经受习于丽江东巴，熟悉丽江大研镇口音，其腔调有丽江唱腔风格。其东巴唱腔风格属于白地派，带有藏传佛教喇嘛诵经文的腔调特征；念诵史诗经文时乐句首、中、尾部分中的变化，明显也融合了白沙派的东巴唱腔。

2. 杨玉勋受鲁甸、塔城风格影响较大，丽江太鲁派东巴以此两地为主。他们的师父也是这两地人，所以唱腔上相对单调，没有大具、白地唱腔丰富。没有形成以传统的羽调或与小调相结合的基调，而是如前面曲式分析中所述，旋律线只围绕主音"do"展开变化，且乐句尾部常有史诗经文的吟诵念白。

3. 石宝寿是纳西族的阮可支系，介于丽江东部与西部方言区之间，习俗上与泸沽湖摩梭人相近，东巴文化传统与三坝、丽江县相近。因此石宝寿在演唱风格上既具备与永宁派相接近的口语，带有少量较大随意性的三字、四字、五字、六字为一节的唱腔词律，也具备旋律流畅语调丰富的特点，旋律风格也接近当地阮可民歌的徵调式。

4. 和承德所在的大具乡靠近三坝一带。他本人是个盲人。其腔体既有呼吸式引入，唱腔旋律具备宝山派歌唱性强、徵调式明显、节奏清晰明了的特点；腔体中也带有白地东巴唱腔风格。

（四）东巴史诗唱腔腔体形态分析

就东巴史诗唱腔腔体表现形态而言，和继全的史诗唱腔应该属于以"念"为主的"念诵"。大部分经文有经书念诵，有基本语气音高、基本固定节奏；念诵时有高声音调对比，还有抑扬顿挫的声调贯穿其中，并形成一定规律的语音节奏线。笔者在采录整理时还发现，即便是和继全念诵该曲音区最低、旋律性最弱的部分的时候，也会区别于一般的说话和诵读，具备自身方言特色的音调和节奏韵律。有的时候念诵的音区很窄，旋律线较平缓，但是细听唱腔中的声音位置、音色、音量，还是会发现它特有的音乐调性，近似于语言与音乐旋律之间的原生态形态。和继全念诵时的音调基本保持在一个区域，且偏长的唱腔段落也是在单句不断反复中形成。

塔城乡杨玉勋的史诗唱腔属于以"吟"为主的"吟诵"。有以"do"发展变化的固定音高，旋律线条明显，音乐结构相对完整。单乐句上下呼应，整曲有多个完整的单乐段构成，而经文的诵白也只是在部分乐句的尾部出现。笔者记录过程中发现多个乐句的尾部都出现由方言吟诵的下滑音，在吟诵的音乐形态唱腔里可以听到接近朗诵中抑扬顿挫的音调。由此说明东巴祭祀仪式中唱腔的各类型态，无论是从腔体旋律线还是音乐节奏上面来说，都有着内在的同一性——完成经书演述为仪式服务。

加泽乡树枝村石宝寿的唱腔形态在"吟诵"和"唱诵"之间，因曲调平和稳定后笔者将其定位为"吟诵",且也是以"吟"为主。一是调式调性明确,徵调色彩突出;二是旋律线流畅,旋律性较强,音域控制在"do — la — sol"和"re — do — la — sol"四度以内,节奏型固定,吟诵时声音低沉、浑厚,抑扬音调突出;三是其史诗唱腔既有单一乐句结构,也有由二句、四句以及多乐句形成的不规整乐段结构,且有多次重复主旋律现象;四是不断重复变化的行腔体都是建立在"念诵""吟""诵"特征的基础上,有长的音区旋律线、有短的音区旋律线、伴随有少量经文念诵部分,相互结合交叉反复的音乐结构形态。

大具乡盲人东巴和承德的"唱诵"的表现形式定位以"诵"为主。原因其一,典型纳西民歌呼吸式引入旋律主体;其二,旋律色彩明朗,节奏音型相对稳定,音区在腔体一开头就出现了纯四度上下行"re — sol""sol — re"到纯五度下行"re — sol"的核心音程构建;其三,轻重音明朗,长主音色彩突出,有明显装饰音;其四,整个腔体除首部旋律乐段以外,绝大部分是经文的诵白,诵白节奏相对稳定;其五,诵白中穿插少许歌唱性旋律,起到了丰富、补充史诗唱腔避免单一乏味的作用。

四、东巴仪式音乐程式化特征

东巴史诗唱腔及音乐程式的形成与东巴教的产生、发展历史是内在统一的,或者说,前者受后者的制约与统摄。东巴教受藏族本教及藏传佛教的影响,尤其受本教影响深远。东巴教教主与本教教主是同一个神祇,二者的教义、神灵、法器也是大同小异。藏传佛教的教义、神灵也渗透到东巴教中,其唱腔及音乐程式也明显受到藏族宗教文化的影响。至今,毗邻藏区,与藏族杂居的塔城、依吉等纳西族地区受到这种影响更为突出。当然,东巴教作为纳西族的原生民族宗教,受藏文化的影响并不意味着全盘接受或被外来文化覆盖,纳西族的传统文化仍是占主体地位的,这在东巴史诗唱腔及仪式音乐程式中也得到充分的体现。

东巴史诗唱腔及仪式音乐程式化特征具体表现如下:其一,东巴经唱腔语速沉缓,音调平和,以五字、七字节奏为主,语句多为韵体,且吸纳了纳西族传统的民歌演唱手法——"左罗""增辍",在不同仪式上唱腔及程式的变化程度也较高。与藏族宗教严整的宗教知识体系及神圣庄严色彩相比,东巴教则在很大程度上仍保留了大量的自然崇拜的文化遗留，从而使其唱腔、仪式音乐程式体现出自然性、民间性、活态性等特征。

其二，东巴史诗唱腔调式以羽、宫、商调式为主，有其以羽调式居多。曲式多为两个句式构成的单段体的重复变化，也有多句式族称的单段体。其唱腔风格受仪式类型制约性强，如祈福请神与禳灾驱鬼就形成了两种特色鲜明的唱腔风格。东巴唱腔的行腔、润腔方式因人因地因时而异，与个体个性、习得情况关系大。

其三，东巴唱腔以吟诵为主，吟唱次之，大仪式中唱腔相对丰富些，以下滑式大幅度慢波音为东巴唱腔主要行腔，其语调、旋律、节拍与地方民歌及纳西方言密切相关。东巴唱腔节奏主要以一拍前附点 ×× ·×× · 为主，也有 ×××××× 一指切分音的节奏。伴奏乐器以大鼓、摇铃为主。鼓点节奏为 4/4、3/4、2/4 三种为主。大鼓悬挂于梁上，东巴一手持鼓槌，一手持摇铃，边敲击乐器边吟唱经书。无量河流域东巴仪式中多乐器伴奏，丽江太安、鲁甸、塔城一带以清唱、吟诵为主。

其四，东巴唱腔、东巴乐器伴奏、与歌舞结合均有严格的传统规定性。如丽江鸣音地区祭天仪式唱腔主要有三种，祭丁巴什罗仪式的唱腔有两种，大祭风唱腔为五种，对仪式中到哪个环节吟唱哪本经书，用什么唱腔皆有传统规定性。乐器伴奏也是如此，召引秽鬼时吹粗海螺，请家神吹细海螺，请天神则用公母海螺同时吹。东巴认为大鼓能够把神、人、鬼分开来，属于大乐，只能由主持仪式的主祭司来掌管敲击。丧葬仪式中的挽歌由东巴领衔主唱，其民歌调为传统的《热美磋》（又名《窝仁仁》）《喂蒙达》等，无量河流域则唱《苏罗苏寿命》民歌。三坝乡白地过二月八时，祭天仪式结束后，村民集体歌舞《呀哈哩》。从中可见，东巴史诗唱腔与仪式音乐程式与地方性传统密切相关。

东巴史诗唱腔及仪式音乐程式是互构互融的关系，它还同东巴经籍、口头文本、东巴舞蹈、东巴仪式程序等仪式叙事要素形成了互动共生的有机体，任何一个要素都不可能单独发生作用，东巴唱腔与音乐程式研究需要与东巴文化的整体研究相结合，这既是东巴音乐研究的难点所在，也是必由之径。

附录：和学文东巴所掌握的东巴经唱腔统计表

一、打击乐

1. 开经打击乐：1 种
2. 舞蹈伴奏打击乐：5 种

二、经腔

1. 祈福类祭仪器仪经腔：6 种

（1）祭天唱腔：1 种

（2）迎素神唱腔：1 种

（3）祈福烧天香唱腔：1 种

（4）祭胜利神、祭祖、祭村寨神、祭星、祭景神崩神唱腔：1 种

（5）延寿祭华神唱腔：1 种

（6）祭三多神、示日神、告子神、灶神、风神唱腔：1 种

2. 禳鬼类祭仪经腔：5 种

（1）迎请嘎劳神唱腔：1 种

（2）小祭风、祭毒鬼厌鬼、压呆鬼、祭猛鬼恩鬼、祭端鬼、顶灾、驱抠古鬼唱腔：1 种

（3）禳垛鬼唱腔：1 种

（4）退送是非灾祸、关死门唱腔：1 种

（5）除秽唱腔：1 种

3. 丧葬类祭仪经腔：10 种

（1）开丧、超度执法杖唱腔：1 种

（2）燃灯、钉"古顺"唱腔：1 种

（3）燃灯及其他经咒唱腔：1 种

（4）"拉尤火"唱腔：1 种

（5）给死者献米饼、献羊牲、献饭唱腔：1 种

（6）驱冷凑鬼唱腔：1 种

（7）献冥马唱腔：1 种

（8）挽歌唱腔：1种

（9）开丧、超度烧天香唱腔：1种

（10）超度死者·为亡灵木身占风水唱腔：1种

（11）超度死者·讲述纺织品及冥衣来历唱腔：1种

（12）超度什罗、超度拉姆唱腔：1种

（13）大祭风唱腔：1种

第四节　东巴服饰研究

服饰是社会发展的产物，文化的表征。服饰的发展既受到自身历史发展、社会生产力、宗教意识形态的整体制约，又受到外部文化的深层影响，以及内部文化的自我调适。研究服饰不只是为了复原传统服饰，或为发展当代服饰服务，更多是考察、研究服饰背后的历史、文化、思想、宗教、民俗、艺术等，揭示服饰所包含的意义、价值、社会发展规律等。

东巴服饰是指纳西族民间祭司——东巴所穿戴的服装及饰品。关于东巴服饰研究成果寥寥，代表性论文主要有《纳西族东巴服饰的文化内涵》《东巴古代墨迹蕴藏的纳西服饰写真史》。张明坤、徐人平的《纳西族东巴服饰的文化内涵》论述了纳西族服饰中所蕴含的虎、牦牛动物崇拜，五行五色观，崇白忌黑观，揭示了东巴宗教思想对服饰的深层影响。但因为缺失调查研究，文中有些观点似是而非，认为东巴服饰文化"崇白忌黑"，因为"黑色代表鬼怪与邪恶。"[1]这是不符合事实的，至今白地、宝山一带的东巴仍穿戴黑色的衣帽。杨德鋆之《东巴古代墨迹蕴藏的纳西服饰写真史》一文主要研究东巴古籍中的纳西族服饰文化，其中有部分涉及东巴服饰，把东巴服饰分为教祖装、布衣和布衣披毡、毛布褂长衣、短衣长裙、三尖帽和两种长衣等五类。[2]其服饰研究未涉及东巴服饰与东巴仪式与演述活动，属于静态研究。杨德鋆、和发源、和云彩合著的《纳西族古代舞蹈与舞谱》一书中也涉及与东巴舞蹈相关的东巴服饰，上述这篇杨德鋆的论文也是析自此书内容。

---

[1] 张明坤、徐人平:《纳西族东巴服饰的文化内涵》，《郑州轻工业学院学报（社会科学版）》2008年第6期。

[2] 杨德鋆:《东巴古代墨迹蕴藏的纳西服饰写真史》，《文艺研究》2002年第1期。

以东巴象形文字记载的东巴古籍文献中记录了大量有关东巴服饰的内容。从东巴文、东巴经籍文本、东巴画、东巴舞谱、东巴仪式等多元视角对东巴服饰进行考察，有利于对服饰与语言文字、口头文本、宗教文化、多元艺术的关系有个整体的把握与认识。

一、东巴服饰概念及研究综述

东巴服饰指与纳西族祭司东巴相关的服饰，包括了东巴所穿戴的服装、饰物以及与之相关的文化。以往的东巴服饰研究多关注东巴所穿戴的衣服、饰品等"物质"层面的研究，忽略了对东巴服饰的"动态""文化"层面研究，导致东巴服饰研究停留于静态表层。

东巴服饰研究成果散落于民俗、宗教、文学、语言、艺术等方面研究成果中，不成体系。张明坤、徐人平的《纳西族东巴服饰的文化内涵》是专门研究东巴服饰的学术论文，论述了纳西族服饰中所蕴含的虎、牦牛动物崇拜，五行五色观，崇白忌黑观。因为作者并未做过田野调查，其观点皆源于二手材料，有些论点似是而非，经不起实证检验。"东巴法衣有红，黄，海底蓝三种颜色，红色法衣由大东巴穿用，黄色法衣由二东巴穿用，海底蓝法衣则由三东巴穿用。"[1]这种说法是错误的，既不存在大、二、三东巴的分类，也不存在以服饰颜色划分大小东巴的传统。此文中有些论述过于简单化，如其所论述的东巴服饰"崇白忌黑"，按其观点，东巴服饰既然如此崇白忌黑，"黑色代表鬼怪与邪恶"，[2]黑色服饰应为东巴服饰中的大忌，白衣服应为东巴服饰主流。事实是否如此呢？在纳西族民间有句口头禅："纳西彪谋通"，意为纳西人喜欢穿灰黑色衣服。至今白地、宝山一带的东巴仍穿戴黑色的衣帽。图6-1、图6-36、图6-37中的东巴穿戴着黑色衣帽主持祭天仪式。其实，纳西族对黑白颜色的审美心理是一个发展的过程，应该从历史的、辩证的观点来看待，在纳西族早期社会普

---

[1] 张明坤、徐人平:《纳西族东巴服饰的文化内涵》,《郑州轻工业学院学报》2012年第6期。
[2] 同上。

图6-1　东巴主持祭天仪式（戈阿干摄）

遍具有黑色崇拜的集体意识，不然连为何称为"纳西"都无法解释。[1]对东巴服饰研究用力较深的代表性成果为杨德鋆之《东巴古代墨迹蕴藏的纳西服饰写真史》一文。[2]此文中把东巴服饰置于宗教装中，对东巴服饰分为教祖装、布衣和布衣披毡、毛布褂长衣、短衣长裙、三尖帽和两种长衣等五类。另外，此文从东巴文字、东巴经籍、东巴绘画三个层面对纳西族的衣冠穿戴、装扮形式、服饰工具及衣物加工技艺进行了分类整理，并对其发展演变作了相应的总结。"本文作者经多年研究，把上述东巴墨迹加以搜集、梳理、分类，结合历史文献和实地考察获得的第一手材料，对其进行客观的和较全面、系统的比照探析，将纳西族古往今来穿戴艺术的独特风貌及其发展演变历程作了科学、明晰的勾勒和论述。"[3]不足之处在于此文研究重点在于研究遗留在东巴文字、东巴经文、东巴绘画、东巴舞谱中的纳西族服饰文化，并非以东巴服饰为主；其研究材料基于文献材料，而非基于现实中仍活着的东巴服饰；其服饰研究未涉及仪式与演述活动，属于静态研究。

杨德鋆、和发源、和云彩合著的《纳西族古代舞蹈与舞谱》一书中也涉及

1　杨杰宏：《纳西族黑白色彩崇拜》，《云南师范大学学报（哲学社会科学版）》2004年第6期。
2　杨德鋆：《东巴古代墨迹蕴藏的纳西服饰写真史》，《文艺研究》2002年第1期。
3　同上。

与东巴舞蹈相关的东巴服饰。上述这篇论文也是析自此书内容。《纳西族古代舞蹈与舞谱》中把纳西族服饰发展史分为早期、元明时期、清代、近代四个时期。把披毡麻布裳、羽冠纹裳、虎皮装列入早期服饰类型；宽沿毡帽、披毡麻布裳、甲胄列入元明时期服饰；五幅冠、宽沿毡帽、长裳马褂、鱼皮龙衣、面具舞袍、无领羊皮褂、无领麻布褂、铠甲、禅领长裳等列入清代迄今服饰。通过对东巴经籍文献中的东巴服饰进行整理研究，根据服饰材料、式样、颜色、风格来划分其不同历史时期的服饰，有利于对东巴服饰的发展演变有个历时性把握。但有些问题需要探讨，最突出的一个问题是如何看待服饰的创制与延续的辩证关系。有的服饰可能在早期创制出来了，但可能一直延续到现在。如所谓羽冠纹裳服饰至今仍有保留，将这种服饰定位为早期服饰是不符合客观实际的，更何况不同区域所保留的传统服饰也存在差异。还有一个重要的区分标准是依照仪式，不同仪式所穿戴的服饰是不同的。东巴在主持各种仪式的时候戴的法帽各不相同，像祭天、祭素神的主祭东巴有专门的红布或黑布包头的法帽，丧葬仪式、超度仪式的主祭东巴要戴白毡帽，上缀饰有牦牛尾，插铁三叉，鹰翎或雉羽，禳鬼类祭祀仪式的主祭东巴则要戴上丁巴什罗、战神为主神的五幅冠。

也就是说，考察东巴服饰不仅要顾及历史语境中的发展变化，也要注重不同区域的差异性，同时要兼顾不同时空条件下的仪式与东巴服饰的复杂关系。

二、东巴象形文字中的东巴服饰

东巴象形文字是对现实生产生活的一种记录方式，东巴文字对东巴服饰文化的研究有重要意义。东巴史诗是由东巴象形文字书写而成的史诗文本，其独特的象形文字具有图画性质，在一定程度上保留了大量的传统文化信息。我们可以从东巴象形文字中窥探东巴服饰的丰富文化信息。笔者综合了《纳西象形文字谱》《纳西东巴古籍译注全集》，对与东巴服饰相关的东巴象形文字作了相应的梳理及分类。

(一)东巴服饰类别

1. 服装材料

▦ 草席　▥ 竹席　▩ 麻布　▨ 毡席　▦ 棉布　▨ 氆氇　▥ 绸缎

2. 服装类

⟁ 衣服　⟁ 牦牛皮衣　⟁ 披毡　⟁ 羊毛衣　⟁ 甲衣　⟁ 裤子
⟁ 白绸裤　⟁ 勇士裤　⟁ 百褶裙　⟁ 羊皮披衣　⟁ 头盔　⟁ 护心甲
⟁ 甲衣　⟁ 帽子　⟁ 黑毡帽　⟁ 白毡礼帽　⟁ 三角帽　⟁ 牦牛毛之毡帽
⟁ 瓜皮帽　⟁ 大小不同的帽子　⟁ 大法帽　⟁ 铁法帽
⟁ (戴王冠的)王者　⟁ 王冠　⟁ 法帽　⟁ 山羊皮法帽　⟁ 孝帽
⟁ 盔　⟁ 妇女头帕　⟁ 包头布　⟁ 腰带　⟁ 手套　⟁ 护手套(射弩时用)
⟁ 护手套　⟁ 鞋子　⟁ 黑靴　⟁ 腰带　⟁ 带子　⟁ 鞍褥

3. 饰品类

⟁ 宝石　⟁ 玉饰　⟁ 银耳环　⟁ 金领扣　⟁ 耳环　⟁ 银练饰品
⟁ 悬挂小物件环扣　⟁ 戒指(戴于手上)　⟁ 戒指(缀宝石)
⟁ 手镯　⟁ 耳环　⟁ 流苏　⟁ 海贝饰品　⟁ 黑玉　⟁ 黑玉念珠
⟁ 珊瑚饰品　⟁ 白银　⟁ 耳环　⟁ 白银耳环

4. 与服饰相关的工具

⟁ 梭子　⟁ 弹羊毛弓　⟁ 织机交竹　⟁ 纺线　⟁ 纺锤　⟁ 织机
⟁ 绕线　⟁ 织布桩　⟁ 针　⟁ 线团　⟁ 锥子　⟁ 线

(二)东巴文字中的服饰文化内涵

服饰种类多,蕴含着历史、政治、经济、宗教、民俗等多方面文化内涵。如从发型、帽子也可看出人的身份、性别。⟁巫师,突出巫师神灵附体披头散发状;⟁女巫,从帽子及发髻形状可知为女,手上为注音,读"paiq"。⟁女人,类似的字还有:⟁⟁。李霖灿认为此字是从依照发髻形状而制作的帽子演变过来的[1]:⟁→⟁→⟁。从中可察古代纳西族妇女的传统发型及帽子形制。帽子的种类就有王冠、法帽、孝子帽、唱挽歌时戴的帽子、妇女帽子等。⟁戴

---

[1] 李霖灿编著,和才读字,张琨标音:《纳西族象形标音文字字典》,云南民族出版社,2001,第104页。

着礼帽的客人；🧍王、皇帝。帽子可以标明民族身份，如🧍汉族；🧍果洛人；🧍久阿人（印度人）；🧍藏族人；🧍白族人。

装饰品种类丰富，从头到脚都有使用，其材料有金属、矿石、布料、动植物等四大类，其中金属类居多，这与纳西族居住区域金属矿产丰富，且开采冶炼技术较高有密切关系。纳西族在历史上以拥有"盐铁之利"而闻名，《徐霞客游记》中称木氏土司"产矿独盛，宜其富冠诸土郡云"[1]。至今，纳西族居住的无量河、金沙江流域仍大量分布有金矿、银矿、铁矿。也有一些饰品是外来物品，如大部分玉石、绿松石、玛瑙、珊瑚、海贝应该是从外面引进来的。海贝早期作为货币使用，在占卜活动中也使用。这与历史上的南方丝绸之路、茶马古道贸易有着密切的关系。

因为东巴文属于未成熟的象形文字，存在字词混融、有词无字、有字无词等复杂现象，有些字往往具有名词与动词同一，一字可能包含了一个句子，有些字只能在上下文语境中才能产生特定意义等特点。所以分析东巴文字不能孤立地仅从字的形义上去理解，而是要放到特定的经书上下文，乃至仪式、传统语境中予以理解。服饰方面的东巴文字存在着好多与行为相关的文字，且其字义有着大小尺度不同的语义范畴。如🧍梳辫子；🧍摺弯；🧍刺通；🧍持针线缝制衣服；🧍双手托帽状，指戴帽之动作；🧍客人拿刀切肉吃；🧍既指戴于手上的念珠，也指手转念珠之动作，有些经书中就直接写为一喇嘛手转动念珠之状；🧍披羊皮衣，作动词；🧍脚踩皮革，指鞣制皮革；🧍共同穿一件衣服，比喻抱团取暖。上面这些字基本上通过字形就能够会其意。

有些字形体稍微发生变化，字义也发生变化，如🧍指戴着三叉铁帽的东巴；🧍指跳战神舞的东巴，从字形上可以看出，双腿弯曲、双手上扬，呈跳舞状；也有写成这样的：🧍。东巴舞者的字体变化形态更为丰富：🧍、🧍、🧍、🧍、🧍。这种不同形体动作的字体与舞蹈动作相关，如压鬼时的东巴舞🧍；另外，与不同东巴或不同地域的写法也有关系。

而有些字因多字构成，没有具体说明则难以理解，如🧍，鞋子下有水流，指示鞋子被水冲走，此为东巴占卜时的梦卦象，有掉落水中之兆，属凶卦；

---

[1]（明）徐弘祖：《徐霞客游记校注》，朱惠荣校注，云南人民出版社，1985，第931页。

这是一个组合词，由祭粮、犁铧、毡子三个字组成，指作法事时铺上毡子、竖起犁铧，并在上面撒祭粮，以示搭设好了神座；戴着五幅冠的东巴口中有气体，指东巴念经。东巴吐口水状，意为"呸"，此字多用于驱鬼类经书中；东巴面前跪着一男一女，指示东巴给新婚夫妻涂酥油礼。

有些字只能在语句中才能准确理解其义，如图6-2：

图6-2 《创世纪》片段

此段落取自创世史诗《创世纪》，人类英雄祖先崇仁利恩为了取回斑鸠嗉囊中的粮粒，搭弓射箭时犹豫不决，最后由旁边织布的天女衬恒褒白用梭子在他肘上戳了一下，这才把箭射了出去。文中的男子、织女、织布、织布机、梭子只有放在全句中，与前后文字联系起来才能得以理解。这个画面既是由独立的几个字构成的完整句子，也是一幅完整的图画，东巴文的图画文字性质从中可见一斑。

上述东巴文选自方国瑜、和志武编著的《纳西象形文字谱》(以下简称为"方版")与李霖灿编著的《纳西族象形标音文字字典》(以下简称为"李版")。因选字的东巴经籍文本不同，地区不同，同一个字的写法存在差异，这样就起到了互补作用。如两本字典中都提到了"腰带"，而李版中又提到了"带子"，"带子"具有当腰带、背带的多种功能。如王冠，方版中是这样写的，而李版中是这样写的。一个是从正面绘形，突出了圆尖顶，插羽毛的特征，一个是从侧面绘形，突出了王者安详而坐的王者风范。东巴法帽子，方版为，李版为，显然方版更为详细，把大圆顶帽、铁法器、猬刺、雉羽的形状都描绘出来了，而李版突出了帽子上铁法器的形状。方版中的护手套，而李版中的扩手套分得更详细，如一般的护手套，射弩时用保护手指的护手套。

奇怪的是两本字典中并未收录东巴服饰的一些代表性服饰，如虎皮衣、云纹衣、鱼皮衣、五幅冠等。李霖灿认为东巴文中的五幅冠原来画有五幅象形状，后简化为三幅，二者之间有个演变的过程：→。

三、东巴经籍文献中的东巴服饰

上述这些东巴文字皆取材于东巴经籍文献,是学者整理出来的。在民间并没有单独学习东巴文的字典、词典,东巴文的习得都是从东巴经文的习得中而来的,即先学习经文,通过经文而熟悉、学习文字。相对于孤立的文字,经文内容明显要丰富生动得多。上面也提及东巴文的不成熟特征决定了对其语义的理解必须置于文本语境中。东巴服饰内容在东巴经籍文献中广有分布,且体现出程式化特征,表明了东巴经籍文本的口头文本特点。

(一) 东巴经文中的服饰程式句

东巴经籍作为在仪式上吟诵的口头文本,保留了大量的口头程式,表示一个人非常富有或有福分,往往用"穿衣拖地"的程式句。

祭星仪式经书中如是说:

> 天上的儿子火禾他,骑马顶着天,穿衣拖在地,把他这样的福气截留下。[1]

延寿仪式中经书这样说:

> 美忍兴禾时代,骑马顶着天,穿衣拖着地地富强。[2]

穿衣拖地往往是富贵人家象征,体现了雍容华贵的气派,对一个农户人家来说,这样的服装是不便于劳作的。服饰体现了民族内部的阶级分层。

服饰还体现了男女社会分工。男耕女织在纳西族神话中也体现得很充分,如祈祷辞程式句中经常这样说:

---

[1] 《祭星仪式·祭星》,《全集》(第3卷),第331页。
[2] 《延寿仪式·迎请华神·迎请巩劳构补神》,《全集》(第14卷),第149页。

愿做丈夫的出天花时出得好，愿做妻子的织出的衣服漂亮。[1]

神灵所穿戴的衣服以披金挂银为主，东巴经中这类程式句也不少：

美利卢阿普，头戴白银的斗笠，拄着黄金的拐杖，穿着绿色漂亮的衣服，披着完整的虎皮，脚蹬黄金鞋。美利卢阿普，从居那若罗山顶上下来，来到了青草茂盛的辽阔大地上。[2]

是那头上戴金冠，脚上穿金靴，身上穿漂亮黄金衣的威力神。是那能赋予大东巴巨大威力的威力神。[3]

大如拇指的小神。他头戴白银帽，身穿黄金衣，脚蹬黄金靴，一手持松石神箭，头顶上方撑着黄金法伞。[4]

服饰在民俗传统中扮演着极为重要的角色，嫁妆往往象征了家庭财富、声望与地位。祭天史诗《崇般绍》中提及崇仁利恩夫妻将要返回人间大地前，天父天母给予了丰厚的嫁妆与馈赠，如给了女婿：

崇仁利恩男儿，头上得到了宽檐的毡帽，身上得到了还带有虎掌的虎皮衣，腰上得到了花腰带。还给了他坚牢美好的铠甲，给了他锋利的长刀。脚上得了黄金的鞋子，还有白羊毛做的白披毡。[5]

给予女儿的嫁妆有：

给了她一件脖子毛是青色的山羊皮，给了她钉有绿色小圆盘的羊皮披肩，给了她用五彩线绣的鞋子，给了她有长穗的腰带，给了她如绿松石般

---

1 《祭祖·迎接回归享祭的祖先》，《全集》（第1卷），第293页。
2 《大祭素神·献牲》，《全集》（第2卷），第157页。
3 《迎素神·烧天香》，《全集》（第2卷），第85页。
4 《延寿仪式·嘎神神山的出处·请素神、嘎神、俄神、招子嗣福泽及富强》，《全集》（第14卷），第122页。
5 《祭天·远祖回归记》，《全集》（第1卷），第22页。

美好的衣服,给了她绿线做成的百件衣。[1]

图6-3 维西《除秽·崇般图》片断

更布塔演述的迪庆县维西县塔城乡《除秽·崇般图》(图6-3):

衬恒褒白呀,要回人间无嫁妆,(父母)给了金装银装,给了绿松石装、墨玉装,给了五斤羊毛擀披毡,十斤擀长裙,一斤擀毡帽,半斤擀腰带;九个金碗,七个银碗,九个绿松石碗,七个墨玉盅。[2]

图6-4 俄亚《创世纪》片断

同样名称的经书,在不同区域有不同的说法,如俄亚东巴年若演述的《创世纪》的俄亚版本(图6-4)中给衬恒褒白命的如是说:"给了五斤羊毛擀披毡,十斤擀长裙,半斤擀腰带,一斤擀毡帽。衬恒褒白呀,有了出嫁的新装。"[3] 从中反映了不同地区的生产力发展状况。显然,前面的文本经过了加工完善后更趋

---

[1] 《祭天·远祖回归记》,《全集》(第1卷),第22页。
[2] 此经文由更布塔东巴释读,杨杰宏翻译整理。未刊稿。
[3] 另一种译法。

于精细。

在结婚仪式（素注）上，东巴要讲述结婚仪式的来历，交代祖先谱系及结婚典礼上新郎与新娘的打扮，突出了男子服饰的武士风格，称颂了男子英勇善武的精神；而女子的华贵美丽以繁复的金银珠宝饰品来表述。

> （俄依高勒趣夫妻）生养了四个儿子……割下三条獐子皮，用这皮来缠绕刀把。剥下獐子皮三张，来做刀鞘。取出獐子的肋骨三根，用这獐子之肋来结合铠甲，三节结合成了整件的铠甲。这牢实的铠甲披在好男儿的身上，再佩上锋利的刀子，男儿就获得了威武雄壮之美。仅有这一美还不算什么，在与敌兵相接的地方，这些男儿与敌兵厮杀战胜了敌兵。能英勇杀敌还不算。这些男儿被请到了有七百客人的宴会上，人家用好酒好饭来招待，这些男儿还得到了做客的荣耀。最早，人不婚配，绿松石和墨玉来婚配结缘。那闪闪发亮的金线，是他们之间的媒人。松石和墨玉，三个三个来相结，用黄金的线来穿系连结它们。绿松石和墨玉相接后，拿去系挂在美妇人的耳朵和脖子上。美妇就获得了一种荣耀。不仅仅有这一种荣耀，在七月三十的晚上，母亲来送出嫁女，出嫁不缺出嫁衣，姑娘高兴死了。男人求财得到了白银刀把的快刀，男儿再不必伤心了。嫁女买嫁衣，买来银衣、绿松石衣、墨玉衣。[1]

当然，经书文本中的"金装银装、绿松石装"是虚指，有夸张铺陈成分，实指用金银、绿松石修饰的服装。在《放陪伴鸡》经书中有这样的内容："母亲不分的有三样剩余的衣服，这就是银衣和金衣，绿松石衣和宝石衣。"[2] 这并非实指有这样的金衣、银衣、宝石衣，而是指金银宝石缀饰其上的衣服。

经文中渲染金银珠宝的服饰不只是比喻男女双方家庭的富有，更强调了双方的缘分及情义之重，以此凸显了结婚的仪式感。

服饰颜色象征了五行方位，此非实指，而是包含了宗教文化内涵：

---

[1]《大祭素神·与素神拴结·娶女托付给素神》，《全集》（第2卷），第282—283页。
[2]《超度死者·放陪伴鸡》，《全集》（第59卷），第73页。

> 巴格图运转到东方的那一年,不准东方穿白衣的白人来作祟,不准在东方砍白木、橇白石、挖土洞的人来作祟,把来作祟的人赶出去。巴格图运转到南方的那一年,不准那南方身绿衣绿,带有绿财物的人来作祟。把来作祟的赶出去。巴格图运转到西方的那一年,不准那西方身黑衣黑,带有黑财物的人来作祟。把来作祟的赶出去。巴格图运转到北方的那一年,不准那北方身黄衣黄,带有黄财物的人来作祟。把来作祟的赶出去。[1]

这一段中还透露出当时的婚俗,新娘嫁妆中还包括了给娘家亲戚们的礼物,也有亲戚们回赠的嫁妆:

> 女儿离家前,给了娘家的弟兄们用白银作柄的利刀;给了娘家的姊娌们手上戴的镯子。给了娘家的男帮工砍刀;给了女佣针和线。娘家有九间十间的大屋子上,才没送给没买给了。可还给了媒人昆明产的、银白色的、很美的一幅绸子。
>
> 养育了女儿的父亲,送给了离家的女儿一幅金黄色的很美的绸缎。养育了女儿的母亲,给了做新人要睡的绸缎的被盖。娘家的姊娌们,给了要出嫁的新人一件织有美丽花纹的长衣;娘家的弟兄们,则给了她一块纯白的毛毡。[2]

在东巴文学殿堂中,俄依都奴是一个美丽强健、勇敢顽强的女英雄,她疾恶如仇,敢于同恶势力斗争。她使用美人计引诱恶魔时这样说:"我最喜爱的是耳朵上的白银耳环,手腕上的金子镯头,身上穿的美披毡,能够看见自己容貌的明镜。"[3]这说明当时的生产力水平还比较低下,还未出现棉布、丝绸,主要衣服以羊毛披毡为主,银耳环、金手镯、披毡成为代表性的嫁妆。

纺织技术的发明应用是社会生产力的大进步,应晚于动植物类原料制作的衣服。在超度仪式中有《寻找纺织品》《擀制白羊毛服装》《寻找丝绸品》等经

---

[1] 《祭祀谷神仪式·迎谷神》,《全集》(第3卷),第94—95页。

[2] 《大祭素神·点洒神药·抹圣油·拉福分》,《全集》(第2卷),第288页。

[3] 《超度死者·杀猛鬼和恩鬼、高勒趣招父魂》,《全集》(第59卷),第141页。

书，其中《寻找纺织品》（参见图6-5、图6-6）里面提到了纺织品的产生过程：

图6-5 《寻找纺织品》片断一

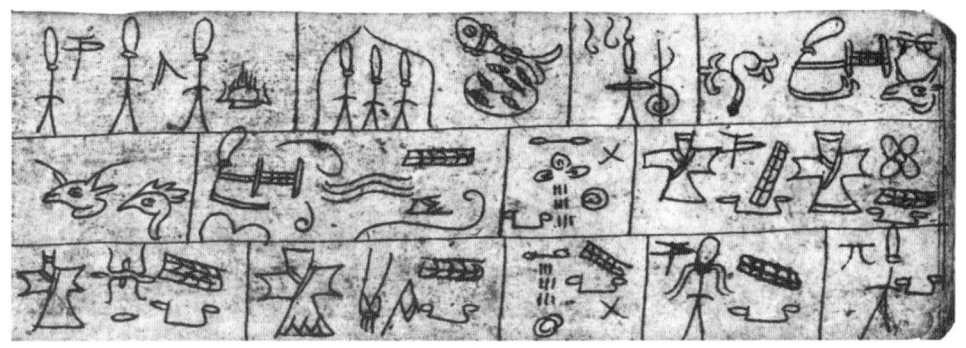

图6-6 《寻找纺织品》片断二

  有了走的脚，但还没有衣服，还需要去寻找衣服。秋季绵羊从高原下山来，七月磨好剪刀后，用利剪来剪羊毛，接着擀五斤重的白披毡，擀十斤重的衣裤，擀一斤重的帽子，擀半斤重的腰带，拿它们做死者的衣服，死者的衣服也找到了。有了羊毛衣服，但还没有绸衣，还需要去寻找绸衣。藏族的盘纽命，白族的禅纽命，纳西族的吴纽命，她们三个共同做一家人的时候，春天养家蚕，夏天捻蚕丝，秋天织绸布。开始时经纬线间的距离有牛眼睛一样大，接着只有羊眼睛和鸡眼睛一样大，织时一根线也不乱的织完。由手艺娴熟的人来织绸布，不会放绸子的药，拿到河谷里去洗绸，晒时在坡上晒绸布，绸子被风吹后，飞了落在河谷里，于是出产了九样十样好绸子。接着用白绸做衣服，用绿绸做袖子，用黄绸做衣领，用红绸做代表五行的"古顺"，出产了九样十样好纺织品。藏族的盘纽命，她们用的纺织品从这里产生；白族的禅纽命，她们用的纺织品从这里产生；纳西族的吴纽命，她们用的纺织品从这里产生。藏族的盘纽命，织出黑色的氆氇。白族的禅纽命，织出土布的衣服。纳西族的吴纽命，织出白麻布衣服。衬恒褒白命，她用的纺织品从这里产生。俄依都奴命，她用的纺织品从这里产生。[1]

这段经文内容信息量大，透露出服装材料的发展历程：羊毛毡—氆氇—麻布—土布（棉布）—丝绸。同时说明了藏族、纳西族、白族三个民族及居住地区的文化差异：藏族人织出黑色的氆氇，说明了居住于雪域高原的藏族服饰特色；而居住于丽江南边的大理白族接受汉文化时间较早，掌握了中原地区的纺棉纱技术，同时通过商贸进行布匹买卖，所以土布成为其主要服饰材料。最后，三个民族的三个贤惠姑娘组成一家，一起养蚕、织丝、染色，共同织出了美丽的丝绸，说明了丝绸纺织技艺是通过民族间的文化、经济交流而传播习得的。在历史上处于纳西族与藏族杂居的丽江塔城地区是个以养蚕、织丝绸、制作丝绸服饰而闻名的丝绸之乡，而此地是唐朝时期吐蕃设立的神川都督府所在地。为遏制吐蕃过江南下，南诏王异牟寻发动"神川铁桥"大战，于贞元十年（794年）在此击败吐蕃军队，并毁铁桥，以断绝往来。战争也是双方交流的一种形式，更何况历史上和平交流时期处于主流。东巴经《寻找纺织品》就形象地说明了民族间的经济、文化相互交流的历史状况。

无独有偶，另一部东巴经《绸衣的来历》与《寻找纺织品》在情节、内容、主题方面都存在着惊人的相似：

说是还没有穿的衣服，还需要去找衣服。下面的崩人门口，有三个女子做一家人，春天她们养幼蚕，夏天她们捻蚕丝，秋天她们用丝线织绸布，开始织时经纬间的距离有牛眼睛一样大，后来只有羊眼睛一样大，接着经纬间的距离比鸡眼睛还小，她们不会织绸布，把丝线拿到坡上去织布，绸布被风吹后，风给绸布以气息。她们不会洗绸布，把布拿到河谷去洗涤，绸布着水以后，水给绸布以血液，九样绸布就从这里产生。接着，做白绸的衣服，做绿绸的袖子，做黄绸的衣领，做红绸的代表五行的"古顺"。藏

---

[1]《超度死者·寻找纺织品》，《全集》（第59卷），第253—254页。

族的盘纽命姑娘,她们做的绸布就从这里产生。白族的禅纽命姑娘,她们做的绸布就从这里产生。纳西族的吴纽命姑娘,她们做的绸布就从这里产生。美汝贝增命姑娘,她做的绸布就从这里产生。俄依都奴命姑娘,她做的绸布就从这里产生。[1]

二者的主要区别在于上文强调最后织出了纺织品,下文强调的是绸布,而主题还是以养蚕、织绸为主。这一口头程式句法属于故事范型的程式,即"大词",说明了东巴经文本源于口头传统的文化事实。

与单独的文字相比,成篇的经文具有叙述、记录,保存的多元功能。有利于表述更为复杂、信息量更为丰富的内容。我们可以从中了解服饰的产生、发展、演变的过程,以及服饰相关的宗教、民俗、文学、艺术等多元人文知识。当然,作为为宗教服务的经文,东巴经籍中所包含的人文知识内容不能等同于现代意义的历史、文学、艺术等学科内容,其中大量的文学、艺术、民俗等内容是夹糅在宗教叙述内容中的。譬如《绸衣的来历》《寻找纺织品》并非讲述绸布、纺织品的发展史,而是为超度仪式中给死者穿衣服时交代出处来历。服饰文化信息隐含于宗教叙述内容中,需要读者与研究人员的梳理、甄别。

同时,作为象形文字,东巴经文具有字画同一的特点,所以客观上具有了展示形象的功能,从上面的东巴经籍文本中可以领略到其独特的叙述风格及艺术魅力。当我们凝视阅读这些写满金银珠宝饰品、各类服饰的东巴经文时,感觉似在参观琳琅满目的纳西族古代服饰展览,给人以形象生动、朴拙简稚、神秘玄奥的艺术享受。

四、东巴画中的东巴服饰

东巴文字作为象形文字,本身具有图画功能,傅懋勣称其为"图画文字"。[2]但毕竟文字不同于图画,东巴文的性质还是文字,不能等同于图画。与东巴文

---

1 《超度死者,绸衣的来历》,《全集》(第59卷),第271—273页。
2 傅懋勣:《纳西族图画文字和象形文字的区别》,《民族语文》1982年第1期。

相比，图画更具有具象性、易识别性、写实性等特征。服饰是具有色彩、线条、形状、结构、立体的物质，与图画相比，文字能够表现的内容是有限的。本部分从传统东巴画视角来考察分析东巴服饰。

东巴画是考察分析东巴服饰的重要材料。东巴画是由东巴绘制为东巴仪式服务的宗教绘画，主要有卷轴画、纸牌画、木牌画、经书扉页画等。《神路图》是东巴画代表作品。

（一）《神路图》中的东巴服饰

《神路图》的纳西语称"恒日"（hee ree）或"恒日皮"（hee ree piq），意思是到达神界的路径图卷，是东巴文化中的艺术珍品。画布一般是麻布，也有的是自制的土纸。长14米多，宽0.26米；短者也有长8米多，宽0.22米。最末端安一轴木，可往上卷成圆筒。用于东巴教开丧和超度仪式中，届时，从棺木或灵位处开始，先往外延伸搭好凳子或木板，然后把《神路图》从下端开始往外铺开，东巴祭司要手持《神路图经典》，从下往上超度死者亡灵。其内容可分为冥界、人界、自然界、天界等四界，其中冥界有18层地狱，天界有33层。整幅图绘制有神灵鬼怪360多个及70余种珍禽异兽等，有些在旁边用东巴文注明其身份。《神路图》反映了纳西先民的灵魂不灭的生死观。逝者的亡灵只有通过东巴的超度引导，才能排除18层地狱里的各种鬼怪的阻挠，顺利地到达祖先灵魂聚居住地，与祖先团聚，然后送到33界神地，受到神的庇佑。画中所描绘的对赌博、小偷、杀耕牛、杀人、乱伦、诽谤别人、污染水源、用大小斗

图6-7 《神路图》局部
（丽江市博物院提供）

图6-8 《神路图》中东巴舞（杨福泉摄）

图6-10 《神路图》中丁巴什罗像

图6-9 丁巴什罗（木琛提供）

和大小秤者等的受刑图像，表达的是纳西先民惩恶扬善、追求光明幸福和完善人生的伦理美学。《神路图》以巧妙的构思、宏大的场面、壮观的气势、独特的风格、独到的技艺成为东巴绘画艺术中杰出的代表作，它不仅是纳西族的艺术瑰宝，也是中华民族民间艺术之珍品。[1]

《神路图》源于超度东巴教祖丁巴什罗亡魂。据东巴经《丁巴什罗传》所叙，丁巴什罗被魔鬼陷害死于毒海，东巴弟子们为了把教祖灵魂从毒海打捞上来，并一程程地将其从地狱送到人间、自然界，最后抵达三十三层天上，使其灵魂得以永生。《超度什罗仪式·寻找什罗灵魂》里有这样明确的记载："把什罗的灵魂送往吉祥美好的三十三地，送往理想幸福的三十三地，送往斑纹不会霉烂、威风不会倒下的地方；送往父亲妥构金补居住的地方，送往母亲莎饶朗自金姆居住的地方，送往祖父劳正金补居住的地方，送往祖母劳正金姆居住的地

---

[1] 和力民：《白披毡》，郭大烈主编《中国少数民族大辞典（纳西族卷）》，广西民族出版社，2002，第203页。

方。"¹《神路图》以形象的绘画语言保留下来了珍贵的东巴服饰资料。

图6-7中的丁巴什罗头戴五幅冠，左手持法旗，右手持摇铃；身穿对襟衣，短袖，袖口条边，为红、黄、青三色；里面穿有长衫，脚蹬的是镇鬼皂靴。在什罗骑着白马升天下方，有23位东巴代表、360个弟子载歌载舞，吟诵祈祷，虔诚地超度祖师的灵魂。他们的服饰大同小异，皆着长袍或长衫；有的外套红、黄、青等不同颜色的马褂；腰带及裤子有红、青、绿、黑、黄色不等；发型以螺髻者居多，下面五个大弟子皆戴五幅冠，载歌载舞的人群中有人戴白色圆毡帽。因不同时空条件下的绘画者不同，不同版本的《神路图》风格及内容存在着诸多差异，如图6-8中东巴舞者衣袂飘然，更具有动感。

我们注意到在不同的《神路图》中，丁巴什罗所戴的法冠也各不相同，这除了与不同时空以及不同画师风格原因有关外，也与丁巴什罗图像的产生晚于经书记载有内在关系，也就是说一开始只有语言或文字描述，而无具体的实物参照，由此导致了"八仙过海，各显神通"的异文本现象。如图6-9为哈佛大学燕京学社图书馆所藏《神路图》。此图中的丁巴什罗也没戴五幅冠法帽，没穿长袍，而是头戴头盔，身披黄甲，内穿紧袖红袍，右手擎大鹏鸟，左手持胜利旗，骑马奔驰，威风凛凛，俨然是个古代将军的造型。

而图6-10中的丁巴什罗显然平民化了，既不穿戴五幅冠为标志的东巴服，也没披甲戴盔，仅穿了一件右衽红袍。马匹周边还画上了尘土飞扬的场景。²

东巴经籍里的丁巴什罗却是这样描述的："居住在十八层天上的丁巴什罗神，他的头上戴着的十八个角的铁法冠，威力无比。丁巴什罗头上的法冠，如同神的白牦牛，能战胜毒鬼；如同神的白犏牛，能战胜苯鬼。"³这说明其法冠的功能不是审美，而是为了镇鬼杀魔。从现存丁巴什罗画像中可以注意到这样一个演变规律，越到后期，其法冠与藏传佛教法冠越相似，铁冠变成了五幅冠或缀满宝石的宝冠。

至于《神路图》中的有些人物服饰属于东巴服饰还是平民服饰，还是神灵服饰，有些还不好断然下结论。如下图中戴白圆帽的人物形象，有些属于神灵，

---

1 《超度什罗仪式·寻找什罗灵魂·弟子协力攻破毒鬼黑海》，《全集》（第73卷），第116页。
2 云南省社会科学院丽江东巴文化研究所编：《东巴文化艺术》，云南美术出版社，1992，第161页。
3 《禳垛鬼仪式·烧嘎巴火把驱鬼经》，《全集》（第34卷），第269页。

图 6-11 《神路图》中东巴舞者像

盘腿跌坐，背后有光环；有的属于东巴法师，他们手持法器，或翩翩起舞，或念念有词；有的属于佛教尊者，为丁巴什罗亡魂送上祝福。有些学者因白圆毡帽子、披毡服装与元朝时期服饰相似就将其定为元朝时期作品，这可能会发生以偏概全之错讹，毕竟一个时期的服饰可能会延续到后面的朝代，至今有些东巴主持仪式时仍戴白色圆帽。图中有些神灵也披着披毡，这似与神灵身份不相符，而其实在画师心目中，天上神灵也需要保暖，天上的神灵都是以地上的人们为参照的。从这个意义而言，天上的神仙都是食人间烟火的。

需要说明的是，图 6-11 中的服饰与生活现实中的服饰是否相一致值得斟酌。学术界一般认为《神路图》系藏传佛教对东巴文化影响的产物，但因东巴教的原始宗教性质与藏传佛教并不一致，其影响不如更具有原始宗教特征的本教。所以《神路图》中的服饰更贴近具有佛教意味的宗教服饰，与东巴服饰存在着较大的差异。

如图 6-12、图 6-13《神路图》中天堂部分中的神灵服饰与藏传佛教唐卡中的神灵服饰无异。[1] 当然，东巴在借鉴藏传佛教传统绘画技法时，也做了一些入乡随俗的改变，如把拯救丁巴什罗灵魂的内容作为图像主题，把祭风仪式中的"纳卡"作为灵魂象征物、纳西族祖先神灵等。

---

1 云南省社会科学院丽江东巴文化研究所编：《东巴文化艺术》，云南美术出版社，1992，第144页。

图6-12　精如战神　　　图6-13　萨英威德天神

（二）东巴经籍画、木牌画、纸牌画中的东巴服饰

《神路图》吸纳借鉴了本教、藏传佛教的宗教思想、神灵体系以及绘画技能、风格，成为东巴画最高成就的杰出代表，但这并非意味着《神路图》代表了东巴画的整体风貌及发展历程，正如前文所述，因为高深严密的藏传佛教的宗教体系与一直徘徊于原始宗教门槛的东巴教存在着天然鸿沟，使其表现的一些宗教思想、主题、风格明显脱节于东巴教及东巴文化实际情况。就东巴画而言，木牌画更具有原初形态，应是东巴象形文字与东巴画"字画同一"的最早结合体。这与社会生产力发展水平、纸张的发明、宗教发展形态密切相关。东巴文字在纳西族民间称为"斯究鲁究"，意为"木石之迹"，应为早期书写于木石之上东巴文字的语言证据。大部分木牌画一般在仪式中即用即做，用完即烧毁，只有少部分神灵木牌画保留下来，如代表阴阳神的董神与沈神在仪式结束后插于大门两边，充当了门神作用。后来人们就仿照内地汉族的对联形式，直接绘画于纸上贴于门上，可参见图6-14。

图6-14　东巴画中的董神像　　　　图6-15　商尼才画的董神像

图6-15为和志武采集自丽江长水村商尼才珍藏的《东巴祭风木牌画谱》[1]，此画谱抄录于清朝末期。画中的阳神（董神）头戴圆形斗笠，身穿右衽紧袖内衣，外套开襟短袖宽袍，短胡美髯，俨然一个精神矍铄的农家老头。

随着藏族本教及藏传佛教宗教绘画的影响，阴阳二神逐渐呈现出"唐卡画"趋势。二神不再随便盘腿坐于毡子上，而是端坐于云端或莲花座上，背后有了光环，上下皆有神灵坐骑及保护神。图6-16中的三幅木牌画，左右分别为阳神、阴神，中间为战神佐体优麻。下方的牦牛、老虎分别为阳神、阴神的坐骑，上方的白狮与青龙分别为阳神、阴神的保护神。

图6-17为《神路图》中端坐于莲花座上的阴阳二神形象，明显升格为天上系列大神行列中。其绘画技能、风格明显带有唐卡画特征。

除了木牌画，纸牌画，东巴经画中也保留了大量的东巴画作品。这些东巴画作品中的东巴服饰基本上是对东巴文或东巴经文中服饰的再现，其服饰材料、式样、颜色、花纹、种类也是相一致的。戈阿干在塔城搜集到的纸牌画中的《什罗弟子舞态图》[2]（参见图6-18）中的东巴没有戴五幅冠，而是圆毡帽上插

---

[1] 和志武：《祭风仪式及木牌画谱》，云南人民出版社，1998，第178页。
[2] 戈阿干：《东巴神系与东巴舞谱》，云南人民出版社，1992，彩插。

图6-16 东巴木牌画中的阳神、战神、阴神像　　图6-17 《神路图》中阴神、阳神像

有铁叉、鹰翎（有的加雉羽）；服饰皆为内着右衽斜领长袖长衣，外套短袖长袍，颜色以青、红、黄、黑为主，统一脚蹬黑靴；服饰花纹有虎纹、鱼纹、豹纹、云纹等不同样式。

纸牌画中也保留了一些较为古老的东巴画作品。图6-19中阴阳二神形象明显带有先民古风特色，画风古朴简拙，其服饰为左衽长袍，坐姿随意，突出了白发、长白眉的长寿特点。[1]

东巴经籍中也有不少东巴画内容[2]，在此仅提供几幅代表性作品（参见图6-20、图6-21），内容不再赘述。

---

[1] 云南省社会科学院丽江东巴文化研究所编：《东巴文化艺术》，云南美术出版社，1992，第178页。
[2] 云南省社会科学院丽江东巴文化研究所编：《东巴文化艺术》，云南美术出版社，1992，第54、57、63页。

图 6-18 《什罗弟子舞态图》

图 6-19 纸牌画中的阴神、阳神像

图 6-20　东巴经籍中的东巴像

图 6-21　东巴经籍中的东巴像

五、东巴舞谱中的东巴服饰

东巴舞谱是由东巴字画合一的舞谱,除了东巴文,也有一些东巴画,如图 6-22:

图 6-22　《超度什罗、送什罗、开神路上卷》片断

上文汉译为：

  要跳金黄色豪猪舞时，先躬身，然后抖动着全身地来回行进。要跳恒依格空大神舞时，手里先拿着两扇石磨来回地挥动，接着又拿拨浪鼓来回地摇晃。要跳其母分娩丁巴什罗时的舞蹈时，把身体先侧卧于地面，然后躺在地上向左看三看，向右看三看，向前面又看三看。要跳优麻战神舞时，一手拿刀，一手拿三角叉，山膀双张翅的先做向上飞的动作，然后向左右各旋转三次。要跳朗久大神舞时，蹲着身摇两次板铃，然后山膀双张翅地来回走动呀。[1]

  从上面的东巴经中可一目了然：手持法器的东巴舞者明显具有图画性质，也有一些较为抽象的东巴文夹杂其间。文字描述抽象事物或叙事的功能要比图画强。如上文中间东巴文字其意为："要跳其母分娩东巴什罗时的舞蹈时，把身体先侧卧于地面，然后躺在地上向左看三看，向右看三看，向前面又看三看。"如果全部用东巴画绘画出来，不仅要增加绘图的数量，而且难度不小。图文结合成为解决这一难题的最佳组合。

  东巴经文中还有一个突出现象，即亦字亦画。如上文中的第一个动物为豪猪，就具有亦字亦画特点。东巴文中的飞禽走兽类文字往往具有字画同一特点，有些东巴画全身时具有绘画特点，有些东巴仅画头部时则文字特点更突出些。如图6-23中的飞禽走兽与东巴舞者皆属于图画性质。

图6-23 《超度什罗、送什罗、开神路上卷》片断

---

[1] 《超度什罗、送什罗、开神路》（上卷），《全集》（第100卷），第89页。

旁边动物起提示舞蹈类型名称作用。上文汉译为：

  跳什罗舞时，一手摇拨浪鼓，一手摇板铃，朝左朝右各做三次山膀双张翅动作。然后朝左踢三次脚，朝右又踢三次脚呀。跳崩人地方的赤虎舞时，一手摇板铃，一手摇拨浪鼓，山膀双张翅的逛身，接着成弓步形的晃身呀！跳白鹤舞时，一手摇板铃，一手摇拨浪鼓，山膀双张翅的。朝左来回做飞翔动作呀！跳大雕鸟舞时，一手摇板铃，一手摇拨浪鼓，山膀双张翅的，向右来回做飞翔动作呀！要跳黑鹰舞时，一手摇板铃，一手摇拨浪鼓，山膀双张翅的，来回做向上飞的动作呀！跳委神的飞蟒舞时，一手摇板铃，一手摇拨浪鼓，山膀双张翅的，身体向左右摇晃呀！[1]

东巴舞谱中的东巴服饰可以从法帽分为五幅冠与铁冠帽、圆毡帽三大类，铁冠帽的东巴舞与战神舞密切相关。在禳灾驱鬼类仪式中，东巴也戴五幅冠，上插有三铁叉及羽毛。在舞谱中一般以五幅冠与铁冠帽相区别。下图6-24为头戴五幅冠的四个东巴舞者形象。

图6-24　东巴舞谱中的东巴舞者形象

下面的图6-25为戴铁冠帽的东巴舞者形象。

图6-25　戴铁冠帽东巴舞者形象

1　《超度什罗、送什罗、开神路》（上卷），《全集》（第100卷），第92页。

图 6-26 为系戴毡帽的东巴形象。前者圆毡帽呈塔状,后者帽顶为圆尖顶。

图 6-26　戴毡帽的东巴舞者形象

东巴服饰的颜色以黄、红、青为主,间或有黑、灰等色。服饰花纹有虎纹、鱼纹、豹纹、云纹等不同样式。图 6-25 中戴铁冠帽东巴舞者的东巴服装分别为鱼皮纹、豹纹衣。图 6-27 分别为虎皮纹衣、云纹衣。

图 6-27　穿虎皮纹、云纹衣的东巴舞者形象

以上东巴舞谱中的服饰图案均引自《全集》第 100 卷中的《油米村忍柯人的书》,奇怪的是另一本油米忍柯人的东巴舞谱中却没有铁冠帽及带有花纹的服饰[1],可参见图 6-28。同样一个地方的舞谱为什么会有这样大的差异?原因在于这些彩绘东巴舞谱是后期绘制的。这些服饰是以当下的东巴服饰为参照物的,已经发生变迁的东巴服饰只是以颜色来区别,而非以花纹作为区别标志。

图 6-28　油米村东巴舞谱(雷斯曼摄)

1　雷斯曼:《云南省宁蒗县油米村东巴舞谱研究》,《北京舞蹈学院学报》2019 年第 1 期。

六、东巴仪式中的东巴服饰构成

服饰是经济社会发展的产物,融合了政治、经济、文化、宗教、思想等因素,折射出一个民族的历史文化及精神气质。在不同时空条件下,服饰文化呈现出时代性、多元性、演变性、民族性等特点。从图像、仪式演述的视角对东巴服饰进行考察,重在从活态的、互构的层面来综合研究服饰,以期对宗教服饰的构成及其文化意蕴有个从个案到整体的把握与认识。

作为历史的产物,东巴文字、东巴经文、东巴绘画所记载的历史文化信息是非常丰富的;另一方面,因东巴文字属于还未成熟的原始象形文字,东巴经文也未形成一字一音、线性排列的成熟文本,东巴绘画也存在宣扬宗教思想而想象夸张的成分,有些内容属于合而未融的外来文化,需要细察甄别。相对而言,一幅图像所包含的信息承载量要远超上述这些古老载体,更具有具象性与直观性。当下的东巴服饰也具有历史传承性,其间包含了丰富的历史文化发展变化的内容。图像学包含"图像志"(Iconography)及"图像学"(Iconology)两方面的内容,按照潘诺夫斯基的理论,图像学研究分为三个层次,即前图像志描述、图像志描述和图像学解释,前两个层次即"这个图是什么"的问题,后一个层次对应"这个图为什么是这样"的问题。[1]本部分以东巴服饰作为研究对象,结合图像提供的信息对东巴服饰志进行描述,并对其所蕴含的文化内涵及象征意义进行阐释,还原其历史背景与文化情境。从笔者田野及文献考察情况来看,东巴服饰主要由法帽、法衣、法鞋、饰品等构成,其材质有麻布、羊毛毡、棉布等。

(一)法帽

1.五幅冠

东巴五幅冠因画有五个神灵而得名,东巴五幅冠与内地道士、巫师、羌族释比、韩规所戴的法冠相似,应为内地传播而来。东巴五幅冠以丁巴什罗、休曲大鹏、优麻战神、郎究既久战神、达拉米补五个大神为主,但也存在地域差异。和力民认为五大神为铎趣勾补大神(又叫都盘修曲,大鹏鸟)、朗究大神、

---

[1] 刘伟冬:《图像学与中国宗教美术研究》,《新美术》2015 年第 3 期。

丁巴什罗大神、达拉米麻（补）大神[1]、优麻大神。[2]牛耕勤认为五神分别是东巴什罗、英格阿格、沙英伟登、朗玖敬玖、亨迪窝盘。[3]丽江塔城五幅冠有吉祥八宝图、欢喜佛，顶部有木、火、铁、土、水五行之神，下方是主尊神灵的坐骑。两旁镂空花纹的半圆片代表神佛发散的光芒；左右两边垂于胸前的画片上绘制着红虎和白牦牛（红虎和白牦牛在东巴经中代表战神）。左手持板铃，代表太阳，右手持皮鼓，代表月亮，这也是日月崇拜的体现。这"五幅冠"意为将五个大神的神力、日月的威力、灵兽的灵力加在祭司身上，用来吓退和击败恶鬼，是威慑和强大的象征，也是对强大威力的渴望。五幅冠色彩鲜艳，构图对称，造型简练，突出了东巴的庄重威严。

因仪式不同所戴五幅冠也不同，如正常死亡的丧葬仪式、超度什罗仪式上的五幅冠称为"韩科"（haiq ko），五大神分别为五行五方大神；只有一层的"各巴科"（gel baq ko）五幅冠有优麻、丁巴什罗、朗久敬久、达拉米麻、都盘修曲（大鹏鸟）等五大神，禳栋鬼、驱鬼、禳灾类的仪式穿戴此冠较多。一般小仪式，戴一层"各巴科"（gel baq ko）五幅冠；如果举行大仪式则戴三层的五幅冠，威力更大些，大祭风要戴卡日科（ka ree ko）五幅冠。

图6-29从左到右：宝乌优麻，郎久敬久，丁巴什罗，都盘修曲（大鹏鸟）、达老咪麻，下方为丁巴什罗的三大弟子：构布塔、纳布塔、如布塔。

图6-30从左到右：达老咪麻、郎久敬久、丁巴什罗、宝乌优麻、都盘修曲（又叫夺去构补）。

图6-29 玉龙县图书馆藏[4]

图6-30 五幅冠（更布塔摄）

---

1 《全集》达拉米麻大神在其他地方又称之为达拉米补。
2 郭大烈主编：《中国少数民族大辞典（纳西族卷）》，东巴教法器条目，广西民族出版社，2002，第122页。
3 牛耕勤：《名城丽江旧话》，云南民族出版社，2006，第168页。
4 未注明拍摄者图片均为笔者本人拍摄。

祈福仪式上戴的法帽，从左往右为：东（木）、火（南）、中（土）、西、（铁）北（水）五方神。

大祭风仪式时上戴的卡日科（ka ree ko）五幅冠。从左到右依次为：宝乌优麻、达老咪麻（补）、丁巴什罗（黄皮肤）、郎久敬久、卡然牛究。大祭风时才用的冠上卡然牛究有四头，法力更大，能镇压殉情鬼、风流鬼。一般禳灾类仪式中以都盘修曲代替卡然牛究。[1]

图6-31　玉龙县图书馆藏

图6-32　玉龙县图书馆藏

2. 超度仪式法帽

图6-33　三坝乡吴树湾村丧葬仪式主祭东巴服饰

禳灾类及丧葬类仪式上所戴的法帽称为"农布公蒙"，或"次巴纳"（黑帽）、"本卡"（铁冠）。此法帽用黑羊毛、牦尾毛来编制而成，上置铁冠，前端插有三叉戟（俗称"本卡"）等法器、刀、矛，铁冠上面两圆点代表日、月，意

---

[1] 根据2023年1月16日对木琛、和旭辉微信访谈内容整理。

为白天太阳照道,晚上月亮照路。帽顶左右各插一根猥刺,后面有雉翎。传统丧葬仪式上主祭东巴(罗从打恒)还要披一张黑色羊毡子(三坝为白毡子)。藏区本教徒也多戴铁冠。[1] 如图6-34:

图6-34 本教壁画中的丁巴什罗(木琛提供)

3. 祈福仪式法帽

图6-35 木琛东巴主持祭天仪式(杨尔刚提供)

---

[1] 根据2023年1月16日对木琛、和旭辉微信访谈内容整理。

祈福仪式上的东巴法帽纳西语称为"韩当",用竹子或硬纸编扎而成斗笠状圆帽,帽子正上方贴着一幅圆形如意吉祥图,帽子上方以白鹤羽毛来作修饰,也可以用白鹇鸟羽毛来代替。帽子颜色要用代表五方的黑白红黄绿五色。可参考图6-35。[1]

4. 黑色法帽

黑色法帽有三种,一种"古资纳"(黑头包),丽江六区片(鸣音、奉科、宝山、大具、大东乡)的东巴在做祈福类仪式时都这样穿戴,如图6-36,这一法帽是由黑布两头连接着约一寸长的红绿色丝带拴系于额前,拴头垂落于头前。五区(巨甸、鲁甸、塔城乡)一带则兴戴"古资雄"(红头包),三坝那边流行黑布两头连接着约半尺长白布或蓝布的黑头包。图6-37为吾母村祭天东巴戴的黑头包头饰:

图6-36 宝山乡吾木村东巴主持祭天仪式　　图6-37 三坝乡白地村东巴主持祭天仪式

第二种由黑色绸布缝制,形状扁而尖,顶部正面装饰有丝线团,边沿缝制小佛、八卦图案等装饰,后边系以飘带。有些东巴在黑头包上系五幅冠,如图6-38所示:

---

[1] 根据2023年1月16日对木琛、和旭辉微信访谈内容整理。

图6-38 和占光主持烧天香仪式

5. 黄色法帽

黄色法帽的使用者多为德高望重的大东巴,帽子整体为黄色,用黄缎包住竹笠而成,上有三个纸质彩绘片装饰。可参见图6-42中的俄亚祭天东巴法帽。

6. 红色法帽

红色法帽有三种,第一种为由红缎包住竹笠而成的法帽,除了颜色不同外,形制与黄色法帽相类似。第二种为红黄两种颜色相搭配的竹笠法帽,如俄亚祭天东巴阿普甲若所戴法帽。第三种为红缎包头形成的头巾法帽。如图6-39:

图6-39 玉水寨祭天(和丽芳摄)

7. 毡帽

毡帽有两类,一类是帽檐为圆形的,一类为尖头形的。一般小东巴或民众以戴后者为主。

图 6-40　拉伯乡石春东巴　　图 6-41　署明村东巴祭天（和丽芳摄）

图 6-42　俄亚祭天东巴服饰（和照摄）

上图为 2018 年俄亚乡祭天仪式中世袭祭天东巴阿普甲若及孙子英扎次里的合影，阿普甲若头戴黄斗笠，上面装饰有一宝塔状帽顶，颜色以黄红为主，身披红底碎花披风，上有黄色吉祥纹，身着左衽麻布长袍，双腿扎有绑腿。其孙所穿戴服饰为世代相传的祭天官服，与清朝官服形制相类似，黑色圆帽正上方有二龙戏珠金绣图案，帽顶有黄色宝塔；长袍为蓝底暗花，绣有水纹、波纹、花纹、斜条纹等的黑袖；脖戴 108 颗五色珠琏。清朝官服何以成为东巴服饰？在访谈中得知，此官服是在清代光绪年间由木里活佛土司授予阿普甲若祖上的。作为世袭的祭天东巴，此官服象征了行政权威与文化权威的统一，从中也折射出"纳西人以祭天为大"的文化信息。

（二）法衣

法衣是东巴服饰的主要构成部分，包括了内衣、外衣、上衣、裤子。

1. 左衽长衫或长袍

东巴服饰即东巴法衣。其形制以左衽长袍或长衫为主，因仪式类别及时空不同而有所不同，不同在衣服的色彩、搭配、图案方面，颜色大多为大红、大黄或红底暗花、黄底暗花、黑底暗花、蓝底暗花等。旧时法衣多以麻布宽袍、扎绑腿为主，现多演变为布料或绸缎，现仅俄亚、三江口、依吉等地仍保留有麻布法衣传统。

2. 马褂

一般在长衫或长袍外面套一件马褂。马褂颜色为黄色、红色、蓝色、黑色等。如三坝丧葬仪式上主祭马褂为黄色红花纹，助手东巴以蓝色白花纹为主。

3. 虎皮服

虎皮法衣为开襟长袍形制，一般穿在法衣外面，长度到膝盖处，形如长坎肩，襟镶条边，短袖，襟幅宽大，衣摆较窄。现在因禁止猎虎，虎皮法衣多为仿制品。虎被称为山林之王，东巴借其威灵增益其法力。

4. 羊皮或麂皮法衣

羊皮、麂皮法衣是指由羊皮、麂皮制作的东巴法衣，为开襟马褂式样，一般套穿在东巴法衣外面。

图 6-43　玉水寨东巴法会

5. 白色麻布长袍

香格里拉市三坝纳西族乡祭天时所穿衣服为白色麻布长袍，由手工纺织的火草和麻线合在一起制作而成，圆领、长袖，吴树湾汝卡人祭天时与其他村不同，他们只披在外面，可参见图6-44。在举行丧葬仪式时同样可以穿此服，但必须反过来穿。水甲村民祭天时则穿在身上，腰间束宽大红腰带，头上戴红布包，参见图6-45。据吴树湾和树荣介绍，吴树湾村民大多为汝卡支系，从泸沽湖区域迁徙至此，是最晚进入白地的支系。相传他们在白水台上方的台地处生活时看到白水台神泉里有两条白龙盘旋起舞，于是就模仿创造了"呀哩哩"舞（又称阿卡巴拉舞），当地民众信奉的白水台龙神的形象是白龙化身而成的白人骑白马（xi perq rua perq zaiq），所以村民的盛装统一穿白装，应该说这种白色服饰是白色崇拜的产物。白袍上衣前后皆有编织图案，象征大地上的青草。

图6-44　2019年吴树祭天仪式（和树荣摄）

图6-45　2019年水甲村祭天仪式（和树荣摄）

6. 披毡法衣

白披毡，纳西语称为"斯盘古几"（see perq ggv jji），意为白色披毡。白披毡用于东巴教超度仪式中，有大小两种。大者即大披毡，超度仪式中，有擀制披毡的仪程，并用此大披毡给死者亡灵木偶搭毡房；小者，即小披毡，即放牧者挎在肩上的小披毡。超度仪式中，主祭大东巴和护死者亡灵的"阿古"均要各挎肩背一件小披毡。此外，东巴教祭祀仪式中，要用一块白色披毡设置神座。[1]

---

[1] 和力民：《白披毡》，郭大烈主编《中国少数民族大辞典（纳西族卷）》，广西民族出版社，2002，第122页。

有些特殊仪式上有不同服饰，如图6-33三坝丧葬仪式中东巴挎肩背一匹红布，主祭东巴是从右挎肩背一匹红布，助手东巴则反之。丽江六区、三江口至无量河一带则披一张白布，如图6-47。这块白布三江口一带俗称"劳韩"（laq hai），丽江六区丧葬仪式称之为"更红"（gel huq）。更布塔东巴认为披上此白布能够增加威灵，安抚亡魂。在白布未出现之前以披白色麻布为主。有两层意思，一是通过这种穿戴表明在做超度仪式；二是同时带有赠送礼物（pa na）之意。以前经济困难，布料紧缺，通过赠送麻布可以抵劳务费。赠送麻布有三次机会：一是进入丧家之时就给一次；第二次是杀牲献牲时，称为"科蒙老达"（kol mu laq da）；第三次是点燃油灯时。麻布在那个时期可以裁剪做衣服，或做被面、罩子等。现在政府禁止种麻，麻布反而变成紧缺货物了，民间以其他布料来代替麻布，没有了礼物功能，原来的赠送三次演变为只送一次。也有东巴披一件开领的斗篷，上领为红色，上层为黑色，下面为白色，有云波纹，如图6-46。

（三）法鞋

法鞋即东巴做仪式时穿的鞋子。祈福类仪式中的鞋子以非黑色鞋子为主，只有在举行驱鬼仪式时穿尖头黑靴，因为只有黑靴才能把鬼踩死。黑色象征着威猛无比的原始自然力量，寓示着对妖魔鬼怪等黑恶势力的镇压。

（四）挂饰[1]

挂饰即东巴做仪式时披挂在身上的修饰。东巴挂饰除了传统的手镯、项链、耳环外，以东巴特有的威灵腰带"汁崩更"（rherq bbee ggeel）最有代表性。威灵腰带在三江口一带被称为"格伍格盘"（ge wu ge perq）。丽江一带已逐渐失传，而三江口一带保留相对完整。现以石春东巴家藏东巴腰带为例，简要做些说明。[2]

图6-49、图6-50均为夏那都居山神[3]，后张周边以藏传佛教八宝吉祥符号装饰，前张以野猪獠牙作装饰。夏那都居系石春东巴自己的保护神。东巴的保护

---

[1] 挂饰中的法器照片均由石春东巴提供。
[2] 本部分法器功能说明根据2023年1月14—16日对石春东巴访谈内容整理而成。
[3] 夏那都居指位于四川省稻城县亚丁自然保护区的夏纳多吉神山之一。夏诺多吉意为"金刚手菩萨"，是"三怙主"雪山的东峰，海拔5958米。

图6-46 拉伯乡东巴（石春提供）

图6-47 拉伯东巴主持丧葬仪式（石春提供）

图6-48 东巴威灵腰带

图6-49、图6-50 夏那都居山神像

神根据自己的生辰八字来定。

都盘斯给，即白海螺狮子，又名白翅雄狮，此法器称为"斯给可"（ser ggeeq ke），系东巴护法神兽之一。图6-51为祖传的白海螺狮子，铜制件，镀有金粉。图6-52为后期制作的，呈立姿。翼狮形象在南亚、西亚、古希腊神话及雕刻艺术中比较流行，东巴文化中的翼狮是由本教携带进来的，可能与南亚、西亚乃至欧洲文化交流有内在联系。

署龙（oq herq mee rher），在东巴神灵类中属于署类，主风雷雨电，据东巴神记载平时深潜于美利达吉神海，类似于汉文化中的青龙，系东巴教祖丁巴什罗三大坐骑战神之一。署龙在署鹏大战中曾被丁巴什罗的另一坐骑战神——大鹏鸟驯服。图6-53系海螺上刻画的署龙，无量河一带称之为"尺斯"（Cher seeq），图6-54为铜制品，其形象酷似麒麟。此战神饰于东巴腰带，借其神力为东巴增加威力。

图6-51、图6-52　白海螺狮子

图6-53、图6-54　署龙

都盘本代（ddv perq ber derq），即白海螺项链。作法事时东巴戴在脖颈上来增加法力。项链共有五种颜色，代表五方神。最上面有一颗由海螺磨制而成的白珠，其他四色由玛瑙、绿松石、墨玉、黄蜜蜡等磨制而成。白色象征西方大神格策岑补（geq cel ce bbv），黑色象征北方神迈岑尺勒（mai cei cherl ler），绿色象征东方本神科补（bei sei ku bu），红色象征南方神斯日蒙古（ser ree mee gvq），黄色象征主人，即中间神增右增古（zeiq yel zei gv），如图6-55所示。

米罗铜镜（Mi er lo），刚好放在心脏位置，起到保护心脏之效。传说妖魔鬼怪射暗箭时此镜可以保护心脏；还有一个功效是此镜在三更半夜会发亮，起到照妖镜效果，从而对周边的妖魔鬼怪形成震慑。铜镜周边装饰为野猪獠牙，民间认为野猪獠牙越粗长越有威灵，如图6-56所示。

图6-57为大鹏神鸟。东巴教始祖丁巴什罗的三大护法神之一。大鹏神鸟纳西语叫"都盘修曲"或"朵曲格布"，意为白海螺色的大鹏神鸟。图6-58为格

图6-55　白海螺项链

图6-56　米罗铜镜

图6-57　大鹏神鸟

图6-58　格坞四方

坞四方护身法器，在腰带中其位置刚好在后背，能够有效抵挡仇敌或鬼怪发出的毒气、邪秽、咒语（hual cei）等。此法器里面放有"麻由格"（Ma ye ggee）、"麻由毒"（ma ye ddvq）等护法物，可起到有效减轻自身罪责的作用。东巴教认为东巴娶妻、杀生，由此带有罪责，需要借助仪式或法器来消灾。此法器主要预防三种晦毒功能：第一类为"蒙能日补"（Mee ne rer bbv），此毒物相传是拉萨布达拉宫喇嘛制作出来一种邪毒；第二类"晒厄"（Shail eeq），系用狮子奶汁制作而成的毒药，"麻衣庚"（ma yiq ggee）等晦气；第三类为咒语（hual cei）等。此物为祖传法器，里面放置有保护神夏那都居神像。

图 6-59 为珠主法器。五方战神中中间方位战神之护身法器，系祖传古物，其象征含义已经不太清楚。图 6-60 为龙头法器。由翡翠玉制成。此龙属于汉文化中的行云布雨之龙神。由石春东巴自己购置后饰于东巴腰带上。

图 6-61 为日月法器。月亮在下方，太阳在上方。系铁矿石打制而成，上涂大漆。日月在东巴教中象征阴阳和谐、光明、正义、阳神与阴神、男女始祖神等。

图 6-62 为金刚杵，纳西语称为"都几"（ddvq jji），在佛教神话中，金刚杵是牢固、不灭的象征，在金刚乘佛教的象征体系中占有中心位置。金刚杵是特殊形式的权杖，是许多佛陀、菩萨、本尊的标志。它的形状多为一小铃，铃的把手则为金刚杵。在金刚乘佛教中，金刚杵象征男性、道路、技巧、怜悯等，是积极的表现。在东巴教中金刚杵是镇鬼、顶灾星（ssaq）的主要法器。

降魔杵，纳西语称之为"丕毕"（per bbiu）。东巴教法器之一。有金属制品或木制品两种，金属制品雕刻严整细腻，中间有三个面呈笑容、怒相、骂相的脸面，在东巴教中将此神称为朗久竟久，有九头十八只手，专克凶鬼，尤其是带来灾祸的饶鬼。木制品相对粗朴些，一般分为头部、身部、杵尖部三部分。此法器在请神、禳鬼仪式中东巴持之驱鬼镇鬼。

图 6-65 为格伍法器。"格伍"（ggeq wu）即鼓起物，一般置于身后腰中间，起防身之用，类似于盾牌。相传东巴因经常镇魔驱鬼而晦气大，以防魔鬼从背后袭击，所以里面放有孔雀胆等防邪之物，起用时多施以咒语。也有东巴把护法诸器挂于胸前，如图 6-66 中的和国伟大东巴的挂饰。

法器饰物主要有三大类。一是战神类，代表性的战神为丁巴什罗的三大坐骑战神——青龙、狮子、大鹏，分别象征了角类、掌类、爪类三大类动物中最

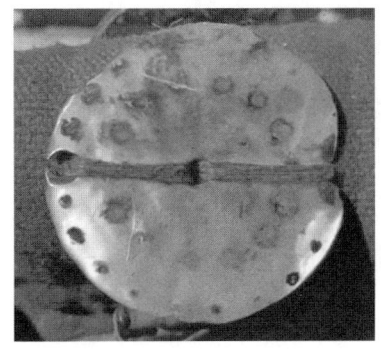

图 6-59 珠主法器

图 6-60 龙头法器

图 6-61 日月法器

图 6-62 金刚杵

图 6-63 降魔杵（铜器）

图 6-64 降魔杵（木质）

图6-65 格伍法器　　图6-66 和国伟东巴（蒋发云摄）

厉害的神物，除魔杵上的朗久敬久也属于战神系列。二是山神、天神等神类，如夏那都居山神、五大方位神等。三是法器类，如铜镜、金刚杵、降魔杵、龙头、日月、格坞四方等。法器分为镇魔法器与吉祥符号法器两大类，如龙头、日月，属于吉祥符号法器；也有东巴要戴饰有东巴教八宝图形的饰品，此类也属于吉祥法器。

七、仪式演述述中的东巴服饰

"仪式演述"是指在民间传统仪式中进行民间文学的身体表演及口头叙述行为。从仪式演述视域考察东巴服饰，是以仪式中的演述活动为中心，有别于单纯以审美或象征的视角来审视服饰，东巴史诗、东巴神话是在东巴祭司在仪式中演述的活态文本，由此决定了东巴是史诗、神话演述与东巴仪式的联结点。东巴服饰与东巴史诗、神话一同受到东巴仪式的整体制约，即东巴史诗类型、东巴神话类型、东巴服饰类型受到东巴仪式的具体规定制约。什么样的仪式吟诵什么样的史诗、神话，什么样的仪式穿戴什么样的服饰。下面简要谈谈东巴服饰与东巴史诗、仪式的关系。

首先，仪式类型决定史诗类型与服饰类型。

东巴史诗主要在祈福类仪式及禳灾类仪式中进行演述，所以与东巴史诗相关的服饰主要指在这两大类仪式中穿戴的服饰。具体而言，祈福类东巴仪式主要有烧天香、祭天、祭村寨神、祭署、祭畜神、祭胜利神、加威灵、延寿、婚礼等；禳灾类仪式主要有禳栋鬼、超度、驱鬼、祭风、退口舌是非等仪式。因仪式不同，主祭东巴的名称也不同。如主持祭天等祈福类东巴一般称为"徐孙"（xuq sui），意为主祭者；主持丧葬仪式、超度仪式的东巴称为"罗从打恒"（lo coq dda heeq），意为超度亡灵者；禳灾类仪式主持者称为"陆谷毕补"（liul gv bbiuq bbvq），意为处于人与神鬼中间的调解者。

祭天仪式吟诵的史诗是迁徙史诗《崇般绍》，超度仪式吟诵《崇般图》，禳栋鬼仪式上吟诵《黑白战争》。需要指出的是在三本史诗中，相对复杂的是创世史诗《崇般图》，因为这一经典在祈福类及丧葬类、禳灾类仪式中都可以演述，如延寿仪式、祭胜利神仪式、除秽仪式等祈福类仪式，以及丧葬仪式、超度仪式、禳栋鬼仪式、大祭风仪式等。且在不同仪式中史诗文本也会发生相应的变异，除秽仪式中会相应增加与除秽相关的内容，超度仪式、祭风仪式中为了把亡灵顺利送回祖居地，要特别交代迁徙路线的每一路站。

我们从上述东巴服饰类型中就可以了解到主持这些不同仪式的东巴的服饰明显不同，如祭天主祭东巴不会戴五幅冠，一般只戴红头包或黑头包，也有一些东巴戴黄色圆帽；即使是超度仪式的东巴，因超度仪式不同，五幅冠也是不同的。如大祭风仪式中的五幅冠称为"卡日科"（ka ree ko），五幅冠中的神灵从左到右依次为：宝乌优麻、达老咪麻（补）、丁巴什罗（黄皮肤）、郎久敬久、卡然牛究。正常死亡的丧葬仪式、超度什罗仪式上的五幅冠称为"韩科"，五大神分别为五行五方大神；也有将五大方位神与五大神灵融合在一起的五幅冠，

图6-67　大祭风东巴舞（杨福泉摄）

415

图 6-68　石春东巴主持退口舌是非仪式

一般五方神在上方，五大神在中间，下方为不同神灵遥坐骑，其中五大神为：优麻、丁巴什罗、朗久敬久、达拉米麻、都盘修曲（大鹏鸟）等，禳栋鬼、驱鬼、禳灾类的仪式中穿戴此冠较多。

其次，东巴在仪式中的身份地位不同，服饰也会发生相应的变化。

超度仪式中只有主祭东巴才有资格戴"农布公蒙"，一般助手东巴只戴五幅冠。三坝丧葬仪式中主祭东巴所穿戴的服饰样式、颜色也明显不同，包括挎肩背的红布方向也是不同的。这种不同的服饰彰显了东巴内部的等级制度。

最后，东巴服饰与仪式是通过仪式程式相统一的。

程式是指内在规定性，具有重复性、传统性、规定性等特点。祭天仪式中东巴穿戴什么样的服饰是由仪式性质及类型规定的。祭自然神仪式属于祈福类仪式，一般不戴五幅冠，但祭自然神仪式中又夹杂了除秽仪式，进行除秽仪式时东巴要戴上五幅冠，举行完除秽仪式后要换成祈福类服饰。也并不是整个仪式过程都要穿戴同一套服装，有时可以根据仪式情况予以随机变化。如祭风仪式中，在家中念诵一般经书时，可以脱下东巴服饰、五幅冠，穿着平常衣服进行吟诵，但到了跳东巴舞、举行驱鬼、镇鬼仪式时必须穿戴正规的东巴服饰，不得有丝毫马虎大意。一般的禳灾类小仪式，即使不穿东巴服饰，也要戴上五幅冠，因为如果没有诸神加持，仪式效果会打折扣，且会反克东巴及主人家，这是非常忌讳的。

八、东巴服饰的文化特征

东巴服饰属于民族宗教服饰，具有民族性、宗教性、复合性、传承性、差异性等特征。

（一）民族性

从民族性而言，东巴服饰属于纳西族服饰范畴，受到纳西族服饰的深层影响。东巴服饰中的羊毛披毡、马褂、左衽麻布长袍、长衫、裤子、鞋子、靴子等与纳西族民间服饰是通用的。另外，东巴服饰的发展变迁与纳西族传统服饰是同步互构的；二者在颜色、款式、制作方式以及服饰背后的民族传统文化观念是一脉相承、内在统一的。

（二）宗教性

与民间服饰、上层精英服饰的不同在于东巴服饰属于宗教服饰，是为宣扬东巴教思想服务的，在东巴仪式中具有法器效力，其象征功能大于实用功能。在什么仪式中穿什么样式的衣服，皆由宗教仪式类型所决定，这与民间服饰的随意性存在明显差异，如五幅冠只能在驱鬼禳灾类仪式中穿戴，严禁在祈福类仪式中穿戴。这也是东巴服饰宗教性特征表现所在。东巴服饰在仪式中起着祈福悦神、禳灾驱鬼的宗教功能。在禳灾类仪式中，东巴头戴五幅冠，身着虎皮法衣，挂着威灵腰带，让大鹏鸟、战神、四方神、白海螺狮子、护法镜、金刚杵一同加持，脚蹬黑靴，呈现出神圣庄严的法相，增添了东巴的威严，客观上为仪式顺利举行提供了保障。

（三）复合性

东巴服饰的复合性特征主要是就其内外部因素而言的，从其内部而言，东巴服饰是由多元服饰种类构成的，从头到脚、从里到外都由丰富的服饰构成，包括其材料、色彩、款式、风格都是丰富多彩的。仅从帽子的种类而言就有王冠、法帽、孝子帽、唱挽歌时戴的帽子，以及在不同仪式中所戴的不同帽子；装饰品材料有金属、矿石、布料、动植物等四大类，其中玉石、绿松石、玛瑙、珊瑚、海贝应该是从外面引进来的。从外部而言，东巴服饰明显受到汉族、藏

图 6-69　塔城祭天东巴服饰　　　　图 6-70　俄亚祭天东巴的麻布宽袍服饰

族等民族服饰的深层影响，这与东巴文化本身所受的影响是内在统一的。五幅冠中居于中间的主神丁巴什罗是东巴教祖，与本教教主属于同源异流关系。有学者考证纳西名称"东巴什罗""丁巴什罗"系藏语"敦巴希饶"的变音。[1] 另外，在禳灾类、超度类仪式中所戴的铁冠帽与本教徒所戴的铁冠帽是完全相同的，显系本教传入的法帽。东巴腰带中的"格乌四方"法器专门预防一种叫"蒙耐日补"（Mee ne rer bbv）的邪毒，这种邪毒相传是拉萨布达拉宫喇嘛制作出来的。从中可以窥探到佛本之争的残酷历史。东巴服饰中也有金刚杵、降魔杵、白海螺、铜镜等藏传佛教的法器，这说明藏传佛教文化对东巴也有深刻影响。长衫、长袍、马褂、绑腿等服饰则有汉文化影响的因子。

（四）传承性

东巴服饰有历史传承性。从东巴文及其典籍文献中可察，东巴服饰经历了从简单到复杂，从单一到多元的发展历程。纳西先民服饰材料先后经历了树叶、草席、动物皮、麻布、氆氇、棉布、绸缎等几个发展阶段，明显看得出来不同时期生产力状况对服饰的影响，其中动物皮占的比例较高，这与纳西族先民从事游牧的历史密切相关；麻布与布匹是进入农耕文明以后才普遍出现的。明清时期是纳西族服饰文化变迁程度较大的时期，一方面进入封建社会后，扩大了与外界的交流，大量的外来移民带来了先进的服饰编织技艺及工具，另一方面

---

[1] 习煜华、杨逸天：《东巴教中的丁巴什罗》，《云南民族学院学报（哲学社会科学版）》1987年第3期。

通过茶马古道贸易加大了与周边地区的经济、文化交流，丽江成为茶马古道的重要交通枢纽，商品经济的中转站，形成了滇川藏交汇区域的商贸中心，丽江本地生产的靴子、毛毯、氆氇、鞍具成为输往藏区的主要商品。杨德鋆把纳西族服饰发展史分为早期、元明时期、清代、近代四个时期。把披毡麻布裳、羽冠纹裳、虎皮装列入早期服饰类型；宽沿毡帽、披毡麻布裳、甲胄列入元明时期服饰；五幅冠、宽沿毡帽、长裳马褂、鱼皮龙衣、面具舞袍、无领羊皮褂、无领麻布褂、铠甲、禅领长裳等列入清代迄今服饰。[1]这是值得探讨的。正如前面所述，有的服饰可能在早期发制出来了，但可能一直延续到现在。如所谓羽冠纹裳服饰至今仍有保留。

（五）差异性

东巴服饰的传承性在不同地方有不同的表现形式，由此形成了地方差异性，这与不同地方的政治制度、经济形态、文化形态的差异有内在关系。纳西族西部方言区在雍正元年（1723）改土归流后进入封建地主经济制度，整体受汉文化影响深远；而东部方言区一直到20世纪40年代仍处于封建领主制，受藏传佛教影响较深，从而使两个不同方言区域的文化呈现出不同表现形态，影响到服饰上形成了不同的风格类型。同一个方言区内也存在着不同程度的文化差异。如祭天仪式中丽江坝区、四区、五区的东巴以戴红头包为主，而六区、三坝等地的则以戴黑头包为主；丽江境内的祭天东巴一般穿红色长衫、黄马褂，而三坝祭天东巴穿白色麻布制作的开襟长袍。据三坝东巴讲述，他们在祭天仪式上穿白色东巴服饰，与东巴教发祥地——白水台密切相关。由此也说明了地方文化对服饰文化的深层影响。与服饰差异性相对应，不同区域的史诗演述时间、空间、方式、名称、功能也有不同程度的差异，如丽江一带称祭天史诗为《崇般绍》，三坝乡东巴则称之为《土笁》，意为《出处来历经》，俄亚乡东巴则称之为《蒙补崇般图》，即"祭天创世纪"。

（六）变迁性

东巴服饰及东巴史诗在现代情境下发生着巨大的文化变迁。随着丽江旅游

---

[1] 杨德鋆、和发源、和云彩：《纳西族古代舞蹈与舞谱》，文化艺术出版社，1990，第86—91页。

业的崛起，东巴文化作为旅游资源被纳入市场经济洪流中，成就了丽江文化产业。从"东巴不进古城"到东巴满街走，东巴文化成了丽江旅游不可或缺的元素。东巴文化场域随之发生了巨大的文化变迁，传统东巴文化的神圣性向世俗化转化，仪式中的演述变成市场中的表演，东巴由人神之媒演变为市场展演者，受众由本土民众演变为国内外游客。这一系列文化变迁对东巴服饰及东巴史诗带来了深刻的影响，传统宗教信仰是维系东巴文化赖以生存发展的根基，而信仰空间是由本土民众及其生活方式、文化空间所维持的，一旦其文化生境发生变化，信仰根基也会发生动摇，由此导致了内部文化的变异。巨大的文化变迁也倒逼着东巴服饰的合理化改革，五幅冠一般在禳灾驱鬼仪式上才能戴，但在旅游市场中这一传统禁忌被打破，好多东巴戴着五幅冠招摇过市。云南省东巴文化保护与传承协会为了适应现实社会而对传统五幅冠进行了改良，用传统八宝吉祥符号取代战神画像，在传统与现代之间达成了和谐统一。

东巴服饰的发展既受到纳西族自身历史发展、社会生产力、宗教意识形态的整体制约，又有外部文化的深层影响，同时也有内部文化的自我调适、改革。在全球化、信息化、智能化浪潮席卷全球的当下，包括东巴服饰在内的东巴文化面临着巨大的时代挑战，"无可奈何花落去，似曾相识燕归来"。作为宗教形态的东巴教衰落乃至消亡是大势所趋，但这并不意味着东巴文化的灭亡。毋庸讳言，当下的东巴服饰存在着商品化、同质化、展演化、信仰缺失等问题及乱象，但不可否认，作为艺术的、学术的、文化的、民俗的等多元形态的东巴文化也面临着诸多发展机遇及创新空间。与东巴画、东巴舞、东巴音乐、东巴文字等相类似，东巴服饰的"两创"也不只是东巴本人的分内之事，政府官员、学者、企业家、艺术家以及国内外各种民间社团都参与其间，一个共创、共融、共享、共赢的文化合作平台已经逐步形成，一个全新的新时代东巴文化大幕已经拉开。

第五节　东巴史诗中的日月崇拜

日月崇拜是人类普遍性的文化，正如人类学家爱德华·泰勒在《原始文化》中断言，"凡是阳光照耀的地方，都有太阳崇拜的存在"。[1] 日月神话是人类神话的普遍性主题，尤其在创世神话中占有重要的地位，对人类文化产生了深远的影响。日月神话在不同民族或地区有着不同的表现内容与形式，其发展形态与文化蕴涵也呈现出复杂多样化的特征。深入剖析东巴史诗中日月崇拜的文化共性与差异性，可以对人类文化的多样性与有机联系有个本体的认知，从而有利于促进不同文明间的交流互鉴，推动人类命运共同体的建构。作为中华民族大家庭中的成员，纳西族日月崇拜文化与藏文化、华夏文明有着深远的文化联系，同时也受到印度文化、两河流域文化的多重影响。所以纳西族日月崇拜研究不只是单纯的单一民族文化研究，更是通过日月崇拜这个横截面，来揭示其日月文化的生成发展动力机制，发现其间的普遍性文化准则与所蕴含的文化内涵。

一、东巴史诗中日月崇拜的神话叙事

东巴史诗中日月崇拜的神话有三大类：一是关于日月起源的神话，二是天上出现九个太阳十个月亮的神话，三是争夺日月而产生的战争的神话。

关于日月起源神话主要有影子产生型、神山产生型与蛋生型三类。影子产生型源于宇宙混沌说，即宇宙洪荒之初的原始状态。《创世纪》中如是说：

---

[1] ［英］爱德华·泰勒：《原始文化》（重译本），连树声译，谢继胜等校，广西师范大学出版社，2005，第282页。

图6-71 《全集》中记录的日(左)月(右)围绕神山旋转

远古的时候，天地混沌，卢神和沈神赶着万物在游荡，树木会走路，石头的裂隙会说话，到处在簸动摇晃着。在天和地尚未形成的时候，先出现了天地的三种影子；在日和月尚未出现的时候，先出现了日和月的三种影子；在星宿尚未出现的时候，先出现了星宿的三种影子。[1]

神山产生型叙述模式为：很久很久以前，太阳与月亮还没有产生，然后经过事物变化，产生了居那若罗神山，日月从神山两边出来了。东巴经书《给卢神沈神除秽经》有这样的记载：在黑暗笼罩着世界、天地像簸箕般颠簸不定的时候，太阳还没有出来，月亮还没有出现。最初，有了居那若罗神山，从神山的左边升起了太阳，从神山的右边升起了月亮。太阳的光芒照耀大地，天地间从此有了光明。[2]

蛋生说是较为普遍的日月产生叙事模式，在涉及远古时期叙事内容时，往往与此相关联，创世史诗《崇般图》、英雄史诗《黑白战争》就是典型代表。如《黑白战争》载：

> 远古的时候，天和地还没有成形，日和月还没有生成，星和宿也还没有出现的时候……最早，白蛋起变化，出现了盘神的白天和白地、白日和白月、白恒星和白饶星。黑蛋起变化，出现了术部族的黑天黑地、出现了黑日和黑月、出现了黑恒星和黑饶星。[3]

第二大类别的多个日月型神话与其他民族的射日射月神话相似，创世史诗《开天辟地》载：

---

[1]《大祭风·创世纪》，《全集》(第80卷)，第4页。
[2]《禳大栋鬼仪式·给卢神河沈神除秽经》《全集》(第22卷)，第220页。
[3]《河谷地区祭鬼仪式·开天辟地的经书》，《全集》(第31卷)，第167—175页。

  天空中有九个太阳和十个月亮，花木凋谢了，泉水干涸了。白天，人们热得不能生存；夜晚，人们冷得不能入睡。神灵们商量要去赶杀日月。美利术主的六个术人去杀日月。他们用脚踩太阳，用脚蹬月亮。太阳和月亮都躲藏起来了。没有日月，世间黑白不分，昼夜不明了。人们又商量要去请日月，卢神用白土捏三个白狗，白狗请来了太阳。沈神用黑土捏三只黑鸡，黑鸡请来了月亮。从此，世间又有了昼和夜、黄昏和早晨。[1]

禳栋鬼仪式上吟诵的创世史诗《崇般图》（又名为《创世纪》，《开天辟地》，如宝山一带的称为《孟土堆空》，即"开天辟地"）也有与之相似的记载：

  据说六个术人愿意去射杀日月。米利术主用脚朝太阳踩三次，太阳失去温暖了；用脚朝月亮踩三次，月亮没有光泽了，天地之间没有人看见太阳和月亮，昼夜分不清。[2]

与此相似的还有两个异文版本，一个是与其他民族的日月神话情节相似，多余的日月是由天神用箭射下来的。另一个异文情节是阳神捏制了狗和鸡，把日月引诱来后捆绑在岩石上，杀死了多余的日月，这与下面的这则故事情节发生了倒置。

  美利卢主用三把白土做了三只白狗，用三把黑土做了三只肥鸡，就让这三只白狗与三只肥鸡去迎请太阳与月亮，太阳是由狗动听的叫声迎请出来的，月亮是由鸡的美妙啼鸣声迎请而来的。如今，所有的太阳与月亮都已请到，被拴捆在高岩脚下，九个英勇的盘神挥舞白铁利刃，砍杀了九个太阳中的八个，只留下一个太阳；砍杀了十个月亮中的九个，只留下一个月亮。从此，人类大地的左边有一个温暖的太阳，右边有一个明亮的月亮，太阳温暖而不炎热，月亮明亮而不寒冷。[3]

---

1 《河谷地区祭鬼仪式·开天辟地的经书》《全集》（第36卷），第262页。
2 《日仲格孟土迪空》（阮可人的《开天辟地》），云南省少数民族古籍整理办公室编《纳西东巴古籍译注》（三），云南民族出版社，1989，第126—127页。
3 《退送是非灾祸·把毒水抛向仇人·请优麻战神镇压瓦鬼》《全集》（第37卷），第40页。

不只是天空有九个太阳,地狱里也有九个太阳,《超度什罗仪式·开辟神路·洒沥血水》:

> 东巴什罗曾到地狱里镇压黑鼠黑雀,地狱里有九个太阳,照得什罗无法忍受,跑到毒鬼黑海里洗澡。[1]

至于九个太阳是如何产生的,东巴经《说出处》载:

> 太阳与月亮还未出现以前,先出现了太阳和月亮的三样影子……光彩夺目的绿松石作变化,出现了依谷阿格大神;依谷阿格作变化,变出了九个太阳。多余的太阳,变成了十一月初九日。[2]

第三类日月神话以英雄史诗《黑白战争》为代表。此部史诗在叙及战争起因时强调双方是为争夺神树海英宝达树,这棵神树有12片叶子、12个分杈、12朵花,隐喻了这是一棵制定天文历法的神树,历法树与日月星辰关系密切,所以"董和术的争斗,是为了天地岁月时日而械斗,结仇战争的来历就从此开始"。而真正引发战争的祸端在于一场制造日月事件:黑部落的日月星辰暗淡无光,于是就重金邀请了白部落王子到黑部落境内重新制造明亮的日月星辰,但白王子收受了重金后,遵照父母嘱咐,把黑部落的日月星辰搞成歪歪斜斜、暗淡无光的样子,并在逃回的路上设下陷阱,害死了黑部落王子,由此引发黑部落大举进攻白部落的战争。整部史诗洋溢着浓郁的英雄主义色彩,情节曲折生动,人物形象栩栩如生,战争场面波澜壮阔:

> 千千万万董族兵马出征了,三百六十个天将出征了……复仇的董族兵马队伍呀,长矛扛上肩,弓箭背在身,盾牌手中拿,长戟亮铿铿,大刀光闪闪,胜利的旌旗迎风飘,复仇队伍浩浩荡荡杀过来。[3]

---

1 《超度什罗仪式·开辟神路·洒沥血水》,《全集》(第73卷),第260页。
2 《说出处》,《全集》(第100卷),第122页。
3 和志武翻译:《东巴经典选译》,云南人民出版社,1994,第20页。

战争结束后世间一切恢复了和平宁静的生活：

> 天大无云遮，天空广又阔，星辰布满天，日出射光芒，月出夜明亮。地大无埋石，地坪广又宽，绿草铺满地，池塘水汪汪。牛羊遍地跑，庄稼长得茂，人生得寿年。[1]

从一开始的开天辟地到产生日、月，日月星辰正常运转到黑部落抢夺日月而引发战争，战争结束后日月星辰又恢复了正常运转。这说明人类的生产生活与天上的日月星辰的正常运转密切相关，一旦人类遭受天灾人祸，往往归结于人类自身的贪婪、不道德行为。在古代氏族、部落时期，这种不道德行为往往与敌对势力相联系，由此引发了氏族、部落间的冲突与战争。这显然是交感巫术观念的遗留。封建社会时期皇帝下"罪己诏"，同样具有向天神请罪之意。

需要说明的是，日月产生神话、多日月神话、争夺日月神话存在复合的情况，如上述《黑白战争》中开头的创世叙事内容中就包含了日月产生的神话叙事，而在后面黑白两大部落的战争叙事中就涉及争夺日月之战。创世神话中也有日月诞生神话与多个日月神话，以及再造日月神话。也就是说一部神话作品里包含了多个不同的日月神话。

二、东巴象形文字中的日月崇拜

东巴史诗是由东巴象形文字记载的典籍文献，东巴文具有图画文字特点，关于日月的东巴文与纳西先民的认知思维有着内在关系，这与构成东巴史诗的思维观念是逻辑统一的。从日月造型中探求其造字心理，进而求解文字背后的民族心理及文化传统，这应该是我们深入理解东巴史诗的一个有效途径。

"太阳"的东巴象形文写为⊕，纳西语读为［ni mei］（尼美），古音为［bi］，也有不同的写法⊛，周边有光芒。⊗、⊙，太阳里面的十字符号为光芒。如⊕［ni mei ga ssv］字，意为正午，其形状为太阳光芒四射。

---

[1] 和志武翻译：《东巴经典选译》，云南人民出版社，1994，第27页。

◎，[ni mei naq] 太阳光芒中加入黑点，就变成了黑太阳，以此指黑道凶日。[1] 在纳西先民观念中，黑色代表了不可预测的危险、凶恶。在李霖灿字典的第27字，◎ [bi naq]，这个字里黑点只有一点，也是指黑太阳，专指鬼地的太阳，东巴经里的鬼地的日月星辰皆为黑色。这个字在无量河流域的纳西族区域较为常用。

◎ [ddaq]，日落时的晚霞，下方的斜线条指斜晖。◎ [mbaq]，其形为两边的胡子，以此指霞光万道，这个字也可读为 [ni mei rua baq zzeeq]，意为"太阳生胡子"。晚霞的东巴文也写作◎。

◎太阳被云所笼罩。

◎~太阳被饶星所吞食时，太阳吓得惊抖起来。

◎ [bbu] 光亮。其状为日月齐辉。

◎ [ni mei kee]，指日光。其形状为太阳下面有脚，◎ [kee] 本义为脚，与"线"[keeq] 近音，此处用来作假借。

◎ [hei mei]，指月亮，其形状为上弦月，古音读为 [lei]。月亮的东巴象形文还有不同写法：◎、◎、◎、◎。

◎ [hal] 指晚上，与上面月亮形状相倒置，也可作动词"睡觉""住宿"。

◎ [huq] 指夜晚，一般指深夜，与上面的晚上相区别。也有写成◎ [huq ko]，月亮下方的◎，意为"角"，与"深""半"同音，此处作假借字，即三更半夜。

◎ [me]，否定词，指没有，不，无，非。其形状为月亮细如钩，没有了光芒，后引申为无、没有、不等。

◎ [naq ful]，其形状为月亮全变黑，意为月无光，指黑暗。

◎ [lei naq]，月亮中有黑点，指鬼域中的黑月亮。

◎ [hei naq]，月亮形状呈直立状，与上面横向的黑月亮相区别，月中有一黑点，指不吉利的月份。

与上述的云彩环绕、长胡子（霞光）、受惊的太阳相似，也有云彩环绕的月

---

[1] 李霖灿编著，和才读字，张琨标音：《纳西族象形标音文字字典》，云南民族出版社，2001，第6页。

亮☒；长胡子的月亮，☒指月出、月落时的月光；饶星要吞食月亮时，月亮受惊的形状☒。

日蚀、月蚀分别写为☒，☒，其形状为日月有缺。

从以上日月的东巴象形文字形象中可察，日月形象经历了自然形象到人格形象的发展演变过程。日月形象一开始具有自然形象——有光芒，能带来光明与温暖，到后期就有了人格特征——日月都有胡须，有脚，且有喜怒哀乐的情绪。需要指出的是，纳西族的日月形象并未发展到神格阶段，日月在东巴神话里处于弱势者的地位，饶星是日月的仇敌。饶星吞食日月的东巴文写为☒，其字形为饶星☒在吞食日月。饶星☒在东巴经里作有九个头的煞神，因其吞食日月降灾祸而得名，一些经书另写作☒。日月还受到神灵与鬼怪的追杀，如上述多日月神话中，美利术主的六个术人用脚踩日月，太阳和月亮都吓跑了。最后还是由卢神、沈神捏了狗、鸡请回来的。

另一个东巴神话叙及"九个太阳玷污了十个月亮。九个太阳出来也不温暖了，升起十个月亮也不明亮了"。这里明显带有原始思维中"互渗律"特点：人们在阴天或雨天感受到阴冷，且观察到了阴天时的日月是被云雾气体（等同于秽气）所遮盖的，由此认为是日月不道德行为（秽行）导致了此类秽气的产生。互渗律的重要特点在于原始先民普遍认为人与外界事物之间有着部分或整体的等同，二者可通过神秘的方式来彼此参与、相互渗透，形成了独特的自然现象与社会现象。

上述的日月形象明显带有人格特征，但并未上升到神格地位，这与东巴教长期处于以自然崇拜为主的原始宗教形态有关。东巴教中大量的神灵是后期受本教影响而产生的，而早期的原生神灵明显带有自然形态与人格形态兼容的特征，这在东巴象形文字及东巴神话里的日月形象中得到了全面的反映。

三、本教与东巴教的日月崇拜文化比较

东巴文化受藏族本教文化影响极大，纳西族日月崇拜及日月神话里融合了大量的本教文化内容。纳西族日月神话以英雄史诗《黑白战争》为代表，这部史诗一开始先叙述天地自然的变化生成万物，而这种变化往往与二元论密切相

关，如天与地、日与月、星与辰、好与坏、善与恶、白与黑、阴与阳、真与假等。白部落与黑部落形成了两个对立的势力，白部落的天地日月星辰山川河谷都是白色的，而黑部落的天地日月星辰山川河谷都是黑色的。白色代表了美好、善良、进步的光明、正义力量，而黑色象征着黑暗、残暴、野蛮的黑恶势力。孙林认为，纳西族东巴神话中的这种二元论受到本教二元论的影响。"本教中的二元论将宇宙的原始动力解释为白色与黑色两种光，这两种光是对立的，它们共同发生作用，产生宇宙的一切。而且，黑色还是愚昧、迷茫、迟钝、疯狂等一切丑恶的孳生力量。白光与黑光在宇宙创造过程中有时还以白卵与黑卵的形式出现，它们分别产生神与恶魔的传承系统。纳西族东巴教中的有关宇宙起源的神话也有类似的思想。"[1]

本教经典《叶岸战争》与东巴史诗《黑白战争》有着惊人的相似。白庚胜认为两部作品的结构基本一致，两界性质完全一致，战争起因都是为了争夺神树，战争过程存在相对应的传承关系。[2]《叶岸战争》中神的世界叫（叶），魔的世界叫（岸），在两个世界间有分界线，神的世界有各种药物和花果，魔的世界则生长毒药和有毒的植物。神魔交界处生长有一棵奇特的树，叶片是丝绸，果实是黄金、珠宝。善神看护着此树。战争以神灵获胜为结束，魔王被俘获，各种占卜羊毛从此产生，各种解毒药出现，净化仪式以及世界的规范、准则也得到确立。[3]

当然，任何文化的传播与影响并非是一成不变的生搬硬套。藏族本教的日月崇拜文化传播到纳西族地区时，由于历史情境、地理环境、文化体系等多方面原因，其原生文化在传播过程中发生了相应的变异。

"卍"左旋的雍仲符号，是雍仲本教的神圣符号。远古时期可能是藏地先民象征太阳的符号，"雍仲"符号极少单独存在，它更多的时候是与其他图形共存于画面之中。人们注意到在西藏岩画里，经常与"雍仲"符号相伴生的有如下一些图形：日月符号，日月，与宗教祭祀活动相关，如日月崇拜、祭祀活动等。后逐渐演变成代表"永恒不变"和"吉祥"的意义，与佛教的右旋雍

---

[1] 孙林：《论藏族、纳西族宗教中的二元论及与摩尼教的关系》，《西藏研究》2004年第4期。
[2] 白庚胜：《〈黑白战争〉与〈叶岸战争〉的比较研究》，《民间文化》2001年第1期。
[3] 孙林：《论藏族、纳西族宗教中的二元论及与摩尼教的关系》，《西藏研究》2004年第4期。

仲符号方向相反。梵文写作 Srivatsa，旧译为"吉祥之所集"。这一符号传入中原地区，音译为"万"，而鸠摩罗什和玄奘又将此符译为"德"，取万德庄严之意，强调佛的功德无量。雍仲符号在本教与佛教中只是旋转方向不同，而其基本义是一致的，都是代表着永固、永恒、不变、金刚、吉祥的意愿或祝福。[1] 藏文献《基奔》载："什么也没有的空之中出现了什么都清楚的光，从这个光的普及中出现一个自转的光轮，光轮的自转力中出现风力飘旋，随着风力的增加，出现支撑风力，世称宝风。……风生火，火烧水，水聚尘埃。"[2] 这说明创造万物的四大物质皆源自太阳的旋转。

　　这一源于太阳崇拜的本教标志符号随着本教向周边地区的传播而进入东巴文化中，但其读音及基本义发生了相应的变化。从字符形状上看，东巴字 卍 明显源于本教符号"卍"，形状、方向相一致。纳西语读为［ee］，与纳西语的"牛"同音。李霖灿编的《纳西族东巴象形标音文字字典》中把此字归入纳西族支系若喀东巴字，卍 1669号字，读为［dvq le xi siuq］，千种百样也。此字有宗教渊源，云千种百样，无不包含于此中也，有包罗万象之意。［xi］在北地（白地）一带如此，作"百"字解，盖用上字之第三音也。至丽江鲁甸一带，又改读为［ee］，乃"好"之意。[3] 据石春东巴介绍，在云南宁蒗县拉伯乡无量河流域，这个字也读为［yu dder］，意为吉祥福地，丧葬仪式上，在棺材内、火化场放死者处皆用米粒画此雍仲符号，用来超度死者灵魂回到祖居吉祥地。无量河流域与康巴藏区接壤，受藏文化影响极深，这一区域的藏族、普米族宗教经典中保留了大量的本教经典，这一区域的藏族民众在举行火葬时，在死者尸身下也用檀香（香粉）画此佛教符号。

　　纳西语［yu der］应是藏语"雍仲"的变音，而纳西族西部方言读为［yi der］。本教的雍仲符号后转变为吉祥八宝之一的法轮形象，意喻法轮恒转，由此变化产生万事万物。无独有偶，东巴经典中也有源于藏族佛教文化的法轮符号 ，法轮在东巴文化中比喻一切事物产生的基座，即万事万物皆产生于此，有专门讲述法轮来历的东巴经书，另写为 或 ，两个法轮符号中都明显

---

[1] 剧艳光：《古老而神秘的雍仲符号》，《科技信息》2012年第7期。
[2] 罗丹宁波：《象雄视觉下的五行》，《长者良言》2003年总第33期。
[3] 李霖灿编著，和才读字，张琨标音：《纳西族象形标音文字字典》，云南民族出版社，2001，第286页。

表6-1　东巴文"日"与其他日月符号比较

东巴文"日"	东巴文"日"	东巴文"日"	东巴文"日"
马厂类型的"卍"纹彩陶罐	马厂类型的"卍"纹彩陶罐上符号	金沙遗址博出土的太阳神鸟金饰	本教雍仲符号

有太阳形状。

这说明，原本源于太阳崇拜的雍仲符号"卍"，从自然崇拜向人文宗教发展的过程中，其文化意蕴也发生了相应的变化，从太阳恒转的本义发展丰富为"吉祥如意""金刚不变""万福所集"等本教教义，并从太阳的自然形状发展为抽象的象征符号，后又演变为法轮具象。与具有如此丰富复杂的宗教内涵相比，东巴文化中的卍仅包含了"千种百样""好"之意。这与东巴教未能从原生宗教发展为人文宗教的文化事实密切相关。

泸沽湖区域摩梭人的太阳神祭祀仪式源自藏传佛教文化，糅合了藏族雪顿节、羌姆舞、晒佛等内容，这与当地民众普遍信仰藏传佛教有关。

四、东巴日月崇拜与中原日月神话的比较

任何一个民族的文化都不是孤立存在的，任何文化都既立足于特定的自然环境与历史条件之上，又在不断吸纳融合外来文化基础上创造出的结果。纳西族日月神话既有自身的原生文化，也杂糅了大量的外来文化。当然，这种文化的独立性与融合性是需要辩证看待的，纳西族日月崇拜文化中有些可能与外

图6-72　图正中为雍仲符号

来文化很相似，但并不意味着都来自外来文化，可能更多是人类共同的文化心理导致的。譬如太阳形状而言，从最早的岩画到象形文字，乃至图腾符号，都不外乎以圆形为主，而太阳形状除了圆形特征外，还有光芒。就是说太阳形象的这些共性特征并不存在哪个影响哪个，而是原始先民观察到相似的太阳特征而已。

纳西族东巴文的太阳形象写为⊕，太阳光线在里面，也有太阳光在外面的☀，这与湖北随州西花园遗址出土的彩绘陶器上的太阳形状是相似的。太阳光在里面的⊕，⊞，太阳光里外都有的☀，⛰。西花园遗址出土的彩绘陶器属于屈家岭文化、石家河文化时期，距今4000多年，

国内发现的岩画、象形文字、陶器符号上的太阳旋转方向基本上以左方向旋转为主。这一文化共性特征可能与这些地区皆处于北半球，太阳从东方偏南方向升起，从坐北朝南方向观察太阳，太阳运动轨迹是从左往右运转的。

值得一提的是，发现于青海省民和县绘有万字纹符号的柳湾彩陶一共有26件，这也是目前世界上发现最早的"卐"字纹符号。它打破了传统学术界认为的"万字纹是公元四世纪自印度传入中国"的观点。

至于佛教的万字符号"卍"的旋转方向为右旋转方向，主要是因为在借用本教雍仲符号时，为了表示区别而有意作了相反方向的改造，这也是抑本扬佛

在文化上的反映。东巴文化中的"卍"则受本教影响而沿用至今，佛教对其影响远不如本教大。东巴长卷画《神路图》里的"卐"为右旋，且神灵背后皆有太阳光环，这是受藏传佛教文化及唐卡绘画风格影响的结果。藏传佛教对东巴教的影响主要是在后期，推动了东巴教文化朝人文宗教发展，但其基本特征仍保留了原始宗教文化特征，所以《神路图》在东巴文化中属于另类文化，与整体文化相比显得"形单影只"。

原始先民观察到太阳每天在天上循环往复地运转，认为太阳是鸟的化身，或者是鸟背着太阳在飞。《山海经》说："汤谷上有扶木，一日方至，一日方出，皆载于乌。"《淮南子》载："日中有踆乌。"高诱注："踆犹蹲也，谓三足乌。"这说明鸟与太阳本为一体，二者是相互替代的。其实，远在《山海经》成书之前的新石器文明就已经把太阳与鸟联系起来了。"庙底沟文化彩陶上频繁出现的太阳鸟图像，与大汶口文化和良渚文化所见的同类图形完全相同，说明当时的太阳神观念普遍存在，传播范围很广。"[1]

纳西族东巴神话中并未发现太阳鸟（三足乌）方面的内容，但有两个现象值得关注：一是太阳的古音［bi］，与鸟禽飞翔的语音［biq］相近。二是太阳的读音与男性生殖器相近。太阳的纳西语读音有两个：［ni mei］［bi］，［ni mei］中的［mei］是虚词，核心词为［ni］［bi］为古音，在东巴经中经常出现。［ni］、［bi］都为太阳的读音，而男性生殖器读音有两种［niq］与［niq bi］。这说明太阳与男性之间有着内在的联系。将"太阳""鸟"比喻作是男根崇拜的象征，把陶器上的蜥蜴纹、龟纹、蛇形纹等，以及阎村陶缸彩画出现的男根纹饰，在其他一些遗址发现的陶祖和石祖等，都当作是男根崇拜的典型例子，[2]

太阳与狗也有联系。中原先民有天狗食日的神话，东巴神话中认为太阳是由狗请回来的。"太阳和月亮都躲藏起来了。没有日月，世间黑白不分，昼夜不明了。人们又商量要去请日月，卢神用白土捏三个白狗，白狗请来了太阳。沈神用黑土捏三只黑鸡，黑鸡请来了月亮。从此，世间又有了昼和夜、黄昏和早晨。"[3] 这可能与太阳出来，天亮时狗叫的特点有关。东巴神话里卢神用土捏狗

---

[1] 中国社会科学院考古研究所编:《中国考古学·新石器时代卷》，中国社会科学出版社，2010，第252页。

[2] 参见河南省文物考古研究所编:《汝州洪山庙》，中州古籍出版社，1995。

[3] 《河谷地区祭鬼仪式·开天辟地的经书》《全集》（第31卷），第171页。

来请太阳,而河南淮阳一带至今仍传承着捏制"泥泥狗"作为祭祀伏羲的"神物"。淮阳民间仍流传着"伏羲与盘瓠"的神话,大意是有狗称"五色犬",被扣在金钟内;变成人首狗身,即伏羲氏也。苗族、瑶族、畲族、黎族等民族中也有类似的传说,如畲族的"狗皇歌"。徐慎《说文》解析"伏"字为:"伏者,伺也。臣伺事于外也。从人犬。犬,同人也,不曰犬人,而曰人犬,列于人部者,尊人也。"从中反映了狗与伏羲有着深刻的文化联系。淮阳人把泥泥狗也叫陵狗,是给太昊守陵的神狗。太昊、伏羲都是太阳的化身。纳西语里"狗"读为[kee ni],也有"守护太阳"之意。

纳西语称月亮为[hei mei](音"恒美"),古语为[lei],[mei]是虚词,[hei]为核心词,中国古代文献中称月亮神为"姮娥",《淮南子·览冥训》载:"羿请不死之药于西王母,姮娥窃以奔月。"据说因避讳文帝刘恒,"恒"多作"常"。《说文》:"恒,常也。"又"恒"通"姮","姮娥"即"嫦娥"。纳西语的"恒美"与汉语的"姮娥"在语音上相近,与同属汉藏语系相关。从语言学规律而言,天、地、日、月、星、辰方面的词汇属于基本词汇,在整个词汇系统中属于发源较早、形态最稳定、最基本的核心词。东巴神话中并无后羿射日、嫦娥奔月等故事,说明在这些神话产生时,纳西族先民已经从华夏族群中脱离出来了。

与日月崇拜相关的历法树、大鹏鸟、蛇、自然神等东巴文化与本教、印度教乃至两河流域文明、古埃及文明有着深刻复杂的文化联系,限于篇幅,不再展开赘述。

日月崇拜内容是创世神话的重要构成,在不同的民族神话里有不同的表现内容及形式。纳西族日月神话记载在由东巴象形文字书写的东巴经书里,并且在仪式上进行演述。东巴象形文字作为原始图画文字,天然地具有图像的视觉功能,同时在东巴画、东巴法器、东巴服饰中也有不同表现形式与内涵。在特定的叙事场域里,东巴神话的图像符号系统并非单独起作用,而是与文字、仪式、音乐、舞蹈等多种表现形态互构互文成为多元叙事文本。

综上所述,纳西族的日月形象的产生及演变经历了从自然形象到人格化的两个阶段,并未发展到神格化阶段,这与东巴教文化长期处于原始宗教形态密切相关。纳西族日月神话的产生与发展,与其特定的自然环境、历史情境密切相关,同时与所接触过的不同民族文化有着深层复杂的关联。这些文化关联既有同根同源、同源异流的传承、传播关系，也有同流异源、异流异源的创造、互鉴关系。这说明，一个民族文化的特色与生命力是在与多民族文化的交流中达成的，只有在全观的视域下，才能准确、全面地揭示民族神话研究的文化内涵及发展规律，有效拓展神话学的学术生长空间。

第七章
比较研究

学术研究在更大层面上是一项比较研究工作。没有比较就没有对话，易沦为故步自封的自我言说。本章的比较研究既有内部的比较视角：不同支系之间的史诗比较，不同文类之间的比较（史诗与民歌），也有外部的比较视角：与藏族、彝族、壮族的史诗、神话之间的比较研究。从中可察，任何文化都是在不断与外来文化、周边文化的交流学习中创新发展而形成的。诚然，这个融合吸纳过程及历史文化背景是复杂多元的，如藏族与纳西族创世神话中，既有同属藏缅语族的文化同源性，又有本教、佛教文化的传播性，也就是说这些多元因素促成了纳西族与藏族文学、文化关系的紧密性。纳西族东、西部两大方言区受周边文化影响不同，也折射到自身文化形态上。东部方言区受藏传佛教影响较深，摩梭人的达巴教明显受制于藏传佛教，丧葬仪式中也是喇嘛唱主角。只有送魂时才能由当地达巴出场主持仪式。而以丽江坝区为中心的西部方言区受汉文化影响较大，自1723年改土归流后，东巴教逐渐退缩回穷乡僻壤，失去了地方统治者的支持及强有力的经济支撑，由此一直徘徊于原始宗教与人文宗教门槛之间。彝族与纳西族史诗，尤其是创世史诗更多体现出文化同源性特征，这从洪水神话、射日神话、眼睛神话、父子连名制、上天求婚等神话母题中得到验证。但同属彝语支的傈僳族、拉祜族、哈尼族、阿昌族、怒族、独龙族等多个民族中却没有如此众多的相近母题，这说明丽江纳西族与凉山楚雄彝族之间的史诗与神话存在着传播关系。壮族与纳西族并非同个语族、语支民族，历史上也较少接触交流，二者之间的文化共性更多是通过共同的社会制度、经济形态、主流价值观作用下形成的，当然也不乏同为汉藏语系之下的共源文化影响，如敬畏自然、崇拜祖先、以和为贵、生生不息的生命意识、奋斗精神等。东巴史诗研究意义不仅在于它对纳西族文化的贡献与价值，而且在于其所包含的突出普遍性价值对其他民族的互鉴作用，更在于它对史诗学、口头诗学、叙事学等多元学科的参考价值。在这个层面而言，东巴史诗的比较研究才开了个头，今后仍任重道远。

第一节　纳西族东西部方言区创世史诗比较研究

长期以来，学术界对纳西族史诗的认识有三个误区：一是把纳西族西部方言区的东巴史诗以偏概全地当作纳西族史诗；二是误认为纳西族东部方言区只有口头史诗，没有书面文本的史诗；三是误以为东巴史诗仅存在于纳西族西部，甚至权威的《纳西族文学史》中也未提及东部方言区的史诗。这种误解源于学术界对纳西族东部方言区的史诗调查不深入，缺乏全面研究。从笔者所搜索到的情况来看，仅有一本拉木·嘎吐萨主编的《摩梭达巴文化》中提及《子土从布》这部创世史诗，但奇怪的是此史诗于1999年6月份出版至今的25年间，研究者寥寥无几[1]，与从20世纪40年代就开始专题研究，至今方兴未艾的《崇般图》研究现象形成了鲜明对比。笔者在此对纳西族东西部的三大创世史诗进行比较研究，一是对学术界鲜为人知的纳西族东部方言区史诗有个新的认识与评价；二是对两个方言区史诗的关系做个梳理，以期对二者之间的深层复杂关系有个初探；三是希望能够借此对口头传统与书写传统的比较研究，以及史诗的发生学探索有所裨益。

---

[1] 笔者从知网上仅搜索到摩梭人学者写的一篇研究论文：何林富：《神坛到民间：达巴经〈创世纪〉向洪水神话的演变及文化共性》，《楚雄师范学院学报》2024年第2期。

一、纳西族史诗状况梗概

（一）纳西族东西部方言区的历史文化概述

纳西族因居住区域不同，语言、宗教、民俗、艺术、文学等方面存在着诸多文化差异，其自称分为纳喜、纳罕、纳汝、纳恒、纳、阮可[1]、玛丽玛萨等，但这种划分存在概念交叉重合情况，如阮可人因住于干热河谷而得名，在族称上有的以纳喜自称，有的以摩梭自称。学术界一般以纳西语方言来划分，把纳西族划分为东、西两大方言区。相对来说，把自称为"纳喜""纳罕"的这两个支系划到西部方言区，把自称为"纳汝""纳恒""纳""纳木依"的划到东部方言区。纳西语属于汉藏语系藏缅语族彝语支，西部方言主要通行于丽江、香格里拉、维西、永胜等市县。此外，鹤庆、剑川、兰坪、德钦、宁蒗永宁坝皮匠村和四川省木里县的俄亚、盐源县的达祖、冷九主和西藏芒康县的盐井等地也使用西部方言。东部方言主要通行于宁蒗、盐源、木里、盐边等县。两种方言间语音、语法基本一致，词汇相同率约在70%，但相互交流有一定困难。需要说明的是，纳西语的东、西两种方言虽然存在一定的差异，但绝非天然鸿沟，是当今世界上语言亲缘关系最为相近的语言，这与历史上同根同源的文化关系有内在的关系。

常璩《华阳国志校注》卷三《蜀志》记曰："定筰县筰，筰夷也。汉山曰夷，南中曰昆明，汉嘉、越嶲曰筰，蜀曰邛，皆夷种也。县在郡西，渡泸水，宾刚徼，白（曰）摩沙夷。有盐池，积薪，以齐水灌而后焚之，成盐。"[2] 方国瑜认为"唐代之昆明县，即汉定筰县故地，其民族以么些为盛，则么些族之生息于此，当始自唐以前，摩沙之为么些，可无疑义。……雅砻江流域，两汉所居之民族有牦牛羌，白狼槃木即其种……摩沙夷当为牦牛羌之一种"[3]。

以上历史文献说明，源于先秦时期牦牛羌的摩沙夷在公元3世纪时已经迁

---

1 阮可人又称为喀喀人、汝卡人、阮西人，皆因其住于江边河谷地带而得名，广泛分布于金沙江、无量河流域。散居于纳西族西部方言区的阮可人则自称为阮可人或汝卡人，而散居于东部方言区的阮可人则自称为阮西人，当地人认为"可"（ko）与牛角的"角"音近，有污称之嫌，故一般不用此字。

2 （晋）常璩撰，刘琳校注：《华阳国志校注》，巴蜀书社，1984，

3 方国瑜著，林超民编：《方国瑜文集（第四辑）》，云南教育出版社，2001，第22页。

徙到定笮（现盐源县）一带，当时的摩沙夷以善于制盐、冶铁而闻名，曾叱咤风云于雅砻江至金沙江流域。唐宋时期随着其势力消长，摩沙夷从盐源一带分三路迁徙：一支向西，过金沙江而抵丽江、维西等地，成为纳西族西部方言区的纳西人；一支从安宁河而入雅砻江西南，主要分布在宁蒗、盐源、盐边等地，成为东部方言区的纳西族摩梭人；一支仍停滞在雅砻江流域，因长期与藏族杂居，受藏族宗教与文化影响而融入藏族，成为藏化了的摩梭人——纳木依人、尔苏人。

纳西族西部方言区的史诗以创世史诗《创世纪》、英雄史诗《黑白战争》、迁徙史诗《崇般绍》为代表；[1] 东部方言区的史诗分两个区域，一个是泸沽湖周边摩梭人的创世史诗《子土从土》[2]、一个是无量河流域阮西人的创世史诗《索索科》（Soq sof koq）、《卡兹次》（ka zzerq ceel）、《利恩恩科》（leel ee ee koq）。泸沽湖摩梭人的创世史诗《子土从土》（《创世纪》）由拉木·嘎吐萨在《摩梭达巴文化》中首次提出，无有书面经书文本，属于口头史诗文本，由摩梭人祭司达巴在仪式上演述，可称为达巴史诗。无量河流域阮西人史诗由《索索科》（远古故事）、《卡兹次》（砍灾树）、《利恩恩科》（崇仁利恩恩故事）三部不同的东巴经书构成，属于东巴文记载的书面文本史诗。

（二）无量河流域的阮西人史诗

《索索科》（远古故事）、《卡兹次》（砍灾树）、《利恩恩科》（崇仁利恩恩故事）相当于传统东巴经书中的上、中、下三卷本，通常在仪式中一同吟诵，三本经书内容各有侧重，但都以开天辟地、创造万物、人类繁衍为主题，具有创世史诗的特征，这部史诗主要流传于无量河流域的阮西人中间，故又被称为阮西人史诗。《索索科》讲述开天辟地创世纪的过程，世间万物产生的同时也出来了妖魔鬼怪及秽气、病痛，由此迎请神灵进行镇压，最后通过祭司作法而获得了平安吉祥；《卡兹次》叙述的是远古时期出现了一棵会降临灾难鬼怪的灾

---

1 传统的纳西族史诗类型划分一般只有创世史诗《崇般图》、英雄史诗《黑白战争》两大类，笔者提出了《崇般绍》具有迁徙史诗性质的观点。可参见杨杰宏《仪式演述视域下的东巴史诗类型研究》，《民族文学研究》2023年第1期。
2 阿布·嘎若、打发·鲁若诵经，拉木·嘎吐萨整理：《子土从土》（创世纪），拉木·嘎吐萨主编，宁蒗彝族自治县政协编：《摩梭达巴文化》，云南民族出版社，1999。以下简称《子土从土》。

树，祭司邀请诸神镇压了鬼怪，砍死了灾树，人间大地重获安宁；第三部分《利恩恩科》讲述人类始祖崇仁利恩恩遭受洪灾后初探到天上寻求天女，并在天女衬恒吉姆的帮助下，通过了天神的重重考验，娶得天女迁徙回到人间，从而使人间烟火得以延续，最后还强调了回到人间后请天神作法镇压作祟鬼怪的内容。[1] 为了方便研究，下面涉及阮西人的《索索科》《卡兹次》《利恩恩科》这三部史诗时，以《利恩恩科》来代表三个不同部分的史诗内容。

无量河流域主要指无量河（又称水洛河）流经的四川省凉山州木里县俄亚乡、依吉乡、云南省丽江市宁蒗县拉伯乡、迪庆州香格里拉市洛吉乡这一区域，东巴文化生态保存较为完整的阮西人居住区域主要集中在依吉乡、拉伯乡、俄亚乡境内。这一区域曾为东巴文发源地，至今也是东巴文化之渊薮。阮西人在语言上划入东部方言区，在服饰、建筑、语言、习俗等方面接近于泸沽湖周边的摩梭人，宁蒗县拉伯乡的阮西人大部分的身份证也明确为纳西族摩梭人，故在本书中把阮西人创世史诗《利恩恩科》纳入东部方言区的史诗行列中。需要说明的是，阮西人此部史诗从发生形态而言，所保留的史诗原生形态比《崇般图》《子土从土》更为完整、丰富，堪称"纳西族史诗活化石"。

（三）阮西人史诗的历史文化背景

阮西人所居住的无量河流域处于纳西族东、西部方言区之间，受到两大方言区文化的深刻影响。这种影响具有复杂的历史原因。李子鹤对玉米、土豆、花生、烟草等农作物词汇进行了分析，认为纳西语方言的分化时间是10世纪到13世纪。[2] 和宝林认为："从东巴文化角度看，不管是东部方言区，或西部方言区，他们都有基本相同的东巴神话传说和祭祀仪式，只是方言上有所差别而已。而最大不同点则在于，东部方言区的摩梭人是汉朝时期便居住在定筰（盐源、盐边、宁蒗等县）的纳西族，而阮柯（梅禾支系）和丽江、丽江附近的纳西人（树、尤支系）则是从大渡河流域逐渐迁徙到金沙江流域来的。"[3] 阮西人

---

1 此经书系禳栋鬼仪式上应用，所以经书内容偏重于作祟鬼怪的来历出处，以及迎请天上诸神镇压鬼怪的过程。与纳西族西部方言区的《创世纪》的不同之处在于在开天辟地创世纪与崇仁利恩上天求天女之间插入了"砍灾树"的新内容，由此凸显了仪式对经书内容的影响。

2 李子鹤：《试论纳西语方言分化的年代——语言年代学与作物栽培史的证据》，《澳门语言学刊》2019年第2期。

3 和宝林：《远古流来的圣泉——东巴文化与纳西族》，云南民族出版社，2004，第208页。

所居住的无量河区域恰好在东、西部方言区之间，其文化形态上兼具两个方言区的特点，同时形成了独具特色的地方文化。不能因为阮西人传承有东巴经籍文献而认为这是受到西部纳西族影响的结果，反过来，我们应该正本清源，东巴文及东巴经书的发源地应该在这一区域。李霖灿等在《么些象形文字/标音文字字典》中列举了见于阮柯地区的50个字形，"在这里（指阮可地区）住有一部分么些人，语言近永宁之么些语，亦有象形文字，大部分与北地一带者相同，唯有一部分系此地域内所特有，白地、丽江、鲁甸一带多巴（东巴）皆不识之，观其位置，居么些迁徙路线之上游，可能是象形文之原始地域，因搜集于此，以作印证。其字源清晰可辨者"[1]。陶云逵、方国瑜、李霖灿、和志武、日本学者西田龙雄等一致认为："纳西族历史上自北向南迁移与东巴经的分布和传播是一致的。其分布和传播可表述如下：无文字地区（木里、永宁、盐源等地）→有象形文字（若喀地区、北地地区）→有象形文字和标音文字地区（丽江坝区及附近山区、玉龙县之鲁甸、塔城以及维西县）。"[2] 相对来说，三部创世史诗中，纳西族西部方言区的创世史诗与阮西人创世史诗的共同性明显要高于泸沽湖周边的摩梭人史诗《子土从土》，这与阮西人离西部方言区地理位置更为接近相关，同属东巴文化圈，其史诗皆存于东巴文记录的东巴经籍文献中，包括东巴仪轨仪式、演述方式、宗教词语、所受本教文化影响、家庭关系、亲属制度等在内的多个方面都基本一致，由此形成了更多的文化共性。而地处泸沽湖周边的摩梭人大部分信仰藏传佛教，以口诵经典为主的达巴文化、藏传佛教文化成为主流文化，至今仍保留着走婚习俗及母系家庭制度，一直到新中国成立前仍实行土司领主经济制度。

无量河流域的阮西人与泸沽湖周边的摩梭人的文化区别是他们并不普遍信仰藏传佛教，没有走婚、母系家庭等遗俗，至今仍在使用东巴经书，完整地保留着东巴教各种仪式。但因同在摩梭文化圈，在受到西部纳西文化及东巴教文化的深层影响的同时，也受到了摩梭文化的浸润。阮西人自称为"纳汝"或"纳汝纳命"，与泸沽湖周边的摩梭人的自称是一样的。历史上的木氏土司、永宁总管、木里藏族土司都先后管辖过这一区域，所以从现有的文化痕迹中仍可

---

1 李霖灿、张琨、和才编著：《么些象形文字/标音文字字典》，台北：文史哲出版社，1944，第141页。
2 朱宝田：《纳西族象形文字的分布与传播问题新探》，《云南社会科学》1984年第3期。

看出不同时期文化累积濡化而成的多元一体文化。譬如至今仍在流传着的关于木天王的种种传说折射出了木氏土司对这一区域的历史影响；村民对东巴教的秉承与信仰说明了纳西文化内核的合理、有机性特征，同时与丽江纳西族支系形成了共有的文化脐带。这一区域与摩梭人政治经济文化中心——永宁毗邻，文化的相互影响从方言、成人礼、编发、服饰、建筑、迁徙路线、葬礼、婚俗等文化因子中得到了反映。村中每家每户都修有烧香炉，火塘上方供堂上绘有或挂有火神——"冉巴拉"像，且挂着藏传佛教图案、班禅挂像，葬礼上村民都吟诵六字真言，这些都说明了藏文化的影响。这些不同时期的主流文化对无量河流域的阮西人产生了深远的影响，但并未取而代之。任何外来文化的影响皆取决于文化主体，这种影响更多是通过创造性、改造中达成的。20 世纪初期永宁土司管辖这一区域时，曾强令当地民众取缔东巴教，改宗藏传佛教，但因遭到当地民众的集体反对而不了了之；清代雍正元年（1723）在丽江进行轰轰烈烈的"改土归流"运动时，这里仍处于偏安一隅的"化外"之地。这也是这一区域东巴文化生态保存较为完整的历史原因。

二、三部史诗的共性比较

（一）共同的主人公

三部史诗的主人公都是一致的，只是因方言不同而发生了一些变异，西部创世史诗《崇般图》中的主人公为崇仁利恩、衬恒褒白命，阮西创世纪中则称为崇仁利恩恩、衬恒吉咪，摩梭人创世纪《子土从土》中则称为丛德鲁依依、测夫支支咪。男主人公崇仁利恩（崇仁利恩恩、丛德鲁依依）并不是地球上出现的第一代人类，却是经过重重考验后的优秀人类代表。有学者认为"崇仁利恩"的本义就是"优秀的人种"，之前或同时代的人种有的因道德品质恶劣而被淘汰，有的因身体素质不合格而未能存活，而崇仁利恩身上体现出了尊老敬贤、谦虚善良、助人为乐、坚韧不拔、乐观豁达的优秀品质，从而成为人类的英雄祖先。衬恒褒白命是天女下凡，贤惠聪慧、吃苦耐劳，能够与丈夫同心同德、同甘共苦，帮助丈夫战胜重重难关，为人类的繁衍发展做了突出贡献，从而世代为后人所敬仰，并以作为"天族之后"而荣。[1]三部史诗皆尊奉崇仁利恩（丛德鲁依依、崇仁利恩恩）为共同的先祖；从东巴经上看，这些不同支系的分祖是从高勒趣这一代开始的，均为高勒趣四子——树、尤、梅、禾的后裔。东巴经中的这四大氏族与泸沽湖区域摩梭人的西、胡、牙、俄相对应。摩梭人相传有西、胡、牙、俄、布、搓六大氏族，后来为什么只有四个氏族呢？传说布、搓两大氏族原先住在现在泸沽湖的位置，布氏族人在现达祖村的一个山洞发现了一条大鱼，用九头牛把它拉了出来，洪水也随之滚滚而来，淹没了布、搓两大氏族居住的地盘，只剩下一个女子因坐在猪槽上幸免于难。大部分摩梭人属于西、俄两大氏族，少数属于牙、胡氏族。[2]

（二）共同的神灵谱系

三部史诗中还有一个共同的神灵谱系：善神夫妻（董神与色神，另写为卢神与塞神）、天父天母（子劳阿谱与衬恒衬孜，另写为阿爸笃与各各咪）、天女三姐妹、天舅与天舅之子可兴可洛（另写为蒙增可罗）等。在神灵体系中处于核心地位的是董神（另译为卢神），他在《崇般图》中被称为美利董主或美利董阿普，其伴侣则被称为勒启色阿祖，简称董神、色神；在《利恩恩科》中也被称为董神与色神，有时也被称为阿巴董；在《子土从土》中被称为阿巴笃与各各咪。从中可见，三部中史诗中最早的祖先神，即早初的天神、善神董（笃）神是共同的祖先。无独有偶，在彝族、羌族史诗经典中同样有"阿普笃慕""阿巴笃"的祖先神谱系。在彝族经典中，笃阿慕（又称阿普笃慕）作为彝族祖先神灵而存在，是六祖分支时的先祖。据彝文古籍《洪水泛滥》记述：笃阿慕（即阿普笃慕）前三十五世处于野蛮时代，他在天神的帮助下躲进葫芦里，从而在洪水泛滥中逃过一劫。为延续世间人类香火，策格兹天神让三位仙女下凡嫁给阿普笃慕。三个妻子各生二子，共六个儿子，即慕雅切、慕雅考、慕雅热、慕雅卧、慕克克、慕齐齐。这里的"阿慕"与"阿普"皆为"祖先"之义。纳西族创世神话中，董神是制定规矩、帮助崇仁利恩避过洪水、到天上寻求伴侣

---

[1] "么些""摩梭""摩沙"的本义为"天人"，即"天族之后人"之简称，源于《创世纪》中纳西族为天女之后的史诗叙事。参见杨杰宏《"么些"考释》，《中央民族大学学报（哲学社会科学版）》2013年第3期。

[2] 严汝娴、宋兆麟：《永宁纳西族的母系制》，云南人民出版社，1991，第34页。

的人生导师,纳西语的"笃姆"(类似于彝语的"笃慕")就是指规矩、伦理道德、规律等。在东巴经的记载中,董神与色神是第一代人类的代表,后升格为天神,而彝族先祖也是作为第一代人类祖先而升格为祖先神灵的。从这一名称中折射出纳西族、彝族、羌族的祖先谱系与古羌族群有着紧密的联系。

(三)共同的基干情节

基干情节又称为"基本情节"或"情节基干",是叙述文学作品的主干,决定着一部作品的开端、发展、高潮及结局。"情节基干应是一个自足的故事,它不仅是所有文本在情节层的共有情节,而且在功能层的对应结构必须是一个核心序列或多个核心序列的衔接,呈现出完整的叙述逻辑。"[1]

三部史诗的基干情节大同小异:先叙述宇宙从混沌状态经过系列变化而产生日月星辰及人间万物,随后暴发了大洪水,崇仁利恩的两个兄弟因殴打善神而在洪水中遭殃,崇仁利恩因好心对待善神而在洪水中得以幸存。他在寻找伴侣过程中发生了制造人偶失败,与竖眼女人结缘却未能成婚等一系列遭遇,最后还是听取善神的建议上天迎娶横眼女人,并通过重重考验,终于娶回天女,从天上迁徙回到人间,从而使人类得以繁衍。这些情节在不同史诗文本中有详略之别,也有滋生情节或母题单元,但均没有改变基本结构与基干情节。

(四)共同的创世主题

传统创世主题主要有开天辟地、洪水故事、求婚难题、迁徙回归、繁衍人类等五大母题。这些母题在三部创世史诗中都得到了充分的体现。尤其是洪水故事、求婚难题、繁衍人类三个母题的相似程度更高:崇仁利恩兄弟因伦理道德观不同而遭遇不同,命运迥异;上天求婚,天神设下重重难关,都是在天女的暗中帮助下一一通过;迁徙途中二人齐心协力,战胜重重艰难险阻成功回到人间;定居于人间后先是不会生孩子,后来生下的儿子不会说话,最后得到了神示后学会了祭祖、祭天,从而使人类得以繁衍。

---

[1] 王尧:《度量故事:情节类型、情节基干与核心序列》,《中央民族大学学报(哲学社会科学版)》2023年第6期。

（五）共同的典型场景与人物形象

三部史诗中有很多共同的典型场景，在此仅举四例。

1.善恶两分：崇仁利恩三兄弟白天犁好的田地第二天又复原了，经过暗中观察发现是由善神变的黄猪（《子土从土》中为青蛙）破坏的，利恩的两个兄弟暴打了这只破坏动物，而利恩劝止了兄弟的暴力行为，救助了善神，从而获得了在洪水中逃难的神示。

2.洪水逃难：洪水滔天中，利恩的两个坏心肠兄弟用细线粗针缝制革囊而在洪水中淹死；崇仁利恩用粗线细针缝制逃难革囊，并把五谷六畜装进了革囊中，在洪灾中得以幸存。

3.难题考验：天神让崇仁利恩一天之内砍伐九十九座山林，一天之内刀耕火种九十片山田，一天之内收回田地里的荞麦，还要去挤老虎的奶来，这些匪夷所思的难题在天女的帮助下都被一一破解。这些场景中的细节同样有惊人的相似之处，譬如收回粮食颗粒时发现少了三粒，而这三粒是被斑鸠偷吃了，崇仁利恩拉弓射箭时犹犹豫豫，天女在他肘上打了一下，箭就射中了斑鸠，从嗉囊中找到了丢失的三粒粮食；崇仁利恩自作聪明，用黄鼠狼奶来充当虎奶，天神把奶拿到马圈、羊圈、鸡圈里，马、羊没有任何反应，而"鸡群炸窝四处惊飞"，崇仁利恩的诡计露馅，最后还是在天女的授计下杀了小虎，套了虎皮骗了虎母，挤到了三滴虎奶。

4.繁衍人类：先是不育，后是生下来的孩子失语，最后派了蝙蝠（《子土从土》中为燕子）到天庭偷听了天父天母的聊天，从而学会了祭祀仪式，人类由此健康繁衍。

三部史诗中的典型形象塑造以主人公为主，崇仁利恩为勇敢坚毅、善良正直、乐观豁达的阳光正面形象，衬恒褒白命则突出了足智多谋、贤惠勤劳的光辉女性形象。另外，史诗从侧面塑造了不少配角形象：外表美艳而坏心眼的竖眼女人（《子土从土》中竖眼女是正义、善良、智慧的化身）；外表一般而内心善良聪慧的横眼女人；心胸狭窄、诡计多端的天神；善解人意、急公好义的善神；偷奸耍滑、道德败坏的利恩的兄弟。

（六）共同的伦理道德观

三部史诗都讴歌了男女主人公不畏艰难险阻、追求自由、幸福的奋斗精神，高度肯定了人定胜天、自力更生的创造精神，强调了善有善报、恶有恶报，尊老敬贤、敬天崇祖、勤劳贤惠的伦理道德。人在做，天在看，人类只要做了坏事就会受到上天的报应，但只要做了善事就会得到天神的护佑。从而把人世间的伦理道德与天界有机联系起来，反映了纳西先民天道即人道的朴素伦理观。三部史诗反映了当时纳西先民社会中仍以传统底层文化——古羌文化为主，畜牧文化在经济生活中占有主体地位，本教、佛教以及中原文化仍未成为主流文化，史诗中并未出现至尊神，以及轮回转世、十八层天堂与地狱的宗教观念。

三部史诗的共性文化除了以上六个方面外，在史诗表现方式——仪式演述，史诗性质——宗教文学、民间文学，史诗功能——宗教治疗、"社会宪章"、文化认同等，史诗所反映的经济社会——农耕—畜牧经济，等等诸多方面存在着文化共性，限于篇幅，在此不赘。

三、三部史诗的差异性比较

三部史诗的差异性是与共性相对而言的，从共性而言，作为同一民族内部史诗，同根同源的文化共性在史诗上会有诸多反映；同时，因受高山深峡的地理隔阂、行政区划的切割，经济社会发育程度不同，必然有同源异流的文化差异性的客观存在，但其差异性不足以否定其文化共性，这与不能以文化共性抹杀其文化多样性是同样的道理。关于三部史诗的差异性比较研究，笔者在下面表格中作了简单的归类，并对表格中的事项作了相应的阐释。

表 7-1 三部史诗比较（1）

名称	开天辟地过程	拱地动物	避难工具	发洪水的原因
《崇般图》	天地混沌—天地—日月—星宿—山谷—水渠—树石—真实—绿松石—英古阿格—白蛋—神鸟—孵化九对神灵与人类；虚假—黑松石—依古丁纳—黑蛋—孵化九对鬼怪；九兄弟开天、七姐妹辟地—五方立五色柱—白蛋孵化魔牛—死后化生万物（另外版本为以其身体给万物除秽）—建造神山—出现人类（详细）	野猪	牦牛皮\黄牛皮；杉树、柏树	兄妹婚污染了天地

（续表）

名称	开天辟地过程	拱地动物	避难工具	发洪水的原因
《索索科》	混沌—天地—山崖—树木—仄鸟—五蛋—增纳布窝大神鸟—开天神—恒神、董神、能神、智神、丈量神、木匠神、祭司、占卜神；黑蛋—黑鸟—魔牛—神山倒塌—开天神重辟天地—杀魔牛—化生万物（另外版本为给万物除秽）—建神山成—顶灾—出现九日九月—狗、鸡唤日月—灾树顶天—神灵砍灾树（详细）	黄猪	黑牛皮\公牛皮；柏树、杉树	人心太坏而要换人种
《子土从土》	天地混沌—出现九日九月—出现汗鲁咪神石—普劳安普神树—阿巴笃母、米格格咪生儿育女—阿依汗纳黑神湖（内容简略）	青蛙	牛皮；普拉安普树	天神要惩治地神

表7-2　三部史诗比较（2）

名称	洪水后求偶	制伴侣	没给嫁妆	助力者	降灾者	结局
《崇般图》	与竖眼女结缘，生下怪胎	董神制作木偶失败	猫，野坝子	衬恒褒白命（横眼女）	可兴可洛	迁徙回人间，两个子女生病，学会祭天后生下藏族、纳西、白族三兄弟。（大祭风·创世纪）
《利恩恩科》	杀妖魔鬼怪，与竖眼女结缘，生下怪胎	无此情节	牦牛、羊、猪、猫、蔓菁、野坝子	衬司吉姆（横眼女）	蒙增可勒	迁徙回人间，两个子女生病，请玛崩增汝神灵镇鬼而安。无三兄弟之说。
《子土从土》	遭遇干旱、蛇王、白牦牛泄露天机，三仙女下凡洗澡，与竖眼女结缘	山神制作木偶失败	五谷（稻谷、蔓菁）	竖眼女吉增咪	竖眼女目米吉增咪	目米吉增咪作祟使丛德鲁依依失魂，后在天女帮助下招魂，生下汉族、摩梭人、藏族三兄弟。不育不会说话而到天上求法，学会了祭祖。

(一)史诗结构及内容详略不同

上述三部史诗都有开天辟地、洪水故事、求婚难题、迁徙回归、繁衍人类等五大母题,这五大母题构成了史诗的整体结构。相比而言,《崇般图》的五个部分分布比较平均,开天辟地、求婚难题两部分尤为详细。

《利恩恩科》中的第一部经书《索索科》内容与开天辟地母题相对应;第二部经书《砍灾树》应为开天辟地母题的延续,主要借助砍灾树情节讲述神灵与鬼怪的产生;第三部经书《利恩恩科》的内容则与洪水故事、求婚难题、迁徙回归母题相对应,"迁徙回归"相对简略,只有寥寥数语:

> 崇仁利恩恩与衬恒吉姆二人,
> 上不着天,
> 下不着地。
> 崇仁利恩恩想了个法子,
> 解下来金耳环,
> 当作抓手处,
> 三段险路走下来了;
> 但没下到底,
> 够不着地上。
> 衬恒吉姆想出了个法子,
> 手上带着金手镯,
> 当作脚踩处。
> 三段险路走下来了,
> 来到了人间大地。

至于下到人间后如何迁徙到现在所住的村落的过程及地名都一概忽略不计。

"繁衍人类"部分变异为给子女治病的内容,并没有提及破解崇仁利恩恩夫妻不会生儿育女,以及生了子女不会说话的难题母题。

相对而言,《子土从土》开天辟地母题的内容篇幅明显要少于另两部创世史诗。此史诗一开始就交代了没有开天辟地时的情景:

> 记不清日月的远古，
> 天和地刚刚形成，
> 日和月还没出世，
> 天空灰蒙蒙没有光芒，
> 地面黑沉沉没有亮光，
> 天上不见星宿和云彩，
> 地上没有人类和走兽。[1]

接着叙述天上出现九个太阳、九个月亮，喊太阳、喊月亮的情节，并无宇宙万物如何相互作用发生变化，以及开天辟地、建造神山、砍魔牛的内容。但在"求婚难题"母题部分则明显详细于另两部史诗，从字数统计上看，此部分内容占比达66%，《利恩恩科》中仅占15%，《崇般图》中占比达36%。[2]《子土从土》中的"迁徙回归"内容完全变异为天女目米吉增咪破坏丛德鲁依依夫妻生活的内容，可以说此史诗中关于"迁徙回归"的母题是消失了的。

（二）天神性别与角色不同

天神性别与角色不同主要是《崇般图》《利恩恩科》与《子土从土》相比而言。

《崇般图》《利恩恩科》中的天神为男神子劳阿普（或饶劳阿普），对于天神的妻子并无多余的交代内容。而在《子土从土》中天神变成了天母，天父并未在文中出现。还有一个较大的天神角色变异是天女目米吉增咪，她是丛德鲁依依的妻子测夫支支咪的竖眼姐姐。求婚难题母题中大部分篇章是在讲述这个竖眼天女与丛德鲁依依如何相识相恋，如何破解天母设下的种种难题，但在求婚成功之时，横眼天女测夫支支咪突然出现，横刀夺爱，把丛德鲁依依从她姐姐手中抢走，导致姐妹反目，姐姐降下天灾祸害人类。《崇般图》《利恩恩科》中的天神性别及角色相对来说是一致的：竖眼女只是出现在崇仁利恩上天寻偶

---

[1] 阿布·嘎若、打发·鲁若诵经，拉木·嘎吐萨整理：《子土从土》（创世纪），拉木·嘎吐萨主编：《摩梭达巴文化》，云南民族出版社，1999，第189页。
[2] 《除秽·古事记》，《全集》（第39卷），第227—156页。

前的场景中，且因与之结缘后生出动植物怪胎而宣告求婚失败，迫使他上天求婚；在天庭，崇仁利恩与天神之间斗智斗勇也是在天女衬恒褒白命（衬恒吉姆）帮助下获得最终胜利的；迁徙回到人间后降下天灾的是可兴可洛（蒙增可勒）。《子土从土》中突出了姐妹之间的争夫情节，显然与泸沽湖区域的走婚传统有着内在关系。

（三）情节变异
1. 开天辟地

从三部史诗来看，《崇般图》《利恩恩科》的开天辟地母题比《子土从土》要详细得多，原因在于《子土从土》为口头文本，而前两者为书面文本，书面文本的内容有积累沉淀之特点，且不易流失。开天辟地母题主要讲述了宇宙万物产生的过程，涉及天地、日月、星宿、山谷、水渠、树石、真实等系列事物的变化过程，且后面从白蛋、黑蛋中孵化的神灵详表内容繁杂，单纯靠口头记忆难度比书面文本要大。《崇般图》与《利恩恩科》相比，宇宙初开，物质相依变化而生的逻辑关系，从垂直到平行的宇宙创生结构层次比《利恩恩科》要严密得多。这与《崇般图》的定型时间晚于另两部史诗，且受到本教二元对立观的影响密切相关。本教中的二元论主要反映于大约在13世纪形成文字的一些经书中，其中以《黑头矮人的起源》《斯巴卓浦》《金钥》等为代表。这些著作在描述宇宙起源时采用二元论的说法，将宇宙的原始动力解释为白色与黑色两种光，这两种光是对立的，它们共同发生作用，产生宇宙的一切。而且，黑色还是愚昧、迷茫、迟钝、疯狂等一切丑恶的滋生力量。白光与黑光在宇宙创造过程中有时还以白卵与黑卵的形式出现，它们分别产生神与恶魔的传承系统。纳西族东巴教中的有关宇宙起源的神话也有类似的思想。"从比较宗教学的方面看，二元论宗教主要是波斯的拜火教与摩尼教，藏族与纳西族宗教中的二元论观念，我们认为主要是受波斯宗教的影响而产生的，其中摩尼教二元论的因素更大些。"[1]

《利恩恩科》主要是在禳灾仪式中使用，经书中多关于禳鬼顶灾的内容，尤其是《砍灾树》经书，完全是《索索科》中开天辟地母题的延续。

---

[1] 孙林：《论藏族、纳西族宗教中的二元论及与摩尼教的关系》，《西藏研究》2004年第4期。

在《利恩恩科》《子土从土》中出现了天上出现九个太阳、七个月亮的情节，而《崇般图》中却无此情节，但《河谷地区的创世纪》（又名《开天辟地》）、《祭署·求雨》《延寿仪式·居那若罗神山与含依巴达神树的出处来历》等经书中却有类似情节，这说明东巴在书写经书时做了处理。值得注意的是，阮西人的另一部创世史诗《日仲格孟土迪空》（意为"阮西人的开天辟地"）中有较为详细的射杀日月的情节。此经书在丽江宝山一带流传，明显融合了两大方言区的创世内容。[1]

2. 洪水神话

首先是三部史诗中天神发洪水的原因不同。《崇般图》认为因为崇仁利恩兄弟姐妹之间的乱伦污染了天地，触怒了天神而罚下大洪水；《利恩恩科》没有具体阐明原因，但把洪水暴发时间发生在利恩两个哥哥殴打天神前面，隐喻了人类道德沦丧而遭受洪水的惩罚；《子土从土》则直接阐明是因为天神要惩治地神而暴发的洪水。《利恩恩科》《子土从土》直接避开了关于婚姻关系的是非纠缠，这与这一区域仍有走婚、对偶婚的文化有内在联系。其次，在洪水母题中都出现了利恩兄弟殴打天神的情节，但《崇般图》《利恩恩科》都说是天神变成野猪来拱地，而《子土从土》则把破坏者换成了青蛙。这里是否也有口语与书面区别所致，因为在摩梭语里，猪（bbuq）与蛙（bba）的发音比较相近。再次，洪水中的逃难工具也有所不同，《崇般图》中崇仁利恩是用牦牛皮缝制避革囊，把船拴在杉树、柏树上从而得以逃生，利恩的兄弟则用黄牛皮缝制革囊，拴在了松树与栗树上；《利恩恩科》中的崇仁利恩恩用公牛皮缝制革囊，拴在柏树、杉树上而获救，而他的兄弟用黑牛皮缝制革囊，拴在松树与青冈木上而丧生；《子土从土》只是说明双方都用了牛皮，丛德鲁依依是因拴在普拉安普（指神仙老爷）树顶端而得救，他的兄弟因拴在神树腰间而殒命。

3. 求婚难题

洪水退去后人世间只剩下崇仁利恩一人，人种的延续与繁衍成了人类的重大问题。一开始，崇仁利恩求助于善神阿巴笃（董神），善神也制作了九套木偶，不到九天打开而使计划夭折；《子土从土》中的制人指导者是山神弟依礼，木偶变活人时间期限为七个月，而主人公只等了三个月，木偶造人没有成功；

---

[1] 云南省古籍整理办公室编：《纳西东巴古籍译注》（三），云南民族出版社，1989，第107—230页。

而《利恩恩科》无木偶制人的情节。人间造不了人只能到天上求婚，善神有言在先，天上有对仙女，只能娶横眼天女。但崇仁利恩听不进去善神的话，一见竖眼美女就与她结合了，却接连生下了一堆动物、植物怪胎。

这个情节在《利恩恩科》《崇般图》中是一致的，《子土从土》却发生了较大的变异，且场景细节描写较多，在遇见天女之前插进了三个不同的故事：遭遇干旱、神鹰治蛇王、助阵白牦牛。最后白牦牛泄露天机，告诉丛德鲁依依天女下凡的时间地点，并让他看上哪个就去偷她的衣服，从而与竖眼天女结缘，二人私订终身。丛德鲁依依最后听从竖眼女的话到天庭求婚，并在她的帮助下破解了天母的种种难题。可以说竖眼女为丛德鲁依依的求婚立下了汗马功劳，但最后胜利果实被她的妹妹测夫支支咪占有，她恼羞成怒降下灾祸来惩罚丛德鲁依依夫妻。而《崇般图》《利恩恩科》中衬恒褒白命（衬恒吉姆）始终是崇仁利恩坚定的天上求婚的贤内助，这是与《子土从土》最为突出的变异情节。需要指出的是，《子土从土》中的神鹰治蛇王与东巴神话《署鹏争斗》的情节有着共性，白牦牛让男主人公偷仙女衣服的情节与世界性普遍母题——羽衣传说、毛衣女下凡传说有着明显的借鉴痕迹。这说明作为口头文本的《子土从土》比相对定型的东巴经籍文本的创编程度要高。

4. 迁徙回归

从迁徙回归母题而言，《崇般图》比《利恩恩科》《子土从土》的内容要丰富得多，《利恩恩科》只有寥寥数语，《子土从土》则几近消失。需要说明的是，《崇般图》也并不是每个文本都有如此详细的叙述，《大祭风·创世纪》中迁徙母题比例为10%[1]，在《除秽·创世纪》中占7%，[2]《超度死者·崇般图》中占13%。[3]这说明大祭风、超度死者仪式与送魂路线有关，必须叙述清楚路线上的地名，不然亡灵找不到魂归路；而《除秽·创世纪》主要为除秽主题服务，只要讲清楚秽气的来历，以及除掉秽气就达到叙述目的了。迁徙回归前娘家送给新娘的嫁妆中，《崇般图》里只有猫和野坝子种子没给；《利恩恩科》里没给的嫁妆较多：牦牛、绵羊、黑猪、猫、蔓菁种、野坝子[4]；《子土从土》则笼统地说没给五谷，

---

[1] 《大祭风·创世纪》，《全集》（第80卷）。
[2] 《除秽·古事记》，《全集》（第39卷）。
[3] 《超度死者·人类迁徙的来历》，《全集》（第56卷）。
[4] 野坝子：指香薷，可榨油，纳西语为"kee dvqo"。

主要是稻谷与蔓菁，没给的原因是测夫支支咪的姐姐故意藏起来了。迁徙路上的降灾者角色也有所不同，《崇般图》中为天女舅舅家儿子可兴可洛，也有写为"美汝可兴可洛"；在《利恩恩科》中此神也是天舅的儿子，名字写为"蒙增可勒"，"蒙增"即天子之义，是"美汝可兴可洛"的同音简写；《子土从土》为竖眼女目米吉增咪。由此说明《崇般图》《利恩恩科》文本的相近程度要高于《子土从土》。

5. 繁衍人类

《崇般绍》的"繁衍人类"母题内容要多于《崇般图》，《崇般图》的超度仪式、除秽仪式版本并未提及，《大祭风·创世纪》版本只是寥寥数语。如《崇般图》的除秽版本中，迁徙母题叙述结束后直接讲述子女生病后除秽的内容。《利恩恩科》也是如此，文本中并无生下三兄弟之说，崇仁利恩恩夫妇迁徙回人间后，两个子女生病，通过做东巴法事，迎请天神玛崩增汝大神来镇鬼而获得安康。《子土从土》则比另两本要丰富得多，目米吉增咪作崇使丛德鲁依依失魂落魄，在天女测夫支支咪的帮助下招回了丛德鲁依依的魂魄，生下了汉族、摩梭人、藏族三兄弟，后因三兄弟不会说话，派了燕子到天上求助，由此学会了祭祖仪式。"繁衍人类"母题方面，《崇般绍》与《子土从土》存在重合的情节，除了丛德鲁依依被目米吉增咪灌了迷魂汤而失魂落魄的情节外，基本上大同小异，小异在于《崇般绍》中派了蝙蝠上天求助，而《子土从土》中是派了燕子。

（四）典型场景及人物形象的不同

三部史诗典型场景的不同在上面的文本内容、结构、情节比较中就有所反映。譬如在宇宙诞生母题中，《崇般图》与《利恩恩科》中的宇宙从混沌不清到天高地阔的场景明显比《子土从土》要形象、生动。尤其是神鸟产下怪蛋与怪蛋生出魔牛的场景，富有浓厚的神话色彩：

> 董族的恩余恩麻又产下了最后一枚蛋。这一枚尾蛋在冬天的三个月里，用冬天的大雪来孵，孵化不了。在夏天的三个月里，用夏天的大雨来孵，孵化不了。在秋天的三个月里，用秋天的黑土来孵，还是孵化不了。把这一枚白蛋抛在大海里，这时大海中左边起白风，右边起黑风，大风掀起海中的波涛，波涛使蛋上下簸动。海浪把白蛋重重地摔在石崖上，石崖上发

出的巨响在久久回荡,蛋砸在石崖上,蛋中飞出许多光点,斑斓的光点在天空闪烁。本来父亲是长冠的种族,这枚白蛋产生的后代没有长出冠,却长出了角,他的角熏天,使天干净了,天上长满了星宿。母亲本是长羽毛的种族。它的身上并没有长出羽毛,却长出了畜毛,它身上长的毛,使大地长满了青草。父亲本是长爪的种族,它没有长出爪子,却长了脚板,它宽大的脚板扒在地上,使大地清澈了。房前住着会者,人们就去问会者,会者说,他说不清是怎样一回事。房后住着知者,人们去问知者,知者回答说不知道。到北边的地方去找卢神,卢神也不知道是怎样一回事。卢神拿起斧头朝这头牛砍去,一斧头砍下去,这头牛发出三声吼叫声,这吼声就像松石般碧绿的美汁神的吼鸣,就像雷击和地震。这牛眨着的眼睛,就像闪过一道道电光。到南边的地方去问沈神。沈神也说不知道,沈神操起快刀,杀向这头牛,牛在喉咙中咕噜的声音,使大地在震动,牛抖动的舌头,就像一条架在远处吸水的黄黄绿绿的彩虹。[1]

关于魔牛死后的场景描写在不同版本中有变异,在《大祭风·创世纪》《除秽·古事记》是死后以其身体不同部位给天地万物除秽,而在《超度死者·人类迁徙的来历》中魔牛死后其身体化生成了万物:

> 恩恒的头变成了天,皮变成了地,肺变成了太阳,肝变成了月亮,骨头变成了石头,瘦肉变成了泥土,血液变成了河水,肠子变成了道路,尾巴变成了树木,身毛变成了青草。它的身体的上半部,变成了北方的卢神。它的身体的下半部,变成了南方的沈神。[2]

《利恩恩科》中也有怪蛋生出魔牛的情节,但把杀魔牛的理由变异为建造居那若罗神山献牲,描写场景比《崇般图》要简约粗略:

> 要杀建山的牺牲,藏族白铁斧头砍了一下,砍了死不了;白族人用铜

---

[1] 《大祭风·创世纪》,《全集》(第80卷),第10—11页。
[2] 《超度死者·人类迁徙的来历》,《全集》(第56卷),第152页。

斧头来砍，但没砍死。董神从上方来，董神用斧头来砍，瑟神从下方来，瑟神用利剑来砍，怪兽的头像云风一般剧烈晃动，怪兽的尾巴剧烈摇摆巨风向远处飘逝。用怪兽的头来给天除秽；用它的皮来给地除秽；用它的肉给土地除秽；祭山来给山峰除秽。

《利恩恩科》的唤回日月情节描写远胜于另外两部史诗。需要说明的是，在纳喜、阮西、摩梭人的三部创世史诗中，多个日月神话母题在阮西人史诗中最为丰富，《河谷地区祭鬼仪式·开天辟地的经书》《日仲格孟土迪空》中也出现了九个太阳、七个月亮的母题，而后两部经书皆源于玉龙县宝山乡岩科村东涛东巴所写的同一本经书，只是在不同时期的译注本中写成了不同名称的经书。经书封面名称也表明此经属于阮西人的经书。《利恩恩科》先叙述了天上出现九个太阳，七个月亮，白天热死，晚上冷死的场景，这种反常气候后来导致了日月模糊潜形，"不知道大与小，不知道高与低，不知道早上与晚上。在这一年里，过平安日子是不可能的了，要上去迎请回来太阳与月亮"。先后有雄鹿、老虎、麂子、野狼、野鸡、老鹰去迎请日月，但一次都没有成功，最后还是由狗把太阳请回来了，由鸡把月亮请回来了。

> 要好好看护狗，
> 大山寨子里，
> 是狗把家里的主人与客人分开。
> 在大寨子里大公鸡，
> 栖在大寨子的晒粮杆上，
> 是大公雄鸡鸣叫声分开了早晚时辰，
> 天上的太阳的光明又出来了，
> 大地上也开出了花朵。

显然，先民意识里鸡叫与日出相联系，日出后可以看清楚事物，而狗最能够识别陌生人的事物规律有内在联系。

《子土从土》中的神鹰制服蛇王、初见仙女、吉增咪作祟等场景都描写得栩栩如生，这三个场景在另外两个史诗文本并未出现。蛇王把出水口堵死，大地干旱，民不聊生，神鹰听取丛德鲁依依诉苦后，马上展翅腾空而起：

> 它飞到了一座高高的山岩，
> 磨砺那锋利无比的脚爪，
> 磨得那爪子火花四溅。
> 它又擦起坚硬的长喙，
> 擦得长嘴闪闪发光。
> 它用双翅扇起大风，
> 扇得大地瞬间凉爽。
> 它伸出利爪飞到泉边，
> 抓起那蛇王飞腾旋升，
> 嘴里尖叫着大声问罪：
> "若敢再次堵住清水的源泉，
> 我就把你甩碎在地上，
> 让你断成九节不连贯，
> 永远只能爬着躲藏。"[1]

这个故事在泸沽湖地区的民间也有流传，并与泸沽湖的形成传说相联系。由此也说明了史诗中的故事与民间传说存在着互文关系：有些是史诗的神话变成民间传说，有些是把民间传说吸收到史诗中。

丛德鲁依依听从白牦牛的忠告，在大年三十晚上守候在圣湖旁边，等候仙女出现：

> 从清晨等到夜晚降临时，
> 湖面上吹起三股冷风，
> 只听野鸭在水面上悲鸣。
> 湖面又刮起三股热风，
> 只听鱼儿发出呼救声。

---

1 《子土从土》，第199页。

天上的白云在游动，
在白云飘飘闪过的地方，
隐现出一张人女的脸庞，
同时传来了她们的嬉笑声。
只见三个姑娘手牵着手，
平稳地停泊在小岛上。
姑娘头上的珠串闪着金光，
手上的镯头晶晶透亮，
那翩翩的长裙像彩霞。
她们脱下衣裙沐浴在湖里，
除夕之夜星光闪烁灿烂，
夜深了天女还在星光下洗浴。
丛德鲁依依啊，
只身一人守候在湖边，
望一望天女的娇容，
他的心儿止不住急跳。
想起自己的身世和经历，
悲歌已从口中流出：
"天上美丽的仙女呀，
你们像春天来到地上，
给大地带来生机和光彩。
我是这地上唯一幸存的人，
像一片树叶飘落在湖中，
孤身活在这大地上多么寂寞。
走遍大地把伴侣寻找，
地上却见不到一个活女子；
走遍山水把亲人呼唤，
除了山神再也见不到亲人面。
看着天上飞撩过的雁鹅，
成双成对在自在飞翔；

看见地上的鲜花，
有蜜蜂蝴蝶在作伴；
看到山间的马鹿公鹿母鹿并肩奔跑。
这天地间只有我呀，
孑然一身无侣无伴。
善良的神灵啊，
让人类快快逃脱苦海，
好心的姑娘啊，
同我一起繁衍人类吧。"[1]

三个姐妹长得貌美如花，但最好看的是竖眼睛的大姐，最善良的是横眼睛的小妹，处于二者中间的是斜眼睛的老二。丛德鲁依依看来看去，最后还是被大姐的美貌迷住：

百鸟开始鸣叫时，
天女们该返回天宫，
丛德鲁衣衣拽住大姐的衣襟，
目米吉增咪顿时羞红了脸。
她脱下了戒指并说道：
"丛德鲁衣衣啊，
天上的神有九十九族，
九十九族中还没有我的配偶，
地上有七十七种人类，
我只喜欢强壮的人。
不回天官母亲会惩罚，
你应该请求地嘎拉协助你，
日后戴着这枚戒指来找我。"
说罢她骑上云彩飞走了，

---

[1] 《子土丛土》，第204—206页。

丛德鲁衣衣望着天女飞远了，

一个人孤寂地呆立在圣水湖边。

（五）另类典型：竖眼天女的典型形象

最后谈一谈竖眼天女的形象。在《崇般图》《索索科》两个史诗版本里，竖眼天女属于反面典型，归于妖精类，不属于人类范畴。崇仁利恩与她结合后生下了一堆动物、植物怪胎，说明她具有署类神灵性质，有些类似于神话传说中的蛇精、树精之类精怪。

而《子土丛土》中的竖眼天女的形象明显比另两部史诗要复杂深刻得多。首先她是一个真心真意地爱着丛德鲁依依的天女，这从她诚心诚意帮助丛德鲁依依战胜无数难关的系列事件中可以证明。

其次，她是一个足智多谋的智慧女神，如果不是她出谋划策，丛德鲁依依只是一个有勇无谋的傻小子，面对难题束手无策，甚至有时候会耍小聪明，如以黄鼠狼奶顶替老虎奶来骗取天母，被识破后狼狈不堪，颜面尽失，最后还是增吉咪出面挽回了局面。

再次，她是一个失败的巾帼英雄，史诗中的这场爱情戏出现戏剧性反转是在丛德鲁依依经受住系列考验后，天母决定让他从三个姐妹中选一个做伴侣，本来他是要选择竖眼天女吉增咪的，但最后还是落入了天母与测夫支支咪的诡计中，因为横眼睛的测夫支支咪透露了天机——"这本来是天母的安排"[1]。

最后，史诗中让男主人公选妻时，三个天女分别化身为老虎（竖眼女）、豹子（斜眼女）、毒蛇（横眼女）。在摩梭人心目中，老虎是尊贵、威严、神圣的象征，毒蛇则扮演了反面角色。也就是说，史诗以春秋笔法表明了对人物的褒贬态度。即使丛德鲁依依娶了横眼天女回到人间途中吉增咪降下了种种灾难，我们也不会把她推向反面角色中，至多认为这是一个为所爱付出了全部心血却付诸东流后的正常之举，并为这位敢爱敢恨的失败英雄而惋惜。可以说《子土丛土》中竖眼天女形象颠覆了另两部史诗中的反面形象，其形象既生动逼真又复杂深刻，立体鲜活地塑造了一个美貌动人、足智多谋、敢爱敢恨的天女形象，这也是吉增咪形象要高于横眼天女的原因所在。

---

1 《子土丛土》，第221页。

四、同源异流与文本、名称之辨

（一）同源异流

从整体文化格局而言，纳西族这三部创世史诗属于同源异流的文化现象，折射了同一民族内部不同支系的文化关系。同根同源的文化关系从三部史诗的共同祖先谱系与共同神灵谱系中能够得到验证，甚至其共源关系可上溯到古羌人时期的共祖时代。这说明同一民族内部的相近性程度要高于同一语族、语支内部的文化。另外，史诗的基干情节、基本母题、典型场景与典型形象也是大同小异的，史诗文本中的差异性也是基于共性文化而言的。三部史诗的差异性与其特定的历史文化、自然环境、经济社会、宗教信仰、周边环境有着密切关系。相对来说，丽江坝区的创世史诗的发展形态更为丰富，不仅其篇幅明显要长于另外两部，而且不同仪式中的文本变异程度也大，说明史诗在不同仪式条件下获得了相应的发展，尤其是在祭天仪式中发展出了新的类型史诗——迁徙史诗《崇般绍》。这与丽江坝区相比于无量河流域及泸沽湖区域较早进入封建地主经济社会、经济社会发育程度相对较高、内部长期稳定统一等社会条件有着内在联系。这不只是在创世史诗中得到了体现，在东巴字、东巴经书、东巴舞、东巴画、东巴仪式的发展形态上也是如此。20世纪40年代丽江坝区曾出现东巴经书的雕版印刷，东巴法会、东巴庙、东巴学校的雏形已经出现。而无量河流域东巴文化生态保存较好与其相对封闭的地理、社会环境密切相关。在阮西人的东巴仪式中，以祭胜利神（战神）仪式为大，这与周边强族环伺，历史上长期与吐蕃、南诏、大理国发生战争，直到近代周边匪患未绝，民族关系处于紧张状态中，唯有不断发扬尚武精神才能自存的生境有关。自然环境与周边环境的险恶，长年战争加上天灾人祸，导致百姓经常性的非正常死亡，为了超度亡灵，禳灾祈福，祭战神、加威灵、禳灾驱鬼类仪式成为经常性仪式，无量河区域阮西人东巴经书中的除秽、超度、禳灾类经书较为丰富也是源于此。

泸沽湖区域的摩梭人虽有"女儿国"的美誉，但民间一直传承着尚武精神。在丧葬仪式中要跳铠甲舞，舞者穿戴铠甲，持刀跳舞，名义上是禳灾砍鬼，实为军事操练的遗留。盐源县的瓜别纳人将端午节称为长子节，相传凡家中长子都要当兵，长年在外征战，五月初才能回家。村民为了庆祝全家团聚，家家户户煮猪膘肉，请客吃饭，把它当作过年的节日，所以又称"为长子过节"。以永宁为中心的摩梭人普遍信仰藏传佛教，加上长期保留着走婚、母系家庭传统，从而在宗教信仰与民间习俗上与丽江坝区、无量河流域的阮西人产生了文化差异，史诗中以母性为大的传统主题正是这种文化差异性的体现。相对说来，泸沽湖区域摩梭人自宋元以来与金沙江以南的纳西族西部方言区分开，各自独立发展，在长期实行的经济制度不同，行政区划不同，受周边宗教文化影响不同等多种因素作用下，泸沽湖区域摩梭人与西部方言区之间的文化差异是比较明显的。地处泸沽湖区域的文化中心——永宁乡的皮匠村，是一个以丽江坝区纳西族移民为主的纳西村落，与周边摩梭人村庄之间的文化差异，当地人是一目了然的。地处四川省盐源县左所镇的达祖村是一个被周边的摩梭村落包围的以西部纳西族移民为主的村落，至今仍保留着自身的文化特色，村民一直传承着东巴文化，有东巴祭司主持东巴仪式，自2017年恢复祭天仪式以来一直传承不断。需要说明的是，藏族本教、藏传佛教对摩梭人史诗影响较小，这与两种文化形态差距较大，实现无缝对接难度大有关。另外，藏传佛教传入摩梭人聚居地区是在元明时期，其文化地位处于后来居上趋势，对达巴文化有着压制与排挤的一面。直到现在，藏传佛教喇嘛在丧葬仪式中处于优势地位，其所聘费用、接待规格明显高于当地达巴。达巴的传统仪式也受到佛教超度仪式制约，摩梭人的达巴文化及史诗日益处于濒危状态。

自1723年以来，丽江实行改土归流后受汉文化影响较大，东巴文化逐渐成为末流，只有偏僻山区才有所残存。处于高山峡谷间的无量河区域则成了东巴文化的天然避难所，其所受汉文化、藏文化影响要弱于另外两个方言区，这也是这一区域的史诗更具有"活化石形态"的内在缘由。

当然，三个不同支系之间并非老死不相往来，因为共同信仰东巴文化，无量河流域的东巴与周边俄亚、洛吉、三坝、奉科等西部方言区的东巴来往不断，双方文化联系紧密。笔者在调查中发现，无量河区域的好多东巴经典源自西部方言区，尤其是在禳灾驱鬼仪式中经常用到的重要经典——《黑白战争》。据石宝寿东巴讲述，这本经典是由他父亲石波布从俄亚纳西东巴那里抄写并学习过来的，现在吟诵时也用西部方言。"大跃进""文革"等系列政治运动使东巴文化惨遭劫难，好多东巴经书被烧毁，致使这一区域出现大量的经书荒。1999年《纳西东巴古籍译注全集》一百卷正式出版后，有些东巴从上面抄写需要的东巴经典用在仪式上，他们在抄写经书时，选择性地使用了阮西人的东巴字，由此形成了"经典回流"文化现象。[1] 自 2022 年始，在泸沽湖畔的摩梭文化博物馆的支持下，聘请宁蒗县拉伯乡油米村的阮西人阿公塔东巴用东巴文抄录达巴口诵经，迄今已经抄写了 120 卷达巴经。据介绍，在用东巴文记录达巴口诵经时，一些东巴经典内容也融汇到达巴抄本中，由此形成了"经典汇融"现象。这一文化工程既有利于达巴经书的保护传承，同时也有利于东巴文化与达巴文化的交流融合。

（二）眼耳之辨

同属摩梭文化圈，为何无量河区域的阮西人一直秉承有经籍文献的东巴文化，而泸沽湖区域的摩梭人却坚守着心传口授的达巴文化？文字的出现有利于口头文本的记录、传播，更有利于社会生产生活的发展，为何同一族群内部没能实现书同文？同源异流后，同一民族的创世史诗分别用书面与口头文本两种方式传承，这两种不同的传承方式背后的原因是什么，各有什么特点，各有什么优劣？为何合久必分易，分久必合难？这些文化问题既构成了研究纳西文化乃至东巴文化的难点，其间也蕴含了民族文化研究与学科发展的学术生长点，尤其对口头史诗与书面史诗的比较研究有着重要的学术意义。这些问题也是口头与书写两种传统之辨，书写文本主要借助眼睛来阅读，所以称之为目治之学，而口头传统主要靠耳朵来接收信息，所以称之为耳治之学，口头文本与书面文本之辨也是眼耳之辨。

关于第一个问题，笔者认为最根本的原因在于不同的宗教信仰。20 世纪初期基督教传教士在云南怒江傈僳族地区传教，为了便于基督教教义传播，他们用拉丁拼音创制了傈僳文，这一文字至今仍在信教的傈僳族民众中传承使用，而在未信教地区并无流传，因为这种文字一开始是为传教服务的。同样的道理，东巴文也是为东巴教服务的，这种文字是在纳西族东、西两大方言区形成后才产生的，东巴教与达巴教也在特定的历史条件下各自发展，形成了同源异流文化现象，且异流时期较长，更关键的是藏传佛教后来居上，成为泸沽湖区域的主流宗教，与东巴教同源的达巴教居于其下。藏传佛教的宗教体系比东巴教更

---

[1] 据钟耀萍研究，与丽江南区东巴字不同的当地阮西人东巴字有 100 多个。可参见钟耀萍《纳西族汝卡东巴文研究》，民族出版社，2014。

为严密，藏文比东巴文也更为成熟，由此决定了泸沽湖区域摩梭人达巴文化与东巴文化渐行渐远的历史命运。阮西人所处区域本身是东巴文的发源地，东巴文化之渊薮，东巴文化根脉深厚，与其毗邻的北、南、西边皆为东巴文化覆盖区域，汉藏宗教文化未能成为主流文化，以及长期受木氏土司统治、自然环境险恶、经济发展迟缓也是东巴文化能够长期在此发展的主要因素。

口头与书面这两种不同的传承方式背后的原因是什么？宗教是文化的内核，宗教信仰体系一旦形成很难再发生改变，除非发生重大的政治、战争事件。东巴教与达巴教虽为同源异流的宗教文化，但因异流时间较长，各自生长的自然与人文环境各异，受周边环境、经济社会制度影响，导致了不同的宗教观念。东巴教吸纳了本教与藏传佛教后其神灵体系空前膨胀。宗教观念形态也发生了较大变化，在自然崇拜、图腾崇拜、祖先崇拜基础上神灵崇拜后来居上，这个神灵已经不是早期的以万物有灵为基础的自然神灵体系，而是出现了以丁巴什罗为核心的神灵体系，藏传佛教的宇宙观、生死观、六道轮回、因果报应等宗教思想也渗透到东巴教里。而达巴教虽也有受本教、藏传佛教影响的成分，但远不及东巴教的"伤筋动骨"式的文化改造，加上元明以后泸沽湖区域摩梭人普遍信仰藏传佛教，相应的宗教寺庙、僧侣人士、宗教经典、仪式规程也随之传播开来，已经失去了与本土宗教嫁接的可能性，这也是造成达巴文化及其经典长期以口传文本为主的原因所在。

口头与书面文本各有什么特点？各有什么优劣？从具体的史诗文本而言，口头与书面文本只是史诗文本传播传承的不同手段而已，口头与书写都只是人类的表述手段，二者并无高下优劣之分。凭借口头传统藏族民间艺人创造了至今还活着的史诗巨著《格萨尔》。"扎巴老人生前共说唱25部，由西藏大学《格萨尔》研究所录音整理，总计近60万诗行，600多万字。这个数字意味着什么呢？它相当于25部荷马史诗。15部《罗摩衍那》。3部《摩诃婆罗多》。如果按字数计算，相当于5部《红楼梦》。……而老艺人桑珠已说唱50多部，比扎巴老人还多，约为70万诗行，700多万字。"[1] 当然，文字的书写、记录功能也是口头记忆不能相提并论的，没有汉字，就没有煌煌烨烨的汉文献经典巨制，中

---

[1] 降边嘉措：《怎样破解〈格萨尔〉说唱艺人的"记忆之谜"？》，http://iel.cass.cn/ztpd/zgss/zzss/201012/t20101213_2761982.shtml，中国民族文学网，2010-12-13。

华文明也会逊色很多。朝戈金认为:"信息技术的演进经历了语言、文字、印刷、因特网等几个大的阶段。文字相较于语言是后出的,印刷相较于书写是后出的,因特网相较于出版是后出的。但信息技术的发展并不是简单的从低到高的过程,也就没有出现过高级技术取代低级技术的情况。人类社会从来没有抛弃口头语言而只用文字交流,从来没有因为印刷品的出现而放弃了书写技术,也没有因为使用了因特网而废弃了说话、书写和印刷技术。每一种后出的技术,都采用了完全兼容前在技术的姿态。"[1]我们不能因为东巴经籍文献是用东巴文记录而成就把它定位为书面文本,毕竟这些经籍文献并不只是用来阅读的死文本,而是在仪式上用来吟诵的活形态文本,同样具有口头传统的特点。纳西族三个不同支系的史诗都是在宗教仪式及民俗传统中演述,其史诗文本都具有口头文本的特点,区别在于摩梭人史诗属于口头文本,阮西人与纳西族西部方言区史诗属于半口传文本,都具有仪式性、多模态性、互动性、集体性、身体性等属性。相对说来,在口头传统文化发达时期,口头传统在创编能力、传承传播功能、文化创造力方面有着突出的优势,而书面文本的习得周期长、需要专门学习、传播面窄、易受意识形态垄断等特点形成了劣势。但在口头传统衰落时期,书面文本的保存记录、锤炼加工功能,尤其是在文化认同及民族统一方面的优势就凸显出来了。祭天史诗《崇般绍》把天地幻化为人格化的男神与女神,明显是纳西先民自然崇拜的遗留:

> 这天是遮老阿普的天,
> 这天是身材十分魁梧的天,
> 这天是肩膀宽阔匀称的天,
> 这天是衣冠齐整的天。[2]

而《崇般图》中那段有名的民族宣言,显然是经过数百代东巴的锤炼而来的:

---

[1] 朝戈金:《文学生产、认知科学与信息技术》,《人民政协报》2023年2月20日,第10版。
[2] 戈阿干整理:《祭天古歌》,中国民间文艺出版社,1988,第4页。

> 我是开天九兄弟的后代，我是辟地七姐妹的后裔；我是白海螺狮子的后代；我是金黄大象的后代；我是大力神久嘎拿补的后代；是把居那若罗神山放进怀中不会显出来，是把金沙江灌进肚里仍喝不绝的祖先的后代；是三根骨头一口吞也不会鲠，三口炒面一口咽也不会呛的祖先的后代；是能翻过九十九座大山，七十七座山坡，被人们赞扬称颂的种族。

也就是说，东巴史诗的书面文本既原汁原味地保留了先民的经典口语，同时也锤炼出了经典佳句，发挥了书面文本的优势。在口头传统全面衰落时期，如果没有书写传统的记录，不仅创编水平会断崖式下降，以前代代相传的经典文本也将面临失传之虞。上述两段文字在东西部的口头民间文学文本中没有流传就是明证。

如果没有秦朝时期的书同文，中国的政治及文化统一会大受影响。而语言自身的变异系数强，同乡不同调，十里不同腔，单纯靠语言难以形成更大范围的传播。《子土从土》作为摩梭人创世史诗，并不是在所有摩梭人村落、社区中广泛传播，而是仅局限于泸沽湖周边区域，在瀼蕖、瓜别、盐边、后所、右所等地并未传播，这与那些地方没有走婚习俗、母系家庭的传统文化有内在联系。

我们在田野调查中发现，当下的东巴史诗传承同样面临失传危机，除了受现代化、工业化的冲击外，与其自身的保守性。固化性、宗教性、专业性也有很大关系。东巴史诗虽然具有口头传统特点，但毕竟是记载在书面文本中，为宗教仪式服务，具有很大的保守性，吟诵者不能随意予以创编，加上东巴史诗并没有从仪式史诗发展到以口头演述为主的史诗，决定了其史诗文本的固化性特点。这种传统文本保留了大量的古纳西语，尤其是从本教传播进来的专业宗教词汇，这对没有受过东巴教学习的受众而言形成了巨大的理解障碍；东巴语言文字的非线性排列、大量使用假借字、东巴经书的提词本性质等因素也局限了史诗文本的传播。东巴内部有这样的说法——"儿子看不懂父亲写的经书"，这说明东巴经书的书写传统有很大的个体性。所以在东巴仪式现场，能够完全通晓东巴吟诵内容的受众极为有限，尤其是在当下语境里，东巴仪式往往成为东巴本身的自我言说。

相对说来，口头文本保留的现代口语要多些，仪式演述的灵活性高，受众接受程度相对高些。书面文本一方面对原来的口头文本进行了精深加工，锤炼出了不少佳作名篇；另一方面，在东巴文化传统衰落时，其创编能力也相应减弱，东巴们面对如此海量的经典名篇，尤其是在"敬天法祖"传统观念的统摄下守成有余，创新不足，从而使整个文化发展进程裹足不前，与时代脱节严重，从未成为民族统治阶层的主流文化。这也是纳西族史家郭大烈称东巴文化为"先天不足，后天失养"的原因所在。[1]

（三）版本之别

三部史诗的版本之间也存在差异，这种差异也就是所谓的科学文本与创编文本之别。科学文本是指按照"全面搜集，忠实记录，慎重整理"原则进行搜集整理的文本；创编文本是指在原始文本基础上的加工创编，使整理文本与原始文本发生较大变异，这种文本又称为"二次创编""格式化文本"。"参与者在'格式化'的文本制作过程中，是以自己的个人意志为转移的，以自己的价值标准来对源文本进行选取或改定，既忽视了本土传统的真实面貌，也忽视了表演者的艺术个性，这种参与过程实质上成了一种无意识的、一定程度的破坏过程。"[2] 所以，我们在对不同史诗进行比较研究时，史诗文本的选择是最为关键的，这个道理很简单，假如我们进行考古研究时，把一个假古董当作真实的历史材料去研究，其研究质量可想而知。

从纳西族内部的三部史诗材料而言，纳西族西部方言区的史诗整理文本最为丰富，可参考文本多达十余种，时间跨度从 20 世纪 40 年代一直延续至今，秉承了"全面搜集，忠实记录，慎重整理"原则，尤其是著名语言学家傅懋勣根据 1940 年在丽江搜集到的创世史诗《创世纪》，进行了深入的翻译整理，于 1948 年出版了《丽江么些象形文〈古事记〉研究》这一里程碑式著作，由此创立了原文、国际音标、汉字直译、意译、注释"五对照"的整理范式，影响了后面规模较大的两次东巴经籍文献的整理，《全集》也是秉承了这一科学方法。何以把这些整理文本称为科学文本？有一个很简单却很实用的方法，这些文本是否能够回到民间复活？上述的好多东巴从《全集》中抄写经书并在仪式中使

---

[1] 郭大烈、和志武：《纳西族史》，云南大学出版社、云南人民出版社，2015，第 409 页。
[2] 巴莫曲布嫫：《叙事语境与演述场域——以诺苏彝族的口头论辩和史诗传统为例》，《文学评论》2004 年第 1 期。

用就是很好的证明。

笔者整理的由《索索科》《卡兹次》《利恩恩科》三部合成的阮西人史诗也采用了五对照的整理范式,为了便于族人阅读,增加了纳西拼音的音注类别。但此文本存在两个方面不足:首先,没能达成"全面搜集",笔者仅仅是对搜集到的石春、石宝寿的两个文本进行了整理,没有顾及依吉乡、俄亚乡以及拉伯乡其他村落的文本,不能确定现在整理的文本是不是代表性文本;其次,文本翻译尚存诸多疑难问题,同一个语句不同东巴有不同的解释,笔者尽量把这些不同解释进行了保留,以便于其他学者参考。

由阿布·嘎若、打发·鲁若诵经、拉木·嘎吐萨整理的摩梭人史诗文本《子土从土》(创世纪)同样具有里程碑式意义,它的整理出版,使外界第一次知道了摩梭人的创世史诗,给学术界提供了难得的研究材料。因为属于首次整理出版,在人力、物力等众多方面受到限制,没能像东巴古籍整理那样列入国家文化工程,完全属于摩梭人精英的文化自觉行为,由此也留下了诸多遗憾。其整理文本只有汉语意译,没有原文与直译是最大的遗憾。其次,此文本是由阿布·嘎若、打发·鲁若两个达巴的口诵经综合整理而成的,还是以其中一个的口诵经为主?我们知道,仪式中演述的史诗具有"每一次"的即时性特点,仪式史诗文本只能以主祭师吟诵文本为主,不可能出现两个主祭师。如果能够把两个主祭师在不同仪式中的吟诵文本分别如实记录下来则更具有学术参考价值,一旦对两个不同文本进行综合整理意味着对文本真实性的损伤。再次,我们判断史诗文本是否属于口头文本,口头程式是最有效的检测方法,其中突出特征是文本中大量的程式化的词语、段落、主题、典型场景乃至故事范型,但在此文本中这些程式化套语明显减少了,显然文本经过了人为的修订。其中原因,整理者也道出了原委:"在翻译过程中,笔者感到较难译得完美,特别是中间穿插着许多富于哲理性的短句,这些句子与本文故事关系不大,但用摩梭语念诵时,衔接是天衣无缝的,但翻译过来后,使前后内部脱节。这也许是两种民族的行文方式和审美阅读习惯不同的缘故,无法圆满的译出,只能根据上下文的故事内容,进行一些必要的修正,以便汉语读者能够习惯,这也是没有办法的办法。"[1]

---

[1] 拉木·嘎吐萨主编:《摩梭达巴文化》,云南民族出版社,1999,第230页。

有意思的是，近年来泸沽湖的摩梭人博物馆聘请阮西东巴阿公塔用东巴文记录达巴口诵经，出现了东巴经与达巴经版本合流的新情况，据阿公塔东巴介绍，他在用东巴文记录达巴经时，把东巴经里内容比较丰富的情节（zherl zoq）也融合到达巴经中。

（四）名称之辨

这三部纳西族创世史诗的名称蕴含着丰富的文化信息，且三者之间有内在的统一性。《创世纪》的东巴文名称为"tso^{31}bər^{33}thv^{33}"（崇般图），"崇"指以崇仁利恩为代表的人类始祖，"般"有两义：迁徙、繁衍，"图"指出处、来历。它的叙事内容包含了创世、祖先来历、人类繁衍、祭天缘起等多重文化主旨，所以这一东巴经典出现了《创世纪》《人类繁衍篇》《人类迁徙记》《人类的来历》等多种译名。所以虽译为"创世纪"，其实重点还是以人为本，讲的是开创人类历史的故事，而人类历史中人类的繁殖、迁徙发展无疑是关键主题，尤其是对于纳西族这样的迁徙民族而言，人口的繁殖能力直接关系到民族的生死存亡，迁徙路上的艰难险阻自然成为不可磨灭的集体记忆。所以用《崇般图》来命名史诗也是纳西族自身历史的写照。

无量河流域阮西人的创世史诗由《索索科》《卡兹次》《利恩恩科》三部构成。《索索科》（so^{33} so^{31} kho^{31}）中的索（so^{33}），本义为凌晨，启明星；"索索"（so^{33} so^{31}）引申义为很久以前，洪荒时期，远古；"科"（kho^{31}）本义"声音"此处引申为"口碑""口耳相传的故事"，说明这一史诗最初源于口传神话。《卡兹次》（kha^{33} dzη^{31} tshη^{55}）可译为"砍灾树"。"卡兹"（kha^{33} dzη^{31}）指天神蒙增可罗从天上放下来的灾难树；"次"（tshη^{55}），本义为砍伐。《利恩恩科》（lɯ^{33} ɣi^{33} ɣi^{33} kho^{31}）可译为"崇仁利恩恩的故事"。"利恩恩"（lɯ^{33} ɣi^{33} ɣi^{33}）是崇仁利恩恩或崇仁利依依（tsho^{33} ze^{33} le^{33} ɣi^{33}）的简称，史诗中有时用全称；"科"（kho^{31}）即口传故事。

泸沽湖区域摩梭人的创世史诗《子土从土》，整理者是这样解释的："子，即生命；土，即出世或诞生；从，即人类；可译为：人类生命诞生记。"[1] 此说无大谬，但"子"是否指"生命"值得商榷。笔者结合田野调查及文献考察情

---

[1] 拉木·嘎吐萨主编：《摩梭达巴文化》，云南民族出版社，1999，第189页。

况，认为此处的"子"同样指人类，在东巴经中称为"精"，与"崇"（另写为"从"）是成对出现的，在东巴经《崇般图》中它俩是由神鸟恩余恩麻下的九个白蛋中的一个孵化而生的。在东巴经中二者都译为"人"或"人类"。傅懋勣在《纳西族图画文字〈白蝙蝠取经记〉研究》中对此也做过深入的研究："东巴经里有一个tsho^{31}字，大体上可以用'人'来直译。但是另外还有一个dzi^{33}字，也可以用'人'直译。这在经书中会引起难以解释的问题。当我直译的时候tsho^{31}字的下面写'人（措）'在dzi^{33}的下面写'人（则）'。放在括号里的'措'和'则'是音译字。我认为'措'和'则'原来是两个氏族的名称。这样就可以区别开了。"[1] 和宝林则把这两个氏族与《史记·西南夷列传》中的"徙"与"筰"两个部族相联系。[2] 笔者认为史诗不能等同于史实，但其间的"史"学特质不能忽略，毕竟以神话的方式曲折地反映了民族历史文化。在《创世纪》中，与"精"与"崇"是一对卵所生相同，在人类诞生谱系中，精与崇属于具有顺承关系的第五代、第六代祖先：精仁崇仁——崇仁利恩。这说明二者之间存在着对应关系。《子土从土》其实也就是《精土崇土》，只是因东、西方言不同而发生了音变，但从"精"（dzi^{33}）到"子"（dzɿ^{33}）的语音对应关系也可一目了然。从上述的名称之辨中，也可看到三部不同史诗之间的同源异流关系。

（五）时代之变

作为宗教信仰的东巴史诗会逐渐消失，但作为文化的东巴史诗会不断推陈出新，在新的时代焕发出新的生机。我们看到当下东巴史诗被创编成流行歌曲、实景演出节目，并在绘画、雕刻、舞蹈、文学、服饰、建筑、装饰中大放异彩，借助抖音、快手、哔哩哔哩、小红书、微信公众号等网络媒介，以新的姿态走入大众生活。

传统与现代并无天然鸿沟，缺乏的只是创新与继承。2024年中央电视台推出中国三大史诗演述节目，"这是三大史诗首次面向全国观众同台表演。它的载体太大了，它是一个非常庞大的文化的瑰宝，那么如何把史诗的片段，我们只能说是片段去让它有舞台化的呈现，如何让传统的音乐和艺术有当代性，能让

---

[1] 傅懋勣：《纳西族图画文字〈白蝙蝠取经记〉研究》，商务印书馆，2012，第12页。
[2] 和宝林、李宝生编著：《汉字甲骨文与纳西象形文字》，云南大学出版社，2022，第29页。

我们今天的观众能喜欢、能听懂,这个非常重要"[1]。史诗是范例的宏大叙事,表征着标志性的民族文化,彰显了民族精神及民族气质,它既是民族历史记忆的贮存器,也是文化认同与文化自信的推进器。新时代的传统史诗如何绽放出文化异彩,考验着同时代人们的智慧与眼光。

---

[1] 刘雅晴、吕侯建、李达、孟雨、路一鸣:《春晚音乐总监直呼"太难了"》,央视新闻客户端,2024-02-18,https://tv.cctv.cn/2024/02/18/VIDE55y0BjDXKlm8iTIrAaAI240218.shtml。

第二节　东巴史诗与纳西族民歌关系比较研究

纳西族民歌中有大量有关东巴史诗的内容，有的甚至与东巴史诗有惊人的相似性，成为民歌里的史诗，或者说流传在民间的口头史诗。长期以来，关于民歌与东巴史诗关系鲜有论述，至多就在民歌与东巴唱腔的关系、叙事长诗《鲁般鲁饶》与民歌《尤悲》这两个方面做过些研究。学界一般认为东巴唱腔受民歌影响大，不同地方唱腔各异，主要与不同地方的民歌调有内在关系；而后一个论题的观点为：先有东巴经典名篇《鲁般鲁饶》，民歌《尤悲》是根据《鲁般鲁饶》创作出来的，另一部东巴经典《初布尤布》却是根据民歌《尤悲》创编而成的。[1] 笔者对东巴叙事传统与民间叙事传统做过些初探，发现东巴叙事传统与一些民间叙事传统在内容、主题、表达方式等方面存在着一致性，如都大量使用口头程式句法，都以说、唱、诵等方式进行口头演述，在修辞手法上皆有衬词衬字以及"增苴"的应用。但因东巴叙事传统属于宗教叙事，后者为民间叙事，二者的服务对象、主旨是不同的，由此决定了叙事旨趣、文本类型及风格的差异。[2] 从广义层面而言，东巴史诗属于东巴叙事传统范畴，民歌属于民间叙事传统范畴，上述比较研究对史诗与民歌研究有着诸多启示，但不能等同化，毕竟史诗与民歌的比较范畴明显要比宗教叙事传统与民间叙事传统的比较范围要小得多。笔者希望通过对东巴史诗与纳西族民歌的比较研究，能够对史诗与民歌的深层关系研究有所推进。

---

[1] 和时杰：《"尤悲"初探》，李之典主编：《相会调：纳西族民间抒情长诗》，云南民族出版社，2011，第162、175页。

[2] 杨杰宏：《纳西族东巴叙事传统与民间叙事传统的互文性》，《广西民族师范学院学报》2015年第1期。

一、民歌中的东巴史诗内容

纳西民歌是个巨大的口头传统宝库，不仅蕴藏着大量的神话故事、民间故事，而且传承着史诗内容，涵盖了三个类型的东巴史诗：创世史诗《创世纪》，英雄史诗《黑白战争》，迁徙史诗《崇般绍》。从笔者收集到的资料来看，纳西族民歌中的史诗主要以谷气调为主，如《崇般日》《都埃术埃》《粮种来历》《建房调》《牧象姑娘》等。谷气调是个传统民歌调，因不同场合而分为山歌、情歌、栽秧歌、建房歌、结婚歌、满月歌，也有喂默达、窝仁仁等不同传统歌调在传唱。

这些民歌中的史诗占比内容多少不一，《崇般日》《粮种来历》中史诗内容占比较大，《都埃术埃》表面上名称相同，但内容出入较大，甚至有移花接木之嫌，除了开始一段与东巴史诗《董埃术埃》相似外，后面故事源于署类故事，属于不同类型的神话故事，这说明民间歌手对东巴神话故事内容的区隔。很明显，因《董埃术埃》属于经典名篇，叙述的是董族与术族之间的战争。他把董族误会为都萨阿吐的"都"，而术族误会为署族的"署"，因为那个故事讲的是都萨阿吐与署族王子之间的争斗。笔者在一次田野调查中访谈《董埃术埃》，要求被访谈的东巴讲述一下这一经典，他却讲述了另一部东巴经典《休曲术埃》(又名《署鹏争斗》)。因为这一经典主要在丽江坝区流传，其他区域流传度不高。有些民歌只是截取东巴史诗中的片断，如有些谷气调中讲述到这两个故事："蚂蚁身子为什么中间细？""斑鸠眼睛为什么是红的？"这源于东巴创世史诗中的两个主题程式：蚂蚁因为偷

图 7-1　牧象姑娘

（图片来源：李积善、和学才整理《牧象姑娘》插图，云南民族出版社，1984）

吃了崇仁利恩撒的一粒种子，崇仁利恩拿绳子束它身子才中间变细的；斑鸠因为偷吃了崇仁利恩撒的一粒种子，掐它脖子让它吐出来眼睛才变红的。

有些民歌只是借用了史诗中的一些与传统指涉相关的程式名词，如开天九盘神、辟地七禅神，或开天九兄弟、辟地七姐妹。凡涉及男女、阴阳对称语句时，往往会引用到这两组对仗程式句。如民歌《牧羊女》[1]中叙述七星羊皮披肩及围裙来历时有这样的内容：

Jji jji ceiq ni jji,	饰品十二样，
wai juq bbi ssi jji,	左边绣太阳，
paiq sso ggv gvl nee,	盘神九兄弟，
bbi ssi wai niuq jji,	太阳置左边，
wai niuq jji yel ye;	左边放稳了；
yiq juq lei ceil jji,	右边绣月亮，
saiq mil sher gvl nee,	禅神七姐妹，
bbai ssi baq ssi jji,	绣蜜蜂鲜花，
wai niuq jji yel ye.	左边绣好了。

七星羊皮披肩，上面有十二种装饰，左边的太阳圆盘是由九个开天男神装饰的，右边的月亮圆盘是由辟地七姐妹装饰的。

关于七星羊皮披肩上面的饰品，从上一直唱到下面，包括系带：

Hai yi zzi bbeq perq,	神的白蝙蝠，
nvl mei ddee lu bei,	一心一意地，
ssee ggv ddee kee bei,	一路走到底，
mee neeq diuq wel we.	天地合泰了。

以蝙蝠翅膀比喻羊皮系带，隐喻为天地相交合。这里既有以蝙蝠借喻福气

---

[1] 根据2018年8月12日访谈和正钧内容整理。

的内涵，也有祝福新人结合，白头到老之意。七星羊皮披肩作为纳西族代表性服饰，关于系带上的刺绣内容是蝴蝶还是蝙蝠一直有争论，从民歌内容来看，取意于蝙蝠的可能性更大些。在东巴文化及民间传统审美观中，蝙蝠象征着吉祥与神圣，它充当了天地媒人角色，所以应用在民歌及女性服饰上是最自然不过的了。《崇般日》中也这样唱道：

    Haiq yi zzi bbeq perq,   神的白蝙蝠，
    mee neiq ddiuq gol ggee,   高天大地间，
    mi la bbuq bbei zeel.   来做媒妁者。

  纳西族妇女上身穿七星羊皮披肩，下身系围裙，隐喻天地相合，七星羊皮披肩形状下方为上尖下圆形状，与东巴象形文的"天"相似，象征了上天；而下方的百褶裙则象征了大地。民歌里说百褶裙上的七道短褶是由七个禅女修的，九条长褶是由九个盘神修的，大地是由盘神与禅神守护的。[1] 从中可察，唱民歌也是观念实践的产物，与仪式中的神话演述是相一致的，只不过表达载体与场域不同而已。

二、东巴史诗与民歌的共性比较

（一）口头传统

  东巴史诗与纳西民歌都属于纳西族口头传统，具有口头性、集体性、匿名性、变异性等特征。东巴史诗大多记载于东巴经籍文献中，但基本上是仪式上口头演述的记录本，本身也是为仪式演述服务，所以其文本属性属于源于口头的文本。民歌一直是民众口耳相传的口传文本。纳西族民谚说，"东巴不唱谁也不兴唱，东巴不跳谁也不兴跳"，说明了东巴在民间歌舞活动中的地位与影响，也说明了早期东巴本身兼具杰出民歌手身份。东巴神话与史诗本源于纳西族口

---

[1] 和正钧：《纳西传统民歌中的羊皮披肩和围腰》，微信公众号《纳西话赍》第999期，https://mp.weixin.qq.com/s/Y6crxco7fmDUpbRWvk2vtg，2021-11-26。

头传统，用民歌调演述，不同地方的东巴唱腔源于不同地方的民歌调。二者一开始是同源同流的，只是随着社会生产力的发展形成同源异流现象，尤其是东巴教受本教影响后宗教色彩更为浓厚，逐渐与民歌发展路径分野。但东巴文化中有不少用民歌调演唱的民间故事，东巴神话故事也传播到民歌中，二者形成相互交流、相互影响的发展格局。一直到近代，纳西民歌调中的《达勒乌萨命》《阿普三多》的故事收编到东巴经书中，而东巴经书中的大量神话故事，如《黑白战争》《都萨阿吐》《署鹏争斗》《丁巴什罗传》也传播到民歌故事中。当然，有些早期的民间故事并不存在谁影响谁的问题，如《创世纪》中的诸多母题神话是由民间广泛流传的民歌故事整理改编而来的，各行其道，自成气候。民歌《崇般日》就是典型例证，此文本中没有出现英古阿格、久嘎纳布、恩余恩玛等外来词汇，说明没有受到本教文化的渗透影响，其源头比东巴史诗还要早。

（二）口头程式

东巴史诗与民歌作为口头传统的产物，二者都带有口头程式句法特征。关于东巴史诗中的口头程式句法特征在上面已经阐述，兹不赘述。纳西民歌中的口头程式句法特征按其尺度分为以下三个层次。

首先是最小尺度的程式片语，即形容词性修饰句。

东巴史诗中每每述及家人生病需要举行仪式时，都要说"白鹤小儿子"（go perq sso jil）、"白鹤小女子"（go perq mil jil），民歌中也有这样的句子，但最为普遍的还是"有情小伙子"（ye ciq sso jil）、"有情小姑娘"（ye ciq mil jil）。白鹤在《创世纪》中是天女的坐骑，它飞到人间，并带着崇仁利恩飞到天上，成为天地间牵线搭桥的使者，由此被称为男女婚事的"米老补"，即媒妁。无独有偶，东巴史诗中除了白鹤扮演天地间使者角色外，白蝙蝠也同样扮演了这一角色，人间每每有难事，都是它奔赴天庭取回救难真经，由此它在民间同样是媒妁的象征，而且还增加了第三个媒妁象征物白鼠。如《崇般日》中有这样的句子：

Haiq yi zzi bbeq perq,	神的白蝙蝠，
Mee neiq ddiuq gol ggee,	天和大地间，
Mi la bbuq bbei zeel.	来做媒妁者。

Zhuaq neiq bbeeq gol ggee,	天父地母间,
Seel zhua zzi mu chee,	素昭吉姆她,
Oq yel oq herq heel,	俄亚天蓝湖[1],
Heel nee ggeq lei ceeq,	从湖里走来,
Lv heeq la yeq bbei,	做成了夫妻,
Fvl perq mi la bbuq,	白鼠做媒婆,
Mi la bbuq lei bbei,	做了媒婆后,
Go perq mil ji nee,	白鹤姑娘她,
Go perq ddiuq ku hal,	下凡栖地边,
Ddiuq ku teiq hal heq,	栖息地埂上,
Zzeeq neiq bbuq gol ggee,	人间夫妻中,
Leel ee ceil herq gol,	利恩与衬恒,
Go perq mi la bbuq,	白鹤当媒婆,
Mi la bbuq lei bbei,	做了这个媒,
Zzeeq bbuq lei bief see.	终结成夫妻。

《天女织锦缎》中也有类似程式句:

Fvl perq zzeel zzeeq ddaq,	白鼠织一对,
Fvl perq ddiuq ku cee.	白鼠来人间。
Ddee mai go perq ddaq,	尾块织白鹤,
Go perq zzeel zzeeq ddaq,	白鹤织一对,
Go perq ddiuq ku cee.	白鹤来人间,
Ddee liul zzi bbeq ddaq,	中块织蝙蝠,
Zzi bbeq zzeel zzeeq ddaq.	白蝙蝠一对。

在东巴文化及民歌文化中,白色是个吉利的颜色,与黑色相对。如《创世纪》中神灵及人类是由白蛋孵化的,而鬼怪是由黑蛋孵化的。白鼠、白鹤、白

---

[1] 据和正钧介绍,此处的"Oq yel"并非指俄亚乡,而是指像蓝宝石一样的地方。"oq"本义为"玉石"。

蝙蝠中的"白"皆取意于吉祥、神圣之义。白蝙蝠全称为"含英精白盘"（Haiq yi zzi bbeq perq），译为"神的白蝙蝠"，前冠之以"含英"（Haiq yi），突出了其神性。

白鼠、白蝙蝠、白鹤三个吉祥的动物之所以在民间被视为媒妁的象征，是因为三者具有沟通不同事物之特征，《黑白战争》中由白鼠打洞打通了黑白两个部落的边界，太阳光照射进了黑部落地界；白蝙蝠身具禽兽两类特性，且与白鹤一样在天地间来往，从而具有了媒妁一样的男女双方间传话沟通的职能；三者中以白鹤更为圣洁，使用程度更为频繁。

民歌中类似的修饰性名词比比皆是，如以金黄色来修饰太阳、大地、大象、杜鹃、燕子、猴子、青蛙等。在东巴神话中讲到神蛙产生时说，"在金黄色的美利达吉神海里，由一棵细如头发丝的树作变化，产生了一个金黄色的蛋。这蛋作变化，产生了金黄色的大蛙"。金黄色与白色一样具有神圣意味。比喻眼睛有三类：圆眼睛、竖眼睛、横眼睛，比东巴史诗中多出了"圆眼睛"一类，但喻义是一样的：竖眼睛与圆眼睛都象征假、丑、恶，横眼睛象征内在与外在统一的美丽女子。

诗行押韵也是民歌作为口头程式的一大特征。从上述的《崇般日》句子可察，其诗行以白蝙蝠、白鼠、白鹤做媒为主题，用了平行式结构程式，押韵方法中主韵为"ee"韵，次韵为"lei"韵。《天女织锦缎》同样用了平行结构程式，押了"ddaq"韵。

其次为主题与典型场景的程式句。

史诗之所以成为史诗，是因为吸收了大量的神话、故事、传说、谚语等口头传统之精华。如关于伦理道德主题方面的谚语："人美不如脸美，脸美不如眼美，眼美不如心美"在《创世纪》与《崇般日》中都被提及；《黑白战争》中提到的谚语："丈夫说过的话，不能再重复；赤虎噬的肉，不能再吐出"在民歌中也被应用；《崇般日》中提到的"横眼人类种，填不满贪欲"源自创世史诗中的横眼女故事。

《寻粮种》中有关烧树枝来顶灾的主题程式句：

Xuq gel lee gel jjil,　　　　　　冬青冷杉枝火放，
Xuq sai hua sai keel,　　　　　　女贞桦树火中放，

Xuq gel hua gel jjil,	女贞桦树当柴烧,
Shua gel muq gel jjil,	大小杜鹃火中放,
To gel bbeeq gel jjil,	松栎枝叶火中放。

有关洪水过后的场景程式句:

Ni mei hai keeq sheeq,	太阳闪金光,
Hai keeq teiq lei ddoq,	照见了光线,
Hei mei mv keeq sheeq,	月亮闪银光,
Mv keeq teiq lei ddoq,	照见了月光,
Jjiq gol ddiuq ddoq seiq.	水落现大地。
Ddiuq yi hai sheeq ddiuq,	大地铺金黄,
Hai ddiuq teiq lei ddoq,	见到黄金地,
Mee yi oq herq mee,	碧空蓝莹莹,
Mee oq teiq lei ddoq,	见到了蓝天,
Geeq tv gee yuq bbuq,	山顶连星光,
Geeq bbu teiq lei ddoq.	见到了星空。

这个典型场景是根据从上到下的固定程式来写的，与《创世纪》的开头中句式结构是一致的：从日月星辰到山川大地，属于递进式结构程式。

东巴创世史诗中叙及因天地不稳，众神建造居那若罗神山来镇定天地，神山五个方位由五行五色宝物来建造，民歌《天女织锦缎》《起房调》中都有五色五行的典型场景程式句。

再次，故事范型是最大的程式句法。

因为没有东巴史诗那般宗教禁忌的束缚，故事范型程式在民歌中较为普遍，且应用内容与形式灵活多样，它像插花一样，哪里需要插哪里。如民歌调和《都（董）埃术埃》中它就没有从头到尾地叙述整个史诗的故事内容，只是引用了都、术两个部落王子因赌博发生纠纷的故事，而后面那个故事是来自另外一个故事类型的，但只要能够强调发生祸端的来源就达到了叙事目的。《寻粮种》这首民歌也是如此：开头这一段叙述不同节令种不同农作物，这些不同粮种是不同鸟儿送来的，由此起到了故事引子的作用。而后面的叙事主体整体挪移自《创世纪》中的故事，但这个故事并非原封不动的照搬，而是根据需要进行了灵活创编，如把通过难题考验后迁徙回归主题放到故事前面：

Ceil herq mil ji nee,	仙女衬恒褒白呀，
Lerl qu ggv siuq bul,	带来九样作物种，
Neeq meil ggv qu bul,	赶来九样家畜种，
Bbaq lerl xi siuq bul,	花草百样带人间。

这一段起到了交代人间粮种源自天上的叙事目的。而后面叙述的情节却是上天求婚后的难题考验内容，天神子劳阿普让崇仁利恩寻回两颗粮种，最后崇仁利恩历尽艰难从蚂蚁、斑鸠那里找回来，并说明了蚂蚁细腰、斑鸠眼红的原因，这个故事明显具有传说的特征，说明了被吸纳到史诗中文类的多元性。至于后面的打鱼、挤虎奶、顶灾的情节与寻粮种主题并没有关系，但作为故事的整体性没有被切割，这与这几个情节的趣味性、故事性强也有关系。至于顶灾这个情节带有宗教叙事的意味，显然是受顶灾仪式影响的结果。民歌故事《崇般日》也有类似的叙事策略，关于子老阿普问崇仁利恩是什么种族的经典主题句，在《创世纪》中被放置在难题考验结束后的情节中，而在《崇般日》中却被放在回归人间大地，创制祭天礼仪、养儿育女之后，作为全文的结尾。按理说，这是不符合常理的，毕竟崇仁利恩夫妇已经回归人间，而天神仍住在天庭，其中也没有天神降临人间的情节铺垫，凭空来一个天问。这样的情节设置对于书面文本或影视文本来说显得突兀，但在民歌中却起到了卒章显志的叙事艺术效果，这一气势磅礴、洋溢着自豪的民族宣言主题成为整个叙事篇章中的华彩乐章，也构成了故事的高潮。

（三）母题与情节

"母题"（motif）是美国故事学家斯蒂·汤普森在《世界民间故事分类学》中提出的一个学术概念，指"故事中最小的、能够持续在传统中的成分"。他将母题分为三类：故事中的角色——众神，或非凡的动物，或巫婆、妖魔、神仙之类的生灵，要么甚至是传统的人物角色，如像受人怜爱的最年幼的孩子，或残忍的后母；母题涉及情节的某种背景——魔术器物，不寻常的习俗，奇特的信仰等；单一的事件——它们囊括了绝大多数母题。[1] 依此分类，《崇般日》与《崇般绍》《崇般图》都有相同的角色母题：天父与天母，故事主人公崇仁利恩与衬恒褒白命，利恩的兄弟姐妹，衬恒的姐妹，阳神与阴神。也可以根据故事人物性格及角色特征重新定位为：孤儿崇仁利恩，狡诈的天父子劳阿普，道德败坏的利恩兄弟，脸美心坏的竖眼天女，仁慈智慧的阳神美利董主，反面角色蒙增可洛（另名为可兴可洛），白鹤、蝙蝠扮演了媒妁、外交使者的角色，等等。

相同的背景母题主要有：白色与黑色（美好与丑恶）、横眼睛与竖眼睛（好人与坏人）、牛皮鼓（逃生工具）、狗与鸡（日与月）、柏树与栎树（天地神与天舅神）、响叶杨（顶灾杆）、鸡蛋（天灾）、兄妹婚（污秽）、祭天（祈福）、顶灾（禳灾）、除秽（禳灾）、蔓菁（语言）；等等。

相同的事件母题则有开天辟地、卵生人类、射日月、洪水滔天、上天求婚、难题考验、迁徙回归、说话难题等。

情节指的是叙事作品中表现人物之间相互关系的一系列生活事件的发展过程。这个过程中包括故事的开始、发展和结局，以及其中的一系列事件。《创世纪》与《崇般日》的共同情节有：宇宙中先出现巨蛋，由蛋生出人类—出现九日七月—射日射月神话—开天辟地—重新产生人类—崇仁利恩兄弟姐妹群婚导致污染天地—天神发怒而罚人类遭受洪灾—崇仁利恩成为孤儿—先后与天女三姐妹结缘生育—最后与横眼女成婚—从天上回归人间—开荒种地、铸铁打铜、养禽畜牧—养育三子而不会说话—天神授意行顶灾、祭天之仪—三子会说话，形成三个民族祖先。

因为民歌调往往根据现场情境进行演述，其情节、母题变动情况比史诗要多得多，演唱民歌的时间长短、场所的气氛、演唱者状况、给予的报酬等条件制约着民歌母题及情节的应用设置。从现有文本分析，某首民歌中缺失的情节在另一首民歌中则有集中表现。如《寻粮种》中并无人类诞生的谱系母题，而在《崇般日》《起房调》中有详细的叙述：

---

[1] ［美］斯蒂·汤普森：《世界民间故事分类学》，郑海等译，郑凡译校，上海文艺出版社，1991，第499页。

崇忍利恩汉子
和衬恒天女的
这一代之前的是
阿忍美忍一代
美忍刺忍一代
刺忍楚楚一代
楚楚楚余一代
楚余余忍一代
余忍局忍一代
局忍精忍一代
精忍崇忍一代
崇忍利恩一代

在《崇般日》中缺失的难题考验母题在《寻粮种》中有具体的描述，说明史诗中的母题在民歌中是散状分布的，而史诗正好相反，母题是集中体现的，为塑造典型形象服务，从中说明了作为书面文本与口头文本相结合的东巴史诗，其母题、情节、文本结构的稳定性要高于民歌，这与东巴史诗为宗教宗旨服务的性质有内在关系。

东巴史诗与纳西民歌的文化共性还表现在修辞手法上，二者都以五言句式为主，衬词衬字使用频繁，"增苴""作罗克"等手法也有运用，比兴、拟人、借代、排比、复沓等修辞手法也较为常见。限于篇幅，兹不赘述。

三、东巴史诗与民歌的差异性比较

东巴史诗与民歌是纳西族优秀的口头传统，二者同源异流，构成了纳西族民间文学的重要内容。但二者在文本类型、社会功能、文化宗旨、文化影响等方面存在着诸多差异，由此形成了不同的发展路径及表现形式。二者的差异性主要体现在以下几个方面。

（一）母题的差异比较

从角色母题而言，因文本不同而情况不同，创世史诗与民歌的角色母题相比，二者大同小异，小异在于民歌《崇般日》中出现了圆眼睛天女、白鼠、青龙（Oq herq mee rher）、俄英都奴，这在创世史诗《创世纪》中没有出现；而《创世纪》中的英古阿格、神鸡恩余恩玛、魔牛、大力神久嘎纳布，以及分别与崇仁利恩、衬恒褒白命同居过的妖女、长臂猿在民歌故事里并未提及。而英雄史诗《董埃术埃》与民歌《都埃术埃》相比，二者差异较大，东巴史诗中的美利董主夫妇、美利术主夫妇、蒙姐耿饶纳姆以及两个部落的大小随从、官吏、战神群体在民歌版《都埃术埃》中均没有出现，而民歌版中出现的都萨阿吐、久兹休玛蜜、纽增许厄三个角色在这部英雄史诗中没有出现。

从背景母题而言，创世史诗《创世纪》中宗教文化背景突出，民歌的《创世纪》则突出民间文化背景。创世史诗《创世纪》中提及：

> 佳声佳气作变化，出现了依谷阿格大神。黑而闪亮的绿松石作变化，出现了依谷丁纳鬼。最初，依谷阿格大神作变化，出现了一个白蛋。白蛋作变化出现了一只白鸡。白色的那一只鸡，没有人给它取名字，自己取名为神的恩余恩玛。……那只恩余恩玛啊，能飞翔于高高的蓝天，又从大地上采来三丛青草做睡窝，把睡窝放在篮子里以后，下了九对白色的蛋，一对孵出了盘神与禅神，一对孵出了沃神与恒神，一对孵出了嘎神与吴神，一对孵出了卢神与沈神，一对孵出了固神与斯神，一对孵出了蒗神与凑神，一对孵出了头目与长老，一对孵出了东巴与巫者，一对孵出了精人与崇人，一对孵出了盘人与纳人。[1]

从上可察，关于世界万物的产生虽然有物质变化生成的朴素唯物主义特征，但涉及关于神灵与人的诞生，还是由天上大神决定的。民歌《崇般日》中没有唯神是尊的宗教观念，直截了当地阐明了人类的来历："人类繁衍时，人蛋由天下，人蛋地来孵。"而崇仁利恩与天女衬恒褒白命的结婚是由白鹤做媒的，并没有经受父母包办婚姻的阻碍，也没有受到天神的刁难。两个有情人直接就过上

---

[1]《超度死者·人类迁徙的来历》，《全集》（第56卷），第145—146页。

了幸福的生活，接下来叙述内容宛若活脱脱的一幅乡村生活场景：妻子在河边浣纱，丈夫在家中磨刀，他们饲养家畜、刀耕火种、耕种四季作物、铸造农具、养儿育女，过着六畜兴旺、五谷丰登的幸福美满生活，这部分内容占了整个篇幅的五分之一。接下来讲述因生下来的三个儿子不会说话，天女返回天庭向母亲求救，由此学会了顶灾、祭天仪式，但其民歌文本中并没有东巴史诗中的除秽、迎颂神灵、仪式灵验的叙述内容，而是强调了举行这两个仪式的目的是为生产劳动服务：

Keeq peil zheel Sheeq zeiq,	用黄土筑堤，
Co gvl bbiel ceeq zeiq,	用利锄挖掘，
Jji shuq jji nal heel,	引来清泉水，
Lul hee lei ssaiq seiq.	修成四水库。
Yi bbbiuq ggv hoq sheeq,	引来九江水，
Ggv hoq lei sheeq seiq.	筑成九河坝。

卒章显志，以宣言式的回答彰显了人定胜天的人本思想，这与东巴史诗中人神不分，人还未完全从神灵统摄中独立的宗教观念是截然不同的。

即使是同一母题，史诗与民歌的表现手法也是不同的。《创世纪》突出了神话的魔幻色彩，而民歌《崇般日》则突出了现实色彩。如卵生母题，《创世纪》中的内容比民歌《崇般日》要繁复得多，至少涉及三个子母题——卵生神灵与人类，卵生鬼怪，卵生魔牛。先是由善神英古阿格变化出白蛋，白蛋又生出神鸟，神鸟又生出九对神灵与人类；与之相对应，恶神英古丁纳变化出一个黑蛋，再由它生出一只魔鸟，魔鸟生出九对鬼怪；最后一个黑蛋孵了一年，最后被阳神砸到山崖上，产生了一只巨大的魔牛；魔牛死后化生为世间万物。而民歌《崇般日》就三句话了结："人类繁衍时，人蛋由天下，人蛋地来孵。"《创世纪》中魔幻色彩较浓的背景母题，如上述白蛋与黑蛋、魔牛、天柱、神山、木偶（造人失败）、神斧（砍树林）、神火（烧荒）、神粮袋（撒种）、神空袋（收粮种）、天梯（迁徙）在民歌版《崇般日》中并未出现，反而出现了大量的从事农业、畜牧业生产劳动的背景母题。

从事件母题而言，两个不同版本的创世纪大相径庭，如上述提及的东巴史诗《创世纪》中开天辟地内容，即从洪荒时代到崇仁利恩这一代的产生，在整个文本内容中占比超过三分之一，其间可分为洪荒时代的时间母题、化生母题、卵生母题、天柱母题、魔牛母题、建造神山母题、禽类产生母题、产生人类谱系母题，[1]而在民歌《崇般日》中开天辟地内容仅占15%。形成最鲜明对比的是史诗中的核心母题——难题考验母题在民歌中完全消失，取而代之的是刀耕火种、冶铜铸铁、男耕女织、养儿育女的生产劳动母题。其间的原因在于民歌不是神话，不是宗教宣传工具、它更注重人自身的生产生活及情感世界，民歌手要顾及现场听众的审美需求，至于宇宙诞生、开天辟地只是一个故事背景引子而已，用不着成篇累牍地赘述，听众更关注与现实生活相关或相近的故事情节。

（二）情节的差异比较

从上述母题差异性分析中也可看出二者情节的不同。下面所列出的两个不同版本的情节线索，以加黑字体来表示不同部分。

史诗《创世纪》的情节线索如下：

天地混沌—先后出现天地（影子）—日月（影子）—星宿（影子）—山谷（影子）—水渠（影子）—树石（影子）—真与实—绿松石—英古阿格—白蛋—神鸟—孵化九对神灵与人类；虚与假—黑松石—依古丁纳—黑蛋—孵化九对鬼怪；九兄弟开天、七姐妹辟地—**五方立五色柱**—白蛋孵化魔牛—死后化生万物—建造神山—祖先谱系—兄妹群婚—殴打阳神—洪水滔天—**选偶失败—造偶失败**—上天求婚—难题考验（烧林、开荒、播种、捡种、捕鱼、**挤虎奶**）—回答天神的民族宣言—丰厚嫁妆—**猫与野坝子的来历—狗与鸡带路**—迁徙回归（沿途地名）—生育难题—白蝙蝠取经—说话难题—不同民族来历—**除秽**—仪式灵验。

民歌《崇般日》的情节线索如下：

蛋生人类—**出现九日七月**—九兄弟与七姐妹—**射日月**—开天辟地—**俄依都奴补天补地**—祖先谱系—兄妹群婚—殴打阳神—洪水滔天—利恩独存—与三个天女结缘—衬恒成婚—男耕女织、刀耕火种—**打铁做农具**—成家立业，养育三儿—不会说话—上天求解—传授顶灾、祭天仪式—三儿说出

---

1 《超度死者·人类迁徙的来历》，《全集》（第56卷）。

三种语言 — 天神安排三儿职业 — 回答天神的民族宣言。

从上述比较中可察，二者的故事结构差异决定了情节的差异。史诗《创世纪》的结构为东巴叙事传统的三段式：开天辟地 — 故事主体 — 仪式灵验，而《崇般日》的结构为民间叙事结构：开天辟地 — 建功立业 — 大团圆。民歌《崇般日》中没有出现洪荒时代系列化生说、蛋生说、立天柱、建神山、造木偶、上天求婚、难题考验、求婚成功、恩赐嫁妆、智取物种、迁徙回归、生育难题、白蝙蝠取经等情节。史诗《创世纪》中没有射日月、补天地、凡间劳动等情节，而且有些事件母题的顺序也不一致，如《崇般日》中把回答天神的民族宣言放在最后结尾，而《崇般图》中则放在求婚成功的情节后。《崇般日》中的开天辟地情节与史诗差异更为巨大，差异在于前者明显淡化了具有宗教色彩、神话魔幻色彩的内容，后者突出了生活化、人性化特征。作为同源同根的文化产物，即使是变异的情节之间仍有文化联系。《创世纪》中的社会经济生活是通过难题考验母题来表现的，而《崇般日》则直接用现实中的生产劳动来体现：

Ggv cerq ggv xiq cerl,	九十九片林，
Xiq lei cerl zzaif see,	砍完了之后，
Shu perq zei maq zeil,	取出火镰子，
Mi zeil mi lei rhee,	火镰子引火，
Xiq cerl xiq lei bberq,	砍片的树用火烧，火烧开荒林，
Xiq lei bberq seif see,	用火烧完后，
Xiq bberq kee ddvq pvl.	开荒种香藷。

从中不难发现难题考验母题的影子。

生下的三个儿子不会说话，史诗中是派了白蝙蝠到天上去向天神求教，通过偷听天神夫妻说话才知道内情，而《崇般日》中由女主人公衬恒命返回天宫询问母亲，母亲仁慈耐心地向女儿传授顶灾、祭天的礼仪知识。这样情节安排更贴近民众的日常生活，更契合人们的传统认知心理。

（三）语言风格不同

东巴史诗作为经典文献，具有神圣叙事性，加上宗教忌讳，保守性更大些，所以显得晦涩深奥，致使受众群体趋于萎缩。民歌摒弃了宗教词语、古语，以及严整的口头程式句，其语言更为大众化、口语化，其唱词通俗易懂、形象生动，极有生活的鲜活性，从而拥有了大量的受众群体。

《崇般日》中引用了大量的口头语、谚语，如说到粮食的重要性时说：

ngvq ko haiq ko tal,　　　　　　银矿金矿好，
Ai ko tal me ggueq,　　　　　　　不如粮食好。

说到心灵美比外在美更重要时说：

Pa ssi mieq me ggvq,　　　　　　脸美不如眼美，
Mieq ssi nee me ggvq,　　　　　　眼美不如心美。

《粮种的来历》中天神觉察到崇仁利恩以野猫奶来欺骗他时，怒气冲冲地喝斥道："休想欺骗我，快点滚蛋吧！"而东巴史诗《创世纪》中只是平淡无奇地说了一句："这不是真正的三滴虎乳。"

叙及因兄妹婚触怒天神时，史诗《创世纪》这样说：

> 利恩的五个兄弟，兄弟们没有妻子，与姐妹们结为配偶了。居命六姐妹，姐妹们没有丈夫，与兄弟们结为配偶了。他们的行为，亵渎了天和地，亵渎了太阳和月亮，亵渎了山和谷。

洁净与肮脏是宗教的一个重要观念系统，不洁往往是引发灾难与疾病的重要源头，所以史诗中将兄妹婚视为乱伦，属于不洁行为。这为文本后面的 除秽仪式埋下了伏笔。

民歌《崇般日》则这样说："兄妹做夫妻，天也不喜欢，地也不喜欢，六畜不喜欢，家禽不喜欢，山也不喜欢，山谷不喜欢，洪水要滔天。"这显然有意回避了宗教中的洁净观，只是从伦理道德出发来进行谴责。

关于男女主人公相遇相爱的情景，史诗《创世纪》的描述相对简洁：

衬恒褒白姑娘，好姑娘没有丈夫，想从天上下来寻找丈夫。在黑白相接的地方，梅花开两度，两度梅花跟随开。崇忍利恩和衬恒褒白姑娘，一个想要，一个愿意跟随，想要的和愿意跟随的相遇。[1]

而三坝民歌《婚礼歌》则进行了形象生动的多重白描：

衬恒褒白命，
嫁给了人间大地，
嫁给了崇仁利恩，
男女结成伴，
飞了三天来到人间，
夜宿大地三晚上，
夜宿梅花树下，
梅花树也未发觉，
（二人的）高兴它也不知道，
正因为有这般高兴。
梅花静悄悄地绽放，
一年开两季，
开了两季花，
冬季开小梅花，
夏天开大梅花，
男女结成伴，
飞了七天来到（人间）。
在下边住了七天，
夜宿花树下，
篱笆边上黄花开，
夜宿黄花处，
花也不知道，

---

[1] 《大祭风·创世纪》，《全集》（第80卷），第32页。

> 正因为不知道，
> 一年花开两季，
> 冬季开大花，
> 夏季开红花，
> 大地上人类繁衍起来了。[1]

有的学者认为史诗语言比民间故事或民歌要凝练，更富有诗歌语言魅力。这种观点是偏颇的。民歌与史诗都是以语言取胜的，二者各有所长，有时史诗语言比民歌语言锤炼程度要高，有时民歌语言比史诗语言更生动鲜活。如上文中男女主人公相识相爱的情景描写，史诗因宗教原因，显然用了春秋笔法，而民歌则显得大胆放开得多。当然，这种大胆并非平铺直叙，而是巧妙地采取了欲扬先抑的比喻手法，以梅花、黄花静静绽放来比喻爱情的幸福甜蜜。

（四）创编范围及程度不同

史诗与民歌作为口头传统，都有演述中的创编特征。但因二者的文类及文本性质不同，其创编范围及创编程度存在着相应的差异。相对说来，因为受宗教教义、教规、禁忌限制，东巴史诗创编程度及范围不及民歌。民歌则相对灵活自由得多，它对东巴史诗内容的吸纳是建立在创编基础上的，对不适应当下形势的、不符合民众审美传统的、文化区隔大的等方面的内容都要进行合理化创编。上面论述的关于男女主人公相遇相爱的情景描写，回归人间后生产劳动的情景描写，民歌中的创编程度远远超过史诗。崇仁利恩夫妻迁徙到人间大地后如何生产生活，史诗则采取了简略手法："到了崩古崩史（丽江白沙乡）的地方。崇仁利恩和衬恒褒白插上胜桩，竖起胜石，烧起纯净的火，就住在了那个地方。"[2] 这样寥寥两句就一笔带过，然后直接进入因不懂祭仪而发生病痛的情节叙述。而"人间生活"的主题在民歌《崇般日》中成为核心母题，其篇幅占比达20%。有些相同的母题，民歌中往往再进行拓展延伸，形成延伸母题。如同为语言母题，史诗中叙及三个儿子说出三个民族语言则止，而民歌《崇般日》

---

1 根据笔者于2014年1月20日在云南省迪庆州香格里拉县三坝乡吴树湾村和树春演唱的《东巴婚礼"谷气"调》整理。
2 《大祭风·创世纪》，《全集》（第80卷），第58—59页。

中还进行了进一步的延伸:"子劳阿普他,与尼劳阿祖,问了她商量一下说,老大解绳卦,二哥解鸡卦,去做祭祀吧,老三占贝卜,算命叫他做。"民歌还有一种创编方式是"托古说今",即托借史诗的经典权威性来抒发、描述现实场景或情景。挽歌中叙及董神、塞神、崇仁利恩、衬恒褒白命因年老而寿终、死于何处等内容,以此说明凡有生命就会死亡的道理,劝慰死者亲属要以豁达、乐观态度对待死亡。《起房调》则对创世史诗中的开天辟地、建造神山情节进行了衍生式创编。"托古说今"也有"托古讽今""托古赞今"等多种创编方式,主要依时依地依情而定。

当然,二者的创编程度高低不能一概而论,具体情况具体分析,存在着同一母题在史诗中创编程度高,在民歌中创编程度低的情况。如洪荒时代母题、卵生母题、人类诞生母题、求婚难题、迁徙母题,以及涉及宗教祭仪的祭天、除秽、顶灾、请神、送神、颂神、祈福禳灾等方面母题时,其内容明显要比民歌繁复得多。迁徙母题在史诗中成为核心母题,甚至祭天史诗《崇般绍》由迁徙母题直接扩充发展成为单独的一部迁徙史诗,一方面彰显了这一母题在纳西族传统文化中的重要性,另一方面说明了核心母题在构建叙事文本的重要功能。在大祭风、超度仪式中的《创世纪》迁徙母题内容也较为详细,这与超度亡灵回归祖居地的仪式宗旨有内在联系,如果迁徙路线、站点说不清楚则直接关系到亡灵能否顺利抵达祖居地,仪式能否圆满完成,兹事体大,不能不重视。东巴史诗的创编还体现在不同的东巴的书写传统方面,同一个母题有的东巴采取简略手法,有的采取渲染铺陈手法。如语言母题,创世史诗中叙述三个儿子会说话后人类繁衍情景时有这样的程式句:

> 崇仁利恩生下三个儿子,大儿子是藏族,藏族就住在大树下,他们的后代,就像树上的果实一样增长。小儿子成为白族,白族就住在铠甲下,他们的后代就像铠甲上的甲片一样增长。次儿成为纳西族,纳西族住在天穹下,他的后代就像天上的繁星一样增长;纳西族住在大地上,他的种族就像大地上的青草一样发展,就像野坝子种子一样多,就像黄马的鬃毛一般数不清。[1]

---

[1] 《大祭风·创世纪》,《全集》(第80卷),第60—61页。

东巴经书的结尾句多以祈愿程式母题为主，但不同经书有不同的创编，如《河谷地区祭鬼仪式·开天辟地的经书》：

> 主人这一家，患的病已痊愈了，延年长寿了，发烧已消退了，祭鬼祭着对象了，射箭射中靶子了，愿出现耳悦魂安，水流塘满的一些景象。[1]

《大祭风·创世纪》：

> 愿这一户主人家有福有泽，家里常传佳音，人们心神安宁，生活似流水满塘，充裕富足。愿家中娶来媳妇，能为家庭添丁加口。愿东巴及卜师健康长寿。[2]

《超度死者·人类迁徙的来历》：

> 把死者送到上面以后，祝死者高兴欢乐。把活者的魂拦回下面以后，祝活者们面前出现一个有福有禄的门庭。已去世的九代祖父时代，头目们带来的不全是包袱。已去世的七代祖母时代，东巴们说的并没有什么差错：把头目的名声刻在石头上。[3]

《除秽·古事记》：

> 天空中耀眼的太阳，钻出了云层。大地上的黑犁铧露出了地面。又能吹响白海螺号角，镜子也明亮了。愿吹响胜利的号角，愿胜利石齐整，胜利桩牢固，胜利火明亮，胜利的旗帜迎风招展。愿会飞的又能飞，会跳的又能跳。似从虎爪下逃脱回到山上的白鹿，似从鹰爪下逃脱回到绿树间的鸟儿，似从水獭爪下逃脱回到池塘的鱼儿，人类回到了神地，得到神灵的

---

[1] 《河谷地区祭鬼仪式·开天辟地的经书》，《全集》（第31卷），第233页。
[2] 《大祭风·创世纪》，《全集》（第80卷），第63页。
[3] 《超度死者·人类迁徙的来历》，《全集》（第56卷），第204页。

保佑赐福。祝愿这一人家，过上流水满塘、声轻神安的生活。子孙兴旺，延年益寿，无病无痛。[1]

还有一种是不同地域文化带来的创编程度的差异，如《河谷地区祭鬼仪式·开天辟地的经书》中缺失了三个儿子不会说话的语言母题，直接叙述崇仁利恩的儿女生病后如何迎请神灵举行祭仪的内容，其占比高达20%，而在大祭风仪式中这部分内容仅占全文篇幅的8%，超度仪式中其占比为5%。

这说明不只是史诗与民歌不同文类存在着创编程度及范围的差异，在史诗与民歌内部同样存在着创编程度差异，这不仅与仪式、宗教、文化传统等客观层面相关，也与不同演述主体的主观情况存着内在关系。

（五）二者的服务对象、演述主旨和结构功能不同

东巴史诗属于宗教文学，是为宗教仪式服务的，它追求的是祈福禳灾的祭祀仪式效果。东巴史诗作为仪式中的核心经典，它在仪式中的演述直接或间接地影响到仪式灵验与否。东巴史诗是借助东巴的口头演述沟通天地之间人鬼神三者的关系，以求避凶趋吉，祈福禳灾，驱鬼镇妖。东巴仪式一般分为请神、安神、送神三步曲仪规，史诗在整个仪式中只是扮演了其中某个环节功能，如《董埃术埃》在仪式中起到交代妖魔鬼怪如何产生的功能，为镇压鬼怪提供了事由；而《崇般绍》则说明祭天习俗的来历，《创世纪》说明人类祖先的来历，强调敬天法祖的传统规训，以显示此仪式的重要性。东巴史诗结构性地镶嵌在仪式中，它并不单独起作用，一个仪式要吟诵众多经典，如超度仪式、禳栋鬼仪式、大祭风仪式、大除秽仪式要吟诵上百本经书，期间要旷日持久地举行几十个子仪式，形成规模宏大的超级仪式。仪式主持者还要承担仪式效果是否灵验的风险，如果经书念错，或仪轨出现错漏，言行不端、外来者不洁等诸多因素也会影响仪式成败。东巴祭司不只是面对现场受众，更多是为不在场的受众——神灵、亡灵、鬼怪、自然神负责，所以即使整个仪式现场没有一个受众，他也不敢滥竽充数。这些都与东巴仪式的性质——宗教仪式密切相关。

民歌则属于民间大众文艺，直接为现场观众服务，其演唱技巧的娴熟，语

---

[1] 《除秽·古事记》，《全集》(第39卷)，第225页。

言的优美动听，内容的丰富，情节的生动曲折，人物形象的鲜明，情感投入的饱满，经验的老到等因素决定着其演唱活动的成败。他没有必要为鬼神之事而提心吊胆，没有受到宗教仪轨、禁忌的束缚，也不存在宗教治疗、祈福禳灾的宗教功能。民歌直接为现场受众负责，他必须深谙民众的审美传统、口头传统，通过民歌唱史诗，并非以"讲古"为目的，为传播宗教观念服务，而是为现实的生产生活、民众的普世价值观服务。民歌版《创世纪》——《崇般日》更多是讴歌人类祖先敢于挑战天神、敢于直面艰难困苦的大无畏精神，肯定人们为创造幸福美满生活付出的辛劳，赞美真善美，批判假丑恶，有着鲜明的人民性立场。民歌中的《创世纪》是单独成篇的，演唱完一首就意味着这首曲子的结束。其他曲子与它没有直接的逻辑关系，不像仪式中的不同经书文本那样形成整体文本关系。

（六）其他方面的差异性

东巴史诗与民歌中的史诗在其他方面也存在着差异性。

1. 文本类型。东巴史诗文本类型为半口传文本，即以源于口头的书面文本，具有经籍文献文本特征；民歌属于口头文本类型，口头创作、口头传承、口头演述。

2. 文本稳定性。东巴史诗受宗教经典、书面文本等因素影响而保守性强，文本形态相对比较稳定；民歌文本灵活性强，变异程度高，文本稳定性不及史诗文本。口耳相传的民歌一旦发生巨大时代变迁，失传或衰落的可能性极大。20世纪50、60年代的民间文学运动，对传统民歌的政治化、革命化、大众化改造，使传统民歌中的东巴文化内容几乎荡然无存。

3. 文本主题。东巴创世史诗突出了人类繁衍与迁徙回归主题，而民歌《崇般日》则突出了人类繁衍与生产劳动主题。东巴史诗中的崇仁利恩从孤儿到祖先英雄，蕴含着个体的成长主题；而民歌中的崇仁利恩与衬恒天女同甘苦、共患难，属于共同成长主题。英雄史诗《黑白战争》从仪式角度来说，其主题为鬼怪及灾祸的产生；从文学角度来说，正义战胜邪恶成为叙事主题。而民歌版的《黑白战争》中的主题为事物矛盾产生的缘由。

4. 文化影响。从文本形成的过程来说，东巴史诗深受本教及藏传佛教的影响，尤其是英雄史诗《黑白战争》中，能够明显看到藏族本教经典《叶岸战争》的影响因子。"叶岸"本义为"光明与黑暗"。东巴史诗中严格规整的二元对立的观念及程式句法是受藏族宗教文学影响的结果。而民歌受藏族宗教影响程度远小于史诗,民歌中的宗教内容基本上是从东巴神话中渗透进来的,而且做了相应的创编处理,宗教内容并不占文本主体。相对说来,民歌受不同时代的政治、经济、文化等多元因素影响较大,但这种影响并没有改变民歌的性质及文本类型、表现主题及叙事风格、语言特色。其次,二者的影响面也有差异,东巴史诗的影响仅限于东巴文化传承区域,一般以边远山区为主,而民歌影响范围更为广泛,基本上在纳西族居住区域都产生了影响。再次,二者的影响在不同时空条件下也有差异。越是历史早期,尤其是生产力不发达的先民时期,史诗文本还不够成熟,东巴与民歌手身份同一,史诗与民歌的界限也并不分明。随着社会生产力的不断提高,二者的分化也趋于明显,在全民信仰东巴教的时期,东巴史诗影响程度比民歌要深广;而在东巴文化衰落时期,民歌影响力远超史诗。从20世纪初到80年代,民歌成为民众文化娱乐、政治宣传的重要工具,而东巴史诗仅限于偏远山区传承。随着东巴文化式微,民歌中的东巴文化内容也急剧消失。著名民歌手和耀淑所传承的民歌中有大量的东巴文化内容,与其小时候成长于东巴世家,生活在东巴文化村落的文化背景有着直接关系。所以民歌手成长环境不同,其创作传承的民歌文本也会发生变化。

四、史诗与民歌的互文性特征

东巴史诗与纳西族民歌作为纳西族口头传统,共同构成了纳西族传统叙事的文化多样性与独特性,成为纳西族文化传统的范例。二者既有"本是同根生"的同源性,又有着"言行同一"的互文性。

从宏观层面而言,东巴史诗与纳西族民歌都属于纳西族传统叙事传统范畴,二者都具有民间叙事传统特性。东巴史诗作为东巴仪式史诗,具有宗教叙事的一面,但东巴教文化不能等同于人文宗教,它属于民间宗教,具有浓郁的民间性特征。东巴史诗的主体——东巴作为民间祭司而存在,东巴史诗演述的载体——东巴仪式、民俗活动的目的也是为民间服务,东巴史诗的受众也是以民众为主体。东巴史诗是由口头史诗发展演变而来,而口头史诗是吸纳了口传神话、传说、故事、民歌形成的,也就是说史诗构成里本来就有民歌内容。而在东巴文化兴盛时期，大量东巴史诗内容进入民歌中，这样既宣传了东巴教文化，也极大地丰富了民歌内容；东巴本人往往身兼祭司与民间歌手、舞者的多重角色，一直到近代，和世俊、和文质、康巴才、和长命、久知老等人既是大东巴，又是民歌手。这说明东巴史诗与纳西族民歌存在着互文性特征，二者是辩证统一的关系。这一互文性特征体现在以下六个方面。

其一，民歌是滋养东巴史诗的沃土。纳西族民歌伴随纳西族民众的生产、生活而产生，同时渗透到纳西族民众的各种民俗活动中，成为传承生产、生活技能、知识，传播民俗文化，凝聚民心、寓教于乐的重要载体，成为滋养东巴史诗及纳西族作家文学的文化土壤。东巴史诗从中汲取题材、主题、风格，从而体现出浓郁的民族风格、特色。如纳西族早期的民间叙事文本——洪水神话、开天辟地神话、创世神话、迁徙故事、万物起源神话等成为东巴史诗文本的主要内容，这方面最为突出的是创世史诗《创世纪》，其中所叙述的开天辟地、兄妹结婚、洪水灾难、造船避险、上天求婚、难题考验、娶回天女、迁徙故事等叙事情节与周边民族的创世神话大同小异，说明源于早期的底层传统文化。

其二，东巴史诗反哺民歌创作。这些民间故事进入东巴史诗文本后，经过成千上万历代东巴们的千锤百炼而成为东巴经典文本，形成了大量脍炙人口的经典母题，这些母题成为民歌手组织、创编民歌文本的重要武器库，由此成为民歌调中的重要内容，形成文本反哺的文化现象，至今纳西族的经典民歌调《起房歌》《结婚调》《挽歌》《崇般日》《寻粮种》等就是源于创世史诗的改编版本。

其三，东巴经典为民歌创作提供外来文化素材。东巴教在发展过程中，汲取了大量的外来宗教文化因素，其中包含大量的神话、史诗、传说、故事，这些叙事内容又传播到民间，被民歌手改编后又演变为民歌文本。这方面比较突出的是《丁巴什罗的传说》《蝙蝠取经的故事》《鲁般鲁饶》《鹏龙争斗》《黑白战争》《优麻的故事》《精如镇鬼》等。

其四，东巴史诗与纳西族民歌的功能是互为文本的。二者都是为纳西族民众的社会生产生活、精神文化服务，从而达到规范个体行为、稳定社会秩序、协调人与自然关系、深化族群认同等多重社会功能。

其五，二者在表现形式上有互文性特征。二者都是通过说、诵、唱等手段相结合的口头演述中达成的。东巴祭司在宣讲吟诵经籍时，其语调并非一成不变、单调乏味，而是结合史诗中具体的情节、人物个性，时而娓娓而叙，时而慷慨激昂，时而沉吟低咏，这种似唱似吟、讲唱结合的形式被称为东巴唱腔，尤其是结婚调、丧葬调中更为突出。东巴唱腔与纳西民歌调唱腔是同源的，不同地方的东巴唱腔受地方民歌唱腔影响各不相同，如鲁甸乡、塔城乡、拉伯乡、依吉乡等地的唱腔明显受周边藏族和民歌调影响，但因受不同藏区文化影响，丽江金沙江上游的鲁甸乡、塔城乡的东巴唱腔与无量河流域的拉伯乡、依吉乡的东巴唱腔又是存在明显区别的。另外，在东巴仪式上也有用民歌调演述的民歌，《婚礼歌》《挽歌》《窝仁仁》《买卖岁寿》就是在丧葬仪式中演述的民歌调，同时也是东巴经典。还有一种形式是在东巴史诗演述现场进行民间歌舞表演，达成了神圣空间与世俗空间的有机融合。仪式感与娱乐性并非水火不容，而是相辅相成、辩证统一的，融祭祀、商贸、娱乐于一体的传统庙会就是活生生的例证。2024年2月25日，丽江市古城区大东乡建新村祭天仪式上，参加祭天仪式的民众们跳起了传统的《哦姆达》，歌词如下：

Me ddaq wef me ddaq,	姆达哦姆达，
Mef ddaq lee ga mo.	请唱跳姆达。
Mee leel kvl sheel tv,	天降祥瑞年，
Dduq sseiq hei sheel tv,	年好月份好，
Lvq kvl chee kvl loq.	甲辰之龙年。
Naq xi mee bbiuq sso,	纳西祭天人，
Mee bbiuq ddeeq ddu bbei,	祭天有传统，
Yeq beiq ceiq chual ni,	正月十六日，
Naq xi mee bbiuq sso,	祭天的族群，
Mee me bbiuq me ddu.	不可不祭天。
Naq jerq mee bbiuq ddeeq,	纳西善祭天，
Mee nee o lvq hol,	上苍来护佑，
Naq jerq o lvq hol,	护佑纳西人，
Kvl meil gv ddee hol,	愿福泽绵延，
Ssee meil ssee ddee hol.	愿长寿安康。[1]

---

[1] 和积华、张桂华：《大东祭天姆达蹉》，微信公众号《纳西话賽》第2791期，https://mp.weixin.qq.com/s/Jwuwh-_D48usJ6u95Te96g，2024-3-2。

图 7-2　大东乡祭天仪式上的《哦姆达》（和积华提供）

一些地方民众从微信、抖音中看到这一场景后纷纷留言，说这破坏了古规古制，传统祭天仪式上是不能跳舞的。的确，一些边远地区仍保留着较为传统的祭天仪式，而一些地方的祭天仪式已经发生了大量的文化变迁，如在民国时期的祭天仪式上已经举行跳东巴舞、护虎蛋、赛马等活动。白地农历二月八当天祭天仪式结束后，全体村民在白水台跳阿卡巴拉舞，载歌载舞，歌声盈天，欢笑萦耳，洋溢着浓郁的节日快乐气氛。这说明，史诗演述仪式与民间歌舞表演既有同源异流的特点，又有合流共融的特征。且随着社会生产力的提高，二者的融合程度越来越高，由宗教性、仪式性、庄严性、保守性朝民俗性、灵活性、娱乐性、开放性方向发展。

其六，观念实践的互文性。东巴史诗与纳西民歌都是纳西族传统价值观、宗教观、人生观的行为实践，二者存在着观念实践的互文性。东巴婚礼上东巴要举行除秽、烧天香、请素神、娱神、祈福等系列仪式操作，而在婚礼上新人双方亲戚之间要进行民歌对唱，其中唱及《崇般图》中崇仁利恩与衬恒褒白命相识、相爱的爱情故事，以此祝福新人。史诗中叙及崇仁利恩与衬恒褒白相识于一株盛开的梅花树下，由此梅花成为象征爱情的符号。不仅在婚礼歌中唱及梅花盛开的情景，而且在作为嫁妆的箱子、柜子底要放一枝梅花。犹如丧葬仪式上演述挽歌，婚礼上的婚礼歌及民俗行为都体现了观念实践的互文性。《崇般图》与《崇般绍》两部史诗皆在仪式献牲环节时演述，这里既有核心经典仪式核心环节时演述的程序安排，以突出其经典价值，同时也是史诗中杀魔牛除秽母题的观念实践。

纳西族东巴经里记载的史诗、神话、故事、传说基本上是宗教仪式与民俗活动中的观念实践工具。祭天仪式上要颂《创世纪》就是这种观念实践功能的具体表现。纳西族民歌中也无不贯穿着自身的实践功能，如栽秧时唱的《栽秧调》，赶马时唱的《赶马调》，男女恋爱时唱的《时授》，丧葬仪式上唱的《挽歌》《古占》，开荒种地时唱的《饮食的来历》，等等。从某种意义上来说，一个民族的叙事传统是依靠民俗而存在的。以人生礼仪中的诞生礼为例，从一出生时的接生礼、迎头客礼、认舅礼到取名礼、满月礼、百日礼、拜干爹干妈礼、请保亲礼，都有一整套严整有序的具体操作程序，其中，东巴史诗与民歌传统相互穿插、互为利用、相互融合。

有些观念实践在他者看来未免烦琐复杂，但对本民族的成员而言，这些观念实践已经约定俗成，习以为常，成为社会生活中密不可分的一部分，成为民族文化的标的。这些民俗事项的实践功能是通过特定的仪式活动来进行的，在这种特定的民俗场中，每个民族成员都加深了对自己的民族文化的认同和理解，强化了自己的民族意识，使个体融入民族全体的文化中，成为社会人、文化人、民族人。这样不但保存了自己的民族文化，而且使民族传统文化得到了传承和弘扬。从这个意义上讲，东巴史诗及民歌的观念实践同时包含了传承功能，或者说两个不同的叙事传统的传承功能是在操作功能的基础上延伸出来的。二者不只是文本的、宗教的，也是历史的、社会的。

第三节　纳西族与壮族创世史诗的比较研究

南方史诗是与北方民族史诗相对而言的，主要指我国南方民族中留存至今的活形态史诗。当下学界普遍认为南方史诗的类别界定主要有"原始性史诗""神话史诗""创世史诗""迁徙史诗""英雄史诗""复合型史诗"等类型。对此，笔者之前在《南方史诗类型问题探析》一文中进行了探讨，认为这几种类型的界定并未准确、真实地反映史诗的本质特征。[1]基于对壮族史诗《布洛陀》与纳西族史诗《崇般图》的文本比较研究，本节对此问题再做些深入的探讨。

一、两部史诗的文本共性

《布洛陀》《崇般图》同属于南方民族史诗，二者在语言上同属汉藏语系，史诗内容反映了农耕文明形态，涵盖了自然崇拜、图腾崇拜、神灵崇拜、祖先崇拜等原始宗教文化内容，但两部史诗绝不能视为原始性史诗，因为两部史诗都有完整的文字经籍、神灵体系、繁杂的仪式规程，史诗主人公皆被视为本民族的人文始祖、英雄祖先，这两部史诗与游牧民族史诗的娱乐型演述方式不同，是在民间宗教仪式、民俗活动中演述的，属于仪式中的演述。概括来说，二者的共同性表现在文本方面。

美国学者约翰·弗里与芬兰学者劳里·航柯把史诗文本类型划分为以下三

---

[1] 杨杰宏：《南方民族史诗的类型问题探析》，《民间文化论坛》2015年第6期。

种：口头文本；半口传文本（源于口头文本）；以传统为导向的口头文本。[1]从两部史诗的文本类型来看，首先二者都具有书面文本与口头文本复合型特征，即《布洛陀》《崇般图》是分别由本民族的文字——壮文、东巴文书写记录而成的经籍文本；其次，这些文本基本上是在仪式上演述的经书，属于半口传文本，同时也存在着与史诗内容相关的各类口头文本，如与《崇般图》内容大同小异的口头文本《祭天古歌》。

1. 口头文本

东巴经籍属于源于口头的文本，即半口头文本，是东巴祭司在主持仪式时吟诵的提词本。需要指出的是，并不是所有的东巴经籍都是书面文本，有一类经书至今仍保留着只有口头文本，没有书面文本的经书，这类经书被称为"kho^{33}by^{31}tɕə^{31}"，可译为"口诵经"。在民间，这类经书与书面文本经书"the^{33}ɣu^{33}by^{31}tɕə^{31}"之间存在的差异性是大家心知肚明的。在东巴文化生态保护较好的村落，家家户户每天早上起来都要在母房里的神龛前举行简单的烧天香仪式，一般老百姓都能流利地口头吟诵《烧天香》，他们吟诵的文本就是典型的口头文本。另一种情况是有些大东巴在主持仪式时并非整个过程都照本宣科，但这并不意味着他们演述的内容都是临场创编的，而是基于对书面文本的耳熟能详。纳西族自称为"祭天人"，祭天是东巴仪式中最为隆重的仪式，在仪式上演述的《祭天古歌》也具有口头文本的特征。陈烈在翻译整理《祭天古歌》时，"为了保持作品的原貌，我们保留了原文套句的运用，就在作品中出现了大量相同与类同的句子与章节。这不能看成是不必要的重复，这些相同或类同的句、章不断出现在不同的母体篇目中有自有它特殊的意义，这是祭坛诵经形式的需要，也是表达内容的需要"[2]。正因为《祭天古歌》中存在着大量的"套句"，所以才有力地证明了这是一部口头文本。另外，纳西族东部方言区——泸沽湖区域的达巴仪式中的演述文本以口头文本为主，而非书面文本。以往学术界认为泸沽湖区域的摩梭人没有文字，近年来宋兆麟、和力民、李达祖等学者发现了摩梭人的象形文字，但这些文字与东巴文相比并不成经书体系，更多是在仪式

---

[1] 参见巴莫曲布嫫《"民间叙事传统格式化"之批评（下）——以彝族史诗（勒俄特依）的"文本迻录"为例》，《民族艺术》2004年第4期。

[2] 陈烈著：《祭天古歌》，中国民间文艺出版社，1988，第18—19页。

中使用的法器符号及占卜文本，其他文本并未发现。

《布洛陀》的文本特点与东巴经籍相类似，其文本来源也是口头文本，而且与壮族长盛不衰的民歌传统密切相关。李斯颖在广西田阳考察布洛陀传承情况时发现，壮族民间歌手与布麽之间存在转化关系，民间歌手往往在长期的演述活动中逐渐转化为布洛陀经诗传承人——布麽。民间歌手自小生长于布洛陀文化传统空间，对布洛陀神话耳熟能详，自然在演述民歌中也融入了布洛陀古歌，从而为歌手与布麽的身份转换搭建了桥梁。或者说，歌手与布麽存在交叉情况，有的村落及家庭中的长辈往往就是掌握经诗的老布麽、老歌手。在这样的村落、家庭中成长，自然而然地受到这种传统文化的熏陶，在成长过程中不断受到长者们的指导，由此成为闻名遐迩、演唱技巧高超的民间歌手与布麽。[1]《布洛陀经诗》虽具有古文献文本性质，但不属于文人创作的作家文学文本，因为在创制古壮字之前，《布洛陀》已经在民间流传了上千年，文本内容、主题、故事范型都已经定型，尤其是大量的程式句法构成了《布洛陀》的修辞句式，有力说明了这一经书源于口头的文化事实。我们不否认通过创制古壮字记录《布洛陀》的整理、传承、加工深化之功，但不能简单地把它定位为书面语文本。口头记录文本与文人创作的书面文本是有严格区别的。

另外一个现象也值得注意，在布洛陀流布地区流传着诸多民间口头文本——"排歌""嘹歌"。笔者认为，广义的《布洛陀》文本，除了包括《麽经布洛陀诗》，也应该涵盖与之相关的民间口头的民歌、故事、传说，就是说《布洛陀》不只是留存于宗教经籍中，更存活在民间活态的仪式演述、民歌传唱、传说故事中。

2. 半口头文本

源于口头传统，且为口头演述服务的书面文本被称为半口传文本。以东巴象形文字记载的《崇般图》及用方块壮文书写的《麽经布洛陀诗》无疑具有这一特点。

2003年8月，纳西东巴古籍文献被联合国教科文组织列入世界记忆遗产名录。据考察，现在使用的东巴文字有1400多个。由这种图画象形文字书写记录的东巴经籍文献有一千多种，现在国内外所藏的东巴经籍文献有2.5万余册，其

---

[1] 李斯颖：《试析布洛陀神话叙事的演述者——布麽》，《广西民族研究》2011年第4期。

中国外有1万余册，国内有1.5万余册。东巴经籍文献并非束之高阁的图书文献，而是在为社区民众服务的仪式上演述的活态经书。东巴经籍文献的分类以仪式功能为主，主要有祈福类、禳灾类、丧葬类、占卜类。东巴经籍文献也是纳西族古代文学的集大成者，里面保存了丰富的史诗、神话、故事、叙事长诗、谚语、歌谣等文学类作品。其中创世史诗《创世纪》、英雄史诗《黑白战争》、悲剧长诗《鲁般鲁饶》被誉为东巴文学中的三颗明珠。和志武认为东巴文"是处于原始图画文字与表意文字中间的一种象形文字"[1]。学术界一般认为东巴文是不成熟的文字，与现代汉字的字词对应、线性排列、逐词记录的特征不同，东巴文的书写方式呈现出字词不对应、非线性排列、没有逐字记录的特征。[2]这种书写方式带来的一个后果是只有书写者本人或传承人才能完整地理解文字内容。

从中可以看出，《崇般图》具有书面文本的特点，但因其书面文本源于口头传统，且为仪式中的口头演述服务，具有典型的口头传统文本特征，所以我们说它的文本类型属于半口传文本。

《布洛陀》同样存在类似的文本属性。《麽经布洛陀》便是"布麽"使用"古壮字"记录传唱布洛陀神话传说的经书。需要说明的是，在古壮字发明之前，《布洛陀》是口头演述、流传的。后来随着壮族民众与汉人的接触越来越频繁，汉文化在壮族地区的传播、渗透越来越显著，尤其是以桂柳方言为代表的汉语及汉字传入壮族地区后，一些接受了汉文化的壮族文人结合桂柳方言及汉字特征，创制了"古壮字"。古壮字的创制存在特定的社会基础，一是特殊的文人阶层的出现，他们能够深入了解和掌握本民族传统文化，而且也掌握了一定程度的汉文化；二是存在一个庞大的能够听懂汉语（桂柳方言）、有一定汉字基础的民众群体；三是壮族文人以古壮字记录的文本内容大部分民众都很熟悉。关键一点是这些古壮字书写的《布洛陀经诗》并没有形成晦涩难懂、佶屈聱牙的文献经籍，它只是民间演述的《布洛陀》的记录本。

---

[1] 和志武：《试论纳西象形文字的特点》，《东巴文化论集》，第165页。
[2] 也有少部分晚期产生的东巴经籍中存在线性排列、逐词记录、字词对应的文本，尤其以丽江鲁甸、太安、塔城一带的经书最有代表性，但这部分经书总体所占比例不高。

3. 以传统为导向的文本

从《崇般图》而言，这种以传统为导向的文本，在20世纪40年代就已经有人进行翻译整理了。20世纪40年代初，李霖灿在中央博物院的支持下，在纳西族地区进行了卓有成效的东巴经搜集、整理工作，1946年出版了《么些经典译注六种》，1977年在台湾出版了《么些经典译注九种》，两本译注中都收录了《崇般图》，并把这一经典的名称译为"洪水故事"。1947年，纳西族女作家赵银棠在丽江做了深入的田野调查，在此基础上编订了《玉龙旧话》一书，此书中收入了根据东巴经《崇般图》翻译的《"摩梭"创世纪》。1948年中央研究院的傅懋勣出版了《丽江么些象形文〈古事记〉研究》，《古事记》其实为《崇般图》的另译，这一译本的一个重要特点是开创了逐字字释的方法。1956年，还在丽江中学读高中的木丽春、牛相奎合作发表了根据东巴经《鲁般鲁饶》改编创作的长诗《玉龙第三国》，后来二人又根据《创世纪》创作了《丛蕊刘偶和天上的公主》。戈阿干在20世纪80年代初期发表了根据《创世纪》改编创作的《查热丽恩》叙事长诗；赵净修、杨世光、牛相奎三人翻译整理出版了《创世纪》、《鲁般鲁饶》等长诗。1962年至1965年，在时任县委书记徐振康的主持下，丽江县文化馆石印出版了代表性东巴经22种，开创了学者与东巴合作集体翻译东巴经籍的模式。1999年至2000年，丽江东巴文化研究所出版了一百卷的《全集》，这套全集每卷收入十来种东巴经典，采用古籍中的东巴象形文原文、国际音标、汉文直译、汉语意译的"四对照"体例，在经书分类上采用了以东巴教仪式诸类别顺序编卷，分为祈福类、禳鬼类、丧葬类、占卜类、其他类（含东巴舞谱、药书、杂言、字典等经卷）五大类。在这百卷本整理本中，不同名称的《崇般图》共有五个不同版本，基本上涵盖了丽江境内的版本，但三坝、三江口、俄亚等其他地方的不同版本未能收录。

20世纪50年代，在国家文化部门的组织下，对《布洛陀经诗》进行了全面的搜集、整理与刊布。广西壮族文学史编辑室于1958年刊布了在桂西搜集到的散文体《布洛陀》，当时文本定名为《陆驮公公》，后又改为《保洛陀》，这应该是此次搜集活动中比较完整的散文体《布洛陀》的版本。20年后（1978年）广西民间文艺协会陆续搜集到《布洛陀》的经典文本——《招谷魂》《招牛魂》，这两本都是由当地的师公演述记录的文本。1984年，何承文于右江及红水河一带搜集到了散文体的《布洛陀》文本，并根据周朝珍口述记录整理公开发表。

1985年，覃承勤在广西东兰、巴马搜集到了师公唱本《布洛陀》，整理出了韵文体的创世史诗《布洛陀》。在广西少数民族古籍整理出版规划领导小组的主持下，集中人力物力，翻译整理了在壮族地区搜集到的《布洛陀经诗》手抄本22本，并于1991年正式出版。这套整理本采取了原文古壮字、新壮文、国际音标、汉对译、汉意译五对照模式，有力促进了《布洛陀》研究的可持续发展。2004年，张声震主编的《壮族麽经布洛陀影印译注》出版。林耀华、陈克进如是评价《布洛陀经诗译注》："学术界翘首以待的《布洛陀经诗译注》（简称《布洛陀》，下同），在广西诸多学者悉心协力、科学整理后终于公开出版了。《布洛陀》素有壮族传统文化'百科全书'之称。当我们逐字逐句把它读完后，深感这并非过誉。《布洛陀》不仅保留了独特的古壮语、古壮字，为壮语文研究提供了非常珍贵的资料，而且记录了壮族历史变迁的方方面面，为前人探索壮族的神话故事、社会结构及其性质、伦理道德、风土人情、生产习俗、宗教活动等等，以论证中华民族文化的多元性，解开南方少数民族古史中的一些'哑谜'，开辟了内容丰富的学术园地。"[1]

二、《布洛陀》与《崇般图》的文本差异性

因壮族与纳西族两个民族的历史、所处的地理环境、语言、宗教、民俗、周边文化影响等诸多方面的不同，两部史诗存在着程度不一的差异，主要突出表现在文化与文本两个方面。两部史诗的文化差异也表现在文本差异方面，或者说，两部史诗文化差异从文本中得以体现，文化差异是一般，文本差异是特殊。具体而言，二者的文本差异体现在文本类型、文本内容、仪式应用、文本书写制作等几个方面。

---

[1] 林耀华、陈克进：《壮族传统文化的"百科全书"——读〈布洛陀经诗译注〉》，《广西民族研究》1992年第3期。

类项	《崇般图》	《布洛陀》
文本类型	涵盖了口头、半口头、以传统为导向三个类型文本，口头文本类型种类较少，以《祭天古歌》为主；半口头文本以东巴经为主体，《全集》中有五个不同版本，民间不同版本类型较多，地域之间差异较大；以传统为导向的文本以《全集》为代表，采用东巴象形文原文、国际音标、汉文直译、汉语意译的"四对照"体例	涵盖了口头、半口头、以传统为导向三个类型文本，口头文本类型种类较多；半口头文本以麽经为主体，以传统为导向的文本以《布洛陀经诗（译注）》《壮族麽经布洛陀影印译注》为代表。《布洛陀经诗（译注）》采取了古壮字、新壮文、国际音标、汉对译、汉意译的五对照模式
文本内容	开天辟地、野牛化生、洪水滔天、天上烽火、求婚难题、英雄归来、生育难题、祭天来历	1. 开头歌，包括礼貌、回答歌、石蛋歌； 2. 创造歌，包括初造天地、造人、造太阳、造火、造米、造牛； 3. 治理歌，包括再造天地，分姓氏等
文本应用	祭天仪式、超度仪式、延寿仪式、禳鬼仪式，在举行仪式还伴随东巴唱腔吟诵、跳东巴舞、仪式上使用东巴画（木牌画、纸牌画、神像幛等）、东巴工艺（面偶、泥偶）	赎魂仪式（包含稻谷、水牛、黄牛、猪、鸡、鸭赎魂）、解冤仪式（包含解婆媳冤、父女冤、妯娌冤等）、建新房安龙、扫寨、祭祖仪式、丧葬仪式、婚礼、禳鬼驱邪性质的治疗仪式等。仪式中使用符箓、神水、纸衣服、纸鞋等，忌荤食
文本韵律	押韵，五言为主，间杂七言、九言	韵文为主，五言
文本制作	东巴象形文字书写，从右到左，贝叶经形制，东巴造纸，竹笔，矿物颜料	古壮字书写，书写格式与古汉文献同。传统棉纸，线装书装订，毛笔，墨汁

两部史诗的文本差异除了以上方面的内容，还涉及文本的叙事模式、神灵体系、仪式规模、概念范畴等诸多方面。

从叙事模式而言，二者都是"有困难找天神"的叙事模型，《崇般图》中崇仁利恩遭遇洪水天灾，是董神面授机宜而躲过灾难，然后到天上寻求伴侣，遭遇天神子劳阿普刁难，由天女暗中帮助而渡过难关；娶得天女返回人间却三年未能生育子女，生育了子女后他们却不会开口说话等难题，最后通过派白蝙蝠到天神处寻求答案而得以解决。《布洛陀》的叙事模式也类似，尤其是在创世神话中更为突出，基本上所有难题都是在布洛陀身上得以解决，布洛陀不仅是人文始祖，同时具备了神灵特征——具有超自然力的神性。在伦理道德、宗教禁忌方面的内容叙事中，布洛陀的神性似乎有些削弱，重在叙述凡间人类生产生活中的家长里短，譬如《解婆媳冤经》讲述了儿媳妇不孝敬公婆带来的灾难，最后经布洛陀宣讲造成这种灾难的原因，强调伦理道德的重要性，教会人们遵守伦理道德而使问题得以解决；《解兄弟冤》《解父子冤》也是如此，全文名为《唱罕王》（Mo¹ha:n⁵vu:ŋ²），讲述了兄弟二人失和带来的诸多灾祸，经历惨痛的教训，最后布洛陀出场，宣讲并教授了伦理道德的行为规范后兄弟俩重归于好。布洛陀在此类故事中并未以斩妖除魔的救世主身份出现，而是以另外一种身份而出现的——伦理道德的制定者，谁违背了伦理道德就违背了布洛陀的旨意，谁就得付出代价；谁若改邪归正，知错能改，谁就可以重获幸福。布洛陀就像空气一样无所不在、无时不在，成为壮族先民社会中的"宪章"，这也是史诗的"文化体积"所在。布洛陀的隐性在场与《崇般图》中天神的显性在场形成了鲜明的对比。

其次，二者在具体的开篇叙述的主题及典型场景方面也存在差异。《崇般图》中叙述开天辟地时，先要交代天地混沌，然后经过真与实、虚与假、声音与气体等物质的系列变化后产生了白蛋与黑蛋，从中生出了天神与恶神，天神孕育了开天九兄弟、辟地七姐妹，恶神产生了鬼怪，天神九兄弟与七姐妹开天辟地后遭到了魔牛的破坏，后经天神帮助，重新安定了天地，使人类得以繁衍生息。这一叙述模式在不同仪式中的《崇般图》中都有类似的呈现，而且在东巴经的神话叙述中都有大同小异的表现。东巴经中特别强调事物的来历与出处，经书中经常出现这一警句："如果不知道这一事物的出处与来历，就不要说这一事物。"也就是说，天地万物的来历叙述成为东巴神话与史诗的开头模式，不能随意简略。《布洛陀》中除了"造天地"这一章节叙述了布洛陀开天辟地的过程[1]，在其他篇章的开头并未进行类似的详述，而是以比较简略的程式句来概括——"三样是三王安置，四样是四王创造，王造黑夜和白天，王造苍天和大地，样样都是王来造"。这里说的三王、四王不仅包括布洛陀，而且包括道教里的诸位天尊。从中也说明了布洛陀神话与史诗受到了道教文化的深层影响，不

---

[1] 布洛陀神话中的"开天辟地"与盘古开天辟地情节相类似——布洛陀把离得很近的天地撑开，使人类避免了雷公打鼾的祸害。

只是神灵体系中收编了大量的神灵，而且其叙述方式也受其影响，原来铺陈渲染的手法被简洁风格取代。

再次，两部史诗的主人公形象也存在差异。具体而言，二者皆为本民族的英雄祖先、人文始祖，兼具人性与神性的混合特点，但布洛陀身上的神性要大于人性，崇仁利恩身上的人性要大于神性。崇仁利恩面对诸多艰难险阻，凭他个人的能力是无法克服的，最后都是天神出面相助而得以解决。洪水滔天前，崇仁利恩经董神面授机宜而射进牛皮鼓中而得以逃生；洪水肆虐过后，他成为唯一的人类，经董神指点而上天寻求伴侣，最后也是在天女的帮助下才克服了诸多困难并取得了成功。最后，他带着天女回到人间繁衍人类，成为人类的始祖，并开始了祭天的习俗。崇仁利恩身上的神力不及董神、子劳阿普，也不及后来居上的丁巴什罗，以及从本教带进来的体系庞大的神灵们，他的形象始终是作为纳西族的祖先而存在，与东巴经里的祖先谱系联系紧密，甚至明代时期木氏土司的家谱都与崇仁利恩相关联。纳西人至今自称是"祭天人"，其实也是公开承认自己是崇仁利恩的后裔，因为祭天仪式的开创之祖是崇仁利恩，每一次举行祭天仪式都是在缅怀崇仁利恩的开创人文之功。在布洛陀神话世界中，宇宙分为天堂、人间、地狱三界，其中天堂由雷公管辖，人间归布洛陀管辖，地狱由水神管辖。需要指出的是，布洛陀神话中的宇宙观明显受到了道教与佛教的深层影响，但也保留了自身的底层文化，譬如雷神与水神明显带有自然崇拜色彩，而布洛陀是作为壮族的人文始祖而出现的，也就是说在吸纳汉文化的基础上融入了自身文化特色。从布洛陀神话叙事中可知，布洛陀身上带有浓郁的人格色彩，他也与凡人一样有着喜怒哀乐，同样要吃五谷杂粮，从事生产劳动，但他又兼具神格特征，不仅创造了天地万物，创造了人类的文化，"造出土司管江山，造出皇帝管国家"，同时还创造了鬼神世界。《布洛陀经诗》中说："千个鬼神是祖公安排，万个鬼神是祖公创造。"由此可见，布洛陀既是人文始祖，又是创世之神。

最后，《布洛陀》概念范畴比《崇般图》要大。《布洛陀》可以说涵盖了整个壮族传统文化范畴，涉及历史、政治、思想哲学、经济、宗教、艺术、医学、民俗等，堪称壮族传统社会的"百科全书"。《布洛陀》的文化功能类似于汉文化的经史子籍，纳西族的东巴文化，属于一个民族的文化系统，是壮族的民族特质文化、标志性文化。而纳西族的《崇般图》只是东巴文化中的一本经书，纳西族史诗中的一部经书，一般在祭天仪式、退口舌是非仪式、丧葬仪式、禳栋鬼仪式中使用。需要说明的是，在这些东巴仪式中，并非只吟诵这一本《崇般图》，它只是其中之一并非全部经书的总和，譬如在禳栋鬼仪式中共吟诵东巴经籍100多本，《崇般图》只是其中一本而已。这与《布洛陀》有很大的不同，也就是说，与《布洛陀》相关的仪式都只是念诵其中一个单元部分，或者说其中一篇或一本，如举行解兄弟冤仪式时，就吟诵《唱罕王》，举行祭祖仪式时，唱诵《造天地》，壮语的"gaj caeq coj coeng"意为杀牛祭祖。从中可以得知，《布洛陀》是一部仪式中唱诵的"经诗总集"，《纳西东巴古籍译注全集》是东巴经诗总集，囊括了《崇般图》不同仪式中的不同版本，《崇般图》在不同仪式中的版本情况各异，《纳西东巴古籍译注全集》中没有收入三坝、俄亚、宁蒗等非原丽江县的版本。

三、关于南方创世史诗类型的再思考

　　史诗之所以成为史诗，首先它是历过无数传承艺人的千锤百炼而沉淀生成的口头传统，一般以韵文体诗歌形式在特定的文化空间演述，它综合了神话、故事、传说、格言、谚语等众多文类，它与其他文类最主要的一个区别在于其文化体积的重大性，也就是说史诗所表述的文化往往是本民族的标志性文化。史诗是滥觞于西方文类的一个学术概念，它以《荷马史诗》为典范，从古希腊时期的亚里士多德、柏拉图到现当代的帕里、洛德，从"荷马问题"到口头程式理论，在两千余年的时间里持续研究，将史诗研究推向了一个广阔深远的学术之境。国内学术界在引介、实践这些理论的过程中，极大地推动了我国各民族的史诗研究，加强了与国际史诗学界的对话交流，提升了国内史诗学界的话语能力。

　　毋庸讳言，国内史诗研究在不同程度上存在着过度依赖西方理论的症状，未能在自身的文化土壤里建构起话语体系，关键一个原因在于没有从研究对象的实际情况出发，而是概念先行，以西方理论来框套研究对象，导致削足适履、水土不服等症状。国内有些学者至今仍坚持南方民族不存在"史诗"的观点，主要是这些学者的史诗概念是以《荷马史诗》的范例。何为史诗？史诗何为？

前者是概念的问题,后者是社会功能问题。《荷马史诗》是以西方文化传统为背景产生的英雄史诗,并不能代表世界各民族、各地区的史诗类型,更不可能以此为范例来定义不同民族、地域的史诗,这种做法在客观上切割了史诗概念内涵的丰富性,也不利于史诗传承及研究的可持续发展。

需要说明的是,笔者并不是反对使用"创世史诗"这一概念,而是重在强调"创世史诗"这一主题共性背后的文化差异性,因为"创世"主题并不能涵盖南方各民族的文化特质,由此遮蔽了对不同民族史诗的文化特质的深入认识。"创世史诗"之概念突出的是"创世"内容,而笔者在此强调的"创世"是"创造了什么一个世界"。可以说《布洛陀》创造了一个稻作文化世界,壮族人世代以稻作为生,所信仰的宗教文化皆与稻作文化水乳交融,稻作文化熔铸了壮族的文化特质及民族性格,那我们为什么不能称《布洛陀》为"稻作史诗"呢?纳西族创世史诗《崇般图》则叙述了祭天的来历,创造了一个丰富多彩的祭天文化世界,对于这样一个自称为"祭天人"的民族史诗,我们为什么不能称其为"祭天史诗"呢?

从史诗得以产生、传承、演变的具体的文化生境出发,结合其文化特质、历史传统、审美特征、传承流布、文本类型、演述方式等多方面因素来界定不同民族的史诗类型,撇弃简单的概念生搬硬套,既是深入把握史诗类型的多样性与复杂性特征的有效途径,也是推进史诗研究的重要方法论。

第四节　纳西族与彝族的创世史诗比较研究

彝族与纳西族都是中国西南地区有着悠久历史和灿烂文化的民族。两个民族在语言上都属于汉藏语系藏缅语族彝语支；族源上与古羌族群关系密切；地理上属于毗邻杂居状态；文化上，尤其是古老的传统文化存在着诸多文化共性现象，这种文化共性深刻影响了各自的叙事传统，这在作为民族文化根谱的创世史诗中得到了充分的体现。通过对纳西族与彝族的创世史诗的比较研究，可以对两个民族之间复杂深刻的民族文化关系有个较为深入的认识。

一、史诗主题的比较

（一）开天辟地的主题

纳西族与彝族的创世史诗的主题集中在两个方面——开天辟地与人类诞生。开天辟地又包含了三个方面：宇宙产生之初，产生过程，产生之后。两个民族的史诗在这三个方面的内容惊人的相似——纳西族《创世纪》认为宇宙产生初始时处于混沌状态，天地没有分开，后来经过真与假、实与无、声音与气体、白露与海水等发生系列变化而生成万物；天地由天神创造而成，世间万物由野牛怪物化生而成。彝族的四部史诗都认为宇宙创始之初是混沌的，但具体的宇宙及世界万物产生的过程有所不同：《勒俄特依》认为宇宙万物的变化都是从水开始的，也是由天神创造了天地；《梅葛》说天地是由格滋天神造就的，天地间的万物却是虎死后化生的；《查姆》叙述了源于"雾露"的变化，重浊的雾露下沉而变成地，轻清的雾露升腾而变成天；《阿细的先基》也认为"清气变为天，浊气形成地"。虽然两个民族创世史诗的具体过程有些差异，但都把宇宙的起源、过程归结于物质的变化，天地形成后世间一无所有，最后由某一动物（虎或野牛等）死后化生万物。

（二）人类诞生的主题

至于人类的诞生原点有两种不同的解释——自然说与神造说。自然说认为人类并非上帝或女娲制造的，而是通过事物变化而产生的。纳西族的人类与天神同源于蛋，最后从海洋里产生了人类祖先；《查姆》也认为人类最早是从水里诞生的，"雾露缥缈大地，变成绿水一潭，水中有个姑娘，名叫赛依列，他叫儿依得罗娃最先来造人"[1]。《勒俄特依》认为是天上的雪化成了人类祖先，"天上掉下梧桐来，霉烂三年后，起了三股雾，升到天空去，降下三场红雪来。雪到地面上，九天化到晚，九夜化到亮，为成人类而化，为成祖先而化"[2]。与前面三部创世史诗不同，《梅葛》和《阿细的先基》认为人类是由天神制造的，《梅葛》认为人类是格滋天神制造的，《阿细的先基》认为人类的男始祖"阿达米"和女始祖"野娃"是由男神阿热和女神阿咪分别用黄泥和白泥制造出来的。

纳西族与彝族的创世史诗中人类诞生的主题有一个共同点，即人类的诞生是渐进的，经历了诸多失败后才得以成功。《崇般图》里的人类死于洪水，董神制造人类失败，崇仁利恩娶了竖眼美女却生不出人类。《勒俄特依》《查姆》《梅葛》都述及人类祖先的诞生是经过三代人的努力才得以成功，前两代人都不能适应自然环境，无法从事生产劳动而灭亡，后面一代比前面一代要先进，更能适应。《阿细的先基》里叙述的人类由穿树叶、住树上到住石洞，再住到房子里，学会了割草、盖房、种地，由此反映出人类通过不断的社会生产实践而发展进化的过程。

---

1 云南省民族民间文学楚雄、江河调查队搜集，郭思九、陶学良整理：《查姆（彝族史诗）》，云南人民出版社，1981。

2 冯元蔚译：《勒俄特依》，四川民族出版社，1986。

二、基干情节与母题的比较

（一）洪水史诗中的基干情节比较

洪水史诗是各民族创世史诗中普遍存在的共性母题。20世纪30年代后期，民族学家马学良深入楚雄武定彝族地区，对彝族洪水史诗做了搜集整理，并写成了《云南土民的史诗》，现根据马学良搜集的楚雄彝族洪水史诗，将史诗的主要基干情节概述如下。

（1）上古的时候，有兄弟三人，老大和老二心不好，只有老三心地善良。

（2）三兄弟在山上劳动，遇到一位白发老人（有的说是太白金星或一个名叫"武姆勒娃"的神，有的说是一只熊或一只豪猪）。老大、老二辱骂老人，只有老三对老人很尊敬（如果是熊或豪猪，则是被他们支的扣子扣住，老大、老二不愿意解开扣子，只有老三愿意解开扣子）。

（3）老人告诉他们洪水要来了，叫他们各人准备一只木桶，老大、老二要用凿子凿底，老三用凿子塞底，洪水来了就各人躲进木桶，并在腋下放一个鸡蛋，听见鸡叫才能走出木桶（有的说是要老大打铜船，老二打铁船，老三打木船；熊或豪猪则是给老三一颗葫芦籽，结出葫芦就射进葫芦里）。

（4）洪水来了，老大、老二被淹死。老三昏过去，听到鸡叫醒来，才发现木桶（木船、葫芦）被挂在山崖上。

（5）一只老鹰发现了，将木桶（木船、葫芦）蹬下山崖，木桶滚下山崖被一丛竹子挡住，因此老三得救。

（6）世上只剩下老三一个人（有的则说还有他的妹妹）。白发老人（神或熊、豪猪）来了，还带来了一位仙女，要他们成亲结为夫妻，繁衍人类（如果是只剩下兄妹二人，则就叫他们兄妹成亲。兄妹不愿意，就叫他们滚簸箕，滚磨盘，在河中穿针引线，各在一座山头烧火让青烟缠绕，等等，通过验证，表明天意。有的说只好成亲，有的则说哥哥在河头洗身子，妹妹在河尾捧水吃）。

（7）女人怀孕后生下了3个小孩，都不会说话。一次烧"炮仗草"烤火，炮仗草炸裂吓着了娃娃，大娃娃叫"阿尾，阿母"，成了甘彝的祖先，二孩子叫"阿爸，阿买"，成了黑彝的祖先，三孩子叫"爸爸，妈妈"，成了汉族的祖先（一说生下一全肉块，哥哥挑开肉块，跳出9个娃娃，成为汉、傣、回、白、傈僳、纳西、彝等民族的祖先；另一说生下36个娃娃，都不会说话，一次烧竹子烤火,竹子炸裂,火星炸响,一个叫"阿子子",成了彝族,一个叫"阿喳喳",成了哈尼族,一个叫"阿呀呀",成了汉族……从此各人成为一族,三十族分开天下。)[1]

纳西族史诗《创世纪》的整理本分为开天辟地、洪水滔天、天上烽火、人间迁徙。现将基干情节略述于下:宇宙混沌,创生日月星辰,山川万物,建造神山,神海里出现人类祖先,最后传到利恩五兄弟,利恩五兄弟与六姐妹成婚,秽气污染了天地。

(1)利恩五兄弟在董神与色神(神仙夫妻)聚会的地方犁地,董神与色神生气了,变成两只野猪,一夜间把犁好的田地全部拱平;利恩兄弟就在地里下了扣,第二天扣住了董神与色神,利恩卡古、利恩卡吉两兄弟打了两个神仙。而崇仁利恩给神仙夫妻解除了扣子,还给他们治病。

(2)董神就告诉崇仁利恩洪水要来了,叫他杀一只牦牛,用细针粗线把牦牛皮缝制成一个皮鼓,然后把动物、家畜、植物种子及工具放进里面;而告诉利恩兄弟用粗针细线缝制黄牛皮鼓,把坏的、丑的放进里面。

(3)洪水来了,崇仁利恩的四个兄弟被淹死。崇仁利恩听到鸡叫才醒来,拿刀划开皮鼓来到世间,发现世间一片荒凉,四处没有人烟。

(4)董神制作了九副木偶来繁衍人类,警告崇仁利恩不到九天不能动他们,但崇仁利恩一个人太孤独,忍不住与木偶握手说话,致使木偶繁衍人类计划失败。

(5)董神告诉崇仁利恩有两个仙女下凡来人间洗澡,一个是竖眼美女,一个是横眼丑女,要娶横眼女为妻才能繁衍人类。但崇仁利恩一见到竖眼美女就忘记了董神的话,情不自禁地与竖眼美女好上了,结婚后生下了熊、猪、猴、鸡、松、栗、蛇和蛙等怪胎。

(6)崇仁利恩一个人孤独地继续寻找伴侣,在天地交界的梅花树下遇上了天女衬恒褒白命,二人一见钟情,私订终身。衬恒褒白命变成一只白鹤,把崇仁利恩藏在腋下带到天上,被天父子劳阿普发觉,扬言要杀死他。最后在衬恒褒白命的暗中帮助下,崇仁利恩一一化解了子劳要普设下的道道难题,终于把衬恒褒白命娶回人间,并带回了好多动物、植物种子。

---

[1] 杨继中、芮增瑞、左玉堂编著:《楚雄彝族文学简史》,中国民间文艺出版社,1986,第49—50页。

（7）崇仁利恩与衬恒褒白命在人间繁衍人类，生了三个儿子都不会说话，后来蝙蝠听到天父天母谈话，说只有举行祭天仪式才能让三个儿子说话。于是崇仁利恩就举行了祭天仪式。一天，三个儿子看到一匹白马在吃蔓菁，大儿子说出了一句话："达尼余麻萨！"二儿子说了："饶盘阿肯开！"小儿子说了一句："满以辞肯尤！"老大就成了藏族的祖先，而老二成了纳西族的祖先，老三成了白族的祖先。[1]

从马学良收集的彝族洪水史诗与纳西族《创世纪》中的洪水史诗中可以看出，两个民族的洪水史诗的内容、情节、主题、母题、类型、主人公形象有着惊人的相似性，这种惊人的相似性与文化传播有着相应的关系，但更大原因是历史的共源性，以及所经历的相似的社会经济形态。彝族与纳西族同源于古羌人，共同从大西北迁徙到大西南，经历了游牧到游猎、畜牧、农耕的社会经济形态，婚姻上从群婚、血缘婚到对偶婚、一夫一妻制。这种历史文化共性必然从史诗中得到形象的表现。

（二）洪水史诗中的母题比较

马学良在彝族地区调查搜集的洪水史诗版本中，有关于兄妹婚的母题：洪水滥发后世间只剩下兄妹二人，天神就叫他们兄妹成亲。兄妹不愿意，就叫他们滚簸箕，滚磨盘，在河中穿针引线，各在一座山头烧火让青烟缠绕，等等，通过验证，表明天意。[2] 而纳西族《创世纪》中兄妹婚的母题刚好与之相反——兄妹婚发生在洪水暴发之前，而兄妹婚正是暴发洪水的原因所在。李子贤认为纳西族洪水史诗中的兄妹婚反映了纳西先民对血缘婚姻制度的否定。[3]

无独有偶，纳西族洪水史诗中还有一个版本——《司巴金补与司巴金姆》，斯巴金补与斯巴金姆是东巴史诗中纳西族的男女始祖神，又被称为"美利董主"（董神或卢神）与"冷启神阿祖"（沈神）。根据东巴经记载，董神与沈神为人类最早的始祖，甚至升格为始祖神灵，是他们制定了人间的规矩（董姆），拯救了人类。而这一对人类始祖是兄妹关系，是洪水暴发后仅存的人类，天神让

---

[1] 云南省民族民间文学丽江调查队搜集翻译整理：《创世纪》，云南人民出版社，1978。
[2] 马学良：《云南土民的史诗》，《西南边疆》1942年第12期。
[3] 李子贤：《论丽江纳西族洪水神话的特点及其所反映的婚姻形态》，《思想战线》1983年第1期。

他们婚配，并先后经历了滚簸箕、滚磨盘、合青烟的考验最终成婚。也就是说，纳西族洪水史诗存在两个版本，这两个版本与彝族的洪水史诗存在着诸多共性。[1]

两个民族的洪水史诗有些变异了的情节，如《崇般图》中董神、沈神在发洪水之前，变成野猪把利恩兄弟犁好的地全拱翻了，利恩兄弟下了扣子，扣住了董神、沈神，利恩卡古、利恩卡吉两兄弟拿犁头打了董神与沈神，而崇仁利恩挺身而出，解除了扣子，并给二神治病，董神告诉了崇仁利恩要暴发洪水惩罚人类，并授计逃难的方法。崇仁利恩最终在洪水灾难中得以幸存，成为人类的先祖。马学良搜集的楚雄彝族史诗中有这样的情节：三兄弟在山上劳动，遇到一位白发老人，有的说是太白金星或一个名叫"武姆勒娃"的神，有的说是一只熊或只豪猪。老大、老二辱骂老人，只有老三对老人很尊敬。如果是熊或豪猪，则是被他们支的扣子扣住，老大、老二不愿意解开扣子，只有老三愿意解开扣子。最后只有老三在老人的授计下在洪水中得以幸存，成为人类的祖先。

《梅葛》里的洪水史诗这样说：直眼人生五子，格兹天神要换人种，考验是否心好，自己变成一只黑熊，被五兄弟下的扣子套着了，前面四个兄弟都不去解套，都想杀了熊，只有第五个弟弟与小妹妹商量，想把黑熊放生，说熊头像老祖祖，熊尾像老爷爷和老奶奶。天神就传话给五弟及其妹妹，说三天后要发大水，让他们躲到大葫芦中，并把生产生活所需的物种、动物都放到里面去。而另外四兄弟分别打造了金、铁、铜、石柜子，洪水暴发时都淹死了，只有五弟及妹妹活下来，他们就成了人类的祖先。

从上面的比较中可以看出，纳西族洪水史诗与彝族洪水史诗的母题及故事结构、情节是大同小异的，至于二者产生异文的原因可能与所处的自然环境、社会经济生产状态相关。譬如洪水暴发时纳西族的史诗中避难工具选择了牦牛皮缝制的皮鼓，而彝族史诗里的是葫芦或木船，这是因为楚雄彝族所居住的地方没有饲养牦牛的传统，包括一开始天神为考验人心而变成动物种类也是如此。至于暴发洪水的原因——《崇般图》认为是兄妹婚产生的秽气所致，而彝族史诗却肯定了兄妹婚。这是因为《崇般图》里的人类在东巴史诗里并非第一代，在天神卢神、沈神时代已经开启了兄妹婚时代，所以在第二代的人类祖先故事

---

[1] 和志武译：《东巴经典选译》，云南人民出版社，1994，第200页。

中否定了兄妹婚。也就是说《崇般图》里的洪水史诗已经是第二次暴发洪水了，这个时期纳西族的婚姻形态已经彻底否定了血缘婚；而彝族洪水史诗仍是上古流传的第一个洪水史诗，并且是唯一的一个洪水史诗，这个史诗的雏形在传承过程中得以保存，而非进行面目全非的篡改或否定。

三、典型形象的比较

（一）神灵形象

宇宙万物的产生归结于物质变化，包括天神都不是先天存在的，都是这种物质变化的结果。而天神也是开天辟地的主角，如纳西族《崇般图》里的董神及九个男神，沈神及七个女神，《勒俄特依》中的恩体谷兹，《梅葛》中的格滋天神，《查姆》中的涅依倮颇，《阿细的先基》中的阿底神。这些神灵都具有超人能力，主宰着世间万物，反映了当时极为低下的原始社会生产力水平。但需要指出的是，纳西族创世史诗中的天神形象并不像彝族的创世天神那般无所不能：天神创造的天地被野牛怪物破坏殆尽，天神制造的人类也失败了，最后还是崇仁利恩一人上天寻找到了自己的伴侣，并通过与百般刁难他的天神斗智斗勇而征服了天神，天神创造的天地仍不安宁，最后也是人类创造了镇住天地的居那若罗山，并在山上创造了世间万物。从中可以看出，《崇般图》中的神灵形象塑造是明褒暗贬，实质是通过降低神性、提升人性来讴歌人类自身不屈不挠、勇往直前的英雄气概及创造精神。

《崇般图》中并非对所有神灵都予以贬低，对天神之女——衬恒褒白命赋予了"美丽善良、机智聪慧、勤茂贤达、嫉恶向善和忠于爱情、忠于理想、不畏强暴，敢于抗争的精神。她蔑视父权，冲破天规和包办婚姻的桎梏，敢同人间的崇仁利恩相爱，并做他的保护人，帮他战胜父亲的阴谋诡计"[1]的情节。她贵为天神之女，可以在天庭享受荣华富贵，但义无反顾地同崇仁利恩返回人间大地，开始了筚路蓝缕的艰难生活，但她无怨无悔，与利恩同甘共苦，以豁达乐观的精神投入开创人间的生活中。她下田插秧能"同时插七行"，剪羊毛时

---

1 和钟华、杨世光主编:《纳西族文化史》，四川民族出版社，1992，第141页。

"剪刀嚓嚓响，雪毛团团滚"，已经成为勤劳勇敢、美丽善良、忠贞聪慧、敢作敢为的纳西族优秀妇女的典型形象。相对说来，彝族史诗中的妇女形象并没有出现衬恒褒白命这样的典型形象，这与史诗产生时代所处的男权社会有着直接的联系。

（二）眼睛的形象

两个民族的洪水史诗里都有与眼睛有关的内容。相比而言，纳西族西部方言区的创世史诗里只提到竖眼睛、横眼睛的两个女人形象，而没有提到独眼睛女人形象；而彝族洪水史诗里只有《查姆》提到了独眼睛女人形象，而《勒俄特依》《梅葛》《阿细的先基》中只提到了竖眼睛、横眼睛女人形象。两个民族的史诗里都把竖目人视为不好的，竖目人并没有实现繁衍人类的目的。不同的是纳西族史诗里，竖眼睛女人、横眼睛女人形象出现在洪水史诗之后，崇仁利恩为了繁衍人类而寻找伴侣的时候，而彝族的三个史诗经典都是出现在真正的人类祖先诞生之前。

学术界对纳、彝史诗中的眼睛形象的研究成果颇多。鹿忆鹿认为："天女婚、洪水史诗大都流传于氐羌族群中，而一目史诗、直目史诗也都流传于氐羌族群中，彝族、纳西族、白马藏人、独龙族、哈尼族同是古代氐羌族群，他们的史诗中就明白宣告着天女的一目、直目或横目。眼睛不是在象征人类的善恶或文明与否，而是一种族群的标志。"[1]

日本学者伊藤清司曾引用岩田庆治关于"眼睛具有智力"的见解，并进一步指出"眼睛的智力有优劣"。他以彝族和纳西族创世史诗作例证说：史诗中主人公选择配偶的标准完全在于女方眼睛的形状，即将女子眼睛是直眼或横眼的区别作为选择的标准，眼睛不只是道德的象征，也深深地包含着文化的意义。直眼象征着妖魔鬼怪、蒙昧和邪恶，而横眼则象征着神、文化和纯正。伊藤清司又认为："一只眼睛和两只眼睛，同样两只眼睛的直眼和横眼的差异，可以认为是象征着从非人类社会到人类社会的进化。"[2] 云南大学的傅光宇、张福三认为

---

[1] 鹿忆鹿：《眼睛的神话——从彝族的一目神话、直目神话谈起》，《民俗研究》2003年第2期。
[2] ［日］伊藤清司：《眼睛的象征——中国西南少数民族创世史诗的研究》，马孝初、李子贤译，《民族译丛》1982年第6期。

眼睛作为道德象征是后起的观念。永胜纳西族的资料还表明，直眼女、斜眼女与横眼女都同时出现于地上男子面前，但男子只与横眼女婚配，而直眼女、斜眼女并未给他带来危害，也未与之对立。其实，直眼女、斜眼女与横眼女都是仙女，都是神的家庭成员。直眼女不善良的评价只见于东巴经，而口传资料则不予谴责，似乎透露出这是记录者所做的修改。史诗中评直眼女不善良，正反映出了特定历史时期的"人意"，正是文明社会的道德标准。[1]

纳西族民歌《崇般日》中的天女形象以竖眼、圆眼、横眼为象征；东部方言区史诗《子土从土》中则出现了竖眼、斜眼、横眼三个天女。不同文本中的天女形象各有差异，不可一概而论。若从道德论、进化论来评论这些不同文本的眼睛象征是不科学的。如《子土从土》中的横眼天女并非是善良、正义、智慧的正面人物，反过来，《崇般图》中具有正面形象的横眼天女在《子土从土》中成了不劳而获、擅长搞阴谋诡计的负面典型。纳西民歌中以"横眼睛的人类，填平不了欲壑"来比喻人类的贪婪，所以把横眼睛形象来象征道义、进步、文明、神圣之说是偏颇的，应具体问题具体分析。

四、演述方式的比较

（一）仪式中的演述

两个民族的创世史诗的叙事活动是通过民间宗教仪式中的演述达成的。史诗是镶嵌在仪式中而得以传承的，而非典藏于图书馆或档案馆中供人阅读。史诗在仪式中演述的目的是禳灾祈福、拨病祛痛，所以在仪式中需要举行神圣的请神、颂神、送神等仪式规程，与娱乐性的史诗演述不同，传承这些创世史诗的民众更多的是在娱神，企图通过取悦神灵，借助神力达到治病消灾、风调雨顺、五谷丰登、人畜繁衍的目的。

《崇般图》在东巴丧葬仪式、延寿大仪式、禳栋鬼大仪式、除秽大仪式等规模较大的仪式中都要吟诵，尤其在丧葬仪式中使用率较高。在丧葬仪式中演

---

[1] 傅光宇、张福三：《创世史诗中"眼睛的象征"与"之前各文化阶段"》，《民族文学研究》1985年第1期。

述此经文,有慎终追远、感恩先祖、魂归祖居地、告慰死者、劝慰亲人等多重文化含义。东巴在演述此经典时要用东巴唱腔来吟唱,有时还伴随东巴舞,仪式开始前要举行除秽仪式、请神仪式,然后挂上东巴教神灵的卷轴画,仪式进行中有生献、熟献、放药、招魂、接气、献冥马、关死门、退口舌是非、烧天香、送魂、火化等众多仪式程序。正常的丧葬仪式时间一般为三天,多的长达十余天,丧葬时间依东巴占卜结果来定。东巴在演述东巴经时可以根据仪式情境来灵活掌握念诵内容,即仪式时间比较宽裕,吟唱的经书内容相对全些;如果时间比较紧张,只能摘其梗概跟着程序走,但不论时间宽裕或紧张,经文内容不能随意篡改、增删,只能对无关紧要的故事情节、渲染铺陈内容予以合理的压缩。

彝族创世史诗的演述与东巴史诗的演述方式是相一致的,从叙事性质上属于仪式叙事、宗教叙事、史诗叙事与民间叙事。凉山地区流传的《勒俄特依》主要在凉山彝族的婚礼仪式活动、丧葬仪式活动、宗教仪式活动及日常节日活动中进行演述,其中"克智"(民间口头论辩活动)成为主要的演述方式。巴莫曲布嫫认为,史诗"勒俄"的传承——"传承始终伴随着'克智'口头论辩而与山民的仪式生活发生着密切的联系。……婚礼上的史诗演述(白勒俄),要求立论主题与叙事线索要围绕着婚俗传统、嫁娶的由来以及相关的两性制度、联姻关系等来展开;而葬礼(黑勒俄)与送灵仪式(黑/白兼行)的史诗演述也各有侧重,葬礼主要针对死亡的发生,唱述人们对亡者的怀念,对生死问题的认识;而送灵仪式的说/唱内容则是彝人对'人死归祖'的解释。"[1]

《阿细的先基》中的创世史诗内容是在阿细人的丧葬仪式中演述,主要内容是讲述死者的父母亲情况,然后讲述死者的出生、成长、结婚、生儿育女、起房盖屋、生老病死、子女送葬等一生的经历,每个成长阶段由不同的人演唱,声调也有区别。

(二)娱神与娱人:祭司演述与歌手演述

从上可察,彝族史诗与纳西族史诗的演述都是在仪式中进行的,不同的

---

[1] 巴莫曲布嫫:《叙事语境与演述场域——以诺苏彝族的口头论辩和史诗传统为例》,《文艺评论》2004年第1期。

是纳西族史诗很少在婚礼上或通过歌手演述,只能是由东巴祭司进行演述,主要用于丧葬仪式。而彝族的四大史诗都可以根据演述的内容、场域而在毕摩与歌手之间予以转换。如毕摩在丧葬仪式上进行的演述是神圣庄严的,具有娱神祈福的宗教主旨,而歌手在婚礼、岁时节日、生产劳动中的演述更多带有世俗的娱人、消遣的文化功能。《梅葛》《阿细的先基》《查姆》都具有两种文化功能,但都与《勒俄特依》一致,在什么仪式、场合演述什么内容都有具体的规定,在丧葬仪式上演述的内容是不能在婚礼上演述的。譬如《梅葛》分为"老年梅葛""中年梅葛""青年梅葛""娃娃梅葛"。"老年梅葛",彝民中也叫"赤梅葛",内容主要是唱开天辟地、创世立业和劳动生活,调子和内容相对较固定,一般由中老年传唱。"青年梅葛",彝民中也叫"山梅葛",主要反映彝族青年男女的纯真情爱生活,属于情恋山歌性质,主要有相好调、传烟调、戴花调、诉苦调、离别调和喜庆调,一般声调内容不固定,演唱中可即兴发挥,比较随意。"中年梅葛"主要是青年男女所唱成家后生产生活的艰难困苦,内容曲调比较凄婉忧伤。"娃娃梅葛"是彝族的"儿歌",俗称"娃娃腔",一般由成群结伙的彝族青少年和儿童对唱,朗朗上口,易于记诵,演唱时少年儿童们喜笑颜开,妙趣横生,回味无穷,给人一种浓郁的民族乡土生活气息和质朴悦耳的美感。[1]我们说的创世史诗《梅葛》主要指"老年梅葛",这一史诗主要在丧葬仪式及祭祀仪式中演述。《查姆》分为公本($mu^{31}tʂha^{31}$)、母本($ma^{55}tʂha^{31}$)两种。mu^{31}的本义为"做",《查姆》讲述的是如何做人做事。其内容包罗万象,主要有丧葬经、祭山神经、祭土地神经、祭龙王经、祭五谷神经等。《阿细的先基》不是一部作品的名称,翻译为汉文是"阿细人的先调",也就是"阿细人的歌曲"。村民所说的"先基调"也就是古调。而在20世纪40年代由光未然整理的彝族史诗《阿细的先基》公开发表后,由一部史诗作品代替了一种民族曲调,由此造成了文本理解的区隔。《阿细的先基》中的《送魂调》《指路经》皆与丧葬仪式相关,平时演述都不能在家中进行。2012年7月4日笔者在弥勒县可邑村调查这部史诗时,毕摩带我们到野外演述《指路经》,说不能在家里唱丧葬调,而且如果不是在真正的葬礼上,是不能让村里人听见的。这说明丧葬仪式中的《阿细的先基》与平时休闲娱乐中的《阿细的先基》在演述内容、演述方

---

[1] 杨红君:《恢弘壮观的彝族民间文学史诗——彝族历史文化调查》,《云南民族》2011第4期。

式、演述禁忌、受众等方面存在着差异，而这些差异正是史诗的不同存在形态的反映，也是我们深入理解、把握史诗概念内涵的关键。史诗不只是作为文学文本来阅读的，也不只是通过演述来取悦现场观众的，也不只是像游吟诗人那般需要受众的参与、互动才能达成文本。

五、史诗文本的比较

（一）文本共性：口传与半口传文本

从文本类型而言，纳西族的创世史诗与彝族的创世史诗都属于口传文本与半口传文本，即口传文本与口传—书面文本共同存在。东巴创世史诗既有口头流传的史诗故事，也有东巴经籍记载的经典文本，但这些书面经典主要是用于仪式上的口头演述，故被称为半口传文本或半口头文本。彝族创世史诗也存在类似情况，既有口头演述的口头文本，也有彝文记录的经典文本，相对说来，凉山地区的《勒俄特依》、楚雄双柏的《查姆》的文本类型以彝文经典为主，而《梅葛》《阿细的先基》以口头文本为主，前者以祭司的吟诵或吟唱为主，后者以民间歌手的演唱为主。纳西族的摩梭人没有成体系的经籍文本，相传是达巴祖先在半路上把记录文字的牛皮吃掉了，从而导致了文字的失传。与此相类似，阿细人的传说中也说原来阿细人有文字经典，都刻写在玉米粑粑上，但在漫长的迁徙路上，阿细毕摩饥渴难耐就在半途中吃掉了，从而使文字失传了。从彝族四大史诗比较而言，有彝文书面文本的史诗经典内容、情节、典型形象比口头文本要丰富，这与文字经籍更有利于保存经典文本的特点有内在联系。当然，这并不是说口头文本没有书面文本内容丰富，在口头传统盛行的时代，口头文本的创作高峰时期，往往是沉淀生成民族经典的关键时期，但如果没有文字记录功能，当口头传统时代成为过去时，口头创作的时代语境不再辉煌，后继的传承人单纯地靠口传心授来记录、传承体积庞大的口头传统文本是难以为继的，而书面文本的保存、记录、加工整理的优势就得以彰显。丽江宝山乡梧母村的东巴和继先到宁蒗、木里等地的东巴文化村交流学习，发现当地的东巴经籍、民歌的语言精美，内容更为丰富，就把这些外来的语言、内容糅进了原来的东巴经籍文本中，从而使经书内容及质量得到了有效的提升。

（二）文本个性

纳西族与彝族的创世史诗文本也存在差异。首先，纳西族创世史诗是由东巴象形文字书写记录的，由于东巴象形文字属于图画文字，主要在吟诵环节中起到提醒记忆作用，即提词本的文本功能，而非像彝文那样具有线性的逐字记音功能，由此决定了东巴史诗文本的不稳定因素及变异成分要高于彝族史诗经典。

其次，在演述层面而言，东巴史诗的演述与音乐、舞蹈、绘画等多元艺术的融合程度比彝族史诗相对要高。东巴史诗文本在演述时往往与东巴舞、东巴画、东巴音乐相结合，形成一个多模态的复合型文本，尤其是东巴超度仪式，时间一般长达一周以上，念诵经书超过上百本，参与东巴10人以上，形成了一个超级仪式。而彝族四大史诗在丧葬仪式中的使用以吟诵为主，很少以歌舞乐器助兴，但在民间节日、建新房、娶亲嫁女、盖房入宅、粮食丰收、祈福迎祥等活动中往往有歌舞相伴随。最有代表性的是《查姆》在民间节日演述中的歌舞活动——老虎笙舞。双柏彝族自称为虎的民族，虎的后代，每年农历正月初八至十五都要举行隆重的虎神节，即跳老虎笙，意为接虎祖回家过年，选拔16名男性舞者跳模仿老虎亲嘴、交尾、孵蛋、搭桥、开路、盖房等反映生活和农耕生产的12套舞蹈，舞姿粗犷古朴，生动形象；大锣笙由16个舞蹈套路组成，每年农历六月二十四日火把节和农历正月初二祭龙节跳，以驱邪除祟、乞福求祥为主要内容；小豹子笙在每年农历六月二十四火把节和农历七月十五祭祖节时跳，可以说"三笙"和双柏彝族的各种歌舞，组成了内容丰富的"查姆"。双柏县内广为传唱的阿乖佬、阿塞调、仁意调、阿苏嗻、冷气腔、四句长腔、三月六，与千枝百朵的"笙"结合，形成了内容丰富、形式独特的"查姆歌舞"。[1]

再次，彝族四大史诗的概念范畴比《崇般图》要大，二者是一部故事总集与一则故事，一套总集与一本经书的关系。《崇般图》只是众多东巴经籍中的一本经书，一个史诗故事文本，一个仪式中吟诵的一本半口传文本；而彝族四大史诗中的每一部史诗其实是一个广义的传统文化集成。《勒俄特依》意为"口耳相传的经书"，包含了众多凉山地区彝族的传统古籍；《阿细的先基》包含了以传统的阿细调——先基调来演述的古歌，而非仅指创世史诗这一部分内容；《梅

---

[1] 苏轼冰：《查姆的魅力》，http://www.chuxiong.cn/mzwhpd/mzls/679549.shtml。

葛》是楚雄姚安、大理一带的彝族民间歌舞和民间口头传统的总称，包括老年、中年、青年、娃娃四个梅葛调；《查姆》讲述事物的来历，"查"即指事物的来源，相传总共有120个"查"，"查姆"是一种文化现象，双柏的一切彝族歌舞都属于"查姆"的范畴。从中可察，这四部彝族创世史诗既包含了创世史诗的内容，也包含了更为广义的民间口头、书面传统，堪称"民间诗歌舞总集"，其文化体积与被称为"纳西族古代社会的百科全书"的东巴古籍文献相匹配。在东巴丧葬仪式中，东巴需要吟诵上百本东巴经籍，而《崇般图》只是其中的一本，而《勒俄特依》《查姆》《阿细的先基》《梅葛》就涵盖了所有仪式及民间民俗活动中需要演述的文本范畴。

六、同源异流的文化关系

任何一个民族的文化都是在"他者"与"我者"的互动中生成发展的。孙宏开认为纳西语是最早从彝语支分化出来的一种语言，属于介于彝语支与羌语支的语言。[1]这两个语支的民族包括彝族、哈尼族、傈僳族、拉祜族、基诺族、怒族、羌族、普米族等。这些同源异流的不同民族文化、地域文化、经济形态层累地作用于纳西文化中，并通过其特有的物质及非物质文化形式表现出来，而东巴叙事传统是其中较为典型的文化表现。如果我们对这些与自身民族文化有过相互影响、亲密接触的他者文化视而不见，则往往会陷入"只见树木，不见森林"的短视怪圈中，自说自话，失之偏颇。这些同源民族的原生宗教都具有浓厚的自然崇拜、祖先崇拜、神灵崇拜特征，且具有父子连名、送魂路、迁徙记忆、重卜好巫、骨卜、二次葬等诸多文化共性。纳西族的始祖神被称为"阿普笃"，彝族始祖被称为"阿普笃慕"，羌族的天神被称为"阿巴穆都斯"或"阿巴木比塔"，这里的"阿普""阿巴"都是指爷爷、先祖，核心词是后面的"笃""都"，从中也反映了民族共源的文化信息。至于叙事传统文本中类似的故事主题、情节、母题也比较多。石林彝族支系撒尼人的"阿诗玛的传说"与纳西族的"阿萨命的传说"，不只是主人公的名字有相似性，故事情节、人

---

[1] 孙宏开：《纳西语在藏缅语族语言中的历史地位》，《语言研究》2001年第1期。

物形象、典型场景也有惊人的相似之处。另外，两个民族的史诗、神话皆具有崇祖型、道德型特点，在叙事手法强调溯源式、整体式叙事，即把史诗、神话的叙事背景显放于宏达远古的宇宙观视野中，以此强调故事的古老神圣性；神圣性往往同时间的远古性，与神灵空间同一性、主角的英雄性、祖先性相联系。这说明，如果没有这个横向的与其他民族之间的比较研究，则无从寻找民族文化之根，也找不到自身叙事传统的历史成因。

当然，我们对不同民族的文化进行比较研究，其主旨不能仅限于求同存异，还很有必要求异、问异、思异、答异。个性与共性是相对而言的，也是相辅相成的。纳西族与彝族的创世史诗中肯定存在着诸多差异性、文化个性，对这些文化差异及文化个性进行深入的调查研究，不仅有利于认识两个民族不同的历史发展规律，而且有利于认识史诗自身的发展演变规律。从单一的民族史诗研究到多民族的史诗比较研究，再到多学科、多重方法的史诗研究范式，这应该是史诗研究的一个可持续发展之道。

第五节　藏族神话与东巴史诗比较研究

纳西族与藏族都因其独特璀璨的文化而著称于世，藏族的本教文化、佛教文化与《格萨尔》史诗成为其标志性文化，纳西族因创造了"世界文化遗产"丽江古城、"世界记忆遗产"东巴古籍而闻名遐迩。两个民族在语言上同属藏缅语族，族源上同属古羌人，地理上一直毗邻而居，经济上通过茶马古道互通互惠，文化上相互交流融合，一直视为兄弟民族。本节重点从史诗与神话层面对两个民族间的深层复杂关系做个简要的梳理，以期对两个民族文化的交流、交往、交融有个新的认识。

一、纳西族与藏族的历史文化关系

（一）纳西族与藏族的民族历史关系

学术界一般认为纳西族与藏族同源于古羌人。郭大烈在《试论历史上纳西族和藏族的关系》一文中认为纳藏两族的族源都与古羌人有关。[1]和志武在对纳藏传统文化的比较研究中提出纳藏两族同源于古羌人的观点。[2]杨福泉在其博士学位论文《纳西族与藏族的历史关系研究》中也重点论述了两族的族源关系，认为纳西族与藏族为同源异流关系。"牦牛羌和白狼羌则是藏族和纳西族的共

---

[1] 郭大烈：《试论历史上纳西族和藏族的关系》，《中央民族学院学报》1983年第8期。
[2] 和志武：《藏文化对纳西文化的影响》，中国西藏民族研究学会《藏族学术讨论会论文集》编辑组编：《藏族学术讨论会论文集》，西藏人民出版社，1984。

同祖先。"¹ 李绍明认为纳西族与藏族和白狼羌的族源关系与有着共同的渊源。² 藏族学者多识则认为纳藏的族源关系更为密切,认为"藏"与"羌"是同一民族(藏族)在不同时期的不同名称,纳西族本为古藏人的一支。³ 东巴史诗《创世纪》中也有纳西族与藏族同为兄弟关系的记载。从以上的论述中可看出纳藏的族源关系有着极深的历史渊源。

方国瑜在《纳西族的渊源、迁徙和分布》一文中认为这里面涉及藏族和纳西族的族源,"诸羌分居,名号甚多,传说古史有戎、羌、堆、博诸部,后以博为中心(发、伯特),融合形成'藏族'之先民。其向南迁至蜀汉近境岷江流域分支而南者,为西南各族之先民,支别甚多,纳西族即其中一支"。"所谓牦牛羌,散居在祖国西南蜀郡边境广大地区,支别名号甚多,么些族是其中一支。"⁴ 不少学者认为牦牛羌与藏族的历史渊源关系也很深。范文澜认为"六牦牛部"当即在越嶲一带游牧的羌族部落,他还说"不知六牦牛部不知何时进入西藏",从中亦可看出他也认为古羌部落中的"牦牛部"是藏族先民之一。

从以上文献记载中我们可以看出牦牛羌与藏族、纳西族的渊源关系,另可以推断牦牛羌在秦汉之际发生分离,一支向西边的青藏高原迁徙,发展成后来的藏族;另一支继续南下,散居于雅砻江、大渡河、金沙江等流域,发展成诸多别支,文献中提到东晋时的"摩沙夷",唐时的"么些蛮"皆指纳西族先民。

唐时纳西族先民依江附险,豪酋纷立,互不统摄,并没有完成民族内部的统一。唐初,么些一部落沿雅砻江南下,渡过金沙江,抵达今大理宾川境内,曾建立过一个越析诏政权,存在时间近百年,后为南诏所灭。此后,么些一直没有建立自己的民族政权。

而另一支向西迁徙的牦牛羌经过近千年的民族融合,已经发展成一个强大的民族国家——吐蕃。到公元 7 世纪末,开始向四周扩张。《新唐书·南蛮传》曰:"(贞元十三年)吐蕃引众五万自囊页川分二军攻云南,一军自诺济城攻嶲州。异牟寻畏东蛮、么些难测,惧为吐蕃乡(向)导,悉先击之。(韦)皋报:'嶲州实往来道,杆蔽数州,虏百计窥之,故严兵以守,屯壁相望,粮械处处有

---

1 杨福泉:《纳西族与藏族的历史关系研究》,云南大学图书馆藏,2002,第 18 页。
2 李绍明:《康南石板墓族属初探——兼论纳西族的族源》,《思想战线》1981 年第 6 期。
3 转引自赵心愚:《纳西族与藏族关系史》,四川人民出版社,2003,第 31 页。
4 方国瑜:《方国瑜文集》(第四辑),云南教育出版社,2001,第 2—3 页。

之，东蛮庸敢怀贰乎？'异牟寻乃檄东、么些诸蛮内粮城中，不者悉烧之。"

方国瑜按曰："是时异牟寻已克昆明城，韦皋已收复寓州，足以摄服么些，而异牟寻犹惧么些与吐蕃通，亦可见么些与吐蕃关系之深也。自唐初吐蕃南侵，达金沙江雅砻江流域，至贞元年间，么些受制于吐蕃者，已百有余，[1] 在受制于吐蕃期间，么些在政治上、军事上依靠吐蕃，建立了密切的联系，文化上的交往也日益频繁。不少学者认为有唐一代，是藏族本教开始向纳西族地区渗透的时期，而这一时期也是东巴教与本教融合发展的时期。赵心愚提出，"在6世纪到7世纪初，吐蕃势力已达金沙江流域，《隋书》记载的附国已在其控制之下；西藏高原与纳西族分布地区很早就有一条交通线，两族先民很早也就有了往来。分析这种有关的情况，可以认为本教在7世纪之前已传入了纳西族地区。"[2]

从贞元十年铁桥大战后到唐亡，共103年时间内，大部分纳西族地区为南诏所控。政治影响力的减弱并不意味着经济、文化之间往来的减少，随着茶马古道的开辟，藏传佛教的兴盛，木氏土司的崛起，两个民族间的经济文化联系越来越紧密。方国瑜认为："唐初，么些民族介于吐蕃，南诏之间，其势力消长，互相攘夺，则其文化之冲突与融合，亦可想得之；今么些之文化，受西川传入汉文化之影响甚大，而南诏、吐蕃之文化亦有影响，又么些文化输至吐蕃亦有之（如食品、礼节多习么些也）。任乃强《西康图经民俗篇》述开辟滇康间文化之三大动力，以丽江木氏图强，经略附近民族为第一动力，洵非诬也。"[3]

正因为有着这样深厚的历史土壤，纳藏两族的文化联系才有了坚实的物质基础与精神条件。也就是说，纳藏的文化联系离不开两个民族的历史联系，后者是前者得以产生、发展的大前提、大气候。

（二）纳西族与藏族的宗教文化关系

纳西文化和藏文化无论是从表层的事象还是到深层的内蕴，都有深厚的渊源关系。历史文化交流的核心，在于宗教间的交流对话。

纳西族文化和藏族文化中宗教文化占有重要的位置。纳西族宗教以东巴教

---

[1] 方国瑜：《方国瑜文集》（第四辑），云南教育出版社，2001，第26页。
[2] 赵心愚：《纳西族与藏族关系史》，四川人民出版社，2003，第211页。
[3] 方国瑜：《方国瑜文集》（第四辑），云南教育出版社，2001，第24页。

为代表，东巴教起源于纳西族早期先民的自然崇拜，经历了图腾崇拜、神灵崇拜、祖先崇拜，其间又融合了本教、藏传佛教、汉传佛教、道教等多种文化因子，它的最后发展阶段是处于由原始宗教向人为宗教过渡的过渡阶段。所以它的教义、仪轨、经典中既保存了纳西族自身的原始宗教的内容，也糅合了大量的外来宗教文化的内容，尤其是藏族的本教在其中占有相当的分量。藏族在历史上信仰原始民族宗教本教，后来信仰藏传佛教。藏族的本教的形成受印度古代文化，甚至包括两河流域文化影响的成分在内；藏传佛教的形成主要受印度佛教的影响，但也有汉文化及汉传佛教影响的成分。纳藏两族的宗教文化交流中，藏族对纳西族的影响尤大，尤其是本教对东巴教的影响更为突出。以致有些学者认为东巴教是本教的一个分支。[1]虽然东巴教与本教是两种不同的民族宗教形态，不可混为一谈，但二者之间的联系却非同一般。

　　本教对东巴教的影响毋庸置疑。和志武认为本教传入纳西族地区的时间与吐蕃势力扩张到纳西族地区的时间是一致的，大致在7世纪末8世纪初。[2]杨学政认为应在7世纪的初唐时期。[3]房建昌则推断是在8世纪后叶，因为这一时期吐蕃统治者实行抑本兴佛的宗教政策，本教徒逃到吐蕃势力的边缘地区，这是本教传入纳西族地区的客观条件。[4]而英国学者杰克逊认为传入时间不会在唐代，只能晚于唐代。[5]

　　从文献记载来看，公元6世纪末，吐蕃势力已经抵达金沙江流域的纳西族地区。《资治通鉴》中记载，吐蕃于唐调露二年（680年）"并西洱河诸蛮"，"浪弯州蛮酋傍时昔等二十五部先附吐蕃"。[6]方国瑜认为："自唐初吐蕃南侵，达金沙江雅砻江流域，至贞元年间，么些受制于吐蕃者，已百有余。"[7]方国瑜说的百余年，是680—794年，即114年。这一时期本教在吐蕃王朝的地位是极为显赫的。"每千户有一个大的本教巫师，称'拉本波'，每一个战斗小组有一个小

1　林向萧：《"东巴教是本教的一支"辩》，《东巴文化论》，第59页。
2　和志武：《纳西东巴文化》，吉林教育出版社，1989，第10页。
3　杨学政：《藏族、纳西族、普米族的藏传佛教》，云南人民出版社，1994，第48页。
4　房建昌：《东巴教创始人丁巴什罗及其生平》，《思想战线》1988年第2期。
5　［英］杰克逊：《东巴文化源流序说》，杨福泉、白庚胜编译：《国际东巴文化研究集粹》，云南人民出版社，1996。
6　方国瑜主编，徐文德、木芹纂录校订：《云南史料丛刊》第一卷，云南大学出版社，1998。
7　方国瑜：《方国瑜文集》，云南教育出版社，2001，第4页。

巫师，称'拉巴'，即本教中祝神之巫师。这两种巫师的分工是很明确的。'拉本波'的任务是主持各种隆重的敬神仪式，'拉巴'的任务是随时请神帮助战胜敌人。"[1]

在吐蕃统治纳西族地区长达一百多年的时间里，本教在吐蕃王朝中占有举足轻重的地位。这就为本教传入纳西族地区提供了必要的政治条件。政治与宗教往往相伴而生，政治为宗教的产生和存在提供条件，宗教为政治的巩固和发展提供精神工具。历史上，当一个民族国家在政治与军事上征服另一个民族国家或地区时，宗教往往成为巩固其统治地位的有力工具。我们也不难推测出在吐蕃统治纳西族地区时期，本教在纳西族地区的传播就受到吐蕃统治阶层的政治支持。这与明代木氏土司在其统治的藏区与藏传佛教的上层阶层互相利用目的是一致的。

本教在吐蕃失势后，逃到周边地区继续进行传教活动。《西藏本教源流》记载："赤松德赞于公元八世纪灭本时，象雄雄达尔等本教高僧用多头牲畜驮运本教经书来到藏区东部的霍尔和东南部的姜域。""姜域"即么些之地。"姜"（或"绛"Hjang）是藏族对纳西族的称呼，"姜域"即纳西人地区，在滇西北一带，藏文经典中皆言此地有一古国，名曰"绛域"。[2] 可见，吐蕃宗教政策的改变，并未消减本教对纳西族地区的影响。

《纳西族史》称："从语言文字本身的资料来分析，说明东巴教可能形成于唐代吐蕃统治纳西族地区时期。东巴祭司古称 by^{31}，又称 by^{33}by^{31}，与唐代吐蕃'钵''钵波'同；今滇西北藏族中心区中甸称 dzı^{31}dy^{31}，意为'酋长地'，当是唐代吐蕃设神川都督府统治纳西族的历史印迹。东巴经名著《鲁般鲁饶》中有'藏神管纳人，喇嘛管牧奴'的记载。这与唐初吐蕃王朝南下，纳西族直接受吐蕃奴隶主统治一百多年的历史相符。""从分析东巴教的神、人排列次序证明，东巴教形成于唐代吐蕃、南诏统治纳西族时期，说明社会政治历史对宗教和文化的决定性影响。"[3]

本教对东巴教的影响，和志武认为有十个方面的例证。1. 东巴的古称

---

[1] 格勒：《藏族本教的巫师及其巫术活动》，《中山大学学报》1984年第2期。
[2] 马长寿：《南诏国内的部族组成和奴隶制度》，上海人民出版社，1962。
[3] 郭大烈、和志武：《纳西族史》，四川民族出版社，1999，第225—237页。

bbiu bbiuq 一词是本教"本波"之音译（借词），东巴一词的象形字头戴五佛冠，读"本"，与本教同。2. 东巴教祖师丁巴什罗，是本教祖师丹巴亲饶的音译转读。3. 东巴教的主要法器也与本教同。4. 东巴教信奉的萨英威登、英古阿格当是本教和藏传佛教的音读。5. 东巴教的护法神有不少来自本教。6. 本教与东巴教有着相似的龙神信仰崇拜。7. 东巴教借用了本教和藏传佛教的许多宗教用语。8. 纳西东巴文中借用了不少藏文字母。9. 东巴经中有八部藏语音读的经书，当是本教经典的直接借用。10. 二者的经典中有着极为相似的关于宇宙万物起源的记载。[1]

本教经历了三个发展时期，藏传佛教崛起后，本教吸收了大量的佛教内容，进入了本教的第三个发展阶段——久本。本教在纳西族地区的传播时间比藏传佛教要早得多，且时间长，可以推断藏传佛教在纳西族地区的传播在本教的后期就已经开始了，是通过本教中的藏传佛教内容影响到东巴教的，客观上为后期藏传佛教在纳西族地区的传播奠定了必要的基础。

相对来说，藏传佛教对东巴教的影响范围及程度均不及本教的影响。但我们仍可从东巴教中看出受藏传佛教影响的明显痕迹。现以东巴教的神路图为例谈谈藏传佛教对东巴教的影响。不少学者认为"神路图"是东巴教受藏传佛教影响较深的典型。《神路图》中神灵众多，且均有严格的神灵排位及座次。而从本教中引入的东巴教祖师丁巴什罗在神祇排位中仅排第54位，把众多从藏传佛教中引入的神祇凌驾于其上。萨英威登、英古阿格、恒丁窝盘三尊大神依次位居高位，成为整幅图中地位最高的神祇。和志武认为前两个是藏体教和藏传佛教神灵名字之音读，后一个神名是其神灵名字的义译。[2] 在东巴经中英古阿格的东巴文是直接从藏文中转借过来的字。神路图中所宣扬的"三界六道""十八层地狱""三十三神地""十三神数""生死轮回""因果报应"等观念明显来自藏传佛教，因为在这之前的东巴经中并没有"生死轮回""因果报应""三界六道"等明显带有佛教色彩的观念。东巴经中人死后只有两种结果，一是其亡魂返回祖居地，二是成为鬼魂，并无下地狱、升天堂之说，也没有投生转世、生死轮回的观念，更找不到把人死后安排到"三界六道"的内容。

---

1 和志武：《纳西东巴文化》，吉林教育出版社，1989，第11页。
2 同上书，第11页。

相对说来，本教对东巴教的影响明显要深于后者，这与东巴教生存的环境、发展水平以及纳藏两族的历史关系是密切相关的。"神路图"是藏传佛教影响东巴教的代表性作品，但因东巴教与藏传佛教在宗教发展形态上存在着巨大差异，东巴教文化未能像本教那样融合到藏传佛教中，藏传佛教也未能像本教那样融入东巴教中。与前期东巴经内容相比，神路图显得很"另类"。和宝林认为："由于各种原因，（东巴教）不能像本教一样，对自己的本土宗教进行一次大的改革，因而，东巴经书仍保留了原始宗教的原貌。所吸收进来的外来文化，像一只不合群的动物，兀立在一旁，与原来的文化极不协调。"[1] 在本教与藏传佛教的影响下，东巴教逐步向人为宗教过渡，其宗教性质及文化形态已经超出了"原始宗教"的范畴，这种文化影响在东巴史诗中也得到了充分的体现。

二、纳藏民间文学比较材料的甄别

纳西族与藏族都创造了各自辉煌璀璨的民族文学，其中藏族以英雄史诗《格萨尔》与宗教文学见长，纳西族以东巴文学为代表。藏族拥有丰富的神话、传说、故事，但迄今为止，我们还没发现藏族的创世史诗。其中的原因很简单，因为史诗《格萨尔》文化体量太大，影响深远，它像一个巨大的文化磁场，源源不断把其他史诗、神话、传说、故事等口头传统与历史文化吸纳到自身文化系统中，形成了蔚为大观的文化奇观。"神话是史诗的素材，史诗是神话的载体。每一部史诗都要收集和保留大量神话。假如没有史诗这个宝库，许多神话就会失传或在流传过程中产生变异。"[2] 所以《格萨尔》被誉为"藏族文学群峰中的珠穆朗玛峰""东方的荷马史诗"。藏族学者丹珠昂奔说："宗教、史实、神话是构成《格萨尔王传》的三块基石。没有宗教，格萨尔就没有灵魂；没有史实，格萨尔就没有社会历史环境；没有神话，格萨尔就没有如此完美的艺术效果。"[3] 所以我们对纳西族与藏族之间的史诗比较，更多是从藏族神话及《格萨尔》中

---

[1] 和宝林：《东巴文化和神路图长卷》，赵世红主编：《东巴文化研究所论文选集》，云南民族出版社，2003。

[2] 佟锦华：《藏族民间文学》，西藏人民出版社，1991，第38页。

[3] 赵秉理编：《格萨尔学集成》（第四卷），甘肃民族出版社，1994，第2962页。

来寻找相关材料的。

正因为纳西族与藏族的历史、宗教、文化之间有着千丝万缕的联系，在进行文学比较时，材料的甄别与选择成为关键性问题。两个民族文学关系中，既有同源文化带来的文学共性，也有对方影响的成分；同时不能不注意这样一个特殊现象：因长期受某一民族的政治、宗教、文化的影响而融合到这一民族中，同时仍保留了原来的一些文化，犹如嫁妆带到了融合后的民族中，如果我们没有细心甄别，难免会把这种原生文化误以为次生文化。在此举一个案作为说明。在于2023年发表于《神话研究集刊》的《藏族和彝族洪水神话比较研究——基于〈洪水朝天〉和〈洪水漫天地〉》一文中提到藏族的一则洪水神话，其基本情节如下：

> 一家人，包括三弟兄和妹妹/三兄弟去翻草皮种粮食/草地恢复原样/三兄弟躲在树林里，发现一头野猪把翻的地恢复原样/三兄弟抓住了这头猪/猪变成白胡子老头/三兄弟讨论如何处理这白胡子老头/老大要杀；老二要棒打；老三阻止了两个哥哥，希望问明原因/白胡子老头觉得老大老二人品不好，不宜留在人间；老三心地善良，应该留下/白胡子老头把老天爷要发洪水淹没人间的消息告诉弟兄三人/兄弟三人询问躲避洪水的办法/白胡子老头告诉老大"逃生"办法/白胡子老头告诉老二"逃生"办法/白胡子老头告诉老三和妹妹逃生办法/瓢泼大雨下了七天七夜/雨水淹没了所有土地和群山/老大沉入水底/老二葬身泥潭/老三和妹妹随着牛皮木槽漂浮在水面，降到半山腰上一个名叫"邛曼库拟"的地方/洪水退去/人类消失，只剩兄妹俩/兄妹找火种时发现山谷中的炊烟，跑去查看，意外发现白胡子老头/白胡子老头借给兄妹火种/兄妹开荒种地，过上好日子/兄妹请教白胡子老头，世上只有兄妹俩，今后日子怎么过/白胡子老头建议兄妹分别从东西山顶滚磨盘，如果磨盘重叠在一起，兄妹结为夫妻/磨盘重叠在一起/妹妹仍旧不同意结婚/兄妹再次来找白胡子老头/白胡子老头占卜求神，确认兄妹可以结为夫妻/夫妻生了三个男孩，但都不会说话/夫妻求助白胡子老头有关治疗孩子不会说话的办法/白胡子老头传授治疗办法，砍下竹子放火里烧，把烧烫的竹节热气和打破竹节的声音灌进小孩的嘴里/三个儿子开口说话。大儿子说汉语，成为汉族的祖先；二子讲彝语，成为彝族的祖先；

三子讲藏语，成为藏族的祖先 / 藏族、汉族和彝族是三兄弟，不能够相互剥削和压迫，要好好在一起休养生息。[1]

对这则材料的来源，作者在文中注明，"贺健：《藏羌彝走廊中部地区藏族民间信仰调查研究——以四川冕宁为中心》，西南民族大学印（内部资料），2020年，第118－124页"。笔者在古涛、王德和著的《纳木依藏族文化初探》[2]、赵丽明、孙宏开主编的《纳木依藏族帕孜文献》（上）[3]中发现了与此故事相同的文章。以上三文皆选自冕宁县纳木依人的民间故事《洪水朝天》。问题关键在于纳木依人复杂的族群身份，学术界一般把纳木依人称为"藏化了的么些人"。

何耀华在《川西南藏族史初探》一文中明确指出："纳木依（纳木义）源出于西晋时代的摩梭夷。……由于纳木依人是融合于西番（此处指藏族）的么些人，所以直到今天，我们还发现纳木依人与么些人有非同一般的关系。"[4]何耀华还明确指出："纳木依源于汉晋时代的摩沙夷。由于纳木依是融合于西番的么些人，所以直到今天，我们还发现纳木依与么些人有非同一般的关系。纳木日（居于盐源、木里等县）为纳西族人一支。锣锅底乡瓦厂大队的纳木依李阿若说，纳木日是在他家第九代纳赫时分房出去的。直到现在，纳木依和纳木日还有特殊的关系。解放初期，他的叔伯哥哥李长寿还去盐源县俄底区联合公社的纳木日人中去上坟。1982年1月，他带着20多名纳木依人去那里走亲戚。当地纳木日的话，他有30%听得懂，经与当地长老对家谱，也发现其中大都相符。"[5]从何耀华的上述研究结论中，不仅可以看出川西南藏族先民与纳西族先民同源于牦牛羌的佐证，同时，也可以看出两族在历史上的融合和分化现象。语言学家孙宏开据近年来的详细调查和研究，认为纳西语处于羌语支和彝语支分界点上，与这两种语言具有双向相似性。从这一点上也可以看出纳木依人与纳西人

---

1. 姚春林、司琪其：《藏族和彝族洪水神话比较研究——基于〈洪水朝天〉和〈洪水漫天地〉》，向宝云主编：《神话研究集刊》第八集，巴蜀书社，2023，第195－205页。
2. 古涛、王德和：《纳木依藏族文化初探》，四川大学出版社，2014，第175－179页。
3. 赵丽明、孙宏开主编，赵丽明、张琰编著：《纳木依藏族帕孜文献》（上），广西师范大学出版社，2014，第51－53页。
4. 何耀华：《川西南藏族史初探》，《思想战线》1985年第4期。
5. 同上。

在语言上的亲缘关系。[1] 杨福泉从历史渊源、宗教信仰、社会生活习俗、民间文学艺术等方面论证了纳木依人与现在的纳西族存在同源异流关系,并指出纳木依人的《洪水朝天》与纳西族的创世史诗《崇般图》大体相同,说明"这是一个同源的神话故事"。[2] 纳木依人的《指路图》与东巴教的《神路图》皆为藏传佛教影响本土文化的产物。有意味的是当地人称《指路图》为"崇般吕古","崇般"即人类迁徙,即祖先的迁徙路线,"吕古"(liuq gv)本义为"观看处",此处指神图。因为此图是在丧葬仪式的送魂环节中使用,与纳西族灵魂观相同,人死后要把灵魂送回祖先居住地,纳木依人融入藏族后,受藏传佛教影响,灵魂送达天上十八层。大量的民族学和语言学资料,以及方国瑜、任乃强、李绍民、赵心愚等学者的论述都证明了今四川省雅砻江流域的藏族纳木依人是融于藏族的么些人。

图 7-4 纳木依人《指路图经》(崇般吕古)(宋兆麟提供)

既然纳木依人是现在已经融入藏族的么些人,那么在当地流传的这个《洪水朝天》神话是纳木依的远古神话,还是融入藏族后才有的神话?答案不言而喻,这个神话是纳木依人中源远流长的远古神话,证据有二。首先是此神话在摩梭人、西部纳西族中也有流传,笔者在《纳西族东西部方言区史诗比较》中也提到纳西族内部不同区域的创世史诗,其中的基干情节是大同小异的。其次,藏族的创世神话中,关于兄妹婚神话仅在阿坝藏族自治州的白马藏人流传,但

---

[1] 孙宏开:《纳西语在藏缅语族语言中的历史地位》,《语言研究》2001 年第 1 期。
[2] 杨福泉:《"纳木依"与"纳"之族群关系考略》,《民族研究》2006 年第 3 期。

其情节相似程度远不及纳西族地区的同类神话。为什么在白马藏人中有此神话流传？因为白马藏人系藏化了的氐羌族群，历史上与彝族、羌族、纳西族有着深刻复杂的文化联系。

纳木依人的这则神话的价值在于它"活化石"般地保留了纳西族《创世纪》的雏形，故笔者称之为"纳西族《创世纪》的1.0版"，与后面的2.0版最大的不同点在于兄妹婚，而升级版中的男女主人公变成了一夫一妻制婚姻。纳西族西部方言区较早进入封建经济制度，实行一夫一妻制，由此否定了血缘婚与对偶婚，所以对原来的兄妹婚情节进行了符合当时伦理道德规范的文本改造，而泸沽湖区域的摩梭人保留了走婚与母系家庭传统，由此把兄妹婚改造为对偶婚。李子贤对此也做过论述，他还收集了关于纳西族兄妹婚的民间神话。据当时白地最有名望的东巴山郎（即东巴圣徒）年衡讲述，在东巴经中就有兄妹开亲的神话。其故事内容如下：

> 米利东、米利色（又称师巴子普、师巴子美）两兄妹，是教授人间一切技术的创造之神。他俩都长得非常聪明漂亮，彼此互相爱慕，哥哥不愿娶别人为妻，妹妹不愿嫁别人为夫。后来他俩去滚磨盘。当两扇磨盘合在一起后便开亲。不料两兄妹结婚引起众神大怒，视其为"乱伦"行为。于是兄妹俩从此被罚去守门。所以，在三坝地区一直保留着这样的风俗：每户人家的门外，都供着两个石头，即兄妹俩的化身，人们希望他俩保佑吉祥昌盛。在东巴教的神像中，仍有两兄妹的位置：二人的形象不分性别皆头戴神帽身穿红袍，米利东乘虎，米利色骑骗牛均盘腿而坐，他俩身后彩云缭绕灵光四射。[1]

上面这个神话中的米利东与米利色即东巴经中的董神与色神，也是阳神与阴神，在东巴创世史诗中升格为善神。关于董神与色神的兄妹关系在东巴经《斯巴金普与斯巴金姆》中也有记载，这对兄妹神被奉为开天辟地后第一代始祖神。但基于为尊者讳的原因，文本中对兄妹婚的事实作了隐晦处理："（兄妹）两人呀，高岩用凿斫，斫岩正相遇；劈白铁砍斧，劈斧正相逢。（暗喻兄妹野合）。"[2] 木丽

---

[1] 李子贤：《论丽江纳西族洪水神话的特点及其所反映的婚姻形态》，《思想战线》1983年第1期。
[2] 和志武：《东巴经典选译》，云南人民出版社，1994，第200—202页。

春收集的《男女结合生人的故事》¹中则没有这么多隐晦的内容。原因在于后者为民间故事,前者为东巴经书,经过了人为的加工改造。

在国内外的洪水神话中,关于兄妹婚的母题较为广泛,但与上述纳木依人与纳西族的洪水神话母题、情节更为相近的是彝族洪水神话。笔者在《纳西族与彝族的创世神话比较研究》一文中做过论述。为什么纳西族与彝族的洪水神话的亲缘关系更紧密?这与两个民族族源关系更近有着内在关系。从语言分类而言,两个民族都属于藏缅语族彝语支。不同之处在于纳西族的洪水神话进入史诗后作了创编改造,而彝族更多保留了原生面貌。在这个层面上,"神话是史诗的基础,史诗丰富和发展了神话。一般来说,史诗中的神话比原先单独存在的神话内容更加丰富,情节更曲折,故事更完整,形象更鲜明,因此更有感染力,更加优美动听"²。

无独有偶,纳木依人中还有一个广泛流传的创世神话《天神的女儿》,神话基本情节为:

> 天神的幺女阿吉是个美丽善良的姑娘,她在天上看到凡间的阿汉是个英俊诚实的孝子,就喜欢上他了,偷偷地下凡来与他相会。后来把他带到天上,她的父亲木比塔并不喜欢这个凡间男,于是设下种种难题刁难他:让他在凌冰槽下接木柴与石头,一天内把九沟地开荒出来,一天内把九沟地烧了,一天内把九沟地种上菜籽,一天内把菜籽收回来,只有一颗菜籽被斑鸠吸食了。阿汉引弓搭箭射斑鸠,犹豫不决时,阿吉用织布梭子敲了下他的手肘,箭恰好射中斑鸠嗉子,从中找回了那颗菜籽。天神无计可施,才把女儿嫁给了阿汉。他俩从天上迁徙回到人间在地。³

这个神话显然是纳西族创世史诗中的难题母题翻版,二者的基干情节完全吻合,这显然不能轻易被冠之为藏族神话,而应从纳木依与纳西族(摩梭)的源头寻求答案。

---

1 木丽春:《男女结合生人的故事》,云南人民出版社,2006,第86页。
2 佟锦华:《藏族民间文学》,西藏人民出版社,1991,第38页。
3 古涛、王德和:《纳木依藏族文化初探》,四川大学出版社,2014,第179-181页;赵丽明、孙宏开主编:《纳木依藏族帕孜文献》(上),广西师范大学出版社,2014,第53-55页。

三、藏族神话与纳西族创世史诗比较

藏族的创世神话主要有《斯巴卓浦》《斯巴问答歌》《斯巴塔义》《猕猴变人》《大鹏与乌龟》《大地和人类》《马和野马》《七兄弟星》等文本。这些创世神话在民间以口头形式流传，一些被本教、藏传佛教收编进经典文献中。这些创世神话虽然无法与文化体量巨大的《格萨尔》及本教、佛教经典文献相提并论，但它们作为藏族"童年文化"的代表成果，与藏族宗教与文化的起源发展相关联，因此具有重要的文化与历史价值。

（一）共性比较

藏族神话与纳西族史诗存在着诸多文化共性。两个民族都认为宇宙及世界万物的产生并不是某个万能的上帝创造出来的，而是在物质变化中产生形成的。东巴创世史诗中提到了宇宙万物的形成过程：天地混沌—天地—日月—星宿—山谷—水渠—树石—真实—绿松石—英古阿格—白蛋—神鸟—孵化九对神灵与人类；虚假—黑松石—依古丁纳—黑蛋—孵化九对鬼怪；九兄弟开天、七姐妹辟地—五方立五色柱—白蛋孵化魔牛—死后化生万物—建造神山—出现人类—洪水朝天—上天求婚—繁衍人类。

神话天然地具有释源功能，即对世界万物产生的根源的探究解释功能。尤其是自然崇拜神话"旨在对世界的本质，人的境遇，当地的习俗，神秘之处所，神圣之人物等的缘起与由来加以解释"[1]。东巴创世史诗中关于对宇宙及世界起源的解释主要有这样几个神话母题：混沌说、卵生说、化生说、天柱说、神话说、洪水说、考验难题说、迁徙说。这几个创世母题在藏族创世神话中也有广泛而丰富的分布。

1. 混沌说

藏族创世神话中的混沌说最突出的是藏族的斯巴系列神话，"斯巴"本义为宇宙、世界，后演变为创世神，斯巴神话其实质为创世神话，它是通过一问一答形式形成的神话体。斯巴创世神话中提到了混沌说、卵生说、化生说。如《世界形成歌》中这样叙述：

---

[1] 孟昭毅：《比较文学通论》，天津人民出版社，2000，第167页。

问：
最初斯巴形成时，
天地混合在一起，
请问谁把天地分？
最初斯巴形成时，
阴阳混合在一起，
请问谁把阴阳分？
……………

答兼问：
最初斯巴形成时，
天地混合在一起，
分开天地是大鹏，
大鹏头上有什么？
最初天地形成时，
阴阳混合在一起，
分开阴阳是太阳，
太阳顶上有什么？[1]

　　神话时代是人类的童年时代，对未解的宇宙世界万物产生了好奇与疑问，总要问个为什么，就如现在的孩子们遇到未解之谜总向父母或老师问为什么是一个道理。斯巴创世神话歌保留了这样一种问答体，恰好是人类童年文化的写照。上述这则神话形象阐述了混沌不清是宇宙的最初形态，这与三国时期徐整编的《盘古开天辟地》中的"天地混沌如鸡子"之说如出一辙，与国内各民族的宇宙说也大同小异。

　　2. 化生说
　　斯巴创世歌《斯巴宰牛歌》中提到了杀牛后化生万物之说：

---

[1] 佟锦华主编：《藏族文学史》，四川人民出版社，1985，第10—11页。

问：
斯巴宰杀小牛时，
砍下牛头放哪里？
我不知道问歌手，
斯巴宰杀小牛时，
割下牛尾放哪里？
我不知道问歌手；
斯巴宰杀小牛时，
剥下牛皮放哪里？
我不知道问歌手。
答：
斯巴宰杀小牛时，
砍下牛头放高处，
所以山峰高耸耸；
斯巴宰杀小牛时，
割下牛尾栽山阴，
所以森林浓郁郁；
斯巴宰杀小牛时，
剥下牛皮铺平处，
所以大地平坦坦。[1]

东巴创世史诗《崇般图》中也有类似描写，只是那头牛不是小牛，而是一头由黑蛋孵出来的魔牛，这头魔牛长得魔性十足：

它的父亲原是头生冠子的种族，可是它的头上没有先长出冠子，而是先长出了头角。它的头角接连着蓝天，天空中布满了星斗。它的母亲是脚长爪子的种族后代，可是它的脚上没有先长出爪子，而是先长出了脚掌，脚掌开辟的地面广阔了。……

---

[1] 佟锦华主编：《藏族文学史》，四川人民出版社，1985，第11—12页。

阳神与阴神合力把它砍死后，它的尸体化生成了万物：

恩恒的头变成了天，皮变成了地，肺变成了太阳，肝变成了月亮，骨头变成了石头，瘦肉变成了泥土，血液变成了河水，肠子变成了道路，尾巴变成了树木，身毛变成了青草。它的身体的上半部，变成了北方的卢神。它的身体的下半部，变成了南方的沈神。[1]

饶有意味的是，在另外一个藏族神话中描述了这样一头怪兽：

太极之初，有一个由五种宝贝形成的蛋，后来蛋破裂了，从中生出一个英雄来。这位英雄具有狮子的头，象的鼻子，老虎的爪子。他的脚像刀一样锋利，毛发像剑一样坚硬。头上长着两只犄角，犄角中间栖息着鸟王大鹏。[2]

这头怪兽倒与东巴创世史诗中的怪兽比较相似，二者都是卵生的，其形状具有和中原的龙一样的"多元动物合成"的特点，说明这是个图腾崇拜的产物，由多个氏族的图腾融合而成的氏族联盟标志。

在东巴创世史诗中，不只这头魔牛是卵生的，整个人类及神灵鬼怪皆是卵生的。如白蛋孵化出一只叫恩余恩玛的神鸟，再由神鸟孵化出九对神灵与人类，与之相对应，黑蛋孵化出一只叫付金安纳的魔鸟，由它孵化出九对鬼怪。

藏族神话化生型母题中还有龙生型与虎生型。龙母化生型记载在本教经典《十万龙经》中：

世界源于龙母，龙头变天空，左右眼分别是变日月，牙齿变星辰，睁眼闭眼变白天与黑夜，声音成雷，舌头成闪电，呼气为云，眼泪成雨，鼻孔生风，血化大海，肉成大地，血管变河流，骨骼变山脉。

---

1 《超度死者·人类迁徙的来历》，《全集》（第56卷），第150—151页。
2 佟锦华主编：《藏族文学史》，四川人民出版社，1985，第18页。

虎生型母题流传在多康地区：

> 藏王聂赤赞普的后裔，董族祖先赤甘布之子牙赤娶山神大女儿为妻，这位姑娘有一个陪嫁的老虎夫人。人们将虎宰杀之后，虎头化成战神红山，虎皮成为太亚虎塘，骨骼化为玛域的九座山峰。牙赤的妻子生了五个儿子，其中有太阳，月亮和星宿。[1]

3. 卵生说

藏族神话中的卵生说大多记载在本教文献中，其中以《黑头矮人起源》较为详细：

> 在这一片池塘之上，形成了一层薄膜，并滚成了一枚卵。从这枚孵化卵中出现了两只鹰，其一为白色，其二为黑色。白鹰变成了"发光的外貌"，而黑鹰则变成了昏暗的光线。这两种鹰的交合产生了三枚卵，一白，一黑和一只彩色的卵……花卵破裂了，从中诞生出了一个叫孟兰兰伦伦的生灵……人们称之为益门国王（最早发愿的国王）。后来什巴益门国王把黄金和绿松石放于右边发愿，于是一座金山和一条绿松石山谷便出现了，所有的恰神世系均源出此……穆神世系导致了佛陀的本教，所有的恰神世系导致了黑头矮人，所有的祖神世系导致了牲畜。[2]

与东巴史诗中的由白蛋中诞生神灵体系一样，那枚花卵里产生了什巴益门国王、恰神世系、穆神世系、祖神世系、人类世系、动物种类等。显然，这则文献属于已经佛教化了的本教经典，文本中的"穆神世系导致了佛陀的本教"就说明了这一点。从中可察，这个文本先后经历了原生文本—本教化—佛教化的三个文本变化过程，卵生说应该是藏族创世神话的重要内容，只是卵生内容被后来的宗教收编后进行了符合教义的合理化改造。这与纳西族卵生说的发

---

1 张慧：《藏族神话的类型研究》（上），《西藏艺术研究》1994年第1期。
2 桑木旦·噶尔美：《黑头矮人出世》，郑炳林主编：《法国藏学精粹》（1），耿昇译，甘肃人民出版社，2011，第33页。

展形态也是相通的，东巴创世史诗中提到声音与气体发生变化后产生英古阿格大神，由这尊大神生下白蛋，白蛋孵化出神鸟恩余恩玛，最后由它孵化出系列神灵与人类。而英古阿格出现在已藏传佛教化了的《神路图》中，在东巴经中也写成藏文：ཨ，说明《创世纪》也并非原生文本。

关于藏族神话中的卵生说，在《本教源流》中有这样一段记载：

报身化身慧明王，化作三鹏空中游，
栖落象雄花园内，象雄人们大惊喜，
从未见过此飞禽，老人称其有角鹏。
三鹏飞返天空时，爪地相触暖流闻，
黑白黄花四蛋生，每孵幼童叫琼布。[1]

这是一部本教化的神话，叙述了本教的护法神——琼布的来历，这只神鸟在东巴经中被称为休曲，系藏语的音译。而另一部本教文献《大鹏与乌龟》认为大鹏从上白、下黑、中红三种颜色的蛋中孵出，是拉、年、鲁三神的化身。"拉"即天神，纳西语称为"普拉"（pu laq），地位最高，人们通过仪式迎请天神祈福禳灾；"年"为人神，活动于人间，人们需要虔诚祭祀它，才能带来福泽；"鲁"神即自然神，栖居于山川湖泊间，人们如果触犯了它的利益会招致灾祸，如果供奉它就会带来它的护佑，这与东巴神话中的"署"神的性质是一样的。

4.洪水神话

人类的诞生与洪水神话母题紧密相关。相对说来，因受宗教文化深层影响，藏族宗教文献中的洪水神话付之阙如，只有一些民间流传的口头神话。下面这则洪水神话主要流传在陇南白马藏族的《撞林和玳玉》中，其故事情节为：

远古时期因地震引发洪水，一对老两口把自己的一对儿女装进牛皮袋里，同时装进了五谷种子。洪水退去后兄妹俩开垦荒地生活，后经过滚磨考验而结合成亲。后生下了一个人头蛇身怪物，兄妹拿刀将蛇身人砍成了

---

[1] 白崔编著：《本教源流》，西藏人民出版社、西藏民族出版社，1988，第375页。

几节,变成了不同家族的人,形成不同的部落和村寨。[1]

这个洪水神话与纳西族民间流传的"洪水神话"极为相似,与《创世纪》中的洪水神话也有相似情节,但因为《创世纪》为已经改造过的史诗,兄妹婚被彻底否定,故在史诗情节中只有崇仁利恩一人,并未出现妹妹的影子。这说明这个神话的底层文化背景是一致的:共同经历了大洪水时代与血缘婚制度。

5. 人类的起源

关于人类的诞生,纳西族与藏族都有猴子变人的母题。其中一个源自西藏山南地区的神话是这样说的:很久以前,在山南穷结地方住着一只猕猴,后与罗刹女结合生下了六只猕猴。猕猴把它们送到一片果实丰盛的森林中,三年后再过去看望时已经繁衍成三百只猕猴了,因林中果实不够吃,它们相互残杀,惨不忍睹。群猴围着老猴叫嚷:"拿什么给我们吃呀?"猴父就把他们带到了一片长满谷物的山坡,让它们吃野谷。后来它们学会了种地,猕猴也慢慢变成了人类。[2]

《西藏王统记》中记载了这样一个神话:

> 圣观世音菩萨,对一神变示现的猕猴,授给近事戒律,派遣到西藏雪域的地方修行。当他修习菩提慈悲之心、对于甚深之佛法性空生起胜解的时候,有一个被业力所驱使的岩妖魔女来到那里,穿上妇人的服装,苦求与他媾和成婚。在观世音菩萨的祝福、愤怒母和救度母的称善中,他们配成夫妻,并生下由六道轮回中的生灵投胎的六个猴崽。[3]

在这则《猕猴岩魔女》神话中,圣观世音、愤怒母和救度母以及近事戒律、性空、六道轮回等佛教教义明显是被佛教收编进来时改造的结果,其基本情节还是魔女与猕猴结合而生下人类。

关于猴子变人的神话在纳西族神话及史诗中也有记载。人猴结合毕竟不符

---

[1] 邱雷生、蒲向明主编:《陇南白马人民俗文化研究·故事卷》,甘肃人民出版社,2011,第193—194页。
[2] 佟锦华主编:《藏族文学史》,四川人民出版社,1985,第17页。
[3] 索南坚赞著,刘立千译注:《西藏王统记》,民族出版社,1981,第49—51页。

合伦理道德，东巴创世史诗中对此较为隐晦，只是提到了崇仁利恩在洪水暴发后遇见天女两姐妹，他身不由己娶了竖眼天女，结婚后生下了一堆动、植物怪胎，其中一对为猴子与野鸡。东巴神话中还有其他版本：崇仁利恩与衬恒褒白命结婚后曾分开过，崇仁利恩与一个魔女同居，衬恒褒白命与一只长臂猿同居，还生下了一对男女猿猴。[1]在纳西族西部方言区也有类似的民间传说，如《妖女拐骗利恩若》[2]。泸沽湖区域的摩梭人创世史诗《子土从土》中有这样的叙述：

> 目米吉增咪变成一只公猴与测夫支支咪同居，生下三个猴儿。等丛德鲁衣衣醒来回家，看见三个猴儿，不忍杀害，但他们十分难看，他就烧水烫去他们的毛。由于猴儿怕烫，当开水倒下来时，他们双手抱住头，所以，至今人身只有头发和腋毛，而身上的毛被烫掉了。如今，摩梭人称汗毛为"人夫"，即猴毛。[3]

纳西族把祖先称为"余"（yuq），其义为"猴"，东巴字的"祖先"也是以一个猴头来表示的；祭祖仪式称为"余补"（yuq bbiuq）。这说明人类祖先与猴子存在着紧密的联系。当然，我们不能据此把先民的思想意识拔高到达尔文的进化论上来，他们只是从人类的形体与猿猴的相似性上幻想到了二者的联系，是原始思维中的相似律发生作用的结果。

综上所述，我们可以看到藏族创世神话与纳西族创世史诗间存在着诸多共性，这些共性既包括神话与史诗的主题、情节、母题间的相近性，也包含共同的神话思维特征、神话的释源功能、共同经历的人类历史文化阶段等。

（二）差异性比较

藏族创世神话与纳西族创世史诗体现出共性的一面，反映了二者文化联系的特征。但由于纳西族与藏族的地理环境、历史发展的状况各有差异，两个民族的创世神话叙事也有差异性的一面。

---

[1] 和芳讲述、周耀华翻译：《崇仁利恩解秽经》，丽江县文化馆，1964。
[2] 木丽春编著：《纳西族民间故事集》，云南人民出版社，2006，第50—54页。
[3] 拉木·嘎吐萨整理：《子土从土》（创世纪），拉木·嘎吐萨主编：《摩梭达巴文化》，云南民族出版社，1999，第229—230页。

1. 主题的差异

纳西族创世神话与创世史诗主题多以自然崇拜、神灵崇拜、祖先崇拜为主，基本上以崇天敬祖为主，人类祖先往往具有神灵性质，这从董神与崇仁利恩这两个代表性的祖先神的性质中可以得到验证。而藏族创世神话，尤其是被本教、佛教收编进去的神话，更多是突出宗教中的至尊神的法力，为宣传教义服务。譬如纳西族创世史诗中的猴子变人神话反映了人类从血缘婚、对偶婚向一夫一妻制发展的婚姻制度变迁史，否定了群婚与血缘婚。而藏族的创世神话《猕猴变人》突出了佛主点化之功，以及观世音菩萨用粮食哺育他们教化功德，这显然与神话背后的藏传佛教影响密不可分。

2. 情节的差异

纳藏两个民族的创世神话在混沌说、卵生说、化生说、洪水说等方面存在着较高的共性，但在具体的情节方面存在着不同程度的差异。纳西族创世史诗中关于天地万物创生有着严整的变化过程：

> 很古很古的时候，天地混沌不清，卢神沈神安排着万物，树木会走动，石裂会说话，土石震荡不稳固的时代：天地未形成之前，首先出现了三样天和地的影象。日月还未出现之前，先出现了三样日影月影象。星宿也未形成之前，就先出现了三样星宿的影象。山和谷还未出现之前，先出现了三样山和谷的影象。水和沟渠未出现之前，先出现了三样水和沟渠的影象。树木和石头尚未出现之前，先出现了三样树木和石头的影象。出现三样，出现九样，九样产生出一个光彩明亮的母体。接着，出现了真与假，实与虚，净与脏的东西。真与实作变化，产生了光亮耀眼的绿松石。光明灿烂的绿松石作变化，出现了依谷阿格大神。[1]

包括那头魔牛如何从一颗蛋中孵化、如何被阳神与阴神劈开而生，其形状如何、性格如何、被砍杀的过程，以及死后化生万物的过程都描写得比较生动形象。而藏族的斯巴创世歌相对要简化些。需要说明的是，东巴创世史诗中创世内容的严整性特点并非一开始形成的，而是后期受到本教文化深刻影响下形成的，

---

[1]《除秽·古事记》，《全集》（第39卷），第156页。

二者在文本生成时间上不在同一时期。

洪水神话的情节差异程度更大，藏族洪水神话中没有兄妹群婚、殴打阳神、竖眼女与横眼女、难题考验、生育难题、说话难题等情节。这与两个民族所处的社会经济、生产生活条件不同有关。纳西族从游牧民族进入农耕社会，相应地，农耕文化内容成为创世史诗的主题，《创世纪》中的难题考验其实也就是考验这个准女婿从事农耕生产的能力：刀耕火种、理渠晒粮、捕鱼打猎。而藏族创世神话则与雪域高原的游牧、畜牧文化密切相关，再加上本教、藏传佛教的统摄性影响，创世神话情节与纳西族神话相比，可以说基本情节共性多，而次生情节（又叫旁逸情节）差异大。

3. 创世主体的差异

纳西族的创世主体应该说是在万物的相互变化与转化中生成的，包括英古阿格大神都是由天地、日月、星辰、山川、木石等物体变化而生的。藏族创世神话中的创世主体有人——斯巴老者、大鹏鸟与神龟。斯巴创世歌中叙述了斯巴老人宰牛化生世界万物的过程，《大鹏与神龟》则叙述了"大鹏把天撑高"、"巨龟分开阴阳界"的创世过程。《猕猴变人》神话中则直接把造人之功归之于佛祖与观音菩萨。创世主体的差异折射了两个民族不同的宗教观，相形与东巴教，本教与佛教有着更为严整的宗教体系，大鹏鸟与神龟作为本教中的神物，自然在神话中扮演了开天之神的角色，后期佛教后来居上，佛祖自然成为创世主。斯巴创世与卵生说则相应保留了原初神话形态，所以这一时期的创世神话与纳西族创世母题的文化共性更高些。

4. 神话系统性的差异

从神话系统上来说，藏族早期的创世神话多以独立、零散的篇章存在，系统性较弱，而后期收编到本教、藏传佛教中的创世神话的系统性趋于严整，且被纳入庞大的神灵体系中，出现了至尊神。当然，后期创世神话主人公们在庞大严密的神灵体系中处于配角地位，神性增加的同时也减弱了人性色彩。相比之下，东巴创世史诗更多突出了人的主体性，其神性依附于人性，不论是高高在上的天神，还是在人间管着万物的阴阳神，他们的生产生活、所思所想与人没什么两样。东巴神话及东巴史诗中都没有出现至尊神，但这并不意味着其神话没有系统性，相形于藏族早期创世神话缺乏系统性，东巴神话与史诗从天上到人间、地下都有着相对严整的神灵体系。[1]另外,《创世纪》有着"东巴经之母"的盛誉,从此经典中分化、发展出了《崇般绍》《白蝙蝠取经记》《崇仁利恩传》《斯巴金补传略》《比枯比兹》(迎请太阳)《迎请卢神》等众多东巴神话经典,由此形成了一个创世神话体系。

5. 文化背景的差异

文化背景的差异也就是宗教文化的差异,东巴神话与史诗受东巴教统摄,属于东巴教文学;而藏族神话大部分被吸纳到本教与藏传佛教中,成为这两种宗教的附属文学。这种不同的宗教文化背景自然会在神话的主题、内容和风格中表现出来。东巴教在宗教形态上仍保留着浓郁的原始宗教特征,以自然崇拜与祖先崇拜为主,没有至尊神,所以其创世神话与创世史诗中仍保留了大量的原生形态的神话内容。在万物有灵观念作用下产生的自然崇拜成为东巴创世史诗的主要叙述内容。如在迁徙史诗《崇般绍》中把上天幻化为高大威严的天父:

> 天呵!是天爷爷的天;是那笼罩大地的天;是如帽子般罩在人头顶上那神圣的天;是那碧蓝光滑滑溜溜的天……是那身材长得处处齐整,生得双肩匀称美好的天。[2]

而大地成为富有、强壮的母亲形象,从中也折射出生殖崇拜的文化意象:

> 地啊,是那生育力旺盛的大地;是那乳房丰满、乳汁充盈的大地;是挂着墨玉珠串、带着绿松石项链的大地;……是那身材长得处处匀称、衣襟华美、双肩齐整的大地。福泽和吉祥、富裕和强盛、胜利和美好。[3]

在《崇般图》中,这些具有人格化的天地之神又进一步升格为更为具体形象的天神,如天父子劳阿普、天女姐妹,他们不再像之前那个形象模糊的超自然力,这说明纳西先民把天神从自然崇拜向神灵崇拜转型,但没能过渡到人文

---

[1] 关于此方面的论述可参见本书"第九章空间研究"中的"神灵空间"。
[2] 《祭天·创世纪》,《全集》(第1卷),第7—8页。
[3] 同上书,第9—10页。

宗教中的至尊神地位。这种自然崇拜与原始思维紧密联系："原始人尚未将自身同自然界截然分开并将自身属性移自然客体。"[1]所以就会出现将自然界人格化或将神灵以人的造型出现。藏族神话中的年神、鲁（龙）神、赞神皆有自然崇拜的影子，一开始没有具体的形象，后来具有了人形与动物形状的组合形象，如赞神活动于天界，其形象时常以虎豹、野牛、天马等猛兽为特征；鲁神犹如中原的龙神，集中了不同动物的突出特征，类似于东巴神话中的"署"神（自然神），活动于自然界；而年神为山神，作为人类保护神，后期的山神往往披坚执锐，具有了战神的意味。以上的龙神、年神、赞神都产生于自然崇拜，后皆先后被收编到本教、佛教的神灵系统中，成为至尊神统辖下的中下层神灵。

　　本教神灵进入东巴教后，也深刻影响了东巴文化，但因二者宗教形态不同，这些神灵在宗教文学的地位、作用也不同。在藏族创世神话中，大鹏鸟与神龟都是开天辟地之神灵，后纳入本教、佛教的护法神灵体系中，具有了法力无边的神圣性；而在东巴神话中这两神灵出场的几率少，大鹏鸟作为丁巴什罗的护法神，只是在惩罚署神时展示其威力；神龟则是在白蝙蝠取经时露了一回面。关于神龟被箭射死后形成的五个方位及化生万物的描述与藏族创世神话惊人地相似，显然是本教传播的产物，不同的是藏族创世神话中的神龟被附会了浓郁的佛教色彩：

> 这只金色的乌龟，父母三世为生处，
> 是一切佛的化身。在上与天神同处，
> 在中与年神同处，在下与鲁神同处。
> 居在海心之玉宫，乌龟栖身在中央。
> 周围四方有四门，各门有一护持神。
> 东有护持国之神，南有护持地之神。
> 西有广目之地神，北有多闻之神守。[2]

　　这只神龟从原始神话中的开天之神升格为佛教中的生处"三世"、镇守四

---

[1] ［苏联］叶·莫·梅列金斯基著：《神话的诗学》，魏庆征译，商务印书馆，1991。
[2] 德吉卓玛：《藏族创世神话与宗教》，《中国藏学》1995年第2期。

方、扶正镇邪、护法安民的护法大神。这就是说，同一个神话在不同民族间传播过程中会产生相应变异，根本原因在于不同的文化背景使然。

6.文本演述的差异

纳西族与藏族的创世神话有部分以口头形式在民间流传，大部分收编到各自的民族宗教经典中，成为宗教文学。但因两个民族的宗教形态不同，其表现及演述方式也不尽相同。东巴创世神话、创世史诗大多数是以东巴文记载在东巴经籍中，在东巴仪式中演述，成为民众祈福禳灾的民间信仰活动。藏族创世神话大部分被收编到本教与藏传佛教经典体系中，呈现出不同的表现形式。藏区周边仍保存着本教传统的地区，这些创世神话在民间仪式中演述；而进入藏传佛教经典中的创世神话，大部分在佛教仪式中进行演述，平时作为僧侣学习的典籍。东巴神话与史诗演述者为东巴祭司。藏族神话演述者情况较为复杂，这与藏族神话的演变情况有关，除了部分仍在民间口头流传外，大部分被收编到本教与佛教经典体系中，成为宗教的附庸；还有一部分被吸纳到英雄史诗《格萨尔》中，由此形成了藏族神话的四类演述者：民间演述者、本教教徒、藏传佛教教徒、《格萨尔》传承人。除了民间艺人外，后三类演述者所演述的内容都是神话，只是因其演述内容中保留了部分神话内容，客观上兼有神话演述人的特点而已。《格萨尔》传承人有圆光艺人、伏藏艺人、神授艺人、闻知艺人四类，与普通的民间艺人不同，他更具有神圣性与专职性特点，并非任何人都可以充当史诗演述者。谢继胜认为格萨尔史诗最初是由神灵祈愿文发展起来的。祈愿文民俗化以及历史内容的丰富化导致了史诗的产生。今日的说唱艺人也是由古代本教的巫师变化而来的。[1]

在纳西族东巴教文化与东巴神话中，创世神话及史诗具有重要的地位与作用，如《崇般图》被誉为"东巴经之母"，凡是重大仪式皆离不开这本经典。英雄史诗《黑白战争》则在驱鬼禳灾仪式中演述，也是重量级的经典文本。而在本教与藏传佛教中，这些创世神话并未成为核心经典，这与这些创世神话皆源于原始自然崇拜，带有原始宗教特征有内在关系。佛教源于印度，在传入藏区时其宗教形态及话语体系比较完备，本土原始宗教只能屈居末流，部分被降格收编到其严密的宗教体系中，部分被视为牛鬼蛇神予以排斥打击。如有关藏区

---

[1] 谢继胜：《藏族神话的分类、特征及其演变》，《民族文学研究》1989年第5期。

第一座佛寺——桑耶寺被魔鬼破坏的神话，显然是以魔鬼隐喻反对佛教入藏的本教教徒们。关于米拉日巴与丁巴什罗之间的斗法神话在藏区及纳西族地区均有流传，这是根据藏传佛教排挤本教教徒的历史事实改编的后期神话。当然，这些斗法神话并未在仪式中演述，而是以民间故事形态流传。佛教在藏区的传播对藏族神话的影响具有两面性，一方面对以自然崇拜、祖先崇拜为主的神话进行了佛教化改造，从而使原来的原生神话从内容到形式实现了升级改造；另一方面，这种升级并不意味着传统神话的自然发展，更多是变相的收编与压制。如果说源于本土的本教对原生神话更多的是相互利用与融合，而佛教则对原生神话进行了降维打击。创世神话本来是人类童年时期的释源神话，而佛教已经是高度成熟的人文宗教，有着极其严密的哲学话语体系，它不需要万物有灵论、原始思维来阐释自身的宗教教义，更多是通过具有高度思辨性的因果论、四谛论、因明学等佛学理论及方法论来阐释，加上后来借助政教合一的政治力量推行佛教，将与佛教教义相偏离的本土及外来文化皆视为妖魔鬼怪并对其进行打击。至于原生神话为何在佛教经典中能够有所保留，不外乎是为了便于在民众间传教而进行的策略选择。这些原生性神灵在佛教神灵体系中处于边缘地位，如年神、赞神成为护法神，其神性亦正亦邪，不能与高高在上、法力无边的正统神相提并论。

两个民族的创世神话及史诗间在关于民族起源、神话解释、神话功能、神话意象、文化影响等诸多方面存在着差异，以上只是从神话学视角进行了初步的探讨，如果能够从宗教学、民俗学、人类学、艺术学等多元学科视角下进行综合研究，将会有更多的新发现。

四、藏族神话对东巴史诗的影响

以上是从创世母题的视角对藏族创世神话与纳西族创世史诗作了比较研究，这种比较研究属于平行比较研究。从整体而言，两个民族间的文学影响是不均衡的，应该说藏族文学，尤其是宗教文学对东巴文学的影响更大、更深，这从东巴神话及东巴史诗中得到了充分的体现。

（一）丰富了东巴史诗的神灵体系

随着本教及藏传佛教与东巴教相融合，大量的神灵也传播到东巴教中，东巴教的神灵体系也得到了丰富。白庚胜把东巴教中受藏族宗教文化影响而形成的神灵定位为"最新神灵体系"，并分为天界神灵、署神、鬼怪三大类。[1]每一大类神灵都有庞大的神灵队伍，如天界神灵下面分为至尊神、战神、神灵乘骑三类，每一类都有根据不同神力排位的神灵子体系。藏族宗教文化，尤其是本教对东巴神灵体系是统摄性的，从教主丁巴什罗，到东巴教中至尊神——萨英威德、英古阿格、恒迪窝盘都在本教中有相对应的原型。在创世史诗《崇般图》中出现的第一个创世大神英古阿格就是源自本教的神灵，居那若罗神山以及神海、神石、神树皆有本教文化因子，崇仁利恩向天神自豪地宣称自己族属时所提到的久嘎纳布大力神、白海螺神狮、黄金大象等神灵也是本教的护法神灵。英雄史诗《黑白战争》中的天上神灵，尤其是优麻战神系列几乎是本教神灵的集体迁移。至于从这两本重要经典中发展出来的子文本中的神灵体系更是不胜枚举。这些众多神灵职能不同，法力各异，形象迥异，给东巴文学与史诗渲染了一层神秘、朴拙、诡谲的神话色彩，给东巴文学审美殿堂增添了诸多审美形象，他们或庄或谐，亦神亦兽，亦善亦凶，或乖张古怪、暴戾恣睢，或正义凛然，或憨态可掬，极大地丰富了东巴史诗的神灵体系，也极大地拓展了东巴叙事空间。

（二）推动了东巴史诗类型的发展

藏族宗教文化及文学大量渗透到东巴教文化及东巴文学中，推动了东巴史诗类型的可持续发展。从东巴史诗类型发生学分析，创世史诗发生于前，英雄史诗发生于后，而英雄史诗的产生就是受藏族宗教文学影响的结果。白庚胜认为纳西族英雄史诗《黑白战争》受藏族本教经典《叶岸战争》的深层影响：两部作品的结构基本一致，两界性质完全一致，战争起因都是争夺神树，战争过程存在相对应的传承关系。[2]

纳西族英雄史诗《黑白战争》中在叙及战争起因时强调双方是为争夺神树

---

[1] 白庚胜：《东巴史诗研究》，民族出版社，2015，第75页。
[2] 白庚胜：《〈黑白战争〉与〈叶岸战争〉的比较研究》，《民间文化》2001年第1期。

海英宝达树,这棵神树有 12 片叶子、12 分杈、12 朵花,隐喻了这是一棵与制定天文历法有关的神树,历法树与日月星辰关系密切,所以"董和术的争斗,是为了天地岁月时日而械斗,结仇战争的来历就从此开始"。这部英雄史诗的主要情节如下:

1. 黑白善恶世界之间生有海英宝达神树,但此树本由善神看护。

2. 术族的老鼠从山上打洞,使光明透到黑暗世界,董术两大部族开始了争夺光明的战争。

3. 战争的结果是董部族取胜,将术族首领美令术主尸体瓜分,从此善恶分明,是非清楚。

无独有偶,藏族本教经典《叶岸战争》中也有类似的情节。

1. 神的世界叫(叶),魔的世界叫(岸),在两个世界之间有分界线,神的世界有各种药物和花果,魔的世界则生长毒药和有毒的植物。神魔交界处生长有一棵奇特的树,叶片是丝绸,果实是黄金、珠宝。善神看护着此树。

2. 最初只有天,然后产生地,由此出现两种神灵的对立,他们有彼此的分界线,但一天一位恰神来到此地,从这棵树中看到即将发生的善恶之战,便派具有占卜能力的绵羊来作为中介。

3. 战争以神灵获胜结束,魔王被俘获,各种占卜羊毛从此产生,各种解毒药出现,净化仪式以及世界的规范、准则也得到确立。[1]

(三)促进了东巴史诗叙事风格的发展

东巴教在接受本教及藏传佛教的神灵体系及教义的同时,其叙事传统也不可避免地受到了对方的深层影响。白庚胜认为,"在本教传人之后,东巴神话从口传神话变为书面神话,许多作品开始定型化。在篇幅上,许多作品从过去的短篇向长篇发展;在形象塑造上,开始调动白描、心理描写、肖像刻画等多种技巧;在语言上,一改过去平白明快的叙述语言,大量使用排比句,有的甚至连续使用十几个或几十个排比,造成铺天盖地、势如波澜,或缠绵悱恻、细雨连连的艺术效果。如果没有本教书面语言的影响,纳西族古老的神话语言是难

---

[1] 孙林:《论藏族、纳西族宗教中的二元论及与摩尼教的关系》,《西藏研究》2004 年第 4 期。

以有如此重大的发展，形成如此富有特色的东巴史诗语言特色的"[1]。

英雄史诗《黑白战争》作为受藏族宗教文化影响的典型文本，其叙事风格明显受到前者的深层影响。需要强调的是宗教叙事背后隐含的是宗教观念，宗教观念之间的交流影响必然投射到叙事风格中。在东巴史诗中有一种引人注目的开头模式，即先叙述天地自然的变化生成万物，而这种变化往往与二元论密切相关，如好与坏、善与恶、白与黑、阴与阳、天与地、真与假等。

本教经典《黑头矮人的起源》中也有类似的描述：

> 宇宙最初的状态是虚空，之后有一道光射出，于是就有了光明、黑暗、冷暖及阴阳的分别，这种状态交替作用又产生空气的流动，于是有了风，风推动看不见的雾气流动，在冷暖温度和风的作用下使雾气变成露珠，露珠凝聚成大水塘，以上所产生的几种因素继续交替作用，使水塘表面形成由泡沫形成一枚神奇的卵，这个卵经自然孵化而生成出两个宇宙之鹰，一黑一白。双鹰结合又产下三枚卵，分别呈白、黑、黑白相间的花色。后来，这三枚卵破裂，从中诞生出天神的不同世系以及一位会思考的混沌之肉团，名叫世间祈愿王，他以其思考能力创造了万物。[2]

孙林认为，纳西族东巴史诗中的这种二元论受到了本教二元论的影响："本教中的二元论主要反映于大约在 13 世纪形成文字的一些经书中，其中以《黑头矮人的起源》《斯巴卓浦》《金钥》等为代表，这些著作在描述宇宙起源时采用二元论的说法，将宇宙的原始动力解释为白色与黑色两种光，这两种光是对立的，它们共同发生作用，产生宇宙的一切。而且，黑色还是愚昧、迷茫、迟钝、疯狂等一切丑恶的孳生力量。白光与黑光在宇宙创造过程中有时还以白卵与黑卵的形式出现，它们分别产生神与恶魔的传承系统。纳西族东巴教中的有关宇宙起源的神话也有类似的思想。"[3]

---

[1] 白庚胜：《白庚胜纳西学论集》，民族出版社，2008，第 142 页。
[2] 卡尔梅·桑木旦：《黑头矮人的起源》，耿昇译，王尧主编：《国外藏学研究译文集》第五辑，西藏人民出版社，1988。
[3] 孙林：《论藏族、纳西族宗教中的二元论及与摩尼教的关系》，《西藏研究》2004 年第 4 期。

五、纳藏文学间影响的不对等性

历史上藏族的宗教文化给纳西族东巴教带来了深层影响,甚至在某种程度上可以说是改造了东巴文化,虽然这种改造并非意味着藏族化,而是相互交融调适后形成的本土化。毋庸置疑,随着藏族宗教文化大量渗透到东巴文化中,也给纳西族东巴史诗带来了深刻的影响。大体来说,藏族的宗教叙事对东巴史诗的影响更为广泛、深刻,而纳西族神话与史诗对藏族宗教文学的影响相对较小。究其原因,主要有三个方面。

一是二者的历史发展的差异性。藏族在历史上建立过自己的民族政权,并且在民族的整体实力,包括政治、经济、军事等方面占有绝对优势。虽然说木氏土司在13世纪中期至17世纪经略滇西北、川西南,实力膨胀一时,但无法控制整个康巴藏区;而且木氏土司在向康巴藏区扩张时,并没有削弱藏文化,而是大力扶持宗教势力以巩固其统治,同时藏文化对纳西族文化的影响也并未减弱。

二是周边文化影响的差异性。藏族文化圈处于南亚、中亚、中原文化三大文化圈之间,在文化交流的区位上比纳西族更有优势,本教、藏传佛教也是这种文化交流、融合的产物。东巴神话及史诗中的大鹏鸟、神龟、自然神(署)、天神、战神、居那若罗神山、神树、黑白观、卵生说等多个母题及主题皆可寻找到本教影响的文化因子,而这些文化因子又可探源到印度、中原、两河流域的文化。也就是说,东巴神话、东巴史诗文本中的这些母题与主题并非直接受到这些外来文化的影响,中间经历了本教的吸纳融合后再传播到纳西族地区的过程。

三是宗教文化体系的差异性。藏族本教、佛教的宗教文化体系较之东巴教更为庞大缜密,尤其是藏传佛教,已经发展为高度人文化了的宗教,比东巴教宗教形态及神学体系要成熟、完备得多。藏族宗教文化中的神灵体系比起东巴神灵体系更为宏大庞杂、结构层次也较为严格分明,如藏族宗教文化中的神灵分为原始神灵、本教神灵、藏传佛教神灵三大类。佛教作为后来居上的文化层,以其缜密严谨的逻辑体系把原始宗教、本教神灵置于佛教神灵体系中;而东巴教处于原始宗教到人为宗教过渡阶段,其神灵体系也呈现出较为分散、各职其能、互不统摄的特点,并在各自的宗教文学中得到了相应的表现。

综上所述，纳西族与藏族的神话与史诗既存在着高度的文化共性，也存在着诸多文化差异。对二者的综合比较分析，对我们深入理解、推动两个民族文化交流交往交融有着重要的意义，同时从两个民族的神话与史诗比较中体现出来的文化共性及民族特性，也为我们深入理解与探讨更为宏大、完整的创世图景提供了更多可能性。在求同存异、美美与共理念上的文化寻根与文化创造将是当下与未来人类的时代使命。

第八章
交流研究

东巴史诗作为活态史诗，是活在仪式及民俗活动中的。仪式给史诗提供了演述的舞台，史诗也赋予仪式以深厚的文化内涵及诸多象征意义，二者相辅相成，辩证统一。本章聚焦于史诗如何通过仪式这一特殊场域得以创编、传播、接收和理解。仪式作为一种高度结构化、具有象征意义的话语系统，为史诗与民众之间的交流提供了可能性。

在神话仪式学派中，伯克特敏锐地洞察到仪式作为一种语言的三个方面的交流功能：1."作为一种交流的形式，仪式是一种语言。它首先是一种天生的语言，其次是一种被描述的语言，人类最富有功效的交流体系应该与仪式相关"；2."仪式是一种被改编了的行为模式，带有一种被置换的指涉性"；3."仪式是一种为了交流而被改编的行为"。[1] 从上述表述中可以看出，伯克特认为仪式比神话出现的时间要早，因为行为要先于语言而存在。这样，仪式就在定义上具有一种时间的超越性，同时具有双重属性：隶属语言与行为。作为仪式的重要构成，史诗通过语言与行为在仪式中发挥了交流功能。

1　Walter Burkert. Homo Necans: *The Anthropology of Ancient Greek Sacrificial Ritual and Myth. trans. Peter Bing. Berkeley:* University of Califomia Press，1983，pp. 29、34、16、33.

第一节　东巴史诗的交流方式

从文学接受而言，作者、作品、读者形成了三位一体的文学审美与接受活动，先有作者完成作品写作，读者再进行阅读，从而达成审美接受。这种文学交流基本上是静态的、单向度的、个体的。从仪式演述视域而言，其文学交流呈现出生态性、互动性、集体性、具身性、多元性的特点。仪式文学构成形态及表现形态的多样化决定了交流方式也是多元化的。按照伯克特的观点，仪式是一种为了交流而被改编的行为。仪式中的口头语言、书面文本、歌舞表演、图像及场景展示都是为交流服务的。东巴史诗在仪式中的交流方式主要表现在以下六个方面。

一、口头演述

口头演述是仪式文学的代表性表达及交流方式。从东巴史诗而言，东巴经书虽具有书面文本的特点，但它是作为口头文本而存在的，是在仪式上演述用的提词本，平时不能随意吟诵或阅读。这些东巴文本的书写方式具有典型的口头程式特征。口头程式句法在东巴经籍文本中广为分布，口头程式密度较高，且呈现出诗行、名词性修饰语、专有名词等不同程式类型，这些程式句法与东巴叙事传统存在着极为密切的指涉性关系。口头程式是东巴口头及书写传统的主要表达单元，书面文本源自口头文本，为口头叙事的提词本，以书面文本形式保留下来的东巴经籍基本上保留了口头传统特征，属于典型的口头记录文本。[1]这就是说，仪式史诗的文学接受并非单纯通过阅读的单一途径来达成的，而是通过口头吟诵及身体表演等多元方式进行传播，受众则通过听觉、视觉以及感觉来感受、接受仪式主持者所传播的内容。在仪式中的口头演述不仅增强了文学作品的传播效果，还使其在传承过程中不断得到丰富和发展。同时，吟诵者的声音、语调、节奏等表演元素也为文学作品赋予了更加生动的表现力。

二、书面文本

现有的东巴史诗虽有少部分仍存活于口头传统中，但大部分是记载于东巴经籍文献中，作为书面文本存在的。《纳西族文学史》中的东巴文学仅指记载于东巴经籍文献中的文学。[2]东巴文是世界上唯一活着的具有文字体系的象形文字，这种古老文字本身是纳西先民与天地万物交流的产物，由此活化石般地保鲜了纳西族古代社会的生产生活、精神世界，对我们窥探那个时代人们的精神风貌有着重要的意义，客观上为我们与古人的交流提供了难得的媒介。书面文本与口头文本都是人类生产生活的产物，都是为人类的交流沟通、发展进步服务，无所谓孰优孰劣，只能说各有千秋。书面文本便宜于保鲜历史记忆，尤其是在口头传统衰落时期这种记录功能更为突出，同时为史诗的文本形态从口头文本向书面文本转化提供了现实条件，客观上有利于历代传承人对史诗文本的修订锤炼。相形而言，现残存的口头史诗文本，无论是语言的凝练优美、情节的曲折、人物形象塑造，还是整体篇幅、文化体积、文化影响力都无法与经籍文本相提并论。《创世纪》中的这段经典名句在口头史诗中并不存在，说明这是历代东巴从书面语言中锤炼出来的。

> 我是开天九兄弟的后代，我是辟地七姐妹的后裔；我是白海螺狮子的后代；我是金黄大象的后代；我是大力神久嘎拿补的后代；是能翻过

---

1 杨杰宏：《东巴经籍文献中的口头程式句法研究》，《中央民族大学学报（哲学社会科学版）》2017年第1期。
2 和钟华、杨世光主编：《纳西族文学史》，四川民族出版社，1992，第2页。

九十九座大山，七十七座山坡，被人们赞扬称颂的种族；我是像六颗昴星闪光在天空的种族，是像北斗七星照亮大地的种族；是一口能啃三根骨头鲠不了，一口能吃三升炒面呛不着的种族；是利斧砍不痛的种族；是利剑刺胸不死的种族；是若罗大山装进肚也不饱的种族；是达吉大海灌口中，也不醉的种族。[1]

当然，书面文本在传播与交流中也存在诸多弊端。因为东巴教本身的保守性，以及涉及诸多宗教禁忌，经籍文本一旦形成就很难再进行大规模的改造，从而使文本中保留了大量的古语、宗教词汇、外来词汇，与口头传统的活态性、开放性、通俗易懂化方面存在着较大差异，客观上给史诗文本的传播与交流带来不利，这也与东巴仪式及史诗演述过程中受众群体逐渐减少、与其文本语言文字的晦涩难懂有着内在联系。这是不能不察的。

三、歌舞表演

音乐与舞蹈是仪式中文学交流的另一种重要方式。《毛诗序》："在心为志，发言为诗。情动于中而形于言，言之不足故嗟叹之，嗟叹不足故咏歌之，咏歌之不足，不知手之舞之足之蹈之也。"《尚书》："诗言志，歌永言。"形象地指出了诗与歌的内在联系，甚至诗、歌被合称为"诗歌"。随着时代发展，音乐与诗歌逐渐脱离，成为相互独立的艺术，但我们在仪式文学中仍可领略到这种将诗歌与音乐、舞蹈融为一体的综合艺术风采。东巴史诗演述中的音乐分为东巴唱腔与东巴音乐伴奏两个不同的表现单元。东巴史诗并不是照本宣科式的朗读，它是靠唱腔来演述的，而且伴随有身体表演动作，如随着史诗文本情节的发展，其表情表现出喜怒哀乐的情感。和志武认为，"从音乐本身价值来看，以丽江祭风道场和开丧、超荐道场的诵调为佳。前者除配锣鼓响点外，有时还配直笛，唱诵《鲁般鲁饶》时，一般是中青年的东巴唱诵，声音清脆轻松，节奏明快，所以颇能吸引青年听众。后者往往不用锣鼓，而是采用集体合唱方式，庄重浑

---

[1]《除秽·古事记》，《全集》（第90卷），第201—202页。

厚，雄音缭绕，表现的是一种较为严肃的气氛"[1]。东巴史诗演述过程中大多有音乐伴奏，这在东巴经籍中也有相应的内容。"规程"类经书中所出现的板铃🝆法螺🜋等乐器的东巴文字，这是提醒主持仪式者到此处要摇一下板铃，吹一下法螺。这有些类似于发言稿、演讲稿中的提示符号。至于什么仪式，到什么环节用什么乐器都有严格的规定。如迎请天神时只能吹白海螺，而招引鬼怪时要用牛角号，无量河一带的禳栋鬼仪式中则用由凶死者大腿骨制作的唢呐。

舞蹈在东巴史诗演述是用身体语言与鬼神沟通交流。在禳灾驱鬼仪式中还要跳战神舞，借助战神的威灵震慑妖魔鬼怪；在延寿仪式中跳神兽舞，为迎请、取悦天上神灵而服务；在超度什罗仪式中要跳什罗舞，叙述什罗壮丽的一生。通过将文学主题内容融入歌唱和舞蹈中，人们可以更加直观地感受到文学作品的情感和意境。在仪式中，歌唱和舞蹈往往具有特定的节奏、旋律和动作，这些元素与史诗文本内容相互呼应，共同构成了一种独特的艺术审美体验。

四、戏剧化表演

戏剧化表演是仪式中文学交流的最高发展形态。现当代的戏曲、戏剧无一不是从仪式文学中发展而来的。至今我们在还傩愿、宝卷演述、青苗会等诸多民间仪式中仍可看到其中的戏曲、戏剧因子。从东巴史诗在仪式中的演述而言，戏剧化表演也是文学交流的重要方式。在退口舌是非仪式中，东巴们跳着战神舞，舞至高潮时，舞者及参与的民众齐呼："砍杀仇鬼！砍杀是非鬼！砍杀灾祸鬼！"喊毕，主舞者率众搜查躲藏在房间中的鬼怪。房主在里面把门顶住不让进，要验明其身份，东巴代表莫比精如战神与之对话交流，最后验明战神身份后进入房间搜查到了鬼怪，精如战神手起刀落砍下了是非鬼的头颅。后面还有镇压各类是非鬼的场面，最后一个场面为镇压五方鬼怪，每跳至一个方位时，就将代表这一方位的鬼王面偶抛向空中，战神引弓射箭，击中后众人欢呼。主舞者手持草编鬼王巡视各个房间清除鬼怪，边舞边喊："砍杀一切胆敢潜留于此的鬼怪！"尾随其后的众人大声应和。在祭天仪式、禳栋鬼仪式中也有类似的

---

[1] 和志武：《纳西东巴文化》，吉林教育出版社，1989，第211页。

戏剧化表演。在仪式史诗演述中，戏剧化表演往往具有高度的象征性和仪式感，使文学作品在传播过程中更加具有艺术震撼力和感染力。

五、场景展演

我们平时所说的"触景生情""情由境生"就是强调场景、情境对人们进行交流的影响。仪式中的场景布置在交流活动中起到了此时无声胜有声的作用。这种场景展演的叙事功能是通过整体发生作用的。具体而言，在东巴史诗演述仪式中，其场景仪式是由整个道场内外共同构成的，而道场是由神坛、鬼坛、鬼寨以及各类繁杂的祭祀场所达成的。每个场所都由神像、面偶、木偶、木牌画、纸牌画、卷轴画、神石、神树、法器、供品等系列物品组合而成。以超度什罗仪式道场为例，所设祭坛多达19个。祭坛上悬挂的神像如果不计《神路图》，就有十多位神灵，如萨英威登、英古阿格、恒迪窝盘、恒依格空、丁巴什罗五大护法神，还有五方至尊神，以及莫比精如、多格优麻、朗久敬久等各类战神。至于面偶与木偶更是密布仪式场景中，如由青稞面捏制的面偶多达62尊，鬼神各31尊，毒鬼木牌画为22个。这些由不同材料、不同形制制作而成的仪式道具，在仪式场景中充当了叙事与交流功能。神坛高高在上，神像威严神圣，层次分明；鬼寨阴森恐怖，鬼怪面目狰狞，蠢蠢欲动。道场中的空间设置、高低层次、对称平衡、色彩铺陈、形制规则、静动相融无不在叙事的范畴中，甚至听觉、味觉功能也参与其间，如请神仪式中在神坛前吹海螺号、烧天香，驱鬼仪式中在鬼寨前吹响牛角号，在瓦片上烧灸骨头散发出呛鼻的臭味，都是在暗示仪式叙事的主题内容。柯林斯所提出的"互动仪式链"理论的出发点之一是研究情境而不是个体，认为人类社会的全部历史都是由情境构成的；而且，每个人都生活于局部环境中，人们关于世界的一切看法、人们所积累的一切素材也都来自这种待定的场景与情境。

六、互动参与

单独个体构不成仪式，仪式是在集体参与中形成的，其宗旨也是为集体服务的。有人难免会问：难道有些具有宗教治疗功能的仪式都是为集体服务吗？譬如为单个病人服务的仪式。东巴教认为，个体既是社会集体的有机构成单位，也是神灵空间中集体护佑的对象。一个人生病，全家人担忧甚至受害，也意味着病人的灵魂受到了鬼怪的侵害，远离了家神、祖先神、家族山神等神灵的护佑，如果不及时举行仪式会有性命之虞，而且会危及整个家庭。仪式的准备、举行、善后等过程也离不开集体参与协作。祭天仪式的准备周期长达一年，春节前后更是紧张忙碌，需要整个家族共同参与。仪式中的互动参与更为突出，人们集体烧香祈福，集体歌舞，并与东巴祭司、神灵鬼怪、家族成员之间形成互动交流模式。

主祭东巴在念诵《崇般绍》时，人们轮流向天神忏悔一年中的所作所为；当射中果洛鬼时，人群中会爆发出阵阵欢呼声。三坝纳西族在祭天仪式结束后，东巴们跳起了东巴舞，民众们则跳起阿卡巴拉舞，吃过午饭后还会举行赛马活动。此情此景，让人想起元代李京所记载的纳西先民祭天盛况："男女动百数，各执其手，团旋歌舞以为乐。"集体自始至终参与了仪式过程，并且在互动参与中共同体验喜怒哀乐的情感，共同温故族群历史记忆，传承共享生产生活经验，从中深化了集体文化认同，调适了集体信任危机，维护了社区秩序，协调了人际关系。兰德尔·柯林斯认为互动仪式可以产生一系列的结果，主要包括促进群体团结，激发个体情感能量，产生代表群体的符号、标志或其他的代表物，生成和培育道德感。[1]

综上所述，文学在仪式中的交流方式多种多样，包括口头演述、歌唱与舞蹈、戏剧化表演、场景展示与解读以及互动与参与等。这些方式相互补充、相互促进，共同构成了仪式中文学交流的丰富内涵和独特魅力。

---

[1] ［美］兰德尔·柯林斯：《互动仪式链》，林聚任等译，商务印书馆，2009，第3页。

第二节　东巴史诗的交流内容

仪式中的史诗演述，从文本而言，交流内容是史诗文本中的内容；从演述主体而言，交流对象是东巴与受众；从仪式宗旨而言，交流是为祈福禳灾、转危为安服务的。从上可察，仪式交流的内容是多层面的。这有点像日常生活中的口头语——"见人说人话，见鬼说鬼话"。东巴作为人鬼神之间的媒介，无疑在其中承担着沟通交流的作用，而史诗就是用来进行交流沟通的重要工具。具体而言，东巴史诗在仪式中的交流内容主要有以下五个方面。

一、生产生活经验知识

笔者在田野调查中，听到一位东巴讲起这样一个故事：村里的老东巴年事已高，小儿子好不容易娶妻成家，儿媳妇是从外面山村嫁过来的。结婚一年后，家里牲畜总不太顺，不是生病就是死亡，甚至到冬月杀年猪时家里竟无猪可杀，主要原因是儿媳妇没有饲养经验。老东巴心里对这个儿媳妇很有意见，但又不能当面发作，这样不利于家庭和谐。有一天吃饭时老东巴说，他打了一卦，卦象预示必须举行一个祭畜神仪式，这样才能六畜兴旺，五谷丰登。仪式做了一整天，儿子与儿媳妇充当助手，在老东巴旁边忙前忙后。老东巴吟诵的内容通俗易懂，在叙述这些动物的来历、习气、食料，从出生到长大如何饲养，换季时的注意事项，甚至细致到什么月份应找什么样的草料，怎么做牲畜食物，等等。儿子与儿媳妇在旁忙碌的同时，把这些牲畜饲养经验默默地铭记于心。很明显，老东巴在仪式中所念诵的内容不尽是经书里的，更多是他临场创编而成的，当然他的创编基于多年的饲养牲畜经验，但谁又能保证之前的东巴经书不是源于现实生活及生产活动中？真正的传统文化大师是指那些能够适应时代要求而敢于大胆继承创造新文化之人。这场仪式其实是一场生动深刻的牲畜饲养课，既通过仪式化解了家庭矛盾，同时从中学习到牲畜饲养的经验，仪式成为传播生产知识经验的课堂、不同代际家庭成员之间沟通交流的媒介。

和力民在俄亚大村调查时遇到一件事，村里一个外出做生意的老板在家举行退口舌是非仪式。在调查中得知，今年他通过做生意发了一笔横财，担心有些村里人眼红，由此发生口舌是非，给家里带来灾难与病痛，所以邀请东巴提前做退口舌是非仪式。此仪式目的在于：一是通过仪式把是非鬼挡在外面，不让它把不吉不顺带进来；二是向村里人宣告他已经做了仪式，如果人们议论他的事情就属于不道德行为，会反克于当事者；三是警醒自己学会低调做人，妥善处理好内外人际关系。[1]

从社会史意义而言，《创世纪》是一部关于纳西先民的社会生产生活简史，里面涉及了开荒种地、栽秧犁田、饲养牲畜、打渔捕猎、晒粮理渠等方面的生产知识，也有恋爱婚姻家庭生活、针灸拔罐医药知识、除秽祭天、吃穿住行的民俗生活等。《黑白战争》犹如一部古代军事百科全书，里面有武器详表、军事计谋、战争动员、外交交涉、争取外援、战争经过、战争总结等。东巴教对事物的来历与出处非常重视，好多经书主要在阐释与生产生活中密切相关的事物，如《粮食的来历》《马的来历》《虎的来历》《鸡的来历》《鸡和猪的来历》《狗的来历》《绸衣的来历》《编织品的来历》《羊皮衣的来历》《药的来历》《酒的来历》《武器的来历》《舞蹈的来历》……这些经书所涵盖的内容涉及纳西族先民社会生产生活的方方面面，这也是把东巴古籍文献称为"纳西族古代社会百科全书"的缘由所在。

二、历史及传统文化知识

"我是谁？我从哪里来？我到哪里去？"这既是哲学意义上的终极追问，也

---

1 和力民：《田野中的东巴文化》，民族出版社，2016，第4页。

是历史的终极之问。理解了民族的前身今世，也就明确了自己的身份及未来选择。《创世纪》这部创世史诗正是明确回答了这三个终极问题。它以神话的形式回答了宇宙、世界、人类如何产生的宏观问题，回答了纳西族的起源问题，整理了完整的祖先谱系，讲述了民族迁徙史、婚姻家庭史、生产生活史；指出了人类只有敬天法祖、亲和自然、尊崇道德、民族和睦、自强不息才能拥有更有希望的未来。

这一史诗何以成为纳西族的标志性文化？首先它涵盖了纳西族社会发展的不同历史进程。"利恩五弟兄，弟兄无配偶，为同姐妹结缘而械斗，利恩六姐妹，姐妹无伴侣，同兄弟结缘成对偶。"[1]说明了纳西族社会中出现过的血缘家庭及群婚制。崇仁利恩兄弟姐妹的这种乱伦遭到了天神的惩罚——洪水滔天，整个世上仅剩下崇仁利恩一人。崇仁利恩为了繁衍人类，到十八层天上向天女衬恒褒白命求婚，此后二人建立了家庭，其间也有与竖眼女、魔女之间的短期性婚姻，最后历经诸多磨难才巩固了与天女之间的夫妻关系，从中也可看出纳西族历史上所经历过的群婚、血缘婚、对偶婚、一夫一妻制等婚姻发展演变史。

这些历史知识及概念的传播并非一味地照本宣科，更多是在仪式表演以及沉浸式的体验互动中达到的。在祭天仪式中有这样一个场景：在仪式临近结束时，主祭东巴突然一声大喝："果洛兵来了！"众人四处溃逃；过了一会儿，东巴又大喝一声："果洛兵逃走了！"大家纷纷聚拢过来，拿起弓箭射杀象征果洛兵的纸牌面具，一旦射中，人群中会爆发出欢呼声。这绝非无中生有的情景剧，而是真实还原了纳西先民迁徙过程中的历史记忆，通过仪式演述进行生动的历史文化教育。

东巴文化被誉为"纳西族古代社会百科全书"，因为其涉及纳西先民社会的方方面面，除了上述的生产生活知识经验外，还涵盖了语言文字、教育、天文、地理、医药、生物、伦理、军事、艺术、文学、经济等方面的传统文化知识。这些传统文化知识既是我们了解纳西族古代社会的宝贵财富，同时也是深入研究人类古代文化及文明的文化瑰宝。如东巴经中所记载的植物名称有60多种，动物名称120多个，其中有些植物与动物现在已经消失了，有的濒临绝境，对此进行整理研究在生物学上具有重要意义。另外，对这些动植物的命名方式、

---

[1]《超度死者·人类迁徙的来历》，《全集》（第56卷），第161页。

书写方式的研究，对语言文字学研究也有积极意义。有学者对植物名称少于动物名称的现象进行了分析，认为东巴经书书写时代，纳西族社会受狩猎、游牧生活影响比农耕文化要大得多。[1]

三、象征化叙事与符号化隐喻

口头诗学中有一个重要的关键词——传统指涉（traditional referentiality），意指口头诗歌中无法通过字面意思了解其含义的单元，如《荷马史诗》中出现"肥胖的手"意指"勇敢地"，出现"绿色恐惧"意指"神要干预人间事务"等。[2] 传统指涉既是传统的口头程式，也是象征与隐喻的修辞手法。仪式文学中的象征和隐喻是其交流内容的重要特征。象征是通过特定的符号、形象或动作来代表某种抽象的概念或情感；隐喻则是通过比喻的手法，用一个具体的事物来暗示另一个抽象的事物。在仪式中，象征和隐喻往往贯穿于整个表演过程，使参与者能够通过感官体验和情感共鸣来领悟其深层的意义。仪式演述中的象征与隐喻既是传统的产物，也是交流的重要内容。它是在特定的民族文化语境中形成的集体意识，在仪式演述中往往被用来传达深层的意义，同时也为受众提供了理解民族文化及心灵世界的另一种视角。象征与隐喻在东巴仪式神话与史诗中比比皆是。在东巴仪式神坛上要竖立一块犁铧，尖铧部要涂抹白色的酥油，象征着白雪覆顶的居那什罗神山。祭天坛上的左右两棵栗树分别象征着天神与地神，底下还有象征其随从的洛佑与洛玛两个木偶，中间的柏树象征天舅，前置的两块石头则分别象征阳神与阴神。在纳西先民心目中，天并不是抽象的存在，而是具象的、感性的神性存在，祭天就是感恩天神的祭祀行为。

在祭天仪式中，杀完牲畜后，东巴们把猪胆、猪腰子、猪脾分别挂于象征天舅、天神、地神的柏树、栗树上，表示把牺牲献于天地神灵，煮熟后再献一次。清灶仪式（kua^{31}lv^{33}sɿ^{55}）上，东巴开始吟诵《崇般绍》，当东巴吟诵至天神

---

[1] 林向萧：《东巴经与纳西族古代社会》，郭大烈、杨世光编：《东巴文化论集》，云南人民出版社，1990，第12页。

[2] 朝戈金：《口头诗学的文本观》，《文学遗产》2022年第3期。

之时，各户家长轮流向天神陈述全年的所作所为，强调没有做对不起天神的坏事，最后祈求天、地、天舅诸神赐福保佑。

白庚胜认为纳西族东巴神话的象征具有一定的体系性，按生殖崇拜加以组织的象征体系丰富完整。东巴神话中宇宙起源模式按性行为进行构拟，米利达吉海象征母胎，居那什罗神山象征男根，神龟象征女阴，含依巴达神树象征旺盛的繁殖力，竖眼意味兽性，横眼意味人性，白色始终与善、美、真、实、吉等联系在一起，黑色大都象征恶、丑、假、虚、厄。[1]

在东巴经中，"箭"与"素神"关系紧密，同为一体，素神的化身就是以箭为代表。"素"在纳西语中为"生命、生机、活力"的意思，是象征生命的神灵。为什么以箭代表素神？为什么素神又象征生命力？从前段的叙述中可以看出，首先，箭是由竹子制成的，竹子的繁殖、生长能力与人的生殖能力的需求有着内在的关联；其次，箭的形状与男性生殖器相似，以此来象征人类的生殖能力是显而易见的。以往纳西族家庭都供奉着"素神"，将代表素神的箭放在一个上窄下宽的圆形竹笼中，称为"素笃"。"笃"在纳西语中是竹笼的意思。"素笃"作为家神，代表着这一家人的兴旺发达，生命相传。在结婚仪式上，东巴要诵读《大祭素神菜与素神拴结娶女托付给素神》，意为把娶来的新娘托付给男方家的素神。仪式中东巴念完经后，新娘把红绳子系在男方家的箭上，东巴把箭放回竹笼中；然后，东巴分别给新娘、新郎的额头抹酥油，由此意味着新娘已经成为男方家的正式成员，她的生命已经拴在了男方家的素神上，二人的结合得到了家神的认可。这个仪式的象征意义有三：一是箭隐喻男性生殖器，竹笼隐喻女性生殖器；二是"素笃"隐喻男女结合，生命繁衍；三是以男女双方的生殖能力隐喻家庭的发达兴旺。这在东巴抹酥油时所诵的经文中可以得到证明，牦牛油被视为华神（生殖之神）的象征。

署神在东巴文化中是复杂的神灵体系，它有时行云布雨，给人间带来风调雨顺，五谷丰登，此时被人们奉为善神而受到崇拜敬奉；但它的性格喜怒无常，有时也会降下狂风暴雨，冰雹洪水，此时被人们视为邪恶和危险的生物，需要由天神来惩戒。这些不同的象征和隐喻反映了人们对复杂多变的天气与大自然的认识水平。洪水神话在世界各民族神话中成为普遍性母题，洪水通常象征着

---

[1] 白庚胜：《东巴神话之神山象征及其比较》，《民族文学研究》1996年第3期。

灾难和毁灭，也隐喻着净化和重生。世界各民族的洪水神话都讲述了人类如何在灾难中幸存并重建家园，这反映了人类对生命和自然的敬畏，以及对生存和重建的坚定信念。

总的来说，史诗与神话中的象征与隐喻是理解和解释这些故事的重要手段。它们不仅丰富了故事的内容，也为我们提供了理解人类文化、信仰和价值观的窗口。

四、宗教与哲学观念

宗教与哲学是两个不同的领域，宗教关注个体和精神层面的问题，哲学则更注重普遍性和一般性的探讨。二者又存在着紧密的联系，尤其是人类社会早期，二者存在着诸多文化性，宗教为哲学提供了丰富的思想资源和灵感源泉，哲学制约与推动着宗教的变革和发展。在东巴仪式及史诗演述中，东巴文化的宗教观念与哲学存在诸多共源性，二者同时塑造了纳西族的文化传统和价值观。二者有着共同的目标，即追求真理、智慧和道德完善。在这个意义上，宗教可以被视为一种特殊的哲学形式，它强调了信仰、启示和道德的重要性。今天我们看起来明显属于"巫术""自然崇拜""迷信"的东西，对当时的原始先民而言属于千真万确的真理、科学知识。甚至可以这样说，如果没有当初先民们这样的宗教观念探索与实践，就不可能有今天的人类文明及科学成就。东巴史诗及东巴文化有以下几个突出的宗教观念。

（一）灵魂不灭观

东巴教认为所有生命都有灵魂，死亡只是肉体的消失，而灵魂可以永恒。如日月星辰因循环往复而具有神性，蛇蛙熊等动物具有死而复生的特性（冬眠），就认为这些动物的生命与灵魂可以不死，于是就有了相应的崇拜观念及仪式。纳西先民认为人类死亡后犹如蛇蜕皮，进入了再生的第一阶段，由人转变为蛇；举行超度仪式后，由蛇升华为祖先神灵的灵魂从而永世长存。火葬场的纳西语为"日厄蒙子鲁"，即蛇蜕皮处。东巴加威灵（汁再）仪式就是把历代东巴祖师的法力通过仪式传授到自己身上。灵魂不灭的另一种表现形式是可以进行传染转移。《加威灵》经中如是说:"阿明圣师已死亡,可是他的灵永远留住在洞内,威灵种撒播到后来弟子的心上吧。"念毕,执仪祭司朝受仪的东巴祭司身上撒一把米,受仪祭司用扁铃接米,食之,表示威灵播入心上。执仪祭司又念诵:"圣师的经书像雪片一样从灵洞飞出去了,可是阿明的灵永远没有出洞,把灵种撒播到弟子心上吧。"随之又撒出一把米,受仪祭司接住并食之。举行超度能者仪式(丹务)时,东巴吟诵《虎的来历》经书,死者子女跪在灵前,东巴把一张有黑条纹的纸撕成条状分给子女,让他们把它插在孝帽上,象征着把死者的聪明才智传承给了子女。素注婚是通过婚礼把家神(素神)的神力传染给新娘,使其成为受家神庇佑的对象。这些仪式显然具有交感巫术的典型特征。

(二)时空观

纳西先民的时空观是相互融合并发生作用的。英雄史诗《黑白战争》记载:

> 在那不知"年"的出处来历的时代。在美利达吉神海里,长出了一棵头发粗的树,树体分出十二个枝头,每一个枝上,长有三百六十片树叶。一年十二月,一月三十天,全年三百六十天的出处来历就在此处。卢沈二神的十二个月,人们不知月份的出处来历之时,在居那什罗山顶,太阳从左边出来,给大地带来温暖,月亮由右方升起,给大地带来光亮。太阳与月亮十五日得以相会,初一又分离。这便是月份的出处与来历,铸造月份的模子就在这里。在美利董主时代,让他住于白天白地,白日白月的居那什罗神山的右侧,让美利术主住于黑天黑地,黑日黑月的居那若什神山的左侧。[1]

这说明纳西先民的时间观念与空间观念是相对应的,二者的产生虽然具有浓郁的神秘主义色彩,但也包含了朴素的唯物观,即与物质的产生与变化有机地联系起来。天地从混沌变得清朗,形成了上中下的结构体系,宇宙昏暗混乱变得日月普照、运行有则,从中折射出维护秩序、规则的思想观念。这种宇宙

---

[1]《退送是非灾祸·董争术斗》,《全集》(第36卷),第68页。

观在后期又得到了丰富完善，尤其是五行说进入东巴文化体系后，空间方位五行、五色联系起来。东巴经《白蝙蝠取经记》中记载了这样一个有趣的故事：崇仁利恩的儿女生病了，派白蝙蝠到天上寻求经书。不料取经回途中遭遇狂风，经书落入海中，被神蛙吞食。盘孜萨美女神派了三个神射手射杀了神蛙。神蛙死后，其身体根据五个方位化生为五行：北边的血化为水，东边的皮化为木，西边的骨化为金，南边的气化为火，中央的肉化为土，由此形成了"精威"五行。从中也说明了灵魂不灭观与善恶观、空间观有着内在逻辑关系。如果一个人在世时为非作歹、恶贯满盈是不会善终的，包括那些非正常死亡者，尤其是殉情者、凶死者的灵魂往往会沦为四处游荡的孤魂野鬼，如果不对这些孤魂野鬼进行超度，它们就会作祟祸害活人。这种观念为举行东巴超度仪式提供了理论依据。不同的鬼怪有不同的生存空间，如正常死亡的民众，他们的灵魂会回到大西北祖居地——余兹补吕科或斯布阿那坞。东巴祭司去世后，他们的灵魂会回到祖师爷丁巴什罗居住的十八层天上；殉情者经过超度后其灵魂会送到殉情神所主宰的游凑阁。与黄河流域的中原宇宙观相似，纳西先民的空间方位也是以自我为主的，即自己所居住的地方为天下之中，其余为四极之边，纳西族住在天地中央，东为汉人，南为民家，西为藏人，北为果洛番人。[1]

（三）朴素的唯物辩证观

《创世纪》中有关于天地起源的载文："远古的时候，天地混沌未分，董神和色神领着万物游荡，树木会走动，石头裂缝会说话，天地波动摇晃……"接着叙述了天地日月星辰山谷土石树木等系列物质之间发生作用变化。从中可以说明纳西先民的宇宙及世界万物的形成是唯物观，先有物质后有意识；但这种唯物观并不是机械不变的，而是具有辩证性。如一开始提及的"远古的时候，天地混沌未分，董神和色神领着万物游荡"，其实隐喻了世间万物是在阴阳交合中发展变化的。另一本译为《古事记》的创世史诗则译为"董神和色神在布置万物"[2]，直接就阐明了阴阳二性辩证统一的观点。董神与色神，是人类最早的男

---

[1] 李国文：《从象形文字看纳西族古代社会时空观念的形成》，郭大烈、杨世光主编：《东巴文化论集》，云南人民出版社，1990，第309页。

[2] 《除秽·古事记》，《全集》（第35卷），第156页。

女，兄妹关系，也是夫妻关系，最后升格为阳神与阴神。从男女关系发展到日月、阴阳、天地、上下、左右、昼夜、规矩等，从中反映了纳西先民朴素的唯物辩证观。

东巴史诗演述中还存在着万物有灵观、生命观、自然观、道德观、价值观等宗教与哲学观念，反映了纳西先民对宇宙世界的本质及生命意义的探索。这种探索往往通过超自然现象、幻觉和预感等方式呈现出来，然而，这并不意味着东巴神话缺乏理性或科学的成分，相反，它试图超越世俗与现实的局限，体现了对超越自身的追求和探索精神。这些观念不仅具有深厚的文化底蕴，同时具有广泛的启示意义，对于我们理解世界、认识自我、构建和谐社会具有重要的指导价值。

仪式文学往往承载着特定的宗教和哲学观念。在宗教仪式中，仪式文学通过祈祷、赞美或忏悔等文本形式，传达着对神祇的信仰和敬畏；在宗教仪式中，仪式文学则通过寓言、格言或哲理诗等文本形式，探讨人生的意义和价值。这些宗教和哲学观念在仪式中的交流，有助于塑造参与者的精神世界和价值取向。

五、社会规范与道德准则

仪式史诗还常常传达着特定的社会规范和道德准则。在婚礼、葬礼、成年礼等社会仪式中，仪式文学通过祝福、悼念或教诲等文本形式，强调着婚姻、家庭、亲情、友情等社会价值观念；在岁时节庆、祈福等仪式中，仪式文学则通过文本吟诵、载歌载舞、旁观参与等多种形式，阐述弘扬着团结、和谐、忠勇、正义、自由等人文价值观。这些社会规范和道德准则在仪式中的交流，有助于维护社会秩序和促进文化传承。

在《创世纪》中，善神（又称为董神）并未以斩妖除魔的救世主形象出现，而是以伦理道德制定者的角色出现的。崇仁利恩兄弟中有人对善神拳打脚踢，最后在洪水中丧生；善神忠告崇仁利恩要娶横眼女，不能娶竖眼女，但崇仁利恩见到竖眼女比横眼女漂亮，就身不由己地娶了竖眼女，因竖眼女生下来的净是些动物与植物怪胎而离开了她，经历了诸多挫折后才娶回了横眼女。这说明谁若违背了董神旨意就得付出惨重的代价。"不听董神言，吃亏在眼前。"董神的言行成为伦理道德的代名词。纳西语的"道德"（bei dduq）、"社会规范"（ddu muq）其本义就是"董神的行为""董神的行为模范"。这说明董神的旨意及言行本身就是伦理道德规范，谁忤逆董神旨意谁就是伤天害理，就得受到上天惩罚；谁若改邪归正，知错能改，谁就可以重获得幸福。董神作为道德象征符号，就像空气一样无处不在，无时不在，成为纳西先民社会中的"宪章"，这也是史诗的"文化体积"所在。从这个意义而言，东巴史诗属于崇祖型史诗，也可称为道德型史诗，它与征服型史诗——《荷马史诗》在文化类型上是不同的。中国的史诗与神话都具有道德型的共性特征。

东巴教把人类的伦理道德准则，社会规范与病痛、灾祸相联系，认为一个人只要做了违背伦理道德的事情就属于不洁行为，就会引发身体病痛、家庭不顺乃至天灾人祸等不祥灾病，轻者伤身、财产损失，重者天怒人怨、家破人亡，所以要通过仪式禳灾祛病，同时让当事者在仪式中忏悔自己的过失。

东巴史诗中有些故事主题就是宣扬惩恶扬善，客观上也是一种伦理道德的宣讲活动。《创世纪》中对群婚乱伦的否定，对忠贞爱情的讴歌，肯定了为了人类繁衍生存而不屈不挠的探索抗争精神。《黑白战争》则是一部英雄赞歌，礼赞了追求光明、正义、和平的进步势力，批判了制造黑暗、仇恨、战争的邪恶势力。这些伦理道德观念不只是通过史诗吟诵入心入脑，更多是通过"眼耳鼻舌身意行"的身体参与，以及集体共情体验中达成的。

这些通过仪式中的表演与交流所获得的价值观涵盖了审美观，即美的标准只能建立在价值观上，符合这一套伦理道德准则的才是美的，否则不具备审美条件。如竖眼女在形象上堪称美女，崇仁利恩对她一见钟情，不顾善神的忠告而与她结缘成了一家，但后来发现她生育不了人类就果断离开了她。《创世纪》中说道："脸美不如眼美，眼美不如心美。"此处的"心美"就包含了伦理道德审美观。

第三节 东巴史诗的交流特征

东巴仪式中的史诗交流作为一种特殊的交流形式,具有以下几个特征。

一、正式性

正式性也叫严肃性、神圣性。凡是仪式皆有仪式感,仪式感是与正式性、严肃性、神圣性联系在一起的。仪式中的文学交流通常发生在特定的场合和环境中,如婚礼、葬礼、祭天、祭祖及人生礼仪或祈福禳灾仪式等。这些仪式场合往往具有正式和庄重的氛围,要求参与者遵守相应的传统禁忌、仪式规范和礼仪。因此,仪式中的文学交流在语言、行为、服饰等方面都表现出高度的正式性。譬如纳西族传统丧葬仪式中东巴要戴五幅冠,丧家要戴白色孝帽,哭丧时要有悲痛腔调与表情,亲戚与村民在演述"喂默达""幕布"等民歌时唱腔悲怆,内容哀伤动人。丧家大门上的对联横批往往写上三个大字——"当大事",说明了"死者为大"的正式性与庄严性。祭天史诗的仪式演述也是通过整个仪式的准备、参与者规模、仪式场面、仪式时间、参与者的态度等方面体现了"纳西祭天大"的神圣性特点。仪式制约文本,仪式的正式性规定了其间演述的史诗同样具有正式性,史诗本身所具有的宏大性、庄严性、神圣性契合了仪式交流的正式性特点,或者说二者是互嵌互构的。

二、重复性

仪式是传统的，意味着其结构与内容具有相对稳定性与重复性，正是这种稳定性与重复性使传统的有序传承成为可能。与仪式的重复性相对应，仪式中演述的史诗也是相对稳定、重复的。仪式史诗演述与纯粹的为迎合娱乐而进行口头演述的史诗作品不同，后者的演述中创编程度要高于前者，因为后者的娱乐性要求决定了受众对史诗文本参与者程度要高于仪式史诗。仪式史诗是传统生成的，且与民间信仰、宗教相联系，如果文本创编尺度较大，往往会牵涉仪式的有效性、神圣性，因为对演述者而言，他不需要迎合受众群体，只为仪式效果负责，为不在场的受众——鬼神负责。一旦涉及鬼神之事，谁也不敢轻举妄动。所以史诗演述的仪式及文本的重复性特点既是内部规定的，也是民间信仰及传承性质决定的。

仪式史诗交流中的重复性特点表现在时空规定、演述行为、语言、文本内容等四个方面。如东巴史诗在具体的什么仪式中演述，在仪式的哪个环节、何时、何地、何人、何因演述都有传统规定性，不能随意创编。下面以祭天史诗《崇般绍》为例作个简要的说明。

仪式名称：祭天仪式
仪式时间：正式祭天日
仪式空间：祭天场
仪式环节：献牲
演述者：主祭东巴
演述缘由：陈述祭天传统与民族祖先的来历
演述语言：东巴祭天唱腔
演述行为：除秽、烧天香、请神、献祭、史诗吟诵、颂神、许愿、送神、歌舞表演、游戏活动等

这种重复性有助于加深参与者对仪式及史诗文本内容的印象和理解，同时也在一定程度上保证了仪式的稳定性和传承性。重复性还可以让参与者在共同的体验中产生集体归属感和文化认同感。

三、情感性

东巴史诗的仪式交流通常与强烈的情感体验相关，如喜悦、悲伤、敬畏等。这些情感在仪式中得到激发和表达，使参与者能够更加深入地体验和理解仪式及史诗的深层意义。仪式史诗的情感性体现在三个方面。一是仪式本身所具有的情感性，如丧葬仪式所具有的悲伤情感特点，婚礼仪式所具有的喜庆情感，祭天、祭祖仪式所具有的神圣庄严特点，等等。二是演述文本自身所具有的情感特点，如祭天史诗《崇般绍》、创世史诗《崇般图》的庄严神圣性，英雄史诗《黑白战争》所具有的悲壮特点，殉情长诗《鲁般鲁饶》的凄凉悲婉基调，等等。三是仪式及文本在演述过程中所体现出来的情感性，如祭天仪式中的请神、颂神、送神过程中的庄严、敬畏的情感，仪式中共同分享福泽、举行歌舞、游戏、赛马活动中的欢乐喜悦的情感；退口舌是非仪式中请神、供神、送神时的神圣庄严与诱鬼、搜鬼、镇鬼时的恐惧不安的情感相糅合；东巴们一边跳战神舞，一边拿弓箭射中鬼怪面偶时人们爆发出阵阵欢呼声，东巴们用快刀斩断鬼怪头颅，并掩埋到葬坑中，人们涌上前去用力踩压，群情激奋，进入集体狂欢的情感体验中。

书面文本接受过程中也有情感性，这种情感往往是通过文本内容与读者情感发生作用而生成的，受到作品内容、质量以及读者本人的理解能力、人生阅历、个性等主客观条件制约；而仪式中的文学交流更多是依赖于集体的情感体验，且这种情感体验往往是通过眼、耳、鼻、舌、身、意等多元感官的沉浸式体验中达成的，具有现场性、互动性、共情性等特点。这种共情性体验也是仪式文学以及传统仪式能够得到有效传承的重要原因之一。兰德尔·柯林斯的"互动仪式链"理论强调了共享情感状态对仪式的重要性。他认为仪式中人们的情感投入犹如投资，只有巨大的利益回报才会有参加仪式的积极性。[1]仪式中的文学交流本质是情感交流，每一次这种重复性的情感体验其实是共同分享一种文化，从中获得安全感与成就感，生活、工作中的精神压力得到了宣泄，在参与互动中获得了情感的补偿，精神的充实与快乐。这些巨大的情感红利既构成了仪式得以传承的内驱力，也使史诗文本的传播获得了生生不息的生命力。

---

[1] ［美］兰德尔·柯林斯：《互动仪式链》，林聚任等译，商务印书馆，2009。

四、集体性

仪式史诗的情感性体验恰好说明了其集体性特点,这种情感性基于共同的价值观、审美观、文化观之上。仪式中的史诗演述既是一次价值观、审美观、文化观的集体实践,也是一次民族传统文化的集体传承、集体创作。仪式与史诗既是传统的,也是时代的,它只有在统合合理的时代因素的前提下才能相传以远。当下我们看到的史诗文本无疑是经过了千锤百炼才成为文化结晶。最初的《创世纪》应该是董神与色神的兄妹婚故事版本,因兄妹婚不符合传统的伦理道德观念,通过明升暗降的方式进行了改编,把这两个兄妹抬升到阴阳神的尊位,把他们的第十代孙崇仁利恩及衬恒褒白命重新奉为英雄祖先,至于里面的开天辟地、洪水神话的基本情节并没有更改,变动最大的是到天上求婚、难题考验、迁徙回归的母题。"在这里,起作用的显然是与一定的家庭、婚姻形态相适应的伦理观念。于是当丽江纳西族的民族起源神话以古老的兄妹结婚及洪水泛滥的内容为其基干进行融合、发展时,人们就不能容忍自己的祖先与兄妹结婚联系在一起,上述对洪水起因的解释就是在这种强烈的反血缘婚观念的支配下被增益进去的。"[1]从中可以说明,任何史诗文本的传承都是与时代的集体观念互动交流的结晶。仪式史诗的演述并非个体的才艺展示表演,更多是集体参与、集体创编、集体享受的一种集体文化实践。从这一层面而言,仪式演述中的史诗交流往往涉及多个参与者的共同参与和互动。这种集体性使仪式史诗交流成为一种社会行为,有助于增强群体凝聚力和社会认同感。在集体性的仪式史诗交流中,每个参与者都扮演着特定的角色,共同推动着仪式及史诗自身的不断发展丰富。

五、不对等性

东巴史诗在仪式中的演述与交流存在着不对等性,表现在以下几个方面。首先是在仪式中社会地位不同导致的不对等关系。传统社会中祭司、民族

---

[1] 李子贤:《论丽江纳西族洪水神话的特点及其所反映的婚姻形态》,《思想战线》1983年第1期。

头人、族长、长老与普通民众之间的地位不同，这种地位差异可能导致信息传递的不对等，地位较高者在仪式演述与交流中通常掌握更多的话语权和决策权，而地位较低者则可能处于被动接受的状态。我们在东巴经典中看到好多神话、史诗被收编到为宗教服务的行列中，尤其是故事结尾无一例外地都要强调祭祀仪式的灵验性，无疑这是祭司在书写东巴经书时有意识的行为。民族精英在史诗文本的演述与创编中具有举足轻重的话语权，前面提及的把木氏土司的家谱与《创世纪》的人类诞生谱系无缝对接，用皇帝取代祭天仪式中居于中间的天舅，木氏土司宗族的祭天东巴被封为管理东巴教的总管等就是明证。族长、长老借用东巴仪式这一文化资本维护宗族利益的同时，也在树立自己的社会威望，从而获取更多的利益资本。这些既得利益者的史诗与仪式的创编、传播、传承、解释方面无疑有着更大的话语权与决策权。

仪式演述活动中角色分工的不同也影响到对仪式或史诗文本信息接收和传递的不对等。因社会分工不同，仪式参与者往往扮演着不同的角色，如主祭、主办方、助手、表演者、观众、维持秩序者等。这些角色分工使每个人在仪式交流中的职责和权利不同，从而导致文本信息传播、接收、理解的不对等。主祭者希望整个仪式与史诗演述得顺利圆满；主办方希望通过举行此仪式到达祈福禳灾的效果，家人吉祥安康；表演者希望通过仪式中的表演获得观众及主祭、主人家的一致肯定，从而提高声望及经济收入；观众则希望通过参加仪式获得对传统文化的沉浸式体验，增强群体联系与文化认同。另外，主祭与表演者们在仪式演述中处于传播者角色，而观众、主人家主要通过观看、参与互动来接收信息，前者与后者是传播者与受众者的不对等关系。

仪式与史诗之间也存在不对等关系。有时仪式文本大于史诗文本，有时史诗文本大于仪式文本。苗族英雄史诗《亚鲁王》，壮族创世史诗《布洛陀》，瑶族创世史诗《密洛陀》则史诗文本大于仪式文本，一部史诗涵盖了不同仪式所需的演述内容。这些民族史诗并不是在一次仪式中全部吟诵完毕，而是根据仪式类型选择与之相关的史诗内容进行演述。如麻山地区的苗族民众在给孩子喊魂治病时，一般只选择《亚鲁王》史诗中亚鲁王孩童时期的那一段进行演述。壮族史诗《布洛陀》在祭祖、丧葬、招魂、贺新房、祭灶、祭谷、解冤等不同仪式中吟诵时仅选择与之相关的内容。东巴史诗则属于仪式文本大于史诗文本的情况，史诗演述只是众多文本演述中的一本，有些超级仪式如延寿仪式、禳

577

栋鬼仪式、超度什罗仪式需要吟诵两三百本东巴经籍文本，史诗在其中并不能代替所有经书。

因时代隔阂、民族身份、地域文化和地方知识理解程度等诸多方面所存在的差异也会给仪式及文本的理解带来不对等关系。有些参与者可能对仪式及史诗的历史背景、文化内涵、象征意义等有较深入的了解，而其他人可能对此知之甚少。这种知识差异可能导致在交流过程中出现误解、偏差或信息不对称的情况。在跨文化交流中，由于文化差异和语言障碍等原因，仪式史诗交流的不对等关系可能更加显著。对于一个不了解纳西文化、不懂纳西语的东巴仪式参加者而言，他对东巴史诗的理解程度显然不能与在场的东巴相提并论。

也有不同情况，即使是同一个民族同胞，掌握熟谙本民族语言，但因成长与接受的文化背景不同，不一定能够深入理解和接受仪式中的文化符号和象征意义，从而导致交流障碍和误解。在工业化、现代化语境下，大多数年轻人远离了传统的东巴文化语境，对东巴仪式及史诗演述的理解普遍存在着代际鸿沟，加上传统仪式过于强调威权性、层序性、严肃性，缺乏平等、自由、公正的交流机制，导致了文化冲突与偏见，从而影响了传统仪式的有效传承。

六、隐含性

本节中的"隐含性"源于叙事学中的"隐含作者"概念。"隐含作者"是韦恩·布斯1961年在《小说修辞学》中提出的，学者申丹将其归结为："就编码而言，'隐含作者'就是处于某种创作状态、以某种方式写作的作者（即作者的'第二自我'）；就解码而言，'隐含作者'则是文本'隐含'的供读者推导的写作者形象。"[1]

东巴仪式及史诗文本同样存在着隐含作者，我们不能说东巴仪式的主祭东巴是此仪式的发明者及史诗的创作者，那么它们的作者是谁？学术界对于民间文学作品的作者往往以集体性、匿名性来定义，即民间文学是集体创作、集体传承的，没有具体的作者本人，作者是匿名在集体大众中的。这是东巴仪式与

---

[1] 申丹：《何为"隐含作者"？》，《北京大学学报（哲学社会科学版）》2008年第2期。

东巴史诗的隐含作者的第一个表现。东巴仪式与东巴史诗的隐含作者的第二个表现在具体的文本内容里。正如福楼拜在创作《包法利夫人》时说的那句话："不行，她不得不死。"他本人是不愿意让包法利夫人死掉的，但其所处的时代背景及个性展现、小说整体结构的推进决定了她死亡的结局，这些都构成了隐含作者的因素。正如许多叙述学家所问：为什么要将隐含作者视为一个人格，而不是一个文本结构？安斯加·纽宁提出应该用"结构性的整体"来取代隐含作者这个概念。赵毅衡指出："隐含作者取决于文本品格，是各种文本身份的集合。这样找出的隐含作者主体，不是一个'存在'，而是一个拟主体的'文在'（texistence）。"[1]《黑白战争》中，阿璐具有正直勇敢，善良纯真的人格光辉，正如蒙妲庚娆纳姆不愿意自己的恋人阿璐被父王害死，大多数受众也不忍心让阿璐惨死于酷刑中，但他本人的性格特点及文本结构决定了他不得不死的悲剧命运。《鲁般鲁饶》中的男女主人公因殉情而死，在经书中是作为批判对象而存在的，从东巴及举行仪式的主人家而言，不从父母媒妁之言而选择殉情，意味着伤风败俗，而殉情后他们的灵魂成为祸害家人的野魂孤鬼，所以需要请东巴举行超度灵魂的祭风仪式。但对参加仪式的受众者而言，他们对两个殉情的主人公是抱有同情心的。以前举行此仪式时，当吟诵到《鲁般鲁饶》时，东巴故意加大锣鼓伴奏的声音，以干扰旁听的年轻人，担心他们听了后误入歧途，但年轻人联合起来夺了东巴们手中的乐器，让他们得以完整地听完整部长诗的吟诵。从中也可体验到隐含作者及隐含作品的巨大艺术感染力。

　　隐含作品是与隐含作者相对而言的，即隐含作者所创作的作品。《创世纪》应该是经过千百年千锤百炼后形成的东巴文学的集大成者，属于《创世纪》2.0版本。在此之前还有一个更早的《创世纪》1.0版本：因发生洪水后人世间只剩下董神与色神兄妹，经过重重考验后二人成婚繁衍人类，由此被奉为人类始祖。但后来随着纳西族社会进入阶级社会，一夫一妻制取代了血缘婚、对偶婚，原来的《创世纪》版本进行了符合时代文化语境的二度创编。至于这个版本的原型故事在东巴经《斯文巴金补与斯巴金姆》及民间传说中仍有流传。[2]当然，这一原型故事作为创世史诗的文本已经消失，隐含在现有版本中，成为隐含文本。

---

[1] 赵毅衡：《再现不可靠及其"纠正"》，《西南民族大学学报（人文社会科学版）》2013年第6期。
[2] 李子贤：《论丽江纳西族洪水神话的特点及其所反映的婚姻形态》，《思想战线》1983年第1期。

另外，我们所能看到的史诗书面文本只是静态的、孤立的，而仪式语境中的活态史诗文本构成要大于前者，譬如如果我们不在现场，就无法感知史诗在仪式中演述时的东巴唱腔、音乐伴奏、东巴舞、受众持香跪拜、忏悔许愿等场景，而这些都隐含在仪式文本这个更大的文本中。只有熟谙东巴仪式及文化背景的人才能真正读懂这部东巴史诗大书。

文学叙事过程是由作者—作品—受众三个因素共同达成的。有了隐含作者、隐含作品，必然有隐含受众。在仪式演述语境下的隐含作者与隐含受众存在着相互重合的特点。上文所提及的，为什么要对史诗文本中不符合时代语境、伦理观的内容进行改编？作为东巴史诗文本的集体作者——东巴祭司是公认的隐含作者，但东巴的隐含作者身份同时是由同时代的受众群体赋予的，可以说顺应了民众的心理期望及审美观，二者达成了隐含作品的一体两面。隐含受众还有两层理解范畴：一层是指已经不在场的参与过仪式的历代受众群体，二层是不在场的神灵及鬼怪群体。我们在田野调查中发现，好多时候东巴祭司一个人主持仪式，旁边没有受众群体，这在举行丧葬仪式时较为普遍。三更半夜，东巴祭司在灵柩前吟诵超度经书，即使无人在场，他也不敢滥竽充数，因为他是为不在场的在场者——鬼神及亡灵吟诵的。这与我们对一般的书面文学中的读者、受众者的角色理解是不同的，由此揭示了仪式文学的活态性及复杂性特征。

"诗无达诂"。由于每一个人的知识涵养、人生阅历、地位身份不同，对史诗的理解同样存在着不同程度的差异性。譬如东巴经书中开首语往往画一虎头，读为"阿拉没寿尼"，至今有不同的理解，归纳起来有如下一些翻译："连啊字都不会说的时候""连啊字都不知道的时候""很久很久以前"等，这些不同的理解中隐含了不同的作者、文本、受众三重角色。正如一个远古地名的解释，存在好几种能够自圆其说的解释时，这些不同的解释，以及对这些不同解释的接受，同样涵盖了隐含作者、隐含作品、隐含受众三个不同叙事要素。由此可知，仪式史诗在交流中的隐含性具有相对稳定性与动态发展性，这样才能被不同时代的人们理解、交流、创编。需要说明的是，在可交流的前提下，不论这一史诗文本跨越了多少个时代，被创编了多少次，始终是作为一个整体来理解的，所以这个文本只有一个隐含作者、一部隐含作品、一个隐含受众群体。

当然，上述这些关于史诗在仪式中交流的特征概括只能说是管中窥豹，并不能涵盖所有的特征。譬如仪式中的史诗演述与交流还存在口头、书面、音乐、舞蹈、图像、工艺、服饰、建筑等多模态文本特征，仪式与史诗之间相互镶嵌、互为语境的互文性，以及史诗在仪式现场演述的活态性、现场性等，因限于篇幅不再赘述。

第九章

传承研究

传承是连接历史与未来的关键枢纽。传承研究面临三个主要问题：为什么能一直传承下来？当下如何传承？以后还能传下去吗？从东巴史诗而言，其自身传承是与东巴文化的整体传承联系在一起的，而东巴文化的传承问题牵涉到东巴文、东巴教、东巴经籍、东巴史诗等如何产生的问题，属于历史范畴。按正常理解，这么古老的原始象形文字、原始宗教以及人类童年时代产生的史诗、神话，在进入阶级社会后应该被时代大潮淘汰，但却一直能够延续到当下的现代信息时代，甚至在文化旅游语境下成为"奇货可居"的另类文化资本，这不能不说是文化奇迹，其中历史缘由值得深入探讨。有些观点认为险恶的自然、历史条件为东巴文化传承提供了条件。但当下的纳西族地区普遍进入了小康社会，贫困问题已经得到解决，但东巴文化并没有加速衰微的步伐，改革开放以来在云南省东巴文化传承协会中注册的东巴人数得到了有效增长，到2017年获得东巴学位的人数达到了173人，加上东巴学徒，整体人数不少于200人，可以说东巴文化传承危机得到了有效缓解。东巴人数的增加与政策的利好，如"非遗""文化产业"有着很大的关系，"文革"之惨痛教训就是明证，同时与地方政府、企业、社会各界的合作努力也有直接关系，如每年举办的东巴会、东巴学位评定，给民间东巴发放传承补助费都是由云南省东巴文化传承协会实施的，而这个二级协会的资金是由玉水寨生态文化旅游集团资助的，同时受到了当地有关部门的支持。还有一个重要的传承推动力来自旅游市场，东巴文化作为地方文化资本介入旅游市场中，为民间东巴提供了一条传承新路，从"东巴不进古城"至"东巴满大街"说明了资本力量所在。东巴从山区进入城区，服务对象由熟人社区变为外来游客，传承场域及文化生态发生了极大改变，尤其是东巴教信仰的衰落已成大势所趋。有些学者认为东巴教信仰的失落并不意味着东巴文化的衰落，在新时代境遇下，在创造性转化与创新性发展的加持下，东巴艺术、东巴学术、东巴文化的春天会接踵而至。问题在于，东巴文化的根基在于东巴教信仰的传承，一旦信仰崩塌，根之不存，如何开枝散叶、开花结果？而"先天不足，后天失养"的东巴文化如何在巨大的时代、文化落差中实现持续传承？这些绕不开的问题也是本节所要探讨的正题，探讨交流并不意味着能够提供唯一正确答案，却是解决问题的不二法门。

第一节　东巴史诗的传承脉络

东巴文学既有别于民间口传文学，也有别于纳西族用汉文创作的作家文学。它属于一个相对独立的范畴。东巴史诗作为东巴文学的突出代表，其传承与流布，与东巴教的形成、东巴经籍的分布、东巴文学的传播有着内在的统一性。学术界对东巴象形文字的产生、东巴教的形成一直没有统一的观点，这也影响了对东巴史诗的形成、传承及流布的深入研究。

一、东巴史诗的传承脉络

东巴史诗作为东巴教及其文化的构成部分，其传承与流布与东巴教的传承与流布存在同一性，即东巴教流传的地区也在传承东巴史诗，东巴教形态存在差异的地区，东巴史诗也同样存在差异，东巴教在不同历史时期发生了变迁与变异，东巴史诗方面也有体现。但二者也有差异性，东巴教对东巴史诗的影响是统摄性的，东巴教的教义、仪轨、功能、传承等因素制约着东巴史诗的发展，东巴史诗是为东巴教的传承、宣扬服务的。

按照民间文学的传统说法，史诗是神话的结晶，是神话、传说、故事、谚语、俚语等口头传统的集大成者，且只有在阶级社会出现后才能形成，反映了一个族群重大的历史事件及百科全书式的传统文化。所以从历时性而言，东巴史诗的形成要晚于东巴神话、传说、故事等口头传统。只有族群内部的神话高度发达，经济社会发展到一定程度，史诗才能应时而生；同时，史诗的语言风格比一般神话故事凝练隽永，故事情节曲折生动，人物形象个性鲜明，诗行押韵朗朗上口，显然，这是千百年来史诗传承人锤炼而成的文化结晶。代表性的东巴史诗主要有创世史诗——《崇般图》，以及从中孕育而成的迁徙史诗《崇般绍》，英雄史诗《黑白战争》。《崇般图》在三部史诗中形成最早，影响最大，享有"东巴经之母"的盛誉，诸多东巴经典皆是从中孕育而生的。但现在我们看到的这部经典并非"原生态"的创世纪。《崇般图》应该说是"创世纪"的2.0版本，即升级版。最初的《创世纪》主角是董神与色神，即职神与阴神。他们是兄妹关系，因遭遇洪水天灾，整个人类只剩下他们俩，后经过滚石磨、合烟柱、穿针线等系列难题考验后依从天意成婚，由此成为最早的人类始祖。这一故事至今在民间仍有流传，而在东巴经中付之阙如，原因在于这种兄妹婚与后来形成的一夫一妻制的婚姻制度形成了强烈的文化冲突，这当然是作为东巴教传声筒的宗教经典不能容忍的，由此对其进行了全方位的否定及改造。但因不能人为切割这段极为重要的文化源头及这对人类始祖，由此把二人升格为高高在上的善神，作为阳神与阴神的文化符号而存在。这一文化秘史在东巴经《除秽·司巴金补、司巴金姆传略》中也有隐约的记载：

> 很古很古的时候，开天辟地的时代，日出月出的时代，星出辰出的时代，山谷形成的时代，出现精威五行的时代。五行五样做变化，诞生了司巴金补和司巴金姆。司巴金补呀，游于什罗山左边；司巴金姆呀，游于什罗山右边。司巴金补找伴找不到，司巴金母寻侣寻不着。司巴金补呀，遇见生九头之蛇；司巴金姆呀，遇见生十手之蛙，碰见倒霉不会祭雷鬼。司巴金补、司巴金姆两人呀，高岩用凿斫，斫岩正相遇；劈白铁砍斧，劈斧正相逢（暗喻兄妹野合）。他们两人做变化，生一白螺男，生一黄金女。那个白螺男，去箐头找柴，被牦牛撞死；那个黄金女，去箐尾背水，被老虎噬死。司巴金补、司巴金母两人呀，看之眼，听之耳，被秽气所缠，不知该祭何种未知鬼。[1]

司巴金补与司巴金姆是董神与色神的藏语别称，二人系兄妹关系。"司巴"在藏语中有"创世""初始"之意。藏族的司巴创世歌系最早的创世神话。从上

---

[1] 和志武译：《东巴经典选译》，云南人民出版社，1994，第200页。

文中可知，这两兄妹系最早出现的人类，也是第一对结婚生子的夫妻。但因为兄妹婚而被东巴教否定，其所生子女都夭折了，并产生了大量的秽气，由此交代了秽气产生的原因。这也是在除秽仪式中要吟诵这对善神故事的内因所在。这一"创世纪"原型与国内外众多创世神话、洪水神话中的兄妹婚母题是大同小异的，但因为与后期东巴教的意识形态相抵牾，这一原型被抛弃，在此基础上创编了新版的"创世纪"——《崇般图》。

《崇般图》虽属于改造版，但仍保留了大量的纳西族原生文化，反映了远古时期纳西族的生产生活，堪称"纳西族远古文化的活化石"。在诸多民族的洪水神话中，"兄妹成婚"的母题发生在洪水暴发之后，而纳西族的洪水神话情节却相反。纳西族的洪水神话中，因崇仁利恩和妹妹的血缘婚污染了天地，触怒了天神，天神以发洪水来惩罚人间，洪水暴发之后，天地间只有崇仁利恩一人，他被迫到天上求婚。这说明当时的婚姻关系从氏族内的血缘婚发展到了氏族外婚制。后面出现了崇仁利恩与鲁美猛恩魔女、天女衬恒褒白与长臂猿同居的对偶婚，历经种种磨难后，最后崇仁利恩与衬恒褒白相爱成亲，之后便形成了一夫一妻的婚姻制度。神话故事《窝依都奴杀猛恩》中的主人公窝依都奴一生中虽有过三次婚配，但老无所依。"我像一只到处飞翔的乌鸦，飞到三个地方，三次与人结成伴侣。但是在这三个地方，我连一块裙尾都没有留下。"这反映了氏族社会中的对偶婚形态。天神给崇仁利恩出的难题中，不过是砍树、撒种、捡种、打鱼、狩猎等内容，这从侧面反映了那个时期刀耕火种及渔猎生产状况。早期的东巴史诗神话色彩最为突出，受宗教文化影响较小，神话主题以讴歌人类自强不息的探索精神为主，这与当时社会生产力水平较低密切相关。

作为"创世纪"升级版，《崇般图》并非改造后一成不变，而是在漫长的历史长河中不断被改编。唐宋时期，大量的藏族宗教文化传播到东巴教中，东巴史诗也深受这股"藏风"的影响。《崇般图》中出现了英古阿格、都盘斯给、黄金大象、久嘎纳布、恩余恩玛等藏语词汇，显然，这是受本教文化影响的结果。其中最有代表性的表述是："天由盘神来开，地由禅神来开""藏族是盘神的后裔，白族是禅神的后裔"。这与前面的"开天九兄弟，辟地七姐妹"的叙述自相矛盾。这种自相矛盾的叙述其实曲折地反映了后期纳西族受到南诏、吐蕃、大理国统治的历史。随着藏族宗教文化大量渗透到东巴文化中，藏族宗教文化也对纳西族东巴史诗产生了深刻的影响。

首先，大量的本教及藏传佛教的神灵进入东巴教的神灵体系中，极大地丰富了东巴史诗的内容，如关于祭署的东巴经籍就多达50余种。其次，藏族宗教神话故事文本进入了东巴叙事文本中，如东巴经典《丁巴什罗传记》《休曲署埃》等。再次，本教的传入对东巴史诗的修辞手法、叙事风格也产生了深刻的影响。白庚胜认为在本教传入之后，东巴神话"在语言上，一改过去平白明快的叙述语言，大量使用排比句，有的甚至连续使用十几个或几十个排比，造成铺天盖地、势如波澜，或缠绵悱恻、细雨连连的艺术效果。如果没有本教书面语言的影响，纳西族古老的神话语言是难以有如此重大的发展，形成如此富有特色的东巴神话语言特色的"[1]。《黑白战争》也是在这一时期形成的，孙林、白庚胜等学者认为这一英雄史诗是本教经典《叶岸战争》的"翻版"。藏语中"叶"指光明，"岸"指黑暗，其实也是《黑白战争》的另译。

晚期的东巴史诗文本并没有发生实质性的改变，但其演述方式及仪式内容发生了相应变化，反映了阶级社会错综复杂的社会关系。元代以来，丽江被纳入了中央王朝的统一版图，加快了与中原地区接轨的进程，木氏土司成为这一区域的地方管理者，积极主动吸纳汉文化为主体的外来文化，客观上推动了东巴教及其文化的变化发展。譬如在祭天仪式中，祭坛上原处中间位置的天舅被皇帝形象取代，仪式结束后还要高呼"考汝时，考浩英"（意为皇帝万寿无疆），这种变化也影响了东巴史诗的发展。明朝时木氏土司把自己的家谱与创世纪中的人类诞生谱系有意识地予以捆绑，意在强化其统治地位的神权天授，同时表明自身对东巴教的统摄与掌控。木氏土司家族的世袭东巴其实也是民间东巴群体的掌管者，如民国时木府祭天东巴和凤书一直担任着丽江县东巴协会的会长一职，他本人直接听命于已经失势的木通判。

二、东巴史诗的两次发展高峰

从上可察，东巴史诗的传承发展皆受到政治与经济的深刻影响。唐朝时期，吐蕃王朝在青藏高原崛起，在政治意识形态上需要一种能够与其建立统一王朝

---

[1] 白庚胜：《白庚胜纳西学论集》，民族出版社，2008，第142页。

相适应的全民宗教，而源于自然崇拜的本教显然不能适应这一历史需求，从而被迫让位于藏传佛教。本教徒被迫逃亡到藏区的周边地区求生，从而实现了本教文化与东巴教的深度融合，客观上促进了东巴史诗的长足发展。这一文化融合过程是在迪庆藏族自治州三坝乡完成的，形成了东巴教文化的第一次发展高峰期。这一文化发展高峰集中体现在以下六个方面：形成了体系化的东巴经典；形成了规范化的东巴仪式规程；形成了比较统一的教义及宗教观念；出现了比较统一的教祖——丁巴什罗；形成了东巴教传承中心——三坝乡白地村；形成了东巴身份准认制度——"加威灵"仪式。

东巴教文化的第二次发展高峰是在元明清时期，这一时期纳西族地区被纳入国家统一版图，纳西族地区保持了近500年的和平安定，加上进入封建领主社会，丽江成了新的政治、经济、文化中心。经过这一时期的长足发展，东巴文化体系趋于更加宏大精深，这从东巴文化叙事手法及风格的变化中可以得到印证。以丽江为中心的纳西族西部方言区出现了以《崇般图》《黑白战争》《鲁般鲁饶》为代表的经典作品。这些作品不管在内容篇幅、情节描述、人物形象塑造、语言艺术手法等方面都超过了早期作品。汉文化成为主流文化，汉传佛教、道教逐渐渗透到东巴文化中，加上木氏土司成为大部分纳西族地区的统治者，东巴教在木氏土司统治区域得以广泛传播，影响周边民族的宗教文化形态。东巴文字、东巴经典、教义体系趋于完善，东巴叙事手法得到了明显提升，东巴教传播中心也从三坝乡转移到丽江。此外，当地人在东巴文基础上创制出了更为抽象、书写更为简便的哥巴字，东巴经籍向逐词书写、字词对应形态发展，经书数量也有了大量的增加。

三、东巴史诗传承发展的整体状况

然而，即使经过两次发展高峰，东巴教依然长期处于原生宗教向人文宗教过渡的状态中，徘徊不前。造成这种情况的原因是多方面的。政治方面，东巴教没有获得强而有力的势力支持，前期出现的"摩挲酋长国"受到周边民族政权的挤压，一直处于不稳定状态；经济方面，纳西族长期处于封建领主经济阶段，地主经济没得到发展；民族内部也处于"依江附险，互不统摄"的割据状态，没有形成强而有力的民族统一政权，种种因素使东巴文化的发展始终处于自发状态。元明时期的木氏土司政权虽实现了局部的政治统一，但其是中央王朝下的地方行政机构，推行国家主流文化成为地方执政者的施政方针。东巴教的发展也未能适应封建领主经济形态，一直处于民间信仰及民间宗教形态中，"散"仍是其主要发展形态。此外，木氏土司只是统一了纳西族西部方言区，而东部方言区不在其统辖范围内，所属行省不同，实行的制度不同，外来文化影响、经济发展水平也不同，由此加剧了两个方言区之间的分散状态。这种政治、经济上的不统一促使东巴文化与东巴史诗形成了同源异流的发展特点。这表现在不同区域的东巴文字体例、东巴经典数量不等，宗教宗旨表现形式和内容各有千秋上。譬如与纳西族有远亲关系的纳木依人至今仍流传着"创世纪"的最初版本《洪水朝天》（兄妹婚版本），属于纳西族东部方言区的泸沽湖畔的摩梭人则把"创世纪"中的一夫一妻制改造成了走婚习俗与母系家族制度。显然，这是因不同区域文化差异导致的文本差异。在纳西族东部方言区的摩梭人地区并未发现口头的《黑白战争》，而流传于无量河流域汝卡人（又称为日西人）中的《黑白战争》是从俄亚村中抄写过来的，应该说是从丽江传播过来的。因为俄亚村纳西族居民是在明代嘉靖年间被木氏土司派驻于此，至今已有近500年历史。这说明，在明代时期这一英雄史诗已经在丽江传播。

从东巴史诗的发展历程来看，东巴象形文字最早产生于无量河流域。唐宋时期，在本教的影响下，东巴教在三坝乡得到了充分的发展，外来宗教神灵极大地丰富了东巴史诗的体系及内容，促使原来的口头叙事逐渐向口头与书面互文为特征的叙事形态过渡。元明时期，木氏土司在丽江崛起，社会经济的发展推动了东巴史诗在丽江的发展，东巴文字向逐字逐音的书写方式演变的同时，其叙事内容更多地反映了复杂的社会关系。由于东巴文化传承地区经济发展水平较低，改土归流后地方统治者采取"以夏变夷"的文化歧视政策，加上东巴文化自身的保守性，致使东巴文化长期处于从原始宗教向人文宗教的过渡阶段，这也深刻影响了东巴史诗的发展形态，经历两次聚变的东巴史诗始终未能摆脱以自然崇拜、祖先崇拜、神灵崇拜为核心主题的神话叙事。

从东巴史诗的文本传承而言，东巴创世史诗的源头要早于东巴英雄史诗，文化影响与地位也高于东巴英雄史诗，在仪式中应用频率也高于后者。但从当下的影响而言，英雄史诗《黑白战争》的表现更为抢眼：《黑白战争》于2014

年进入国家级"非遗"名录,一时"黄袍加身",声名远播;加上2015年获得国家艺术基金资助项目,《黑白战争》史诗连环画版在国内外进行巡回展出,一时风光无限。另两部史诗《崇般绍》《崇般图》相对受冷落些,但在民间其传承状态明显要好于《黑白战争》。主因在于《黑白战争》的传承载体——禳栋鬼仪式仅在无量河流域、原丽江县六区(鸣音乡、宝山乡、奉科乡、大具乡、大东乡)有所保存,其它地方几无传承。而《崇般绍》《崇般图》东西部方言区都有着较好的传承形态,尤其是西部纳西族地区近年来祭天仪式恢复态势良好,相应促进了创世史诗的传承。另外,旅游市场中的史诗传承,也是东巴创世史诗优于《黑白战争》。2018年,在丽江古城创办"纳西创世纪文化体验中心",此中心被誉为"国内首个无界穿越科技文化的纳西文化体验馆,利用最新的5D技术,为广大游客和市民带来一场纳西古文化的视觉盛宴",这一盛况在疫情期间戛然而止,随后无疾而终。但以"创世纪"为主题的网络文学、流行歌曲、文创产品、主题景观得到了拓展性传承。

  整体而言,东巴史诗传承呈现出这样三个特点:无量河流域的民间传承生态较好,仍保留着民间信仰根基,传统文化仍自发地起关键作用;以丽江坝区为中心的原丽江县范围内的传承主要依赖旅游市场、政府、企业、社会团体的扶持,对外在力量依赖性强,带有"展演式传承""保姆式传承"特点;迪庆州三坝乡的东巴文化传承则处于上述二者之间,已呈现出市场化传承趋势,民间传承乏力,民间传承较好的为东坝村一带。

第二节　东巴史诗的传承方式与文本创编

东巴史诗属于口头传承的范围。它以东巴作为仪式表演及叙事的主体，口头表演作为主要表演方式，口头与书面文本作为演述的主要内容。东巴史诗的传承主要分为血缘传承、村寨传承、心灵传承，其实质是信仰传承，依附于东巴教信仰根基及传承体系。东巴史诗呈现式微趋势与其宗教信仰式微密切相关。东巴史诗文本在创编中传承，时代变迁、东巴水平、仪式规程、受众诉求等多元因素制约着其叙事文本创编。

需要说明的是，东巴史诗传承并不意味着只要死记硬背东巴史诗这几册经书就大功告成。东巴史诗虽然是在仪式中进行演述的，但在整个仪式中并非只吟诵这几本史诗经典，而是要与诸多相互联系的大小仪式及经书共同构成史诗演述的场域与文化空间。从这个意义上说，东巴史诗的传承就是仪式传承。如《崇般图》在丧葬、超度、大祭风、退口舌是非、除秽、关死门等重大仪式中演述；英雄史诗《黑白战争》属于禳灾类仪式经书，一般在禳栋鬼、退口舌是非、除秽等仪式中演述；迁徙史诗《崇般绍》在祭天仪式中演述。这就意味着东巴史诗传承除了需要掌握这些仪式的规程及相关经书，要掌握制作东巴法器、木牌画、纸牌画、面偶、泥偶、木偶、编扎、造纸、服饰等手工艺，还要学会东巴舞、东巴唱腔、布置道场、把控仪式场面等技能知识，更重要的是要具备灵活机动的临场应对能力。根据时代变化及民众需求对仪式规程及经书内容进行创新式发展的观念与能力，这才是真正考验东巴史诗及东巴文化传承的关键性指标。

一、东巴史诗的习得与传承

在东巴史诗的传承内容中，史诗文本传承占有重要地位。东巴史诗文本包含口头与书面两种文本形态，二者在具体的演述活动中是辩证统一的：作为书面文本的东巴经籍在仪式演述中是通过口头吟诵来实现的，有些大东巴由于对经书内容耳熟能详，不需要对着经书照本宣科，而是根据仪式情境进行有机的脱离经书的吟诵。有些经书在民间较为普及，口头程式化程度高，普通民众都能熟练念诵，如《烧天香》《除秽经》。有些口诵文本经过东巴的整理成为经书文本，至今仍保留的祭天口诵经与祭天经书存在着对应关系，可以证明后者是由前者转化而来的。这说明东巴史诗叙事文本中的口头与书面文本存在着相互融合与转化的辩证统一关系。

一个初学东巴文化的徒弟，一生下来先得学会母语，其次才开始学习东巴字，掌握了语言和文字后，师傅才会教授东巴经籍。口传心授是东巴史诗的主要习得方式。东巴师傅先是讲述东巴经籍的主要内容、用途，然后对着书本一字一句地予以解释，徒弟照着跟读、记忆，然后翻来覆去地背诵经书，记熟后用东巴文字抄写下来，即先学习口头文本，再学习书面文本。有的东巴师傅在教授经书时采用仪式上的唱腔；有的只是学习念诵，东巴唱腔只能在后面的仪式实践中习得。掌握东巴经籍是学习东巴文化的基础，也是决定一个人东巴水平高低的关键因素。这是因为东巴经籍是仪式中必不可少的软硬件条件，"硬件"是指东巴手中拥有的东巴经籍数量，一个仪式缺少必要的东巴经籍，尤其是重要的经书，缺一本都无法举行仪式；"软件"是指对东巴经的掌握程度及演述水平。只会照本宣科地死念经书而不会根据仪式情境予以灵活机动地运用只能算是东巴呆子，在民间被称为"半截东巴"（Doba qer tiu）或"东巴送葬者"（Doba muq pil gga）。

当然，互不重复的东巴经籍多达上千余本，一个东巴穷尽一生也不可能全部掌握，一般是通过先易后难的顺序来学习掌握，尤其要先掌握仪式中使用频率比较高、重要仪式中不可缺少的东巴经籍，其他经书是在掌坛主持仪式后边实践边学习的，所以学习东巴经籍是一项可持续的终生学习任务。在学习东巴经籍的过程中，也要学习东巴占卜、观测天象、东巴舞蹈、东巴唱腔、东巴乐器、东巴绘画、制作泥偶、面偶、编扎工艺等相关知识技能。《白蝙蝠取经记》

是一本在不同仪式中使用频繁的经书，因为仪式日程的确定、根据对患者病情的诊断来确定举行仪式的种类、仪式顺利与否、民间命名礼、成人礼、结婚、起房等民俗活动都需要占卜，所以会背诵这本经书并不意味着掌握了经书，因为念诵这本经书只是起到迎请掌管占卜打卦知识的女神——盘孜萨美的作用，而具体如何占卜，如何看卦象，如何判断，然后确定具体的日子、仪式类别、注意事项等方面也有相关的经书，有的是通过师傅的口传心授来进行传承的。

二、东巴史诗的传承方式

东巴史诗的传承方式主要有血缘传承、村寨传承、心灵传承、道德传承。这四种传承存在相互交叉的情况，如血缘传承的主要方式——父子传承基本上是在同一个村寨内传承，彼此长时期生产、生活在一起，耳濡目染，构成了心灵传承与道德传承的前提条件。不同的传承方式之间存在着一定的界限，如东巴教最大的师徒传承仪式——加威灵仪式中，主持仪式的大东巴以及所加威灵的大东巴英灵并不一定具有血缘关系及同村关系，也存在着不同程度的非血缘传承及异地传承的情况。

（一）血缘传承

东巴史诗的传承方式以血缘传承为主，即传内不传外，传男不传女，父传子，子传孙。这种以家庭血缘为纽带的传承方式并不遵循长子传承制，而是由作为师傅的父亲从几个儿子中挑选一个悟性较高、肯勤学苦练的，如果家中没有男性后代，也可从叔伯或近亲的家族内挑选。据和志武调查，父子家传东巴世系最长的是太安的和成章，说得出名的共19代，每代以25年计算，近500年。一般认为，东巴教的第二代圣主丁巴什罗是三坝乡人，纳西族，曾到西藏学经，相传为丽江木氏土司所害，至今有10多代，大约是明末人。另据三坝乡东巴和牛恒讲，第二代东巴教主阿明代罗是三坝乡水甲村叶支系的人，他的前后世系是：叶本叶老——叶老邦都——邦都邦精——邦精瓦寿——寿塔所古——所古所塔——阿普肯特金——拉玛金——阿明丁忍次——祖师阿明——阿明于勒——阿明肯塔——阿明次塔——阿明畏若——阿明畏呷——阿明东本——阿明布高——阿明畏牛——

阿明恩若—阿明东恒—阿明东久—阿明阿若。阿明阿若系东久之子，相传是阿明的后裔。[1]据笔者在无量河流域的调查，当地父子相传的东巴世系也多在十代以上。

（二）村寨传承

村寨传承是指以村寨为单位的传承方式。村寨传承与血缘传承也存在交叉的情况，如同一个宗族往往在同一个村中，村寨传承实质上也是宗族内的血缘传承。当然，村寨传承不一定都是血缘传承，一个大东巴往往带着多个徒弟，尤其是名气越大的东巴，前来拜师学习的徒弟越多。石宝寿的父亲石波布在无量河流域久负盛名，来拜师学习的徒弟有十多个，包括周边的宁蒗县、中甸县（现更名为香格里拉市）、木里县。三坝的大东巴习阿牛的徒弟更是数不胜数，因为这些徒弟中既有平时跟随师傅学习的徒弟，也有偶尔过来学习请教的徒弟，更多的是挂名徒弟。这些挂名徒弟与由他主持的加威灵仪式有关，只要参加过这个仪式的人皆可称为其徒弟。东巴在招徒授课时，除了晚上空闲时集中在火塘边加以指导，平时以从事生产劳动为主，有些徒弟为了学习真本事，就到东巴师傅家同吃同住同劳动。20世纪30年代丽江县鲁甸乡的杨学才幼时家境贫寒，外出卖工度日，在给东巴师傅家帮忙的过程中，逐渐读懂和熟悉了经书，后经过刻苦钻研，成了多才多艺的大东巴。宝山乡的和自强翻山越岭上百公里拜丽江大研镇大东巴和凤书为师，白天帮他收苞谷，晚上边撕苞谷皮边听和凤书讲经。[2]

村寨传承在近代有了长足的发展。民国初年，鲁甸乡新主村在大东巴和世俊的主持下创办了东巴学校，教师工资由大家平摊。据说当年村里几乎所有男人都会读一些东巴经。20世纪20年代，黄山乡长水村的木保、和泗泉、和学道等人在家中办过一个东巴文化学校，聘请塔城大东巴和文裕来当老师。20世纪30年代和学道又到太安乡夫旦村教授东丁、东齐等人学习东巴经。20世纪40年代末，和善柱、和国栋、和国选等人请黄山乡五台村大东巴和芳到和志武家，

---

[1] 和志武、郭大烈：《纳西族东巴的现状和过去》，全国政协文史和学习委员会暨云南省政协文史委员会编：《云南特有民族百年实录》，中国文史出版社，2010，第992、994页。

[2] 同上书，第992页。

教了半年的东巴经。[1]在东巴文化生态保存较好的村落，村寨传承特点更为突出，如笔者在宁蒗县拉伯乡境内调查中发现，油米、次瓦、树枝、拖甸等村落中的中老年男性基本上都掌握了常见的东巴字，也听得懂一些日常念诵的东巴经籍，可以说东巴文化普及程度比较高。树枝村中老人说，1950 年之前可以说全村人都是东巴。东巴传承也有保守性，同一个村寨或区域内，有些东巴为了争夺自己的势力范围，显示自身水平，往往在抄写经书时有意采取简略、漏写、误写的方式让他人看不懂，这种做法在民间被称为"放刺"（qi keel）。

改革开放以来，东巴史诗的传承方式发生了变迁，村寨传承取代血缘传承成为主要传承方式，如三坝乡的吴树湾汝卡东巴文化学校、鲁甸乡新主村的东巴文化学校、金山乡贵峰三元村的东巴文化传承协会，宁蒗县拉伯乡境内也有不少以村寨为单位的传承组织。同时，出现了不定期的由政府组织的东巴传承活动，如 2008 年丽江市政府主办的东巴文化强化培训班集中了近百名滇川藏区域的东巴，在三个月内集中培训东巴经籍、仪式规程、东巴舞蹈民俗文化等内容；由丽江市"非遗"中心主办的东巴画传习班已经举办了三届，培养东巴画学员近百人次。除了政府传承，企业传承也是近年来东巴传承的一大特点。云南省东巴文化保护与传承协会依托玉水寨旅游企业，从小学开始招收东巴学徒，由协会出资聘请东巴老师集中授课，加上之前景区内师徒传承的学员，迄今共培养东巴 43 人，杨玉勋、石春、和旭辉、和华强、和学东、杨丽强、年若等成为东巴文化传承的中坚力量。

（三）心灵传承

心灵传承与神授传承相似，即在梦中或冥冥之中获得相关知识的传承。东巴文化的心灵传承大多为师傅或亲人去世后通过梦授的方式来实现传承。据石宝寿回忆，他在十多岁时跟着父亲石波布学习东巴经籍，有一次他竟然能够念诵出父亲没有传授过的经句，一问才知道是在梦中由他的爷爷传授的。大具乡的和国耀东巴也是在父亲去世后经常梦见父亲传授东巴经籍。鸣音乡的军才东巴自小没有学习东巴文字的书写，也不会念诵东巴经籍，但擅长念诵口头经书。

---

[1] 和志武、郭大烈：《纳西族东巴的现状和过去》，全国政协文史和学习委员会暨云南省政协文史委员会编：《云南特有民族百年实录》，中国文史出版社，2010，第 992 页。

据他介绍，这些口传经书大多是由他的师傅在梦中传授的。鸣音乡的更布塔东巴也有这种梦授经历，在白天对某一个问题百思不得其解时，往往会在梦中得到师傅的指点，从而迎刃而解。他认为这种梦授或心灵传承与自身对东巴文化的执着投入密切相关，应了"日有所思，夜有所梦"的俗语。

表面上看，心灵传承或梦授被蒙上了一层浓郁的唯心主义色彩，但细察之，属于正常的学习思考过程。首先，这些获得心灵传承的东巴传承人自幼学习东巴文化，或成长于东巴文化生态较好的传统村落，受到东巴文化的熏陶与习得。其次，心灵传承者与师傅或亲属关系较为亲密，很少有不认识的人来进行心灵传承，最后，心灵传承与自身的长期坚持学习、思考相关，随着知识的积累，见闻的增长，原来长期思考的疑难问题也会逐渐得到解决，而这些问题的解决在心理无意识状态下容易与梦中的师傅相联系，由此促成了心灵传承或梦授的传承场域。

东巴教中的加威灵仪式（rherq zail）也具有心灵传承的特征。类似于佛教中的灌顶仪式，通过此仪式把师傅及历代祖师爷的神力、法力附加于徒弟之上，使其法力大增。"rherq"的本义为用来镇妖摄魔的威力、神力，"zail"即嫁接、传授、附加。在此仪式中，主持仪式的师傅要一一念及师承谱系中历代高师大德的东巴法名，还要念及东巴教主丁巴什罗、第二代教主阿明什罗，以及历史上有名的各个地方的大东巴法号，祈求他们的法力降临到徒弟身上，助其法力大增，可以胜任任何大规模的仪式，尤其是能够主持那些"凶本"（禳灾驱鬼）仪式。传统的加威灵仪式是要到东巴教圣地——香格里拉市三坝乡白地村的东巴灵洞前举行，而主持仪式者只能是当地有名望的大东巴，接受加威灵的东巴徒弟在举行仪式前几个月（有的是在半年前），到白地村拜当地的大东巴为师，请大东巴对其所学进行全面的考核、检查，然后对所欠缺的知识进行传授，使其东巴文化知识更加完善，直到大东巴认为可以出师了，就通过打卦来决定举行加威灵仪式的日子，仪式圆满举行后意味着徒弟可以出师掌坛了。

传统的加威灵仪式共举行7天7夜，要念《祭家神经》《祭五谷六畜神经》《祭吾（军师）经》《祭十六神将经》《送社神经》《求儿女经》等许多类经书，最后念《加威灵经》。加威灵那天要在院子南垒三把方桌，上面再放把椅子，铺上缎子坐垫，主持掌坛大东巴戴高尖法帽、挂法珠端坐上面，面前要放一盘米。所有要借威灵的东巴头戴法帽，身穿法衣，手持板铃、马锣在下面跳。然后，掌坛大东巴高声问道："东方菩萨、五方东巴和大东巴都要下来了，你们这儿给有坐的地方、站的地方？"下面跪着的众东巴回答："只要他们光临，站的坐的地方有的是，衷心欢迎下来。"接着大东巴象征性地赐给众东巴法帽、板铃、法刀、踩鬼黑靴，并把象征"威灵"的米粒一把把往下撒、酒一杯杯往下洒，众东巴纷纷用板铃、铜锣接起就吃。最后一个仪程为"放天梯"，制天梯要到山上挖一棵笔直的碗口粗的松树，去皮及枝丫，上砍118道，每10道砍一"×"号。天梯要从屋后放进家中，认为这是从神山"居那什罗山"放下来的天梯，会赐人以福寿。东巴助手先把这棵树的根清理干净，然后置于已装米酒、糖、鸡蛋的大铜锅中，务必使每个东巴分吃到其中的一碗米酒。此时，大门紧闭，大东巴头戴亮铮铮的大冬帽，众东巴蹈着"喂默达"舞步，走到大门口唱道：

　　放天梯呵放天梯，东方的大东巴骑白翅鸟跨白马，翻山越岭来到藏虎卧龙之地，骑白鸟白马的东方大东巴格称称伯，领着所有的菩萨来了！[1]

举行仪式时，主持仪式的大东巴师傅这样念诵《加威灵经》：

　　请什罗把吟诵时的好声好气留给后人。祝愿三百六十个东巴徒弟吟诵时发出好声好气，祝愿大小孙子里出现好祭司和好卜师，祝愿孙子继承爷爷的能力，祝愿儿子继承父亲的遗愿。祝愿有九代吟诵传统的东巴，吟诵以后出幸福。祝愿有七代占卜传统贝币，占卜结果显吉祥。祝愿东巴活到白头黄牙，祝愿祭祀以后兴旺发展。[2]

心灵传承的实质是信仰传承。如果信仰体系的根基遭受破坏，心灵传承也就失去了传承载体，这也是当下东巴文化及心灵传承式微的主因所在。

1　参见和志武、郭大烈《纳西族东巴的现状和过去》，云南省历史研究编：《云南现代史料丛刊》第3辑，1984，第992页。
2　《超度什罗仪式·求威力·赐福泽》，《全集》（第73卷），第375页。

（四）道德传承

东巴师傅认为徒弟已经基本掌握了东巴知识技能，就会经常带着徒弟参加东巴仪式，并让其作为助手参与仪式的整个过程，从中强化东巴经籍、东巴仪式规程、东巴舞蹈、东巴绘画、东巴工艺等知识技能在仪式中的实践应用能力。这样观摩、实习一段时间后，东巴师傅认为徒弟的水平可以出师了，就会让他主持一些小仪式，自己在旁边予以指导。通过这样的传帮带，一个合格的东巴逐渐成长成材。

当然，要成为一个优秀的东巴，除了要掌握基本知识技能外，更重要的是不断加强自身的道德修养。这种道德修养也决定着东巴综合素质的发展。东巴古籍被称为"纳西族古代社会百科全书"，其中的核心内容除了宣扬东巴教义外，也有强调伦理道德修养、维护社会秩序的内容，东巴经籍也可被称为"纳西族的道德经"。所以学习东巴文化知识的过程，也是学习伦理道德、加强个人思想修养的过程。

其次，东巴师傅对东巴学徒的道德水平的印象及评价也决定着传授知识的质量及效果。"一日为师，终身为父。"东巴文化传承中也是如此，双方一旦建立了师徒关系就是终生的，即使出师后成为有名望的东巴，在师傅面前仍是徒弟身份。如果师傅一旦发现徒弟行为不符合社会伦理道德或东巴教宗旨，他就会予以制止、批评教育，甚至对外宣告断绝师徒关系。笔者在调查中曾听到这样一个真实案例：一个东巴徒弟出师后已经开始主持仪式，在村落中小有名气，但在主持仪式过程中出现了不符合仪轨、经书不全，吟诵重要经典过程中偷工减料的情况，师傅多次予以劝诫，但收效不大，依然我行我素，最后师傅带着其他徒弟到他家中把所有经书没收，当场宣布断绝师徒关系，并警告他不能再使用从师傅那儿抄写的经书。

东巴师傅一般会选择天赋比较高，品行端正，道德高尚的徒弟作为自己的衣钵传人，对这样的高徒倾囊相授，并寄予厚望。而对一些仍在考察中、道德品质尚未知晓的徒弟采取边教授边考察的方法，如果其出现了品行不端、屡教不改的情况，师傅对其所传授的内容也会有所保留。另外，民间对一个东巴学徒的评价也是决定其东巴文化水平的重要因素。一个道德品行高尚，全心全意为民众服务的东巴，人们都乐于与他交往并给他提供帮助，尤其是外面的一些东巴也乐于给他传授东巴知识，从而有利于其东巴文化水平的提升。

三、东巴史诗及仪式的创新传承

(一)东巴仪式中的文本创编

东巴史诗的传承并不是靠机械的死记硬背来传承的,背诵经书属于习得东巴文化的必备阶段。"书读百遍,其义自见。"学习、背诵、使用的东巴叙事文本多了,对文本内容自然也就耳熟能详,心中有数。祭祀类的东巴经籍是为仪式中的吟诵服务的,属于口头记录文本,所以口头文本结构、句法程式、典型场景、主题、故事类型都非常突出,这不仅有利于主持仪式者的仪式演述,也有利于学习者记忆。东巴经籍重复类的经书中,不同经书中重复性的段落、主题、结构比比皆是。如作为创世史诗的《崇般图》,在丧葬仪式中吟诵时内容相对比较全面,而在其他仪式中可以灵活运用,所以出现了故事情节梗概大同小异,而内容篇幅不同、句子长短不一的异文本。这说明东巴叙事文本是为仪式服务的,是仪式规定了叙事文本的内容、形式。以崇仁利恩为主人公的叙事文本在不同的仪式里名称、内容、功能都会相应地出现变化:

祭天仪式:《远祖回归记》(《人类迁徙记》);

退送口舌是非仪式:《创世纪》《崇仁利恩与衬恒褒白传略》《崇仁利恩与丹美久保的故事》《崇仁利恩与楞启斯普的故事》;

禳垛鬼仪式:《崇仁利恩的故事》《崇仁利恩与楞启斯普的故事》《开天辟地的经书》《人类起源和迁徙的来历》《崇仁利恩与丹美久保的故事》;

祭署仪式:《崇仁利恩的故事》《崇仁利恩·红眼仄若的故事》;

除秽仪式:《为崇仁利恩除秽》《崇仁利恩、衬恒褒白、岛宙超饶、沙劳萨趣的故事》;

关死门仪式:《都沙敖口、崇仁利恩、高勒趣三个的传说》《给美利董主、崇仁利恩解生死冤结》;

延寿仪式:《崇仁利恩的故事》;

超度死者:《美利董主、崇仁利恩和高勒趣之传略》;

祭畜神仪式:《追述远祖回归的故事》。

通过这样分类,我们可以发现,同样以崇仁利恩为故事主人公,在不同仪式中出现了不同的故事分布状况：有的出现了故事群，有的只有一个故事，而有些仪式中一个也没有出现。为什么会出现这样的情况？原因可能是多样的，但从仪式类型、性质入手分析，其间的内在关系就迎刃而解。如在"禳垛鬼仪式"中有关崇仁利恩的故事出现了五本之多，这与此仪式的性质密切相关。禳垛鬼是东巴仪式中规模较大的一个仪式，垛鬼是鬼怪中较为凶险的一种鬼，只有大东巴主持的大仪式才能进行禳灾驱邪，且这一类鬼与人类的疾病、灾祸关系密切，在民间举行此类仪式。而崇仁利恩作为纳西族祖先英雄，兼具人格、神格，威力无比，由此也决定了他在仪式中的频繁出现。

2009年7月，笔者跟随一个老东巴到山区村落参加东巴禳栋鬼仪式，因为英雄史诗《黑白战争》是在此仪式中演述的，所以把这一文本的演述作为此次的考察重点。此次禳栋鬼仪式规模较小，总共举行了两天，第一天准备，第二天开始仪式。在仪式开始前笔者咨询了主祭东巴，知道到什么时候会演述此部史诗。当仪式举行到祭鬼阶段时，此部史诗的演述正式开始，然而整个演述过程不到五分钟就戛然而止了！原来预想中的至少一个小时的长篇演述情况并未出现。主祭东巴在五分钟的时间里主要讲述了白部落与黑部落为争夺日月而发生战争，白部落派人到天上迎请了360位优麻战神助战，最后一举战胜了黑部落，光明战胜了黑暗的故事。而对东巴经籍文本中常见的从天地万物的起源叙述开始，一直到两个部落的出现，以及两个部落发生战争前两个王子之间的交往，白部落王子与黑部落公主之间的爱情恩怨，战争的激烈反复，战争结束后的情景等都一概简略了。事后笔者问东巴何以如此简略，东巴说念诵这部经书的目的就是交代鬼怪的出处与来历，交代完就行了，一个小仪式不可能每一句都念，也没有这个必要。这种因仪式需要而对叙事文本内容进行摘要式叙述的行为被称为"蜇腊"（zherl lal），意为抓故事梗概跟着仪式程序走。这种叙述方式属于创编式演述或创编式传承。

国家级"非遗"项目《黑白战争》传承人和力民近年来对祭天仪式进行了卓有成效的改革创新。首先，他把传统旷日持久、耗费巨大的仪式规程压缩在一天或一天半时间里，同时把原来多部经书压缩为统一的一本祭天经书，吟诵经书时间由原来的好几天压缩为两三个小时；其次，他对仪式规程、场地等方面也做了革新，鉴于国家相关部门的护林防火政策严禁在山上烧香，他就把烧香环节挪到家中进行，并在仪式结束前增加了东巴舞，提升了受众的仪式观赏性与参与度。他的大胆改革创新有力促进了祭天仪式的可持续发展，赢得了社会各界的肯定。

（二）东巴史诗及仪式的个人创新传承

东巴史诗的文本创编受到具体仪式规程的制约，同时与主持仪式者本人的水平高低也有密切的关系。高水平的东巴不仅能够灵活机动地根据仪式进展、规模、类别来创编文本，使文本演述与仪式表演相辅相成，水乳交融，而且能够在抄写经书时进行有意识的加工、增减，使文本内容更加丰富，语言更加凝练生动，文本主题更加突出。

宝山乡梧母村东巴和继先曾到俄亚乡、拉伯乡等东巴文化生态保存较为完好的村落学习东巴文化，他回到家乡后，把那一带的东巴经籍、民歌中的名句、经典段落融合到原来的老经书中，从而在不改变原来文本结构、章节内容的前提下使老文本得到了经典化的改造、提升，《祭谷神》是其中改造最为成功的一本经书。历史上也是如此，越是水平高超的东巴，对经书的经典化、艺术化改造成就越高。东巴成人礼仪式在丽江已经消失，和力民从俄亚乡构土机才大东巴处访谈到了关于成人礼的仪式规程，根据丽江纳西语及经书演述特点对其进行了创造性改编，并在仪式中予以应用，从而使这一消失多年的仪式得以再现。更布塔东巴也是一位善于创编性传承的民间传承人，他补充完善的传统经典《祭天·认错·忏悔》（Mee bbiuq mee dder shul）、《祭三多·加威灵》（Sai do sul. zherq zail）在仪式的检验中得到了肯定。此外，更布塔还创作了很多有时代特点的东巴读本，不少是进行伦理道德教化方面的，如《家庭篇》（Ye goq soq）、《饮食经》（Ha zzee soq）、《语言学习经》（Gee zheeq soq）、《学习劝善经》（Tei ee soq），这些东巴文本是他在当地小学义务传授东巴文化时根据教学需要而创编的；有些是为了在社会中得到应用而创编的，如《酒釉》（Jji cherl）、《纳西东巴药方集》（Na xi do ba cher ee suq liuq tei ee）等。他把《创世纪》压缩为8—10分钟的文本，2024年在内蒙古举办的全国史诗展演活动中进行了精彩的演述，并在纳西祖庙（先贤祠）、民间祭祖、祭天仪式中进行了成功的尝试，获得了广大民众的认可与肯定。

（三）以传统为导向的史诗及仪式创新传承

经过十年"文革"浩劫，好多纳西村落的东巴经籍毁于一旦。改革开放后东巴文化生态逐渐恢复，但有的东巴仪式因缺乏相应经书而中断，所以有些东巴翻山越岭四处寻求东巴经籍，找到所缺的经书后抄写下来再进行传承。无量河边树枝村大东巴石波布就在20世纪70年代末到20世纪80年代初期，不辞劳苦地到四川木里的俄亚、依吉、伍增等地转抄东巴经籍，从而使原来残缺不齐的东巴经籍一下子增加到600多册，成为周边藏经较多者之一。1999年、2000年《纳西族东巴古籍译注全集》百卷本出版后，起到了为各个不同区域东巴经籍的丰富、完善提供抄写参考文本的作用。

依据口头传统理论，口头文本可以分为三大类型——口传文本、半口传文本、以传统为导向的口头文本。《全集》属于以传统为导向的口头文本。"以传统为导向的文本"的整理及刊布并非以为东巴仪式服务为主旨，而是以阅读、研究、传承、宣传东巴文化为主要目的。在整理过程中，东巴作为协助人员参与整理，但主体为研究人员，阅读者也多为研究者及相关兴趣爱好者，这一类经书因整理者对东巴文化知识掌握程度及主观价值评判不同，在翻译整理过程中存在"格式化"问题。但好就好在《全集》以不同仪式类别为纲目，囊括了不同类别的东巴经书，这些东巴经书原文内容通过影印方式得到了完整保留与呈现，从而为缺乏经书者提供了难得的抄写机会。至于翻译整理水平如何并不是抄写者关注的重点。

在调查中发现，《全集》在民间的转抄存在着对文本进行再创编的情况。《全集》中的东巴经籍以原丽江县境内的经书为主，其音标是以丽江城区的大研镇方言来记录的，这样就出现了东巴经籍书写者的记录方言与后期的整理者记录方言不一致的情况。有些东巴文字与其他纳西族区域还存在差异，尤其是与无量河流域的阮可东巴经籍差异相对大些。这些特点决定了转抄过程中对这些经书要进行设身处地的创编改写。

宁蒗县拉伯乡油米村位于无量河畔，属阮西人支系，有着深厚的东巴文化信仰根基。近年来，杨扎实大东巴有意识地从百卷《全集》中抄录补全了好多遗失的东巴经书，并对传统经书进行了大胆的创新或改编，采取了一字一音的"白话文式东巴文"（当地称谓）书写方式，吸纳了西部方言区经书的精华，丰富了经书与仪式的数量与内容，还创新发展了一些仪式，如祭窝鬼（o ceeq bbiuq）仪式在村内得到了有效传承。2019年2月，四川省木里县俄亚纳西族乡恢复了中断62年的祭天仪式，而其祭天仪式所需的东巴经籍基本上转抄于《全集》，东巴教师在培训当地的东巴时，对经书中与当地不同的异体字进行了本土化处理，对某些东巴经籍的段落理解、读法也进行了相应的调适，而且在语言读音方面完全采用了当地的方言。从中可以看出，以传统为导向的文本在新的仪式语境中得到了复活，其文本形态也演变为半口传文本。这说明，口头文本—半口头文本—以传统为导向的文本三者之间能够相互转化。

"礼失求野"，如果"野"也失礼了，那只能从尚存的经典文献中寻找，重新构拟。以色列建国后，根据犹太教经典对已经失传的古希伯来语重新进行了构拟、复原，使其成为以色列的国语。这说明口头传统与古典文献之间存在着文化基因互存关系。但是如果古籍文献及口头传统都荡然无存，就意味着文化基因的丧失与传统的断代，从中也可察见东巴文本传承的价值与意义。

第三节　东巴史诗的当代创新发展

我国是一个多民族国家，各民族在漫长的历史中创造了绚烂多彩的中华民族文化，当下也承受着全球化、现代化浪潮的冲击，民族文化的创造性转化和创新性发展既是保护与传承传统文化的有效路径，也是推动民族地区经济社会可持续发展的关键动力。改革开放以来，丽江市利用当地优势特色传统文化资源，通过对包括东巴史诗在内的传统文化资源的创造性转化与创新性发展，推动了文化与旅游深度结合，以文化旅游产业带动经济社会发展，使民族优秀传统文化得到了有效传承与发展，推动了丽江社会各方面的可持续发展，使以前默默无闻的一个边陲小镇发展成为国际知名城市。

改土归流以来，东巴文化被主流话语所排斥，产生了"东巴不进古城"之说，改革开放后东巴文化异军突起，成为丽江文化旅游的主力军。东巴史诗、东巴象形文字、东巴画、东巴纸、东巴工艺品、东巴音乐等东巴文化符号构成了强烈的"异文化"元素，而这恰好是旅游体验不可或缺的要素——品牌效益与异文化元素。在全国各地政府竭力标榜"文化立市""旅游强市"的时代语境下，东巴史诗被大量挪用到旅游产业及旅游商品中，成为丽江旅游的一大特色。2023年丽江市共接待海内外游客6786万人次，旅游业总收入1298亿元，旅游业已经成为丽江经济社会发展的中流砥柱。旅游业是由旅游企业支撑的，在丽江这些旅游企业中，以东巴文化或东巴史诗为主题的企业占了半壁江山。据统计，在丽江，以东巴文化为主题的旅游企业近200家，其中规模较大的企业有玉水寨、东巴王国、东巴万神园、东巴谷、东巴秘境、东巴宫、东巴婚礼喜鹤院、印象丽江、丽水金沙、创世纪体验中心、雪山神话、东巴造纸坊等。在这些以东巴文化为主题的旅游企业与景区里，东巴史诗无疑是东巴文化主题中的应有之义。每个东巴文化旅游企业无不在强调要"讲好东巴故事"。这些东巴文化企业虽然侧重点各有所不同,但都在强调自身东巴文化与东巴史诗的典型性、原生性特点,同时也把东巴文化的传承与保护作为企业发展的后劲。

从学科意义而言,前人研究东巴史诗多以母题、文本、叙事、程式、神话为主要研究内容,而对东巴史诗的发展现状,尤其是对当下的文化产业相融合的应用研究不足,而研究文化产业的学者则悬置了东巴史诗,从而导致这"两张皮"未能达成有机结合。历史性溯源研究强调"朝后看",甚至以标榜所谓"原生态"进行复古式研究成为当下普遍的一种学术现象。他们无视传统文化在新媒介、信息技术、大数据、智能平台等时代语境下正在发生着巨大的文化变迁,从而导致研究与社会现实脱节,无法推动传统文化的创造性转化与创新性发展,客观上也阻碍了学科的科学健康发展。

本专题正是力图对上述不足予以积极补充和修正,并由此推进学科体系的创新,建立既立足学科传统,又"朝向当下"的民族文学创新发展。研究东巴史诗的创造性转化与创新性发展有利于从整体的、发展的、辩证的角度来考察东巴史诗,有利于把握东巴史诗在新时代被赋予的生命力,从而对传统的转型与调适能力有个清晰的认识与定位,有效促进东巴史诗与文化产业的科学合理的融合与互补共赢,而非单纯地为商业化服务。另外,从根本目的而言,通过对东巴史诗的应用研究,为口头诗学、神话学科的整体发展提供相应的学术理论及方法论支撑,推动学科可持续发展。

一、东巴史诗在文化旅游中的遗产化

东巴史诗的遗产化是指东巴史诗被纳入文化遗产话语体系的过程以及发生的文化变异。"文化遗产"概念是西风东渐的产物,进入20世纪90年代后,从"文化遗产"概念中衍生出来的"非遗"概念从学术层面进入国家的政策层面,并发展成为方兴未艾的"非遗"运动。

表 8-1 东巴文学作品进入"非遗"名录情况

本书名称	类别	级别	保护单位	时间
纳西族英雄史诗《黑白战争》	民间文学	国家级	古城区非遗中心	2014
纳西族史诗《创世纪》	民间文学	省级	玉龙县非遗中心	2013
纳西族叙事长诗《鲁般鲁饶》	民间文学	省级	古城区非遗中心	2017
纳西族神话《东巴什罗传》	民间文学	省级	东巴文化研究院	2017
东巴唱腔	传统音乐	市级	古城区非遗中心	2013
油米东巴经文学《哈那古》	民间文学	市级	东巴文化研究院	2016
油米东巴经文学《梭梭库》（创世纪）	民间文学	市级	东巴文化研究院	2016

如表 8-1 所示，迄今为止，从市级到国家级的有关东巴文化的"非遗"本书已经达到了 25 项，有关东巴文学的就有 7 项，其中英雄史诗《黑白战争》被列入国家级"非遗"名录，创世史诗《创世纪》被列入省级"非遗"名录，无量河流域的创世史诗《梭梭库》（又名"索索科"）被列入市级"非遗"名录。需要强调说明的是，东巴史诗并非孤立存在的文化事象，它是与东巴文化各个事象水乳交融，互构互生的。东巴纸是东巴经的载体，而东巴经的主体内容以东巴史诗为主，包括东巴画、东巴舞、东巴工艺、东巴传承人、东巴唱腔、东巴仪式无不与东巴史诗密切相关。东巴史诗的遗产化不能狭义地理解为几个有关东巴史诗文本入选各级遗产名录，而应从与东巴史诗相关的各种文化事象来考察，才能更为完整、准确地理解东巴史诗在"文化遗产"语境中的生存、发展状况。

这些进入"非遗"名录的东巴文化在保护与传承资金、扶持政策、市场开发、商品生产等方面获得了更大的发展空间，客观上推动了东巴文化的可持续传承与发展，突出表现在"非遗"进校园、"非遗"的生产性传承、创新性传承中占了先机。东巴造纸、东巴画在丽江旅游市场中获得了长足的发展，《黑白战争》获得国家艺术基金项目资助，在国内外进行巡展。相形之下，未被列入"非遗"名录的东巴文化在政府重视程度、企业扶持力度、学术研究力量等方面要相对薄弱许多。

东巴文化遗产化的典型事件是 2003 年东巴古籍被联合国教科文组织列入"记忆遗产"名录。至此，丽江一个地级市拥有了三个世界级遗产桂冠：世界文化遗产丽江古城、世界自然遗产三江并流和世界记忆遗产纳西东巴古籍。"三个世界遗产"成为丽江旅游宣传词中曝光度最高的广告词。

二、遗产旅游中东巴史诗的商品化

与国内外的大趋势相似,"非遗"运动与旅游产业与商品化是紧密相连的。以丽江为例,可以大致看出这样一条曲线图:不同类别的"文化遗产"数量的递增趋势与旅游业发展指数是成正比的。这说明,二者之间存在着深层的内在逻辑关系:一方面,不同级别的"文化遗产"桂冠提升了地方知名度,促进了地方旅游业的迅猛发展;另一方面,旅游业的长足发展反过来促进了对"文化遗产"的利用性保护。玉水寨旅游企业投入东巴文化保护与传承年均300多万元,成为东巴文化企业传承的成功典范:景区内建设了东巴教所有祭祀场所,建立了东巴文化传承学校,共培养了40多名东巴进行文化传承;从新年的祭天仪式开始,每个月都按传统岁时节庆举行东巴传统祭祀仪式;免费为民间举办各种东巴仪式,每年都举办国内大部分东巴祭司参与的法会活动;企业出资扶持各地民间传承人,建立了东巴学位制度、东巴会等传承机制。玉水寨由此成为东巴文化传承的重要基地,被誉为新时代的"东巴文化圣地",客观上也构成了企业发展的文化资本优势。

东巴史诗的产业化与商品化也是与时俱进的,在不同时期呈现出不同的发展特点,20世纪90年代以东巴谷、东巴万神园、东巴王朝、玉水寨等景区旅游为主;进入21世纪后,印象丽江、丽水金沙等实景或剧场情境体验型的演艺节目成为新时尚;而进入21世纪10年代,随着信息科技产业的迅猛发展,一些以"旅游+文化+科技"为主导的旅游企业应运而生,最有代表性的是"纳西创世纪文化体验中心"。这一现代旅游企业利用VR(虚拟现实)技术,让游客坐上5D轨道机车慢慢巡游于东巴史诗世界,通过各种专业设备模拟风、雨、雷、电等自然现象,营造出5D的体验,进行身临其境的东巴史诗《创世纪》《鹏署争斗》情景剧场式体验。遗憾的是这一创新项目在疫情期间被迫关闭后无疾而终。这说明并不是所有东巴文化主题创意项目都会成功,"东巴宫""鲁般鲁饶""彩云飞歌""纳西印象"等众多展演项目在市场竞争中被无情淘汰,成为昙花一现的现象。

从政治化改造到遗产旅游中的商品化挪用，东巴史诗的身份表述也从"封建迷信""大众文艺"转换为"世界记忆遗产""人类文化活化石"，既是一个从政治场域转换到市场场域的过程，也是一个从祛魅到赋魅的过程。对东巴史诗的赋魅主要体现在三个方面：一是政府"申遗"行为使东巴史诗"黄袍加身"，具体做法是把包括东巴史诗在内的东巴文化纳入各类各级文化遗产体系中，突出其原生性、国际性、独特性的文化价值，使其获得文化象征资本，打造品牌效益，为地方旅游业、文化产业服务；二是旅游企业的"宣传""包装"使东巴史诗神秘化、神圣化，突出"世界遗产""文化圣地""秘境"的企业品牌，以期满足游客的异文化体验，提升旅游商品中的文化附加值；三是影视剧作、网络媒介对东巴史诗推波助澜的宣介，突出和渲染了东巴史诗中的爱情、正义、奉献、信任、自由和谐等价值观，力图使东巴史诗成为超越世俗功利性、医治现代社会病的"灵丹妙药"。

值得注意的是，上述这些东巴史诗的商品化挪用有这样几个特点：一是所挪用的东巴史诗或经典以进入遗产名录的经典名作为主，如《创世纪》《黑白战争》《鹏署争斗》《鲁般鲁饶》等，这方面以创世纪东巴文化体验中心、东巴谷、东巴万神园、东巴王朝等景区为主；二是东巴史诗的表现形态从原来的仪式吟诵转换为商业化展演，其内容包括吟诵东巴史诗经典片段、跳东巴舞蹈、书写东巴字画、为游客祈福、打卦算命、影视情景再现等；三是东巴史诗的展演场域从传统的仪式场域转换为突出异域风情的宏大景观场域。景区内巨大的东巴壁画墙、东巴雕刻墙、东巴木牌画、东巴图腾柱、东巴象形文字广场、石雕东巴神路图、东巴神灵柱、祭天坛、祭风道场、祭自然神道场等东巴文化景观无不彰显着东巴文化神秘、神奇的"异文化"魅力。东巴们在袅袅青烟中吟诵东巴经籍，讲述东巴史诗，跳东巴舞蹈，东巴道场周边布满了东巴卷轴画、东巴木牌画、东巴木偶……这些来自洪荒远古年代的自然崇拜、生殖崇拜、原始宗教信仰、神话传说，无不向游客描述、渲染着古老神秘、奇特稚朴、瑰丽诡异的"东巴王国"的异域风情。从中可察，传统的东巴史诗仪式演述是为宗教信仰服务的，而旅游情境中是为游客服务的，二者的宗旨、性质、演述方式、场域都不同，但有一点是一致的，即都要讲好"东巴故事"。与传统的讲述东巴故事相比，东巴史诗在现代遗产旅游中的重述出现了经典神话叙事、仪式叙事、景观叙事、影视叙事、多媒体叙事等多元方式。

毋庸讳言，东巴史诗的商品化，往往把文化独特性放大，为操弄、提升其商品价值服务，由此带来了东巴史诗在内的东巴文化整体的碎片化、世俗化、展演化、庸俗化，具体表现在文化信仰的神圣化趋于世俗化；文化宗旨由娱神变为娱人；文化参与者由局内人变为局外人；仪式功能从宗教法事变为文化展演；文化体系从整体性瓦解成碎片化；东巴祭司由民间智者变成"导游东巴""表演东巴"。[1]问题在于如果没有旅游以及文化产业的发展，东巴史诗及东巴文化能独善其身吗？答案显然是否定的。反过来，我们应看到文化旅游对东巴文化传承的巨大推动作用，玉水寨旅游企业就是一个典范。旅游与文化产业不是导致东巴文化变异与衰微的"主凶"，对传统文化的产业化进行道德绑架，设置正义性批评话语不是本章讨论的重点，我们关注的是如何使东巴史诗在新时代境遇下最大限度地避免无谓的"产业原罪论"批判，面对现实问题应集思广益、趋利避害，思考对策与出路，提供学术支持，真正促进东巴文化的创造性转化和创新性发展。

三、新媒介对东巴史诗的挪用与重述

媒介即信息是麦克卢汉对传播媒介在人类社会发展中的地位和作用的一种高度概括。传播媒介一直是人类不断发展进步的重要工具，也是文明的表征。从人类文明诞生以来，已经经历了口头传播、书面传播、电子网络传播等几个阶段。从当下传媒工具而言，影视与网络媒介是较为普遍的两种传播方式，且呈现出混融趋势，譬如当下的电影、电视节目都可以通过网络传播，还出现了微电影、快手、小红书、抖音短视频等具有自媒体性质的网络影视。我们注意到，在这股时代大潮中，具有传统意味的神话并未速朽，反而迸发出了惊人的文化活力与发展势头。遗产地旅游及网络媒介中的神话被挪用或重构现象，便是杨利慧阐述的"神话主义"之题中之义。在此重点描述影视与网络媒介对东巴史诗的重述状况。

---

[1] 杨杰宏：《多元互动中的旅游展演与民俗变异》，《民俗研究》2013年第2期。

（一）影视剧对东巴史诗的挪用与重述

影视剧对东巴史诗的挪用与重述分为两种类型：第一种基本上忠实于原著的改编型重述，仍保留了传统的神话叙事语境，这以上面提及的纳西族创世纪体验中心的《创世纪》《鹏署争斗》与1986年拍摄的电影《黑白战争》为代表，属于再现型的神话重述，类似于当下的影视剧《西游记》《封神榜》《哪吒》等。第二种属于创新型的挪用与重述，传统神话元素仅为新的影视剧创作服务，仅挪用神话中的某些情节、主题、母题，脱离了原来的神话叙述语境，重构了新的现代叙述语境。当下影视剧对东巴史诗的挪用与重述以第二种类型为主，以和志君导演的《迷失的彩虹》、韩志君导演的《大东巴的女儿》、张春和导演的《云上石头城》、张晚光导演的《一米阳光》等影视剧为代表。

《迷失的彩虹》是一部由丽江本土团队创作的电影，"纳西""东巴""殉情""神话"成为关键词。影片明显挪用了东巴史诗《黑白战争》与《鲁般鲁饶》中的情节、人物及主题元素，并且把两部神话融合到一起。黑白部落的王子公主的爱情故事源自《黑白战争》，而二人殉情的故事源自《鲁般鲁饶》。此部影片以"开天辟地"母题与"黑白战争"故事作为叙事背景。也就是说，这部影片里的神话部分挪用了东巴文学的三大代表作——《创世纪》《黑白战争》《鲁般鲁饶》。神话与现实通过一个古代挂坠联系在一起，生意场中的欺诈、生活中的无常，无异于远古时期的残酷战争，而爱情可以穿越古今，只若初见，永恒不变。从中可察，影片中光怪陆离的神话叙述与灯红酒绿的现代神话在核心主题——爱情中得以叙述逻辑的统一与升华。当然，这个主题是从神话主题中提炼后重构的，并非简单的"古为今用"。毋庸讳言，这部影片在神话与现实"两张皮"的结合还是稍感区隔，主因在于神话到现实的叙述语境的转换与过渡存在明显的脱节。当然，对大多数受众而言，古老的神话世界、神秘的东巴仪式、壮丽的雪山、云上石头城、奇异的民族风俗，加上部落战争、爱恨情仇、现实与神话的万年穿越，足以构成影片的"异文化"魅力。

对东巴史诗的挪用与重构并非始于《迷失的彩虹》，在2004年播映的电视剧《一米阳光》就做了成功的尝试。这部创造了收视率奇迹的电视剧挪用了东巴史诗《鲁般鲁饶》中的主题——殉情。包括片名《一米阳光》也来源于这个殉情神话——《鲁般鲁饶》中的男女主人公殉情而死后化身为玉龙第三国里的爱神，那里没有痛苦，没有欺骗，没有衰老，每年秋分时候，只有一米的阳光照进雪山悬崖峭壁间的一个山洞中，如果有情侣沐浴到这短暂而可贵的阳光，就可以得到永久的爱情……与《迷失的彩虹》不同的是，这部电视剧里的纳西文化、东巴仪式、民族风情并没有那么浓郁，仅仅只是一个背景交代，完全抽离了神话叙事的传统语境与社会关系，虚化了神话与民族宗教信仰之间的关系。总共二十九集的剧情讲述的是大上海生意场中的爱恨情仇，在金钱交易与权力争夺的刀光剑影中，爱情沦为被利用的工具，男女主人公在丽江经历了诸多世事变故与生死后感悟了爱情的意义所在——只有对爱情坚定执着，并不畏艰难困苦而勇敢攀登，才能得到那爱情阳光的照耀，迎来幸福美满的生活。

上述两部影视剧都明显挪用了传统神话，并重新建构了现代爱情神话文本。在传统与现代神话文本中间，看似二者互不搭界，其实有着内在的逻辑关系，不论时空如何转换，对真善美的爱情追求是人类永恒的主题，而在工业文明丛林间迷失的爱情及人性，往往在神话的重述中才能得到启发与顿悟，这便是神话重述的意义所在。神话的时空场景与文化空间发生了置换，传统的部落社会变成了现代工业社会，以往的部落战争、阶层矛盾、神灵崇拜观念被当下更复杂的人际关系、生存竞争及现代生存哲学取代，但不变的是假丑恶与真善美之间的较量，不变的是对爱情与灵魂的追求与讴歌。可以说，现代影视剧虚化、解构了传统神话叙述语境的同时，重构了现代版的神话叙述语境，继续演述着人类的神话叙事。现代神话的重构背后有着巨大的资本驱动力。叶舒宪指出，这种神话重述有着深刻的时代背景，"对于新兴的符号经济而言，神话又是最具有市场号召力巨大文化资本。从《指环王》到《百年孤独》《哈利·波特》《蜘蛛侠》《特洛伊》《达·芬奇密码》等一系列新神话主义文学和影视作品受到普遍欢迎的状况，足以给后来的创作者标示出再造神话的可行路径"[1]。

（二）网络文学对东巴史诗的挪用与重述

网络媒介对东巴史诗的挪用与重述是多类型的，如有关东巴史诗的网站、网络社区、微信、QQ、博客等网络平台里每天都在谈论、发表、宣传、制作的段子、话题、文学作品、艺术作品、商品广告等。在此以网络文学对东巴史诗

---

[1] 叶舒宪：《再论新神话主义——兼评中国重述神话的学术缺失倾向》，《中国比较文学》2007年第4期。

的重述为例进行简要的阐述。

从 2016 年至 2020 年，丽江网络作家坞旭创作了《崇仁·利恩的中场战事》《一场亮光工程引发的战争》《年猪神》《修曲》《百业神》《战神》《书畫》等现代神话作品。这些现代神话作品创作类型有仿写的，有再创作型的，也有只撷取意象、片段的神话小品文。如《崇仁·利恩的中场战事》《一场亮光工程引发的战争》是以《创世纪》《黑白战争》为蓝本而仿写的，其情节、主题不变，变的是文字风格与语气，与传统的口头程式句、大量的比兴手法不同，更多是创设了现代人的生活语境，富有生活味与机巧意味，解构了神话的神圣叙述语境。如《崇仁·利恩的中场战事》的开头：

> 崇仁·利恩生命的中场钟声骤然敲响。
> 天地间空空荡荡，崇仁·利恩和一个被称作"天父"的农场主相对而立，默然不语。
> 崇仁·利恩除了作为雄性，将基因传下去的一腔冲动之外，一无所有；除了天父女儿的一腔热爱外，一无所恃。
> 崇仁·利恩将立即面临裁判，天父一言即定他的生死。

这种场景描写俨然是古龙武侠小说的风格，这对有过同样阅读体验的人来说是再熟悉不过的场景描写了。也就是说，这种仿写更多是面向当下，而不是复古。这种仿写仿的不是神话原本，而是现代生活文本。原来的神话文本里，滔天洪水退却后，崇仁·利恩看到了高天与深谷，还有正叫着的羊、鸡、狗，而新作品里是这样描述的：

> 崇仁·利恩用小刀划破鼓面，探出头来，惊呼一声"阿莫爹！"因为他看到了一个被水洗过之后，清晰度和透明度都无与伦比的高清 4K 世界。[1]

作者还在文中插入了 20 世纪 80 年代到丽江漂流时虎跳峡的气囊船，与崇

---

[1] 坞旭：《崇仁·利恩的中场战事》，微信公众号"鉴雪亭"，2017-03-19，https：//mp.weixin.qq.com/s/j32l1QfofEzPGSeZKgLF7Q。

仁·利恩所乘的密封船作了比较。好多当地人看到这儿难免会心一笑，"阿莫爹"是当地方言，在日常生活中作为惊叹语，而"4K"与虎跳峡漂流等语句把人拉回到现实情境中，使传统神话语境移植到现代生活情境中。文末有一段作者的总结评论：

> 他（崇仁·利恩）的前半生一直处于一个封闭的，自以为能自洽的状态。但是在一个价值观和世界观与主流文化（传说中天神的世界）脱离的低层次逻辑自洽的闭合环境中，你越是朝着自以为正确的方向前进，越努力，就错得越离谱。现在的丽江正面临着与纳西族的始祖崇仁·利恩戈阿干一样的问题，正在一步步滑入"崇仁·利恩悖论"不可自拔。

这段跋语式评论也引发了微信群里的讨论，有的人认为属于画蛇添足的赘语，故事讲完了，至于主题由观众自评为好；有的人认为此为画龙点睛之笔，升华了主题，批判了当下，昭示了未来。不论怎么说，作品引发了关注与评论就是成功。

坞旭还创编了另一部神话经典《黑白战争》，他把名字改为《一场亮光工程引发的战争》。原神话文本里的情节是黑部落没有光明，于是重金邀请白部落王子过去制造日月星辰。而新文本把这个情节创编为：

> 董的王子阿路在巡逻的时候，和奉命来偷日月的术王子米吾相遇了……米吾觉得偷来的日月注定不长久，就很诚恳地恳求阿路说："你也知道，我们不想两眼一抹黑地生活了，请你们派人来给我们搞一个亮光工程，安装一哈太阳月亮嘛！"阿路一听，来劲儿了，就拍着胸脯吹牛说："我们这点的照明工程都是我一手设计施工的，我就是我们村最靓的仔，最牛的照明工程师了，你们这点的工程就包在我身上了！"[1]

这也是典型的语境置换。如果给一个现代人说请人再造日月，他肯定会认

---

[1] 坞旭：《一场亮光工程引发的战争》，微信公众号"鉴雪亭"，2019-03-17，https://mp.weixin.qq.com/s/VaIIUP0r2FUWCDwYWQ3lnQ。

为这个人疯了。但如果换成请人做下照明工程，这是符合现代社会语境的，并不会形成理解障碍。祝鹏程在研究网络上的神话段子时发现，"神话段子"的创编借助了去神圣化、提炼核心母题、改写母题等一系列的策略，经历了去语境化与再语境化的过程。"互联网重构了神话传统，'神话段子'既延续了经典神话的部分功能，又生产出了新的功能，既使神话题材趋于雷同，又丰富了神话的表现形式。"[1]坞旭的现代神话作品创作特点及文化功能与网络上的神话段子同样具有相似性，他在有意消解传统的神圣叙事语境的同时建构了符合现代情境的另一个叙事语境，他的创作目的不在于对传统神话的仿写，而在于推陈出新，使现代人更好地理解神话中的人物与事件，以现代人的人性特点来理解古代人，这样把神话挪用到现代社会中，使神话功能与意义得到拓展与延伸。

关于网络媒介对东巴史诗的挪用与重述除了坞旭以外，还有和佳雷、和嘉胤、乔晓阳等网络作家，这在导论第六节中有所阐述，在此不赘。

四、东巴史诗的现代性重述思考

（一）神圣性与非神圣性："神话主义"的原生性范畴与普遍性范畴

从故事形态而言，东巴史诗属于神话故事，而东巴史诗的现代性重述属于"神话主义"范畴。这就涉及神话的概念及其范畴。神话概念是个问题丛，但不论是哪一种定义，都与神灵、神圣性存在着不可分割的联系。原因很简单，无"神"就不称其为神话，神话发端于人类的童年，而且这种神圣性与初民社会的社会形态、经济基础、传统仪式、万物有灵观念等密切相关，这在摩尔根、弗雷泽、马林诺夫斯基、博厄斯、列维·施特劳斯、弗洛伊德等人类学家的著述中多有阐述。神话反映了远古人类对世界起源、自然现象以及社会生活的原始理解和看法，正如马克思指出，"通过人民的幻想，用一种不自觉的艺术方式加工过的自然和社会形式本身"[2]。这种"加工过的自然和社会形式"无疑是在神话的

---

[1] 祝鹏程：《"神话段子"：互联网中的传统重构》，《云南师范大学学报（哲学社会科学版）》2014年第4期。

[2] 中共中央马克思恩格斯列宁斯大林著作编译局编：《马克思恩格斯选集》（第2卷），人民出版社，1995，第113页。

价值观念统摄与影响下形成的，从这个意义上看，神话具有了马林诺夫斯基所说的"信仰—宪章功能"。马林诺夫斯基在西太平洋的特罗布里安德岛上的田野调查中发现，神话在土著社会中发挥着重要的"宪章（chater）功能"："（神话）是合乎实际活动的保证书，而且常是向导。另一方面，仪式、风俗、社会组织等有时直接引证神话，以为是神话故事产生的结果。文化事实是纪念碑，神话便在碑里得到具体表现；神话也是产生道德法律、社会组织、仪式或风俗的真正原因。"[1]这就是说神话在产生之初就天然带有神圣性特征。

从国内学术界而言，叶舒宪较早提出的"新'神话主义'"、陈连山提出的"神圣叙事"、陈泳超提出的"古史传说"、吕微提出的"帝系神话"、李川提出的"经史传统"等概念，都强调了神话的神圣性叙事这一本质特征。《中国民间文学史》也说"神话就是真实性、神圣性的信仰叙事"[2]。谭佳认为，"一则真正意义上的神话一定是道德的，或政治的，或具有信仰意味的叙事与观念"[3]。杨利慧对神话的这一本质特征提出了疑问。她认为，将"神话"僵硬地界定为"神圣的叙事"并不能普遍概括现实生活中复杂多样的神话观和讲述、传承样态，且会排斥许多口头与书面上传承的、缺乏神圣性或者神圣性非常淡薄的神话。"如果只因为讲述场合和讲述人信仰程度的不同，两个在内容、形式上都非常相近的女娲补天神话讲述文本，一个被视为神话，另一个被作为非神话而被排斥在学者研究的范围之外，我认为无疑是削足适履，它会限制研究者的视野，从而影响今天和未来的神话学建设。"[4]

依笔者之见，神话的神圣性叙事与非神圣性叙事是从不同的时空范畴而言的，强调神话的神圣性是从神话的原生范畴而言，即神话只能产生于有"信仰—宪章功能"的特定社会之中，一旦失去了这个前提与土壤，神话的神圣性就无从谈起；非神圣性则悬置了神话产生的社会语境，强调的是神话在现代社会中的应用功能与价值。陈金文认为属于"神圣的叙事"的神话是指具有神话信仰的人讲述的神话，不包括经文字制作成标本和不具神话信仰的人讲述的神

---

1 ［英］马林诺夫斯基著，李安宅编译：《巫术科学宗教与神话》，上海文艺出版社，1988，第132页。
2 祁连休、程蔷、吕微主编：《中国民间文学史》，河北教育出版社，2008，"导论"。
3 谭佳：《中国神话学研究七十年》，《民间文化论坛》2019年第6期。
4 杨利慧：《现代口承神话的传承与变迁——对四个汉民族社区民族志研究的总结》，《青海社会科学》2011年第1期。

话。¹ 也就是说，在产生女娲补天神话的初民时期，当时的民众对这一神话的真实性是确信无疑的，并把其嘉言懿行当作神示、社会规范而予以践行，但时过境迁，现代人讲述这一神话不过是讲述一个普通的故事而已。或者说一个宗教信徒讲述宗教经典里的神话与一个非宗教信徒讲述同样的神话，两个人对同一则神话的信仰体验是不同的。关键的问题在于，我们不能因为讲述者不具有宗教信仰而否定其所讲述的内容不是神话。如果我们狭义地认为只有信仰者讲述的神话才是神话，非信仰者讲述的不是神话，那就犯了机械主义的错误，其本身也是伪命题。

综上，我们必须一分为二地看问题：没有信仰的神圣性就产生不了神话，这是神话得以产生的前提条件与社会土壤；神话在社会发展过程中逐渐脱离了神圣性外衣，但其仍具有神话的特点。前者是从信仰层面的原生范畴而言，后者是从故事层面的普遍性范畴而言。巴斯科姆认为，神话、传说和民间故事并不是作为被普遍接受的范畴而提出的，而是作为可以运用于跨文化研究中有意义的分析性概念，它们甚至可以"类比或启发性地"运用于其他得到当地"异文化"认可的"原生范畴"的系统之中。它们来自欧洲民俗学者在运用这三者时的区分，并且很可能反映出欧洲"民间"的"原生范畴"。²

神话的神话性与非神圣性看似是"朝前看"（原生范畴）与朝向当下（普遍性范畴）问题，但并非如此简单，二者在不同时空范畴内呈现出互文共生性特征，即神话性与非神圣性并不是非此即彼的关系，二者存在着相互影响、转化的复杂关系。譬如遗产旅游地导游词中的神话文本不能简单地划归到非神圣性文本行列中，或者说已经完全世俗化了。笔者在多次田野调查中发现，这些被导游挪用或重述了的神话文本，即使脱离了"信仰—宪章功能"的社会语境，仍具有一定程度的神圣性特点。如大多数丽江导游在玉龙山下讲述山神阿普三多的神话时，他们的语气并无调侃意味，有的还引领游客双手合十面对雪山祈福。这里面明显存在着利用神话文本对玉龙雪山再度神化的过程，也就是说通过讲述神话，导游与游客之间重构了一个神圣空间，当然这个神圣空间与传统

---

1 陈金文：《神话何时是"神圣的叙事"——与杨利慧博士商榷》，《社会科学评论》2007年第2期。
2 ［美］巴斯科姆：《口头传承的形式：散体叙事》，［美］阿兰·邓迪斯编，刘魁立主编：《西方神话学读本》，朝戈金等译，广西师范大学出版社，2006，第12页。

社区的信仰空间是有区隔的。丽江喜鹤东巴婚礼公司是一个专门面向游客提供东巴婚礼服务的地方企业，至今已经举办了1200多场东巴婚礼。在举行东巴婚礼时，都严格按照传统的东巴婚礼程序进行，老东巴在婚礼上讲述东巴史诗，参加者都按照传统礼仪进行烧香、磕头、祝愿等仪程。这个过程中的东巴史诗无疑仍具有神圣性叙事的特点，或者说正是因为这一传统仪式具有神圣性特点，才能吸引外来游客前来参加，以期铭记神圣庄严的人生时刻。当下流行的"仪式感"一词也包含了"神圣性"之义，毕竟很少有人把婚礼视若儿戏，丧葬仪式也是如此，丧家门上横批写着"当大事"三字，其中的"神圣"意味不言而明。

玉龙雪山下的玉水寨是一个以东巴文化为主题的景区，里面的部分东巴祭司自小成长于传统的东巴文化社区，有着信仰根基，在玉水寨从事旅游服务过程中，这种文化信仰不但没有消减，反而得到了强化。原因不只是自身的不断加强学习修养，也有作为他者的游客对东巴文化的认同带来的催生作用。玉水寨东巴也算未远离传统的东巴文化生态，他们不只是为游客服务，也为远在偏远山区仍信仰东巴文化的民众服务。从这个层面而言，我们不能说遗产地旅游的神话文本就没有了"信仰-宪章功能"。笔者在山西运城、河南王屋山、新郑、南阳、甘肃定西、庆阳、张掖等地进行田野调查时，当地的官员、导游、村民讲述伏羲、王母、盘古、女娲、黄帝、大禹等神话人物及其故事时，并没有戏说、调侃的语气，他们虽然不相信这些神话人物真实存在，但对这些神话所包含的神圣性因素坚信不疑。这些"神圣性因素"包含了他们对祖先英雄们创造的丰功伟绩的崇敬，对当地所拥有的悠久历史的自豪，对这些神话构成的中国文化的高度认同。当然，这并不是意味着所有人都是如此，我们不排斥把神话当娱乐与消遣的情况，正如不能排斥神话所具有的神圣性特征，现代社会也有构建现代神话的可能性。这一点上，笔者更倾向于袁珂提出的广义的神话概念，只要人类对自然力无法完全支配，不只是原始社会有神话，阶级社会各个阶段也都有神话，即使到了共产主义，神话还是有产生的可能。[1] 这与叶春生提出的"新神话"的概念是相一致的。[2]

---

[1] 袁珂：《再论广义神话》，马昌仪编：《中国神话学文论选萃》，中国广播电视出版社，1994，第314—329页。

[2] 叶春生：《简明民间文艺学教程》，湖南文艺出版社，1987，第86—87页。

杨利慧对"神话主义"概念的修正或对神话的神圣性叙事的质疑，目的是引发学界对当下神话的关注与研究，而非耽于历史的、概念的、形而上的理论探讨的误区中，这无疑具有积极的现实人文关怀意义，对学科建设也不无裨益。其实我们不难发现，神圣性并非"神话主义"可以远离或摒弃的文化特征，反过来，神话所具有的神圣性特质正是它能够被当代社会大量挪用与重述的关键因素。不只是在影视、文学作品中以此来批判世俗主义与物质到上的价值观，同样也可为遗产旅游不断赋魅，即使在网络里具有反讽、戏说成分的神话段子、视频、游戏中，也是通过消解神话的神圣性来达成言说的表演效果。如果没有了神圣性，"神话主义"能够何为？也就是说，神话的神圣性正是其世俗性得以发生、演变的前提因素，如果没有了神话的神圣性特质，也就没有了挪用与重述的价值与可能性。正如笔者在前面所述，遗产旅游中的神话被挪用或重述，既有神话的神圣性被大量复制而导致的文化同质化、世俗化问题，也有神圣性在特定的社会语境下得以强化、再生的情形。这说明，对关于神话的神圣性与世俗性问题的讨论必须置于一定的历史时空及意义范畴下才能成立，应避免从孤立的个案、片面的观点出发来理解二者的复杂关系。

（二）神圣与世俗：对东巴史诗的现代性重述的思考

四十年前，英国《独立报》惊呼，再过三十年，东巴文化必将在地球上消失！[1]三十年后，我们面对的一个现实状况是：东巴文化不但没有消失，反而呈现出方兴未艾趋势——民间东巴仪式得到了恢复，东巴人数也得到了明显增加，东巴文化的地位与影响力在社会中得到了相应的提高与增强。虽然也有不少学者对东巴文化的产业化、商品化多有诟病，但不可否认的一个事实是东巴文化还活着，或者说东巴文化通过现代性重述获得了"第二次生命"，而此与遗产旅游与网络媒介的兴起有着内在的逻辑关系。从上述的东巴史诗的不同时代际遇中可察，不论是21世纪中叶以来的政治化改造与文学化改编，还是到1978年改革开放后的遗产化与商品化挪用，东巴史诗从未在历史中缺场，它或隐或显地重述着自身的存在与意义。

毋庸讳言，从新中国成立初期的政治化改造到遗产旅游展演与商品化挪用，

---

[1] 周清印等：《非物质文化遗产代表性传承人调查》，《半月谈》2009年第10期。

无不见证了东巴史诗从神坛走向世俗这样的文化变异,原来神圣庄严的宗教仪式变成迎合游客的表演,东巴祭司也转变为展演者角色。"商业化"也不可避免地被打上了"庸俗化""碎片化""失真化"的负面标签,不少学者也对此少不了诟病与批评。从学术层面而言,有的学者认为神话被挪用到旅游、商业活动后,其神圣叙事特点已经不再,神话的"光晕"也已消失殆尽,神话的学科边界也由此消失,所以这样的"神话"不再是传统意义上的神话;有些学者从学科发展计,或者从超越物质功利性的人类终极意义出发,认为"神话是神圣性的信仰叙事",神话与传统仪式、神圣性之间有不可分割的关系,主张回归神话的神圣叙事传统,批判反对过度商业化、功利化趋势。"回到古史传说时代那种的'神圣叙事'——关于天、地、人、神的秩序世界建构,回到人类原初对神、宇宙、未知的'心灵惊骇'——关于超自然、神性、志怪的心灵世界,这或许会对这个日趋浮躁的社会更有建设性。"[1]

笔者在田野调查中却发现了这样一个特点,参与旅游服务的东巴并非都是唯利是图之人,恰恰相反,大多数东巴对东巴文化是有信仰与敬畏之心的,他们在习得东巴文化过程中就建立了对东巴教及其文化的信仰,每一个东巴都深知,从事鬼神之事不得妄为,否则反克自己,产生"米克"(罪责)。[2] 即使对游客表演性的东巴仪式,也不能简单应付了事,否则会欠下的鬼神的债务,一生不得安宁。这些东巴在参与旅游的过程中,自觉加强东巴文化知识学习,提升了自己的东巴文化水平,客观上有助于提升其在旅游企业的地位与经济收入水平。另外一个现象也值得思考:在丽江从事旅游服务的好多东巴在民间也是声望颇高的法师,经常邀请他们回乡主持东巴仪式。笔者知道的就有杨文吉、石春、和丽军、杨玉勋、和国华、和承德、更布塔、和旭辉等人。学习与掌握好东巴文化知识可以成为在旅游市场中立足的一技之长,有些东巴是在参与旅游服务过程中不断努力学习而成为东巴祭司的。当然,泥沙俱下的旅游市场中,也不排除有极少数的假东巴或利欲熏心的东巴混迹其间,但从总的趋势来看,在东巴文化协会组织及政府相关部门的严格监督及游客的举报下,旅游企业自

---

[1] 吴新锋:《心灵与秩序:"神话主义"与当代西王母神话研究》,《云南师范大学学报(哲学社会科学版)》2016年第6期。

[2] "米克"是纳西语,指因自身思想言行产生的罪责,一般指仪式中不符合规范触怒神灵而降下的灾难。

身也不能容忍害群之马,近年来,旅游市场中的东巴整体质量明显得到了提升。

东巴文化元素在旅游市场中的广泛应用,客观上重构了东巴经典的演述场域与叙事语境。笔者在参与观察东巴婚礼的过程中发现,虽然东巴婚礼仪式程序作了相应的压缩,但其核心程序、主要经典仍得以保留,在民间仪式中也是经常这样做的。而且参与婚礼的当事者的态度也很虔诚,把此仪式视为人生中的神圣时刻。正因为东巴婚礼具有传统性、神圣性特点,才赢得了外来游客的青睐。近年来,金葫芦、更布塔两个东巴对传统婚礼进行了大胆的改革创新,有意识地压缩了传统的繁文缛节仪式过程,并把晦涩深奥的东巴经文创编为普通民众也能听懂的"白话文",同时增加了仪式现场中新人与双方父母、嘉宾互动交流环节,最后以宾主尽欢的歌舞节目联欢活动收尾,由此达成了娱神与娱人、仪式感与参与感、人情味与时代味的有效融合。从客观上而言,他们的这种创新努力,其实也在引领东巴文化的新时代发展方向。也就是说,旅游场域中的东巴仪式展演与神话叙事并不能被简单地打上世俗化、庸俗化的标签。

东巴叙事主体与叙事语境的变化也是东巴史诗现代性重述的一大表征。通过旅游吸引大量的游客,加上网络媒介的推波助澜,东巴史诗的叙事空间从传统的民间社区挪到了广阔的旅游场域及网络空间。不只是旅游景区里的导游、东巴等旅游服务人员在讲述东巴史诗故事,与旅游服务相关的司机、官员、地方民众也多多少少知道些东巴史诗,他们也构成了东巴故事的讲述群体。2017年笔者乘坐一辆旅游面包车前往丽江拉市海景区,途经一个村庄时,游客问起村名,司机说叫"当启起",顺带讲起村名的来历:很久以前,东巴教教主丁巴什罗从西藏追杀一只恶魔到此处,恶魔藏到一个山洞里,丁巴什罗作法让地动山摇起来,恶魔待不住只得跑出来乖乖受擒。"当启起"就是住处摇晃的意思。很明显,司机对原来的神话故事作了创编,把原来故事的主人公阿明于勒换成了丁巴什罗,并且把阿明于勒杀魔与作法驱赶藏传佛教徒这两个故事合在了一起,还把丁巴什罗说成是本村的人氏。应该说,司机本人对本土这些故事是熟悉的,他有意置换故事主人公,通过教主身份来凸显叙事的神圣性,从而给村名带来"光晕"效益。如果听众换成村民,这个故事是讲不下去的。也就是说,特定的叙事场景、叙事传统、叙事事件、听众的期待与互动构成了特定的叙事语境。在这个特定的叙事语境里,司机对原来的神话进行了创编,且把神话叙事变成传说叙事使文类、事件发生了不同程度的变异。鲍曼认为,"表演的文类、事件和角色不会孤立地发生,而是相互作用,相互依赖的"[1]。这位司机的口头叙事仍属于民间文学的范畴,他的这种以传统为导向的神话叙事是依赖特定的文化传统、创编规则与社会语境进行的,依然属于民间叙事范畴。可以说,没有特定的叙事语境的存在便没有口头表演,口头传统也就不再是传统,也就没有口头诗歌的流布与传承。用洛德的话来表述:"他的即兴表演的艺术,牢牢地植根于他对传统要素的把握。表演对口头诗歌的核心地位是很明显的。没有表演,口述传统便不是传统;没有表演,传统便不是相同的传统。没有表演,便不会产生什么是口头诗歌这样的问题。"[2]

东巴史诗叙事的主体不再仅仅是东巴,叙事场域也不只是传统的仪式及民俗活动,它已经置换到广阔的旅游景区、现代社会生活的方方面面,包括方兴未艾的网络媒介领域——各种网站、网络虚拟社区、QQ、博客、微博、微信公众号等媒介平台。笔者在微信圈里可以说天天可以看到有关东巴的文字、文本、语音、视频、音乐,甚至有的东巴文化群通宵达旦地聊天、吟诵、唱歌,这些都创造了一个更为广阔、活跃、丰富的东巴史诗叙事语境。

现代性语境下的东巴史诗叙事主体、语境、场域都发生了相应的变化,原来的口头——书面叙事、仪式叙事方式也出现了多元化的语言叙事、行为叙事、景观叙事、影视叙事、网络媒介叙事等方式。一直关注神话的当代应用的田兆元认为,"没有语言叙事、仪式叙事、景观叙事或者数字多媒体叙事这些形式,神话的现代转化根本就没有办法实现"[3]。

东巴史诗现代性语境里的挪用与重构,是一体两面的同构进程,也是一个从祛魅到赋魅,从政治叙事到资本叙事的进程。这个进程至今仍处于深化过程中,其间蕴含着东巴史诗的再生机遇。当然,我们也不能不看到东巴史诗在遗产旅游与网络媒介的挪用与重述中的胡编乱造、过度商业化、社区主体缺失、传统断裂等乱象,隐含着东巴史诗从文化遗产蜕变为商品附庸的身份危机之虞。

当然,存在的问题并不构成我们否定传统神话或民俗在现代性重述的正当理由,反过来,我们应当以更强烈的时代担当与学科意识来关注它、研究它。

---

[1] [美]理查德·鲍曼著:《作为表演的口头艺术》,杨利慧、安德明译,广西师范大学出版社,2008,第37页。

[2] [美]阿尔伯特·贝茨·洛德著:《故事的歌手》,尹虎彬译,中华书局,2004,第17页。

[3] 田兆元:《神话的三种叙事形态与神话资源转化》,《长江大学学报(社会科学版)》2019年第1期。

正如寻找"原生态"只能是徒劳无功，回到神话的"社会宪章"时代也只是一厢情愿。神话以及传统民俗要想得以生存，必然要与现代性因素相结合，这样才能获得对当下社会的价值与意义。赵世瑜认为，"民俗学既是传承之学，也是变动之学，符合这种学科本位的实践方法必须是能够解释生活与文化传承及嬗变的方法"[1]。这既是神话主义存在的价值所在，也是其所面临的理论挑战。

五、东巴史诗的文化价值思考

东巴本义为"智者"，东巴史诗也就是作为智者的纳西先民留给后人的文化遗产，它具有经典性与传统性，同时作为带有浓郁原始宗教特色的文化产物，还具有原生性与元宇宙性特点。东巴史诗并非博物馆里的遗留物，也并非满足现代人优越感的"活化石"，而是至今仍活在民众的生活世界与精神世界中的活态文化。如何建构朝向当下的东巴史诗？关键在于如何辩证地看待包括东巴史诗在内的东巴文化。

首先，要明确我们研究传承东巴史诗与东巴文化，并不是要回到全民信仰东巴教的原始社会中去，更不是留住这一东巴文化乡愁，沉浸在民族传统的温情中。没有比较的视角，没有国家意识、国际眼光，没有现代公民意识，单纯的单一民族至上论往往会滑入地方民族主义或民族沙文主义的泥淖中，对此我们要保持高度的警惕。东巴文化中哪些是需要保护传承的，哪些是与世界潮流共性相融的，这是必须要有自知之明的。纳西族史专家郭大烈认为：

> 面对世界发展潮流，纳西人应该清醒地认识到，纳西族东巴文化在历史上并不是优势文化，相反基于它本身的致命缺陷与生存环境制约。它先天不足，它在纳西族地区尚未及获得充分发展，因统治集团大力提倡佛教，而退居山野；另一方面，新中国成立五十多年来，由于社会剧烈变革，它已失去其传教的生存环境，后天失养，即使是身居古城内的青少年也存在

---

[1] 赵世瑜：《传承与记忆：民俗学的学科本位——关于"民俗学何以安身立命"问题的对话》，《民俗研究》2011年第2期。

着东巴文化基础——纳西语消失的危险！同时，我们也应看到，纳西文化本身有很大的适应性和再生能力，这就是纳西族"文化自觉"。"文化自觉"是时代的要求，在全球经济一体化前提下，生活在一定文化氛围中的人对自己的文化应有"自知之明"，应当通过自身的文化个性来回应外来文化并且对其发展历程和未来有充分的认识。[1]

其次，要防止把东巴史诗或东巴文化视为过时的、野蛮落后的"宗教迷信"而进行全盘否定与排斥。在漫长的封建社会，统治阶层将少数民族传统文化视为茹毛饮血的野蛮文化而大加挞伐。丽江于雍正元年（1723）进行改土归流，在文化政策上实行"以夏变夷"的民族歧视政策，把东巴文化视为牛鬼蛇神类而予以排斥打击，这一文化歧视政策一直延续到新中国成立前；在"文革"中又遭受灭顶之灾，流毒颇深，至今在一些"雅士墨客"心目中，东巴文化仍属鄙俚野俗，是难登大雅之堂的。如何辩证地看待东巴文化？从历史范畴而言，东巴文化在历史上对于深化民族文化认同、促进民族及其文化的形成、发展起了重要的作用，这些重大的历史贡献是不能抹杀的。从文化价值而言，这些本土传统文化蕴含着这一民族独特的、不可替代的文化特质，正如马克思评价古希腊神话与史诗作为人类童年的文化产物，在永不复返的阶段显示出了永久的魅力，至今仍然是"高不可及的范本"。东巴文化对本民族文化乃至人类文化的创造性发展与转化无疑起着重要的文化基因库的作用。

再次，不能因为东巴文化因其自身发展不充分而失去主流文化地位就抹杀其文化价值与历史作用，也要警惕当下"非遗"运动，文化旅游时代语境下对东巴文化的过度炒作导致的商品化、庸俗化、碎片化、神秘化现象。毋庸讳言，我们不能不看到当下民族传统文化在遗产旅游与网络媒介的挪用与重述中的胡编乱造、过度商业化、社区主体缺失、传统断裂等乱象，其间隐含着传统文化从文化遗产蜕变为商品附庸的身份危机之虞。譬如从东巴退出古城到当下丽江古城满城皆东巴，一些商家为了迎合游客趋异心理而大肆炒作东巴文化，人为地制造东巴文化假象。东巴文化的神秘化、宗教化、商业化、庸俗化倾向严重偏离了其文化本真形态，长此以往，必然对东巴文化的文化生态造成严重破坏，

---

[1] 郭大烈：《郭大烈纳西学论集》，民族出版社，2008，第216页。

应予以批评及纠正。不论是古城文化还是东巴文化，任何赋魅与祛魅行为都背离了文化本质。

最后，辩证地看待不同时期的民族文化价值，批判地继承传统文化，这是文化发展的必然要求和客观规律，也是马克思主义对待传统文化的基本立场。我们既要反对民族虚无主义及全盘否定的错误思想，也要反对民粹主义和全盘肯定的错误倾向。对待不同时期的民族文化价值的正确态度就是辩证的"扬弃"，正如习近平总书记在纪念孔子诞辰2565周年国际学术会议上所说："不忘历史才能开辟未来，善于继承才能善于创新。优秀传统文化是一个国家、一个民族传承和发展的根本，如果丢掉了，就割断了精神命脉。我们要善于把弘扬优秀传统文化和发展现实文化有机统一起来，紧密结合起来，在继承中发展，在发展中继承。"坚持马克思主义的指导，使传统文化与时代发展要求相符合，与中国特色社会主义文化相适应，这既有利于各民族文化的可持续发展，也是实现中华民族伟大复兴的必由之路。

第十章 理论研究

东巴经里经常出现这样的口头程式句："如果不知道它的出处与来历，就不要论谈它。"来历与出处即它的传统性与经典性，我们通过研究"它从哪里来"来探求"它是什么""它往何处去"的问题。古希腊哲学家苏格拉底说过，"知道得越多越无知。"意思是说我们越深入了解某一事物，所接触的未知领域越为广大，所引发的问题也越多，对知识的好奇与敬畏是相辅相成的。如果说之前讨论的是"东巴史诗从哪里来""何为东巴史诗"的问题，本部分要讨论的是"东巴史诗何为"的问题，即探讨东巴史诗研究的学科属性，以及学科朝向的可能性。这种探索性研究不可能提供现成答案，更没有指路明灯的意味，重在探讨其所蕴涵的学术生长空间及未来走向的更多可能性。

需要说明的是，我们研究东巴史诗不只是为了弘扬光大东巴文化，而是通过梳理其源流脉络、把握其发展规律，揭示其突出的普遍性价值，提炼学术概念与学术观点，展开学科间对话，推动相关学科的可持续发展。这既是东巴史诗研究的学科朝向，也是研究者的学术使命所在。

第一节 东巴史诗研究的学科属性与朝向

一、学科属性

东巴史诗是什么？这既是本著的本体问题，也将是此专题研究的永恒问题。

东巴史诗是文学，是综合艺术，是神话，是口头传统，是仪式史诗，是叙事传统，是"纳西族古代社会百科全书"，是中华绝学，是人类童年文化记忆遗产。可以说，东巴史诗本身包含的丰富文化内涵注定了其文化及学科属性的多元性。

（一）文学属性

东巴史诗属于文学，史诗本身是按文学类别设定的，它与神话、传说、故事、童话、歌谣等其他文类一同纳入到民间文学或民族文学范畴。从民族文学范畴而言，东巴史诗属于东巴文学、纳西族文学。东巴史诗是通过东巴象形文字或纳西语，以诗歌形式，艺术地反映纳西族先民的重大历史、社会生活和思想观念。它是纳西族古代语言艺术的最高成就，高度艺术地保鲜了"人类童年文化"的历史记忆，至今仍然给人以纯美的艺术享受与智慧启示。以史诗与神话构成的东巴文学犹如一位天真烂漫的孩童，对未知的世界充满好奇，他既没有老于世故的圆滑，也没有狂傲无知的顽劣，而是用其"人之初"心灵展示人类的理想追求，散发出自信、淳真、善良、好奇、勇敢的人文精神。这也是这一"人类童年文化"为什么至今让人们为之动容的内在原因。

(二)神话学属性

东巴史诗从文学表现手法而言,它不属于《史记》那样的写实体,而属于以虚构为主的神话体,其文化底座是神话,从而天然地具有神话学的学科属性。相形于我国"三大史诗"(《格萨尔》《江格尔》《玛纳斯》)鲜明的英雄史诗特色,南方民族的史诗更多体现出与神话相杂糅的色彩。在国内学术界,往往把南方民族的史诗与神话视为一体,譬如把《崇般图》《布洛陀》《密洛陀》《查姆》《司岗里》等诸多创世史诗也称为创世神话,吴晓东把南方史诗的这一特性称之为"非典型史诗"。[1] 当下的史诗概念源于古希腊的英雄叙事,是以《荷马史诗》典范的。南方民族的史诗以创世史诗为主,基本上是20世纪80年代才提出来的,至于迁徙史诗、复合型史诗更是晚近的事。当然,从学科属性而言,史诗学与神话学是有区别的。正如东巴史诗里有神话,但东巴神话并不都是史诗。史诗是集神话、传说、故事、歌谣、谚语等口头传统于一体的民间文学大成者,因其文化体量大,采取诗歌形式,反映民族重大历史文化事件而成为史诗;而神话一般限于对超自然力或神灵的叙事,反映远古时期人们解释自然、征服自然的愿望,一般分为创世神话、自然神话、英雄神话。神话是史诗产生的土壤,神话土壤越丰厚,史诗也越丰富多彩。西方文学之源头《荷马史诗》就是古希腊神话的结晶,《格萨尔》是藏族地区深厚的神话传统的硕果,东巴史诗源于纳西族源远流长丰富多彩的神话世界,比纳西族神话更有典型性与代表性,是东巴文学中最有代表性的语言艺术杰作。

(三)口头诗学属性

从文学的表述方式而言,东巴史诗源于口头,表于口头,传于口头,属于口头传统,是纳西族标志性的口头传统,其研究范畴属于口头诗学。现存的近两万多卷东巴经籍文献大多数是仪式口诵内容的记录文本,其间遍布大量的口头程式句法即是明证。这些书面文本主要满足仪式上的吟诵,属于典型的半口传文本。当然,东巴史诗中还有一部分至今仍以口头形式流传,这在《祭天古歌》《烧天香》《挽歌》《婚礼歌》等中凿凿可证。至于从东巴史诗中衍生出来的口头神话、传说、故事、民歌更是不胜枚举。从口头诗学视角研究东巴史诗是

---

[1] 吴晓东:《史诗范畴与南方史诗的非典型性》,《民间文化论坛》2014年第6期。

有效的，也是近年来方兴未艾的学术态势。

（四）仪式诗学属性

从演述语境而言，东巴史诗是在仪式中演述的史诗，属于仪式史诗，可纳入仪式诗学研究范畴。东巴史诗离开了仪式就成了离开水的鱼儿。东巴史诗之所以称之为"活态史诗"，就是因为它活在民间仪式中。这些民间仪式直接为民众的生老病死服务，为社区的长治久安服务，在早期社会中还起到了"社会宪章"作用，至今在建设和谐社会、民族团结、文化认同、文化产业等方面仍发挥着重要社会作用。无仪式则无东巴史诗，仪式行为产生文本，仪式文本要大于史诗文本。仪式语境下的史诗演述与单纯的口头演述，或静态的史诗书面文本存在着较大的差异。当下的口头诗学源于已经脱离了仪式语境的口头演述文本，由此决定了这一理论范式的局限，仪式诗学无疑是深入解析东巴史诗的学术利器，而且对国内外的活态仪式史诗同样具有普遍的理论有效性。

（五）综合艺术属性

从表现形态而言，东巴史诗是仪式中演述的综合艺术。仪式本身所具有的巨大话语体系决定了这一仪式史诗形式与内容的多元复杂性。首先是其表现形态的多模态性：口头吟唱——口头性；东巴经籍——书面性；舞蹈与身体表演——具身性；木版画、纸牌画、卷轴画——图像性；服饰、泥偶、面偶、编扎——造型性；它还调动了人类的听觉、视觉、嗅觉、感觉等多元感官系统，促成了沉浸式的文艺体验情境——戏剧性。其次是表现内容的多元性：文学、歌舞、绘画、工艺、宗教、民俗、戏剧，等等。如果我们单纯地拘泥于东巴史诗的书面文学文本中，往往会陷入静止的、孤立的、片面的研究误区中，因为东巴史诗并不只是用来阅读的书面文本，而是在仪式中"演述"的活态文本，它是口头演述的，可以诵读、吟诵、演唱，且伴有丰富的表情与身体语言；它是翩翩起舞的，它是色彩斑斓的，它是欢声笑语、群情激奋的；它是通过调动仪式中的声音、形体、歌舞、图像、工艺、场景等所有元素来达成仪式叙事表演的，仪式史诗文本是超级文本，多模态文本、融文本，从而也具有了综合艺术学科的特质。

（六）叙事学属性

从文化传统而言，东巴史诗属于民间叙事传统，可归属于叙事学研究范畴。仪式史诗、仪式神话、仪式文学皆可列入叙事学的范畴。仪式是传统的产物，叙事是仪式内核。仪式为叙事提供载体，叙事为仪式服务，仪式与叙事皆为观念实践。史诗是通过仪式叙事来实践先民的思想观念，促成"神话是真实的"叙事效果。仪式叙事的逻辑、方法、内容皆是传统的产物，背后都有严整的叙事法则、叙事结构、口头程式、仪式规程、伦理道德、宗教教义、民俗禁忌等系列叙事传统。东巴史诗作为仪式叙事传统，超越了狭隘的史诗、神话、故事、传说等文类之争，避免了文学与音乐、舞蹈、绘画、工艺等叙事方法论之争，契合东巴史诗作为诗歌舞艺术融为一体的综合艺术特点，同时可以达成多元学科的交叉研究，推动东巴史诗及学科本身的可持续发展。

（七）仪式叙事学属性及其意义

东巴史诗的叙事属于仪式叙事，但此仪式叙事不能等同于当下叙事学范畴内的仪式叙事。在叙事学范畴内，仪式叙事仅指文学文本中发生的仪式，即仪式在文学文本中所发挥的叙事功能。本章节中的仪式叙事是指仪式现场发生的叙事活动，属于大仪式文本叙事，其概念内涵及外延在大大超越了前者。仪式叙事属于超级叙事，构成仪式的主持者、受众、口头与书面文本、场景、传统民俗、宗教观念等元素成为叙事单元，它们通过仪式框架突出叙事主题及情节，共同营造叙事空间，使仪式参与者进入现实场域中的叙事世界中，沉浸式体验、理解、认同民族文化传统。仪式叙事学是东巴史诗研究的最终学科朝向。这也本章节重点探讨的核心问题。

从发生学上来说，仪式叙事涉及宇宙观、世界观、价值观，以及哲学终极问题，从而具有了元叙事、元文学、元史诗的概念特征，其叙事内容及叙事活动本身构成了纳西先民的元宇宙。他们通过自身的想象来构筑艺术形象，以渗透着情感的语言来表达自我、传递信息，沟通天地鬼神，以神奇故事解释、探索宇宙世界，从而照亮了人类的漫漫征程。现代人可以居高临下地把这种探索命名为"原始思维""巫术""神话"，但不可否认所具有的"科学"意义。这本身是先民们用他们这个时代最先进的理念所进行的科学探索。马林诺夫斯基把"巫术—宗教—科学"作为人类社会发展三个阶段，但恰好忘记了科学并非单线进化，一蹴而就的，所谓的"巫术"中所包含了科学的因素。不然，我们现今所认为的科学，可能上千、万年后，难免也会沦为"前科学"之嫌。尹虎彬对此有过思考："人们在今天更加强调的是文化的多样性，强调对于传统文化和人类自然遗产以及口头和无形文化的抢救和保护。我们这一代人曾经很自信地谈论文明与野蛮、先进与落后、传统与现代、科学与愚昧的冲突。但是，今天看来，事情并非这样简单。文化的选择不像科学活动那样，最终会有一个正确的答案。我们的科技水平提高了，但是，我们为之生存的自然界却逐渐恶化。世界变得空前发达了，可是种族之间的冲突却变得更加复杂。科技文明的进步不会保证我们在人文视野上比古人更加智慧。同样地，人们应该自省的却是这样一个问题——'我们'先进吗？城里人和农民，知识分子和目不识丁的村夫，今人和古人，哪个'我们'更加先进呢？"[1]

文化寻根与未知探索是人类永恒的主题，是薪火相传、没有终点的文化长跑。

东巴史诗是文学，是神话，是口头传统，是仪式诗歌，是叙事传统，是元史诗，元叙事，是元宇宙……东巴史诗是什么？也将是一个永远没有唯一答案的命题。对问题的终极探索本身是学术题中之义。

东巴史诗是传统的产物，我们研究传统并非是要回到传统，更多是要面向现代，面向未来。东巴史诗研究的现代性体现在哪儿？也就是它对当下的学术研究有何突出的普世价值？这就涉及东巴史诗研究的学科朝向问题。从民族学学科范畴来说，东巴史诗研究属于纳西学之下的东巴文化研究，但这仅仅是从研究对象的民族属性而言的，并没有学术理论范式的意义。依据笔者多年研究经验以及当下研究发展趋势而言，东巴史诗研究朝向更多是趋向于口头诗学、民俗学、民族志诗学、叙事学等多元学科相交融而生成的仪式叙事学。

---

[1] 尹虎彬：《一项很有意义的研究成果——评〈民族与国家：中国多民族统一国家思想的系谱〉》，《中国民族报》2003年12月9日。

二、学科朝向——仪式叙事学

（一）从东巴史诗到仪式史诗

笔者长期跟踪调查研究东巴史诗，在研究中发现口头程式句法在东巴经籍文本中广为分布，口头程式是东巴口头及书写传统的主要表达单元，书面文本源于口头文本，为口头叙事的提词本，属于典型的口头记录文本。[1]这一文本特性为口头诗学理论来观照东巴史诗研究提供了可能性。东巴史诗文本中口头程式密度较高，且呈现出诗行、名词性修饰语、专有名词等不同程式类型，这些程式句法与东巴叙事传统存在着极为密切的指涉性关系，口头诗学理论在此能够得到有效应用。但随着调查与研究的深入，笔者发现口头诗学理论与研究对象发生了"排斥反应"。口头诗学创建者洛德认为："口头诗人在表演中的创编这一过程中，程式用于构筑诗行，主题用于引导歌手迅捷有效地建构更大的叙事结构"[2]。对于歌手来说，程式属于口头创作，而不是记忆手段。"[3]但在具体的东巴史诗演述过程中，很少有类似的"表演中的创编"，甚至有时东巴在念错经书时会忐忑不安，认为这会导致仪式的不圆满，往往在仪式结束后举行一个忏悔补过仪式；与北方"三大史诗"的满足受众娱乐要求不同，东巴在演述史诗时并不以迎合受众为目的，甚至现场空无一人也要善始善终完成演述；东巴史诗《崇般图》（又名《创世纪》）在不同仪式中呈现出不同的迁徙史诗、创世史诗、复合型史诗等多元史诗类型；史诗演述并非仅是消遣娱乐的工具，兼具有宗教治疗、禳灾祈福、文化认同、调适社会关系等诸多文化功能；东巴史诗演述并非单一的口头或书面文本的演述，而是与音乐、舞蹈、绘画、工艺、服饰等多元叙事单元形成互文叙事关系，具有多模态文本特征；在一个完整的仪式中，史诗只是其中一本经书，而并非全部的演述文本，东巴史诗演述结束了，仪式并未结束。这说明仪式为史诗提供了演述平台，史诗是活在仪式中，而非反之。仪式文本要大于史诗文本，而文化文本又大于仪式文本。同为史诗演述，为何与"三大史诗"的演述发生如此迥异情况？关键一个主因在于仪式使然。在仪

---

1 杨杰宏：《东巴经籍文献中的口头程式句法研究》，《中央民族大学学报（哲学社会科学版）》2017年第1期。
2 尹虎彬：《古代经典与口头传统》，中国社会科学出版社，2002，第112页。
3 同上书，第119页。

式语境中,史诗的产生、发展,以及其演述形态、史诗文本、演述场域、文化功能、传承方式等都受到仪式的严格制约。当下的口头诗学一开始就源于与仪式相脱离的口头史诗,注定了这套理论范式的"先天不足"。以不是研究仪式史诗的理论来套仪式史诗,必然会带来系列的理论排斥反应。当然,这也为进一步修正口头诗学的理论短板提供了难得的学术生长点。为了有利于准确、完整理解研究仪式演述语境中的史诗,笔者提出了"仪式类诗史"(又简称为"仪式史诗")[1]、"仪式程式"[2]、"多模态叙事文本"[3]、"动态文本"[4]等系列本土化学术概念。以上概念的提出,是基于"口头程式理论"的延伸性研究,也是这一理论对东巴史诗中的一次理论实践,这对与仪式叙事紧密关联的史诗、神话等口头传统的研究有着积极的借鉴意义,同时对于仪式表演以及传统戏曲的深入研究也有相应的参考价值。[5]

(二)从仪式史诗到仪式诗学

"仪式史诗"的提出就是基于它既不同于以书面文本为主的史诗类型,也不同于脱离了仪式的口头演述类型史诗。"鱼儿要放在活水中看。"对这些至今仍活在仪式中的史诗、神话、戏曲、宝卷、变文,以及挽歌、婚嫁歌、贺新房歌等诸多民间活态韵文体文类,仪式无疑是一个重要研究视角切入点。笔者把这一理论范式在彝族、壮族、瑶族等多民族的仪式史诗中进行了应用实践。《密洛陀》与仪式的密切关系从两个方面得到体现:一是从史诗文本内容里叙述了各类祭祀仪式的来历,为史诗观念的社会实践提供了道德依据与仪轨操作。二是史诗演述完全是在各类仪式及民俗活动中进行的,《密洛陀》在传统的布努瑶社会中发挥了"社会宪章"的功能,这些大小不等的仪式构成了布努瑶民众的"社会剧"。《密洛陀》的文本类型、文本内容、演述方式、创编程度皆受仪式的整体制约,文本创编程度低,具有多模态文本等特点。基于此,笔者提出了"仪式诗学"的概念。"仪式诗学,简言之,以仪式中的诗歌为研究对象的学

---

[1] 杨杰宏:《仪式演述视域下的东巴史诗类型研究》《民族文学研究》2024年第1期。
[2] 杨杰宏:《东巴仪式叙事程式研究》,中国社会科学出版社,2017,第259—261页。
[3] 杨杰宏:《东巴叙事传统的研究范式与多维观照》,《民族文学研究》2020年第2期。
[4] 杨杰宏:《仪式演述视域下的东巴史诗类型研究》《民族文学研究》2024年第1期。
[5] 杨杰宏:《东巴仪式叙事程式研究》,中国社会科学出版社,2017,第259—261页。

科。通俗点说，就是对仪式中演述的诗歌进行研究的理论方法。相形于仪式史诗，仪式诗歌的概念范畴相对大些，毕竟只要是在仪式里进行诗歌演述活动皆可纳入其研究范畴，而仪式史诗仅限于史诗这一文类，如果涉及神话、故事则要定位为仪式神话、仪式故事。因为史诗具有诗歌特征，如必须具备韵律、诗行、节奏、想象等，尤其是韵律与诗行是必不可少的，仪式中演述的史诗由此具有了仪式诗学的特征。"[1]

（三）从仪式诗学到仪式叙事学

随着研究范围的扩大与深入，笔者发现仪式史诗、仪式诗学存在着相应的局限，毕竟并非所有仪式中演述的内容都是史诗或诗歌，同时存在着大量的非韵文体的文本。如果仅仅从史诗文本来界定仪式史诗或仪式诗学是有问题的，毕竟没有一部东巴史诗能够支撑整个仪式演述，《创世纪》《黑白战争》仅仅是众多仪式所用经书中的少数，而非史诗类经书，包括一些口头的、散体的文本在仪式演述中是占主体地位的。由此带来的问题是，这样的仪式叙事还能称为仪式史诗或仪式诗歌吗？这不只是东巴叙事传统中的孤案，在诸多民族叙事传统中，史诗往往同神话、散体故事、传说相融合的。在活态传承的民间仪式文艺、仪式叙事传统中此类现象更数不胜数，如民间仪式戏曲中的念白以及插科打诨，民俗仪式中的评书评弹，大理白族岁时节日中的大白曲，彝族丧葬仪式中的"克智"激辩口头艺术，佛教俗讲中的变文传统，藏传佛教的辩经仪式等等。这些不同文类的口头传统都有一个共同的特点——仪式中的叙事。仪式史诗的实质是仪式叙事，仪式诗学的最终朝向必然是仪式叙事研究，即仪式叙事学。仪式叙事学的提出，不只是意味着研究范畴的扩大，也包含了研究理论及方法论的更新。叙事研究本来就涵盖了叙事学、口头诗学、民族志诗学、表演理论、故事形态学、文学人类学等多元学科，当仪式这一巨大话语系统介入后，正如口头诗学理论在仪式史诗研究中发生的系列理论排斥反应，其他学科同样会发生类似的反应，而这些反应恰好构成了诸多学科在交叉融合中的理论生长点，这正是此新生学科的生命力所在。

---

[1] 杨杰宏：《仪式诗学：民族文学的学术生长点——以瑶族史诗〈密洛陀〉为中心》，"民族文学学会"公众号，2024年6月5日，https://mp.weixin.qq.com/s/WuZo41hWVNt1ESO8X68tDw。

第二节　仪式叙事学的理论背景与概念内涵

一、学科理论背景

显然,"仪式"构成了仪式叙事学的核心关键词,这也是此学科与叙事学、口头诗学最鲜明的学科特质所在。在此有必要对"仪式"所涉及的学术史有所回顾,这也是仪式叙事学的理论背景所在。

"仪式"是一个具有理解、界定、诠释和分析意义的广大空间和范围;被认为是一个巨大的话语(large discourse)。[1] 仪式本身所具有的巨大话语特性决定了其本也是一个巨大的"理论池"。从古希腊哲学家亚里士多德提出戏剧起源于酒神祭祀仪式之说以来,在2000多年里诸多大家以不同时空的"仪式"为观察视角提出了诸多学说,形成了蔚为壮观的百家争鸣现象,其中有代表性的有"古典进化论""神话-仪式学派""功能学派""历史学派""心理学派""社会学派""结构主义学派""文化模式学派""符号学派"等。关于仪式与上述学说之间深层复杂关系在人类学、社会学、民族学等学科理论中多有论述,在此不作为讨论范围。笔者关注的是仪式与叙事之间的关系研究,即仪式叙事研究,这也是本文探讨的焦点问题。

---

[1] Catherine Bell. *Ritual Theory*, *Ritual Practice*. New York & Oxford:Oxford University Press,1992,p1.

（一）从古典进化论到神话-仪式学派

在上述学说中，神话-仪式学派至今仍是对仪式叙事研究影响最为深远的学派。亚里士多德的戏剧起源于仪式说是从诗学发生论的视野来论述的，而神话-仪式学派则把研究视野转移到仪式与神话之间的深层关系方面，形成了一个完整的知识谱系。从古典进化论到现代人类学的100多年时间里，争论焦点在于仪式与神话孰先孰后问题上，形成了"鸡与蛋"的学术命题。古典进化论代表人物弗雷泽持神话先于仪式观点，他认为原始人最早信仰魔法，后来人们对魔法失去信心，就发明了神话，并且说他们之前举行的魔法仪式为了安抚众神而进行的宗教仪式。[1]而神话-仪式学派代表人物哈里森则持"仪式先于神话"观点，她把神话纳入到仪式的概念范畴体系中，"'仪式'一词包含两种含义：一是已做的事（仪式的本义），一是已说的事"[2]。哈里森所说的"已说的事"指的是神话，按照哈里森的理解，神话指的是对所举行的仪式（行动）的表述。后期人类学家认识到仪式与神话并非单纯的谁先谁后的问题，更多是二者相互交融的辩证统一关系，所以对仪式与神话的关系研究引向于更为广阔复杂的象征、符号、功能、结构、心理、话语等学术领域中，关于仪式与神话关系的论述在人类学著述中多有论及，其中涉及仪式叙事的内容笔者在《仪式叙事：民族文学研究新维度》一文中作过论述，在此不作过多引述。[3]

正因为"仪式"所具有的大而无边的话语特征，为了避免陷入其巨大的"话语陷阱"中，笔者把研究范畴限定在"仪式叙事"这一核心主题上。仪式本身具有表述与叙事功能。比布·布郎恩认为，《圣经》中的"文学"与仪式相结合形成的"仪式表述与叙事"（ritual words and narrative），本质上是一种不可替代、不容置疑的权力"话语"和"势力"，其功能是让人们相信"上帝是真实存在的。"[4]仪式表述与叙事的形式则是多元化的，包含了神话、史诗、戏剧、故事、传说以及不同民族的口头传统。从仪式视域下考察叙事行为及文本，涉及另一个关键词——"演述"，毕竟叙事不只是单纯的口头表述，还涉及身体

1　James B. Pritchard. *Thought in the Ancient Near East*. Chicago: University of Chicago Press，1977. p. 15.
2　简·艾伦·赫丽生：《古希腊宗教的社会起源》，谢世坚译，广西师范大学出版社，2004，第41页。
3　杨杰宏：《仪式叙事：民族文学研究新维度》，《百色学院学报》2021年第4期。
4　Bryan D. Bibb. *Ritual Words and Narrative Worlds in the Book of Leviticus*. D. T. & T. Clark Ltd.，2008. p.8.

表演。本书中的"仪式演述"是指在民间传统仪式中进行民间文学的身体表演及口头叙述行为。[1]

笔者在此特别强调三个重点：首先，仪式是戏剧、诗歌、神话、史诗等诸多文类的源头，但并非所有文类都是线性发展的，与仪式相融合的戏曲、史诗、神话以及大量的口头传统至今仍在活态传承发展，有些与民俗相结合的民间戏曲长盛不衰。本文中的"仪式叙事"涵盖了所有仪式中演述的戏剧、史诗、神话、故事、传说等诸多文类；其次，本文以"仪式叙事"把"仪式"与"神话"有机、辩证地统一起来，仪式中的演述是仪式叙事最为突出的特点；从仪式视域下考察叙事活动及文本，是基于仪式与演述两个维度而言的，演述重在考察叙事文本在仪式中的"一次"或"这一次"的表演行为，仪式则重在考察叙事文本的结构、功能、类型、程式、创编等在仪式所呈现出的形态。其三，仪式叙事研究并非是神话-仪式学说的延续或补充，而是开辟新的学术领域，其学科范畴更接近于口头诗学与叙事学，从古典进化论、"神话-仪式学派"到现当代人类学视域下的仪式与神话关系研究，其旨趣并不在于仪式演述与文学叙事研究，更多倾向于人类学家情有独钟的意义、象征、结构、心理、符号、话语功能等人类社会文化关系研究中，这些理论成果可为仪式叙事研究所借鉴，但不能沦为这些学科的附庸或资料提供者的角色，这是不能不察的。[2]

从仪式语境下考察叙事活动，是以仪式中的演述为中心，有别于以书面或口头文本为中心的传统研究视角。以仪式演述为中心，把叙事文本、演述行为同仪式有机相结合，扩大了叙事学与口头诗学的研究范畴，有利于进一步深化对传统文学理论的反思，推动口头诗学、叙事学、史诗学、神话学等多元学科的互鉴与融合。

（二）多元学科视域下的仪式叙事研究

在民间文化的学科语境里，神话、史诗、故事、传说往往纳入到口头传统中，成为口头诗学的研究范畴。相形于人类学所关注的功能、符号、隐喻、象征、意义、结构、话语等文化理论研究，晚近崛起的口头诗学学派则更侧重于

---

[1] 参见巴莫曲布嫫：《叙事语境与演述场域——以诺苏彝族的口头论辩和史诗传统为例》，《文学评论》2004年第1期。

[2] 参见杨杰宏：《仪式叙事：民族文学研究新维度》，《百色学院学报》2021年第4期。

口头传统的"内在性"研究，即这些口头文本的共性特征、内在构成及演述规律研究，其中帕里－洛德师徒所创立的口头程式理论成为这一学派的理论范式。这套理论范式聚焦于口头文本的不同类型，以及口头艺人如何达成表演中的创编，揭示了不同尺度的程式句法是这些口头艺人能够应付自如地演述口头传统的"秘密武器"。毋庸置疑，这套理论对于研究我国各民族丰富多彩的口头传统是卓有成效的，乃至30余年来形成了口头传统研究的"中国学派"。[1]但纵观这些成果，其研究重点以研究分析口头传统的文本结构与类型、口头程式句法、口头表演中的创编，较少涉及仪式语境下的口头传统演述。其间的根源在于帕里－洛德师徒在创立口头程式理论时，他们的理论体系建立在南斯拉夫地区的口头传统调查研究基础之上，而这一地区的口头传统以满足观众娱乐为目的的口头文本为主，仪式已经从中完全脱离，所以造成了理论效用上的"先天不足"。当然，这一理论短板也引起了众多口头诗学大家的反思，并进行了相应的修正性研究。

格雷戈里·纳吉通过对《荷马史诗》演述语境的还原努力，发现这一经典最早源于悼念城邦战争中逝世的英雄祭仪颂词，完善丰富于亚历山大时期泛雅典娜节赛诗会上的口头演述，最后成型于后期文人们的不断加工创编。[2]更为难得的是，他并不以《荷马史诗》作为史诗的圭臬来衡量不同国家地区的史诗形态，而是强调每个民族的史诗传统应置放于特定的文化语境中才能有效把握其内涵。他指出印度史诗传统的功能表现既是仪式又是神话，不能把仪式中演述的史诗理解独太过于狭窄。[3]芬兰民俗学家劳里·航柯通过对印度西里人（Siri）的口传史诗的研究，摒弃了以往"韵文体"的史诗界定设限，把史诗重新定义为"范例的宏大叙事"，提出了超级故事（super stories）的概念，从而极大拓展了史诗研究的范畴。他所强调的"宏大叙事""超级故事"往往与丰富多彩的民俗礼仪相联系。他认为诞生、订立婚约、婚礼、成年礼、享宴、葬礼等人生礼仪把史诗的叙事统合起来，与史诗的受众的个人经验相互作用，其结果便是，史诗的文化意义大大超越了某一个史诗文本的局限。[4]这对仪式语境下的史诗研

---

[1] 朝戈金：《创立口头传统研究"中国学派"》，《人民政协报》2011年1月24日。
[2] 格雷戈里·纳吉：《荷马诸问题》，巴莫曲布嫫译，广西师范大学出版社，2008，第62—63页。
[3] 同上书，第65—66页。
[4] 格格雷戈里·纳吉：《荷马诸问题》，巴莫曲布嫫译，广西师范大学出版社，2008，第61—68页。

究有着重要的启发意义。事实上，长期以来以《荷马史诗》为范例的史诗研究，以先验论的形式区隔了史诗的两种形态——典型性史诗与非典型性史诗，[1]由此也遮蔽了不同区域、民族的史诗传统的多样性特征，阻碍了史诗学乃至口头诗学的可持续发展。

近30年来，从人类学到口头诗学有个总的发展趋势——从本体论、认识论向语言学的转向，从内在式研究转向内外相结合，从他者眼光走向主体间性，从泛众直向具体的个人，从追求规律趋向于寻求语境，从文本转向事件。如解释人类学提倡"钻入当地人的头脑中"设身处地地考虑问题，聚焦于当地人及其发生的事件中揭示深层的社会结构及心灵世界；理查德·鲍曼的"表演理论"倡导"从文本中心"转向"演述中心"，强调文本与语境之间的互动，即演述过程中文本形式、内容、功能、意义与演述的有机融合。[2]受这股国外学术思潮影响，国内学术界对仪式叙事研究进行了拓展性研究，形成了文学研究的新维度，提升了国际学术对话能力。

近年来，朝戈金发表了《"全观诗学"论纲》《论口头文学的接受》《口头诗学的文本观》《口头诗学》等系列论述，在全观诗学视域下反思传统的文学观、审美观、文本观，达成了跨学科对话交流。《"全观诗学"论纲》系统论述这一引入多学科视阈构建的文学阐释体系。论纲认为，"全观诗学是同时将行动主体、历史进程、精神风貌、文化生态、艺术嬗变、实践操演等彼此相关的层面和维度都纳入考量的方法"[3]。全观诗学是应对史诗作为范例的宏大叙事而做出的研究策略。口头诗学是其中一个重要的研究视角，但并非唯一视角，它与故事形态学、民族志诗学、表演理论、叙事学、比较文学、艺术学等多元学科视角构成了"全观"式的多学科研究范式。这对仪式叙事学的研究无疑是具有理论指导意义。

巴莫曲布嫫长期研究彝族经籍诗学，她关注到了仪式对口头学演述的巨大影响，由此提出了"演述""五个在场""叙事语境""演述场域"等重要学术概念，她敏锐地指出"演述场域"有利于通过跟踪观察、多重"透视"，从而洞察

---

[1] 吴晓东：《史诗范畴与南方史诗的非典型性》《民间文化论坛》2014年第6期。
[2] 鲍曼：《作为表演的口头艺术》，杨利慧、安德明译，广西师范大学出版社，2008，第250—252页。
[3] 朝戈金：《"全观诗学"论纲》，《中国社会科学》2022年第9期。

到不同仪式场景及其时间节点上史诗"演述"在形式与内容方面或隐或显的变化。[1]高荷红在研究满族萨满神歌的过程中发现萨满仪式与神歌本子并非一一对应，神本子只是记录了一些关键的行为。从某种角度说，神本子成了萨满祭祀仪式的保存工具。[2]吴晓东通过对流传于苗语西部方言区的两部史诗——《亚鲁王》与《簪汪传》比较研究，他发现从整理出的文本的主要内容来看，两者可视为互文，为一部史诗的不同变异。但在丧葬仪式与祭鼓仪式的语境下，两者的文本结构便会被撕裂，并增添诸多不同的文本内容，二者很难视为相同的两部史诗。[3]

当然，并非只少数民族才活态传承有仪式叙事，在中原、江南以及广大汉族地区同样传承着丰富多彩的民间仪式叙事传统。陈泳超从故事形态学的视角对此做了大量深入有效的调查研究，提出了"仪式文艺""互文形塑""身份差序""审美违和""文本策略"等学术新概念。他提出的"仪式文艺"是指"与民众日常生活中的各类仪式紧密关联的文艺样式。"[4]诸如流传至今的变文、宝卷、傩戏、哭丧歌、哭嫁歌等与民生日用相关联、具有仪式背景的通俗文类。他注意到仪式文艺的文本具有多样态的存在方式，其叙事则常与文本外的仪式实践互相映射；仪式文艺具有传统指涉性，传统之外的接受者容易发生审美违和；功能导向是仪式文艺的根本特征。[5]尹虎彬长期调查研究河北民间表演宝卷，他强调的叙事传统的文化整体性、注重仪式语境的观察视角，论证了宝卷与相关的民俗学文本互为文本，以地方性的民间叙事为文本特征，以后土崇拜为核心内容，以传统的神话为范例，以神灵与祭祀为民间叙事传统的原动力的文化事实。[6]向柏松更多是通过文献考证来还原中国传统神话的仪式语境，提出了"神话仪式叙事说"——通过仪式来展演神话情节或神话信仰观念的叙事形式。

---

1 巴莫曲布嫫：《叙事语境与演述场域：以诺苏彝族的口头论辩和史诗传统为例》，《文学评论》2004年第1期。

2 高荷红：《满族萨满神歌的程式化》，《民族文学研究》2005年第3期。

3 吴晓东：《仪式类史诗视角的〈亚鲁王〉与〈簪汪传〉》，《贵州民族大学学报》（哲学社会科学版）2024年第4期。

4 陈泳超：《江南五圣叙事的身份类型与文本策略——兼谈仪式文艺在文学史上的地位》，《文学评论》2024年第1期。

5 陈泳超：《论仪式文艺的功能导向》，《民俗研究》2023年第2期。

6 尹虎彬：《河北民间表演宝卷与仪式语境研究》，《民族文学研究》2004年第3期。

在神话仪式叙事中，仪式是一种独立的神话系统。他认为，中国神话仪式叙事经历了由巫术仪式叙事到祭礼仪式叙事、民俗仪式叙事的三个发展阶段。……随着官方的礼仪不断融入民间生活，神话的仪式叙事逐渐演变为能与现代生活相契合的民俗仪式叙事，人民大众成为神话民俗仪式叙事的主体，对中国节日民俗的形成发展产生了深远影响。[1]

仪式与文学关系研究也是文学人类学关注的一个重点。文学之所以能够与人类学成为交叉学科，关键一个重要因素是跨文化视域下的田野民族志进入到文学研究范畴中。从文学反观人类学，对人类学提出新的整体性解释；从人类学反观文学，揭示中国文学的多民族存在样态，引领新的文学研究途径；在文学与人类学的重叠之处——神话学领域，进行理论创新，重构文化大传统视域中的文化文本，构建早期中国思想研究的物论体系及其方法论。[2] 彭兆荣从人类学仪式理论、仪式的文学人类学解释、与自然生态的关系、酒神系谱、酒神的美学发生学原理及酒神的文学原型叙事等几个方面进行论述。[3] 需要说明的国内文学人类学还是偏向于神话的仪式语境还原研究，如李亦园的寒食仪式与介之推神话的结构学研究[4]，韩高年的上古授时文献《夏小正》的仪式语境还原[5]。有些研究偏向于古代民俗学的文化语境还原研究，如叶舒宪的七夕神话的天桥仪式原型探究[6]，唐启翠的"再生"神话与冠礼仪式时间探考[7]，等等。

以上诸说是从口头诗学、故事形态学、文学人类学、民俗学等多元学科视域对神话、史诗、传说、宝卷、古代文献与仪式之间的复杂关系作了研究，为仪式叙事学提供了理论基础与理论启发。

---

1 向柏松：《中国神话仪式叙事的演变》，《中州学刊》2023年第12期。
2 谭佳：《整合与创新：中国文学人类学研究七十年》《中国文学批评》2019年第4期。
3 彭兆荣：《文学与仪式：文学人类学的一个文化视野——酒神及其祭祀仪式的发生学原理》，北京大学出版社，2004。
4 李亦园：《一则中国古代神话与仪式的结构学研究》，李永平主编：《文学人类学理论与实践》，中国社会科学出版社，2019，第459页。
5 韩高年：《上古授时仪式的仪式韵文——论〈夏小正〉的性质、时代与演变》，李永平主编：《文学人类学理论与实践》，中国社会科学出版社，2019，第660页。
6 叶舒宪：《乞巧—乞桥—鹊桥——从文化编码看七夕神话的天桥仪式原型》，李永平主编：《文学人类学理论与实践》，中国社会科学出版社，2019，第536页。
7 唐启翠：《再生神话与庆春仪式——冠礼仪式时间探考》《百色学院学报》2010年第1期。

二、概念内涵及范畴

（一）何为仪式叙事

仪式叙事是一个在学术界，尤其是文学、人类学界经常使用且习焉不察的学术术语。在文学或影视剧创作中的"仪式叙事"往往是指利用仪式这一文化要素达成文学或影视剧的叙事目的，如通过一个春节里的诸多仪式中发生的事件构成文学叙事。对于一个文学创作者而言，仪式构成了创作行为、文本叙事素材、文本叙事结构、读者接受等创作要素，仪式行为本身的叙事特性与作家对仪式的叙事表现，共同组成了仪式叙事体系。[1]本章节中的"仪式叙事"并非指小说或影视中呈现的仪式中发生的故事，而是指在传统与现实语境中的仪式里发生的叙事活动及行为。

何为仪式叙事？概言之，即与仪式相关的叙事。这是个似是而非的概念定义，因为此定义不但没能说明本质问题，还会引发更多的问题：何为"与仪式相关的叙事"？仪式与叙事有何关系？如果把叙事简单地理解成"讲故事"，同一个故事既可在仪式场域中讲述，也可在非仪式场域中讲述，二者并没有发生本质的区别，仪式叙事与非仪式叙事有何本质的区别？我们如何才能准确完整地确定什么样的叙事才属于仪式叙事？因为仪式在场，叙事的场域发生改变，叙事的方式、内容、文类、形态也会发生相应的变化，譬如有些故事并非是通过讲述来达成的，也有可能是通过演述，或戏剧化的表演、歌舞、绘画、工艺等多元形式达成叙事效果。

仪式叙事涉及两个关键词——仪式与叙事，对二者的概念不清，同样也会发生诸多歧说。仪式有广义与狭义之分，广义的仪式泛化到生物界的一些本能性的行为活动中，狭义的仪式在不同学科、不同时代都有不同的理解与定义，为了避免卷入无谓的"概念黑洞"，本文对仪式的定义引用了《简明文化人类学词典》（1990）中的一个较为中性的定义："仪式指按一定的文化传统将一系列具有象征意义的行为集中起来的安排或程序。"通俗点说，仪式即具有文化意义的约定俗成的规定性程式。相对说来，日常生活中的见面礼仪比繁文缛节的宗教仪式要简单得多，但二者都具备构成仪式要素：传统性、程式性、互动性、

---

[1] 马硕：《后经典叙事的视角：小说的仪式叙事》，《百色学院学报》2022年第4期。

象征性。但仪式显然绝非这般简单明了，作为一个巨大的话语系统，仪式的概念内涵是复杂多元的，仪式是传统的，又是现代的，从无文字社会的祭祀仪式到当下的国家仪式，仪式内核与结构并无本质的改变；仪式既是行为艺术，也是语言艺术；仪式神圣庄严的，又是生活化、人性化的；仪式是约定俗成的，又是不断发生变迁的；仪式既是强化文化认同，承载集体记忆的载体，也是权力话语构建博弈的工具。

  与仪式定义相似，叙事与叙事学的定义本身构成了一部学术史，其概念内涵也是一个开放且动态发展的系统。叙事学是由托多罗夫在1969年发表的《〈十日谈〉语法》中提出的，他对这门学科下了一个非常笼统的定义："叙事学是指关于叙事作品的研究。"新版《罗伯特法语词典》对"叙事学"所下的定义是："关于叙事作品、叙述、叙述结构以及叙述性的理论。"这一定义明显带有结构主义叙事学特色，其研究聚焦于叙事文本结构的深层分析。叙事学大家热奈特对叙事学下的定义相对复杂些："叙事学指将叙事作品作为在时间上组合起来的事件与状态所形成的言语表现样式的研究。"[1] 此定义特别强调了叙事作品的语式、语态、声音问题。何为叙事？这个定义相对中性："一个按照一定的次序讲述事件，即把相关事件在话语之中组织成一个前后连贯的事件系列。"[2] 从上可察，叙事的概念界定涉及叙事文本、结构、时间、话语，不同时代的学者对此有着不同的理解。罗兰·巴特认为任何材料都适宜于叙事，除了文学作品以外，还包括绘画、电影、连环画、社会杂闻、会话，叙事承载物可以是口头或书面的有声语言、固定或活动的画面、手势，以及所有这些材料的有机混合。而实际上，叙事学的发展并没有完全遵循这种设想，它的研究对象局限于神话、民间故事尤其是小说这些以书面语言为载体的叙事作品中。[3] 结构主义叙事学视域下的叙事作品主要指以小说为代表的叙事虚构作品，其研究范式侧重于作品的内在性和抽象性的"语言形式"研究，近30年来，叙事学实现了由结构主义叙事学到"新叙事理论"的转向，研究领域从狭窄的小说、文学作品拓展到历史、传记、图像、音乐、心理、影视、女性主义、电子网络等广泛的跨学科

---

[1] 转引自谭君强：《比较叙事学》，中国社会科学出版社，2022，第9页。
[2] 唐伟胜主编：《叙事》（第二辑），暨南大学出版社，2010，第1页。
[3] 黄琳编：《西方电影理论及流派概论》，重庆大学出版社，2008，第257页。

领域；同时打破了原来静态的共时性研究范式，越来越注重叙事文本与历史、社会、现实、文化语境以及受众之间的关联。

综上所述，仪式叙事的定义内涵及范畴必须兼顾仪式与叙事两个维度，它既不能等同于没有仪式语境的叙事，也不同于没有叙事的仪式，即凡仪式并非属于仪式叙事，凡叙事关非皆与仪式相关。具体而言，仪式叙事是指在仪式中的叙事活动及行为，其叙事内容及形式与特定仪式的场域、情境、宗旨密切相关，并且对仪式在场者的生活世界与精神世界产生影响的叙事活动及行为。仪式叙事产生并发展于特定的社会文化传统中，具有传统指涉性，并在不断结合时代合理性因素得到创新性发展；仪式叙事不同于单纯的口头或书面文本的创编，更多的是在诗、歌、舞、画、工艺等多元叙事单元共同作用下的表演中的创编，由此带来了文本的立体性、动态性、多模态性等特点。

（二）仪式叙事学的概念内涵及范畴

仪式场域中的凡具有叙事属性或叙事功能的文本都可成为其概念范畴。仪式叙事的概念范畴大体上可分为四大类型：第一类是宗教仪式语境中的叙事活动及行为，如基督教的"圣诞夜"举行圣诞礼拜，演出圣诞剧，再现耶稣降生的情景，佛教徒在盂兰盆节仪式上念诵《佛说盂兰盆经》，通过讲述目连救母的故事来阐述传统孝道，我国各少数民族的原生宗教中的神话、史诗、民间故事等演述也属于此类仪式叙事，可以称之为宗教仪式叙事；第二类是民俗仪式中的叙事活动及行为，如民间婚丧嫁娶、人生礼仪、岁时节日中的民间文艺表演，其叙事样式包括民间歌舞、戏曲、评书、变文、洞经、宝卷等多种文艺形式，此类叙事呈现出由宗教仪式向世俗化仪式过渡特征，可以称之为民俗仪式叙事；第三类为现代语境下的晚会、庆典等文艺表演活动中的叙事行为，如从小到一个村落的"村晚"（村落叙事），大到国际层面的奥运会开幕式（国家叙事），此类活动中包含了歌曲、杂技、相声、小品、歌舞等丰富的文艺表演和叙事元素，具有现代仪式文艺的特点；第四类为当下电子媒介语境下的仪式叙事，如微信平台互动、网络直播、抖音直播具有仪式叙事的特点，它具备相应的仪式要素：有主持人、主持过程、参与者、主客互动过程，其表述手段包括了口头、书面语言以及歌舞、表情等身体表演，这些言行共同构成了有意义的叙事文本，这种新媒介仪式叙事文本为大文学观及其文本的实践不仅成为可能，而且正在改写着传统文学观及理论范式。

　　上述对仪式叙事概念及其范畴的界定阐述包含了仪式叙事学概念内涵及外延的定位。何为仪式叙事学？仪式叙事学指研究仪式与叙事关系的学科，仪式叙事学将仪式视为一种特殊的叙事形式，通过对其文本、结构、意义和功能进行分析，揭示仪式在社会、文化和心理层面上的重要作用，关注仪式与叙事之间的关系以及如何通过叙事来理解和解释仪式，以此理解仪式与叙事在人类社会中的作用和意义。在仪式叙事学中，仪式被视为一种具有特定目的和意义的行为序列，它通常涉及一系列规范化的动作、言辞、符号和象征物。这些元素共同构成了一个完整的叙事结构，通过特定的情节和角色来传达特定的价值观和信仰。仪式叙事学的范畴涵盖了上述的传统的宗教类、民俗类的仪式叙事，现代性文艺表演以及当下新媒介仪式叙事。

　　仪式叙事学的研究方法包括文本分析、田野调查、跨文化比较等多种手段。仪式叙事学是一个跨学科的研究领域，它将仪式和叙事相结合，为我们提供了一种新的视角来理解和解释人类行为和文化现象。

第三节　仪式叙事学的问题域

问题域（Problem domain）指提问的范围、问题之间的内在的关系和逻辑可能性空间。学科的问题域也就是学科的实践议题及其向度。仪式叙事学的问题域主要集中在以下几个方面。

一、仪式场域与叙事活动关系

本文中用场域代替了语境一词。法国社会学家皮埃尔·布迪厄提倡对文学现象进行历史化、语境化解读，他把"语境"发展延伸为"场域"。"从分析的角度来看，一个场域可以被定义为在各种位置之间存在的客观关系的一个网络，或一个构型。"[1] 他还将文学作品与它们存在于其中的社会世界概念化为"文学场"(literary field)，指出作品的意义和价值不仅仅取决于作品在物质方面的直接生产者，还受制于对作品进行解码和阐释的一系列成员与机构，以及与作品有着直接或间接关系的种种社会历史因素。巴莫曲布嫫提出了"五个在场"（演述者、受众、演述事件、传统、记录者）的仪式演述场域要素[2]，从仪式场域而言，场域是为仪式宗旨服务的，为仪式叙事行为提供了演述平台，而叙事行为本身也构成了仪式场域本身。在这个特定的仪式场域中，不仅有复杂的多元社会力量关系，更关键在于这些社会关系促成了叙事行为的发生。仪式场域与叙事活

---

[1] 布迪厄：《实践与反思》，华康德译，中央编译出版社，1998，第133—134页。
[2] 巴莫曲布嫫：《叙事语境与演述场域——以诺苏彝族的口头论辩和史诗传统为例》，《文学评论》2004年第1期。

动关系表现在以下三个方面：

　　首先，仪式场域与叙事活动有共生互证的关系。仪式叙事，顾名思义，其叙事范畴仅限于在仪式场域内发生的叙事活动与行为。仪式场域为叙事活动创设了情境，提供了演述平台，而叙事活动使仪式功能、宗旨得以实现，二者形成了共生互补关系。二者还有互证关系，即相互解释证明的文化功能。关于叙事活动对仪式的解释功能不难理解，神话-仪式学派诸多大家都在阐述神话的叙事行为对仪式的解释作用，仪式中的神话叙事是神话观念的实践，使受众者产生他们所讲述的神话是真实的叙事效果，从而仪式神圣化，神话成为"社会宪章"。反过来，仪式同样对叙事活动及内容的理解具有解释功能。同一个叙事行为，在仪式场域内与不在仪式场域内是有很大差异的，譬如"您走好！"在日常送客时与追悼会上的表述内涵是截然不同的，这说明场域对表述的理解有着重要的解释功能。这在仪式叙事活动中也较为常见。同样是迎请神灵仪式，因具体仪式不同，仪式的场域会发生变异，由此意味着请神的叙事内容也会发生相应的变化。在东巴仪式中，祭天场在一般在村落内或附近，四周用石头垒筑，场内有松、柏、青冈树为吉，主要迎请人类英雄祖先崇仁利恩及其配偶衬红褒白命；祭署场所多为水源地、水潭或村庙内，主要迎请主管大自然的神灵——署神；结婚仪式在家屋内的素柱、火塘、神龛边举行，主要迎请家神——素神。迎请这些神灵有不同的东巴经典，仪式地点、时间、场所设置、参与群体也有不同的特点。祭自然神仪式场域内要求保持洁净，禁杀血牲，严禁高声喧哗，这与自然神的个性特点密切相关。这说明了不同的仪式场域有声或无声地解释及揭示叙事活动的性质、宗旨及内涵。丧葬仪式中的白色的对联、孝服、悬白、花圈等场域符号，以及哀乐、哭灵、献祭等场域行为无时不在阐述着仪式叙事的活动内容，以及丰富的文化内涵与象征意义。婚礼、祝寿礼、贺新房等喜庆类仪式场域与葬礼截然不同，人们正是通过观察、体验这些不同的场域来深化对叙事活动的理解。仪式空间场所是重要的仪式场域构成要素，它象征了人们的宇宙空间及社会观念。东巴各类仪式中的祭坛一般由神坛与鬼寨构成。神坛居于正北方位的高处，要悬挂天神、战神画像；人们的活动场所在中间，除秽、烧天香、吟诵经书等叙事活动多在此场域内举行；鬼寨多设在南方，且高度要低于神坛，插有画着鬼怪的木牌画。傩戏的戏场空间以傩坛（人坛）为中心，还要搭建神台与鬼台，戏台的后方供有神灵牌位，戏台一角搭

649

设有"五猖"棚，其表演场域受到道教"三清、三界"的垂直配天说影响，形成一个多重虚构叙事世界。观众在观戏时，会以多重世界构建的思维来理解傩戏的空间结构。从中可察，仪式场域往往与民众的生活方式和信仰体系紧密相关，传递和表述着他们的文化模式和宇宙观，同时解释了仪式叙事活动内容、文化价值和意义。

其次，仪式场域制约着叙事活动，并对叙事活动的过程与结果产生影响。民间有"到什么山上唱什么山歌"的说法，仪式叙事同样具有这样的特点，在什么样的仪式中有什么样的叙事方式、叙事内容、叙事行为。丧葬仪式上不能唱婚庆歌，正如不能在婚礼上唱挽歌。为什么不能？是仪式场域使然，低沉、悲伤、压抑的丧葬仪式氛围与欢快、高亢、热烈的叙事风格是格格不入的，反之亦然。仪式场域制约着叙事活动，这种制约具有传统指涉性。在捕鱼汛期，居住在乌苏里江畔的赫哲族人要举行祭祀江神、水神和火神仪式，晚上请歌手讲唱英雄史诗《伊玛堪》，内容主要是歌颂打鱼的英雄故事。村里的男女老少都围在篝火边听歌手们演唱赫哲族伊玛堪。[1]中国传统戏曲中的"一桌二椅"是构建表演场域的经典道具，这样简单的三样道具可以变幻出众多的具体场景：通过不同的摆法、不同的桌围椅帔、不同的色彩、修饰，既可营造出不同的象征场景，同时对剧情内容、时空以及人物关系做出表现和暗示。"外桌内椅"象征宫廷、衙署、书房，用于皇帝上朝、大臣理事、县令断案、秀才夜读等。"内桌外椅"象征内宫、闺房、前堂、大厅。传统戏曲中的桌椅组合程式并非一成不变，可根据不同剧情需要不断变化，有时还可用作山、楼、床、门等物具。[2]这些桌椅组合程式既是传统的产物，演员及受众的对其组合程式的理解也是约定俗成的。这些不断变化的桌椅组合为戏曲表演创设了相应的表演场域，演员从中理解自己所扮演的角色及所表演的内容，观众从中领会了这些组合所象征的场域内涵，心领神会即将在这特定场域内所表演的内容。如果桌椅摆设与表演内容不符合，不仅影响了演员的表演，也会影响观众对表演的理解，势必影响到整个演出活动。

也就是说，这些特定的仪式场域一方面推动着叙事活动的展开，另一方面

---

1 付春梅：《浅析赫哲族伊玛堪的艺术特征》，《黑龙江史志》2019年第6期。
2 贾佳佳：《戏曲"一桌二椅"形成史研究》，河北师范大学硕士学位论文，2022年。

也在制约着叙事活动。仪式场域并非是个静态的场景，而一个多方社会力量构成的权力博弈、社会关系重构的"角力场"，不同时期的意识形态、同一时期的不同权力关系会折射到仪式场域中，或隐或显地制约着具体的仪式叙事活动。东巴祭天仪式中的经历了自然崇拜、神灵崇拜、祖先崇拜等不同阶段，到明朝木氏土司统治时期，把皇权崇拜纳入到仪式中，土司带头高呼"皇帝万岁！"现场民众也跟起高呼。这与当下一些地方的祭祀牌位"天地君亲师"改为"天地国亲师"的观念逻辑是一致的。在仪式现场，我们往往看到如果有重要人物参加，仪式的重要性程度得到增强，整个仪式感也得到明显提升，这对仪式叙事的过程及结果的影响是不言而喻的。在奥运会或重要国际会议的开幕式现场，各个国家，尤其是大国的首脑参加人数在一定程度上彰显着这次国家叙事的影响力。布迪厄强调场域本身是一种权力关系的存在，是文化资本、经济资本、象征资本的角力场。

  再次，叙事活动也会影响仪式场域。民间仪式叙事活动的主体往往是仪式中主持人，这些主持人多由德高望重、水平高超、创编能力强的民间祭司或歌手担任，往往能够调动起现场受众的审美情感，使仪式气氛趋于和谐、热烈，达成叙事主体与客体的互融共享。纳西族传统婚丧嫁娶仪式中要请民间歌手到主人家唱民歌，把请歌手行为说成"借被子"，意思是只要请到优秀的民歌手，家里的客人就会如醉如痴地听歌，通宵达旦，这样就避免了为招待客人而四处借被子之苦。为什么民众能够如醉如痴地听到通宵达旦？关键在于民歌手能够拨动他们的心弦，表达出他们的心声。如果歌手水平低劣，民众往往会用脚来投票。这说明不同的叙事活动效果会有不同的仪式场域。2024年秦腔民间艺人万安率领的百人剧团在西安进行义演，"台下观者如堵，万人在寒风凛冽中齐唱这三秦大地流传千年的血脉之声。声浪如山呼海啸，宣泄出秦地百姓那股潜藏在血脉中的粗粝与豪情、对现实的不屈，也吼出了普通人向上的力量和要逆天改命的倔强精神"[1]。有不少学者对此现象也在反思，为何体制内的诸多秦腔剧团为何没能出现这样"万人吼秦腔"的盛况？关键在于长期在体制内养尊处优，没有了危机意识，不接地气，未能触及民众灵魂。叙事活动影响仪式场域，关

---

[1] 杜十天：《万人吼秦腔，2024年最后一个"逆天改命"的故事》，公众号"三联生活周刊"，2025年1月6日，https://mp.weixin.qq.com/s/b8Z_m2kLY-sxkBUbth7U7g。

键在于叙事主体的叙事能力以及场面把握能力。同一个叙事文本，不同演述者，叙事效果及现场气氛会有很大的差异。

二、仪式类型与叙事文本关系

仪式是个巨大的话语系统，不同的仪式类型对叙事文本有着多重的影响，且这种影响是统摄性的。这种统摄性表现在以下几个方面：

其一是仪式类型决定着叙事文本类型。从仪式类型而言，大致可以分为祈福、禳灾两大类型，也有把二者相融合的复合型仪式。其实，从更为严格意义上来划分，转危为安、化凶为吉是人们普遍性的心理需要，所以禳灾仪式也包含了祈福的主旨，镇魔驱邪，祛病防疫的最终目的是为了求得平安吉祥。当然，分类是为了便于深入剖析不同仪式类型的特征及文化功能。东巴仪式分为祈福、禳灾、丧葬、祭署、占卜五大类型，丧葬、祭署两大仪式就包含了祈福、禳灾、占卜三大类型，属于复合仪式类型，但三者又存在区别，丧葬仪式的主旨是把死者亡灵超度到祖先居住处，使其由亡灵升格为祖先神，防止它变成孤魂野鬼而作祟人间；有些丧葬仪式做得不圆满，死者亡灵总回到家里闹鬼，这又得请东巴再做一次补救仪式——关死门仪式，再次把亡灵送达祖居处。这里就有驱鬼仪式的性质，当然，仪式中也有迎请天神、祖先神、东巴教神灵的仪式，祈求这些神灵能够降福泽、降威力于东巴及主人家，使其能够驱送亡灵成功。祭署仪式与之有所不同，作为自然神的署神喜怒无常，它与人类关系时好时坏，如果人类不破坏自然且敬畏、取悦于它，它会降神汉于人间，使人类风调雨顺、五谷丰登。如果人类损害了它的利益，它会降下天灾，加害于人类；有时它也会贪得无厌而加害于人间，所以通过祭署仪式来供养取悦于它，同时借助天神，尤其是大鹏神鸟等战神来威慑它，使其见好就收，不敢随意祸害人类。由此可见，此仪式不能简单地定位为祈福或禳灾类型。仪式类型的复杂性带来了确定叙事文本的复杂性。相对来说，有什么样的仪式类型就有相应的文本类型，如祈福仪式中多演述请神、酬神、娱神、送神之类的叙事文本，禳灾仪式中多演述诱鬼、娱鬼、驱鬼、镇鬼之类的叙事文本，复合型仪式则二者兼有之。

在仪式类型与文本类型关系中，文类转换现象是一个突出现象。同一个文本在不同仪式类型中往往会发生文类转换现象。《崇般图》一般在丧葬、超度、大祭风、禳栋鬼、退口舌是非、除秽、关死门、延寿等重大仪式中演述。不同仪式中要突出与此仪式相关的内容，譬如在丧葬仪式中要突出开天辟地，从无到有的创世历程，阐明有始就有终，有生就有死的道理，同时通过吟诵祖先迁徙历程，把死者亡灵送回到大西北的祖先发源地，使其进入祖先神灵行列，达成祈福禳灾的仪式目的；而除秽仪式上，要重点讲述人类祖先崇仁利恩与衬恒褒白命二人曾经分别与妖女、魔猴发生过关系，由此生下种种怪胎，污染了人间大地，产生了诸多秽气，史诗演述在此起到了交代仪式动机的目的，当然，通过举行仪式最后要达到消除秽气，还原天地清正之目的。由此可见。同一部史诗，因仪式不同而出现了所侧重主题的变动，形成了动态文本。其次，这部所谓的创世史诗在祭天仪式、禳灾类仪式、大祭风仪式中其史诗类型转变成迁徙史诗、创世史诗、复合型史诗等不同类型。[1]

其二，仪式类型决定叙事文本内容及风格。这是不难理解的，民间红白二事，其间行什么礼仪，表演什么内容，包括奏乐、歌曲、舞蹈、对联、剪纸、服饰等皆有传统的规定。东巴祭天仪式属于祈福仪式，此仪式的叙事文本不可能等同于丧葬、禳灾仪式的文本。此处的文本包括了口头、书面、图像、歌舞、工艺等多元类型。这在上述的不同仪式中的文本类型及文类转化中也体现出来，且在其他民族、地区的民间仪式叙事活动中也是较为常见的，如苗族史诗《亚鲁王》一般在丧葬仪式中演述内容较为完整，而在一些中小型仪式中只选取与仪式类型相关的内容，譬如在给小孩治病、喊魂仪式中，苗族祭司东郎只演述《亚鲁王》中叙述亚鲁王孩提时期这部分内容；壮族史诗《布洛陀》也是如此，举行解兄弟冤仪式时，就吟诵《唱罕王》，举行祭祖仪式时，唱诵《造天地》，壮语的"gaj caeq coj coeng"意为杀牛祭祖宗。在汉族地区流传的民间戏曲同样如此，在流行秦腔的西北地区，民间丧葬仪式中的秦腔选段有《祭灵》《女祭灵》《三娘教子》《灵堂》《二十四孝》《王祥卧冰》《放饭》《刘备祭灵》《河湾洗衣》《哭墓》《朱春登哭坟》《下河东》《白逼宫》《杨门女将》等传统剧目；在搬家、婚礼、寿庆或孩子满月的红事中，倾向于选择如《龙凤呈祥》《大拜寿》《花亭相会》《赶坡》《二进宫》《状元媒》《看女》等；有时也会穿插一些具有喜

---

[1] 参见杨杰宏：《仪式演述视域下的东巴史诗类型研究》，《民族文学研究》2024年第1期。

剧色彩的耍戏即丑角戏，如《教学》《打砂锅》《张连卖布》《穷乐观》《脏婆娘》等。[1]

其三，仪式类型决定叙事文本的叙事方式。在东巴仪式中，因仪式类型不同，东巴经籍文本的演述方式也会发生相应变化。这些演述方式包括东巴唱腔、东巴舞、东巴画、工艺品、服饰等。唱腔、音乐、舞蹈、图画、工艺、服饰等在仪式场域内皆有叙事功能，只是其叙事方式不同而已。东巴在演述经文时是有唱腔的，这些唱腔因仪式性质不同而发生相应变化。如在丧葬仪式中其语气是沉缓低调的；在禳灾驱鬼仪式中，面对凶神恶煞的鬼怪时其语气是威严无比，是带有叱责的意味；而在祈福类仪式中，迎请神灵时其语气则是虔诚平缓的。当然，这是从仪式性质而言的，同一个仪式的唱腔并非从头到尾只是一个腔调，而是中途要变换多个唱腔。据和学文东巴搜集整理，在东巴祈福类仪式唱腔有6种，禳鬼类仪式唱腔有5种，丧葬类仪式唱腔多达10种。有东巴文化信仰的村寨，民众往往可以通过东巴的穿戴，或东巴歌舞、东巴画、东巴面偶可以判断仪式的类型，譬如五幅冠法帽只能在禳灾仪式中穿戴，在祈福仪式中是严禁的。在丽江旅游市场中，有些东巴为了显示威风，不管任何场合都戴着五幅冠，这也说明随着宗教禁忌的消逝，文化根基也在发生动摇。

中原汉族地区的民间仪式戏曲也有类似现象。端鼓腔（又称为端公腔、端供腔）是流传于山东微山湖地区渔民社区中的一种融合了宗教仪式与戏剧表演的戏曲形式。端鼓腔在传统的祭祖、敬蛇神、请愿、还愿、开网渔猎、新船下水、婚庆喜事以及年节聚会等仪式活动中表演。其表演方式以说唱为主，融合了民间音乐、舞蹈、武术、杂技、绘画、剪纸等多种表现形式，其仪式程式为开坛、展鼓、拜坛、请神。因仪式类型不同，其表演方式也有不同，祭祖仪式上以4人构成的小班演唱为主，唱一天一夜；而在停止捕鱼欢庆丰收时，则由大班演唱，十四五个人表演，唱四天四夜；曲牌为《七字韵》《十字韵京调》《念佛调》《榔头调》，唱腔分为喜、怒、恐、思、忧、悲、哀等不同的腔调；表演时有说有唱、有坐有舞，一唱众帮、一领众合、一人说众人唱；舞蹈步法有"二龙出水""穿花""圆场""走灯""走八字"等。这些丰富多彩的曲牌、唱

---

[1] 段宏刚:《陕西的红白喜事上唱秦腔，有哪些讲究和忌讳？》，2022年6月24日，https://www.jianshu.com/p/a5313d57e2c9。

腔、舞蹈以及表演时所应用到的武术、杂技、图像、剪纸等表演单元都根据仪式类型而定。[1]

不同的仪式类型与叙事方式是历史传统沉淀的产物。《周礼·春官·大司乐》记载:"以六律、六同、五声、八音、六舞,大合乐,以致鬼神示。以和邦国,以谐万民,以安宾客,以说远人,以作动物。乃分乐而序之,以祭以享以祀。乃奏黄钟,歌大吕,舞云门,以祀天神;乃奏大蔟,歌应钟,舞咸池,以祭地示;乃奏姑洗,歌南吕,以舞大韶,以祀四望;乃奏蕤宾,歌函钟,舞大夏,以祭山川;乃奏夷则,歌小吕,舞大,以享先妣;乃奏无射,歌夹种,舞大武,以享先祖。"此文献中明确地指出了因祭祀对象的不同,与之相应的祭辞、祭乐、乐器、祭舞也发生了不同的变化。这些不同的变化涉及严格的礼制,而礼制背后是"君权神授",关系到合神权与政权的于一体的统治阶级的合法性与神圣性问题,由此才说"男之大事,在祀与戎"。

其四,仪式类型决定着叙事文本的功能。仪式类型决定叙事文本内容是不难理解的,这与上述的仪式类型决定文本内容、演述方式、文本结构是内在统一的:祭天仪式决定了仪式上吟诵的东巴经书的祈祷功能,禳灾仪式上吟诵的经书本身具有驱鬼镇妖,祛病去邪的功能。这与不能婚礼上唱挽歌,不能在葬礼上唱《欢乐颂》是同样的道理。作为国家宏大叙事的奥运会,不同国家会动用其突出的民族文化来表达"更快、更高、更强"的同一主题,因为这是由奥运会这一仪式类型决定了其叙事功能。仪式类型决定叙事文本功能不能做静态理解,在不同时空条件下,其仪式类型与文本功能也会发生巨大的变迁。我国各民族的传统戏曲就普遍经历了祭祀仪式向娱乐仪式转变的过程。有些传统仪式至今仍保留了传统祭仪与传统戏曲并存的特点。傩戏最早源于商周时期的驱疫禳灾祭仪,随着时代的发展,传统傩祭吸收了大量的民间神话传说、歌舞百戏表演乃至地方风俗民情,逐渐向傩戏演变。从傩仪到傩戏的演变,不仅仅是隐形人、鬼、神关系转换的显形体现,更是民间老百姓赋予傩仪越来越多的现实功能,使之贴近其日常现实生存的根本反映。[2]

---

[1] 参见百度百科词条:微山湖端鼓腔,https://baike.baidu.com/item/微山湖端鼓腔/2709968?fr=aladdin。

[2] 汪晓云:《傩:从仪式到戏剧》,《民族艺术》2004年第4期。

叙事文本也在不断地丰富、形塑着仪式类型。有些仪式因过于保守，与时俱进不足，逐渐失去了观众的参与积极性。而一些富有创新意识的民间传承人大胆地创编新文本，推陈出新，或者把一些民众喜闻乐见的文本直接挪用进来，从而使传统仪式焕发出新的生机。在我国民间戏曲史上，说唱文学、历史演义及其他剧种的流行剧本为傩戏剧目的繁荣起到重要的促进作用。说唱文学中用散文讲、韵文唱的表达方式本身已具备了一定的戏剧形态。很多傩戏剧目都曾以说唱文学的形式传承。曲六乙先生曾指出："有些傩戏台本或早期剧本竟是毫无改动或基本上不改动的说唱文学作品。"[1]这也是傩戏逐渐从原始宗教仪式叙事过渡到民俗仪式的重要内因。

三、仪式叙事与多模态叙事关系

从族群视域看来，我国民间仪式叙事大体可分为两大类，一类是少数民族为主体的民间仪式叙事，其文类以史诗、神话、故事等为主，另一类是汉族为主体的民间仪式戏曲为主，受汉文化影响，一些民族地区也出现了民间仪式戏曲。二者共源于最初的巫仪。王国维在《宋元戏曲考》中说："歌舞之兴，其始于古之巫乎？巫之兴也，盖在上古之世……古代之巫，实以歌舞为职，以乐神人者也。"他说的"巫"是指通过歌舞仪式与神灵进行沟通的神职人员。巫仪就是巫观念与巫术的共同实践与表现的载体。从巫仪发展而来的原始宗教仪式、人文宗教仪式虽然其意识形态与仪式内容、宗旨发生了巨大变化，但一些核心特征仍得到了有效传承，其中最突出的一个是歌舞诗画共融的多模态叙事特征。

《吕氏春秋·古乐》载："昔葛天氏之乐，三人操牛尾，投足以歌八阕。"原始时期的葛天氏部落的八段乐舞是伴随着八个祭祀仪式阶段而存在的，且此八个祭祀仪式是与诗歌舞共融而生的。在我国源远流长的端公戏、傩戏、秦腔戏、越剧、婺剧、花灯戏等众多民间戏曲往往同民间的祭祖、祭神、驱疫辟邪、镇魔压鬼、禳灾祈福、红白喜丧的祭祀仪式密切相联系，有些民间戏曲虽然仍保

---

[1] 曲六乙：《中国戏曲史里一种奇特现象———说唱文学输入戏曲的初始形态》，《"三块瓦"集》，中国戏剧出版社，2001，第55页。

留着仪式形式，但其表现形式及内容已经从民间宗教仪式中脱离出来，成为娱民为主的戏剧表演，有些则处于由娱神向娱人的过渡阶段，如傩戏不少剧目是直接为请神还愿服务的，戏中有祭祀活动，具有浓厚的宗教色彩，从中可以清楚地看到傩祭向傩戏过渡的痕迹。有些剧目可能没有了宗教色彩（即与驱鬼逐疫的仪式目的无关），但仍然不能离开傩祭仪式的情景，它们还不能作为一个独立的剧种进行演出。[1]这种戏剧、音乐表演和崇拜、祭祀仪式融合一体的原生状态一直保留在我国的民间傩祭仪式、祛除仪式和傩戏、目连戏表演之中。皖南一带至今存活着的傩戏、目连戏常常与当地敬神祭祖的祭祀仪式、驱邪禳灾的祛除仪式活动相伴随。[2]也就是说，我们在分析这些仪式戏剧的文本时，不能仅仅从单一的戏剧文本出发来界定整个仪式文本，而是应该把仪式中所有的叙事单元——口头、书面、音乐、舞蹈、绘画、工艺、服饰、建筑等叙事元素也容纳进来，这样才是完整统一的仪式叙事文本。譬如微山湖地区的端鼓腔戏曲表演中的曲牌文本、口头表演、不同唱腔、舞蹈、武术、杂技、剪纸、绘画、服饰、面妆以及其他工艺内容共同构成了端鼓腔仪式叙事文本——多模态叙事文本。

四、仪式程式与口头程式关系

在口头程式理论中，程式被认为是口头文学作品中的基本单位。它可以是一个单词、一个固定词组、一个句子或者一个更大的单位，如一个段落或一首诗的节奏结构。可以说，凡是属于口头传统的叙事类文本皆有特定的口头程式特征。口头演述是仪式叙事文本重要的叙事手段，口头程式也是其主要的口头演述的重要武器，这在众多的少数民族的活态史诗、神话，以及汉族地区的宝卷、变文、民歌、戏曲中已经得到证明了的。

从仪式叙事层面而言，程式不只是贯穿了口头叙事文本，也渗透到所有的仪式叙事单元中，形成了仪式程式。"仪式程式"不仅包括了仪式中口诵经文的

---

[1] 陈玉平：《傩祭仪式中的戏剧表演》，《中国·遵义·黔北傩文化国际学术研讨会论文集》，西南交通大学出版社，2012，第25页。

[2] 周显宝：《皖南傩戏、目连戏及其青阳腔与仪式的原生形态》，《音乐研究》2004年第2期。

内在构成、仪式程序及步骤、仪式类型，也涵盖了仪式中的音乐、舞蹈、武术、戏剧、工艺、绘画等多种叙事单元，它们都具有与口头传统中的核心特征相一致的共性因素——程式、主题、典型场景、类型。这些核心特征形成大小尺度不等的"仪式程式"。

仪式中的程式可以增减、调整、组合、创编。对于东巴祭司而言，这些不同程式部件犹如一个构筑仪式叙事的"词"，如在超级仪式中，一个仪式成为一个"词"；在一个仪式中，仪式程序成为一个"词"；在一个仪式程序中，一个步骤成为一个"词"。对于一个主持仪式的东巴而言，他把仪式程式与故事文本中的"大词"是作为仪式叙事的手段来统筹考虑的，并不存在顾此失彼的情况。在仪式场域中，仪式统摄着整个仪式叙事单元，具体来说，仪式中的书面、口头、歌舞、绘画、工艺等叙事程式与仪式的具体步骤、实践是内在统一的。如祭天仪式中，主祭在念诵到生献内容时，旁边的助手要把祭牲供献在祭坛前，当念诵到要给祭牲除秽时，助手用净水洗净祭牲；在超度什罗仪式中，主祭东巴在吟诵关于丁巴什罗的生平，下面东巴们在跳着东巴舞蹈，通过舞蹈动作再现丁巴什罗不凡的一生，当主祭东巴吟诵到丁巴什罗学步时踩着荆棘的情节时，下面的东巴们用一蹶一拐走路的舞蹈动作表现此情景……可见，仪式行为与口头演述内容构成了仪式叙事的两个侧面。仪式程序及故事情节犹如两条平行移动的线性结构，构成了仪式叙事文本的"情节基干"，不断推动着仪式叙事行为的逻辑展开。东巴们能够有条不紊、张弛有度地完成这样一个规模宏大、程序复杂、内容繁复的综合仪式，关键内因在于他们能够熟练、合理地应用着"仪式程式"。

在我国民间传统戏剧表演中，仪式程式同样贯穿了整个戏剧表演过程。它不只是要求演员在唱念打坐的基本功方面要程式化，且每一个舞台动作都要程式化，同时，这些程式化动作与口头程式要高度统一。如"起霸"表示大将出场，"马"表现骑马，"走边"表现夜间疾行等，这些程式化动作预示着下面表演的内容。秦腔传统戏《龙凤呈祥》赶驾一幕很有趣，孙夫人乘车，刘备、赵云骑马，戏剧舞台上的车子，只是两面杏黄色的旗子，画车轮状，孙夫人"坐"在中间，两手扶旗，疾走如飞，与刘备赵云回还往复，在台上团团转，边跑边唱，是很美的场面。[1]

---

[1]《秦腔舞台上的"仪式感"，你注意过吗？》，公众号"秦之声"，2024年12月2日，https://mp.weixin.qq.com。

程式并非固定不变的，它犹如语法，只是规定了我们说话的规则，但并不限制我们说话的艺术。仪式程式也是如此，在不断的继承创新中，仪式叙事艺术得到了发展传承。扬·阿斯曼注意到仪式程式的这一特征，她认为所有的仪式都含有重复和现时化这两个方面。从"重复"占支配性地位过渡到"现时化"占支配性地位；从"仪式性关联"过渡到"文本性关联"，由此，一种新的凝聚性结构便产生了，这种结构的凝聚性力量不表现在模仿和保持上，而是表现在阐释和回忆上。这样，阐释学便取代了祷告仪式。[1] 从中说明了从宗教仪式中脱离出来的仪式叙事更讲究仪式程式的创造性、艺术性和大众审美性。

五、仪式叙事功能与审美评价

仪式叙事是为仪式宗旨服务的，其功能及审美评价必然与仪式宗旨有内在联系。因仪式类型的多样性决定了仪式宗旨的多样性，由此也带来了仪式叙事功能与审美评价标准的多元性。从主持仪式者及参与民众而言，带有宗教祭祀仪式特点的仪式叙事功能以祈福禳灾为主，审美评价以仪式灵验为判断标准，如果做了仪式后没有达成祈福禳灾效果，仪式叙事表演得再完美，对他们来说整个仪式是不完美的，仪式文本大于叙事文本。而以娱人为目的的仪式叙事而言，其功能及审美评价标准以娱人为主，我国的三大史诗（《格萨尔》《玛纳斯》《江格尔》）就属于已经从祭祀仪式中脱离出来的口头传统，史诗演述主要是为受众者服务，一个史诗艺人的演述水平是以是否满足受众审美需求为标准的；一台晚会是否成功，关键看能否让观众满意，近年来央视春晚饱受诟病，主因在于众口难调，受众审美能力提高了，可以选择的娱乐项目多了，当然也有主办者创新度不够，不接地气，没能打通节目与受众之间的心灵通道等诸多原因。当然，民间仪式叙事并非如此泾渭分明地分为娱神型、娱人型两大类，其实际生存形态是复杂多元的。傩戏属于祭祀仪式与戏曲表演的综合叙事传统，兼具娱神与娱人的仪式叙事功能。我国大多民间戏曲与民间祭祀仪式、民俗仪

---

[1] 扬·阿斯曼：《文化记忆：早期高级文化中的文字、回忆和政治身份》，金寿福、黄晓晨译，北京大学出版社，2015，第8页。

式相联系，同样兼具娱神与娱人功能，但与傩戏的偏重于娱神祭的祀仪式传统不同，大多民间戏曲侧偏重于娱人与育人，且娱神功能与娱人功能相联系，即仪式叙事表演成功与否不仅直接关系到受众的评价，也影响到娱神效果，如果在仪式叙事表演中某个环节出了纰漏，则影响到整个仪式表演效果，由此连带地影响到祈福消灾效果。在民间红白二事中表演的秦腔戏曲，戏目只能由村中德高望众的长者选点，其选点戏目不仅与仪式类型相关，同时往往与伦理道德教育相联系，如在白事上如果点了《三娘教子》，则意味着死者子女不孝敬父母，要受到社会的谴责，这相当于上了道德法庭。这样说来，仪式叙事的功能与审美评价与地方性传统文化密切相关。

仪式叙事属于文学叙事范畴。从文学层面而言，仪式叙事属于民间文学叙事，与高雅精深的精英文学相比，似乎上不了大雅之堂，历史上诸多士大夫视其为俚言鄙曲。其实精英文学与民间文学"本是同根生"，不只是最初的文学源于巫术与巫仪，一直到春秋战国时期文学仍与传统祭祀仪式相融合，作为我国文学源流的《诗经》《楚辞》就是突出的代表。闻一多认为屈原名作《九歌》十一篇和《九章》九篇是根据民间祭仪中的同名歌舞创作的，"严格地讲，2000年前《楚辞》时代的人们对《九歌》的态度，和我们今天的态度，并没有什么差别。同是欣赏艺术，所差的是，他们是在祭坛前观剧——一种雏形的歌舞剧，我们则只能从纸上欣赏剧中的歌辞罢了"[1]。宋元时期随着南北文化交融，经济文化发展。南戏，元杂剧崛起，大量的文人创作的戏曲、词牌进入到民间戏曲中，大力推动了我国传统戏剧的突飞猛进。

当下的《文学概论》谈及文学功能时，只是强调了文学的认识、教育、审美三大功能，却忽略了一个重要的功能：治疗功能。在传统仪式叙事中，不管是史诗、神话或是民间故事，仪式治疗是一个极其重要的功能。在相当长时期里，文学界有意无意把它忽略了，甚至把它当作低级陋俗的"巫术治疗"而讳莫如深。当下在国内外兴起的文学治疗（literary therapy）、阅读治疗（bibliotherapy）应用研究并非什么新现象，只不过是传统文学功能的再现。传统文学的治疗功能往往与仪式相结合，为民众祈福禳灾，避凶趋吉，祛病止痛，通过沉浸式的集体体验来强化族群认同，增强自信，从而抵消孤独、恐惧等消

---

[1] 闻一多：《如何读九歌》，《中国社会科学》1980年第4期。

极心理，所以它不只是治疗具体的身体疾病，更多是朝向心理与精神疾病，使个体在集体获得存在的认可，族群的凝聚与认同，保持精神高度。

从文学的审美方评价而言，当下的文学被定义为一种语言艺术，其文类分为诗歌、散文、小说、戏剧、剧本、史诗、神话、传说、寓言、童话等多种。审美主体、审美对象、审美活动构成了审美三要素，其审美活动方式主要通过阅读、听力、观看来达成，而且越来越朝精英化、高雅化方向发展。我们阅读世界名著，观看戏剧、欣赏诗歌朗诵都需要相应的语言文字、文学欣赏水平、文化传统等方面的教育背景及条件，基本上是单向度的交流活动，其间还有精英与民众、高雅与民间等不同科层式分类。仪式叙事中的审美往往是通过互为主体、主客互文、共同书写文本、沉浸式审美体验等方式达成多元化的审美活动。这些审美活动并不以高雅与低俗来分类，它全方位渗透到民众的生活世界与精神世界中，从而使个体与集体、族群形成一个有温度的、有生命力的有机整体。从一个人呱呱坠地到寿终正寝，从个体的生老病死到村落、家族的生死存亡都从未缺位，仪式叙事自始至终参与了个体与群体的文化整合与精神建构。一部史诗传承千年而不绝，一个神话传诵上千年而不断，原因在于其一直未断绝的文化精神及审美传统。作为一种源远流长的文化传统，仪式中的文学演述，从来都不是单向性的信息传递，而是在演述者与受众间的互动交流中共同完成的，二者都是民歌传统的传承者、共享者、共创者。"他们共享着大量的内部知识，而且还存在着大量的极为复杂的交流与互动过程。"[1]仪式叙事的演述者与受众的审美体验都必须遵循传统尺度，这个传统尺度包含了语言的准确精妙，用典的巧妙，风格的含蓄婉转，比兴手法的娴熟于心，现场即兴创编能力等等。民歌手深谙如何留住听众内心之道，可以唱个通宵达旦，听众依然感觉意犹未尽。当仪式叙事从娱神向娱人转化时，这种集体参与、集体狂欢的沉浸式体验效益更为突出。据明代文人张岱记载："余蕴叔演武场搭一大台，选徽州旌阳戏子剽轻精悍、能相扑跌打者三四十人，搬演目连，凡三日三夜。四围女台百什座，戏子献技台上，如度索舞絙、翻桌翻梯、筋斗蜻蜓、蹬坛蹬臼、跳索跳圈，窜火窜剑之类，大非情理。凡天神地祇、牛头马面、鬼母丧门、夜叉罗刹、锯磨鼎镬、刀山寒冰、剑树森罗、铁城血海，一似吴道子《地狱变相》，为之费

---

[1] 朝戈金：《口传史诗：冉皮勒〈江格尔〉程式句法研究》，广西人民出版社，2000，第98页。

纸札者万钱，人心惴惴，灯下面皆鬼色。戏中套数，如《招五方恶鬼》《刘氏逃棚》等剧，万余人齐声呐喊。熊太守谓是海寇卒至，惊起，差衙官侦问，余叔自往复之，乃安。"[1]

"沉浸式体验"在当下已经成为流行语、关键词，与之相关的话剧、实景演出、文化景观等文艺样式及文化产业正风起云涌，而这恰好是传统仪式叙事的看家本领、拿手好戏。传统与现代并无天然鸿沟，关键在于我们如何辩证看待。

由此引申出更为深层复杂的问题：何为文学？何为戏剧？何为叙事？文学是否只有一条单线进化之路？巫术、祭祀仪式一旦完成孕育文学任务之后便完成了使命，凡与之相关的叙事活动只能谓之为"人类童年文化"或"活化石"，只有进化到单独的戏剧、小说、诗歌、舞蹈、音乐等门类才算进入文艺的大雅之堂？这条文艺进化之路可能与西方文学发展之路较为契合，毕竟亚里士多德在探讨古希腊的悲剧、喜剧与诗学的深层关系时，同时代的孔子在整理《诗经》，他把与周礼相悖的，以及"怪力乱神"的内容进行了大规模的修订，只保留下来了"思无邪"的内容，而中国较为成熟的戏剧是在宋元时期才出现的，比西方晚了近一千年。当然，这并不意味着中国的文学发展水平是滞后的。正如西方的戏曲或戏剧（Drama）、歌剧（Opera）概念不能对应中国传统的戏剧，中国传统戏曲很少有神圣与世俗相隔离的表演艺术，虽然后期的戏曲已经过渡到娱人为主的表演艺术，但始终未脱离天人合一、敬天法祖、崇尚伦理、和合共荣的文化主题。中国传统戏曲既源于巫仪时期的在敬畏自然、模仿自然中产生的，以追求交感效应为主旨的原始艺术，同时丰富、发展于后期的追求世俗幸福、以娱人为主旨的古代戏曲中，其发展脉络中存在着从娱神到娱人的特征，但并非发展到娱人阶段就摒弃了娱神的文化功能，二者始终相濡以沫，并行不悖、辩证统一的。一直到现在，我国传统戏曲，以及少数民族中广泛存在的口头传统很难用源于西方学术体系的"戏剧""戏曲""文艺""史诗""神话"来界定与理解。对于一名传统秦腔戏迷而言，凡与秦腔相关的说唱、音乐、舞蹈、杂技、绘画、魔术、木偶、皮影、工艺以及神话、传说、故事皆可纳入到秦腔艺术范畴，而且儒释道中的多方神圣、地方神祇、历史人物可以纳入到表演与祭拜对象中，他们祈望通过这样的仪式表演达到风调雨顺、人寿年丰的效果，

---

[1] （明）张岱著，弥松颐校注：《陶庵梦忆》（卷六），西湖书社，1982，第38—39页。

娱人与娱神两不误，这种表面看似带有功利色彩的崇拜观念及仪式实践构成了仪式叙事的动力源泉。

可以说，中国传统戏曲并非是西方的戏剧、话剧、歌剧、芭蕾舞剧或悲剧、喜剧等概念可以概括与阐释得了的。这种源于传统巫仪的交感效应的仪式叙事与当下的"沉浸式体验"却是一脉相承的。当然，当仪式叙事所具有的"沉浸式体验"的交感效应范畴更为广泛复杂，它涵盖了生活世界与精神世界，个体与集体，内心与外界，传统与现代，狂欢与宣泄，视觉与听觉、触觉、感觉等多模态感觉系统。进入新世纪，新媒介充分运用文字、图片、视频、音频等多种叙事模式，并通过多种终端和平台运作，形成新媒介仪式叙事。[1]与传统的仪式叙事相比较，其仪式场域、仪式主旨、叙事方式、文本类型、受众群体、仪式功能、评价体系等方面都发生了巨大变异，新媒介仪式叙事的全球性、开放性、互文性、便捷性、奇观性、商业性、狂欢性特征越来越突出，有利于全球视野下的跨文化对话交流，进一步促进经济贸易的发展，推动人类命运共同体的建设。同时我们应清醒地认识到工具的利用必然有双面性；随着传统仪式场域被置换，仪式神圣性衰退，新媒介仪式叙事呈现出过度商业化、媚俗化、同质化、信息碎片化、虚假化的危机，面临着民族意识形态与西方全球化的冲突之虞。

---

[1] 新媒介（New Media）是一个相对概念，指的是报刊、广播、电视等传统媒体之后发展起来的新的媒体形态，如网络媒体、手机媒体、数字电视等。新媒介以数字传输与数字制作为核心，其定义随技术发展而不断演变。

第四节　仪式叙事学的学科价值与特征

一、仪式叙事学的学科价值

"仪式叙事学"的提出有诸多重要的学科价值与意义。

第一，有利于对世界各地、各民族中至今仍以活态存在的丰富多彩的仪式叙事活动及现象进行深入有效的研究。我国各民族文化中，尤其在南方民族中仍传承着诸多活态的史诗、神话、故事、传说，这些活态的口头传统其实大多活在民间仪式中。无独有偶，在亚洲、非洲、拉丁美洲等国家和地区也传承发展着数量惊人的与仪式相关的民间故事及口头传统。研究对象的广泛存在不仅呼唤着与之相应的研究理论与方法，同时决定着其学科存在的必要性与发展空间。之前，对此类仪式叙事现象多以人类学、民俗学、语言学、口头诗学、宗教学等学科观照的较多，而从仪式叙事角度切入的少。"活鱼要在水中看"，对这些至今仍活在仪式中的口头传统及叙事传统，仪式叙事学无疑是一个重要的理论利器。通过应用此学科理论方法不仅可以窥探到仪式叙事传统的形成及发生机制，而且能够更为全面、准确地理解仪式叙事与民族文化传统、社会生活之间的深层关系，研究叙事活动及行为与叙事场域、叙事结构、叙事方式、交流机制、跨文化文本的深层复杂关系，有利于有效融合仪式叙事的内在与外在形态研究。[1]

---

[1] 杨杰宏：《仪式演述视域下的东巴史诗类型研究》，《民族文学研究》2024年第1期。

其二，仪式叙事学的研究领域极为广泛，有利于促进跨学科对话交流。仪式是与人类与生俱来的文化现象，伴随着整个人类社会发展史，渗透到人类社会文化的方方面面，形成了空气一般无所不在，无时不有的文化存在，它不仅存活于历史形态中，而且传承、发展、创新于现当代的社会文化生活中，以空间与时间为维度交织成为博大精深、丰富多彩的人类社会的生活空间与精神空间。从仪式所涉及的文化内容及形式而言，涵盖了神话、史诗、口头传统、艺术、戏剧、文学、民俗、天文、地理、体育、医药、建筑、服饰、农业、狩猎等诸多"百科知识"，也包含了口头、书写、身体、行为、语境、受众、创编、表演、叙事、意义、象征、隐喻、功能、结构等不同话语要素。仪式自身所包含的巨大的文化信息量及话语系统，一直吸引着研究学者孜孜不倦地进行探索思考，仪式不仅成为戏剧、文学、神话、史诗、艺术、宗教、民俗等诸多文化的源泉，对这些不同文化现象的研究探索，孕育了文学、艺术学、宗教学、人类学、民俗学、神话学等诸多学科，由此留下了诸多可参考的理论方法，构成了一个巨大的理论池。面对如此庞大的话语系统，仅仅依靠叙事学或口头诗学一两门学科理论显然力不从心，仪式叙事学只有通过与不同学科之间的交流对话，才能构建起自身的理论体系。

其三，有利于构建仪式叙事学的自主知识体系，有力推动叙事学、口头诗学、文学、民俗学等学科的本土学科话语体系建设。本学科是基于本土文化现象的分析研究而提出的理论方法，具有鲜明的本土特色，但其文化现象绝非一族一地或一国才仅存的文化个案，仪式叙事在世界范围内广泛存在，且在研究理论方法上吸取了口头诗学、叙事学、文学、民俗学、艺术学等诸多学科理论，其研究范式具有突出的普遍性价值。近年来笔者提出了"仪式史诗"、"仪式程式""多模态叙事文本""动态文本"等系列本土化学术概念；陈泳超提出了"仪式文艺""互文形塑""身份差序""审美违和""仪式功能导向"等概念；尹虎彬提出了"崇拜与祭祀为民间叙事原动力"的观点，以及朝戈金所提倡的"全观诗学"，朱刚的"交流诗学"等诸多学术概念及观点，是基于口头诗学、民间文学、民俗学等西方学科理论在本土实践中的延伸性研究。国内学者的这些探索性成果既补充完善了传统学科的理论体系，推动了口头诗学、民间文学、民俗学等学科的本土学术话语体系建设，同时为仪式叙事学的可持续发展提供了重要的理论基础与动力源泉。

其四，仪式叙事学的学术探索为反思文学、口头诗学、民俗学的传统理论提供了诸多实践议题及多元学科朝向，形成了有效的学科对话交流，有利于自身学科及相关学科的互鉴性发展。诚然，构建学科的自主知识体系，并非只是为建立一国之学，而是为了走出西方学术、学科、话语体系至上的理论"迷思"，更加科学、理性、平等地推动全球范围内的学术和学科间的对话交流。正如通过本学科研究来促进对传统学科理论范式的反思批评，本身也促进了传统学科的发展，由此提供了本学科存在和发展的合理性。

二、仪式叙事学的学科特征

首先，仪式叙事学属于一门跨学科的新学科，具有口头诗学、民间文学、民俗学、叙事学、神话学、史诗学、人类学、传播学等多学科特征。从学科亲属关系来看，仪式叙事学与口头诗学与叙事学更为亲近，但当下的侧重文学文本分析的叙事学理论方法无法胜任其研究任务，也不能单纯从口头诗学理论出发对其理论体系进行修修补补，更不能等同于人类学视野下的仪式与神话、社会、性别、结构、象征等关系领域的文化研究范式。研究理论方法是从研究对象的实际出发，从长期的研究过程中归纳演绎出来的，仪式叙事学研究对象广泛复杂性特点，决定了其研究理论方法的多元化：我们在研究仪式史诗、仪式神话时，自然离不开口头诗学、神话-仪式学派、叙事学等学科的理论方法，但涉及仪式戏曲、仪式歌舞时，需要戏剧学、艺术学、叙事学的介入；而新媒介仪式叙事则需要新媒介传播学、仪式互动链理论、数字化技术应用理论等的应用。这是一个新生的学科，其研究范式是开放的，需要在实践过程中不断地丰富完善。

其次，仪式叙事学也是一门历史学。从总体上看经历了巫仪到原始宗教仪式、人文宗教仪式、民俗仪式、现代仪式，新媒介仪式的发展历程。从口头传统视角考察，仪式构成了神话、史诗、戏曲、宗教、民俗的源头，正如纳吉在还原《荷马史诗》的演述语境中发现，这部史诗经典源于古希腊时期悼念在城邦战争逝世的英雄们的祭辞，后在亚历山大时期的泛雅典娜赛诗会上这些英雄事迹得到进一步的创编，并在国家主持下得到统一的修订，最后经历2000多年文人们的不断锤炼而成为不朽名著,从中可察这部史诗经典文本的成型经过了仪式文本——口头文本——书面文本三个阶段。当然,这并非意味着所有史诗文本都要经历这样三个阶段,这样就滑落到单线进化论泥淖中了。并非所有仪式史诗都会发展成为口头史诗或书面史诗,当下我国少数民族,尤其是南方民族至今仍保留着大量鲜活的仪式史诗,这绝非能够以"原始性史诗"界定之,在非洲、拉丁美洲、亚洲也广泛存在类似史诗形态。正如并非所有民间戏曲最终会发展成为西方文化语境中的歌剧、话剧,我国的大多数民间戏曲仍鲜活地保留着祭祀传统,这不但与娱人传统并不相违,而且这恰好是中国传统戏曲的文脉所在——强调天人合一、和而不同的文化交感效应。当然,我们不能以仪式叙事的民族文化个性否定其发展总体规律,任何事物的产生、发展必然要经历从低级到高级、从简单到复杂、从文化自在到文化自觉的过程,这是不以人的意志为转移的。我们要警惕以一族一地的研究范式当作放之四海皆准的普世规律的地方民族主义,更要敢于打破"言必称希腊"的西方洋教条主义,在尊重前人所做出的成果基础上,不断地开拓创新,使我们的研究不仅成为"他山之石",而且能够不断持续演进,造福人类社会,从而达成鲁迅先生所提倡的学术自主,"外之既不后于世界之思潮,内之仍弗失固有之血脉,取今复古,别立新宗"[1]。

再次,仪式叙事学也是一门现代学。新时代语境下的仪式叙事学研究一方面要研究层出不穷的新生事物,另一方面还要提炼仪式叙事的学术新概念,构建学科新体系,提供具有可操作性的理论方法与实践路径。新时代语境下诸如当下已经成为文化旅游热门——沉浸式体验项目如何达成更有创意、更为精准、更有市场与文化价值的闭环设计?在新的仪式语境里,人们是如何达成叙事的,如何让人们相信"叙事是真实的"?如何促成新时代语境下的情感共享与文化认同?这既是仪式叙事学需要研究的对象,也是需要参与的学术时代命题。仪式叙事学作为一门交叉学科,研究者要熟悉仪式叙事学相关的学科理论与方法,同时要关注现代新媒介、新技术、新观念,以期促成理论研究与应用研究的辩证统一。从这个意义上,仪式叙事学不仅仅是一门研究口头传统、宗教、民俗、民族仪式的古典学,而是一门基于实践的现代应用学科。其逻辑在于理

---

[1] 鲁迅:《文化偏至论》,《鲁迅全集》第1卷,人民文学出版社,2005,第56页。

论—实践—理论的否定之否定。仪式叙事理论是否有效，必须在具体的实践中检验，并在实践检验中对理论进行不断地丰富完善。

作为一门新兴学科，其理念范式、观察视野、学术与学科体系不能囿于故有学科之成见，必须在继承国内外传统学科与新兴学科的基础上不断大胆地扬弃、创新，尤其是面对方兴未艾的新兴研究领域以及应运而生的多学科理论方法，需要有"面向世界、面向现代化、面向未来"的研究方向与视野，同时要结合本土实际，实事求是，集思广益，开拓创新，构建仪式叙事学的自主知识体系，使这门新兴学科得以健康、持续地发展起来。

当然，一门学科的可持续发展并非一朝一夕之事，正如一套理论的提出，而这套理论体系是否属于科学理论，需要不断在实践中检验与完善。当下只能说是提出了"仪式叙事学"这门学科的基本纲要，而其真正建立起来，有待于更多后来者的努力奋斗，使之形成能够不断演进的理论体系。这套理论体系具有其他学科不能替代的价值，这样才能为其他学科所借鉴，并在其他学科的交流互鉴中得到发展壮大。

附 录

【附录一】民歌调《崇般日》[1]

人类迁徙路，
是从天上来，
人类源于蛋，
上天下的蛋，
大地来孵化。
有一个传说，
有一个故事，
说说这传说，
说说这故事。
天没开好时，
地没辟好时，
九个太阳出，
有九个太阳；
七个月亮出，
有七个月亮。
九个太阳晒，
大地烧焦了，
石头化成水，

土地化成水，
万物化成水，
树上无绿叶，
人类活不成。
七个月亮出，
大地变冰冷，
水冻成石头，
大地不规整，
石头不会立，
树上无绿叶，
人类无法活。
天上出九日，
九个太阳晒，
热得受不了。
美利达吉海，
海水沸腾了，
神海出神石，
正增含鲁石，

---

[1] 附录一至附录五的民歌皆由纳西族著名民歌艺人和耀淑（1930—2022）演述，由其儿子和正钧用纳西拼音文记录整理，杨杰宏根据整理内容进行了汉语翻译，对其中存疑问题予以了注释说明。因版面受限，删除了原来的拼音文字，仅保留汉译部分。

裂开成两半，
神石煮烂了。

神石的左边，
离太阳最近，
盘男九兄弟，
从中出来了；
神石的右边，
离月亮最近，
禅女七姐妹，¹
从中出来了。
九兄七姐妹，
一起来商量，
开天九兄弟，
每天去射日，
射落了八个，
只留下一个；
辟地七姐妹，
七妹大姐她，
每天去射月，
射落了六个，
只留下一个。
天才像个天，
地才像个地。

过了好几代，

阿忍美忍代，
人体初形成，
大脑形成后，
身体变暖和，
身上发暖气，
暖气化为露，
化成三滴露。
一滴撒天上，
变成满天星；
一滴撒大地，
大地绿茵茵；
一滴撒海里，
变黄色大海。
坡上长百草，
艾蒿最先出，
绿草铺大地；
山上树木中，
杜鹃最先长，
山间满绿树；
署龙掌水源，²
水流满湖海。
大地江河水，
署龙来引导，
江河不泛滥。

开天九兄弟，

---

1 民歌中写为"盘若"、"禅命"，可译为盘男，禅女，分别指开天兄弟，辟地姐妹。此句源自东巴经中的盘神与禅神，相传分别为藏族神为白族神。因藏族居于北方，白族居住于南边，同时分别象征天地。

2 民歌中唱为"lvq"，为汉语"龙"的音译。因东巴经中龙属于署类，即自然神类，且因与汉语的"龙"不能等同，一般译为"鲁"，此处译为"署龙"。

每天都开天，
开不完一处，
北边没开完；
辟地七姐妹，
每天在劈地，
辟不完一地，
南边没辟完，
没开完天地。
天上的青龙，[1]
边游边思索，
那天怎么补？
左瞧又右看，
看天又看地，
白石白森森，
被它看见了，
捡起白石头，
朝天用力扔，
朝着天缺处，
用力扔上去
落到缺陷处，
补好了天空。
辟地辟不完，
辟不完的地，
俄英都奴神，[2]
蒿草放石上，
烧石烘蒿草，
清澈江河水，

补满未辟地。

阿忍美忍代，
美仁拉仁代，
拉仁初慈代，
初慈初余代，
初余余仁代，
余仁局仁代，
局仁精仁代，
精仁崇仁代，
崇仁利恩代。
利恩六姐妹，
利恩五兄弟，
兄弟不找伴，
兄妹乱伦了。
董神看不惯，
色神看不下，
二神生气了。
太阳看不下，
月亮看不下，
日月被污染，
山崩地要裂，
洪水要滔天。
董神看不惯，
色神看不下，
天神起变化，
变白胡爷爷，

---

1 民歌里唱为"oq herq mee rher"，东巴经书中一般译为"青龙"，民歌中译为"雷神"。因龙有打雷下雨之神职，此处依从本义译为青龙。
2 俄英都奴为东巴神话中勇杀猛厄鬼的女英雄，属于对偶婚时代的神话人物，她的英雄事迹记载在《俄英都奴杀猛厄鬼》经书中。

地神起变化，
变驼背老奶，
下凡到人间。

利恩六姐妹，
大的三姐妹，
利恩五兄弟，
大的三兄弟，
没去找伴侣，
兄妹成婚了，
随意乱开荒，
砍林又烧山。
二神劝说道，
别做苦活了，
苦活苦不完。
兄妹做夫妻，
老天不喜欢，
地神不喜欢，
六畜不喜欢，
五禽不喜欢，
山也不喜欢，
山谷也厌恶，
洪水要翻天，
翻天快到了。
几古四哥他，
成天想使坏，
尽做坏事情。
鸡看不下去，
鸡飞打破碗，
可怜小母鸡，
被他打死了。

猪看不下去，
到田里拱地，
土块飞天边，
猛打猪鼻子，
被他打死了。

老五是利恩，
利恩是幺儿，
向天神致谢，
向地神感恩。
天神与地神，
找到利恩说，
大象皮做鼓，
铁杉用三片，
柏树用三片，
松树用三片，
九片做个鼓，
打七个钉子，
细针粗线缝，
鹿筋线来缝。
崇仁利恩呀，
你就坐这鼓；
你坐这鼓前，
铁器不要忘，
禽种不要忘，
畜种不要忘，
火种不能忘。
禽种是公鸡，
放进去一只，
畜种为公狗，
放进去一只。

白铁火镰子，
麂皮做袋子，
獐皮做袋绳，
蒿草做火料，
白石做火石，
放到鼓里面。
剪刀拿一把，
放到里面去，
这鼓你来坐，
坐到鼓里吧。

利恩做的鼓，
被老四看到，
老四几古他
也想做个鼓。
帮我做一个，
怎样做好鼓，
教我一下吧。
向天神哀求，
向地神哀求。
二神回头来，
对着几古说，
几古四弟你，
最能干男儿，
用大针细线，
缝做一面鼓，
去坐这鼓吧。

还不到三天，
等不到三时，
洪水翻天了，

洪水滔天了。
崇仁利恩他，
躲进象皮鼓，
水流到哪里
鼓也随水漂，
白云带龙飞，
龙带水鼓走，
水鸭引水路，
水鸭带鼓漂，
一直漂到了
黑白相交地，
漂到水沟边。

到了第三天，
三时三刻时，
抱的那只鸡，
开始叫起来；
抱的那白狗，
也叫了起来。
身心始安定，
拿出剪刀来，
右手握紧后，
剪断缝纫线。
太阳闪金光，
见到了阳光；
月亮闪银光，
看到了月光；
水落现大地，
大地满金黄，
见到金黄地；
碧空蓝莹莹，

675

见到了蓝天；
山顶连星空，
见到了星空。
养儿母情深，
孤儿倍思亲，
无处喊母亲，
养儿父恩重，
无处喊父亲，
孤儿心凄惶，
惶惶心空落，
左顾右徘徊，
俯仰皆无计，
天地空茫茫。

天地一白鼠，
来到了人间，
利恩问白鼠，
白鼠点头说，
天父地母间，
我来做媒人。
崇仁利恩他，
白鼠姑娘上，
问了她一下。
过了一阵子，
姑娘返回说，
我带的东西，
没忘记几件。
黑白相交处，
放在沟旁边，

猎狗左边带，
从左边带走；
公鸡用手抱，
右手挟公鸡。
俯仰天地间，
天地空茫茫，
嘶声喊母亲，
喊声达九地，
喊母不见母，
喊父父不见，
大地无人类，
无处寻人烟。

崇仁利恩他，
孤独心空落，
左膀背大刀，
顺着大河走。
俄亚苏吉河，[1]
顺流到下游，
搜寻磨刀石，
目光四处望，
瞻前又顾后，
看地又望天，
左顾右徘徊，
心下独凄惶，
寻不见磨石，
心里空落落。

天女下凡来，

---

[1] "oq yel see jjiq" 指俄亚苏吉河，此处的"苏吉"本义为有铁之河，因河中有铁矿而名。苏吉河又名打洛河、无量河，流经俄亚乡地界。

下凡浣洗纱,
天女三姐妹,
眼睛各不同,
到了河下游。
竖眼睛天女,
骑着白鹤来,
来到了河边;
随之而来者,
眼睛圆溜溜,
骑着白鼠来;
最后而来者,
来的第三位,
骑着白蝙蝠,
翩翩下凡来,
长着横眼睛,
来到人世间。
来了三天女,
(见到利恩他)
大姐喜欢他,
二姐喜欢他,
小妹喜欢他,
都说喜欢他。

三个姐妹中,
竖眼睛天女,
最漂亮数她,
虽说是最美,
娶了这美女,

尽生虎豹兽,
不会生儿女。
长圆眼天女,
最能干是她,
看上她能干,
娶了能干女,
尽生蛇蛙类,
不会生儿女。
到了第三个,
她心地善良,
长一双横眼,
中意她心好,
娶了她之后,
才生儿育女。

神鸟白蝙蝠,
来往天地间,
是来做媒人,
促成夫妻缘,
素昭吉姆她,
从蓝宝湖里,[1]
袅袅走出来,
结缘成夫妻。[2]
白鼠做媒人,
做了这个媒。
白鹤仙女她,
翩翩下凡来,
栖息大地边,

---

1 "Oq yel oq herq heel" 有二译,通常译为俄亚的宝蓝湖,另译为像蓝玉一样碧蓝的湖,即蓝宝石一样的湖水。和正钧认为此处的"Oq yel"不一定指现在俄亚乡地名,而是指宝石一样的地方。
2 此处省略了素昭吉姆的丈夫美利董主,此典故出自东巴创世史诗《崇般图》。

利恩与衬恒，
结成夫妻缘，
白鹤当媒人，
做了这个媒。

结成夫妻后，
俄亚苏吉河，
到了上游间，
衬恒小妹她，
洗麻干净后，
来到黑白间。
黑白相交处，
磨刀最锋利，
洗麻最洁白。
携带利刃刀，
带了大白狗，
带了大公鸡，
养起了种鸡，
养起了猎狗。
俄亚苏吉河，
来到下游处，
磨刀更锋利，
磨刀锋利后，
九十九座山，
全部砍光了；

森林砍光后
取出火镰子，
火镰子引火，
点火烧树木；
烧光树木后，
开荒种香薷。[1]
种完香薷后，
雨淋不腐烂，
寒冬不落叶。
衬恒带百种，
播了菜籽种，
寒冬绿油油，
冬天不会枯，
夏天长势旺。
三月百花开，
开花似金花，
百花相争艳。
两种绿大地，
大地绿油油。

粮种绿大地，
大地虽满绿，
却无收粮具，
也无扬风器。[2]
只有娘家有，

---

1 原文为"kee ddvq"，学名称之为香薷，又称为野苏麻、香薷草、香戎、香茸、香菜等名。纳西民间称之为"野坝子"，应为"野拔子"（属唇形科香薷属植物）的变音。因其籽多产量高，在东巴经中以此物来比喻子孙繁衍兴盛。
2 此两句原句为"goq o zzei me jju, Goq lerl qu me jju"，和正钧整理本为译为"还没有生产工具，生活用具，还没有农作物的种"。据东巴创世史诗记载，崇仁利恩从天上娶回衬恒褒白命时，天父天母赐予丰厚的嫁妆，包括了多种金银修饰与家畜、粮种，只是猫与蔓菁种这两样没给。所以此处的"还没有农作物种子"之说存疑。笔者在此根据歌词译为没有收粮工具与扬风器。供参考。

678

样样工具有。
回娘家一趟，
讨作物种子，
要生产铁具，
求生活铜具。
回到母亲旁，
回娘家一趟。
俄亚苏吉河，
水头的白鹤，
长出了新翅，
羽毛长齐了，
白鹤当坐骑，
回家去一趟。

养儿母亲恩
尼劳阿祖她，
殷切教女儿。
粮种播大地，
畜种养人间，
人类要生存；
银矿金矿贵，
不如粮食贵。
粮种要播呀！
不只是这些，
用铁来削铁，
学会回去削，
用铁去打铁，
学了去打铁；
铸铁用火烧，
火烧铁块去；
烧铁做风箱，

安装好后用；
淬铁用清水，
打好去淬铁；
引水要挖沟，
放水蓄好水，
烧火留火种；
接铁用泥巴，
泥巴来接铁；
淬金用茶水，
茶水淬黄金；
淬银用白酒，
白酒淬白银；
淬铜用酸梅，
酸梅淬铜具。

五畜养满山，
满山去放养。
家禽养满院，
满院去养吧。
利恩和衬恒，
成家立业了，
想多养子女，
想生三胞胎。
一坛酿的酒，
味道各不同，
不知如何说。

崇仁利恩他，
去问老岳母，
岳母授机宜：
衬恒小女她，

能多生子女，
这是件好事；
一天三顿饭，
定时去喂她，
三顿三午饭，
定时去喂她；
冷水不要给，
剩饭不要给。
等儿子长大，
三个做三灶，
可以做三灶，
鼓劲养儿吧。

粮种撒大地，
大地满庄稼。
花种撒大地，
大地开百花；
畜牧满山跑，
家禽满院飞；
一年十二月，
月月看花开，
天天看果实。
父亲乐呵呵，
母亲笑哈哈。
养儿养九岁，
儿到九岁时，
儿看母亲笑，
母也看儿笑。

儿不会喊父，
母亲喊儿时，
儿不会答应。
心里乱如麻，
吃饭没有味，
喝水不觉凉。

又回到娘家，
养儿父亲恩，
子劳阿普父，
向父小心问。
父亲生气说：
你也不理我，
我也不认你。
转向母亲问，
母亲教导说：
父亲胆太小，
可兴可洛他，[1]
怕他欺负你，
不让你去做，
所以不教你。
养儿父恩重，
不要生气了。
母亲教导说：
养儿父亲上，
去说实话吧。

三月一祭天，

---

1 可兴可洛，相传是衬恒褒白命舅舅的儿子，从小她被许配给他。因后衬恒褒白命与人间崇仁利恩结婚，引发了可兴可洛的报复，从而时常降下冰雹、暴雨等天灾，所以衬恒褒白命从天母处学会了祭天来顶灾。

初十二那天，
砍了响叶杨，
做成顶灾杆，
直直的一杆，
一杆破四块，
四块中撑开，
放一个鸡蛋。
做了这个杆，
可兴可洛上，
顶他一下吧。
不只是这些，
去采集冬青，
还有青香枝，
小叶杜鹃枝，
百合杜鹃枝，[1]
去放烟雾吧。
西边起黑风，
东边起黑云，
黑云与黑风，
不能相缠绕，
去防冰雹吧，
去放烟雾吧，
不需再怕它。

七月二祭天，
七月初十二，
七月水花飞，
水花积水潭，
要去蓄水了。

用黑蒿与黑石，
畜头与禽尾，
用黄土筑堤，
用利锄挖掘，
引来清泉水，
修成四水库，
引来九江水，
筑成九河坝。

到了一月份，
初四备祭天。
柏木做火把，
背篓背祭米，
男人走前面，
女人跟在后。
大香祭天父，
黄香祭地母，
黄香祭天舅。
初五那一天，
初五祭天大，
一定去祭天。
要祭这个天，
天没开好时，
补天三样物；
地没辟好时，
铺地三样物。
先找补天物，
去找辟地物。

---

[1] xuq ser zzerq 指冬青，hua ser zzerq 指青香枝，shua ser zzer 指小叶杜鹃，muq ser zzerq 指百合杜鹃枝。

初五祭天大，
大祭天这天，
柏树是天舅，
天树竖一棵；
黄栎为天父，
黄栎竖一棵；
松树为地母，
母树竖一棵。
树竖那一天，
要杀祭天猪，
拿酒去祭天，
拿茶去祭天。
祭天要杀猪，
提前一年养，
一年前养好。
要酿祭天酒，
提前一个月，
准备好食物。
要找祭天茶，
腊月初八日，
大年初八日，
备好茶叶了。

到了一月份，
初四上山去，
拿了祭天茶，
拿了祭天酒，
背了祭天米，

带上香和火。
绿松映绿天，
绿松是天树，
王坐中间柏，
柏树是王树，
黄栎黄金色，
黄栎是地树。
男辈跪左边，
女辈跪右边，
跪在树前面。
养儿有三个，
小木碗三个，
碗里放大米。
生儿母亲的，
竹篮放右边，
大香竖左边，
烧香许愿了。

初八不生火，
祭天回家后，
屋后蔓菁里，
有一匹白马，
在啃食蔓菁。
大哥说了句：
打你呀冒作；[1]
老二说了句：
软你奥肯开；[2]
老三说了句：

---

1 藏族语：马啃食蔓菁。
2 纳西族语：马啃食蔓菁。

马你祖锅余。[1]
三兄弟说话，
三个三种话，
说出三种话，
三种各不同，
形成三民族。
子劳阿普他，
与尼劳阿祖，
与她商量说：
大哥打绳卦，
二哥擅鸡卦[2]，
去做祭祀吧，
三哥擅见卜，
占卜叫他做。
崇仁利恩你，
什么种族呀？
崇仁利恩说：
脸美不如眼，
眼美不如心。
横眼睛人种，

填平不欲壑。
雪山做枕头，
金江做腰带；
吃江边粮食，
喝高山泉水；
三根大骨呀，
一口咬进肚，
不会噎的族；
三斗炒面呀，
一口咽下去，
不会呛的族；
最优秀种族，
白海螺狮族，
所有锤来打，
锤不死的族；
会打人来打，
打不死的族；
大江大河呀，
一口灌下去，
不会饱的族。

1　藏族语：马啃食蔓菁。
2　民歌中此两句写为："Ddeeq yi keeq derl perq，Liul yi ssaq v daiq。""keeq derl perq"原译为"做织丝，念佛"，笔者认为应译为抽绳卦。"ssaq v daiq"未解。据和正钧讲述，他母亲和耀淑说是需要用力拉的一种东西，具体指什么记不清楚了。在此根据东巴经所记载以及上下文译为"鸡卦"，仅作参考。

【附录二】民歌调《都埃术埃》[1]

董术矛盾起，
董子伍璐他，
偷偷到处玩，
不愿见父母，
起床时不起，
学时他不学，
天天在赌牌。
术儿业毛他，
设计诱伍璐，
穷人有好货，
富人睡不着，
吹捧伍璐好，
睡时他不睡，
成心骗伍璐，
不听父亲话，
不听母亲话。
刚才右边玩，
又去左边玩，

刚才在天上，
又跑到人间。
东躲西藏他，
天天玩打牌，
玩牌玩骰子。
一天玩骰子，
术儿又输了；
两时输两次，
口舌是非起。
说好不打架，
约了去玩牌，
我赢你输了，
承诺不抢钱，
双方抢了钱，
赢了口舌多，
输了无话说，
家贫还输钱，
金山也输光，

---

[1] 和耀淑演述，和正钧整理，杨杰宏翻译。此民歌虽名《都埃术埃》，但与英雄史诗《董埃术埃》并非一个故事，其中插入了一则源自本教的东巴神话《都萨伍突》(另名"都沙敖吐")，因都（萨伍突）与署男（纽争绪陆）相争斗而误会以为董术相斗（黑白战争）。因语音相近而导致文本变异是民间文学一个特征，属于语言疾病现象。

家庭破碎了，
争斗由此起。
董萨伍突他，
伴侣绣玛咪；
署男纽争绪，
纽争绪陆他。
金银他不偷，
吃粮他不偷，
专偷绣玛咪。
董萨伍突他，
说他去高山，
骑马牵着驴，
三男约一起，
跨出自家门，
出门去远行。
还没翻过山，
折回家里去。
马还没有死，
去挖马眼珠；
蛇还没有死，
去打蛇七寸。
心在蛇尾上，
蛇死尾还活，
死了心不该。
回到家里面，

偷金我不关，
偷银我不关，
他偷我伴侣，
他死我胜了，
我死他赢了。
纽争旭陆他，
变了一条蛇，
躲在竹茶盒。
董萨伍突他，
大刀挂腰间，
拨出腰间刀，
知他躲茶盒，
砍盒两半飞，
蛇身成两截。
纽争绪陆他，
砍成两截半。
署男纽争父，
"你杀我儿子"，
不放伍突了，
纷争由此起，
结仇董族了。
署董开争了，
人间广袤地，
矛盾不断了，
战争不断了。

【附录三】民歌调《天女织锦缎》

天女织锦缎,
五色织五行,
一块织了天,
上头织太阳,
下头织月亮,
中间织星光,
蓝色织天空。
二块织大地,
上头织绿草,
下头常绿草,
中间织百花,
金色织大地。
三块织高山,
头块织松树,
尾块织黄栎,
中块织柏树,
绿色织大地。
四块织大海,
蒸雾大海洋,
头块织野鸭,
尾织黑水鸡,
中块织了鱼,
蒸雾大海洋。
第五这一块,
人类要生存,
块头织白鼠,
白鼠织一对,
白鼠来人间。
尾块织白鹤,
白鹤织一对,
白鹤来人间。
中块织蝙蝠,
白蝙蝠一对,
天与地之间,
传递消息者。
天没开拓时,
地没开辟时,
宇宙皆混沌,
大地不规整,
石头变水时,
有树无绿叶,
人类无法活,
无法活之时,
天女织锦缎,

锦缎布五方,
织了五方位,
天有天的象,
地有地的貌。
五行用五色,
看到了蓝天,
看到了绿地,
看到了大道,
听到了吉音,
听到了欢笑。

【附录四】民歌调《粮种的来历》

男祖康央巴，
男祖来讲古；
女祖开央桑，
女祖来讲古。
三月布谷叫，
该种苞谷了；
大鹰鹃声叫，
可育秧苗了；
听到噪鹃叫，
可种大麻了；
尾黑布谷鸟，
带来苞谷种；
九月稻谷熟，
金黄稻谷种；
崖间大鹰鹃[1]，
带来稻谷种；
九月大麻熟，
啊喂啊喂叫，
噪鹃[2]带麻种。

春节燕子回，
回到家里来，
黄嘴燕子呀，
带来黄豆种；
八月种蚕豆，
可种蚕豆了，
蚕豆从何来？
金黄神蛙呀，
夏季撒的种，
说是蛙带的；
九月播小麦，
可种小麦了，
黑嘴小麻雀，
带来小麦种，
带来夏天种。
衬恒天女呀，
带来九样种，
赶来九畜种，
带来百花种，

---

[1] 纳西语称之为"a wef lerq"，因其叫声而命名。
[2] 纳西语称之为"ji ber lerq"，因其叫声而命名。

衬恒的母亲,
尼劳阿祖她,
送丰厚嫁妆,
野油菜[1]种子,
冬雪压它身,
夏天雨水冲,
雨季洪水淹,
千代不会烂,
永远不变种。
崇仁利恩他,
董色二神[2]呀,
赐予香薷种,
冬雪压它身,
夏雨冲它身,
雨季洪水淹,
千代也不烂,
永远不变种。

子劳阿普他,
盼咐利恩说,
种子捡回来。
听到这句话,
利恩回答说,
见过撒种的,
没见捡种的。
子劳阿普他,
擅长数种粒,
种子少两粒,
一粒油菜种,

一粒香薷种,
不知何处去?
崇仁利恩说,
蚂蚁找活做,
雇它来做活。
阿普又说道,
缺的这粒种,
是蚂蚁吞的。
崇仁利恩他,
两手揾住它,
猛掐它的腰,
小小黑蚂蚁,
吐出那粒种,
蚂蚁腰细小,
因为被掐过。
还有一粒种,
衬恒天女呀,
她的油菜种,
少了一粒种,
此种何处寻?
白蝶找活做,
雇它来做活。
白蝶对她说,
屋后山斑鸠,
吞了那粒种。
崇仁利恩他,
紧忙赶过来,
掐斑鸠嗉子,
吐出那粒种,

---

1 原文中"ho ka"译作芸苔油菜,民间一般称之为野油菜。
2 董色二神指阳神董(卢)神、阴神色神,二神为纳西族神话中的第一代始祖神。

山斑鸠眼红,
因为被掐嗉。

子劳阿普说,
崇仁利恩呀,
就算你能干,
就算你勇敢,
阿普好吃鱼,
去捕江鱼来。
阿普走弯路,
利恩抄小路,
捕鱼利恩快,
阿普乐开花。
阿普好喝奶,
我女嫁给你,
你去挤虎奶。
崇仁利恩呀,
不去挤虎奶,
挤来野猫奶,
拿了野猫奶,
把奶献阿普,
没见着阿普,
鸡先慌乱飞。
子劳阿普说,
休想欺骗我,
快点滚回去!
崇仁利恩他,
如何取虎奶,
尼劳阿祖她,
倾身相授计,
高山悬崖间,

老虎产崽地,
虎崽产那儿。
阿祖又说道,
母虎巡山时,
巡山未归时,
剥下虎崽皮,
穿好虎崽皮;
母虎回窝里,
母虎翻三滚,
你也翻三滚,
伴作吃奶状,
可挤虎奶了。
挤到虎奶后,
回到阿普前,
虎奶献阿普。

阿普对他说,
算你有能耐,
算你有勇气,
算你有智慧,
算你有才干,
我女可嫁你。
我女衬恒她,
早已许人家,
苏古父子俩,
父名叫苏古,
儿子名字呀,
叫可兴可洛,
不会放过你,
他会派鬼怪,
降下大黑霜,

降下大冰雹，
降下暴风雨。
可兴可洛他，
会找你寻仇。
子劳阿普他，
授计给利恩，
要建顶灾塔，
要建烧香塔，
山顶烧大火，
点燃柏杉枝，
放燃柏桦木，
点燃柏桦枝，
点燃杜鹃枝，
点燃松栗枝，
放起黑烟雾，
传统老办法，
挡住暴风雨，
挡住大冰雹，
铭记不能忘！

【附录五】民歌调《起房调》

崇忍利恩代,
衬恒褒白她,
生下三儿子。
七月末一天,
禅神下凡来,
教会人造屋,
人类会起房,
大儿能辨土,
他能识土质,
让他住土房;
二儿能辨木,
他识能木质,
让他住木房;
小儿能辨石,
他能识石材,
让他住石屋,
住在石头屋,

三儿住三屋。
没起新房前,
有精威五行,
请精威五行,[1]
请地宝五行,[2]
全地宝五行,
五行要请到。
有天宝五行,
请天宝五行,
木火铁水土,
是精威五行,
银金锡铜铅,
是地宝五行。

天神九兄弟
一起开了天,
地神七姐妹,

---

[1] "精威"五行之说源于本教经典教义,而本教此观念又源于中原道教的五行之说。据藏学家李连荣介绍,"五行"的藏语为"vbyung ba lnga",简称"迥阿"。纳西语"精威"系藏语的音译。
[2] 原歌词为"Ddiuq o""Mee o",整理本中译为"地骨""天骨","o"为多义词,有"骨""精华""宝物""力气"等义项,根据上下文,此处应译为"宝物",类似于"o zzei",即精华之物,也有泛译为"文化"。

一起辟了地。
太上老君的，
太极八卦图，
提前要备好；
溪水顺壑流，
大水两三滴，
提前备好水；
杜鹃叶之祖，
备好杜鹃叶，
样样备好了。
虽然已备好，
鸡鸣出商星，
不能不备的，
还有另一种，[1]
福星荣华地，
万万不能少；
香椿为木王，
必须预备好；
福星宅基好，
黄土含金粉，
人居好地基，
大石下石脚，
白石垫柱底，
一定要备好；
冷杉做大板，
一定要备好；
松木中桁木，
一定要备好；
松木作柱子，

一定要备好；
澜沧香椿木，
是树中之王，
一定要备好。

此时此刻呀，
这块地主人，
筹划起新房，
唱新房歌者，
都已请好了。
该有都有了，
主人这一家，
宅基美好了，
新房吉祥了，
开天差三缝，
三缝没圆满，
如何补三缝，
不止这一事，
辟地差三缝，
地还没合拢，
如何补三缝。
这三道天缝，
这三条地缝，
唱新房歌手，
以歌来接缝，
接好三地缝。

在开天之前，
在辟地之前，

---

[1] 此句歌词原句为"siuq bbei tv bel heq, tv bel hee seiq nal, aiq juq sso ee tv, me tv me tal gge, ddee tv jjeq mef seiq"。"tv"在句中起了押韵、增苴（类似于顶真手法）作用。

先出天影子，
天影子出现，
先有地影子，
地影子出现。
崇忍利恩男，
衬恒褒白女，
这一代之前，
阿忍美忍代，
美忍刺忍代，
刺忍楚楚代，
楚楚楚余代，
楚余余忍代，
余忍局忍代，
局忍精忍代，
精忍崇忍代，
崇忍利恩代。
崇仁利恩前，
辟地差三缝，
经过了九代，
代代补地缝，
人类繁衍了，
人类有住了。

好日子才始，
水里大龙王，
错放了雨水，
洪水变滔天，
生灵陷泥滩，
人类要迁徙。
苍天大地间，
崇忍利恩他，

唯一幸存者，
无处找配偶，
无处寻伴侣，
四顾心茫然。
白鼠踢地门，
踢开了地门，
衬恒褒白命，
骑着白鹤来，
天女下凡来，
天父和地母，
白鼠做的媒，
人间的夫妻，
白鹤做的媒。
靠白鼠做媒，
靠白鹤做媒，
崇忍利恩男，
衬恒褒白女，
结成配偶后，
生育好儿女。

开天漏三缝，
他们来补天。
利恩后七代，
丽恩诺一代，
诺北普一代，
北普俄一代，
俄高勒一代，
高勒趣一代，
生了四儿子，
一代到七代，
开天漏三缝，

他们来补全。
衬恒褒白女,
崇忍利恩男,
一缝用云接,
二缝用露接,
三缝用风接。
接了三道缝,
人类安稳了,
老二住中间;[1]
老幺住南边,
放牧坡尽头,
住在坡尽头;
白雪当帽戴,
巨石当腰带,
大水当靴子,
老大住那里。

一代接一代,
崇忍利恩男,
恩情不能忘;
衬恒褒白女,
带来百样种,
带来九牲畜,

葫芦装花籽,
带来百花籽,
下凡到人间,
利恩与衬恒,
结成夫妻后,
夫妻相商量,
崇忍利恩男,
九十九座山,
一天内伐完。[2]
衬恒褒白女,
撒百样谷种,
庄稼绿大地;
开荒撒百种,
百种长满地;
葫芦撒花籽,
满山遍野撒。
不分高与低,
无论湿与干,
花籽撒遍地,
大地开百花,
衬恒赐的福,
世间的人类,
不忘衬恒情。

---

1 此处分别用老二、老三、老大三兄弟来象征分别居住于中间、南边、北边的纳西族、白族、藏族。
2 此句原句为 "Ggv cerq ggv xiq cerl." 译为 "割九十九种稻"。创世史诗《崇般图》中记载为一天内砍伐九十九座山林,所以此处译为 "砍伐九十九座林"。

【附录六】阮西创世史诗《索索科》[1]

（一）远古的故事经书

很久很久以前，
天空被云笼罩，
从中出来三样东西；
很久很久以前，
大地被泥土覆盖，
从中出来三样东西。
三座大山从这里出来，
大山大坡三座出来了；
三座山崖从这里出来，
像毒箭头一样锋利的，
三面峭壁从这里出来；
三样树都从这里长出来。
树长得不及一只手长，
树上也发不出芽来，
实在长不成树。
依罗普鲁几是神鸟的父亲，
依罗普姆美是神鸟的母族。
要掏仄鸟的窝，
要射杀仄鸟，
要给仄鸟下套子，
但仄鸟逃跑到天上去了，
躲藏到天上三颗星星下面去了。
依罗普鲁几是神鸟的父亲，
依罗普姆美是神鸟的母族。
要掏仄鸟的窝，
要射杀仄鸟，
要给仄鸟下套子，
但仄鸟逃跑到天上去了，
躲藏到天上三颗星星下面去了，
逃跑到地里面去了，
栖息在地上三株草地上去了。
三面海子从这里出来，
宽阔无边的三面大海从这里出来；
禽类三样从这里出来。
神鸟要习到上面去，

---

[1] 此经书搜集于丽江市宁蒗县加泽村委会树枝村石波布东巴家，于2018年8—10月由更布塔、石春释读，杨杰宏翻译。《索索科》为本地方言，可译为《远古的故事》。此经书分为三部分，共同合成完整的创世史诗。

要制造高天，
天有多高它不知；
神鸟夺巴美要辟广阔地，
地有多宽它不知。
禽类的父族，
禽类的母族，
要去捣毁仄鸟窝，
要去射杀仄鸟，
但仄鸟逃跑到天上去了，
躲藏到天上三颗星星下面去了，
逃跑到地里去了，
栖息到三株草坡上去了，
栖息在大地上，
孵出了白蛋、红蛋、黑蛋、绿蛋、花蛋五个蛋。

很久很久以前，
天三样出来了，
天空被秽气所笼罩；
很久很久以前，
大地上大的三样出来了，
大地上的小的三样出来了。
大神鸟出来了，
一只叫增纳布窝的大神鸟出来了。
山崖三样出来了，
山崖像箭镞一样薄；
海子三样出来了，
海子像镜子一样薄；
树木三样出来了，
小树长得像大拇指，
树木长不大也发不出芽来。

禽类三样出来了。
依兹勒要制造天，
山有多高它不知；
依夺巴要辟地，
大地多宽阔，
地有多宽它不知。
开天神蒙称盘勒，
一层作为恒神住处，
一层作为董神住处，
一层作为能神与智神的住处，
一层作为丈量神与木匠神住处，
一层作为祭司与占卜神住处。
生出来一个黑蛋，
出来一只伙博黑鸟，
变出鬼类父亲麻布色登，
变出鬼类母亲庚娆纳姆。
冬天下雪天孵了三月零三天，
但没能孵化出来；
夏天雨季三个月零三天，
没能孵化出来；
秋季刮风天三个月零三天，
没能孵化出来；
春季花开三个月零三天，
从上方出现了董神。
董神用拐杖挑这个怪蛋，
把它砸到松树山顶上，
黑蛋爆炸了发出巨响，
掉到地上孵化出来了，
生出来一只怪兽。
本来应该有鸡冠，
但没有鸡冠；

本来应该生出爪子来，
本来应该有爪子，
但没有爪子，
却长出了牛角，
长出了白牛蹄，
生出了白牛脖子，
但这不是一头可作牺牲的牲畜，
只是一头吃草的动物。

一天，董神来建造神山，
董神的仇敌来破坏，
神山没建成；
一天，瑟神来建神山，
瑟神的仇敌来破坏，
神山没建成。
一天在左边建神山，
神山没建完就倒了，
神山没建成；
一天在右边建神山，
神山没建完就倒了，
是乌云暴雨破坏了建神山，
是暴雨与暴雪破坏了建神山。
白天盘神刚刚建成了，
黑夜又被鬼类破坏了。
开天男神们，
要开辟高天，
因为没给牺牲，
这样就开不了天。
蒙成盘勒给了上千两白银，
银子不够一两，就用铅来凑，
因为男神不守规矩，

这样天就开不整齐。
到盘神处商量，
到天神处商量，
天神就建了九所绿松石般的房子，
给蒙称盘勒处送去了上千两的白银，
天终于开辟成了。
蒙称盘勒要开辟大地，
因为不给开辟大地的费用，
天神就没开辟大地。
要送给天神上百两黄金，
因为黄金不够一两，
就用黄铜来凑，
这样才凑足了百两。
董神与瑟神相商量，
董神与瑟神在在地上建了七所房子，
大地就不摇晃了，
骏马驰骋也不摇晃了。
蒙称盘勒天神把大地开辟好了。

阿巴都窝盘要建五座神山，
董神与瑟神的七个女儿，
要去耕种五个好地方。
建大山的祭司汝勒华构邀请过来了，
邀请了劳补蒙卡，
劳补蒙卡下凡来了，
要杀建山的牺牲。
藏族白铁斧头砍了一下，
砍了死不了；
白族人用铜斧头来砍，
但没砍死；
董神从上方来，

董神用斧头来砍；
瑟神从下方来，
瑟神用利剑来砍。
怪兽的头像云风一般剧烈晃动，
怪兽的尾巴剧烈摇摆，
巨风向远处飘逝。
用怪兽的头来给天除秽，
用它的皮来给地除秽，
用它的肉给土地除秽，
祭山来给山峰除秽。
山顶上用银子来作祭品，
山腰用金子来作祭品，
山下用绿石作祭品。
崇仁利恩生活的大地，
黄金大象神族来护持，
巨掌红虎神族来护持，
白海螺狮子神族来护持，
久阿纳布神族来护持，
居那若罗神山建成了。

神山上用柏树来顶住，
山上的土被猪拱翻遍了。
神山两边素神（家神）灵来守护，
窝神与恒神来守护，
董神与瑟神来守护，
祭司与占卜师来守护。
祭司来祭神山，
祝愿神山与祭司一样长寿，
祝愿神山与祭司一样强壮，
祝愿神山永远不会老，
祭司也不会老，

祝愿神山吉祥长寿。
村寨是人们来建成的，
祝愿村寨神与人们一样吉祥长寿，
村寨神不会老，
人们也不会老，
祝愿村寨神不老就人们也不会老，
祝愿村寨神与人们一样壮实。
建成神山后，
要用顶灾木来顶灾，
要用大公羊来顶，
长庚星落下去了，
用大公鸡来顶灾，
启明星落下去了。
长着好蔓菁的菜园子，
用强壮的蔓菁根来顶灾；
长着好麻秆的菜园子，
用好麻秆来顶灾；
用长势最好的小叶杨，
用做九棵顶灾树。
山上打猎的路不能顶，
河谷里捕鱼的路不能顶，
人间做客、来往的路不能顶。
把毒鬼与仄鬼顶回去，
呆鬼与喇鬼顶回去，
此鬼与尤鬼顶回去，
铎鬼与懂鬼顶回去，
畸鬼与格鬼顶回去，
补鬼与空鬼顶回去。
顶灾就顶得稳稳的了，
顶灾就顶得牢牢的了。
像镜子一样的太阳邀请来，

像高崖一样明晃晃月亮请回来。
住在大山坡上的村寨，
请来了东巴祭司与占卜师。
在大村寨里，
酋长与长老迎请过来了，
云雾笼罩的高山草甸上的牦牛迎请回来了，
高山牧场里的公羊迎请回来了，
高山森林里的野牛迎请回来了，
沼泽草地里的黄骏马迎请回来了，
青岗树丛里的黑山羊迎请回来了，

（二）《卡兹次》（砍灾树）[1]

人类生存的大地，
有三棵灾树。
没有人了解灾树，
没有人见过灾树。
天女久寿命，
鸡鸣还没鸣叫时，
晨鸡鸣叫后，
炼铁淬火后，
出生了八个铁男子。
树上开出美丽的白花，
但这不是灾树。
盘子上千个，
在深山谷里死掉了，
然后变成了一棵叫汝寿蒙命的树，
但这也不是灾树。
蒙增可洛在依吉地死掉了，

变成了叫汝寿蒙命的两棵树，
但这不是灾树。

在北方，
猛鬼与牛结仇而争斗，
猛鬼与生白角的牛都死掉了，
变成了一棵灾树。
在南方，
马与驴在打斗，
驴与白蹄马都死掉了，
变成了两棵灾树。
纳久窝谷山坡上，
人类在打斗，
人类都死掉了，
变成了三棵灾树，
变成了四棵灾树。
灾树头部快长到天上去了，
快要戳破天了；
灾树的根长到大地上去了，
快长满大地了，
快要覆盖神灵们找柴路了，
快要覆盖董神与瑟神的舀水处了。
如果再不砍灾树，
就会引起神灵与人类的怨恨。
要砍掉灾树，
住在山谷里的术与鬼鬼要生气了，
神人共怨的事是不能做的。
罗素鬼生气就让它生气吧！

---

[1] "卡兹次"本义为砍灾树。"卡"指灾难，邪恶。"兹"本义为树。"次"指砍伐。灾树为产生鬼怪之所，砍伐灾树隐喻降魔除妖。

冷谷肯鬼上用银斧头来砍，
银斧没淬炼，
没砍成灾树。
在澜沧江出来金斧头来砍，
金斧没淬炼，
灾树砍不成。
董神的九个儿子结伴而来，
左手上架着苍鹰，
右手上牵着猎狗，
大早上在术鬼地，
追着一个长着角的术鬼。
拿术鬼的头作砧子，
术鬼手作火钳，
术鬼脚作锤子，
术鬼皮作风箱，
开天利剑铸好了，
辟地大刀铸好了。

人类的九个寨子，
把鬼类的九个寨子捣毁了；
九个地方的人们，
把九个鬼地捣毁了。
胜利神的高山把失败者的小山捣毁了，
胜利神的大海，
把失败者的低地捣毁了，
胜利神的东巴，
把失败者的东巴在低处打败了。
天神萨依威德神，
把端依米蒙色登大鬼灭掉了。
英古阿格天神砍灾树，
英古端纳大鬼灭掉了。

素巴尤命几天女来砍灾树，
此若肯兹端尤大鬼灭掉了。
依寿布增若神砍灾树，
补补时社达大鬼灭掉了。
劳本托个神砍灾树，
塞补命勒大鬼灭掉了。
托盘本古神砍灾树，
托玛本古大鬼灭掉了。
端洛纳布大鬼除掉了，
劳达嘎布神砍灾树，
端达哈布大鬼灭掉了。
休究托巴神砍灾树，
哈窝究尤大鬼灭掉了。
东巴什罗神来砍灾树，
董若社端区巴拉勒大鬼灭掉了。
蒙扯吾登神砍灾树，
此达加古大鬼灭掉了。
盘补拉补神砍灾树，
增纳霍布大鬼灭掉了。
都吾色吾神砍灾树，
尼吾拉吾大鬼灭掉了。
美利董神砍灾树，
美利术大鬼灭掉了。
崇仁利恩砍灾树，
蒙端可洛大鬼灭掉了。
吾拉区策科神砍灾树，
九个署类大鬼灭掉了。
都萨嘎吐砍灾树，
九个尼东鬼的大鬼灭掉了。
主人这一家，
砍掉了灾树就迎来了吉祥，

灾难祛除了迎来了吉祥。
东鬼与懂鬼,
畸鬼与厄鬼,
补鬼与空鬼,
都在拉拖仇地送出去了。

(三)《利恩恩科》(崇仁利恩的故事)[1]

绿松石女神,
董瑟神的金女神,
晚上来到温泉处喝水,
早上到温泉处喝水。
鸡叫还没叫时,
星辰种子从天上先出来,
星辰种子从山顶上出来,
早晨启明星也出来了。
启明星出来亮晶晶,
出来三颗明亮的星,
明辰星出来三组,
晶辰星出现了三组。
好看的人出来了,
人类也出来了,
崇仁利恩三兄弟也出来了。

黄金青岗木,
不要去搅动大海,
说是要有搅动大海,
就去找大黄海去了,
就去搅大海去了。
拉吉河水边的三个舀水女,
要去寻找人类迁徙路,
三个栗木枝,
挡住了寻找迁徙路。
利恩两兄弟,
过来做客,
左边持火把,
火把不熄灭;
右边持水桶,
水桶不会干。
利恩两兄弟,
把阿巴董神的拐杖抢了过来,
并打了阿巴董神。
董神的哭声天上可听得见;
把阿巴董神的弓箭抢了过来,
去射杀阿巴董神家的黄猪,
猪的号叫声大地可听得见。
董神很生气,
崇仁利恩与董神相商量,
阿巴董神全力帮助了崇仁利恩。
阿巴董神说:
"崇仁利恩你呀,
要杀大公牛作牺牲,
用牛皮来缝制革囊,
针要用细针,
针线要用粗的。
把叫晨的小鸡放到里面去,
把会吠叫的狗装到里面去。
要用九条铁绳来系革囊,
要用九条铜绳来系革囊。

---

[1]《利恩恩科》,指崇仁利恩的故事。纳西族东部方言区称纳西族人文祖先神崇仁利恩为崇仁利恩恩,其故事情节与东巴创世史诗《崇般图》大同小异。

柏树是天舅，
拴在柏树上，不会被雷打，
要把革囊拴在大柏树上。
大地裂杉木不会倒下，
大杉树是地舅，
要把革囊拴在白杉树上。"
崇迪利恩恩，
没与董神商量，
没与阿巴董神相商量，
一说话就让董神肚子疼，
也没与瑟神商量，
所作所为只会让瑟神胆战心惊。
崇迪利依没听进去，
崇迪利恩恩杀祭牲杀了黑牛，
用牛皮做革囊，
用粗针来缝制，
用细线做针线，
用了拴马驮绳子九条，
用草绳九条，
拴到松树上，
革囊拴在一棵白松上，
拴到青冈树上，
把革囊拴在了青冈木上。
过来三天后，
所有山上下起了暴雪，
所有山谷下起了暴雨，
松树被洪水淹没，
杉树也被洪水淹没，
淹没了低处的。
在北方，
大青岗树被洪水漂走了；

在南方，
大青岗树也被洪水漂走了。
响叶杨树都冲积到村寨里了，
猪圈木都冲积到山谷里了，
猪狗的尸体漂到河里去了。

没有见到人类的影子，
没有见到人种的影子。
天上只有鹤在飞了，
山岩上只有岩羊了，
水里只有鱼了。
假装在吃饭，
却颗粒未进；
假装在喝水，
双手舀水喝却滴水未喝。
一天到水中，
把水里的猛鬼杀死了；
一天走到山岩上，
把蹉普鬼杀死了；
一天走到山坡上，
遇上长象头的妖怪，就把它杀死在山坡上。
崇仁利恩听到屋后有狗在叫，
就走到下方去，
毒鬼仄鬼来了也看不见，
畸鬼与格鬼，
术鬼与懂鬼也看不见。
阿巴董神说：
"横眼天女，
竖眼地女。
阿巴董神说，

漂亮是竖眼睛的女人漂亮，
品行是横眼睛的女人好。
不要去偷竖眼睛女人的裙子衣物，
要去偷横眼女人的裙子衣物。"
崇仁利恩恩，
不去偷了横眼女人的裙子和衣物，
却偷回来了竖眼女人的裙子和衣物。
崇仁利恩恩与竖眼女人成了一家，
又过了一阵生育子女却生出了猴子与野鸡，
又过了一阵生育子女却生出了蛇与蛙，
又过了一阵生育子女却生出了猪与熊，
又过了一阵生育子女却生出了松树与栗树，
又过了一阵生育子女却生出了麻雀。

崇仁利恩恩想寻求伴侣就到天上去了。
崇仁利恩恩来到天神饶劳阿普家门口，
崇仁利恩恩说：
"饶劳阿普，
求您把您的女儿许配给我。"
饶劳阿普说：
"崇仁利恩恩，我的女儿不能许配给你，
我女儿早已经许配给崩人窝勒趣了。"
饶劳阿普又说道：
"崇仁利恩恩，
寻找伴侣到我这里，
带来什么彩礼呢？
找伴侣是要彩礼，
找伴侣要带绸布。
崇仁利恩恩说：

"天这么高远，
想带金银来，
但也无法带来呀。
洪水滔天的那边，
想把牲畜赶过来，
但也无法赶过来呀。"
崇仁伸恩恩又说道：
"藏人要干三年活，
可以当作彩礼钱，
彩礼钱是算在干活费里了。"

一天，
崇仁利恩恩到雪山脚下的松林中，
狼奶没挤到，
公绵羊没受惊吓。
一天，
崇仁利恩恩到开荒地里去放牧，
没挤到野猫奶，
大山坡上寨子里的公鸡也没受惊吓。
衬恒吉姆出主意说：
"崇仁利恩呀，
小老虎喜欢睡在阴凉处，
大老虎喜欢睡在向阳处。
要带上石头轻声快步走，
用石头砸小老虎的头，
然后把虎皮剥下来，
虎皮套到你头上，
虎尾巴也留下当尾巴。
砍下三截青竹作响器，
模仿发出虎啸声，
这样就可以挤到虎奶了。"

崇仁利恩恩，
偷偷地带着大石头，
用石头砸死了小老虎，
把虎皮剥下来，
把虎头套在人头上，
把虎尾套在屁股上，
砍了三截青竹子，
假装小老虎在叫唤，
挤着了三滴虎奶。
大山坡上的寨子里，
拴着牛马，
牛马闻到虎奶后受到了惊吓。
崇仁利恩恩说：
"这就是能分到虎威的虎奶了。"
崇仁利恩恩说：
"饶劳阿普，
请您把您女儿许配给我吧。"
"我女儿早已经许配给崩人窝勒趣了。"
饶劳阿普又说道。
"崇仁利恩恩，
我的女儿不能许配给你。"
饶劳阿普又说道。
"崇仁利恩恩，
你先去砍树开荒出九百块田地来，
要去烧荒九块地，
要把九块地撒上种子，
要把九块地的庄稼收上来。"
崇仁利恩恩把九块地的庄稼全收上来了。
饶劳阿普说：
"收上来三百零三石荞麦，
但少了三粒半。"

衬恒吉姆说：
"崇仁利恩恩，
那三粒半荞麦，
是吃到斑鸠嗉囊与胃里去了。"
衬恒吉姆出主意说：
"崇仁利恩恩，带上白铁弓箭，
带上有铁簇的箭头。"
崇仁利恩恩瞄准欲射，手发抖。
衬恒吉姆，
用白铁梭子，
在崇仁利恩恩手肘上敲击了一下，
没有射箭但箭就射出去了，
箭头躲到斑鸠嗉囊上面了。
崇仁利恩恩说：
"那三粒半荞麦子取回来了，
三百升荞麦也全部收齐了。"

衬恒吉姆听到鸡鸣叫后，
起来梳妆，
梳完头后上了发油。
衬恒吉姆说：
"不管兄长如何好，
天上的村寨高大好看，
妹妹是不能住在兄长家里的。
妹妹衣服做好了，
兄长是不能穿的。
兄妹不能一直住在一家，
所以要迁徙到人间去。
水不会往上面流，
只会顺着水渠往下流。
下来时带来了牲畜，

带来了粮种。"
衬恒吉姆上,
没给牦牛,
她用三大盆尤草来引诱下来;
没给绵羊,
用盆里的白盐来引诱下来;
没给黑猪,
用盆里的酒渣来引诱下来;
没给猫,
用牛奶来引诱下来;
没给蔓菁种,
藏在指甲缝里带下来;
没有给野坝子种子,
夹在头发里带下来。
所有牲畜种类都赶下来了,
所有粮种都带来了。
崇仁利恩恩与衬恒吉姆二人,
上不着天,
下不着地。
崇仁利恩恩想了个法子,
解下来金耳环,
当作抓手处,
三段险路走下来了,
但没下到底,
够不着地上。
衬恒吉姆想出了个法子,
手上带着金手镯,
当作脚踩处,
三段险路走下来了,
来到了人间大地。
牲畜不放牧也繁殖起来了,

不做客也一样吃得饱,
不做禳灾驱鬼也吉祥如意地下来了。

蒙增长尾巴鸟名声不好,
不好的名声听到了,
坏声恶声听到了。
蒙增可勒说:
"听到牲畜不放牧也繁殖起来,
我家的女人却给了他;
听不做客也一样吃得饱,
我家的女人却给了他;
听到不做禳灾驱鬼也吉祥如意,
我的女人却给了他。"
蒙增可勒,
真的相信了,
看来是真的了。
蒙增可勒,
降下来铎鬼与比鬼。
崇仁利恩恩与衬恒吉姆,
他们的奴隶去找柴,
把灾木带回来;
他们的丫头去舀水,
把灾水带回来。
崇仁利恩恩与衬恒吉姆,
牲畜迁徙下来后畜神也下来了,
谷种带来后谷神也下来了,
人类迁徙下来后秽气也下来了。
在北方,
白鹤男儿生病了;
在南方,
康美女儿生病了。

但没有人会做祭仪，
没有人会作占卜。
请来祭司补肯补瓦若来作禳灾仪式。
祭祀时没有杀牲，
用九个木偶作祭品，
也没给木偶们喂血，
用九碗红水作为祭品。
米饶盘美病人的病痛没有治好，
用镜子和绿松石来招魂，
也没有把九个魂魄喊回来。
把牺牲献祭给它们，
献祭了牺牲与肥油，
把祭粮献祭了但那些鬼也不来取。
在北方的，
患病的哥盘男儿的病好了；
在南方的，
康美女儿的病痛也好了。
祝愿没病没痛吉祥如意。
天上的哥盘男儿又生病了，
地上的康美女儿又发热了。
神鸟白蝙蝠，
骑着大鹏鸟；
劳吾劳沙若，
骑着大白马，
到天上十八层，
向玛崩增汝祈求赠予祭祀占卜的经书。
神鸟白蝙蝠做说客，
劳吾劳沙若作祈求者与赞美者。
玛崩增汝大神，
恳请你下来镇鬼。
玛崩增汝大神说：

"天上被乌云所笼罩，
大地被秽气所笼罩，
所以祭司与占卜师下不来。"
劳吾劳沙若说：
"天上被乌云所笼罩，
要准备好九十九背柏树，
给天除秽后宽阔的天空看见了，
可以看见星星了，
做这样祭祀仪式。
大地被秽气所笼罩，
被秽气笼罩，
所以祭司与占卜师下不来。"
神鸟白蝙蝠，
劳吾劳沙若说：
"大地被秽气所笼罩，
清香木七十七已经备好了，
给大地除秽，
大地上再没有秽气笼罩了。
要给祭司铺上有九层垫棉的蒲团，
嘴里喂好酒，
让手上抓着好肉，
天下十八层，
用白绸布做的帐篷里下凡来。
美补精汝下凡来，
从天上白云间下凡来，
从天上大河上面下凡来。
杀鹿雄鹰带领着降临，
杀虎的猎狗带领着降临，
带着柱子一样粗壮的弓箭，
带着犁铧一样锋利的箭镞。
玛崩增汝神灵下凡来，

在天上十八层上下凡来,
驾着白云下凡来,
在大河上下凡来。"
玛崩增汝大神,
率领着三百六十个将士,
来到人类居住的大地上。
玛崩增汝大神,
要给祭司铺上有九层垫棉的蒲团,
嘴里喂好酒,
手上给好肉,
把白犁铧与白董神石供放在祭坛上,
黄金与白银,
绿松石与珠宝,
当作供养。
九棵白色的神树竖在祭坛上方,
把窝神与恒神的神像挂在祭坛上方,
把施给鬼类的九背鬼粮放在下方,
九棵鬼木安插在祭坛下方,
鬼类面偶、鬼类纸牌放在祭坛下方。
在上方做三次禳灾仪式,
九个牲畜与野兽,
在下方连续做三次禳灾仪式,
九个野鸡头与箐鸡头摆在下方做祭祀。
祭司的好口才来诅咒,
用好口才把鬼类诅咒到山坡后面去,
主人家好口才来诅咒,
把鬼类诅咒驱赶到山坡后面去。
主人这一家,
祝愿没病没痛没灾吉祥如意。
祭鬼灵验有效迎吉祥,
愿射箭能射中靶子。

【附录七】三坝吴树湾村东巴婚礼"谷气"调[1]

【背景说明】"谷气调"为纳西族传统民歌调,丽江纳西族地区的"谷气调"与三坝的"谷气调"在音调上存在较大差异。"谷气调"在生产生活、过年过节、喜庆宴席中演唱,调式为传统沿袭而成,内容为歌手即兴之作,也有部分是传统古调,东巴经中也有记载。本次记录的"谷气调"为三坝乡吴树湾村东巴婚礼上演唱的庆婚调,属于东巴婚礼仪式的组成部分。在东巴主持的烧香、迎请素神仪式结束以后开始演唱。演唱方式为男女双方亲戚轮流演唱,歌手起调,众人相和,从上午9点45一直唱到下午5点40。和树春演唱的"谷气调"为此次婚礼歌第一个开唱的内容。

黄猎狗母子,[2]
扬谷吹哨调,
传有十二种,
扬谷是母亲。

很久很久的时候,
人间大地无人烟,

从未见人类繁衍,
崇仁利恩好男儿,
利恩他来续人种。[3]
崇仁利恩这一代,
父亲没有找伴侣,
因为没有找伴侣,
要去天上找伴侣。

---

1 根据 2014 年 1 月 20 日云南省三坝乡白地村委会吴树湾村和树春演唱内容整理。
2 原歌词为"Khe⁵⁵ʂɿ³¹ɑ³³me³³zo³³",直译为"黄猎狗母与子"。此句为传统婚歌开头兴句,其引申义不详,故保留原句供参考。
3 据东巴经《创世纪》(又名《崇般图》)记载,崇仁利恩是纳西族的英雄祖先,遭遇洪灾后,人类仅剩下他一人,在董神指引下到天上寻求配偶,最后与天女衬恒褒白命结亲,人类由此繁衍下来。

花了三天飞上天，
夜宿天上三晚上；
衬恒褒白这一代，
母亲没有找伴侣，
飞了三天到人间，
夜宿居那若罗山，
见到了崇仁利恩。

天上神鸟白蝙蝠，
神鸟蝙蝠做媒人，
天上神鸟白蝙蝠，
飞到日劳阿普处，
大小道理说个遍，
好话坏话说尽了；
日劳阿普天父呀，
听了白蝙蝠的话，
就把衬恒褒白命，
嫁给了人间大地，
嫁给了崇仁利恩。

男女结缘成伴侣，
飞了三天到人间，
夜宿大地三晚上，
夜宿腊梅花树下，
梅花树它未发觉，

他俩高兴也不知，
因为有这般高兴，
梅花悄悄地绽放，
一年开了两季花，
冬季绽放小梅花，
夏天绽放大梅花。

男女结缘成伴侣，
飞了七天到人间，
人间大地住七天，
夜宿黄花树下面，
篱笆边上黄花开，
夜宿黄花树下面，
黄花树也不知道，
正因为它不知道，
一年绽放两季花，
冬季绽放大花朵，
夏季绽放大红花，
人类繁衍起来了。

可尽兴啊可尽兴，[1]
水面漂着黄树叶，
剪刀放回剪物处，
歌权交回大伙处。[2]
不结亲呀不结亲，

---

1 此次为另一首之起调，因演唱时与前一首没有间隔，且内容有承应关系，故仍沿续前文。此句中"mə³³dɑ³¹u³³mə³³dɑ³¹"系纳西民歌"喂默达调"中较为小篆用到的衬词，有的译为可怜啊可怜，也有人理解为"可尽兴了啊可尽兴了"或"可爱啊可爱"。本文根据内容从后者。
2 "交回大伙处"，意为他的歌已经唱完，交还给大伙来轮流唱。因为没有人接唱，和树春又接着唱下去。原则上如果没有人来接歌，原歌手可以连唱两首，但不能连唱三首。"剪刀"一句中的"放回"与此句中的"交回"为同音，属于增茸手法。

因为结了这对亲,
人类居住大地上,
大地到处结伴人
雾气萦绕大地间。

人类居住大地上,
流水满塘盈山谷
可高兴啊可高兴。
大雕老鹰为猛禽,
翩翩飞翔白云间,
如果不是白云间,
就不可能结成伴;
黑水鸡野鸭水禽,
在大水间相做伴,
如果不是这片湖
就不可能结成伴;
秋羊毛与春羊毛,[1]
如果不是黄竹弓,
就不可能结成伴;
男儿到高山牧场,
拉策高山牧场间,

如果不是这牧场,
就不可能结成伴。[2]

不结亲呀不结亲,
因为结了这对亲,
远近客人都来了,
属于"古展"祭天群[3]
这一家人待贵客,
有黄竹做的大床[4],
如果不是黄竹床,
就不可能结成亲。[5]

属于"古展"祭天群,
这一家人待贵客,
那边开着大华花,
这边开着勒华花,
中间开着华华花[6],
华华花这朵花呀,
是由育儿母亲接,
欢乐是由母亲送,
母在下面接华华,

---

1 秋天羊毛质量较好,而春天羊毛质量较差,用黄竹弦弓弹羊毛时通常把二者相搭配,以此节省毛料。
2 到高山草甸间放牧、打猎、采集是纳西族的传统生产方式,高山草甸也成为青年男女在劳动之余谈情说爱的地方。
3 纳西族按祭天群分为"古展""古徐""铺笃""古珊""阿余"等。
4 "黄竹大床"指母房火塘边的主床位,一般是男主人或尊者坐卧之处。黄竹因韧性强,经久耐用而有名。
5 意为结婚仪式是在黄竹床边举行。
6 "大华花""勒华花""华华花"比喻欢乐、幸福,意为家里内外洋溢着欢乐幸福的氛围。"华"指华神,属于生殖神,在东巴教中掌人类的寿命及生育。此处以"华华花"来寄托新人结婚后早生贵子的美好意愿。

女儿才有了欢乐。

那边流淌依朵河[1]，
这边流淌永魅河[2]，
这条流淌永魅河，
中间流淌华华河，
华华河这条河呀，
是由养儿父亲喝，
父亲喝了有欢乐，
父把欢乐传儿子，
儿子也有了欢乐。
欢乐主人这一家，

父亲儿子相商量，
丈夫妻子相商量。
贵客请到神龛处，
请到大黄木床处，[3]
属于"古展"祭天群。
这一家子的人呀，
用白色的玛栾瓢[4]，
舀满好酒待贵客。
客人不愿意离开，
尽兴唱歌这一群，
前面摆着谷气[5]酒，
不尽兴就不罢休。

---

1 依朵河在香格里拉县的小中甸镇境内。
2 永魅河在三坝乡境内。
3 纳西族民间传统婚礼在母房内举行，贵客须请到火塘边，神龛下的黄床上就座，以示尊敬。
4 "玛栾瓢"是指用玛栾木做的瓢，比一般的瓢要大，比喻主人好客大方。
5 "谷气"指纳西族传统民歌调。三坝的"谷气调"与丽江坝区的"谷气调"同名不同调，丽江的"谷气调"歌调上与三坝的"意吟调"相类似。